Die doppelte Anne

Für meine Oma Elfriede, die mir die alte Sage zuerst erzählte und für meine Kinder Nicole, Yona, Lea und Norea, denen ich sie weitererzählte.

Antje Bretschneider

DIE DOPPELTE ANNE
Geschichten von den Hahnenhäusern

Engelsdorfer Verlag
Leipzig
2020

Bibliografische Information durch die Deutsche Nationalbibliothek:
Die Deutsche Nationalbibliothek verzeichnet diese Publikation in der Deutschen
Nationalbibliografie; detaillierte bibliografische Daten sind im Internet über
https://dnb.de/DE/Home/home_node.html abrufbar.

ISBN 978-3-96940-067-8

Copyright (2020) Engelsdorfer Verlag Leipzig
Alle Rechte beim Autor

Umschlaggestaltung Lothar Stauch

Hergestellt in Leipzig, Germany (EU)
www.engelsdorfer-verlag.de

19, 90 Euro (DE)

Prolog

Der Rucksack landet mit einem Schwung im Gepäcknetz und Anne fällt erschöpft auf den Sitz. Gerade noch hat sie den Zug erreicht. Schon setzt er sich in Bewegung. Ausgerechnet heute Morgen hatte die Mutter viel länger gebraucht, um zum Dienst aus dem Haus zu kommen und dann war sie sogar noch einmal zurückgekommen. Anne war fast das Herz stehen geblieben. Noch im letzten Moment hatte sie den, in der Nacht gepackten, Rucksack unter das Bett schieben und sich in voller Montur hineinlegen können, ehe die Mutter die Tür zu ihrem Zimmer aufriss.

„Schläfst du noch?"

„Jetzt nicht mehr", hatte Anne, fast etwas zu laut und mit zitternder Stimme geantwortet. „Ich muss doch erst in fünf Minuten aufstehen. Aber warum bist du denn noch hier?"

„Ich hab nur was liegen lassen. Also dann, bis heute Abend. Warte nicht auf mich. Es kann spät werden."

„Ich schlafe doch bei Hanima! Hast du das etwa vergessen?"

„Ach so ja, na dann viel Spaß."

Erleichtert hatte Anne die Mutter schnellen Schrittes die Treppe hinunterlaufen und die Tür ins Schloss fallen hören. Sofort war sie aus dem Bett gesprungen und hatte vom Fenster aus noch das Auto der Mutter um die Ecke biegen sehen. Schnell hatte es nun gehen müssen. Sie hatte nach ihrem Rucksack gegriffen. Nur gut dass Mutter ihn nicht gesehen hatte. Für eine Nacht bei der Freundin hätte sie wohl kaum so viele Sachen mitgenommen. Sie war nach unten gelaufen und hatte schnell noch, ziemlich wahllos, einige Lebensmittel in ihre Umhängetasche gestopft. Wenn alles gut geht würde die Mutter erst morgen Abend bemerken, dass sie weg war und dann würde sie hoffentlich ihr Ziel schon erreicht haben. So war sie im Dauerlauf bis zum Bahnhof gehetzt.

Nervös durchsucht Anne jetzt ihre Tasche und die Geldbörse. Viel ist nach dem Lösen der Fahrkarte ja nicht gerade übrig geblieben. Zu dumm, dass die Mutter erst kürzlich ihre Ersparnisse auf die Bank gebracht hatte. Da war nur noch der Rest von ihrem Taschengeld gewesen und so hatte ihr dickes Sparschwein, das schon einige Jahre auf ihrem Bord gestanden hatte, um fleißig Münze für Münze zu sammeln, dran glauben müssen.

Jetzt lehnt sie sich zurück und beißt in den Apfel, der ihr beim wühlen aus der Tasche gerutscht war. Sie schaut aus dem Fenster. Die bekannten Bilder ihrer Heimatstadt Marktredwitz fliegen an ihr vorbei, ohne dass sie es recht wahrnimmt. Nur einmal umsteigen und in einer Stunde würde sie an ihrem Ziel in Plauen angekommen sein. Obwohl sie sich sicher ist, dass sie das Mäppchen mit ihren Adressen und Aufzeichnungen eingepackt hat, greift sie noch einmal danach.

Das letzte Jahr ist so verdammt schwierig gewesen, dass sie es am liebsten aus ihrem Leben entfernen und vergessen würde. Nichts ist mehr wie es einmal war. Alles steht Kopf. Begonnen hatte es, als ihr Vater – oder sollte sie jetzt nicht mehr Vater sagen, na egal – als der verwundet aus einem Kriegseinsatz in Afghanistan zurückkehrte. Zuerst ging alles gut, die teils schweren Verletzungen ließen sich recht gut behandeln und er kam erstaunlich schnell wieder auf die Beine.

„Ich bin eben ein Stehaufmännchen", hatte er gemeint, als er nach einem guten viertel Jahr seinen Dienst in der Kaserne wieder antrat. Der Alltag kehrte nun auch in der Familie ein. Auch wenn Anne es vorzog, viel unterwegs zu sein. Am liebsten war sie bei ihrer Freundin Hanima, in deren großen türkischen Familie sie es eh viel lustiger und unkomplizierter fand, als zu Hause. Was sie vermisste war die Zweisamkeit mit der Mutter. Immer häufiger kamen sie sich in die Quere.

Noch schlimmer wurde alles, als der Vater immer häufiger unter Alpträumen litt. In mancher Nacht schrie er, dass es einem durch Mark und Bein ging. Anne zog dann die Decke über den Kopf und hielt sich die Ohren zu, doch nichts half gegen die Angst, die in ihr hochkroch.

„Das ist halt der Krieg, den er erlebt hat", hatte die Mutter versuchte sie mit einem Lächeln zu beruhigen, das ihr nicht so ganz gelingen wollte.

„Es wird vorübergehen."

Doch unterdessen vermied der Vater jede Menschenansammlung, ging kaum noch aus dem Haus und begann Alkohol zu trinken, immer mehr und mehr. Dann konnte es vorkommen, dass er Sachen kurz und klein schlug. Immer wieder versprach er der Mutter Hilfe anzunehmen, doch nichts geschah.

„Na hat dein Alter wieder seinen Koller", bekam sie in der Schule zu hören. „Tja wer Krieg spielen will und dabei noch Knete machen, ist selbst schuld, sagt meine Mutter."

Was sollte sie darauf antworten? Keiner hatte sie je gefragt, ob ihr Vater in den Krieg ziehen sollte.

So vergingen die Tage. Mal ging es Papa etwas besser und sie waren voller Hoffnung, dann war es plötzlich wieder ganz schlimm und sie floh regelrecht aus dem Haus. Man konnte nicht mehr wissen, was als nächstes geschehen würde.

Eines Tages allerdings passierte etwas Außergewöhnliches. Sie war in Mutters Zimmer geplatzt, da stand diese vor dem Spiegel, barfüßig in einem herrlich langen bunten Kleid. Das Haar hatte sie gelöst, sodass es weit über ihre Schultern fiel. War das überhaupt ihre Mutter, die Strenge, die Korrekte?

„Wow", entfuhr es ihr. Die Mutter fuhr herum, wurde rot, schien sich ertappt zu fühlen und wollte das Kleid gleich wieder ausziehen.

„Lass es doch an Mama!", hatte sie gerufen. „Du bist so schön, so leicht. Woher hast du das Kleid denn? So was hab ich noch nie bei dir gesehen."

„Aus dem Schrank und aus einem anderen Leben."

Sie wollte sich aufs Bett werfen, um die Mutter zu betrachten und auszufragen. Beinahe wäre sie auf einem Brief und einem Foto zum Liegen gekommen. Sie nahm das Foto in die Hand. Da war ja die Mutter, viel jünger noch und in eben diesem Kleid, umgeben von jungen, etwas schräg aussehen Typen mit wunderlichen Musikinstrumenten. Sie war so in das Bild vertieft, dass sie gar nicht bemerkte, wie die Mutter das Kleid auszog und wieder in ihre üblichen Jeans schlüpfte. Als sie hochsah, hatte die Mutter das Kleid bereits wieder in die hinterste Ecke ihres Kleiderschranks gestopft und war dabei ihr Haar wieder zu einem Knoten hochzustecken.

„Wer sind die denn alle?", fragte sie fasziniert.

Die Mutter holte tief Luft: „Ach, das alles ist schon ewig her. Damals habe ich in einer Tanz- und Folkband mitgespielt. Wir haben alte Instrumente ausgegraben und darauf probiert und sind zu Festivals gefahren und aufgetreten. Jung waren wir und ganz schön wild. Aber das war lange vor deiner Geburt."

Damit war für die Mutter das Thema beendet und sie wollte zur Tagesordnung übergehen: „Hast du nicht noch was für die Schule zu machen? Wir essen dann bald."

Doch sie hatte nicht locker gelassen: „Und warum ziehst du so plötzlich das Kleid an und von wem kommt der Brief?", wollte sie wissen.

„Ach Babette, eine Freundin von früher, hat geschrieben. Sie wollen sich alle noch mal auf einem Festival treffen und vielleicht auch was zusammen spielen. Und ich soll mitmachen."

„Was hast du denn gespielt?"

„Ein bisschen geflötet, getanzt und gesungen. Aber richtig gut waren äh ... war eigentlich nur Babette", die Mutter verschluckte sich und sprach dann schnell weiter. „Die hatte eine wunderbare Stimme. Große Pläne hatten wir damals, wollten was machen mit Musik- und Tanztherapie. Ich als künftige Medizinerin und sie als Musikerin. Na ja, umso höher der Vogel fliegt ..."

„Was meinst du damit?"

„Ach nur so", wich die Mutter aus.

„Lass uns doch hinfahren", bettelte sie. „Ich möchte dich so gerne mal spielen hören. Ich wusste doch überhaupt nicht, dass du ein Instrument spielen kannst. Und die Leute auf dem Foto sehen alle so lustig aus. Wenn das mal deine Freunde waren, dann möchte ich sie doch auch kennenlernen und erfahren, wie du früher so warst. Bitte Mama, nur wir zwei! Du hast doch kaum mehr Zeit für mich. Und vielleicht könnten wir auch die Oma besuchen."

Ein Schatten huschte über Mutters Gesicht und mit ihrer super strengen Stimme, schrie sie fast: „Ich habe genug andere Sorgen Anne. Das weist du doch!", und krachend fiel die Tür hinter ihr ins Schloss.

Sie fuhren, für Anne ganz überraschend, dann doch. Denn noch jemand hatte beharrlich auf Mutters Kommen gedrängt: Babette. Sie rief ganz oft an, ließ einfach nicht locker. Und Papa hatte endlich eine Therapie begonnen und auch er redete Mutter zu.

„Mach halt wieder mal was mit Anne. Sie hängt eh zu viel bei den Türken rum. Und auch dir tut's bestimmt gut." Er strich der Mutter abwesend über den Rücken. „Ich kriege das schon in die Reihe, hab ja jetzt meine Termine. Du wirst sehen, bald wird alles wie früher sein."

Beim Abschied dann hatte er gelächelt und ihnen viel Spaß gewünscht. Er gab sich betont heiter.

Jetzt im Nachhinein erscheint Anne sein Lächeln wie eine Maske, die auf seinem Gesicht festgefroren war. Aber damals war sie viel zu glücklich über diesen Wochenendtrip, allein mit der Mutter und viel zu gespannt auf all die Leute die sie kennenlernen würde. Als sie losfuhren, winkte sie ihrem Vater noch lang zu. Der stand da, mit leicht hängenden Schultern, ein Bild, das sich ihr einprägen sollte. Die Mutter hingegen startete den Wagen und fuhr los ohne sich noch einmal umzusehen.

Es wurde ein einzigartiges Wochenende. Viele bunte Menschen und Musik aus aller Welt um sie herum. Klänge die sie noch nie zuvor gehört hatte. Tänze die sie so gerne einfach mittanzte. Konnte die Welt so schön, so einfach sein? Und Mutter erst, sobald sie ihren Haarknoten gelöst hatte und das Haar ihr weich über die Schultern fiel, schien sie sich verändert zu haben. Sie tanzte mit Anne im Tanzzelt ausgelassen herum, sie kicherte mit ihren Freunden wie ein junges Mädchen, sie trug ihr schönes buntes Kleid und sie ging barfüßig über die Wiesen im Park. Ja und sie wagte sogar, nach einigen Überredungskünsten, einen Auftritt mit ihren Freunden, auf einer für alle offenen Bühne. Ganz schön stolz war sie auf die Mutter, als sie zwischen dem tanzenden und klatschenden Publikum stand. Die Musik hier war so ganz anders als das, was sie zu Hause mit Hanima hörte. Die Töne waren für sie fühlbar und brachten etwas ganz Neues, Unbekanntes in ihr zum klingen.

Mutters Freunde waren alle nett zu ihr, umarmten sie und taten, als würden sie sie schon lange kennen und manchmal war es ihr, als habe sie den einen oder anderen tatsächlich schon einmal getroffen. Besonders bei Babette, dieser faszinierenden, hochgewachsenen, schlanken Frau, mit den wallenden roten, fast bis zum Hintern reichenden Haaren und dem fast schwebenden Gang, ließ sie dieses Gefühl nicht los. Mutter hatte recht gehabt, Babette konnte viele Musikinstrumente spielen und ihre Stimme erschien Anne elfengleich.

Alle luden sie ein auch mal ohne die Mutter unterwegs zu sein und sie fühlte sich mit Allen und bei Allen wohl, so als sei sie schon immer hier dabei gewesen. Selbst als sie einmal die Flöte ausprobierte, hatte sie das Gefühl, stimmige Töne herauszubringen. Die anderen bestätigten ihr das auch.

„Kein Wunder!", hörte sie jemanden flüstern, doch sie machte sich keine Gedanken darüber.

Mutter achtete nicht einmal darauf, dass sie zu einer bestimmten Zeit ins Bett kam. So war sie bis tief in die Nacht, im nie enden wollenden Singen und Klingen, unterwegs.

In einer dieser kurzen Nächte, sie lag schon todmüde in ihrem Schlafsack, lauschte sie einem leisen Gespräch zwischen Babette und ihrer Mutter.

„Du musst es ihr sagen Kathi", flüsterte Babette. „Sie ist groß geworden."

„Ich weiß, ich weiß. Ich hatte es mit auch fest vorgenommen, aber ich finde nicht den rechten Zeitpunkt. Es ist so schön hier und wir sind so unbeschwert. Ich will das einfach nicht zerstören. Zu Hause ist alles schwiegrig genug. Warum soll ich es ihr überhaupt erzählen? Was würde das ändern? Alles würde nur noch komplizierter."

Ein leichtes Zittern durchfuhr sie. Ging es etwa um sie, Anne? Was sollte die Mutter ihr sagen?

„Dann hilf wenigstens mir. Ich bitte dich."

Wobei sollte sie Babette helfen? Sie horchte weiter. Doch nur noch das Klicken eines Feuerzeugs und sich entfernende Schritte waren zu hören. Die beiden wollten wohl woanders in Ruhe weiterreden. Sie war viel zu müde, um noch länger darüber nachzudenken und schlief sofort ein. Am Morgen hatte sie die Worte, die sie in der Nacht belauscht hatte schon fast vergessen. Ja, sie wusste nicht einmal, ob sie nur geträumt hatte.

Der Sonntag Nachmittag kam viel zu schnell und mit viel Hallo und Umarmungen und dem Versprechen nicht mehr so lange mit dem Wiedersehen zu warten, nahmen sie Abschied und Jeder bestieg seinen Wagen und fuhr zurück in sein normales Leben. Nur mit Babette und der Mutter schien etwas nicht zu stimmen.

„Überleg es dir doch noch mal Kathi. Vergiss doch mal was gewesen ist. Es ist so wichtig."

Doch die Mutter zuckte nur kühl mit den Schultern und sagte abweisend: „Ich kann nicht und ich will nicht. Wir haben lange genug darüber geredet."

Sie schob Anne ins Auto, stieg selbst ein und fuhr los, ohne sich noch einmal umzusehen.

Neben der Mutter im Auto sitzend, dachte sie darüber nach, welches Instrument sie nun lernen wollte. Vielleicht die Geige oder doch lieber die Flöte zum Einstieg und dann vielleicht Saxophon? Sie warf einen Seitenblick auf die Mutter. Das Haar hatte sie schon wieder hochgesteckt, doch sie trug noch immer das hübsche Kleid. Schon bei der Abfahrt war ihr Mutters plötzliche Unruhe aufgefallen. Und mit einem Mal waren sie über die Autobahn gejagt, als sei der Teufel hinter ihnen her.

Krampfhaft hatte sie sich am Sitz festgehalten und die Mutter gebeten doch nicht so zu rasen. Doch es war, als kamen ihre Worte gar nicht richtig bei ihr an.

Plötzlich quietschen die Bremsen. Anne fährt erschrocken zusammen. Was ist den jetzt los? Sie hat Mühe in die Gegenwart zurückzufinden. Der Zug hat angehalten. Ach du Schreck, sie ist ja schon in Hof. Schnell rafft sie ihre Sachen zusammen und springt aus dem Zug.

Ein Blick auf ihr Handy sagt ihr, auf welchem Bahnsteig ihr Anschlusszug abfährt. Sie muss sich beeilen. Da die Bahn mal wieder mit Verspätung angekommen ist, ist die Umsteigezeit auf fünf Minuten geschrumpft. Doch alles geht glatt. Schon rattert der Zug aus dem Bahnhof. In einer guten halben Stunde wird sie am Ziel sein. Das Ziel, das war die Oma, das war Plauen. Etwas mulmig wird ihr nun schon. Wird sie Omas Wohnung überhaupt finden? Es ist über sechs Jahre her, seit sie das letzte mal da gewesen ist.

Die Oma, das war ihr liebster Mensch als sie klein war. Damals hatte die Mutter noch studiert und der Vater war ständig auf Montage. Da hatten sie viel Zeit miteinander verbracht.

Die Oma, das war der Wald, mit seinen verwunschenen Lichtungen, mit seinen Brunnen, die sonderbar murmelten, wenn man das Ohr daran legte.

Die Oma, das waren unendlich viele Märchen und Geschichten. Eine Geschichte hatte sie besonders fasziniert. Wie war das doch gleich? Hatte da nicht ein Hahn in einem Krieg, die versteckten Menschen verraten und war da nicht heute noch ein Hahn auf dem Dach einer Scheune, wo sich das zugetragen haben soll? Ob die Geschichte wirklich stimmte oder ob die Oma sie sich nur ausgedacht hatte? Jedenfalls war ganz in der Nähe, auf einer kleinen Lichtung am Bach, ihr Lieblingsplatz gewesen.

Bei dem Gedanken daran, wird ihr ganz warm ums Herz.

Das war als die Oma noch in Wernesgrün wohnte. Doch nach Opas Tod hatte sie das Haus, das im oberen Dorf lag und das der Opa einst gebaut hatte, verkauft.

„Es ist viel zu groß für mich allein. Ich nehme mir eine Wohnung in der Stadt. Da hab ich ein bisschen Kultur, Theater und so etwas. Und für den Sommer hab ich ja noch 'das Häusel'. Da kann ich ja bei gutem Wetter auch bleiben."

Gleich am Anfang des Dorfes stand ein großes graues Haus in dem die Großmutter ihre Kindheit verbracht hatte und dahinter, am Hang und fast im Wald, stand

„das Häusel", ein kleines massives Gartenhaus. Im Sommer besuchte sie die Oma ständig dort. Das war ihr Reich, dort waren ihre Kräuterbeete, dort holte sie sich Beeren und Pilze aus dem Wald, dort stand ein Großteil ihrer vielen, vielen Bücher und dort schrieb sie manchmal kleine Geschichten für die Zeitung oder auch nur für sich und für Anne. Dorthin kamen auch manchmal ihre Freunde und es ging recht lustig zu. Wie gerne würde sie jetzt dort im Liegestuhl liegen, von der Oma in eine warme Decke gehüllt und einfach der Amsel zuhören, wie sie es als kleines Mädchen getan hatte. Vielleicht würde sie ja mit der Oma bald wieder dort hinausfahren.

Aber erst wird sie ihr die wichtige Frage stellen, die Frage deretwegen sie sich aufgemacht hat. Anne blickt aus dem Fenster und dann auf ihre Uhr. Nicht mehr lange und sie wird in Plauen ankommen und zu Omas Wohnung gehen, dorthin wo sie seit Opas Tod lebt. Wie wird die Oma aussehen und wird sie sie überhaupt erkennen? Sechs Jahre, dass ist eine ganz schön lange Zeit. Noch ganz genau kann sie sich an ihren letzten gemeinsamen Tag erinnern.

Es war ein heißer Sommertag und sie waren froh der Stadt entfliehen und zu ihrem 'Häusel' fahren zu können. Verschwitzt und dreckig aber glücklich war sie vom Spielen hereingekommen, hatte sie es doch endlich geschafft noch im Flug von der Schaukel zu springen, wie ihr damaliger Kindergartenfreund. Lange hatte sie geübt und dabei fast den Blumenstrauß vergessen, den sie der Oma vorher noch gepflückt hatte. Er sah schon etwas mitgenommen aus und die Oma sollte ihn schnell ins Wasser stellen. Sie hatte gar nicht bemerkt, dass ihre Mutter auch schon gekommen war, um sie abzuholen. Gleich stellte sich das schlechte Gewissen wieder ein und die Freude war dahin. Hatte sie der Mutter doch versprechen müssen, das mit Papa und dem neuen Haus noch geheim zu halten und sie hatte sich doch verplappert. Nie wurde sie das Gefühl ganz los, Schuld zu sein an dem, was dann geschah. Dabei hatte sie der Oma doch nur von ihrem riesigen Zimmer im neuen Haus, das gerade gebaut wurde und von Papas schicker Uniform, die so aussah wie die von Opa Horst, erzählen wollen. Der Streit war schon in vollem Gange und so hatten weder Mama noch Oma ihr hereinkommen bemerkt. Sie sah sich noch mit ihrem Blumensträußchen in der offenen Tür stehen. Den hatte sie dann immer noch in der Hand, als sie längst im Auto hinter der Mutter saß und noch nicht wusste, dass sie lange nicht mehr zurückkommen sollte, an diesen Ort.

Das sich Mama und Oma manchmal stritten, war sie gewohnt. Das taten sie eigentlich so lange sie denken konnte. Aber damals geriet alles außer Kontrolle. Wie zwei Kampfhähne standen sie sich mit hochroten Köpfen gegenüber. Nichts um sich herum, nahmen sie mehr wahr. An vieles was sie sich gegenseitig an den Kopf warfen, kann sie sich heute nicht mehr erinnern. Nur das „Soldaten sind Mörder!", der Oma und das „Lass mich mit deiner Pazifistenscheiße in Ruhe", der Mutter hatte sich tief in ihr eingegraben. Das Eine, weil sie nicht glaubte, dass ihr geliebter Papa, der jeden Abend mit ihr kuschelte, jemanden tot machen könnte und das andere, weil ihr das Wort Pazifismus unbekannt war und sie es für ein böses Schimpfwort hielt.

Auf einmal fiel Omas Blick auf sie und sie wurde ganz blass. Die Mutter die ihrem Blick gefolgt war, sah nun auch auf sie herab. Mit einem Mal ging ein Ruck durch ihren Körper. Sie lief auf Anne zu, fasste sie fest am Arm und verließ, ohne sich noch einmal umzudrehen den Raum, Anne immer hinter sich herziehend.

„Mich siehst du hier so bald nicht wieder!", rief sie.

Anne die zurückblickte, sah wie die Oma sich, jetzt noch blasser, auf den Stuhl zurückfallen ließ. Traurig und allein saß sie da und Anne vergaß dieses Bild nicht.

Ob die Oma damals schon ahnte, was passieren würde? Die Oma wusste manchmal was in der Zukunft geschehen würde, davon ist Anne auch jetzt noch überzeugt, auch wenn die Mutter es als dummen Hokuspokus abtut.

Damals im Auto sprach die Mama kein einziges Wort mehr und Anne brabbelte immer wieder ganz leise das Wort „Pazifistenscheiße" vor sich hin.

Seitdem hatte Anne die Oma nur noch wenige Male ganz kurz gesehen. Einmal, kurz nach ihrer Einschulung, wartete sie am Schultor auf sie. Sie plauderte mit ihr wie eh und je und schenkte ihr ein Buch: „Zwei Kinder und der Krieg." Als die Mutter davon erfuhr nahm sie ihr das Buch weg und verbot ihr je wieder etwas von der Oma anzunehmen oder mit ihr zu reden. Noch zwei, drei Mal stand sie gegenüber der Schule und sie winkten sich heimlich zu. Dann hatte Anne große Sehnsucht. Doch mit der Zeit kam so viel Neues in ihr Leben. Sie zogen in das neue Haus in Marktredwitz und wirklich, sie hatte ein schönes großes Zimmer bekommen. Der Vater musste nicht mehr auf Montage, sondern fuhr nur eine halbe Stunde mit dem Auto zu seiner Kaserne in Hof. Mutter machte ihre Fachärztinnenausbildung im nahegelegenen Krankenhaus. Die anderen Großeltern wohnten gleich um die Ecke und nahmen sie gerne auf Ausflüge und Reisen mit.

Dann war da noch die neue Schule, neue Freunde, neue Eindrücke. Das Bild der geliebten Oma wurde blasser und blasser, nur manchmal wenn sie traurig war, kramte sie es hervor.

„Nächster Halt: Plauen, Oberer Bahnhof", dringt die etwas undeutliche Ansage an Annes Ohr. Oh, sie ist ja schon da. Kurz darauf steht sie etwas fröstelnd, denn es hat leichter Nieselregen eingesetzt, und das im Mai, vor dem Bahnhofsgebäude. Mit ihrem letzten Kleingeld kauft sie sich noch schnell eine Pizza. Warum bekommt sie bloß immer solch einen Appetit, wenn sie aufgeregt ist? Was sie heute Morgen noch schnell eingepackt hat, ist bis auf einen Schokoriegel auch schon alles aufgefuttert. Ein Blick auf ihr Handy zeigt ihr jetzt die Strecke, die sie gehen muss. Sorgsam hatte sie in den letzten Tages, zusammen mit Hanima, der Einzigen die sie in ihr Unternehmen eingeweiht hat, alles vorbereitet. Die Adresse hatten sie im Telefonbuch gefunden, die Strecke dorthin am Computer angesehen und die Zugverbindung herausgesucht. Die Fahrkarte war ziemlich teuer, aber Hanima hatte ihr von ihrem Taschengeld noch ein paar Euro zugeschoben.

Anne läuft los. Es ist ganz schön weit und der Nieselregen auch unter ihrer Kapuze nicht gut zu ertragen. Eine Straßenbahn fährt an ihr vorbei, aber sie weiß nicht welche sie benutzen kann, außerdem hat sie ja eh kein Geld dafür.

Sie kommt an einem Sparkassengebäude vorbei und denkt darüber nach wie es wohl wäre, einfach da hineinzugehen, einen Überfall vorzutäuschen und dann mit dem erbeuteten Geld ein Taxi zu rufen, nicht ohne sich vorher noch ein prächtiges Menü einzuhelfen. Anne muss lachen. Auf welche blöden Gedanken man kommen kann. Endlich hat sie die Friedensbrücke erreicht und schaut ins Tal. Unter ihr geht eine Straße entlang und sie kann auf das Fabrikgebäude einer Brauerei blicken. Nun kann es nicht mehr weit sein. Viele Leute sind bei diesem Wetter nicht zu Fuß unterwegs. Dafür brausen umso mehr Autos an ihr vorbei und bespritzen sie. Langsam bekommt sie schlechte Laune und mit verkniffener Miene und gesenktem Kopf kämpft sie sich durch den stärker werdenden Regen. Nach weiteren zehn Minuten Marsch liest sie endlich das Straßenschild „Pestalozzistraße". Nun braucht sie nicht mehr groß zu suchen, denn sie erkennt plötzlich alles wieder und steht schnell vor dem vierstöckigen Haus. Richtig, hier ist ja auch das Namensschild. Ohne zu überlegen drückt Anne lang anhaltend auf den Klingelknopf, so wie früher. Gleich wird sie vor der Oma stehen, gleich wird sie im

Trocken sein. Sie sieht sich schon, eingekuschelt in eine Decke, einen Kakao schlürfen. Ihr Herz beginnt wild zu klopfen. Nun wird ihr doch etwas bange. Wird die Oma ihr, die alles entscheidende Frage beantworten können. Doch nichts regt sich, alles bleibt still. Sollte sie nicht zu Hause sein? Warum hatte sie überhaupt nicht damit gerechnet? Warum hatte sie einfach angenommen, die Oma müsse hier sein? Was soll sie nur tun? Es wird ihr nichts anderes übrig bleiben, als zu warten. Irgendwann muss sie ja auftauchen, hoffentlich! Aber bei dem Regen hier vor der Tür stehen? Spontan drückt sie noch einmal auf einen Klingelknopf und dann auf noch einen. Da meldet sich eine Stimme. Sie sagt den Namen ihrer Oma und murmelt etwas von Schlüssel vergessen und schon ist sie drin. Sie steigt bis in den ersten Stock und hockt sich dort vor der Tür zu Omas Wohnung auf die Treppe. Sie holt den verbliebenen Riegel heraus und nachdem sie ihn sich in den Mund gestopft hat, zählt sie die paar Cent zusammen, die sie noch übrig hat. Mit denen würde sie auf keinen Fall wieder nach Hause kommen. Sie lehnt sich ans Treppengeländer, schließt die Augen und wie in einem Traum erlebt sie noch einmal die Rückfahrt vom Festival im letzten Sommer. Nur, dass es eben kein Traum ist, aus dem man aufwachen und weitermachen konnte. Zum zweiten Mal an diesem Tag, erlebt sie wie die Mutter über die Autobahn geprescht war. Doch diesmal reißen sie keine Zugbremsen aus ihren Gedanken. Wieder sitzt sie neben der Mutter zu der kein Wort, kein Ruf, keine Warnung durchzudringen scheint. Keine Rast gab es an diesem Tag, kein Geplauder wie Anne es sich vorgestellt hatte. Es gab nur dieses dahin rasen, von irgendeiner Vorahnung getrieben. Sie waren schon fast zu Hause, hatten die Autobahn verlassen und Anne wollte schon aufatmen und die Mutter wegen ihres Rasens ein bisschen aufziehen, als sich plötzlich der Verkehr staute. Ein Krankenwagen mit Martinshorn und die Polizei pfiffen an ihnen vorbei. Die Mutter schien auf einmal ganz ruhig zu sein, so als hätte die wilde Fahrt auf der Autobahn nie stattgefunden.

„Scheint ein Unfall zu sein. Ich will sehen, ob ich helfen kann. Vielleicht ist der Notarzt noch nicht da. Bleib du im Wagen. Ich bin gleich zurück."

Doch es dauerte und dauerte. Viele Autos hatte man inzwischen am Unfallort vorbei geleitet. Irgendwann hielt sie das Warten nicht mehr aus. Sie stieg aus dem Auto und ging vorsichtig am Straßenrand entlang, dorthin wo der Unfall stattgefunden haben musste. Nichts hatte sie auf das vorbereitet, was sie dann sah. Alles schien auf einmal wie in Zeitlupe abzulaufen, alle Geräusche waren verschwunden, wie eingehüllt in einen riesigen Watteball ging sie dahin, sah die Mutter neben einer Bahre knien, auf der jemand zugedeckt lag, sie sah wie die Rettungssanitäter ihre Sachen verstauten und die Hecktür ihres Wagens zuwarfen. Jemand, wohl der Notarzt, redete auf die Mutter ein. Wie in einem schlechten Traum schien es ihr, als käme sie nur sehr langsam voran. Noch weniger gelang es ihr, die Bilder zu einem Ganzen zu ordnen. War das, an den Brückenpfeiler gepresste, völlig verbeulte Auto, nicht Papas Wagen? Und wo war eigentlich Papa, wenn hier sein Wagen stand? Als Mutter sie endlich bemerkte und auf sie zu rannte, sie in den Arm nahm und sie beschwor nicht hinzusehen, war es schon zu spät. Da hatte sie bereits begriffen, dass derjenige, der dort unter der Decke lag und um den sich keiner mehr mühte, ihr Papa war. Ein unwirklicher Schrei durchschnitt die Luft und erst viel später wurde ihr bewusst, dass es ihr eigener gewesen war.

„Was tust du hier Mädchen?"

Ist das der Notarzt?

„Es ist doch mein Papa!", ruft sie entsetzt.

„Wer?"

Anne starrt auf einen Mann mit wirren roten Haaren und langem krausen Bart. Ach du meine Güte, hatte sie geschlafen? Hier ist kein Notarzt. Sie sitzt immer noch auf der Treppe vor Omas Wohnung. Hatte sie etwa im Schlaf geschrien?

„Ich muss wohl eingenickt sein. Ich… ich warte hier auf jemanden", stottert sie.

In selben Moment hört sie Geräusche, die eindeutig aus Omas Wohnung kommen. Sollte sie schon zurück sein? Vielleicht hatte sie sie nicht bemerkt? Sie springt auf und drückt auf den Klingelknopf, noch einmal und noch einmal. Drinnen hört sie etwas poltern, dann ist es wieder mucksmäuschenstill. Ob die Oma da drin umgefallen ist oder ob sie vielleicht gar jemand gefangen hält? Hatte dieser Typ hier etwa was damit zu tun?

Sie muss lächeln: „Du schaust zu viele Krimis", denkt sie.

Immer noch steht der bärtig Mann neben ihr und obwohl Anne schwören könnte, dass er vorhin bei den Geräuschen genauso zusammengezuckt war wie sie selbst, tut er jetzt so als sei nichts gewesen.

„Haben sie nicht gehört, dass sich da drin was bewegt hat, da muss doch jemand sein!"

Doch er schüttelt den Kopf: „Nein, da war nichts. Das kam von oben. Mein liebes Töchterlein ist nicht in der Lage die Tür zu schließen, wie es sich gehört. Jedes

Mal lässt sie sie ins Schloss fallen, dass es scheppert. Das überträgt sich in diesen alten Häusern manchmal über die Wände. Das wird es sein, was du gehört hast!"

Misstrauisch mustert Anne den Fremden. Sie ist doch nicht blöd. Sie weiß, was sie gehört hat. Will er etwas vor ihr verbergen? Doch obwohl er einen ziemlich wilden Eindruck macht, wie er so hoch aufragend eine paar Stufen über ihr steht, und keinesfalls wie Jedermann aussieht mit diesem langen Bart und obwohl seine Stimme mächtig durch das Treppenhaus hallt, blicken seine Augen freundlich und gelassen zu ihr herunter.

„Du willst also zu Anneliese, äh ich meine natürlich zu Frau Dressel?"

„Ja, sie ist meine Oma."

„Deine Oma? Ich habe dich doch noch nie hier gesehen."

„Aber Papa, das ist das Mädchen auf dem Schreibtisch von Anneliese, das neben der Frau mit dem strengen Haarknoten."

Anne sieht nach oben. Dort beugt sich ein Mädchen, mit vielen roten Zöpfen auf dem Kopf und Sommersprossen von unabsehbarer Zahl um die Nase, zu ihr herunter.

„Pippi Langstrumpf auf modern!", murmelt Anne leise vor sich hin.

Doch die andere scheint mit einem ungewöhnlich guten Gehör ausgestattet: „Na klar, das stärkste Mädchen der Welt. Nur so viele Zöpfe hatte die nicht."

Sie springt lachend die Treppe herunter und nun kann Anne sie genauer betrachten. Wahrscheinlich ist sie etwa so alt wie sie selbst, nur etwas kleiner und schmächtiger geraten, was recht putzig aussieht, wenn sie neben ihrem riesigen Vater steht. Dass es ihr Vater ist, sieht man sofort, die gleiche Haarfarbe, die gleichen hellen Augen. Das Mädchen holt nun eine Brille aus ihrer schon ein bisschen schmutzigen Latzhose und setzt das Teil mit den kugelrunden Gläsern auf die Nase.

„Wenn schon Witzfigur dann ganz und gar. Hören tu ich überdurchschnittlich gut, aber mit dem Sehen hab ich es nicht so."

„Wie hast du dann von oben erkannt, dass ich das Mädchen von dem Foto bin?"

„Na, Brille. Ich setz' die immer auf und ab. Ist so ne' Marotte von mir."

„Genannt Eitelkeit", ergänzt ihr Vater.

„Ph!"

Die kurze Pause, die nun entsteht, nutzt er und wendet sich an Anne: „Also die Anneliese, die ist nicht da. Die wohnt jetzt im Sommer wieder in ihrer Laube, in Wernesgrün. Kennst du das Nest?"

Klar kennt Anne das Nest und auch die Laube, ihr „Häusel".

„Aber es ist doch noch gar nicht richtig Sommer."

„Ist doch beheizbar das Teil und außerdem ist ja schon Mai. Man kann also damit rechnen, dass es bald warm wird." Einen Moment stehen sie sich schweigend gegenüber.

„Ich denke ihr seit schon längst weg", ruft da eine Frauenstimme von oben.

„Da ist ein Mädchen, die will zu Anneliese, ist wohl ihre Enkelin", ruft das Mädchen zurück.

An der Geländerbrüstung erkennt Anne undeutlich den Kopf einer Frau. „Na und, warum nehmt ihr sie dann nicht einfach mit? Ihr müsst doch sowieso in die Richtung."

Vater und Tochter sehen sich an, grinsen und nicken: „Klar das könnten wir tun, wenn du willst. Was wären wir bloß ohne unsere Mama", das Mädchen lacht. „Unser Hof ist ja nicht weit weg. Papa ist nämlich Öko geworden."

„Öko?"

„Na ökologischer Anbau und kuschelig liebevolle Tierhaltung und so."

„Und was macht ihr dann hier?"

„Na wohnen, dass heißt ich, meine Mama und meine Brüder. Papa wohnt vorerst noch allein da, aber im Sommer können wir hinziehen."

„Nachdem du ..., wie heißt du eigentlich?"

„Anne!"

„Also nachdem du Anne unsere halbe Familiengeschichte erzählt hast, könnten wir mal los!? Ich habe heute noch mehr vor als einen netten Treppenhausplausch."

„Ja, wenn ihr mich denn mitnehmt."

„Klar machen wir das. Ich bin übrigens Konny und das ist Mia. Also los oder willst du lieber zum Bahnhof und wieder nach Hause fahren."

„Nein, nein", ruft Anne, auch wenn ihr nicht ganz wohl dabei ist, einfach mit den Beiden mitzufahren. Sie kennt sie ja gar nicht. Aber es bleibt ihr eigentlich gar keine andere Wahl. Geld für die Rückfahrt hat sie sowieso keins mehr, doch das sagt sie lieber nicht, denn sonst wüssten die Beiden ja gleich, dass sie auf eigene

Faust und ohne Erlaubnis unterwegs ist. Als die anderen bereits die Treppe hinunterlaufen, glaubt sie noch einmal ein Geräusch zu hören und hat das Gefühl beobachtet zu werden. Aber schon ruft Mia zu ihr hinauf: „Na komm schon!"

Da läuft sie hinter den Beiden her. Sie hat sich vielleicht doch nur getäuscht.

Als kurz darauf noch einmal der Kopf der Frau, oben am Treppengeländer auftaucht und dann eben diese kleine rundliche Frau mit einer großen Tasche die Treppen herunterkommt und die Wohnung von Oma Anneliese aufschließt, sitzt Anne bereits neben Mia und Konrad, vorn in deren uralten Pick-Up der nach einigen vergeblichen Versuchen, schließlich doch noch anspringt. Bald lassen sie die Stadt hinter sich und klappern über die Landstraßen.

Als Konny Annes banges Gesicht sieht, lacht er: „Mach dir mal keine Sorgen. Der ist 'n Freund. Der lässt uns nicht so schnell im Stich." Dabei klopft er fast liebevoll auf das Lenkrad seines Autos.

Mia indes, erzählt ihr von dem alten Hof und vor allem von den Tieren, die sie zum Teil vor der Schlachtungen gerettet hatten. Da waren zum Beispiel ihre Ziegen oder die handzahmen Hühnerküken, die der Vater aus einer Legebatterie geholt hatte.

Hühner mag Anne gern. Als der Opa noch lebte und die Großeltern noch ihr Haus hatten, hatte Oma immer ein paar Hühner. Sehr sorgsam hatte sie sich darum gekümmert. Und Anne hatte auf dem Bauch liegend zugesehen, wie die Henne ihren Küken das Picken von Körnern beibrachte.

Ohne dass sie es recht bemerkt hat, sind sie am Ziel angekommen.

„Hier wären wir junge Dame", sagt Konny. „Wir müssen aber gleich weiter, denn ich bin mit einem Handwerker verabredet, den kann ich nicht warten lassen."

„Du kannst uns doch mal besuchen, deine Oma weiß wo der Hof ist und ich bin sowieso viel allein, weil ich noch keinen aus der Gegend kenne. Dann kann ich dir das Melken von unserer Ziege beibringen. Das hab ich selbst erst vor Kurzem gelernt."

„Na klar, du kannst jederzeit kommen – wenn du nicht schreckhaft bist!", ruft Konny im wegfahren und Annes „Wieso?" hören die Beiden schon nicht mehr.

Anne steht am Straßenrand und sieht dem Pick-Up nach bis er tuckernd verschwunden ist.

„Merkwürdige Leute", denkt sie und, dass es vielleicht dennoch ganz lustig sein könnte sie zu besuchen.

Dann wendet sie sich von der Straße ab, geht an dem großen grauen Haus vorbei und da steht es, wie eh und je, Omas „Häusel" und wie zu ihrer Begrüßung hört der Regen auf und erste Sonnenstrahlen lugen hinter den Wolken hervor. Sie öffnet die Gartenpforte, geht über die blühende Wiese zur Tür. Alles ist offen, doch nirgends ist jemand zu sehen, weder drinnen noch weiter hinten im Garten. Zurück in der Laube, lässt sie sich in einen der alten Korbstühle fallen. Na, weit kann die Oma ja nicht sein, wenn alles hier offen steht. Sie sieht sich in dem einzigen Raum um, der nur durch eine dünne Wand von der kleinen Küche getrennt ist. Die Wände sind mit Bücherregalen vollgestellt und auf dem Schreibtisch liegen unzählige Papiere, Zeitungen und ausgeschnittene Artikel umher, darunter auch ein paar Tüten mit Sämereien. Doch da steht auch, halb verdeckt von Briefen, ein Laptop. Hinter einem Vorhang, befindet sich eine Liege, die Oma offensichtlich als Bett diente. Am Tisch in der Mitte des Raums, an dem Anne jetzt auf einem der zwei Korbstühle sitzt, steht noch das schmutzige Frühstücksgeschirr. Aber was liegt da? Auf einer, aus einem Heft herausgerissen Seite, steht mit schwarzem Filzstift: „Bin bei den Hahnenhäusern."

Für wenn soll die Oma das geschrieben haben? Das war doch ihrer Beider geheimer Lieblingsplatz? Oma konnte doch überhaupt nicht wissen, dass sie, Anne, sich ausgerechnet heute auf den Weg zu ihr macht. Merkwürdig! Sie nimmt das Blatt in die Hand und dreht es hin und her. Da, auf der Rückseite steht noch etwas. Nein, es war eine Skizze für den Weg. Lange blickt Anne darauf. Es überkommt sie ein seltsames Gefühl, als zöge sie etwas oder jemand zu dem Ort, dessen Weg da aufgemalt ist. Erinnerungsfetzen durchzucken sie. Unentschlossen sitzt sie noch eine Weile in ihrem Sessel. Doch was soll sie noch länger warten? Sie lässt ihren Rucksack in der Laube zurück, hängt sich nur das Täschchen mit ihren Briefen, Fotos und Aufzeichnungen über die Schulter und macht sich auf die Socken.

Das Wetter meinte es nun gut mit ihr. Vorbei an Omas schon bestellten Gemüsebeeten, läuft sie wieder hinunter auf die Straße, überquert diese und ist schon bald im Wald verschwunden. Wie spät mag es sein? Vielleicht Mittag vorbei? Je weiter sie in den Wald und in die Zeit ihrer frühen Kinderjahre eintaucht, umso wohler wird ihr. Bald braucht sie die Skizze auf der Rückseite des Blattes nicht mehr, wie von selbst geht sie den Weg entlang und wird immer schneller und schneller. Zum Schluss rennt sie fast, vorbei an der kleinen Häusergruppe, auf deren Scheune noch immer der Hahn prangt. Eine Frau schaut aus dem Fenster. Da, gleich hinter den Häusern ist ja auch ihre geheime Stelle. Von weitem sieht Anne etwas buntes. Ist das die Großmutter? Aber als sie näher kommt, liegt da nur die altbekannte karierte Decke der Oma. Doch sie selbst ist nirgendwo zu sehen. Anne streckt sich auf der Decke aus. Da ist ja sogar Omas Korb, den diese angeblich schon von ihrer Oma hat. Darin liegt eine Flasche selbstgemachter Apfelsaft und ein dickes, frisches, duftendes Butterbrot. So hat sie es früher immer geliebt. Was geht hier bloß vor? Es ist inzwischen recht sonnig und warm geworden und bald würde auch das noch feuchte Gras getrocknet sein. Anne streicht mit der Hand darüber und fühlt sich glücklich und befreit. Vielleicht ist die Oma ja nur mal kurz in den Wald gegangen. Es ist gut, dass sie hier ist. Hier an diesem vertrauten Platz wird es ihr ganz leicht fallen, mit ihrer Oma über all das zu reden, was sie auf dem Herzen hat. Und sie ist sich sicher, dass die Oma eine Antwort für sie haben und dass alles gut werden würde.

Anne denkt an die Zeit nach Papas Tod. Auch wenn es immer schwieriger geworden war mit ihm zu leben, so vermisst sie ihn doch jetzt sehr. All die Zeit in der sie noch eine ganz normale Familie waren, kramt sie hervor. In der Erinnerung scheint alles leuchtend und schön. Wie sie mit Papa spielte und bastelte. Ihre selbstgebauten Drachen im Herbst waren in jedem Jahr wieder ein kleines Kunstwerk und geflogen waren die, hoch und höher… meistens. Oft war sie mit ihm wandern und klettern, nur mit ihm, ohne die Mutter. Er forderte sie heraus auch schwirige Touren zu bewältigen, an einem Baumstamm über ein Flusstal zu balancieren, sich an Seilen steile Abhänge hochzuziehen und nicht in die Tiefe zu blicken. Sie überwand ihre Angst und war dann stolz und spürte wie stolz auch Papa auf sie war. Sie übernachteten draußen im Schlafsack am Feuer und er ließ sie sogar auf Waldwegen das Auto steuern. Von all dem hatte die Mutter keine Ahnung, das gehörte nur ihnen beiden.

Und dann war er weg! Einfach nicht mehr da!

Der Sarg war geschlossen und mit Blumen bedeckt. Lag er wirklich da drin? Würde sie ihn niemals wiedersehen und warum, warum nur? Manchmal hat sie das Gefühl, als sei er gar nicht tot, sondern nur wieder im Einsatz und bald sehr bald würde er einfach mit seinem jungenhaften Lachen vor ihr stehen und sagen: „Ich bin doch ein Stehaufmännchen Anne, das weißt du doch!"

Das ganze Trauergerede ging ihr auf die Nerven. Das machte ihn auch nicht wieder lebendig.

„Ein Unfall", so sagte die Mutter, „es war ein Unfall."

Aber, so fragte sich Anne damals, warum war er einfach auf freier Strecke von der Fahrbahn abgekommen und an den Brückenpfeiler gerast? Hatte er getrunken?

„So war es nun mal", sagten alle und wichen ihrem Blick aus.

Und sie konnte nichts tun außer traurig sein. Ja am Anfang, kurz nach Vaters Tod, da waren alle sehr rücksichtsvoll zu ihr. Sie behandelten sie, als sei sie ein rohes Ei. Doch keiner traute sich recht an sie heran. Vor allem in der Schule hielten alle einen gewissen Abstand. So als wäre eine unsichtbare Wand zwischen ihnen und ihr. Doch sehr schnell merkt Anne, dass hinter vorgehaltener Hand getuschelt wurde, über sie und ihre Familie.

Von der Mutter erfuhr Anne keine Hilfe. Gleich nach der Trauerfeier begann sie das normale Leben wieder aufzunehmen. Sie vergrub sich in ihre Arbeit, die ihr keine Zeit zu lassen schien, weder für sich noch für Anne. Morgens kämmte sie ihre Haare nun noch strenger nach hinten und steckte sie zu einem Knoten fest. Sie setze ihr Frau Doktor Gesicht auf und meinte zu Anne, die traurig und verweint vor ihr stand.

„Es hilft nichts, wir müssen weitermachen, wie immer es uns auch geht. Ich muss arbeiten, kann keinen gutbezahlten Dienst auslassen. Es sind noch genug Schulden auf dem Haus und allein wird es schwirig werden, das abzuzahlen. Reiß dich ein bisschen zusammen, Anne. Du bist noch ein Kind. Dein Leben geht weiter. Du hast noch alles vor dir", sprach's und ging aus dem Haus, ohne sich noch einmal nach ihr umzusehen.

Nur einmal hatte Anne nachts, als sie aufs Klo wollte, noch Licht im Wohnzimmer bemerkt. Sie schlich sich hinunter, um zu sehen, ob die Mutter noch wach war. Sie wollte sie einfach umarmen, sich an sie lehnen, mit ihr kuscheln. Doch die Mutter bemerkte nicht einmal, dass sie das Zimmer betrat. Sie saß da und stierte dem Rauch nach, der aus ihrer Zigarette aufstieg, neben sich eine halb geleerte Flasche Schnaps. Zigaretten und Alkohol, das kam doch bei Mutter nie vor, höchstens mal ein Glas Wein, aber Schnaps? Anne erschrak als sie die Mutter so sitzen sah. Sollte sie jetzt auch wie der Vater …? Sie wagte es nicht die Mutter anzusprechen, sondern schlich leise in ihr Bett zurück. Dort zog sie nach alter

Manier die Decke über den Kopf und hatte Angst vor dem kommenden Tag. Doch am nächsten Morgen war der Mutter nichts anzumerken. Nur wenn man ganz genau hinsah, vielleicht ein Schatten unter den Augen. Und es kam auch nie wieder vor, dass Anne nachts Licht im Wohnzimmer bemerkte.

Der einzige Rettungsanker war ihre Freundin Hanima und deren Familie. Hierhin flüchtete sie sich. Hier ließ man sie weinen oder weinte einfach mit. Hier drückte sie Hanimas Mama an ihre Brust und stopfte sie mit süßen Honigplätzchen voll. Hier hörte man ihr zu, wenn sie Geschichten über ihren Papa erzählte. Aber hier fand auch keiner etwas dabei, wenn sie einmal alles vergaß und so ausgelassen und fröhlich wie früher, mit allen zusammen Karten spielte.

Und hier erfuhr Anne auch, dass es noch eine andere Wahrheit gab, die sie lange schon geahnt hatte, die aber keiner gewagt hatte ihr zu sagen.

Es war irgendwann nach Weihnachten gewesen. Anne war mit ihrer Freundin Hanima verabredet und klingelte an ihrer Wohnungstür. Die kleine Schwester ließ sie herein und war wieder im Wohnzimmer, wo der Fernseher lief, verschwunden. Anne kannte ja den Weg zu Hanimas Zimmer. Schon von weitem hörte sie einen heftigen Streit zwischen ihrer Freundin und deren Bruder. Das war nichts Ungewöhnliches und Anne wollte schon die Tür öffnen, als sie ihren Namen hörte. Schon mit der Klinke in der Hand, blieb sie wie angewurzelt stehen und lauschte.

„Du musst es ihr sagen, Hanima. Du bist ihre Freundin. Besser sie erfährt es von dir, als von irgendeiner Zicke aus der Schule oder von einer klatschsüchtigen Nachbarin, mal eben so nebenbei."

„Warum ich?", schrie Hanima und Anne konnte ihrer Stimme anhören, dass sie dem Heulen nahe war. „Ich bin froh, dass es ihr ein bisschen besser geht, dass sie nicht mehr so viel weint. Warum sollte ich sie damit wieder traurig machen. Ich habe es ihrer Mutter versprochen, das weißt du doch."

„So ein Blödsinn, irgendwann fällt ihr doch einmal eine der Zeitschriften in die Hand, die alle so sorgfältig vor ihr verborgen halten."

Da riss Anne die Tür auf.

„Welche Zeitschriften?", rief sie und Hanima und ihr Bruder standen wie erstarrt vor ihr. Durch ihr lautes Wortgefecht hatten sie kein Klingeln gehört. Anne griff nach der Zeitschrift die zwischen den Beiden auf dem Tisch lag.

„Nach Einsatz in Afghanistan begeht traumatisierter Bundeswehrsoldat Selbstmord!!!", war dort in großen Lettern zu lesen. Daneben ein Foto von dem Brückenpfeiler und Papas Autowrack. Ihr wurde ganz schlecht. Hatte sie es nicht schon immer geahnt? Warum hatten sie alle belogen. Anne riss sich von Hanima los, die sie festhalten und ihr etwas erklären wollte. Sie rannte aus der Wohnung und schlug die Tür hinter sich zu. Sie war wütend, so unendlich wütend, dass sie am liebsten etwas zerschlagen hätte. Wie im Rausch lief sie und stieß alles beiseite, was ihr im Wege war.

„Lüge, Lüge, Lüge!", brannte es in ihrem Kopf wie ein Feuer. Sie geriet in einen Sog, der sie vorwärts trieb. Zu Hause angekommen stürmte sie in Mutters Zimmer, die natürlich noch auf der Arbeit war. Sie riss deren Schreibtischschubladen auf und schmiss den Inhalt auf den Boden. Was hatte sie noch alles vor ihr verborgen, was? Sie fand eine Mappe, in der die Mutter, fein säuberlich, alles gesammelt hatte, was mit Vaters Tod zusammenhing. Unfallberichte, Gutachten, Zeitungsausschnitte, viele Zeitungsausschnitte, Schreiben der Bundeswehr, alles breitete sie vor sich aus. Es war ihr klar geworden, Papa hatte die schlimmen Sachen, die er im Krieg, da in Afghanistan gesehen hatte, nicht mehr loswerden können, davon war er krank geworden und wollte dann eines Tages nicht mehr weiterleben. Nicht einmal Mama und sie hatten ihn daran hindern können. Vielleicht hatte er sie deshalb so gerne wegfahren lassen, damals im Herbst. Aber warum wollte die Mutter nicht, dass sie das wusste? Dachte sie vielleicht, sie würde den Papa dann nicht mehr liebhaben? Oder gab es da noch einen anderen Grund? Anne wollte die Sachen wieder in den Schreibtisch zurücklegen, da machte sie noch eine Entdeckung. Ganz unten, verborgen unter allerlei Krams, lagen zwei Briefe. Auf dem einen stand der Name ihrer Mutter, auf dem anderen ihr eigener Name. War das nicht Papas Handschrift? Der Brief war unverschlossen. Ihre Hand zitterte als sie den Briefbogen herausnehmen wollte. Sie brauchte eine ganze Weile, bis sie sich traute zu lesen.

„Liebe Anne!", stand da in seiner typischen, fast ausschließlich aus Druckbuchstaben bestehenden Handschrift geschrieben, „Es tut mir leid, wenn ich dir jetzt vielleicht sehr weh tue. Doch ich kann so nicht mehr weiterleben. Die Bilder in meinem Kopf, von dem was ich im Krieg erlebt habe, lassen mich nicht mehr los. Ich bin in den Krieg gezogen, vielleicht um mitzuhelfen, dass es in diesem fernen Land wieder friedlich wird, aber vielleicht wollte ich auch etwas Außergewöhnliches erleben, wollte meine Grenzen austesten, so wie du damals als wir gewandert und geklettert sind. Weißt du noch? Und ich dachte ich könnte gutes Geld verdienen, damit wir ein schönes Leben haben, du, deine Mutter und ich. Ein schönes großes Haus, Reisen, ein tolles Auto, nie wieder Sorgen ums Geld, dass wollte ich. Auch du solltest alles haben können, was du dir wünschst einschließlich einem tollen Vater, denn ich liebe dich Anne, seit ich dich vor 11 Jahren kennengelernt habe."

Anne stutzte. Vor 11 Jahren? Aber sie war doch schon 12, fast 13 Jahre alt.

„Aber nun bin ich in meinem Inneren kaputt. So viele Tote habe ich gesehen, tote Kameraden, tote Menschen nach einem Angriff auf der Straße liegend, kleine Kinder darunter. Es war unbeschreiblich schlimm in erloschene Augen zu sehen, von so jungen Menschen. Und ich selbst hatte ein Gewehr und habe geschossen. Keiner kann sich vorstellen und keiner hat mir das vorher gesagt, wie man sich da fühlt, trotz aller Übungen. Ich will nicht Anne, dass du je einen Krieg erleben musst oder irgendwo hingehst, wo Krieg ist, so wie ich es getan habe. Ich werde jetzt gehen, weil ich für euch, für meine Umwelt unerträglich geworden bin und weil die anderen und das Leben für mich unerträglich geworden sind.

Sprich mit deiner Mutter und vielleicht kann dir ein anderer" Anne stockte, weil die Schrift hier fast unleserlich und ganz verwischt war. Hatte er geweint? Ihr starker Papa, ihr Held? Oder hatte er oder jemand anderes versucht die Worte auszulöschen und es sich dann doch anders überlegt? „dein Vater, weiterhelfen. Mir ist es nicht gelungen. Du wirst es ohne mich leichter haben. Ich habe dich trotzdem sehr lieb und sollte es da oben etwas geben, was fortbesteht, so werde ich nach dir schauen.

Dein Papa"

Ohne darüber nachzudenken, öffnete Anne auch den Brief an die Mutter. Auch hier sein typisches Schriftbild, doch der Brief war mit einem dicken roten Kreuz durchgestrichen. Hatte das die Mutter gemacht? Manches konnte man dadurch kaum noch entziffern. Der Inhalt war ähnlich, doch hier beschrieb er alles sehr viel drastischer. Er schrieb von Blut und abgetrennten Gliedmaßen, herausgestochenen Augen, Hirn das über die Erde ran. Er beschrieb seine immer stärker werdenden Ängste vor Angriffen der Taliban. Er beschrieb die Angst als er nach einem Angriff am Boden lag und der festen Überzeugung war, jetzt sterben zu müssen. Und er beschrieb, wie er das erste Mal auf jemanden geschossen und getroffen hatte. Alles worüber er nie mit jemandem, wahrscheinlich nicht einmal mit der Mutter gesprochen hatte, hatte er sich von der Seele geschrieben. Und obwohl es Anne würgte und sie merkte, dass sie sich gleich würde übergeben müssen, las sie wie im Bann weiter und immer weiter.

Das schlechte Gewissen etwas zu lesen, was nicht für sie bestimmt war, überkam sie erst viel später. Die Wut auf die Mutter, die ihr alles verschwiegen hatte, und die Wut auf den Vater der sie einfach verlassen hatte, beherrschte sie zu stark. Am Schluss des Briefes waren sogar die Zeilen mit rotem Filzstift übermalt. Doch noch schimmerten einige, der mit Kugelschreiber geschrieben Worte hindurch. So konnte sich Anne den Sinn ungefähr zusammenreimen. Es hieß wohl in etwa: „Sprich mit Anne. Sie hat ein Recht auf die Wahrheit."

Dann konnte man nichts mehr entziffern. Alles war so stark mit dem Filzstift bearbeitet worden, dass das Papier durchlöchert war. Anne nahm an, dass er hier von der Liebe zu ihrer Mutter geschrieben hatte.

Annes Magen begann zu rebellieren. Sie war, die Briefe noch in der Hand, aufs Klo gerannt, um sich zu übergeben. Dort saß sie dann und starrte vor sich hin ohne etwas wahrzunehmen.

Erst nach geraumer Zeit erreichte sie das stürmische Läuten an der Tür. Sie sprang auf und lief hinüber in das Zimmer der Mutter, um alles wieder halbwegs ordentlich in den Schreibtisch zu stopfen. Nur den an sie gerichteten Brief nahm sie und versteckte ihn unter ihrer Matratze. Erst dann öffnete sie die Tür. Draußen stand eine völlig verheulte Hanima.

„Wo warst du denn die ganze Zeit? Wir waren schon mehrmals hier und haben geklingelt, doch es hat keiner geöffnet. Ich hatte solche Angst, dass dir was passiert ist."

Anne hatte kein klingeln und auch kein rufen gehört. Doch jetzt, wo die Freundin vor ihr stand, merkte sie wie das eben gelesene wieder in ihr Bewusstsein stieg. Mit einem Mal war es als öffneten sich alle Schleusen, und mit noch weichen Knien erzählte sie Hanima alles. Sie weinten eine Weile miteinander. Hanima wohl eher aus Erleichterung und Mitgefühl, Anne aus Wut. Sie wollte gehen, sofort. Sie wollte nichts mehr mit der Mutter zu tun haben, dieser Lügnerin. Doch Hanima, die Besonnene, beruhigte sie und so war der Plan geboren, den sie heute ausführte. Sie wollte die Wahrheit wissen, die volle und ganze Wahrheit. Mit der Mutter wollte sie nicht reden. Ihr war sie böse, ihr vertraute sie nicht mehr. Ob die Mutter wohl bemerkt hatte, dass sie an ihrem Schreibtisch war und dass der Brief fehlte, den sie jetzt bei sich trug?

Anne räkelt sich auf ihrer Decke und trinkt, halb aufgerichtet einen Schluck Saft. Nun könnte aber die Oma langsam kommen. Warum nur beschleicht sie das komische Gefühl, dass jemand sie beobachtet. Außer der Frau, die vorhin aus dem Fenster schaute, war sie doch keiner Menschenseele begegnet. Da, ist das nicht die Oma. Anne springt auf, um ihr entgegenzulaufen. Doch da ist niemand. Nur das Gras bewegt sich sanft, als habe es jemand beim Vorüberschreiten berührt. Merkwürdig, sie könnt schwören, jemanden gesehen zu haben.

Als sie zurück zu ihrem Platz kommt, steht da ein Mädchen. Anne kneift die Augen zusammen. Nein, das kann nicht sein, das ist sie ja selbst! Oder doch nicht? Die gleichen hellen Haare, die gleichen blauen Augen und die gleiche leicht gebogene Nase. Selbst die fleischigen Ohrläppchen, die unter der altmodischen Haube des Mädchens hervorlugen, gleichen den ihren wie ein Ei dem anderen. Nur die Augen scheinen älter und wissender und um den Mund hat sie einen herberen Zug.

Sie sind gleich groß und von der gleichen, kräftigen Statur.

„Sicher hat sie sogar die selbe Schuhgröße!", durchfährt es Anne. Doch da bemerkt sie, dass das Mädchen überhaupt keine Schuhe trägt. Auch ihre sonderbaren Kleider werden Anne jetzt erst bewusst. Von der Haube mal abgesehen, trägt sie ein Hemd oder eine Bluse aus grobem Stoff mit einer winzigen Stickerei am Ärmel und darüber ein Mieder. Der fast bis zu den Knöcheln reichende weite Rock ist aus einem derben Wollstoff, der vom bloßen ansehen kratzt und um den Saum herum, einige Dreckspuren aufweist. Über den Rock hat sie eine Schürze gebunden, die schon mehrmals geflickt wurde. Außerdem fällt Anne auf, dass sie etwas streng nach Ziege und Mist riecht.

Wer also ist dieses eigenwillige Abbild ihrer selbst.

„Du kennst mich nicht, und doch bin ich ein Teil von dir", fängt sie nun auch noch an zu orakeln. Will sich da jemand einen Scherz mit ihr machen?

„Hör auf mit dem Scheiß! Sag mir lieber wer du bist und woher du kommst."

„Änne ist mein Name und ich bin deine Ahne. Es geht eine gerade Linie immer von der Mutter auf die Tochter von mir zu dir. Heute ist außerdem ein besonderer Tag für mich. Du erinnerst dich doch noch an die Geschichte deiner Großmutter, an den Überfall auf die Hahnenhäuser? Das ist am heutigen Tage vor fast 400 Jahren geschehen, zur Zeit des großen Krieges, den ihr heute den 30-jährigen nennt."

„Und warum kann ich dich sehen?"

„Weil sich heute das Ereignis jährt, aber auch weil du offen dafür bist. Alles wofür man sich öffnet, geschieht. Vielleicht aber auch, weil ich es will und uns etwas verbindet."

„Uns etwas verbindet? Was soll uns den verbinden? Na gut, du siehst mir ziemlich ähnlich."

„Eher du mir, schließlich war ich zuerst da."

Anne verdreht die Augen. Das konnte doch einfach nicht wahr sein. Da steht sie hier und plaudert mit Einer, die angeblich vor fast 400 Jahren gelebt haben soll und dann auch noch mit ihr verwandt ist. Das glaubt ihr kein Mensch. Ja, das glaubt sie ja nicht einmal selbst. Fängt sie vielleicht an irre zu werden und sieht Gestalten, die es gar nicht gibt? Sie streckt die Hand aus und zwickt das Mädchen fest in den Oberarm. Doch ihr Gegenüber löst sich nicht in Luft auf. Sie ist immer noch da.

„Au, was soll das denn!", ruft Änne und es hätte nicht viel gefehlt und sie hätte Anne eine runter gehauen.

Schnell besinnt sie sich aber und lächelt ihr zu.

„Schon gut! Ich bin kein Hirngespinst von dir oder eine bunte Wolke die verschwindet. Mach dir keine Sorgen."

Anne schüttelt den Kopf. Wie soll sie sich keine Sorgen machen.

„Das ist doch alles total crazy hier!"

„Crazy?"

„Äh... na irgendwie verrückt, nicht so richtig wirklich."

„Merkwürdige Worte habt ihr heute."

„Ist englisch!"

„Englisch, das ist doch...? Na egal. Du siehst, auch für mich ist noch vieles neu, obwohl ich schon öfter ...

Aber du wolltest ja wissen, was wir gemeinsam haben!

Also ich komme eigentlich aus einem kleinen Dorf in Franken in der Nähe von Marktredwitz und nur der Krieg hat mich hierher ins Vogtland, die frühere Heimat meiner Mutter, zur Großmutter geführt."

Anne bleibt der Mund offen stehen und es dauert eine Weile bis sie heraussprudelt: „Ich komme ja auch aus Marktredwitz, Mensch. Und wenn man es ganz genau nimmt, hat mich auch ein Krieg hierher gebracht. Nur, dass es kein Krieg ist der hier stattfindet, sondern ganz weit weg."

„Es gibt also immer noch Kriege?", unterbrach Änne sie traurig. „Ich dachte diese Zeiten seien für immer vorbei."

Eine Weile schweigen beide und hängen ihren Gedanken nach.

Dann wagt Anne vorsichtig zu fragen: „Wie war das denn bei dir, wie war die Geschichte von den Hahnenhäusern wirklich? Was hast du erlebt? Kannst du mir nicht davon erzählen? Wann habe ich schon mal wieder die Gelegenheit mit meiner Ururur... was weiß ich wie viele „Ur" Großmutter zu reden und ihre Geschichte zu hören." Außerdem werde ich dann ja merken ob sie echt ist, denkt sie bei sich.

„Na komm, setzen wir uns auf die Decke und du erzählst einfach los."

„Und du, willst du mir nicht auch was von dir und deiner Zeit erzählen?

Aber warte mal, ich hab da so eine Idee. Hast du Mut?"

Anne zuckt mit den Schultern

„Keine Ahnung! Wofür sollte ich Mut brauchen? Ist deine Geschichte so gruselig?"

„Na ja, schön ist sie nicht immer, es war ja Krieg. Aber was ich meine ist ..., es gebe da eine andere Möglichkeit, weißt du ..."

„Was für eine Möglichkeit denn?", fragt Anne ungeduldig.

Änne wühlte in ihrem Korb herum.

„Hier hab ich sie", stöhnt sie erleichtert.

„Was hast du?"

„Die Pilze! Es ist nämlich so, weißt du, das sind Zauberpilze."

„Zauberpilze? Daran habt vielleicht ihr vor 400 Jahren geglaubt. Was soll das werden?"

„Na gut, wir müssen es ja nicht unbedingt ausprobieren, wenn du nicht willst."

„Was willst du denn ausprobieren? Nun tu doch nicht so geheimnisvoll!"

„Also, meine Mutter war eine Kräuterfrau und sie hat mich alles gelehrt, was sie wiederum von ihrer Mutter wusste. Ganz zum Schluss hat sie mir auch das von den Pilzen erzählt. Vorher war das immer ein großes Geheimnis. Sie sagte, man könne sich damit in andere Welten versetzen und wenn man jemanden zum Tauschen fände, dann könne man sozusagen, in dessen Leben hineingehen und umgedreht. Zeit und Raum spielten keine Rolle mehr."

„Tauschen? Du meinst ich könnte mit dir... in deiner Zeit leben und du in meiner? Wie verrückt ist das denn."

Anne kam das eben erst ausgelesene Buch vom doppelten Lottchen in den Sinn. Klar, auch die hatten getauscht, zwar nicht die Zeit aber immerhin den Ort.

„Hast du es schon mal probiert?"

„Na ja, so richtig nicht. Ich sagte ja, ein bisschen Mut braucht es schon." Änne zerbrach einen Pilz. „Wir müssen jede eine Hälfte essen und vielleicht ist es gut wenn wir uns an die Hand nehmen.

Nun wurde es Anne doch ein wenig mulmig zumute. „Warte! Warte!", rief sie deshalb, „Wir müssen doch erst wissen, wie die andere so lebt. Vielleicht erkenne ich ja sonst gar niemanden in deinem Leben und mache alles falsch."

„Das glaube ich nicht. Du wirst wie selbstverständlich in dem anderen Leben sein, als hättest du nie ein anderes gehabt."

„Du hast es also doch schon ausprobiert."

„Ich bin hierher gelangt, das muss dir genügen. Aber wenn es dich beruhigt, erzähle ich dir die Vorgeschichte, sozusagen die Geschichte meiner Eltern.

Meine Mutter, Katharina, war die Tochter armer Häuslersleute aus dem Dorf Wernesgrün, da wo heute deine Großmutter ihr Häusel hat. Dort lernte sie den Robert kennen, der, aus Franken stammend, als Zimmermannsgeselle auf der Walz war und sich für ein paar Monate beim dortigen Zimmerer verdingte. Zu Erntedank lernten sie sich beim Tanz auf der Tenne kennen und er wurde ihr Liebster. Als er im Frühjahr Nachricht vom Tod seines Vaters erhielt, wollte er zurück ins Fränkische, den kleinen Handwerkshof übernehmen und seiner Mutter beistehen. Meine Mutter sollte mit ihm gehen, als sein Eheweib. Das tat sie gern, denn hier war sie das Kind armer Leute und dort würden sie einen eigenen kleinen Hof besitzen. Sie hoffte mit der Schwiegermutter gut zurecht zu kommen, denn schaffen konnte sie und das wollte sie auch beweisen. Mein Vater war ein ruhiger, guter Mensch, ein Tüftler der sich gerne neue Sachen ausdachte, die die Arbeit leichter machten, nicht wie Mutters Vater, der seinen Lohn für billigen Fusel ins Wirtshaus trug und dann nicht nur die Kinder, sonder auch die Frau verdrosch, die eigentlich viel klüger war als er. Das meiste Wissen über Kräuter, Wurzeln, Beeren und Pilze, das in unserer Familie weitergegeben wird, stammt von ihr und Mutter meinte oft, sie hätten so manches Mal nichts zu beißen gehabt, wenn die Großmutter nicht den Leidenden oder Gebärenden im Dorf geholfen und dafür etwas zu Essen bekommen hätte. Und wenn sie gar nichts hatten, erzählte sie aus ihrem unendlichen Schatz von uralten Geschichten und Legenden, die den Hunger für eine Weile vergessen ließen. Meine Mutter meinte, sie hätte sie immer im Verdacht gehabt auch selbst welche zu erfinden oder sie so umzuwandeln, dass sie ihr besser gefielen. Der Abschied von ihrer Mutter war das Einzige, was meiner Mutter am Weggehen von zu Hause schwerfiel. Wie oft erzählte sie uns, wohl auch um für sich selbst die Erinnerung, am Leben zu erhalten, was ihre Mutter zum Schluss zu ihr gesagt hatte: 'Du musst gehen Katharina, meine Tochter. Er ist ein guter Mann und er achtet dich in seinem Herzen. Auch hat er einen klugen Kopf, ist keiner, der vor sich hin vegetiert und alle Sorgen im Fusel ertränkt. Hier wirst du arm und verachtet bleiben, selbst wenn du den Menschen hilfst. Wenn es ihnen besser geht, fürchten sie sich vor dir und meinen irgendetwas gehe nicht mit rechten Dingen zu. Sieh mich an! Nein, lebe du ein besseres Leben und vergiss nicht was ich dir beigebracht habe. Das ist der Schatz, den ich dir mitgeben kann.'

Und so wurden aus Katharina und Robert meine Eltern. Anfangs ging auch alles recht gut. Der Schwiegermutter, die nur Söhne gehabt hatte, wurde die zupackende und kluge Frau, die der Sohn ihr als sein Weib vorgestellt hatte, schnell zur Tochter. Der Hof und das Handwerk konnten sie gut ernähren und es stellte sich Kindersegen ein. Zwar ging auch hier das Leid nicht immer am Haus vorbei, es starben ihnen vier ihrer Kinder. Zwei gleich nach der Geburt und zwei erreichten nicht das dritte Jahr. Doch drei ihrer Kinder blieben am Leben und wuchsen heran. Das waren meine beiden Brüder Franz und Jakob und ich, das lang ersehnte Mädchen, dem die Mutter ihr Wissen weitergeben konnte. Doch dann kam der große Krieg immer näher und die Geschichten von Plünderungen und Morden wurden immer bedrohlicher. Aber unser Dorf blieb vorerst verschont. Bist du nun bereit?" Änne hält ihr ihren Teil des Pilzes entgegen, den sie in der Hand fein zerbröselt hatte. „Bereit?", fragt sie noch einmal.

„Aber du, du weißt doch noch gar nichts von meinem Leben."

„Na ich werd's doch erleben", murmelt Änne ungeduldig. Etwas lauter fragt sie: „Was sollte ich den wissen?"

„Na, dass mein Papa tot ist. Er ist gegen einen Brückenpfeiler gefahren, weil ihn die Bilder vom Krieg bis in die Träume verfolgt haben."

„Das weiß ich doch Anne", entfährt es Änne ungewollt.

„Wie jetzt, das weißt du? Weißt du auch, dass meine Mutter mich belogen hat und dass es noch einen anderen Vater gibt?"

„Vielleicht. Aber für lange Reden bleibt uns keine Zeit mehr. Lass es einfach geschehen und du wirst sehen, alles wird gut und du wirst das erfahren, was du wissen musst. Aber du entscheidest!"

Anne beginnt zu zittern, obwohl die Sonne scheint. Gibt es so etwas? Kann man sich darauf einlassen? Sie schielt auf die Pilze in Ännes Hand. Soll sie nicht doch lieber auf die Oma warten? Schließlich gibt es ja einen Grund, warum sie hierher gekommen ist. Sie sieht in Ännes Augen und mit einem Mal sind alle Bedenken wie weggeblasen. Sie spürt, das Alles hat was mit ihr zu tun und es gibt nur diese eine Chance.

Sie nimmt ihren Anteil des Pilzes aus Ännes Hand und steckt ihn in den Mund, dabei fassen sich die beiden Mädchen fest bei den Händen.

„Du musst auf deine Füße achten, dann weißt du, ob es geklappt hat. Hab keine Angst. Wir treffen uns bald wieder", hört Anne noch einmal Ännes Stimme.

Warum auf ihre Füße achten, die stecken doch ganz bequem in ihren bunten Turnschuhen.

1. Kapitel Änne

Doch auf einmal ist sie barfüßig. Sie starrt auf ihre schmutzigen, vom vielen Barfußgehen mit Hornhaut überzogenen Füße, die auf einer Wiese zu stehen scheinen. Sie hebt den Kopf und nun weiß sie, es hat geklappt. Sie befindet sich im Jahre 1636, wie Änne es ihr vorausgesagt hatte und steht vor einem kleinen Bauernhof. Um sie herum, gackern unzählige Hühner und sie ist nicht nur barfüßig, sie hat auch ähnliche Kleidung an, wie Änne sie getragen hatte. Die Sachen kratzen ganz schön, daran würde sie sich wohl erst gewöhnen müssen. Es ist Sommer und die Sonne scheint warm auf sie herab. Neben ihr steht eine hochgewachsene, schlanke Frau, das Haar sorgfältig unter der Haube verborgen und auch sonst wirkt sie sehr ordentlich. Aus der Tür eines Nebengebäudes, in dem eben noch gehämmert wurde, erscheint jetzt ein großer, kräftiger Mann der kaum durch die Türöffnung passt und den Kopf beim Heraustreten einziehen muss. Anne weiß sofort, dass sindÄnnes – oder nein – jetzt doch wohl ihre Eltern, Katharina und Robert.

Die Mutter musste den Vater kurz zuvor gerufen haben, denn er steht nun vor ihnen. Er lässt die Schultern hängen und sein Gesicht ist ernst, fast traurig.

„Du willst also wirklich gehen Katharina? Ich mache mir große Sorgen! Überall ziehen Horden von Soldaten herum. Sie sind auf der Suche nach Nahrung und wollen plündern und morden. Du weißt wohl, was in Redwitz und einigen anderen Dörfern, die noch näher an unserem gelegen sind, geschehen ist. Es ist so viel Gräuliches zu hören gewesen."

„Ich weiß doch Robert", sagt die Mutter sanft. „Doch wenn im Winter die Kinder krank werden, dann sterben sie. Und wenn Verletzte zu uns kommen, kann ich ihnen nicht helfen. Was hier ums Dorf wächst, habe ich schon gesammelt. Ich muss hinaus in den Wald, zu bestimmten Orten an denen es Kräuter, Wurzeln, Pilze und Beeren gibt die ich nur dort finden kann. Ich werde schon acht geben. Außerdem sind wir ihnen hier genauso schutzlos ausgeliefert. Wir können nur auf Gott vertrauen, dass sie uns nicht finden, dass es hier zu abgelegen ist."

Der Vater zieht den Kopf ein. Er weiß, seine Frau hat recht und es macht ihn traurig und wütend, dass er seine Familie nicht schützen kann. Voller Sorge sieht er auf den schon leicht gerundeten Leib der Mutter. Der Krieg dauert nun schon so lange.

„Und das Kind, willst du sie etwa mitnehmen?"

„Ich muss endlich beginnen, Änne mein Wissen weiterzugeben."

„Änne, ich heiße doch Anne!", hätte sie beinahe gerufen. Sie kann sich gerade noch auf die Zunge beißen. Doch keiner hatte etwas gemerkt. Die Mutter spricht auch schon weiter:

„Ich habe den Schatz, den mir meine Mutter mitgegeben hat, niemals vergessen und hier bin ich auch dadurch eine geachtete Frau geworden. Änne werde ich in dieses Wissen einweihen. Es ist an der Zeit! Gerade in schlechten Zeiten muss man helfen und heilen können. Wo bleibt den sonst der Mensch, wenn alles verroht."

Anne schaut zu der Mutter auf. Fast erschrickt sie, denn sie blickt in die gleichen blauen Augen mit dem Funkeln darin, wie sie auch ihre Großmutter hat und die Mutter an manchen Tagen. Konnte sich das über so viele Generationen vererbt haben? Aus Erfahrung weiß sie, dass sich diesem Blick und diesen Augen nichts und niemand in den Weg stellen kann. Diese Frau würde einfach tun, was sie für richtig hielt und niemand würde sie aufhalten.

Das scheint auch der Vater zu wissen, denn er hebt nur leicht die Schultern, lächelt matt und sagt: „Dann geh mit Gott, Katharina!"

Sie stehen nun eng beieinander und der Vater schlägt das Kreuz über die Mutter und sie.

„Danke Robert. Wir sind heute Abend zurück und bleiben nicht wie sonst über Nacht draußen. So brauche ich kein Feuer machen das uns verraten könnte." Sie nimmt seine Hand.

„Du wirst sehen, alles wird gut. Pass auf die Jungen auf, damit sie nicht wieder irgendeinen Unsinn verzapfen. Gott schütze dich, mein lieber Mann."

Dann nimmt sie ihre Kippe auf die Schultern, fasst ihr Kind fest an der Hand und geht davon ohne sich noch einmal umzusehen.

Anne wagt noch einen Blick in die Augen der Frau, die nun ihre Mutter ist. Sie fühlt sich auf einmal sehr wohl in ihrer Nähe, überhaupt nicht mehr fremd. Dabei spürt sie einen leichten Ruck durch ihren Körper gehen und alles scheint zu zerfließen. Sie ist nicht mehr Anne. Sie geht hinein inÄnnes Geschichte und mit jedem Schritt den sie tut, wird sie zu ihrer eigenen. Sie vergisst ihr altes Leben.

Genau wie Änne es vorausgesagt hatte, bringt der Pilz sein Wirkung zur Vollendung. Erst wenn alles vorüber ist, wird sie in ihr eigenes Leben zurückkehren und sich erinnern.

Sie sind lange unterwegs. Sorgfältig sucht die Mutter alles was sie braucht, geht alle Stellen ab an denen sie bestimmte Pflanzen schon einmal gefunden hat. Änne hilft ihr, indem sie Schwarzbeeren und Preiselbeeren sammelt. Die schmecken nicht nur herrlich, Mutter würde sie auch trocknen und getrocknete Schwarzbeeren hatten schon oft bei Durchfall geholfen. Mittags rasten sie auf einer kleinen Lichtung und verzehren das mitgebrachte Brot. Es ist schön hier. Dicht stehen die Bäume um die Wiese die voller Blumen ist. Ein kleines Bächlein sprudelt und sie können daraus Wasser zum trinken schöpfen. Die Sonne strahlt nur so und ringsum, scheint alles bevölkert von Elfen und Feen. Auch Mutter sieht froh aus. Sie betrachtet ihre gefundenen Schätze und ist mit der Ausbeute dieses Sommertages wohl sehr zufrieden. Vielleicht gefällt es ihr, zwischen all der schweren Arbeit und der großen Angst und Sorge des Krieges, mal ganz für sich zu sein, hier draußen.

„Schau her Änne! Das sind die ersten Kräuter, deren Wirkung ich dich lehren möchte. Das ist noch einfach und du kannst es dir leicht merken. Diese kleine zähe Pflanze findest du fast überall, auch näher am Dorf, an den Wegesrändern. Schau, die langen, spitzen Blätter geben ihr den Namen, es ist der Spitzwegerich. Merk ihn dir gut! Ein Tee aus den getrockneten Blättern hilft gegen Husten und Schleimbildung. Zerkaust du die frischen Blätter und legst sie auf eine offene Wunde, so kannst du das Blut stillen und die Verletzung heilt besser ohne sich zu entzünden. Zu Hause werde ich aus den Blättern einen Saft pressen den man auf Wunden tropfen kann. Und schau, dieses kleine weiße Blümchen hier blüht bis in den Herbst hinein. Es hat einen schönen Namen, Augentrost heißt es und Umschläge daraus geben Linderung bei entzündeten Augen. Und da habe ich schon ein Töpfchen mit den ersten reifen Holunderbeeren gesammelt. Daraus werde ich uns heute Abend eine Suppe kochen, die gibt uns Kraft, wie die Holle von der sie ihren Namen hat."

Die Mutter zieht Änne an sich und erzählt ihr die uralte Geschichte von der Holle die einst eine Göttin war und die Frauen und Mädchen beschützte.

Mutter konnte wunderbar erzählen und Änne sieht die Holle aus dem Wald heraustreten. Wie in der Geschichte der Mutter, erscheint sie in der Gestalt einer uralten Frau die die Menschen um Brot bittet um sie zu prüfen.

„Ich würde armen Leuten immer etwas geben", denkt Änne.

Nach einer Weile merkt sie, dass die Atemzüge der Mutter ganz gleichmäßig sind. Sie ist eingeschlafen. Änne betrachtet die Mutter. Eine Strähne ihres langen Haares ist unter der Haube hervorgerutscht und ringelt sich zwischen Blumen und Gras. Wie schön sie ist und wie weich. Sie sieht längst nicht so streng aus wie im Alltag. Jetzt lächelt sie im Schlaf. Ob sie etwas Schönes träumt? Vorsichtig, um sie nicht zu wecken, streichelt Änne ihr über die Wange. Dann steht sie leise auf und streift durch das hohe Gras. Sie vergisst alles um sich, erlebt die Holle in vielerlei Gestalt und tanzt und spielt mit den Libellen und Schmetterlingen und ist ganz in den Geschichten und ihrem Tanz darin verwoben. Erst nach einer ganzen Weile bemerkt sie, dass die Mutter erwacht ist und ihr zusieht.

„Das sind alles Feen und man soll sie sich zum Freund machen, genau wie die Tiere im Wald, dann helfen sie einem und geben von ihrem Überfluss ab und man ist mit ihnen verbunden", meint sie und lächelt Änne zu, dass es ihr ganz warm ums Herz wird. So selten hat die Mutter Zeit nur für sie.

Als die Sonne sich langsam nach Westen neigt, drängt Mutter zum Aufbruch. Sie will noch zu einer Stelle, wo sie im letzten Jahr bestimmte Pilze gefunden hat.

„Auch Pilze können heilen und uns helfen unsere Seele besser zu verstehen. Aber das erkläre ich dir wenn du älter bist. Das wird das Ende deiner Ausbildung sein, dann wirst du alles wissen was ich weiß."

Diese Worte machten Änne stolz. Ihr allein würde die Mutter ihr Wissen weitergeben und sie nimmt sich vor, eine ebenso gute Kräuterfrau und Heilerin zu werden. Die Mutter gräbt auch noch einige Wurzeln aus, die sie an ganz bestimmten Orten die nur sie kennt, zu dieser Jahreszeit finden kann.

Auf einmal sieht sie zum Himmel und ihr Gesicht verändert sich ganz plötzlich. Es ist als hätte sie die Ahnung von etwas unfassbarem gestreift. Sie will nur noch zurück. Für Änne ist dies so ein schöner, geheimnisvoller Tag gewesen und sie hat sich der Mutter so nahe gefühlt, dass sie gar keine Lust hat schon nach Hause zu gehen. Wie gern würde sie einfach auf einer Waldwiese oder sogar im tiefen Wald sitzenbleiben. Die Nacht hier draußen muss aufregend sein. Warum konnten sie nicht, wie Mutter es früher oft gemacht hatte, im Wald schlafen? Vielleicht hätte sie die Holle geholt und mit in ihr Reich genommen. So aber, trottet sie widerwillig hinter der Mutter her und der Abstand zwischen ihnen vergrößert sich immer mehr.

„Komm schon!", ruft die Mutter und als sie heran ist, nimmt sie Änne fest bei der Hand und schnellen Schrittes geht es heimwärts.

Als sie sich dem Dorf nähern, nehmen sie beißenden Brandgeruch wahr.

„Mutter sieh doch, der Rauch!", ruft Änne und weist auf eine Rauchsäule, die aus der Richtung wo das Dorf liegen muss, aufsteigt. Nun gib es kein Halten mehr. Mutter rennt los. Als sie sich noch einmal umdreht, sieht Änne in ihrem Gesicht die nackte Angst. Nun läuft auch sie, so schnell sie kann, hinter der Mutter her. Sie kommen zu der Anhöhe, von der aus man das Dorf überblicken kann. Noch heute morgen, kurz nach ihrem Aufbruch, hatten sie hier nach dem Aufstieg einen Moment verschnauft und noch einmal zurückgesehen. Doch nun hält die Mutter Änne auf und birgt ihr Gesicht an ihrer Brust. Als sie dann doch vorsichtig hinunterblickt, sieht sie ein unvorstellbares Grauen.

Das Dorf brennt! Knackend und krachend, fallen verkohlte Balken herunter. Überall liegen Menschen hingestreckt. Männer, Frauen, Kinder. Nahe am Brunnen sieht sie Hanna, die, wie um ihn zu schützen, über ihrem Brüderchen liegt. Heute morgen, als sie losgingen, hatte Hanna ihr zugewinkt und gerufen wie gerne sie auch mal in den Wald gehen würde, aber sie müsse immer nur auf ihren Bruder aufpassen. Hanna ist ihre Freundin und in diesem Moment begreift sie, dass sie tot sein könnte und sie will laut schreien. Doch Mutter hält ihr den Mund zu, drückt sie noch fester an sich und wiegt sie sanft.

So stehen sie eine ganze Weile. Die Sonne beginnt unterzugehen. So schön und friedlich sieht das aus, wie immer, wäre da nicht der Geruch von verkohltem Holz und Fleisch. Nun erst denkt Änne an ihren Vater und die Brüder und sie kommt sich schuldig vor, weil sie nur um Hanna geweint hat.

Mutter will erst einmal allein hinunter, um sicherzugehen das keine Landsknecht oder Soldaten mehr da sind. Aber Änne hält es nicht lange allein da oben aus und schleicht ihr hinterher. Ihr Haus ist von Brand zerstört und das Dach ist eingesunken, überall glimmen noch die Balken und es stinkt entsetzlich, doch es ist nicht völlig niedergebrannt. Mutter räumt in fieberhafter Eile den herabgestürzten Unrat beiseite. Im Haus finden sie den Vater erstochen daliegen, neben ihm ihr jüngerer Bruder. Mutter kniet sich neben sie und streicht ihnen über Kopf und Haar, dabei schließt sie ihnen die Augen.

„Sie sind schon weg, in eine andere, bessere Welt", sagt sie zu Änne oder zu sich selbst. Von ihrem älteren Bruder fehlt jede Spur.

Es ist nun fast dunkel und sie gehen durch das gespenstische Dorf. Änne fühlt sich vor Angst und Schrecken ganz starr und nimmt alles nur wie durch einen gnädigen Schleier war. Am Rande des Dorfes, aus einer leeren Scheune die etwas abseits steht und deshalb wohl kein Feuer gefangen hat, hören sie ein leises Schluchzen und finden den Peter, den Lehrbub vom Schmied. Der sonst immer lustige, zupackende Bursche, der gern die Mädchen neckte, sitzt in der dunkelsten Ecke und wimmert vor sich hin, der Rotz läuft ihm aus der Nase, doch er scheint es gar nicht zu bemerken. Irgendwo blutet er, denn sein Hemd ist ganz verschmiert. Die Mutter fast ihn vorsichtig an der Schulter und fragte leise: „Was ist geschehen, Junge?"

Der Peter zuckt zusammen. Doch dann erkennt er sie. Seine Augen, die eben noch wirr umhergeschweift waren und von denen sie an in der Dämmerung nur das Weiße gesehen hatten, verbirgt er nun in seinen Händen. Er braucht geraume Zeit ehe er sprechen kann.

„Sie kamen am frühen Nachmittag. Wir wollten nach der Mittagsruhe gerade wieder an die Arbeit gehen. Plötzlich waren sie da, die Schweden. Niemand konnte sich groß wehren. Mit ihren Waffen schlugen sie um sich. Ich war einer der ersten, die es traf, hier am Arm. Es war ein stechender Schmerz und ich bin ein Stück weggelaufen, hinters Haus. Dabei muss ich gestolpert sein und bin in die Abfallgrube gestürzt. Noch mal auf den Arm drauf, da hat mich wohl ein gütiger Engel in Ohnmacht fallen lassen. Als ich wieder zu mir kam, trieben sie gerade laut lachend, das Vieh aus den Ställen und einige hatten schon die Brandfackeln in der Hand. Irgendwo kreischt eine Frau, dass einem das Blut in den Adern gefror. Sie haben auch ein paar Mädchen und Jungen zusammengetrieben, die sie wohl als Gefangene mit sich nehmen wollten. Einige weinten, andere saßen ganz still und abwesend da. Eva, war auch dabei."

Eva war die Tochter des Schmieds und die Beiden hatten sich oft im Spaß geneckt, und alle hatten gemeint, sie würden einmal ein schönes Paar abgeben.

„Ich hätte ihr doch helfen müssen. Ich fühle mich so schuldig."

„Du hast keine Schuld Peter. Wie hättest du ihr den helfen können, ganz allein und verwundet. Du wärst selbst, unnütz zu Tode gekommen. Sag war mein Franz auch unter den Gefangenen."

Peter zuckte die Schultern. „Tut mir Leid, Zimmerin, ich habe ihn nicht gesehen. Es waren so viele und dann die Soldaten und die Toten... die Toten!"

Er bricht in lautes Wehgeschrei aus. Die Mutter schüttelt ihn.

„Hör auf damit!", sagte sie in einer Strenge, die Änne fremd ist.

„Zeig mir deine Verletzung."

Er zieht das blutverschmierte Hemd aus und Mutter untersucht die Wunde. Sie stammt wohl von einem Schwert und blutet nur noch schwach. Sie scheint auch nicht sehr tief zu sein. Noch immer hat Mutter die Kippe mit den gesammelten Kräutervorräten auf dem Rücken. Sie nimmt sie ab und tut, was sie Änne eben noch im Wald erklärt hat. Sie zerkaut die frischen Blätter des Spitzwegerichs, gibt noch andere Kräuter hinzu, legt alles auf die Wunde und verbindet sie mit einem Stück Stoff, das sie vom Hemd abgerissen hat. Dann besieht sie sich die Schwellung an Peters Oberarm, die wohl vom Sturz in die Abfallgrube stammt.

„Ich glaube, er ist nicht gebrochen", meint sie und macht ihm einen kühlenden Wickel. Sie ist völlig ihrem Tun hingegeben und wirkt fremd und streng.

„Du musst jetzt schlafen, damit du wieder zu Kräften kommst."

Sie gibt ihm etwas zur Beruhigung und gegen die Schmerzen und Peter schläft nach einer Weile tatsächlich erschöpft ein. Auch zu Änne sagt sie, sie müsse versuchen zu schlafen, denn morgen stünde ihnen ein harter Tag bevor. Ihre Stimme duldet keinen Widerspruch. Sie bettet Änne auf etwas Stroh und deckt sie mit Heu zu. Dann legt sie sich daneben und legt die Arme um sie, damit es ihnen wärmer wird. Änne ist viel zu verwirrt und verängstigt, um alles was geschehen war wirklich richtig zu begreifen. Sie versucht ihre Gedanken und Gefühle auf irgendeine Weise zu ordnen. Darüber schläft sie ein.

Mitten in der Nacht erwacht Änne von einem wimmernden Geräusch. Die Mutter liegt nicht mehr neben ihr. Ihr ist furchtbar kalt und sie kann sich nur schwer in die Wirklichkeit zurückfinden. Da, wieder das Wimmern und Heulen. Jetzt kommen die armen Seelen, die zu schnell gestorben sind und nun den Weg ins Jenseits nicht finden. Oder wollen sie sich gar an ihren Mördern rächen? Wo ist bloß die Mutter? Hatten sie sie vielleicht geholt und mit hinüber genommen?

Ängstlich kriecht Änne unter dem Heu hervor und es dauerte eine Weile bis sie sich traut nach draußen zu laufen, um nach ihr zu suchen.

Und dort, im Mondlicht, erblickt sie ihre Mutter, kniend. Sie hat die Arme um ihren Körper geschlungen das Haar hat sich gelöst. Es ringelt sich jedoch nicht so schön wie gestern auf der Wiese, sonder hängt wirr, verfilzt und schmutzig um ihren Kopf. Sie schreit die Namen der Brüder und den des Vaters in die Nacht hinein, dabei bewegt sie ihren Oberkörper hin und her, immer wieder, immer wieder. Änne steht da und kann sich nicht von der Stelle rühren, bringt auch keinen Laut hervor. Die Zeit scheint stillzustehen. Verwirren sich jetzt die Sinne der Mutter und sie lässt sie hier mutterseelenallein zurück? Erst als sich die Mutter aufrichtet, schlüpft sie schnell zurück auf ihr Lager und stellt sich schlafend.

Am Morgen, als Änne erwacht, ist die Mutter schon aufgestanden. Sie findet sie bei ihrem Haus. Den Vater und den Bruder hat sie schon herausgezogen und zurechtgemacht, gewaschen, gekämmt und die Hände gefaltet. Ganz ruhig und friedlich liegen sie da, als schliefen sie nur. Änne kniet sich neben sie und heulte nun entsetzlich. Der Vater, immer war da ein Abstand zwischen ihnen. Er berührte sie selten, strich ihr höchstens mal unbeholfen übers Haar und es war, als wisse er nichts rechtes mit ihr, einem kleinen Mädchen anzufangen. Nur manchmal, wenn er glaubte keiner merkte es, sah er sie lange an und dann lächelte er und da wusste Änne, dass er sich über sie freute. Und manchmal hatte er ihr kleine Püppchen und Figuren geschnitzt und sie ihr heimlich in die Schürzentasche gesteckt.

Nun gibt es ihn nicht mehr und er würde sie nie mehr anlächeln und sie konnte ihm nie mehr, von ihrem Versteckt über der Werkstatt aus, bei der Arbeit zusehen und den Geruch von Holz und Leim einatmen. Jammernd bittet sie die Mutter wegzugehen, von diesem Dorf der Toten. Änne fühlt eine große Traurigkeit gepaart mit Furcht. Noch weiß sie nicht was es bedeutet ohne Schutz und Heimat zu sein. Die Mutter sieht Anne streng an. Nichts erinnert mehr an die Frau, die sie in der Nacht ihr Leid zum Himmel empor schreiend, gesehen hatte.

„Hör auf zu heulen!", sagt sie in einem sehr harten Ton und dann etwas weicher: „Wir müssen sie begraben Änne, die wilden Tiere würden sie sonst schänden. Such den Peter! Er soll uns helfen."

Zu dritt beginnen sie, nahe der kleinen, niedergebrannten Kirche wo einst der Gottesacker war, eine Grube auszuheben und alle Toten die sie im Dorf finden können zu begraben. Die Sonne senkt sich schon wieder gegen Westen, als sie kaum noch Kraft habe ein Gebet zu sprechen und die Grube mit Erde zu bedecken. Sie hatten den ganzen Tag schwer gearbeitet, stumm, jeder für sich. Die Mutter gab nur ab und zu kurze Anweisungen und die zwei folgten. Peters Gesicht war manchmal verzerrt vor Schmerz, aber er hielt tapfer und ohne zu murren durch. Jeden den sie begruben hatten sie gekannt und es waren ihre Liebsten dabei. Nun müssen sie noch eine Nacht an diesem Ort der Toten verbringen.

Erst jetzt bemerken sie, wie hungrig sie sind. Seit gestern haben sie nichts mehr gegessen. Die Mutter sucht in den Ruinen der Häuser und Scheunen nach etwas essbarem. Eins ihrer Hühner war wohl den Soldaten entwischt und hatte ein Ei gelegt. Mutter hatte ihr Federvieh immer sehr gehegt. Sie hatte die besten Legehennen im Dorf und ihr Hahn stolzierte mit geschwollener Brust über den Hof und krähte am lautesten.

„Wie anderen die Hunde, so laufen dir die Hühner hinterher", hatte der Vater oft, nicht ohne Stolz, gespottet.

Nun sucht sie nach versteckten Nestern und findet noch zwei weitere Eier und einen Kanten Brot, der vom gestrigen Mittagsbrot im Wald, noch übrig ist. Auch die Holunderbeeren drückt sie durch ein Tuch und kocht daraus, auf einem noch halbwegs erhaltenen Herd, eine Suppe.

„Morgen in der Frühe brechen wir auf, zu deinen Eltern Peter. Ich hoffe der Weiler ist verschont geblieben und wir können dort erst einmal bleiben. Wir müssen vorsichtig sein, damit wir nicht noch der Soldateska in die Arme laufen."

Nachdem sie Peters Wunde noch einmal verbunden hat, schickt sie beide schlafen. In den nur halb verbrannten Häusern hatten sie am Morgen ein paar angesengte, aber noch brauchbare Decken gefunden. So würden sie nachts nicht frieren.

Auch in dieser Nacht hört Änne ihre Mutter klagen. Doch sie geht nicht hinaus zu ihr. Sie weiß, sie kann sie nicht trösten. Es gibt keinen Trost.

Genau wie gestern, muss die Mutter schon sehr früh aufgestanden sein. Sie hat schon das Huhn geschlachtet und gebraten. Nun packt sie zusammen, was noch wert ist mitgenommen zu werden. Viel ist es nicht. Ein paar Haushaltsgegenstände die das Feuer überlebt haben und nicht mitgenommen wurden, die Decken und ein paar wenige, noch brauchbare, Kleidungsstücke. Sie laden alles auf einen Karren, die Mutter nimmt ihre Kippe wieder auf den Rücken und sie ziehen los.

Änne und Peter schauen zurück und besonders Änne fällt es schwer, den Blick von dem zerstörten Dorf, das einmal ihr sicheres Kinderland war, zu lösen. Nur Katharina, ihre Mutter, wendet keinen Blick zurück.

Der Weg ist weit, weil Mutter sicherheitshalber eine Strecke durch den Wald wählt. Im Wald ist alles so friedlich wie gestern, nur in ihnen ist kein Friede mehr.

Am späten Nachmittag kommen sie im Dorf von Peters Eltern an. Sie müssen einen ziemlich schlimmen Eindruck machen, denn das kleine Kind, das sie zuerst sieht, läuft schreiend davon.

„Die Schweden haben unser Dorf überfallen", ruft Katharina den Leuten zu. Sie strauchelt und fällt beinahe zu Boden. Ihre Kleidung ist verdreckt vom Ausheben der Grube, dem Begraben der Menschen und vom Wühlen in den Ruinen. Änne und Peter sehen ähnlich aus. Dann erkennen die Leute sie. Mutter hatte hier schon manchmal bei einer schweren Geburt oder bei Krankheitsfällen geholfen und Peter war ja hier zu Hause. Ein tüchtiger Schmied hatte er werden sollen im Nachbardorf.

„Die Schweden oder die Kaiserlichen, das ist doch egal, es geht immer nur gegen uns Bauern, sie plündern und morden. Wir sind allen wehrlos ausgeliefert. Was haben sie euch getan Zimmerin?", fragt ein alter Bauer, der mit seiner Sense gerade vom Gras mähen kommt.

„Sie sind alle tot!", erklärt Katharina und während sie ihre Geschichte erzählt, versammeln sich nach und nach alle Leute des kleinen Weilers. Auch Peters Mutter kommt angelaufen. Sie erschrickt als sie ihren Peter sieht.

„Du bist ja verletzt Junge. Kommt erst mal mit zu mir. Ihr müsst essen und euch ausruhen."

Sie bahnen sich einen Weg durch die gaffenden Leute. Vielen steht blanke Angst in den Augen. Auch sie hatten gehofft der Krieg hätte sie in ihrer Abgeschiedenheit vergessen und nun ist mit einem Mal alles so nahe.

Peters Mutter bringt ihnen Haferbrei und Milch. Änne legt sie einen der ersten Äpfel des Sommers hin. Schweigend hört sie Katharinas Erzählungen an. Ihrem Sohn streicht sie dabei immer wieder liebevoll übers Haar. Der lässt diese, gewiss nicht gewohnten, Zärtlichkeiten seiner Mutter etwas verschämt, aber auch dankbar über sich ergehen. Allen ist klar, welch ein unverschämt großes Glück Peter gehabt hat.

Als sie gegessen und geredet haben, meint Peters Mutter: „Ich hole euch Wasser, damit ihr euch säubern könnt und dann ruht euch erst einmal aus. Der Bertel, was mein Mann ist, kommt bald vom Feld, dann rede ich mit ihm. Vielleicht könnt ihr hier im Dorf eine Bleibe finden. Eine Kräuterfrau ist gut für jedes Dorf. Du warst barmherzig zu unserem Peter, so wollen wir's dir vergelten."

Leise und wie für sich fügt sie hinzu: „Ich hoffe der Mann sieht ein, welche Güte du an uns getan hast. Er ist ein harter Mensch weißt du. Aber diesmal wird er sich nicht verschließen können."

„Ich dank euch schön Schulzin und ich will euer Angebot auch gern annehmen bis sich meine Änne erholt hat, sie ist ja die Einzige die mir geblieben ist. Doch dann will ich weiter. Was euren Peter betrifft, so hätte er's wohl auch ohne mich bis zu euch geschafft, so ein kräftiger Bursche wie er ist."

„Du willst weiter?", fragt die Bäuerin und sieht die Mutter besorgt an, so als hätte sie den Verstand verloren und auch Änne erschrickt mächtig. Sie ist erschöpft und traurig. Wo sollen sie denn hingehen, wenn Mutter nicht hier im Weiler bleiben will? Sie haben doch kein Haus mehr und keinen Vater.

Statt ihrer fragt Peters Mutter: „Wo wollt ihr denn hin, jetzt in dieser schlechten, gefährlichen Zeit? Überall könnt ihr in die Hände irgendwelcher umherziehenden Soldatenhorden fallen. Außerdem wüten schlimme Krankheiten, sogar die Pest und wo die Soldaten schon gewesen sind, herrscht Hunger. Da gibt es nirgends ein Stück Brot."

Katharina fährt sich über das müde Gesicht und dann sagt sie das, was sie auch zum Vater gesagt hatte, als sie am Morgen vor zwei Tagen in den Wald aufgebrochen waren und was sich auf eine so böse Art bewahrheitet hatte.

„Hier sind wir auch nicht sicherer. Wer sagt mir denn, dass nicht auch euer Dorf überfallen und gebrandschatzt wird. Es kann uns keiner schützen, hier nicht und woanders auch nicht. Doch hier habe ich keine Bleibe mehr und es schmerzt zu sehr hier zu sein, wo ich meinen Mann und meine Söhne verloren habe. Ich werde zurück in meine alte Heimat gehen. Dort bin ich arm, wie jetzt auch hier, aber ich habe noch eine Mutter dort und sie wird die Einzige sein, die mich vielleicht lebend von dem Kind in meinem Leib entbinden wird. Irgendetwas stimmt nicht, das fühle ich. Vielleicht will es nicht auf diese Welt kommen, die so voll des Bösen ist. Ich will, dass mir die Mutter hilft, denn das meiste meines Wissen über die Kräuter, das Heilen und die Hilfe bei Geburten habe ich von ihr.

Wenn sie es nicht kann, kann mir keiner helfen. Und was das Wichtigste ist, ich kann meine Änne nicht allein auf der Welt lassen, falls ich sterbe. Gebe es das Kind nicht, hätte ich mich gleich neben meinen Mann in die Grube gelegt, auch dafür gibt es ein Kraut. Aber ich will das Änne lebt, nichts anderes will ich mehr in diesem Leben und ich will, dass sie nicht allein und ohne Familie zurückbleibt, in der Fremde. Vielleicht wird ihr Leben ja einmal ein Besseres oder das ihrer Töchter und deren Töchter."

Dann führt die Bäuerin sie hinauf in die Kammer und dort schläft Änne sofort ein, so erschöpft wie sie ist. Doch recht bald quält sie ein Traum, der sie auch später noch, in verschiedenen Formen, heimsuchen sollte. Immer begegnet sie dann Menschen die sie verloren hat. Mal ist es Hanna und mal ihr Brüder und immer sind sie in Gefahr und sie kann ihnen nicht helfen. Mal ist Hanne in den Fluss gestürzt und sie will sie herausziehen, bekommt aber ihre Hand nicht zu fassen. Mal soll sie auf Jakob aufpassen, doch sie kann ihn nirgends finden. Sie ruft und ruft nach ihm aber sie bekommt keine Antwort. Am Schluss solcher Träume, erscheint plötzlich der Vater und winkt ihr zu und bedeutet ihr dann sie solle gehen. Wenn sie der Mutter davon erzählt, sieht diese Änne lange an und einmal sagte sie: „Sie müssen sich verabschieden, denn du wirst weiterleben."

Als Änne erwacht, beginnt es schon dunkel zu werden. Sie hört die Mutter unten im Hof mit dem Bauersleuten reden, denen sie anscheinen bei der Abendarbeit hilf. Das Vieh muss gefüttert und die Kühe gemolken werde. Sie schaut zu dem kleinen Dachfenster hinaus. Der Hof sieht aus, wie der ihre noch vor zwei Tagen. In der Mitte das Wohnhaus, längs zu beiden Seiten, der Stall und die Scheune. Neben dem Stall der Misthaufen und in der Mitte der Ziehbrunnen. Daneben steht hier ein Taubenhaus, das hatte es bei ihnen daheim nicht gegeben. Dafür aber die Werkstatt des Vaters, die so gut nach Holz duftete und den Hühnerstall der Mutter. Und in der Mitte einen großen Lindenbaum mit einer Bank drum herum. Dort saß Vater des Abends und schnitzte seine kleinen Holzfiguren, manchmal sogar eine einfache Madonna. Wenn er gut gelaunt war, erzählte er dabei Geschichten, aus der Zeit als er auf der Walz war.

Mutter ruft nach Änne und sie klettert die schmale Stiege hinunter. Unten steht die Bäuerin am Herd und rührt in der Suppe. Sie ist eine kleine wendige Frau, die bald hierhin bald dahin läuft und immer etwas zu tun hat. Unter ihrer Haube schaut eine Strähne ihrer dunkelbraunen Locken hervor, die sie sich immer wieder aus dem Gesicht streicht. Sie hat ein schmales ebenmäßiges Gesicht mit dunklen lebhaften Augen, die sie jünger erscheinen lassen als sie ist. Bestimmt war sie in ihrer Jugend einmal eine von den besonders Schönen gewesen. Der Bauer, also der Vater von Peter, sitzt breitbeinig auf der Küchenbank und wartet auf das Essen. Er ist, in Gegensatz zu seiner Frau, ein großer und behäbiger Mann mit einem feisten Gesicht, in dessen Mitte eine rote Knollennase prangt und einer dicken Wampe. Seine Augen blicken hart und mitleidlos in die Welt. Seine Frau und die Kinder scheinen sich vor ihm irgendwie zu fürchten und versuchen ihm alles recht zu machen. Doch er herrscht sie grob an und scheucht sie herum. Er und nur er, ist der Herr im Haus, das macht er sehr deutlich. Änne erschrickt. So waren Vater und Mutter nie miteinander, oder mit ihren Kindern, umgegangen.

Auch mit der Mutter unterhält er sich auf eine selbstgefällige, herablassende Art. Dabei lässt er keinen Zweifel daran, dass es eine Frau nie und nimmer schaffen könne, einen so weiten Weg allein zurückzulegen, noch dazu in diesen Kriegszeiten und wenn doch, ginge dies nicht mit rechten Dingen zu. Nun stellt die Bäuerin die Suppe in einer großen Schüssel auf den Tisch und jeder beginnt daraus zu löffeln. Auch Änne beeilt sich an den Tisch zu kommen, um den nun die Bauersleute mit ihren Kindern, der alten Großmutter und dem ältlichen Knecht, vielleicht auch einem Verwanden des Bauern, sowie der Mutter sitzen. Nach der Suppe gibt es noch Brot und Schmalz aber nur für den Hausherrn ein Stück Speck.

Immer wenn Änne zu Peter hinüberblickt, weiß sie, dass das was er erlebt hat ihn nie wieder loslassen wird. Er würde nie mehr der fröhliche Bursche sein der, ein Liedchen auf den Lippen, den Mädchen hinterher pfeift. Immer wieder spricht er von Eva und dass er sie eines Tages befreien wird, mit einem scharfen Beil, das er schmieden will. Seine Worte klingen wirr und seine Augen irren oft suchend umher. Man kann nur hoffen, dass sein Geist sich wieder entwirrt und er nicht nur wieder einen heilen Arm bekommt, sondern auch seine Seele wieder gesund wird. Aber das wird länger dauern als die Fleischwunde. Vielleicht wird er sich nie mehr trauen ein Mädchen gern zu haben.

Nach dem Essen geht der Bauer noch einmal hinaus.

Änne und die Mutter legen sich bald zur Ruhe.

Es ist noch dunkel als plötzlich die Mutter und Agnes, die Mutter von Peter, an Ännes Bett stehen.

„Steh auf Kind, wir müssen sofort los!", flüstert die Mutter in einem Ton, der keinen Widerspruch duldet. Änne blinzelt in die Dunkelheit. Sie versteht nicht sofort. Sie hatten doch geplant erst in ein paar Tagen zu gehen und immer noch hatte sie gehofft, die Mutter ließe sich doch umstimmen. Noch halb schlafend, wird sie in ihre Kleider gesteckt. Sie verhält sich ruhig, denn sie bemerkt die Angst in den Augen der beiden Frauen. Dann geht alles sehr schnell. Leise bittet die Mutter Agnes darum, ihrem Ältesten, von dem sie annimmt, dass er von den Schweden verschleppt und später in Heer gepresst werden würde, zu sagen wohin sie gegangen sind, sollte er doch noch hier auftauchen. Agnes gibt der Mutter noch ein großes Stück Speck und Brot mit auf den Weg. Das ist viel, denn es ist Sommer und die Ernte noch nicht eingebracht und erst im Herbst wird wieder geschlachtet werden können. Bis dahin muss sie ihre Familie, fünf Kinder samt der Großmutter und dem Gesinde, satt bringen und man weiß ja nie, was in der nächsten Zeit geschehen wird. Wie sie außerdem ihrem Mann das Fehlen des Specks erklären wird, bleibt ihr Geheimnis. Mutter gibt ihr noch ein geheimes Kräuterlein, von dem auch Anne nicht weiß, wofür es verwendete wird. Aber es scheint Agnes sehr wichtig zu sein. Sie umarmen sich kurz.

„Gott beschütze dich, liebe Agnes! Und danke für alles", flüstert die Mutter.

„Sei auch dir Dank, Katharina und Segen auf deinem Weg, für dich und das Kind."

Der Abschied fällt den beiden Frauen schwer. „Sie sind aus ähnlichem Holz geschnitzt!", hätte der Vater gesagt. Doch die Zeit und die Umstände schicken sie auf verschiedene Wege.

Änne winkt der Agnes und dem Peter, der auch herausgekommen ist. Sie kommen ihr so klein und verloren vor, wie sie da stehen, in der Dämmerung des frühen Morgens und immer kleiner werden. Dabei haben sie noch ihr zu Hause und Katharina und Änne sind diejenigen, die in die Fremde gehen.

Ohne sich noch einmal umzusehen, nimmt die Mutter Änne fest an die Hand und bald verschwindet der Weiler hinter der nächsten Wegbiege.

Erst als sie ein Stück gegangen sind, wagt Änne zu fragen warum sie so plötzlich aufgebrochen sind.

„Ach Kind, so sind halt die Menschen. In ihrer Angst sind sie leicht zu beeinflussen. Der Mann von Agnes dachte er müsse uns bei sich behalten und versorgen, weil wir doch dem Peter geholfen haben. Er hat mir nicht zugetraut, dass ich, eine

Frau, mich allein auf den Weg mache. Da er aber geizig ist und doch sein Gesicht wahren will, hat er den Leuten eingeredet, etwas ginge nicht mit rechten Dingen zu mit uns. Was wir erzählt hätten, sei alles nur ein Vorwand und in Wirklichkeit wollten wir nur die Schweden ins Dorf locken. Bestimmt hätte ich mich mit den Schweden eingelassen. Die Kräuterfrauen seien ja sowieso seltsame Wesen, die sollte man am besten ausmerzen. So hat er geredet. Und da er hier ein angesehener Mann ist, glaubten ihm die Leute, dieselben Leute, die unser Schicksal gestern noch gerührt hat. Sie haben Angst es könne sie genauso treffen und da sie nicht wissen wie sie sich schützen sollen, suchen sie einen Sündenbock. Das ist es, was der Krieg aus den Menschen macht. Sie wollten heute Morgen kommen und keiner weiß, was eine solch aufgestachelte Horde letztendlich tut. Also hat mich die Agnes heimlich gewarnt. Sie hat großen Mut bewiesen, denn eigentlich fürchtet sie ihren Mann sehr."

Wieder einmal ergreift die Mutter Ännes Hand und sie gehen ohne zurückzuschauen.

2. Kapitel Anne

Von weitem sieht sie eine Frau auf sich zukommen. Sie kann nicht so recht einschätzen, ist es eine alte oder eine junge Frau? Ganz beschwingt scheint sie ihres Weges zu gehen.

Sie trägt ein wunderschönes, weit schwingendes Oberteil, dazu eine weite Hose. Hose … Änne starrt auf ihre Füße. Die stecken in bequemen weichen Schuhen, darüber eine blaue Hose. Nie im Leben hätte sie gedacht, einmal ein solches Beinkleid zu tragen, wie ein Mann. Ihr Oberteil fühlt sich unendlich weich an und ist mit bunten Mustern verziert. Sollen das etwa Häuser sein, die darauf abgebildet sind? So hohe Häuser und Türme kann es doch gar nicht geben. Solch einen Stoff hat sie im Übrigen auch noch nie gesehen, geschweige denn gespürt. Es hat geklappt, es hat wahrhaftig geklappt! Aber was ist das da hinten? Ein merkwürdiger Wagen ohne Pferd, der zu fahren scheint. Angst überkommt sie. Wie soll sie hier bloß klar kommen? Die Großmutter hat doch behauptet, sie würde nichts mehr von ihrem früheren Leben wissen und ganz in die andere Existenz hineinschlüpfen. Hatte sie etwas verkehrt gemacht?

„Anne! Du lieber Gott, wie wird es der jetzt ergehen?", kann sie gerade noch denken, bevor sie von der Frau angesprochen wird:

„Anne, da bist du ja endlich!"

Änne zuckt zusammen. Die Frau hat ja Augen wie ihre Großmutter Anna und ein Blick in diese Augen, lassen einen Ruck durch ihren ganzen Körper gehen, wie ein Schlag. Alles in ihr erzittert und dann ist sie angekommen im Jahr 2016, aus Änne ist Anne geworden und die Frau, die sich jetzt neben ihr auf die Decke setzt, ist ihre geliebte Oma Anneliese, die sie schon so lange nicht mehr gesehen und der sie so viel zu erzählen hat und die sie so viel fragen will.

Um den Bauch herum ist die Oma etwas fülliger geworden, so richtig schlank war sie ja eigentlich nie und auf der Stirn haben sich Falten gebildet. Eine weiße Strähne durchzieht jetzt das dunkelblonde Haar. Aber ansonsten stellt Anne keine großen Veränderungen fest. Sie blicken sich nur in die Augen und eine Welle des Verstehens und der Vertrautheit geht zwischen ihnen hin und her.

„Schön, dass du endlich da bist."

„Woher wusstest du, dass ich heute komme?"

„Aber Anne", lächelt die Oma, „woher sollte ich das wissen?"

„Na der Zettel und die Decke!"

Wieder lächelt die Oma: „Na, vielleicht hatte ich so eine Ahnung."

„Ist es wegen der Geschichte? Ich meine die von den Hahnenhäusern, weil die sich heute jährt."

„Tut sie das? Na, kann schon sein. Wer weiß das schon Anne?"

Täuscht sich Anne oder ist da ein Funkeln in Omas Augen, wie wenn ein Stern aufblitzt oder wie wenn sie gleich loslachen würde. Lacht sie sie etwa aus oder weiß die Oma mehr als Anne ahnt? Die Oma legt den Arm um Annes Schulter. Anne lehnt sich zurück und sogleich spürt sie das wohlige Gefühl aus ihren Kindertagen. Für einen Augenblick schließt sie die Augen und alle Anspannung der letzten Zeit weichen von ihr, als sei sie wieder fünf Jahre alt und alles wäre gut. Die Vögel zwitschern, die Blumen blühen, die Oma ist da und streicht ihr sanft übers Haar und flüstert immer wieder: „Alles, alles wird gut werden."

Ein Geräusch schreckt sie aus ihrem Frieden. Das hat sie doch schon einmal gehört. Sie öffnet ihre Lider nur halb, noch bemüht keine Störung zuzulassen. Aber es hilft nichts. Es ist vorbei! So macht sie ihre Augen ganz auf.

„Ist das nicht …?"

Die Oma, die ihrem Blick gefolgt ist lächelt: „Das ist nur der Konny mit seinem uralten Jeep, der …"

„Den kenn' ich doch, aus deinem Haus in Plauen. Sie haben mich bis Wernesgrün mitgenommen. Die haben sich doch hier einen Hof gekauft."

„Na Hof würde ich es nicht gleich nennen. Sie haben das Haus und das Grundstück mit Wiesen und Wald, der alten Frau Meier abgekauft. Du müsstest sie vorhin gesehen haben, als du vorbeigegangen bist. Sie hat aus dem Fenster geschaut. Sie schafft es nicht mehr, der Mann ist tot und die Kinder sind weggezogen. Wer will schon so ein abgelegenes Anwesen. Sie hat nur das kleines Häuschen für sich behalten."

„Na nun hat sich doch jemand gefunden." Anne will das Thema beenden. Was interessiert sie das! Sie ist doch nicht hergekommen um über irgendwelche Haus- und Hofverkäufe zu reden. Aber die Oma ist noch nicht fertig.

Sie lacht: „Der Konny ist ein ganz schlauer, ein Kopfmensch sozusagen, war mal Journalist und viel im Ausland. Er hat eine Menge zu erzählen von der Welt. Aber dann wollte er das alles nicht mehr. Er redet nicht darüber, aber irgendwas wird vorgefallen sein, was ihn nicht loslässt. Da hat er alles hingeschmissen und kam auf die Schnapsidee mit dem ruhigen Leben auf dem Lande, sozusagen als Selbstversorger. Ob das wohl die Lösung ist? Zum Glück hat er eine recht handfeste Frau. Die steht mit beiden Beinen fest auf dem Boden. Sie stammt übrigens aus dieser Gegend. Deine Mutter war früher einmal mit ihr befreundet. Aber das ist schon lange her. Die beiden waren mal ganz dicke, unzertrennlich sozusagen. Aber dann ist die Babette aufgetaucht."

Anne ist mit einem Mal hellwach. Bis eben noch hat sie vermutet irgendeine Dorfgeschichte aufgetischt zu bekommen. Und nun, ist vielleicht das schon ein Hinweis auf ihre Herkunft? Aber noch bevor Anne irgendetwas fragen kann, spricht die Oma auch schon weiter.

„Na, das sind alte Geschichten, aber die Mia solltest du vielleicht mal kennenlernen. Sie ist ein besonderes Mädchen."

„Die kenne ich doch schon", will sie sagen, aber auch diesmal kommt sie nicht zu Wort.

„Nun lass uns aber mal losgehen, allmählich wird es mir zu kühl auf der Decke und es wird ja auch bald dunkel."

Ein Blick auf die Armbanduhr: „Meine Güte ist das spät geworden."

Anne wundert sich, scheint es ihr nur so oder will die Oma sie absichtlich nicht zu Wort kommen lassen? Merkwürdig! Doch gehorsam erhebt sie sich und faltet die Decke zusammen. Schweigend laufen sie los, vorbei an den alten kleinen Häuschen. Es schaut nun niemand mehr neugierig aus dem Fenster. Nur das flackern des Fernsehers kann man von draußen erkennen. Das muss die Stube der alten Frau Meier sein. Den Jeep kann Anne weit und breit nicht entdecken. Ob sie schon wieder zurück nach Plauen gefahren sind?

Die Oma schreitet schnellen Schrittes auf den ihr altvertrauten Wegen und Anne, ganz in Gedanken, trottet hinter ihr her, hat Mühe ihr zu folgen. Warum verhält sich die Oma so eigenartig? Steckt da irgendetwas dahinter? Immer wieder gleiten ihre Gedanken ab und gehen ihre eigenen Wege und sie kann sie nicht davon abhalten. Der Tag war anstrengend gewesen, aber erst jetzt spürt sie ihre Müdigkeit. Dabei kommt ihr in den Sinn, dass sie Hanima versprochen hat sie anzurufen, um sie auf dem Laufenden zu halten. Sie holt ihr Handy hervor. Und richtig, schon mehrmals hatte die Freundin versucht sie zu erreichen. Die entgangenen Anrufe häufen sich von Stunde zu Stunde und auch drei Sprachnachrichten bitten dringlichst um Antwort. Aber sie hat doch das Handy ständig bei sich getragen. Warum hat sie keiner der Anrufe erreicht? Schnell wählt sie Hanimas Nummer.

„Na endlich!", hört sie ein erleichtertes Aufatmen vom andere Ende. „Warum gehst du denn nicht an dein Handy? Ich hab schon hundert Mal probiert und dachte es ist dir was passiert. Halit und ich haben schon überlegt, was wir machen sollen. Nun erzähl doch mal, wie war es denn. Hast du deine Großmutter angetroffen und hat sie dir was erzählt?"

„Ja, inzwischen habe ich sie gefunden. Sie war nämlich nicht in ihrer Wohnung in Plauen, sonder schon in ihrem Gartenhaus. Aber aus der Wohnung kamen so komische Geräusche. Also irgendetwas stimmt da nicht und auch die Oma scheint mir irgendwie anders. Aber vielleicht habe ich auch bloß vergessen, wie sie wirklich ist."

„Wie bist du denn zu der Laube gekommen? Ist die nicht in irgend so einem kleinen Kacknest? Und hast du schon was über deinen Vater erfahren?"

Anne will gerade etwas über den klapprigen Jeep und seine Besitzer erzählen, als sich die Oma nach ihr umdreht und so tut, als habe sie jetzt erst bemerkt, dass Anne ein ganzes Stück hinter ihr zurückgeblieben ist.

„Wo um alles in der Welt bleibst du denn, Kind?", ruft sie. „Und mit wem sprichst du die ganze Zeit?"

Anne fährt zusammen. Was hat sie gehört? Sie hat doch nur geflüstert.

„Ich muss Schuss machen Hanima. Die Oma hat es eilig. Wir sind noch im Wald unterwegs und ich glaube ich kann erst wenn wir im Gartenhäusel sind, so richtig mit ihr reden. Ich halt dich auf dem Laufenden. Sobald ich kann, ruf ich an oder schick die eine Nachricht. Grüß deinen Bruder und macht euch keine Sorgen. Ich kriege das schon hin. Und danke für alles."

Bevor Anne auflegt, kann Hanima sie gerade noch daran erinnern, dass ihre Mutter sie nur bis höchstens morgen Nachmittag bei ihr weiß, dann muss sie sich irgendwie bei ihr melden.

„Shit!", denkt Anne, während sie ihr Handy in die Tasche schiebt, dass hat sie ja beinahe vergessen. Sie hat angenommen viel schneller wieder zu Hause zu sein. So schnell kommt sie aber einfach nicht voran. Sie wird sich etwas einfallen lassen müssen. Noch ist ja etwas Zeit. Schnell schließt sie nun zur Oma auf, die, ohne weiter zu warten, ihren Weg fortgesetzt hat. Sie muss schon ein bisschen rennen, um wieder an ihre Seite zu gelangen.

„Ich hatte einen Anruf", prustet sie entschuldigend, ein wenig außer Atem. Als die Oma nicht darauf eingeht, redet sie einfach weiter: „Es war meine Freundin weißt du. Sie hat sich Sorgen gemacht, weil sie mich nicht erreichen konnte."

„Eine gute Freundin?", will die Oma wissen.

„Ja, meine Beste", antwortet Anne ohne darüber nachzudenken und nach einer Weile fügt sie etwas nachdenklicher hinzu:

„Und eigentlich auch meine Einzige. Weißt du, mit ihr kann man einfach über alles reden!"

„So, so", lächelt die Oma. „Wie heißt sie denn?"

„Hanima!"

„Ein besonderer Name."

„Es ist türkisch und bedeutet 'die Aufrichtige'. Aber eigentlich müsste sie 'die Zielstrebige' heißen oder so, denn was sie sich vorgenommen hat, das erreicht sie auch. Sie wollte aufs Gymnasium und obwohl ihre Eltern es nicht für erforderlich hielten, hat sie sich durchgesetzt. Ihr nächstes Ziel ist Chemie zu studieren, obwohl das für ein türkisches Mädchen recht ungewöhnlich ist. Sie träumt, einmal eine berühmte Forscherin, vielleicht die erste türkische Nobelpreisträgerin, zu werden und ich glaube sie wird es schaffen."

„Dann hast du wohl auch diesen hübschen Ohrring von deiner Freundin."

Anne greift an ihr Ohr, wo ein kleiner Halbmond baumelt. „Ja, den hat sie mir geliehen damit alles gut geht."

„Was gut geht?"

„Na, die Reise und so", stottert Anne.

Da fragt die Oma nicht weiter und legt ihr nur den Arm um die Schulter.

So wandern sie schweigend nebeneinander her bis sie das Häusel erreicht haben. Denn beide ahnen sie, dass es ein langer Abend werden wird. Bisher vermeiden sie die entscheidenden Fragen noch. Vielleicht bis sie sich ungestört gegenüber sitzen können, Auge in Auge sozusagen.

Drinnen, in der Laube, ist noch alles wie Anne es verlassen hat. Die Oma kocht erst einmal einen Tee und etwas zu essen und schiebt ein paar Scheite Holz in den Kamin. Denn obwohl es bei Tag, nachdem sich die Sonne gezeigt hat, doch recht warm geworden ist, so sind die Nächte in diesen Maitagen noch kühl. Es dauert nicht lange und es wird angenehm warm. Als die Oma zwei Teller mit dampfenden

Nudeln auf den Tisch stellt, erinnert sich Anne wie sie, als sie noch klein war, miteinander gekocht haben.

„Die Zubereitung der Tomatensoße ist unser Geheimnis. Nur wir beide machen sie so", hatte die Oma immer gesagt. Und Anne hatte sie angestrahlt und war fest der Überzeugung gewesen, dass sie die Einzigen auf der Welt waren, die so ihre Nudeln aßen. Unwillkürlich muss sie Lächeln.

„Was ist?", fragt die Oma.

„Och, ich dachte nur an früher."

Die Oma weiß sofort Bescheid.

„Du denkst an unser geheimes Tomatensoßenrezept, nicht wahr? Genau so habe ich sie heute zubereitet."

Gleichzeitig erscheint ein Grinsen auf ihren Gesichtern, wie bei zwei Komplizen.

Angesichts des Essens, beginnt Annes Magen zu knurren und sie schaufelt eine Menge Nudeln in sich hinein ohne auch nur ein einziges Mal hochzusehen. Dabei arbeiten jedoch ihre Gedanken unermüdlich. Wie soll sie anfangen? Wie wird die Oma reagieren? Doch noch mehr Essen kann sie wahrhaftig nicht in sich hineinstopfen. Sie ist voll bis oben hin. Jetzt muss sie beginnen. So schiebt sie endlich den Teller von sich und noch kauend murmelt sie: „Wie früher, es hat geschmeckt wie früher!"

Ohne dass Anne es bemerkte, hat die Oma ihr nachdenklich beim Essen zugesehen. Sie selbst hat schon lange ihr Geschirr beiseite gestellt. Anne futtert als habe sie schon Wochen nichts mehr Ordentliches zu essen bekommen. Wie groß sie geworden war. Sie würde schon bald kein Kind mehr sein. Würde ihre eigenen Wege gehen. Ihre Gedanken wandern zurück zu dem Tag, als sie Anne, noch voll Blut und Schleim, das erst Mal im Arm hielt. Sie war nicht nur Annes Großmutter sie war ja auch die Hebamme, die ihrer Enkeltochter auf die Welt geholfen hat. Ein sehr kleines zartes Kind war sie gewesen, ein paar Wochen zu früh und mit den Füssen zuerst war sie auf die Welt gekommen. Die Geburt war schwer und alle waren arg mitgenommen. Die Mutter und das Kind, aber auch sie selbst, die voll Sorge und Angst darum kämpfte, dass ihre Hände ruhig blieben. Hätte doch ein Kaiserschnitt gemacht werden sollen? Hatte sie die richtige Entscheidung getroffen? Vielleicht war das für sie, als Großmutter, zu viel und sie hätte eine Kollegin ranlassen sollen, aber Katrin hatte sie so darum gebeten. Eine natürliche Geburt hatte es werden sollen, unter allen Umständen. Sie hielt Anne einen langen

Augenblick. Sie sah so ganz anders aus als ihre eigenen Kinder die groß und kräftig gewesen waren, mit vielen dunklen Haaren auf dem Kopf. Nur die blauen, stechenden Augen, das Familienerbe sozusagen, die hatte auch sie. Ansonsten hatte dieser Winzling nur ganz wenig Flaum auf dem Kopf und ein arg zerknautschtes Gesichtchen, nicht wirklich schön. Sie schrie nur ganz kurz, dann sah sie ihre Großmutter, mit diesen Augen die den ihren so ähnelten, so ruhig, mit diesem wissenden Blick eines Neugeborenen an, dass sie sich wieder einmal fragte: „Wo kommst du eigentlich her Kind?"

War damals schon dieses starke Band zwischen ihnen entstanden? Sie hatte das Kind, ihrer erschöpften Tochter auf die Brust gelegt.

„Wir schaffen das Katrin", hatte sie gesagt und die beiden dann erst mal allein gelassen.

Ja, sie hatten es geschafft, trotz Katrins Studium und ihrer Arbeit. Bis dann dieser Danny auftauchte. Wenn sie ehrlich war, war sie von Anfang an nicht so begeistert von ihm. Er war ihr zu angeberisch, zu sehr von sich eingenommen. Das jedoch war Katrins Sache. Aber als es dann hieß: Armee, Afghanistaneinsatz, großes Geld, großes Abenteuer da war ihr die Sicherung durchgebrannt. So ganz und gar gingen ihr diese Uniformträger gegen den Strich, gegen ihre Lebenseinstellung. Wer zog den freiwillig in einen Krieg und was sollte dabei herauskommen, außer wieder Krieg, wieder Gewalt? So hatte sie doch ihre Tochter nicht erzogen. Im Gegenteil ein freies, buntes Leben hatte sie ihr gewünscht, ohne Gier und Besitzansprüche. Nein, sie hatte Danny nicht danach gefragt, welche Beweggründe es für ihn gab. Hätte sie das tun sollen? Hätten sich dann die Fronten nicht so verhärtet? Schwang da nicht auch ein wenig Eifersucht mit, ihre geliebte Enkeltochter zu verlieren? „Soldaten sind Mörder!", ja dieser Auffassung ist sie noch immer. Aber morden sie nicht auch sich selbst, ihr Inneres? Nach allem was jetzt geschehen war, konnte dieser Danny doch nicht der leichtfertige Mensch gewesen sein, für den sie ihn gehalten hatte. Sonst hätte er das alles doch einfacher weggesteckt. Wie oft hat sie darüber nachgegrübelt wie man Krieg und Gewalt Einhalt gebieten könnte? Gibt es sie überhaupt, die eine, richtige Antwort und was soll sie Anne sagen, wenn sie nun gleich danach fragen wird?

„Oma bist du eingeschlafen?", reißt Anne sie aus ihren Gedanken.

„Nein, nein Kind, ich habe nur nachgedacht."

„Worüber?"

„Über dich und mich, über den Krieg. Was einem halt so durch den Kopf geht. Aber nun bist du dran, du wirst ja vielleicht nicht ganz ohne Grund hierher gekommen sein, nach so langer Zeit."

„Ich hätte schon eher kommen sollen. Manchmal habe ich daran gedacht, aber dann..., es tut mir leid."

„Du hast daran keine Schuld. Das war die Sache von uns Erwachsenen."

Eine ganze Weile war es ganz still in der kleinen Stube. Dann platzte Anne einfach heraus, ohne auch nur einen, der in Gedanken zurechtgelegten Sätze, zu gebrauchen: „Wer ist es Oma, wer ist mein Vater, mein richtiger Vater. Du musst das doch wissen!", jetzt schrie sie fast. „Ihr habt es mir alle vorenthalten, alle!"

Sollte heißen, auch du.

Der Oma verschlägt es erst einmal die Sprache. Damit hat sie einfach nicht gerechnet. Sie hat mit Trauer gerechnet: „Warum ist er tot?" Oder mit Wut: „Warum hat er mir das angetan." Vielleicht sogar mit: „Wo ist er jetzt?" Sie hat einfach angenommen, dass Katrin längst mit Anne über ihren leiblichen Vater gesprochen hat. Und zwar, dass Danny der Papa für das Kind ist, um den sie jetzt trauert.

Annelieses Gedanken wandern zurück. Sie sieht ihre Tochter, wie sie einmal war. Katrin, eigentlich heißt sie ja Katharina, aber ihrem Mann war das zu lang und so war von Anfang an eine Katrin aus ihr geworden. Sie war kein Kind um das man sich Sorgen machen musste. Ein gesundes dralles Baby, wuchs zu einem fröhlichen zugewandten Kleinkind heran, das überall und mit jedem zurechtzukommen schien. In der Schule war sie immer eine der Besten. Super ehrgeizig und zielstrebig war sie und ihrem Willen sollte sich besser nichts entgegenstellen. Schon sehr früh stand für sie fest einmal Medizin zu studieren und Ärztin zu werden und sich ihren großen Traum, ins Ausland zu gehen und dort Menschen in wirklicher Not zu helfen, zu erfüllen.

Die Erinnerungen und Bilder huschen an ihr vorbei, manches schon etwas verblichen und manches grell wie Blitze.

Sie hat Mühe zu Anne zurückzukehren. Hat sie überhaupt eine Antwort auf ihre Fragen? Keine die Anne ganz befriedigen würde.

Diese sitzt mit hochrotem Gesicht in ihrem Sessel. Ist es Wut? Sind es zurückgehaltene Tränen?

Sie blickt ihr in die Augen, solange bis Anne ihrem Blick nicht mehr ausweicht.

„Ich weiß es auch nicht Anne. Ich weiß es wirklich nicht. Deine Mutter hat, als ich sie danach fragte, die Lippen fest aufeinander gepresst und hat diesen besonderen Gesichtsausdruck aufgesetzt, bei dem es keinen Zweck hat weiterzufragen. Vielleicht hätte ich es dennoch tun sollen? Vielleicht hätte ich versuchen sollen in sie einzudringen? Ich weiß es nicht! Ich war damals fest davon überzeugt, dass sie es mir so wie so nicht sagen würde. Sie schien mir viel zu tief verletzt. Aber dass sie auch mit dir nicht darüber geredet hat … schließlich bist du schon zwölf und früher oder später musstest du ja auf die Wahrheit stoßen. Vielleicht war sie froh darüber, dass es mit Danny und dir so gut lief und wollte einfach, dass alles so bleibt. Hast du sie eigentlich selbst gefragt, als du davon erfuhrst?"

„Sie hat mir ja noch nicht mal gesagt, dass Papa, also Danny, es selbst war, der sich vom Leben zum Tod befördert hat. Das habe ich nur zufällig herausgefunden, obwohl sie auch andere zum Schweigen verpflichtet hat. Bin ich ein Baby oder ein Kleinkind, das ich nichts wissen darf? Selbst den Brief, den er an mich geschrieben hat, zum Abschied sozusagen, hat sie mir nicht gegeben. Aber dann wäre ja auch herausgekommen, dass er nicht mein richtiger Vater war. Lügen, Lügen, alles nur Lügen! Was soll ich sie da noch fragen, was ihr glauben?"

Anne hat sich richtig in Fahrt geredet: „Weine ruhig, Anne, sei traurig, da ist ja dein Papa, ganz zufällig, verunglückt. Aber dann gehe schnell wieder zur Tagesordnung über, reiß dich zusammen! Mach es wie deine Mutter Anne, setze dein Doktorgesicht auf und stürze dich in die Arbeit. Du hast ja die Schule, lerne, schreibe gute Noten, vergiss allen Kummer oder stecke ihn weit nach hinten und weine dann höchstens noch im stillen Kämmerlein. Sie ist nie da und wenn, dann nur ihr Körper, der einkauft, essen macht, Wäsche wäscht, vielleicht mal noch nach meinen Hausaufgaben sieht und mir den Plan für die Woche vorlegt, was gemacht werden muss. Ansonsten arbeitet sie, macht Doppelschichten und schläft dann gleich im Krankenhaus. 'Du bist ja jetzt schon groß Anne', sagt sie und lügt und lügt und lügt.

Keiner ist da! Du ja auch nicht!" entfährt es Anne, ohne dass sie es will. Hatte sie im Stillen gehofft, die Oma würde einfach so kommen?

Diese war bei den letzten Worten zusammengezuckt.

„Vielleicht hast du recht Anne. Vielleicht habe ich es zu wenig versucht. Aber versucht habe ich es, das musst du mir glauben. Manchmal habe ich heimlich vor deiner Schule gestanden, aber ich wollte dich nicht noch mehr durcheinanderbringen und als ich erfuhr, dass es deinem Papa so schlecht geht, bin ich zu deiner Mutter gefahren.

'Was willst du?', hat sie gefragt. 'Willst du mir sagen, dass du recht hattest, dass du schon vorher wusstest wie alles ausgeht, wie du immer alles schon vorher weißt? Besonders was gut für mich und deine geliebte Enkeltochter ist, die übrigens recht gut ohne deine Gutmenschen-Geschichten klar kommt. Sie ist meine Tochter. Hör auf über uns bestimmen zu wollen. Lass uns einfach in Ruhe.'

Sie hat die Tür zugeknallt, dass es schepperte. Als dann Babette bei mir auftauchte und mich nach eurer Adresse fragte, weil sie mit der alten Truppe zu einem Festival fahren wollten und sie die Gelegenheit nutzen wollte deine Mutter um einen besonderen Gefallen zu bitten, beschwor ich sie, nicht locker zu lassen. Ich hoffte, dass es ihr gut tun würde, wenn sie mal raus käme. Tja und dann kam der Brief mit der Todesnachricht.

'Soldaten sind Mörder!', hat sie geschrieben. 'Sie morden sogar sich selbst!', und ich solle mir ja nicht einfallen lassen zur Beerdigung zu kommen. Schließlich sei es eine Militärbegräbnisfeier, da seien auch Kameraden da.

Ich bin natürlich trotzdem hingefahren. Katrin ist ja schließlich meine Tochter, dachte ich mir. Es ist schlimm, sie leidet, vielleicht kann ich ihr doch helfen. Ich bin doch ihre Mutter! Ich bin am Rand geblieben und sie hat mich einfach übersehen. Was sollte ich tun? Ich weiß nicht was sie so verbittert und unversöhnlich gemacht hat. Bei mir haben sich dann auch die Ereignisse überschlagen, sonst wäre ich vielleicht hartnäckiger gewesen.

Und du Anne, vermisst du ihn sehr?"

„So wie er früher einmal war, das vermisse ich schon, unsere gemeinsamen Bergtouren oder einfach unsere ganz normale Familie. Ich wollte einfach, dass er bald zurückkommt und habe gar nicht so recht begriffen, warum mir so viele Leute vorwarfen, dass er im Krieg ist. Ich dachte es sei ein Beruf wie jeder andere auch.

'Es muss Menschen geben, die für andere durchs Feuer gehen', hat er mir erklärt.

Er war wohl für mich eine Art Feuerwehrmann.

Als er zurückkam, schien alles ganz normal. Seine äußeren Verwundungen heilten bald. Erst später hat das angefangen, mit seinen Alpträumen, mit seinem

Schreien und Zittern und dass er nur noch trank und nicht mehr hinausging. Da ahnte ich, dass es vielleicht doch etwas anders war, in einem Krieg.

Doch wen hätte ich fragen sollen, ihn, oder Mama?

Ich hab mir die Decke über den Kopf gezogen und mich weitestgehend verkrümelt.

Als ich dann seinen Abschiedsbrief las und auch noch den, den er an Mama geschrieben hat, da begriff ich ein bisschen, was ihm widerfahren ist. Aber ich hatte kein Mitleid. Ich weiß auch nicht weshalb! Ich konnte einfach gar nichts für ihn empfinden. Ich war nur wütend und stinksauer auf alle, auf all ihre Lügen und ihre beschissene Welt. Kann sein ich hatte Mitleid mit mir. dass ausgerechnet mir das alles passierte."

Anne holt den Brief aus ihrer Mappe und legt ihn fein säuberlich vor sich hin, dabei streicht sie ihn sorgfältig glatt, obwohl er kam zerknittert ist, als seien es Beweismittel, wichtig Indizien für ein Geschehen fernab von ihr.

Es ist inzwischen dunkel im Raum geworden und Anneliese steht auf um Licht zu machen. Dabei kommt sie um den Tisch herum, legt von hinten die Arme um Anne und wiegt sie sanft. Sie bleiben eine ganze Weile so. Bis Anne in die Stille hinein fragt: „Glaubst du, ich könnte meinen Vater finden? Glaubst du, es könnte besser werden oder überhaupt irgendetwas ändern?"

„Vielleicht wäre es einen Versuch wert. Aber versprich dir nicht zu viel davon. Nur was aus dir selbst kommt ist Veränderung."

Ungläubig schüttelt Anne den Kopf. Von Sprüchen hat sie genug.

„Du hast also wirklich keine Ahnung, wo ich anfangen kann zu suchen? Hat sie denn nie jemanden mitgebracht oder was erzählt?", fast flehend klingt ihre Stimme. „Hast du nicht wenigsten einen Verdacht, einen Gedanken, eine Spur? Oma, erinnere dich doch mal, denk nach, bitte!"

Die Großmutter zuckt mit den Schultern: „Nach dem Abi hat sie ein Jahr bei uns im Krankenhaus ein Praktikum gemacht und dann ist sie gleich zum Studium nach Leipzig. Sie kam nur sehr sporadisch nach Hause. Greta, ihre beste Freundin, du weißt schon, die Frau von Konny, die war ebenfalls in Leipzig und machte eine Ausbildung zur Buchhändlerin. So war hier niemand mehr, der ihr wirklich wichtig gewesen wäre."

„Na und du und Opa?"

„Das war wie es halt so ist, wenn man jung ist und frei. Das Leben der Alten erscheint langweilig, vielleicht sogar ein bisschen spießig, noch dazu hier auf dem Dorf. Man steckt voll von Plänen, Wünschen, Träumen. Da kommen die Eltern nur noch am Rande vor und das ist ja auch in Ordnung so. Sie kam hereingeweht wie ein Wirbelwind, oft mit ihrer Freundin Babette im Schlepptau. Redete ohne Luft zu holen, verbreitete innerhalb weniger Stunden eine unwahrscheinliche Unordnung im Haus, lachte und tanzte durch die Räume und führte endlose Diskussionen mit mir, wobei sie immer anderer Meinung war, selbst wenn sie sich im Grunde nicht sehr unterschieden. Dann verschwand sie wieder auf unbestimmte Zeit, nicht ohne sich noch ein bisschen Geld zustecken zu lassen. Wenn ich sie anrief, war sie meist in Eile. Da war dort ein Auftritt mit ihrer Band und da eine Prüfung, die sie auch schon mal verriss, was ich aber nur so nebenbei erfuhr.

Meist blieb nur ein kurzes: 'Hab dich lieb Mama. Mach dir keine Sorgen!'

Ich machte mir auch keine großen Sorgen. Sie war jung, warum sollte sie nicht ein bisschen wild sein? Das stand ihr gut! Vorher war sie mir oft zu brav und zu strebsam erschienen.

Eines Tages, ich glaube es war schon nach ihrem Physikum, kam sie wieder einmal nach Hause. Sie flog förmlich zur Tür herein. Ich sehe sie noch genau vor mir, weil sie so aufgeregt war und vor Energie nur so sprühte. Sie trug dieses bunte lange Kleid, das sie fast ständig an hatte und das fast mit ihrem Körper verwachsen zu sein schien. Der beginnende Sommer, hatte noch ein paar mehr Sommersprossen in ihr Gesicht gezaubert und ihr Haar, umrahmte zottelig ihr Gesicht.

'Ich gehe ins Ausland, Mama, nach Afrika!', rief sie schon in der Tür. 'Ist das nicht fabelhaft? Ich unterbreche für ein Jahr das Studium. Dort werde ich gebraucht, dort kann ich endlich helfen und das tun, was ich mir immer gewünscht habe.'

'Aber wäre es nicht effektiver erst mal fertig zu studieren. Könntest du da nicht viel mehr bewirken?'

Mit einer Handbewegung wischte sie meine Bedenken weg. Sie habe da einen Arzt kennengelernt, der schon lange im Ausland sei und er meine jede Hand würde dort gebraucht.

Sie suchte noch ein paar Unterlagen zusammen.

'Ich melde mich Mama, sobald ich weiß wann es losgeht.'

Und schon war sie wieder weg."

„Der Arzt Oma, weißt du was von dem? Vielleicht …!"

„Ich sag doch Anne ich weiß es nicht. Ich kann mich auch nicht daran erinnern, dass sie irgendeinen Namen erwähnt hat.

Als ich sie das nächste Mal sah, war der Jammer groß. Es war spät abends, wir wollten gerade zu Bett gehen, da klingelte es Sturm. Herein kam mein Kind, blass, verheult, mit Ringen unter den Augen. Dann war es wie in einem schlechten Film. Sie fiel mir um den Hals und heulte Rotz zu Wasser, lange, lange …

Ich tippte zuerst auf Liebeskummer oder das mit Afrika hatte nicht so geklappt, wie sie es sich vorgestellt hatte. Ich ließ sie sich erst einmal ausheulen. Alle Schleusen schienen offen zu sein. Ich verfrachtete sie aufs Sofa, kochte ihr einen Tee zur Beruhigung, setze mich zu ihr und wartete ab.

Auf einmal begann sie sich zu schnäuzen, wischte sich die Tränen ab und setzte sich aufrecht hin.

'Ich bekomme ein Kind! Alle schönen Pläne sind dahin. Da ich so auf Wolke Sieben schwebte, habe ich es nicht mal rechtzeitig mitbekommen. Frag mich bitte nicht, warum ich nicht verhütet habe und frag mich auch nicht nach dem Erzeuger. Nie!!! Ich werde es nicht sagen. Von jetzt ab ist das mein Kind und nur meins! Nur eins will ich unbedingt, das Studium zu Ende bringen. Ich will für das Kind keine jämmerliche Gestalt ohne Beruf sein.'

Nach all der Heulerei hatten ihre Augen wieder mal diesen seltsamen Ausdruck, dem sich besser nichts in den Weg stellt. Damals hat sie aufgehört sich nach der Vergangenheit umzudrehen und sich auf das konzentriert, was sie für ihr Ziel hielt. Wer sich ihr entgegenstellte, hatte schlechte Karten. Für einmal Entschiedenes gab es kein zurück.

So saßen wir nebeneinander auf dem Sofa und erst als ich schon vorschlagen wollte ins Bett zu gehen, fragte sie leise, kaum hörbar: 'Hilfst du mir Mama?'

'Ja, ich helfe dir.', habe ich geantwortet und so hatte ich das Glück, dir schon am Anfang deines Lebens, sehr nahe zu sein.

Mehr Anne, kann ich dir im Moment nicht dazu sagen. Wir werden überlegen müssen, wie wir etwas erfahren können. Aber jetzt gehen wir erst mal schlafen. Es ist schon spät. Weiß eigentlich deine Mutter, wo du bist?"

„Sie denkt ich schlafe bei Hanima. Morgen rufe ich sie an und sage ihr, dass ich hier bin."

Die Oma klappt die Liege, die ihr als Bett dient auseinander und bezieht für Anne die zweite Seite.

Anne ist noch immer so aufgewühlt, dass sie glaubt nicht schlafen zu können. Aber, ob es der Tee ist, den die Oma ihr als Schlaftrunk noch verabreicht hat oder die ruhigen Atemzüge der neben ihr liegenden Oma, die sie, wie früher, gut zugedeckt hat, als wäre sie noch das kleine Mädchen von einst. Anne fällt sofort in einen tiefen Schlaf. Dabei träumt sie, sie säße in einem dahinrasenden Auto und kann nicht feststellen wer der Fahrer sei. Ist es die Mutter oder Danny ihr Vater oder ein Fremder? Unaufhaltsam rasen sie auf etwas zu. Anne sieht ganz genau, dass es der Brückenpfeiler ist, aber sie kann die rasende Fahrt nicht stoppen. Was sie auch tut und ruft, niemand hört auf sie. Im Gegenteil, sie scheinen immer schneller zu werden. Ganz dicht, gleich wird es knallen ...

Anne schreckt hoch. Sie spürt wie sie zittert, als wären sie aus einer schlabbrigen Masse. Ihr Herz schlägt Alarm und sie wischt sich den Angstschweiß von der Stirn. Hat sie geschrien? Sie sieht sich um. Im ersten Moment weiß sie gar nicht recht, wo sie sich befindet. Alles um sie herum ist dunkel und still. Nur ganz aus der Ferne, das Geräusch von Autos, die unten auf der Landstraße vorbeifahren. Neben sich hört sie ein leises Schnarchen. Ach ja, sie ist ja bei der Oma im kleinen „Häusel". Meine Güte, hat sie der Traum erschreckt. Was träumt sie in letzter Zeit auch so alles zusammen? Wenn es wahr ist, dass Träume der Spiegel des Inneren sind, so ist in ihrem Innersten ein ganz schöner Aufruhr. Leise, um die Oma nicht zu wecken, steht sie auf, um sich ein Glas Wasser für ihre ausgetrocknete Kehle zu holen. Sie will lieber noch ein bisschen warten, denn sie hat Angst, wieder in ihren Traum zurückzukehren. Sie lümmelt sich in den Korbstuhl, zieht die Beine an und denkt über den vergangenen Tag nach. Da hat sie sich alles ganz einfach vorgestellt. Sie hat geglaubt von der Oma alles über ihren Vater zu erfahren und dann hätte sie nur noch schauen müssen, wo er jetzt lebt und dann klingeln und „Hallo, ich bin Anne, deine Tochter!", sagen und dann große Freude: „Endlich bist du da! Ich habe schon so lange gewartet."

So, oder so ähnlich hat es schon oft in ihrer Phantasie stattgefunden. Und nun steckt sie in einer Sackgasse fest. Ob vielleicht dieser Arzt, von dem Oma erzählt hat ...

Aber sie weiß ja weder seinen Namen noch hatte sie einen anderen Anhaltspunkt. Resigniert stellt sie ihr Glas beiseite.

Aber nicht alle Ärzte haben einmal Projekte in Afrika geleitet. Vielleicht sollte sie nach Leipzig fahren. Mit diesem Gedanken im Kopf schleicht sie zurück in ihr Bett und diesmal schläft sie richtig fest ein, ohne irgendwelche gefährlichen Träume.

3. Kapitel Änne

Die Zeit der Wanderschaft beginnt. Zum Glück ist es Sommer. Katharina macht um alle größeren Ansiedlungen einen Bogen und geht am liebsten durch den Wald. Dabei richtet sie sich immer nach dem Stand der Sonne und den Bach- und Flussläufen. Sie war ja die Strecke, mit ihrem Mann, schon einmal in umgekehrter Richtung gegangen, daran erinnert sie sich jetzt und sie hat einen guten Sinn sich zu orientieren.

Es muss damals eine schöne Zeit für sie gewesen sein und vieles hat sich ihr tief eingeprägt. Manchmal zeigt sie auf Stellen, wo sie mit Vater vorbeigekommen ist, doch Änne hat Angst davor, denn dann werden ihre Augen wieder traurig. Bald merkt sie, dass kaum eine Gegend von Krieg, Verwüstung oder Krankheit verschont geblieben ist. Aus der Ferne sehen sie verlassene Dörfer oder Weiler, manchmal aber auch noch bewohnte Ortschaften, in denen das Leben seinen normalen Lauf zu nehmen scheint. Die Mutter versucht Beides zu meiden. Es ist als wolle sie keine Menschen sehen.

Einmal hören sie Hufgetrappel. Die Mutter legt die Hand über die Augen, um in die Ferne spähen zu können. Dann zieht sie Anne ins Gebüsch und hält ihr den Mund zu, was ganz unnötig ist, denn sie hätte ohnehin nicht geschrien. Ganz starr ist ihr Körper und sie kann sich überhaupt nicht bewegen. Die Mutter hingegen zittert am ganzen Leib und presst sie eng an sich, wie damals, als sie zu ihrem verwüsteten Dorf kamen. Die Reiter, eine Horde Soldaten, entdecken sie nicht. Sie sind wohl unterwegs zu einem Dorf, dass sie schon vor einer ganzen Weile in der Ferne hatten liegen sehen. Nicht auszudenken was geschehen wäre, wenn sie sich nicht rechtzeitig versteckt hätten.

Aus Agnes Herd hat die Mutter ein Stück Glut, in einem alten Kochtopf mitgenommen und so geht das Feuer machen am Abend schnell. Sie müssen nur trockenes Laub vom Vorjahr und einige dürre Äste sammeln und die Glut da hineinlegen und bald lodern die Flammen. Anne geht dann und sammelte noch Holz und Mutter beginnt schon mit der Vorbereitung des Abendessens. Doch sie lässt Änne kaum außer Sichtweite und auch mit dem Feuer ist sie sehr vorsichtig, damit es sie nicht verrät. Wenn sie sie zu nahe an einer Siedlung wähnt, müssen sie schon mal ohne die Wärme und den Schutz des Feuers auskommen.

Mit den Vorräten ist die Mutter sehr sparsam und ergänzt sie immer mit Früchten aus dem Wald, wie Pilzen und Beeren.

Die meisten Nächte jedoch verbringen sie im tiefen Wald, wo sie auf einer Lichtung ein Feuer entfachen können. Die Mutter macht ihnen eine Schlafstätte aus Moos und deckte sie mit Laub und den paar geretteten Decken zu. Sorgsam sammelt sie an jedem Morgen den Rest der Glut wieder in ihren Topf.

Schlimm ist es, wenn es zu regnen anfängt, dann müssen sie versuchen irgendwo Schutz zu finden. Manchmal haben sie Glück und finden eine leere Scheune, manchmal ist es aber auch nur ein überhängender Ast eines großen Baumes und sie haben, wenn die Sonne sich wieder zeigt, mit dem Trocknen ihrer Sachen zu tun.

Sie kommen nicht gerade schnell voran. Änne schmerzen die Füße und sie ist übersät mit Kratzern, wunden Stellen und Blasen. Manchmal weint sie, weil ihr alles so weh tut, doch wie mechanisch setzt sie einen Fuß vor den anderen. Sie will tapfer sein. Doch auch der Mutter macht das schwere Gepäck und ihr sich wölbender Leib zu schaffen. So müssen sie öfter eine Pause einlegen. Dann oder abends am Feuer, erzählt die Mutter ihr, zum Trost für ihre schmerzenden Füße, Geschichten.

Einmal fragt Änne sie nach der Großmutter und der alten und neuen Heimat, in die sie unterwegs sind. Die Mutter besinnt sich zurück auf ihre eigene Kindheit und um ihre Mundwinkel zuckt es. Sie sieht auf einmal ganz jung und schön aus.

„Am schönsten war es bei uns, wenn der Vater in der Schenke war. Das Essen war immer knapp, aber dann gab Mutter mir und dem Bruder noch einen Kanten Brot."

„Hattest du auch Brüder?", fragt Änne und hätte sich im selben Moment am liebsten die Zunge abgebissen, denn nun sieht sie wieder den Schmerz in Mutters Augen. Aber die gibt sich einen Ruck und spricht weiter, legt dabei den Arm um Änne.

„Ich hatte zwei große Schwestern, die beizeiten aus dem Haus gingen und noch einen Bruder, der war nur wenig älter als ich. Ich war das jüngste Kind.

Und dann krochen wir also mit zur Mutter ins Bett und sie erzählte uns vom Moosmännchen und Moosweibchen, von denen sie unendlich viele Geschichten und Varianten kannte oder vielleicht auch selbst erfand, aber das machte uns nichts.

Die Moosmännchen, musst du wissen, leben in den tiefen Wäldern bei uns zu Hause. Sie sind nur drei Fuß hoch und ihre Kleidung besteht aus Moos. Sie wohnen meist unter den Wurzeln großer Bäume. Den Menschen sind sie wohlgesonnen. Doch sie haben Feinde, das sind die wilden Jäger.

Eines Tages, hatte sich ein armer Holzfäller, dessen Verdienst nicht einmal ausreichte um seine Liebste zu freien und einen eigenen Hausstand zu gründen, im Wald verspätet. Als er so vor sich hin ging, sprang ihm auf einmal ein kleines Männlein in den Weg. Es zitterte heftig und rief die wilden Jäger seien hinter ihm her und wollten ihm ans Leben.

Auch Änne zuckt zusammen, denn das Feuer knackt plötzlich und sprüht Funken.

„Ja, genauso wie du jetzt muss der Bursche erschrocken sein. Doch er kam der Bitte des Männleins nach und schlug drei Kreuze in den Baumstamm über seiner Behausung. Es war das Zeichen der Dreieinigkeit und es würde das Moosmännlein schützen. Zum Dank schenkte ihm das Männlein einen kleinen Zweig und eine handvoll Laub. Beinahe wollte er es wegwerfen, aber dann besann er sich doch eines anderen, denn er wollte das Männlein nicht beleidigen. So steckte er sich das Zweiglein an den Hut und das Laub in die Tasche und ging fröhlich pfeifend, im Bewusstsein jemandem geholfen zu haben, nach Hause. Als er zu Hause den Hut abnahm, war das Zweiglein zu Gold geworden. Da griff er in seine Tasche und merkte, dass auch das Laub nun aus purem Gold war. Da hatte die Not ein Ende. Er konnte sich ein Häuschen bauen und sein Mädchen heiraten. Und als er ein alter Mann geworden war, erzählte er noch seinen Enkeln seine Geschichte und die erzählten sie weiter und so ist sie auf uns gekommen.

So hat die Mutter immer ihre Geschichten beendet."

„Schön!", seufzt Änne, „Fast wie bei der Holle, die hilft auch immer den Guten. Nur im richtigen Leben, da hilft einem keiner, nicht mal der liebe Gott."

Mutter sieht sie lange, nachdenklich und traurig an.

„Ja Kind, so ist das mit den Märchen. Vielleicht haben die armen Menschen sie sich darum ausgedacht. Das Böse, Kind, schlummert immer in den Menschen, wenn einer dem anderen vorschreiben will, was und wie er zu glauben und zu leben hat, damit sich einer über den anderen erheben kann und sich dünkt, klüger und besser zu sein und deshalb Anspruch auf mehr Macht und Reichtum zu haben. Auch die Gier steckt in uns allen. Doch wir dürfen den Glauben an das

Gute nicht verlieren, das Göttliche, denn wir wollen leben. Deshalb gibt es sie wirklich, die Moosmännlein und Moosweiblein und die Holle und all die Feen und Elfen und am Ende auch Gott, wie immer wir ihn uns vorstellen mögen. Wir müssen nur achtsam sein, damit wir ihnen begegnen. Vielleicht verstehst du noch nicht alles, jedoch behalte es in deinem Herzen, denn wir sind auch verantwortlich für das Kommende.

Aber sei vorsichtig, es kann gefährlich sein die Welt so zu sehen. Sprich mit niemandem darüber! Denk' nur an Agnes' Mann!

Und nun schlafe Kind, morgen früh müssen wir beizeiten weiter und die Großmutter wirst du ja bald selbst kennenlernen. Ich glaube du wirst sie mögen!"

Änne liegt noch eine Weile wach und hört auf die Geräusche des nächtlichen Waldes. Der Wind singt sein kleines Lied sacht durch das Laub der Bäume und ein Uhu fliegt über sie hinweg. Er ist sicher auf der Jagd. Von Ferne hört sie den Totenschrei eines kleinen Tieres und sie ist froh, dass ihr Feuer noch glimmt, denn das, so hat ihr die Mutter versichert, hält die wilden Tiere davon ab näher heranzukommen. Über allem steht der Mond, der gute Alte, und da er voll ist in dieser Nacht, gibt er Allem ein eigentümliches Licht. Irgendwann schläft sie dann doch ein und träumt von einem kleinen Moosweiblein, das sie liebevoll berührt. Träumt sie oder ist es wirklich da, um sie in die Heimat der Mutter und vor allem zur Großmutter zu führen oder ist es der Arm der Mutter, der sie beschützen will?

Änne wünscht sich in dieser Nacht, dass die Großmutter sie ganz besonders gern haben möge.

Am nächsten Tag treffen sie dann doch auf einen Menschen. Plötzlich, sie gehen an einem Bach entlang, weil Mutter sich daran gut orientieren kann, steht da ein großer Kerl mit wirrem rotem Haar und einem ebensolchen Bart vor ihnen. Er trägt einen mit Ruß beschmierten Bauernkittel und wirkt genauso erschrocken wie sie, da er sich wohl heimlich Wildbret besorgt hat und nun noch nach seiner aus Korb geflochten Reuse im Bach sehen will. Drei ansehnliche Forellen winden sich darin, bei deren Anblick Anne das Wasser im Mund zusammenläuft. Die Mutter und Änne hatten schon überlegt, wie sie an die herrlichen Fische im Bach herankommen könnten, um damit ihren eintönigen und auch langsam zu Neige gehenden Vorrat aufzubessern. Zu Hause waren die Brüder öfter mit ihrer Angelrute unterwegs gewesen und die Mutter hatte dann aus ihrem Fang herrliche Fischgerichte gekocht.

Der Mann, der schnell merkt, dass von den beiden keine Gefahr ausgeht, folgt Annes Blick und sagt in dem leicht singenden Dialekt, den auch die Mutter spricht: „Na, das Mädel hat wohl Hunger!?"

Änne stellt sich vorsichtshalber hinter ihre Mutter, um von dort aus zu beobachten mit wem sie es zu tun haben. Der Mann lächelt etwas verlegen und da ihm der vordere Schneidezahn fehlt, sieht das ziemlich komisch aus. Änne hat plötzlich Mühe, das Lachen das in ihr hochsteigt zu unterdrücken. Seine hellen, grünlichbraun schimmernden Augen strahlen Wärme und Güte aus. Auch Katharina findet ihre Fassung schnell wieder.

„Einen guten Fang hast du da gemacht. Ich könnte dir vielleicht ein paar meiner Heilkräuter zum Tausch für einen Fisch anbieten."

Der Mann blickt sie lange unverwandt an, so als mache er sich seine eigenen Gedanken über sie. Eine Weile ist es ganz still, sodass man das Rascheln eines kleinen Tieres im trockenen Laub des Vorjahres hören kann.

Schließlich fragt er sehr leise: „Woher kommt ihr, Frau und was verschlägt euch in diese Einöde? Was ist euch geschehen? Denn etwas muss euch geschehen sein, wenn ihr hier so vogelfrei herumlauft mit dem Kind an der Hand. Der Krieg hat viele heimatlos gemacht, aber hierher verirrt sich selten einer."

„Aus dem Fränkischen komme ich. Unser Dorf lag etwas weiter entfernt von Redwitz, was unser Marktflecken ist. Wir haben gehofft, wir bleiben verschont. Doch dann hat der Schwede alles niedergemacht, das ganze Dorf", die Mutter schluckt, „Alle tot oder weggeführt, alles verbrannt und geplündert."

„Und du und das Kind?"

„Im Wald sind wir gewesen, um Kräuter zu sammeln. Ach wenn das Kind nicht wäre, dann ..."

Die Mutter redet nicht weiter. Der Mann nickt bedächtig vor sich hin.

„Aber wo willst du hin?", fragt er.

„Ich gehe zurück ins Vogtland oben bei Auerbach. Da stamme ich her und will hoffen, dass die Mutter noch lebt. Sag, sind wir auf dem richtigen Weg? Wir sind durchs Fichtelgebirge gegangen und ich habe versucht jede Ansiedlung zu umgehen und größere Straßen und Wege zu meiden. Ich hab mich eben, so gut es ging, nach der Sonne und den Flussläufen gerichtet."

„Das war ein guter Gedanke, denn auch hier in der Gegend ist es nicht gut gegangen. Es gab viel Kriegsgeschrei und auch die Pest hat gewütet. Ich kann euch einen halbwegs sicheren Weg zeigen den ihr weitergehen könnt. Aber kommt erst mal mit mir. Ich hause mit Weib und Kindern da hinten im Wald. Was zu Essen und ein Dach über dem Kopf für die Nacht kann ich euch anbieten."

Bei der Rede vom Essen kommen ihm wieder die Fische in den Sinn, die noch immer in seiner Reuse zappeln. Gleich macht er sich daran zu schaffen

Die Mutter zögert einen Augenblick ehe sie fragt: „Wieso lebst du hier im Wald? Hat auch euch der Krieg hierher verschlagen?"

Er sieht kurz von seiner Arbeit auf. Wieder erscheint das eigenartige Lächeln auf seinem Gesicht.

„Nein, nein, ich lebe schon lange im Wald. Ich kann nicht mehr so mit den Menschen und ein Weib habe ich gefunden das auch so denkt."

Er erhebt sich, legt die Fische in seine Trage, nimmt sein Wildbret wieder auf, winkt ihnen ihm zu folgen und geht ohne ein weiteres Wort voran.

Mutter sieht sich nach Änne um.

„Hast du Angst?", fragt sie.

Änne schüttelt den Kopf und sie gehen hinter dem Fremden her.

4. Kapitel Anne

Als sie aufwacht, sind von nebenan Stimmen zu hören, die leise, aber aufgeregt miteinander sprechen. Die eine Stimme gehört der Oma, die andere kommt ihr irgendwie bekannt vor.
   Wo hat sie die bloß schon einmal gehört?
   „Ich weiß nicht Babette", raunt die Oma.
   Ach na klar, Babette, Mutters Freundin die sie vom Festival her kennt. Was hat diese schöne, so eigenwillige Babette hier mit ihrer Oma zu tuscheln? Will die Oma womöglich von ihr etwas über ihren, Annes, Vater erfahren? Anne ist klar, dass sie eigentlich aufstehen und hinter dem Vorhang hervorkommen müsste. Doch sie regt sich nicht und gibt sich alle Mühe dem Gespräch der beiden zu folgen. War es nicht Babette gewesen, die damals vor dem Zelt ihre Mutter beschworen hatte endlich die Wahrheit zu sagen? Anne stellt sich vor, wie Babette da draußen im Korbstuhl sitzt. Der schmale Körper, von ihrem roten Haar wie von einer Mähne umgeben, aufrecht, mit verschränkten Beinen wie beim Yoga, mit ihren weiten Pumphosen und einem knappen, engaliegenden Oberteilen. Sie roch immer ein bisschen nach Räucherstäbchen und indischen Gewürzen. Auch jetzt bildet sich Anne ein, dass dieser Duft in der Luft liegt und im Geiste hört sie die außergewöhnlichen Klänge ihrer Musik. Immer hat Anne das Gefühl gehabt, als umgebe sie etwas Geheimnisvolles. Die Mutter danach gefragt, antwortete diese: „Ach ja Babette, die will nicht erwachsen werden, immer steckt sie voller verrückter, abgefahrener Pläne, so wie früher. Immer will sie irgendwas bewegen, irgendwem helfen. Auch so ein Gutmensch wie ...", sie brach ab und lächelte betreten. „Aber ihre Musik die ist schon was Besonderes. Mit ihren Klangtherapien scheint sie sich ja über Wasser halten zu können. Na, die Leute lieben ja heutzutage solchen Hokuspokus."
   Beinahe hätte Anne über ihrem sinnieren den Anschluss an das Gespräch da draußen verpasst.
   „Zumindest ist es doch jetzt relativ sicher", lässt sich die Oma vernehmen.
   „Und später?"
   „Und du, willst du mit dem Plan nur helfen oder ..." Anne konnte nicht verstehen, was nach dem „oder" kam.

„Komm doch bitte heute noch rüber nach Plauen Anneliese, dann können wir die Sache auch behördlich angehen."

„Aber Anne ...", dann ist nur noch das Zurückschieben der Sessel, das Auf- und Zuklappen der Tür und sich entfernende Schritte zu hören. Sie kann sogar noch das Knirschen auf dem Gartenweg und das entfernte Gewirr zweier Stimmen wahrnehmen. Ein Auto fährt kreischend davon. Dann ist Ruhe. Die Oma ist wahrscheinlich draußen im Garten geblieben. Die Beiden wissen also doch etwas über ihren Vater, was sie ihr nicht sagen wollen. Sie beabsichtigen, es behördlich anzugehen, ohne sie davon in Kenntnis zu setzen. Oma und Babette, das hätte sie nun nicht gedacht, dass auch sie sie belügen würden. Selbst wenn es vielleicht gut gemeint ist und sie ihr eine Enttäuschung ersparen wollen. Warum glaubt einfach keiner, dass sie mit der Wahrheit fertig werden kann?

Jetzt hört sie die Oma hereinkommen. Schnell schließt sie noch einmal die Augen.

„Guten Morgen Anne, willst du nicht aufstehen? Es ist schon spät, wir sollten frühstücken!", ruft sie ein wenig zu überschwänglich.

Anne kommt hinter dem Vorhang, der Schlaf- und Wohnbereich trennt, hervor, dehnte ihren Körper und gähnt hörbar, so als wäre sie eben erst aufgewacht.

„War jemand hier?", fragt sie scheinheilig. „Ich habe vorhin irgendjemanden reden gehört."

Dabei sieht sie zu wie die Oma den Frühstückstisch deckt. Scheint es ihr nur so oder zuckt diese bei ihren Worten kaum merklich zusammen?

„Die Nachbarin hat vorhin die Brötchen vorbeigebracht. Wir wechseln uns immer ab."

Kein Wort von Babette, kein Wort von dem Gespräch, das sie mit ihr geführt hat. Als Anne in das Gesicht ihrer Oma blickt, erscheint sie ihr mit einem Mal viel älter und sehr, sehr müde. Doch schon setzt sie wieder ein Lächeln auf.

„Nun komm schon, ich habe Hunger!"

Auch beim Frühstück bringt sie das Gespräch weder auf Babette noch auf ihren Vater. Sie isst sehr hastig und schüttet mindestens drei Tassen Kaffee hinterher. Dabei wirkt sie, als sei sie mit ihren Gedanken ganz woanders. Zerstreut gießt sie sich noch eine weitere Tasse Kaffee ein.

„Wir wollten doch reden Oma!", bohrt Anne.

Anneliese wendet sich ihr zu und starrt sie an, dabei hat Anne das Gefühl, als schaut sie durch sie hindurch. Mit einem Mal schiebt sie die braune Keramiktasse und den Teller mit dem angebissenen Brötchen, so heftig von sich, dass das Brötchen herunterfällt und einen Butterfleck auf ihrem T-Shirt hinterlässt.

„Mist!", ruft sie und versucht den Fleck wegzuwischen, was natürlich alles nur noch schlimmer macht. Trotzdem hört sie nicht auf damit. Dabei beginnt sie hastig und ohne Anne anzusehen, wie es gar nicht ihre Art ist, zu sprechen.

„Ja, ja Anne, wir werden darüber reden, aber nicht jetzt. Ich habe einige wichtige Termine in Plauen. Die darf ich auf keinen Fall versäumen. Ich wusste ja nicht, dass du kommst. Aber ich verspreche dir, dass wir heute Abend über alles nachdenken werden. Bestimmt!", setzt sie noch ganz nachdrücklich hinzu.

Sie nickt Anne zu und obwohl sie versucht ganz gelassen und ruhig zu wirken, kann Anne doch die Anspannung in ihrem Gesicht sehen. Sollte etwas mit ihrem Vater nicht in Ordnung sein, etwas das sie ihr nicht sagen will?

„Also wir machen es so! Ich erledige meine Sachen bis heute Nachmittag. Vielleicht gehst du mal rüber zum Hof von Konny. Sicher ist auch Mia nach der Schule da. Du könntest dir ja mal alles anschauen und vielleicht ein bisschen bei den Tieren helfen. Das macht dir bestimmt Spaß und bringt dich auf andere Gedanken. Ich beeile mich derweilen und bin sicher bis zum Abend zurück. Abgemacht? Es tut mit wirklich leid Anne, aber es muss sein!"

Sie ist inzwischen dabei sich über ihre Hose eine weite, schwarze Leinentunika zu ziehen und einen leichten, bunten Schal um ihren Hals zu drapieren. Mit einer silbernen Spange hält sie ihr Haar zusammen, dann beginnt sie sich die Augen zu schminken. Anne sieht ihr einfach nur zu, während sie unentwegt spricht, von Mia und Konny und den Tieren. Was soll sie auch sagen? Noch gestern hat sie sich hier so wohl gefühlt und nun ist auch hier alle anders.

Am liebsten hätte sie geschrien: „Hallo Oma, was ist plötzlich in dich gefahren?" Aber dann lässt sie es doch sein.

„Ich kann dich noch bei den Hahnenhäusern absetzen. Das ist nur ein kleiner Umweg."

„Nein, nein, mach du mal. Ich kann das Stück doch laufen und Mia ist bestimmt eh noch nicht da um diese Zeit."

„Wer weiß ob überhaupt einer da ist", murmelt sie vor sich hin. Sie sieht ihrer Oma nach, wie diese ihren kleinen roten Polo besteigt und mit dem uralten

Vehikel davon knattert. Könnte fast der kleine Bruder von Konny's Jeep sein, mit dem sie erst gestern hier angekommen ist. Sie klappern beide mächtig vor Altersschwäche, kommen aber wohl doch immer an ihr Ziel.

Anne hat keine Lust irgendwohin zu gehen. Sie trödelt herum, setzt sich noch einmal an den Tisch, überlegt was sie tun soll. Während sie ein Brötchen dick mit Omas Marmelade bestreicht, kommt ihr die Idee doch mal mit Mia zu reden. Schließlich war deren Mutter, zum Zeitpunkt ihrer Zeugung, genauso in Leipzig wie ihre Eigene und sie waren Freundinnen. Aber warum sollte Mias Mutter ihrer Tochter etwas von dem erzählt haben, was damals vorgefallen war? Na, wer weiß, ein kleines Fünkchen Hoffnung bleibt doch. Vom hier herum sitzen, kommt sie jedenfalls keinen Schritt weiter. Wenn die Oma mir nicht hilft, dann muss ich eben allein zur Tat schreiten, denkt sie trotzig. Sie packt den Rest der Brötchen und etwas zu trinken ein und macht sich auf den Weg. Diesmal nimmt sie den Weg durch den Wald und an den Felsen vorbei. Hier, so hatte ihre Oma erzählt, hatten die Leute während des 30-jährigen Krieges ihr Vieh versteckt. Einen Augenblick lang, ist es Anne als wäre sie selbst dabei gewesen. Ein ganz seltsames Gefühl beschleicht sie, eine merkwürdige Traurigkeit und eine unbestimmte Sehnsucht. Vielleicht aber erinnerten die Felsen sie auch nur an die letzte Klettertour mit ihren Papa. Wie viel einfacher ist doch damals alles gewesen. Keine beängstigenden Fragen nach dem woher und wohin. Irgendetwas in ihrer Herzgegend beginnt zu schmerzen. Vermisst sie ihn so sehr? Nein, nicht jetzt, nicht daran denken, bloß nicht heulen, schnell weg hier von dieser seltsamen Atmosphäre. Sie beschleunigt ihren Schritt und schon bald hat sie die Hahnenhäuser erreicht. Doch weit und breit kein Jeep, kein Konny und erst recht keine Mia zu sehen. Nur auf der Bank vor ihrem Haus, sitzt die alte Frau Maier. Eben diese, die gestern aus ihrem Fenster geschaut hat, als Anne vorbeilief.

5. Kapitel Änne

Es führt ein schmaler Trampelpfad durch das Dickicht des Waldes, bis es plötzlich heller wird und sie mit einem Mal auf einer Lichtung stehen. Zwei kleine Holzhäuser stehen dicht beieinander, dazwischen gibt es Stall und Scheune und, etwas entfernt, auch einen Backofen. Ein kleines Feld mit Getreide ist dem Wald abgerungen wurden und man ist mit der Rodung weiteren Waldes beschäftigt. Vor dem Haus spielen Kinder und Änne gibt es einen Stich ins Herz. Noch vor kurzer Zeit hat sie ebenso sorglos gespielt. Sobald die Kinder den Vater mit den Fremden bemerken, kommen sie ihnen entgegengelaufen. So wie auch sie und die Brüder dem Vater immer entgegenliefen, wenn er vom Markt in Redwitz kam, in der Hoffnung er hätte ihnen etwas mitgebracht. Wie weit fand Änne damals die Stadt entfernt und wie aufregend stellte sie sie sich vor und immer hoffte sie, der Vater würde etwas Neues, Abenteuerliches erzählen, von dem Leben da draußen. Sie selbst war aus dem Dorf noch nicht weiter herausgekommen als bis zum Wald. Doch in der letzten Zeit gab es nur schlechte Nachrichten und der Vater hatte das Dorf nur noch ungern verlassen.

Jetzt kommt ihnen eine Schar schmutziger und vom Spielen erhitzter Kinder entgegen. Alle sind barfüßig und nur mit einfachen Kitteln bekleidet. Ein Mädchen, vielleicht ein bisschen älter als Änne, geht hinter den anderen, den Kleinsten auf dem Arm. Sie scheint das einzige Mädchen zu sein. Sie trägt ein einfaches Kleid mit einer Schürze darüber. Die beiden Mädchen beäugen sich neugierig. Doch was Änne am meisten erstaunt, sie haben allesamt so rotes, wuscheliges Haar wie ihr Vater. Noch nie hat sie so viele rothaarige Menschen auf einem Haufen gesehen. Der Vater begrüßt seine Kinder, wuselt den Kleinen durchs Haar. Der Ältesten aber lächelt er kurz zu, gibt ihr die Fische und sagt: „Hier kümmere dich um das Fischzeug und lauf zur Mutter und sag ihr, ich habe Gäste mitgebracht und Wild, welches wir heute noch verarbeiten müssen."

Sie nickt, setzt den Kleinen auf seine noch wackligen Beine und läuft den Hütten zu. Der Vater fasst mit seiner riesigen Pranke die Hand des Kleinen, der, freudig krähend, neben ihm her tippelt. Gleich nachdem das Mädchen im Haus verschwunden ist, erscheint in der Tür eine kleine, dralle Frau deren Mieder sich über ihrem mächtigen Busen spannt. Sie hat die kräftigen Arme in die Hüfte gestemmt und sieht ihnen entgegen. Änne erschrickt erst ein wenig vor dieser strengen Haltung. Doch beim Näherkommen sieht Änne, dass ihr Gesichtsausdruck ganz und gar nicht streng ist. Im Gegenteil, sie lacht fröhlich und ihre Augen, blitzen im hellen Sonnenlicht des Nachmittags. Sie macht einen zufriedenen Eindruck, so als lebe sie gern hier. Der Mann wirft das Wild von der Schulter, umfasst die Taille seiner Frau und hebt sie ein Stückchen hoch.

„Hab dir was mitgebracht Grete", ruft er, nun auch schallend lachend.

„Ich seh' schon, der Wilderer in dir ist nicht totzukriegen. Lass dich bloß nicht erwischen."

„Ei, wer soll mich erwischen? Die bleiben alle schön hinter ihren Mauern, in diesen Zeiten und die kaiserlichen, sowie die Schweden, haben uns bis jetzt noch nicht gefunden. Was sollen wir hier im Unterholz finden, denken sie."

Dann wendet er sich Katharina und Änne zu.

„Aber ich hab jemanden gefunden, gute Leute, denen hat der Krieg arg mitgespielt. Vom Fränkischen her sind sie gelaufen und wollen hinauf ins Oberland. Da dachte ich, meine Grete hat ein gutes Herz und einen guten Schmaus, nimmst du sie halt mit, zumal", er schaut zum Himmel hinauf, „das Wetter wird nicht halten. Sie sollten über Nacht bleiben. Ein ordentliches, trockenes Lager hat noch keinem der auf der Wanderschaft ist geschadet. Außerdem ist sie ein Kräuterweib. Vielleicht weiß sie einen Rat bei dem Jungelchen da drin", wobei er mit dem Daumen auf das zweite, noch etwas kleinere, Haus deutet. Er zieht dem Rehbock das Fell ab. Dann nimmt er ein Beil vom Haken, zerkleinert das Tier in grobe Stücken und legt sie in einen Korb.

„Ich schau dann noch nach den Bäumen", spricht's, schultert sein Beil und zieht dem Wald zu, gefolgt von einem großen, schlaksigen Kerl, wohl sein ältester Sohn, der schon auf ihn gewartet hat und wenig Notiz von dem Besuch nimmt oder wenigstens so tut.

„Kommt nicht zu spät zum Essen!", ruft die Frau ihnen nach, doch in der Ferne ist nur noch sein Pfeifen zu hören.

Vom Lärm angelockt, erscheint in der Tür des zweiten Hauses nun auch eine Gestalt und kommt heran. Es ist eine große, sehr schlanke und zarte Frau, fast noch ein Mädchen.

Unter ihren grünen Augen hat sie dunkle Ring, als hätte sie wer weiß wie lange nicht geschlafen. Gesicht und Arme sind von hunderten von Sommersprossen übersät. Es ist schon Mittag vorbei, doch sie scheint nur schnell das Kleid über das Hemd geworfen zu haben und sie trägt auch keine Haube, sodass ihr Gesicht von roten Locken eingehüllt ist und das Haar ihr bis zu den Hüften reicht.

„Wie geht's deinem Mann?", fragt Grete.

Die Jüngere zuckt mit den Schultern. „Unverändert", antwortet sie leise.

„Dein Bruder hat uns Gäste mitgebracht. Die Frau", sie nickt zu Katharina hin, „versteht etwas von Kräutern. Vielleicht kann sie mal nach ihm sehen. Außerdem hat Konrad Jagdglück gehabt. Wir wollen den Bock noch fertig zerkleinern und zurecht machen. Eine kräftige Suppe aus dem Mark wird ihm gut tun."

Ein kleines Lächeln erscheint auf dem Gesicht der jungen Frau.

„Ich dank' dir schön", sagt sie leise. „Ich komme gleich herüber, um zu helfen", und still wie sie gekommen ist, verschwand sie wieder hinter ihrer Tür.

So hat Änne sich immer die Prinzessinnen aus Mutters Märchen vorgestellt. Sie fand sie einfach wunderschön und geheimnisvoll. Dann hört Änne noch, wie Grete zur Mutter gewandt sagt: „Sie hat viel durchmachen müssen in diesen Zeiten, das arme Ding, und nun ist auch noch ihr Mann erkrankt. Sie sind die harte körperliche Arbeit hier draußen nicht gewohnt. Den Wald roden, das ist kein Zuckerschlecken. Doch wir brauchen den Boden um zu überleben. Nun komm erst einmal herein. Du siehst müde und traurig aus. Ich hab noch einen Schluck selbstgebrautes Bier da und eine warme Suppe, Brot hab ich auch erst gebacken. Lass uns ein bisschen reden. Es ist gut mal ein gestandenes Frauenzimmer bei sich zu haben."

Für Änne bringt sie noch ein Stück Brot sogar mit etwas Ziegenbutter und bevor sie mit Katharina hinter ihrer Tür verschwindet, ruft sie ihrer Tochter noch zu: „Mariechen, nimm den Fisch aus und kümmere dich ein wenig um das Mädel", wobei sie auf Änne zeigt.

Änne setzt sich zu Marie und nachdem sie mit Genuss ihr Brot verspeist hat, hilft sie ihr bei den Fischen. Nach einer Weile, in der die beiden sich erst einmal schüchtern beäugen, fragt Marie nachÄnnes Namen. Dabei kneift sie ihre Augen zusammen, als könne sie sie so besser erkennen.

„Du kommst aus dem Fränkischen, sagt der Vater. Wie weit ist das? Wart ihr lange unterwegs?" Ab und an springt Marie auf, um sich um den kleine Bruder zu kümmern, der unter ihren Füssen herumkriecht. Die anderen Bengels sind schon längst wieder verschwunden und würden, laut Marie, erst wieder zur Abendarbeit im Stall auftauchen. Langsam kommt die Unterhaltung in Gang, denn genau wie die Frauen sind die beiden neugierig aufeinander. Marie will so vieles ganz genau wissen.

„Wohin wollt ihr denn. Es ist ja wahrlich nicht die beste Zeit zum Reisen. Was ist euch denn widerfahren, dass ihr so einen weiten Weg angetreten habt."

„Wir müssen zur Großmutter, denn unser Dorf, weißt du, unser Dorf …", Änne macht eine Pause, denn ihre Stimme beginnt zu zittern. Marie sieht von ihre Arbeit auf, und wieder kneipt sie die Augen so seltsam zusammen. Doch dann sieht sie ihr ganz klar und aufrecht ins Gesicht. Und auf einmal gibt es für Änne kein Halten mehr. Es ist wie wenn man einen Damm bricht, genauso sprudelt alles aus ihr heraus, was sie in der letzten Zeit erlebt hat. Marie hört aufmerksam und ruhig zu. Nur ab und an streicht sie, fast wie aus versehen, über Ännes Hand.

Als Änne geendet hat, sitzen sie lange schweigend nebeneinander. Erst nach einer geraumen Zeit beginnt Marie: „Es tut mir so leid für dich. Vermisst du ihn sehr? Deinen Vater meine ich." Änne weiß nicht sofort, was sie darauf antworten soll. Manchmal ist es ihr, als sei sie nur auf einer Reise und könne jederzeit zurückkehren und der Vater wäre dann wieder da. Dabei hat sie ihn doch liegen sehen, tot. Sie schnieft und wischt mit dem Schürzenzipfel über Nase und Augen. Es bildet sich ein feuchter Fleck auf der ohnehin schon schmutzigen Schürze. Änne versucht ihn wegzurubbeln und den Stoff glattzustreichen. Dabei lächelt sie Marie schüchtern zu.

Diese sieht in die Ferne, wie zu einem unbekannten Ziel. „Ich habe den meinen immer furchtbar vermisst, wenn er weggegangen ist. Dabei konnte ich ja immer hoffen, dass er zurückkommt. Manchmal war ich böse auf ihn, wenn er mal wieder verschwand und manchmal in Sorge, dass er nicht zurückkommen würde. Und doch verstehe ich ihn und will einmal so werden wie er."

„Wieso, wohin geht dein Vater denn und du, lebst du schon immer hier?"

„Ja, schon immer", und nach einem kleinen Zögern fängt nun auch Marie zu erzählen an. „Zuerst lebten die Großeltern noch. Der Großvater, der Vater meiner Mutter, war Köhler. Er hatte seine Meiler hier und machte Holzkohle. Auch eine Pechsiederei hat er betrieben. Ein Händler kam und holte die Ware oder er brachte sie zum Markt, dann war er tagelang unterwegs. Der Vater war zu der Zeit noch auf Reisen. Er ist weit herumgekommen weist du, bis über die Alpen hinweg nach Italien und ans Meer. Er hatte sogar vor bis ins ferne Amerika auszuwandern.

Eigentlich ist er der Sohn eines reichen Händlers aus Plauen, einer Stadt an der Elster. Man hat ihn zum Studium geschickt, denn man wollte einen Gelehrten des Rechts in der Familie. Doch dort lernte der Vater ganz andere Menschen kennen, die ihn beeindruckten, die frei waren in ihren Gedanken und in ihrem Tun und so frei wollte er auch sein. Er entdeckte für sich sein Talent für die Dichtung und verfasste einige Schriften und vor allem Lieder gegen die Obrigkeit. Da musste er fort. Hier im Wald hat er sich versteckt. Da sind sie sich begegnet der Vater und die Mutter. So jedenfalls haben sie es uns so oft erzählt, dass ich es fast auswendig kann. Aber er war nicht zu halten. Immer wieder zog es ihn hinaus in die Welt. Er glaubte daran sie verbessern zu können, mit seinen Liedern und Schriften und er wollte wohl dabei sein, wenn etwas Großes geschah. So verließ er die Mutter immer wieder, doch sie glaubte felsenfest daran, dass er immer zu ihr zurückkehrt und so geschah es auch. Ohne in der Ehe mit ihm zu leben, gebar sie ihm vier Kinder. Die Großeltern haben das alles stillschweigend geduldet. Mutter war ihr jüngstes Kind und sie waren froh, dass sie bei ihnen blieb und hier im Wald, wer sah da die Sünde. Mein Großvater ein einfacher Mann, der nur sein Arbeit kannte und die bittere Armut, fand gefallen an dem jungen Mann mit seinen Ideen von einer anderen, besseren Welt. Ich war ja noch klein, aber ich erinnere mich wie gerne die Großeltern zuhörten, wenn Vater seine Fiedel nahm und seine Lieder sang oder aus Schriften und Traktaten vorlas, den sie konnten ja weder lesen noch schreiben."

„Tja, wer kann das schon? Da ist dein Vater ja ein gelehrter Mann", wundert sich Änne. Marie nickt und etwas an ihrer Haltung lässt Änne fast erschrocken, fragt: „Kannst du es etwa?"

„Was?", fragt Marie ein bisschen scheinheilig.

„Na, du weist schon was ich meine, lesen und schreiben."

Und es klingt schon ein bisschen stolz, als Marie antwortet: „Ja, Vater hat es all seinen Kindern beigebracht."

„Auch dir, als Mädchen?"

„Ja, selbst bei der Mutter bestand er darauf, dass sie es lernt. Zuerst hat sie sich gesträubt, erzählt der Vater, doch dann stellte sich heraus, dass sie sehr schnell begriff und es schneller lernte als die meisten. Man glaubt es nicht und vielleicht ist der erst Anschein anders, aber die Mutter ist dem Vater ebenbürtig, im Kopf und auch sonst. Und ich glaube es freut ihm mit ihr zu streiten. Vater sagt immer:

'Die Weibsbilder denken vielleicht ein bisschen anders als die Mannsbilder, aber wer sagt uns denn wo die Wahrheit begraben liegt. Es wird ein Zeit kommen, wo Weiber alles so wie Männer tun können, auch lernen'. Deshalb darf ich in seinen Schriften lesen und er erzählt mir von seinen Reisen in die Welt. Und …", plötzlich verändert sich Maries Gesicht, ihre Augen bekommen einen seltsamen Glanz, „… weißt du, einmal will ich wie der Vater in die Welt hinaus. Ich will viele fremde Länder und Menschen sehen und es bis nach Amerika schaffen. Vater sagt dort könne man ganz anders leben und selbst bestimmen, was man tun und wohin man gehen wolle. Dort gibt es keine Fürsten und keinen Krieg um den rechten Glauben. Man kann mit dem Schiff hingelangen, viele Wochen ist man dann unterwegs. Es muss schön sein das Meer zu sehen und all die fremdländischen Tiere, Pflanzen und Menschen."

Sie beginnt von all dem was sie weiß in so farbenprächtigen Worten zu erzählen, dass diese Welt wie aus dem Nichts vor Änne entsteht, so wie bei den alten Geschichten ihrer Mutter und sie alles um sich herum, auch ihren Kummer, vergisst. Die ausgenommenen Fische werden ihr zu riesigen Fischen die ein Schiff angreifen und das Wildbret zu einem exotischen Tier in den Wäldern Amerikas, obwohl sie vorher noch nie überhaupt irgendetwas über Amerika gehört hat.

„Weißt du, eigentlich bin ich noch nicht groß herausgekommen aus diesem Wald. Einmal hat Vater mich mit in die Stadt genommen. Aber jetzt ist es viel zu gefährlich. Aber in meinen Träumen, da kann ich einfach in die Welt hinausziehen. Die Abenteuer sind hier in meinem Kopf", sagt Marie und da weiß auch Änne, dass alle Geschichten so wunderbar bunt in ihrem Kopf entstehen können und dass es tröstlich ist in ihnen zu leben. Noch interessanter findet sie, dass es sogar Menschen gibt die so etwas aufzuschreiben.

„Und du kannst wirklich richtig lesen?" hakt sie deshalb noch einmal nach.

„Ja und ich könnte es dir sogar zeigen, wenn ihr eine Zeit hierbleiben würdet."

Änne bekommt große Augen. „Wirklich?", ruft sie freudig um gleich darauf traurig den Kopf hängen zu lassen. „Ich denke die Mutter will weiter, morgen schon. Sie ist ganz versessen darauf schnell zur Großmutter zu kommen. Ich möchte schon hierbleiben, wo ich doch jetzt gerade erst dich kennengelernt habe. Ich möchte so gerne wieder eine richtige Freundin haben."

„Ich auch!", lacht Marie. „Ich hatte noch nie eine. Immer nur diese Herde von Brüdern. Die können einem manchmal ganz schön schaffen."

„Ich weiß", murmelt Änne, „aber ...!"
Marie wird rot, was ihr Haar noch mehr zum lodern bringt.
„Oh, tut mir leid!", stammelt sie verlegen.
„Ist schon gut!", Änne versucht es noch einmal mit einem Lächeln und Marie lächelt zurück.
„Na, vielleicht wird ja alles anders als du denkst", meint sie zuversichtlich.
Auf einmal bemerken sie die Ruhe um sich und dann fährt eine erste Sturmböe durch die Bäume ringsum. Im Westen rollt eine dunkle Wolkenfront heran und es ist urplötzlich merklich kühler geworden. Genau wie Maries Vater es vorausgesagt hat, zieht ein Unwetter herauf. Änne ist unendlich dankbar die Nacht in einem Haus verbringen zu dürfen.
„Komm schnell!", mahnt Marie. „Wir wollen die Sachen ins Haus bringen." Sie hebt den kleinen Bruder, der zu ihren Füssen eingeschlafen ist, hoch. Er nuckelt an seinem Daumen und schläft auf ihrem Arm seelenruhig weiter. Änne nimmt den Fisch und rafft das Werkzeug zusammen und sie tragen alles ins Haus. Marie legt den Kleinen in seine Wiege. Im Haus duftet es herrlich nach dem Wild, das im Kessel schmort. Die Frauen sind mit dem Zerlegen und der Vorbereitung des Fleisches für das Pökeln beschäftigt und so in ihr Gespräch vertieft, dass auch sie das Herannahen des Unwetters nicht bemerkt haben. Erst beim Eintreten der Mädchen wird ihnen bewusst, wie dunkel es draußen mit einem Mal geworden ist.
„Wo sind den die Jungen?", fragt Maries Mutter etwas erschrocken. „Sie sollen sich bei solchem Wetter doch nach Hause scheren. Dann müssen wir uns wohl jetzt auch noch um das Vieh kümmern."
Doch sie hat den letzten Satz noch gar nicht richtig ausgesprochen, da hören sie schon das Rufen der Jungen, die das Vieh in den Stall treiben. Trotz ihrer wilden Spiele vergessen sie selten ihre Pflichten. Maries Mutter nimmt, der etwas betreten herumstehenden, Änne die Fische ab und gibt sie der jungen rothaarigen Frau die, nun ordentlich gekleidet und das wallende Haar notdürftig unter einer Haube verborgen, bei den Frauen steht. Änne hat gar nicht bemerkt wie sie ins Haus gegangen ist. War sie so vertieft in das Gespräch gewesen oder gibt es einen Hintereingang, vielleicht durch den Stall?
„Gut gemacht Mädchen! Das wird ja heute ein richtiges Festmahl. Fang schon mal mit der Zubereitung von dem Fisch an, Barbara. Das wirst du ja schaffen! Ich bin gleich zurück, schau nur draußen nach dem Rechten, dass mir die Hühner

auch alle in den Stall kommen. Marie schließ' die Fensterläden und geh schon mal melken! Wir wollen doch heute einen schönen Abend haben mit den Gästen und mit dem guten Essen. Da wollen wir alle rechtzeitig fertig sein. Hoffentlich bleibt der Vater nicht zu lange aus!"

Änne sieht zur Mutter die ihr freundlich zulächelt. „Kann ich mit?", fragt sie leise.

„Kannst du denn melken?", fragt Grete.

Anne nickte eifrig: „Wir hatten doch zu Hause auch Vieh!", sagt sie stolz.

„Na dann mal los ihr beiden. Scheint euch ja gesucht und gefunden zu haben."

Die Mädchen laufen los und lassen ihre Eimer hin und her schaukeln. Inzwischen hilft Grete, die Hausfrau, ihren Jungen dabei das widerspenstige Federvieh vom Gatter in den Hühnerstall zu treiben. So nahe am Wald muss man immer ein Auge auf die Tiere haben.

Es gibt tatsächlich einen Ausgang zum Stall.

„Nimm die Weiße hier, die lässt sich gern melken. Ich nehme die Gefleckte, die ist ein bisschen aufmüpfig", rät Marie und gibt Änne einen Melkschemel.

„Ihr habt ja auch eine Kuh", stellt Änne fest und denkt an das Vieh zu Hause, das die Schweden – oder wer immer das Dorf überfallen hat – weggetrieben hat. Sicher waren sie schon alle geschlachtet und aufgegessen. Auch die Liese, ihre braun gescheckte Kuh, mit dem kleinen Kälbchen das im Frühjahr geboren worden war. Sie lehnt ihren Kopf an das weiche Fell der wirklich sehr gutmütigen weißen Ziege, die sich ohne weiteres melken lässt. Dabei atmet sie den vertrauten Stallgeruch ganz intensiv ein. Es riecht nach Mist und Stroh und sie fühlt sich wohl und geborgen, wie zu Hause. In ihrem Verschlag, grunzen zwei Schweine zufrieden vor sich hin. Sie haben sich tagsüber im Wald gut mit Nahrung versorgen können. Oben in einer Nische, fast unterm Dach, haben Schwalben ihr Nest an die Wand geklebt und sind fleißig ein und aus geflogen um ihre Jungen zu füttern. Doch nun hält der beginnende Regen sie davor ab noch einmal hinaus zu fliegen. Doch auch hier gibt es genug Fliegen und Mücken, die sie im Flug erbeuten können.

Die Milch fließt reichlich in die Eimer. Marie ist schon bei der Kuh die bedrohlich mit dem Schwanz schlägt, um Fliegen und andere Plagegeister zu vertreiben. Liebevoll streicht sie ihr übers Fell. Änne bringt ihr den Melkschemel und hört sie leise: „Na meine Schöne!", flüstern. Marie melkt und Änne steht dicht bei ihr und tätschelt die Kuh. Dabei fragt sie: „Wer ist das eigentlich, das junge Weib mit dem roten Haar?"

„Ach die Barbara, das ist die Schwester meines Vater. Sieht man ja auch an dem roten Haar. Das ist ein Familienerbe. Doch der Barbara wäre es beinahe zum Verhängnis geworden."

„Wieso? Erzählst du es mir? Sie ist so eine schöne Frau."

„Ja, sie ist sehr schön, nicht wahr. Aber sie hat es nicht leicht hier. Sie ist das Leben hier im Wald und das Wirtschaften auf dem Hof nicht gewohnt. Sie hat das Leben einer reichen Kaufmannstochter geführt. Sie kann wunderbare Spitzen häkeln und sticken kann sie auch, ganz feine Stiche. Ich gehe immer hinüber um sie zu bewundern und mit ihr ein bisschen zu reden. Sie ist so traurig und hilflos, denn leider kann man so feine Sachen hier nicht brauchen. Wenn man hier draußen überleben will, muss man ganz schön hart arbeiten können. Die Tiere müssen versorgt, es muss gekocht, gebacken und gebraut werden und es müssen Vorräte für den Winter angelegt werden. Na, du weißt ja selbst. Ich meine, bei euch wird es ja auch so gewesen sein. Nur wir hier sind halt ganz auf uns gestellt. Meine Mutter, du hast sie ja erlebt, hat es nie anders gekannt. Sie ist stark und sie hilft wo sie kann. Auch die Barbara und ihren Mann hat sie damals, als sie, völlig erschöpft und in beklagenswertem Zustand, hier ankamen, gut aufgenommen. Aber nun muss noch ein Feld gerodet werden, denn wir sind ja nun zwei Leute mehr und die wollen durch den Winter gebracht sein. Da wächst der Mutter die Arbeit manchmal über den Kopf und wohl auch die Sorge um uns alle. Dann wird sie auch mal ungehalten zu der Barbara, wenn der die Arbeit einfach nicht so von er Hand geht oder ihr das Kochen nicht gelingt und sie das Essen verdirbt. Es ist manchmal nicht so einfach, obwohl beide bemüht sind. Und nun liegt der Mann von der Barbara schon so lange krank und seine Hand wird beim Roden dringend gebraucht. Du hast ja gesehen, dass wir dahinten schon begonnen haben. Es soll noch in diesem Jahr Wintergetreide gesät werden. Wie sollen wir das nur schaffen?"

„Aber warum sind sie dann hierher zu euch gekommen? Ist es ihnen auch so ergangen wie uns?"

„Na ja, auch sie hat der Krieg hierher getrieben, doch der Grund war wohl anders. Aber die Geschichte muss ich dir ein andermal erzählen, denn ich bin jetzt fertig mit dem Melken und die Mutter mag es nicht wenn man herumtrödelt.

Außerdem wird der Regen gleich noch stärker werden, lass uns schnell hinübergehen ehe die Wolken sich in voller Manier entladen und das Gewitter losbricht." Die Mädchen nehmen die Eimer auf und Marie will schon die Stalltür öffnen, da fällt Anne etwas ein. Sie setzt den Eimer noch einmal ab und ruft Marie zu: „Vielleicht könnten wir euch ja beim Roden helfen und dann könntest du mir das mit den Buchstaben zeigen. Meine Mutter ist auch stark, sehr stark sogar und ich habe auch schon auf dem Feld geholfen. Außerdem kann sie vielleicht auch helfen, dass der Mann von der Barbara gesund wird. Sie hat ein großes Wissen über das Heilen."

„Das wäre gut. Aber glaubst du, dass würde sie tun um uns zu helfen. Sie hat doch genug damit zu tun euch ohne weiteren Schrecken zur Großmutter zur bringen. Lass uns aber nun erst mal hinüber gehen. Heute wird auf jeden Fall ein schöner Abend. Es gibt leckeres Essen, Fleisch sogar, und ihr seid unsere Gäste, das wird Vater in gute Stimmung bringen. Dann nämlich holt er seine Fiedel hervor und spielt uns auf und wir können singen und tanzen und fröhlich sein und auch unsere Mütter werden ihre Sorgen mal ein bisschen vergessen. Vielleicht erzählt der Vater auch was."

Die Beiden schlüpfen nun schnell durch die Stalltür ins Wohnhaus. Die ersten Blitze zucken schon und ein, noch fernes, Donnergrollen ist zu hören.

„Wo bleibt ihr denn so lange? Haben wir denn jetzt mehr als eine Kuh zu melken?", ruft Maries Mutter. Doch ihre Stimme klingt nicht ärgerlich, sondern eher fröhlich. Sie nimmt den Mädchen die Eimer mit der Milch ab und trägt ihnen auf, den Tisch zu decken. Der Vater ist auch schon da. Sein nasser Hut hängt am Nagel und die Stiefel stehen neben der Tür. Er war unterwegs um nach den Bäumen zu sehen. Denn, so hatte es Marie erzählt, sie betrieben noch nebenher eine Pecherei. Dabei werden die Bäume angezapft um das Harz und somit das Pech zu gewinnen. Früher, zu den Zeiten von Maries Großvater, lebten sie, neben der Köhlerei, vorrangig davon. Doch nun ist durch den Krieg kaum mehr Absatz da und die Gefahr in eine größere Stadt zu gehen scheuen die Eltern. So versuchen sie sich mehr auf die Wirtschaft zu verlegen, um sich selbst mit allem Lebensnotwendigen zu versorgen. Doch ganz wollen sie es nicht aufgeben, denn der Vater konnte das Pech immer noch manchmal bei einem Händler, der in unregelmäßigen Abständen vorbeikam, für Dinge wie zum Beispiel etwas Salz oder Nägel eintauschen. Nun stolpert auch Hans, Maries um ein Jahr älterer Bruder, herein:

Gerade noch rechtzeitig um vor dem Unwetter in Sicherheit zu sein. Er ist mit dem Vater draußen gewesen. Unterwegs hatten sie sich aber getrennt. Grete atmet erleichtert auf. Nun kann der Abend beginnen, denn alle sind, Gott sei dank, im Trockenen.

Die Mädchen stellen Bretter auf den Tisch und für jeden einen Holzlöffel, dazu die Trinkbecher. Sie schaffen das selbstgebraute Bier herbei und das Brot. Die Frauen tragen das Essen auf. Der Duft von Fleisch und Fisch erfüllt den Raum. Alle versammeln sich recht schnell um den Tisch. Fleisch gib es auch hier selten und alle, wie sie hier sitzen, wissen genau, dass es eigentlich streng verboten ist in den Wäldern zu jagen. Das ist allein das Vorrecht der hohen Herren von den Burgen und Schlössern und wenn man erwischt wird, kann das mit schlimmen Strafen geahndet werden. Das kann einen schon eine Hand kosten oder auch das Leben. So manch einer war da niedergeschossen worden. Doch darum, das weiß seine Familie, kümmert sich der Vater recht wenig und wenn er auch bedeutend ruhiger geworden ist als in seinen jungen Jahren, so ist und bleibt dieser rothaarige Mann ein Rebell, der sich nicht um die Obrigkeit schert. Genauso fällt auch sein Gebet aus: „Du lieber Christ, hab Dank für die reichliche Speise auf unserem Tisch, die, deiner sei Dank, nicht nur für den Edelmann ist, Amen!"

Er lacht schallend. „Greift kräftig zu, Frau Katharina. Ihr seid doch sicher kein solch ein Hasenfuß wie meine Schwester."

Alle Blicke richten sich nun auf Barbara die feuerrot wird.

„Es kann nicht jeder so ein Draufgänger sein wie du! Schließlich soll man Gott und die Obrigkeit ehren."

„Gott vielleicht, aber nicht die Obrigkeit. All die Edelleute und Pfaffen denen es nicht um Gott, sondern um ihre vollen Mägen und ihren Besitz geht. Was denkst du warum da draußen dieser fürchterliche Krieg tobt? Weil sie alle den Hals nicht voll genug kriegen können. Oder glaubst du man können jemanden von seinem Glauben, den man für den rechten hält, überzeugen, indem man ihm das Messer an die Kehle drückt, das Land verwüstet und aushungert? Und wer badet die ganze Sache aus, der kleine Mann! Der Bauer dem Hof und Ernte niedergebrannt oder geraubt wird, die Handwerker und Kaufleute in den Städten, die dermaßen ausgeplündert werden, dass jedweder Handel zum erliegen kommt und nicht zuletzt die kleinen Söldner in den großen Heeren auf beiden Seiten, der durch Rauben und Plündern nicht nur sich, sondern auch sein Weib und seine Kinder im

Tross ernähren muss." Laut schallt seine kräftige Stimme durch den Raum. „Dein Schicksal, Barbara, müsste dich doch anderes gelehrt haben."

Die junge Frau am Tisch senkt den Kopf. Anne glaubt fast sie ist den Tränen nahe und sie tut ihr leid. Doch obwohl sie nicht alles versteht was Maries Vater sagt, so scheint ihr doch einiges einleuchtend und auch die Mutter nickt still vor sich hin.

„Deine Worte sind, wenn ich es mir recht bedenke, die Wahrheit", sagte sie dann etwas zögerlich und leise. „Vor meiner Heirat war ich evangelisch, doch da mein Mann Katholik war bin ich halt übergetreten. 'Es wird wohl der gleiche Gott sein', hab ich gedacht und man muss ja die Kinder auf irgendeine gemeinsame Weise erziehen. Es hat auch keine Streitigkeiten gegeben zwischen evangelischen und katholischen in Redwitz. Es wurde sogar die Bartholomäuskirche als gemeinsames Gotteshaus benutzt. Später dann, nach der Gegenreformation, ist der evangelische Priester vertrieben worden. Doch der katholische Pfarrer hat den evangelischen Leuten weiter erlaubt in der Kirche Gottesdienst zu halten, zu taufen und zu trauen, nur predigen durften sie nicht. Ein paar Jahre darauf wurde auch das dann verboten. Damals schon hab ich gedacht: 'Warum lässt man die Leute nicht in Ruhe beten wie und wo sie wollen. Will der einfache Mensch nicht säen und ernten oder sonst seinem Tagwerk nachgehen? Das macht schon Mühe genug.' Ich mach mir so meine eigenen Gedanken, wenn ich in Wald und Wiesen unterwegs bin, um meine Kräuter und Früchte zu sammeln. Man möchte doch wissen aus was die Welt beschaffen ist und wie das mit allem ist was um uns existiert, was ist das Leben und was ist das Sterben. In dieser wieseln und wuseln der Wesenheiten um mich herum, da bin ich manchmal diesem göttlichen viel näher, als beim Pfaffe in der Kirche."

Anne ist für einen Augenblick wie erstarrt. Noch nie hatte sie die Mutter solche Reden führen hören, auch mit dem Vater nicht. Nur in ihren Märchen, die sie so gerne erzählte, war manchmal etwas davon angeklungen. Ist die Mutter etwa wirklich eine Kräuterhexe, wie einmal ein frecher Bub auf dem Markt in Redwitz behauptet hatte. Aber an der Mutter war ja nichts schlechtes. Sie war doch eine ehrbare Hausfrau. Im Gegenteil, sie hatte den Menschen in ihrer Umgebung immer nur geholfen mit ihrem Wissen.

In der Rußküche poltert etwas. Grete war hinübergegangen um die Schüssel neu zu füllen. Die Mutter steht auf und lächelt dabei, so als hätte sie das schon immer einmal sagen wollen. Sie geht hinüber um Grete zu helfen und einen

Augenblick später stellen die beiden die Schüssel neu gefüllt auf den Tisch. Auch den Fisch tragen sie herein. Grete klopfte ihrem Mann nun lachend auf die Schulter.

„Nun hör auf beim Essen die Welt zu verbessern. Es wird noch alles kalt. Lass uns einfach genießen was auf dem Tisch steht. Das andere heb' dir für danach auf, wenn du die Fiedel herausholst. Kommt esst, ihr alle! Das hält bekanntlich Leib und Seele zusammen und darüber wollen wir doch noch eine Weile froh sein, dass Leib und Seele noch beieinander sind."

Sie füllt die Becher mit dem selbstgebrauten Bier und schneidet noch einen Leib Brot auf. Mit dem Brot kann man wunderbar die Soße auftunken. Es schmeckte alles einfach herrlich und für eine Weile geben sich alle dem Essen hin. Doch dann sind alle so satt, dass einfach nichts mehr in sie hineinpasst und selbst die Jungen mit einem Rülpser ihre Sättigung bekanntgeben. Die Reste werden abgeräumt, denn schließlich ist ja morgen auch noch ein Tag. Derweilen steckt sich der Vater ein Tonpfeifchen an und Marie versorgt den kleinen Bruder, der aufgewacht ist und nun lautstark schreit, erst mal mit einer Brotrinde. Grete stellt noch einen weiteren Krug Bier auf den Tisch. Draußen hat der Regen etwas nachgelassen, doch noch immer hört man das sich entfernende Gewittergrollen und das leichte Trommeln des Regens auf dem Dach. Änne kommt der Regenguss in den Sinn, der sie vor ein paar Tagen auf ihrer Wanderung heimgesucht hatte. Es war gegen Abend und sie hatten schon nach einer geeigneten Stelle für ein Nachtlager gesucht. Der Tag war eher kühl gewesen und Mutter hatte schon die ganze Zeit zum Himmel gesehen.

„Ich glaube es wird regnen!", hatte sie schon mehrmals gesagt. Erst hatte es nur fein genieselt und sie hatten Schutz unter einem großen Baum mit ausladenden Ästen gesucht. Dann war der Regen immer stärker geworden und hatte fast die ganze Nacht gedauert. Ihre Kleidung hatte nach und nach die Feuchtigkeit aufgenommen und sie hatten entsetzlich gefroren und sie hatten sich nicht anderes gewünscht als ein Dach über dem Kopf und sei es nur ein Scheunendach oder auch nur ein kleiner Verschlag. Mutter hatte alle Hände voll zu tun gehabt, dass ihre Glut nicht erlosch und ihre Kräuter halbwegs trocken blieben. Am Morgen waren sie, kaum dass etwas Helligkeit heraufzog, weitergewandert um sich zu erwärmen. Was war das für ein Glücksgefühl gewesen als die Sonne hinter den Wolken hervorsah. Am Mittag konnten sie ihre Sachen und auch einige der Kräuter in der Sonne trocknen lassen und es war ihnen wieder warm geworden. Nicht auszudenken, wenn es mehrere Tage hintereinander geregnet hätte oder wenn sie heute bei dem Gewitter hätten draußen sein müssen. Innerlich dankt sie dafür, dass dieser raubeinige, rothaarige Konrad sie mitgenommen hat. Sonst hätte sie ja auch Marie nicht kennengelernt. Welch ein Glück ihm begegnet zu sein. Sie sieht zu Marie hinüber, die noch immer mit ihren Brüderchen beschäftigt ist.

„Er bekommt bestimmt einen Zahn, so wie der auf der Rinde herumkaut."

Der kleine quengelte vor sich hin und Änne erinnert sich, dass sie auch bald ein kleines Geschwisterchen haben wird.

„Darf ich ihn mal halten?", fragt sie.

Marie reicht ihr den Kleinen hinüber. Der sieht sie an und ist so erstaunt, dass er sowohl seine Brotrinde, als auch das Quengeln vergisst, sie mit einem schiefen Lächeln bedenkt und ihr mit seinen Patschhändchen ins Gesicht fährt. Sie kitzelt ihn am Bauch und er beginnt laut zu krähen und zu brabbeln. Nach einer Weile kommt seine Mutter und nimmt ihn ihr ab.

„Na, die Änne gefällt dir wohl?", sagte sie lachend und legt ihn an ihre volle Brust. Genüsslich beginnt er daran zu saugen und ist bald eingeschlafen. Inzwischen ist die Pfeife des roten Konrad aufgeraucht und einer der Jungen bringt die Fiedel herbei. Er nimmt sie zärtlich in die Hand und streicht über ihren Hals und ihren Körper. Dabei stellt Änne fest, dass seine Hände, trotz der schweren Arbeit, feingliedrig geblieben sind.

„Er behandelt sie wie eine Geliebte. Da könnte ich fast eifersüchtig werden", lacht Grete, steht auf und legt ihren Jüngsten in die Wiege. Als sie zurückkommt tätschelte Konrad sie.

„Du weißt doch, dass du meine Allerliebste bist und ich nur für dich spiele."

Dann stimmt er das Instrument und beginnt. Zuerst spielt er Lieder die fast wie eine gesungene Geschichte sind. Marie flüstert Änne zu, dass der Vater diese selbst geschrieben hat. Nicht alles versteht Änne und doch werden in ihrem Kopf Bilder geboren und die Melodien machen diese lebendig und tragen sie mit sich fort. Vor allem handeln die Lieder von Freiheit, der Freiheit das zu tun und zu denken was man will und wofür man bestimmt ist, wohin einen seine Träume tragen ohne sich knechten zu lassen, von welcher Obrigkeit auch immer. Frieden soll es geben und keinen mehr, der dem anderen nimmt was der zum Leben braucht, kein Rauben und kein Morden mehr. Änne ahnt zumindest, dass solche Lieder, wenn sie in die falschen Ohren kommen, nicht ungefährlich sind.

Es gibt auch Lieder von der Liebe, nicht nur der zwischen Menschen, nein auch von der Liebe zu allen was einen umgibt und wofür man geboren ist.

Änne erscheint dieser Mann mit seinem Instrument auf einmal gar nicht mehr so raubeinig und grob, sonder eher als einer der Bilder zum Leben erwecken kann und einen mitnimmt in seine und die eigene Welt in einem drin. Es ist völlig still im Raum und auch diejenigen die die Lieder sicher schon kennen, sind in ihren Bann gezogen. In den Augen der Mutter sieht sie es blitzen, mal ein Lächeln und mal auch Tränen, die sie sich bisher nur in tiefster Nacht erlaubt hat. Auch in Barbaras sommersprossigem Gesicht, das sonst so scheu und ängstlich dreinschaut, regte sich etwas. Zum ersten Mal sieht Änne sie ohne Scheu in die Gesichter der anderen blicken.

Als er endet, klatschen ihm alle zum Dank zu. Und Grete lächelte ihren Mann so an, da weiß Änne, die haben sich lieb.

Dann singen sie gemeinsam noch einige Lieder die so im Umlauf sind und jeder der sie kennt singt mit.

Es sind Lieder, die das Volk gedichtet hat und manche sind so hart wie das Leben in diesen Zeiten.

„Nun sing ich noch für dich meine Liebste, das Lied vom Kuss und dann ist Schluss."

> Nirgends hin als auf den Mund
> da sink's in des Herzen Grund
> Nicht zu frei nicht zu gezwungen
> Nicht mit allzu trägen Zungen.
>
> Küsse nun ein jedermann
> wie er weiß, will, soll und kann
> Ich nur und die Liebste wissen
> Wie wir uns recht sollen küssen."

Konrad lacht sein schallendes, ansteckendes Lachen und umarmt und küsst seine Grete. Dann werden die Kinder ins Bett geschickt. Auch Barbara verabschiedet sich zur Nacht, denn sie muss nach ihrem Mann sehen. Mutter war schon am Nachmittag bei ihm gewesen und hatte ihm einen Kräuterwickel gemacht, den Barbara nach ihren Anweisungen erneuern soll. Morgen, bevor sie weiterwandern, will sich Mutter noch einmal eingehender um ihn kümmern, verspricht sie und rät ihr, ihm noch einmal etwas von der kräftigen Fleischbrühe einzuflößen.

Änne teilt sich ihr Bett mit Marie. Die schüttelt den Strohsack noch einmal kräftig aus und sinkt dann müde darauf. Änne dagegen hat gehofft nun endlich die Geschichte von Barbara zu erfahren. Aber Marie winkt nur müde ab und vertröstet sie auf morgen. Dass auch am nächsten Tag nicht gleich Zeit dafür sein würde, davon ahnen sie jetzt noch nichts.

Marie ist kurz darauf eingeschlafen und Änne vernimmt ihre gleichmäßigen Atemzüge neben sich. Sie selbst ist viel zu aufgewühlt, um gleich einschlafen zu können. So lauscht sie auf die Geräusche um sich her. Sie denkt an Barbara, deren Geheimnis sie noch immer nicht kennt und an den roten Konrad, der sich hier im Wald vor der Welt zurückgezogen hat. Draußen hat der Regen aufgehört, dafür streicht nun der Wind recht heftig ums Haus.

„Hoffentlich kehrt das Gewitter nicht noch einmal zurück. Manchmal kommt es nicht über den Berg und dann wird es heftiger", hat Konrad vorhin zur Mutter gesagt. Doch bisher ist alles ruhig geblieben. Nur von unten hört sie die Erwachsen noch rumoren. Warum kann sie nur nicht einschlafen wie Marie? Da merkt sie, dass sie noch mal hinaus muss. Vorsichtig, um möglichst keinen zu wecken, tastet sie sich durch die Dunkelheit. Sie stößt sich den Fuß an dem Bettgestell in dem die Jungen schlafen. Doch die haben einen festen Schlaf. Nur der kleine Franz wirft sich unruhig in seinen Träumen hin und her. Sein Bruder schiebt ihn zur Seite. „Gib Ruh!", murmelt er im Schlaf. Änne schleicht weiter und fühlt sich plötzlich ganz fremd hier. Endlich erreicht sie die Stufen. Wenn die bloß nicht so knarren würden! Sie huscht durch die Tür hinaus, zum Misthaufen. Es fröstelt sie. Die Nacht ist sehr dunkel und der Himmel verhangen. Kein Stern, ja nicht einmal der Mond, ist zu sehen und der Wind pfeift bedrohlich. Schnell schlüpft sie zurück ins Haus und will schon die Stiege wieder hinauf, als sie plötzlich die Stimmen von Konrad und ihrer Mutter hört. Wie von einer unsichtbaren Hand festgehalten, bleibt sie stehen. Eigentlich soll man ja nicht lauschen, aber das Gespräch zieht sie sofort in seinen Bann. Sie hat nicht genau verstehen können was die Mutter gesagt hat, wie immer ist ihre Stimme ruhig und nicht allzu laut. Außerdem stört das Geräusch von Bechern, die auf dem Tisch hin und her geschoben werden. Wahrscheinlich hat Grete von ihrem guten Starkbier nachgeschenkt, das erst als die Kinder im Bett waren heraufgeholt wurde. Doch gleich darauf ertönt Konrads mächtige Stimme: „Anno 25 muss es gewesen sein. Ich war mal wieder mit einem Freund unterwegs, zu seinem Heimatort. Als wir dort ankamen, braute sich gerade ein Aufstand zusammen. Die Leute erhoben sich, weil sie einfach ihren Glauben und ihr Denken behalten wollten, gegen den Willen der Obrigkeit! 'Endlich!', dachte ich, 'Endlich kann ich dabei sein! So wie den großen Thomas Münzer vor hundert Jahren, sah ich mich schon als einen der Führer des Aufstands. Ich wollte das tun, was ich schon immer tun wollte und auch noch immer tun will: Der Welt zu etwas Besserem verhelfen und denen Recht schaffen, die in Unrecht und Not leben. Ich, der Dichter und Rebell! Ich war jung, ich war stark und ein rechter Heißsporn. Ich wollte den Menschen mit meinen Traktaten und Liedern, aber auch mit meinem Gewehr, eine Hilfe sein. Fest, war ich zum Sieg entschlossen! Doch der Aufstand nahm ein schlimmes Ende. Gnade wurde den Leuten zugesichert. Doch wie sah diese Gnade aus? Die Rädelsführer wurden zum Tode verurteilt. Die Hälfte davon wurde begnadigt, indem jeweils zwei um ihr Leben würfeln mussten. Die Sieger durften leben, die Verlierer wurden, gleich an Ort und Stelle, aufgehängt. So saß ich ihm gegenüber, meinem besten Freund, die gleichen Träume und Visionen, der gleiche Wunsch nach Freiheit, der gleiche Draufgänger wie ich. Ich liebte ihn und doch, wir mussten spielen, dieses verdammte Würfelspiel. Wie oft habe ich schon darüber nachgesonnen, was ich hätte anders machen können? Ich war der Gewinner. War mein Los besser als seines? Hätte ich die Möglichkeit gehabt mein Leben für seines zu geben? Hätte er es an meiner Stelle getan? Aber ich schlich davon. Das Herz schwer von Trauer und Angst und von der Abscheu vor mir selbst. Seinem Weib gab ich alles was ich noch besaß. Von weitem sah ich zu, wie mein Freund sein Leben aushauchte. Nicht einmal den Mut für ein Lebewohl hatte ich. Dann nahm ich die Beine in die Hand und lief hierher zurück. Als ich ankam war ich mehr tot als lebendig. Ich wollte nicht reden, nicht essen. Es war mir einfach alles egal. Was hatte ich getan? Ein Münzer wollte ich sein und hatte mich feige davongemacht. Nur Grete hab ich's zu verdanken, dass ich heute noch lebe. Ohne die Klugheit der Frauen wäre die Welt wohl noch schlimmer als sie schon ist. Sie flößte mir nicht nur Nahrung ein, sondern auch neuen Lebensmut. Ob ich gestorben wäre oder er, keins von beidem wäre rechtens gewesen. Nun wäre es einmal so, dass ich lebe, so müsse ich mich den Gedanken und Idealen die wir hatten würdig erweisen. Ich müse für ihn mit leben. Es sei nun schon hundert Jahre her, dass man Münzer enthauptet, seinen Leib aufgespießt und seine Kopf auf eine Pfahl gesteckt habe und doch seien seine Gedanken erhalten geblieben, in seinen Schriften. Vielleicht für eine Welt in der keiner mehr die Macht besitzt, mit den Menschen zu spielen. So redete sie auf mich ein. Recht hat sie, obwohl es mich immer noch schmerzt. Vielleicht, wenn dieser verdammte Krieg vorbei ist, gehen wir in eine hellere Welt. Es gibt so viele neue Gedanken und Erkenntnisse, so viele neue Welten die sich uns auftun können."

Aufgewühlt von der Geschichte und voll des schlechten Gewissens, denn das alles war ja eigentlich nicht für ihre Ohren bestimmt, steht Änne noch immer wie angewurzelt auf der Stiege. Drinnen ist es jetzt ganz still geworden. Es hängt wohl jeder seinen eigenen Gedanken nach. Änne fröstelt in ihrem dünnen Hemd? Wie soll sie bloß unbemerkt hinaufkommen. Sie bewegt sich vorsichtig, da ein Knarren, schnell springt sie den Rest der Stufen hinauf und landet neben Marie im Bett. Hat jemand etwas bemerkt? Unten bleibt alles ruhig. Nur Marie murrt unwillig im Halbschlaf über die ungestüme Bettgenossin.

„Schlaf weiter Marie, es ist nichts", flüstert Änne und legt ihre Hand begütigend auf Maries Arm.

Von unten ist eine leise, traurige Melodie zu hören, die Konrad auf seiner Fiedel spielt. Irgendwo hat sie sie schon einmal gehört und nun fällt ihr auch der Text wieder ein: „Ein Schnitter kommt gezogen." Der Schnitter ist der Tod, das weiß sie. Die Bilder der vergangenen Tage erscheinen wieder vor ihrem inneren Auge. All die Toten aus ihrem Dorf, der Vater, der Bruder, die Grube in die sie sie alle hineingelegt haben, und die weinende, klagende Mutter bei Nacht, sie vermischen sich mit den Bildern der eben gehörten Geschichte. Es braucht lange bis sie in einen unruhigen Schlaf fällt. Und auch dann lassen sie diese Bilder in ihren Träumen nicht los, verweben sich ineinander und werden zu neuen verworrenen Episoden.

Da ist eine lange Tafel mitten auf dem Anger in ihrem Dorf aufgestellt. An den Stirnseiten sitzen Marie und sie und sie müssen würfeln und würfeln. Um sie herum, an der Tafel, sitzen unzählige Tote und es kommen immer mehr. Sie würfeln um deren Leben. Die Mutter legt alle die verloren haben in eine Grube.

Plötzlich ein lauter Knall. Jetzt schießen sie. Es sind die Schweden. Schnell weg! Änne springt aus dem Bett. Sie hält die Hände vor die Augen und schier alles an ihr zittert fürchterlich. Sie nimmt deutlich den Brandgeruch war.

Da wird sie gepackt und geschüttelt. Eine vertraute Stimme ist an ihrem Ohr: „Änne, Änne hör auf, hör auf! Hier sind keine Schweden. Der Blitz hat die alte Eiche getroffen. Es brennt Änne! Komm doch endlich zu dir. Ich bin's doch, Marie!"

Es braucht lange bis Änne in die Wirklichkeit zurückfindet. Sie starrt aus dem kleinen Dachfenster. Auch diesmal hat Konrad recht behalten. Das Gewitter ist doch noch einmal zurückgekehrt und nun steht eine der alten Eichen hinterm Haus in Flammen. Die Erwachsenen sind schon alle nach draußen gelaufen, um zu löschen. Auch Marie und ihre Brüder sind schon in den Kleidern. Sie würden alle gemeinsam versuchen müssen den Schaden so gering wie möglich zu halten und vor allem das Feuer nicht auf die Gebäude überspringen zu lassen. Nun ist auch Änne schnell angezogen und springt hinter den anderen die Stiegen hinunter. Draußen gibt Konrad ruhig und klar seine Anweisungen. Seine Stimme klingt jetzt wieder ganz anders als am Abend zuvor. Sie bilden eine Eimerkette zum Bach. Ein Glück, dass es so stark geregnet hat und alles noch sehr feucht ist. So hat es das Feuer schwer sich auszubreiten. Alle sind voll im Einsatz, denn es geht ums Überleben hier draußen, dass ist jedem klar. Sogar Barbara steht rußverschmiert unter ihnen und hält sich wacker. Als sie den Brand endlich gelöscht haben und aufatmen können, dämmert schon der Morgen.

„Was war das für eine Nacht?", denkt Änne und fühlt sich unendlich müde.

So ist sie ganz froh, dass Konrad sie alle noch mal ins Bett schickt.

„Ich werde hier aufpassen, dass das Feuer nicht noch einmal ausbricht. Manchmal schwelt es noch irgendwo im Verborgenen. Wenn es richtig hell ist, ist noch Zeit genug sich den Schaden genauer zu besehen."

Nur flüchtig wäscht sich Änne Hände und Gesicht am Brunnen. Ihr kommt es so vor, als sei sie noch nie im Leben so erschöpft gewesen, nicht einmal auf der langen Wanderung. Zitternd vor Übermüdung oder Kälte fällt sie, noch im Kleid, ins Bett und zieht die Decke über sich. Sie merkt nicht einmal mehr, wie Marie neben ihr ins Bett kriecht und dabei feststellt: „Du bist ja heiß wie ein Backofen. Hat dich das Feuer so erhitzt?"

Änne kommt kurz zu sich, als die Mutter mit besorgtem Gesicht neben ihrem Bett steht und ihr kalte Wickel um die Waden legt. Sie liegt auch nicht mehr in Maries Bett, sondern man hat ihr ein Lager neben dem der Mutter aufgeschlagen. Sie schaut aus dem Fenster. Wird es etwa schon dunkel? Die Mutter flößt ihr einen Sud aus Kräutern ein. Dann versinkt sie wieder in einen unruhigen Schlaf und die Fieberträume quälen sie wie böse Geister.

6. Kapitel Anne

Die alte Frau sitzt da, klein und hutzelig, in ihrer bunten Dederonkittelschürze und scheint sich mit irgendwem zu unterhalten. Ihr weißes Haar hat sie mit einem nach hinten gebundenen Kopftuch bedeckt. Als Anne näher kommt, merkt sie, dass die Alte nur auf ihrem schlecht sitzenden Gebiss herumkaut. Neugierig schaut sie zu Anne herüber und winkt sie heran.

„Wissen sie vielleicht wo Konny, äh ich meine Herr …" Anne bricht ab, ihr fällt ein, dass sie nicht einmal seinen Nachnamen weiß. Aber die Alte hat schon verstanden.

„Du brauchst nicht so zu schreien Kind. Ich höre noch ganz gut. Nur mit dem Sehen ist es schlechter. Wo ich mir doch so gerne die Menschen und die Welt anschaue. Der Herr Konrad war heute Morgen schon hier, aber dann ist er noch mal weg. Muss wohl noch was besorgen. Aber vielleicht bringt er auch seine Kleine mit, die Mia. Willst wohl zu ihr? Setz dich ruhig her. Hier kannst du ja warten. Ich habe gerne Gesellschaft."

Während sie mit der Hand auf die frei Fläche neben sich auf der Bank klopft, beginnt sie wieder auf ihren Zähnen herumzukauen.

„Nur gut, ich habe mein Gebiss heute reingemacht, sonst hättest du dich sicher erschreckt. Ich muss geahnt haben, dass ich heute noch Besuch bekomme. Ach diese Zähne, was ich auch anstelle, sie scheinen nicht in meinen Mund zu passen, immer schmerzt es irgendwo. Ach was", lachte sie dann und streicht ihre Schürze glatt, „jetzt jammere ich dir auch noch was vor. So was interessiert ja so ein hübsches junges Mädchen nicht. Du bist doch die Enkeltochter von der Anneliese, der Hebamme, nicht war?"

Anne hat nur widerwillig neben der Alten Platz genommen. Sie hat keine Ahnung was sie mit ihr reden soll und erst recht hat sie keine Lust sich aushorchen zu lassen. Doch die alte Frau erwartet auch keine Antwort. Sie tätschelt nur Annes Hand und holt aus ihrer Schürzentasche eine Tüte Bonbons hervor.

„Na komm, greif zu!", fordert sie Anne freundlich auf. Anne hat eigentlich auch gar keine Lust auf Bonbon aus der Schürzentasche, um ehrlich zu sein findet sie die eklig. Aber sie will auch nicht unhöflich erscheinen. So greift sie sich ein Bonbon und lässt es unmerklich in ihrer Tasche verschwinden.

„Na komm, nimm noch eins!" Die Alte hält ihr die Tüte noch einmal hin. Auch sich selbst wickelt sie ein Bonbon aus und schiebt es sich genüsslich zwischen ihr wackelndes Gebiss.

„Eigentlich soll ich nicht so viel Süßes essen, denn ich habe Diabetes, weißt du. Aber in meinem Alter, was soll ich da noch groß darben, das hab ich im Leben oft genug gemusst. Jetzt kommt es auf ein paar Tage länger leben auch nicht mehr an. Die Hauptsache ist, ich kann mir 's gut gehen lassen." Dabei grinst sie verschwörerisch und Anne ist es als sprängen all die kleinen Falten hervor aus ihrem Gesicht, sodass es der Rinde eines Baumes ähnelt, von Furchen durchzogen. Nur mit Mühe kann Anne sich zurückhalten einmal darüber zu streichen. Wie sich das wohl anfühlt?

Anne schwankt zwischen Interesse und Abwehr. Sie riecht etwas komisch, die Alte, nach Salbe oder Medizin, irgendwas in der Richtung, auch ein bisschen nach Schweiß und immer klappert das Gebiss, wie beim Skelett im Bioraum in der Schule. Dennoch, sie hat liebe Augen und sie lächelt in einem fort. Ob sie sich so freut, dass mal jemand vorbeikommt?

Aber was soll man mit so einer alten Frau bloß reden.

„Kennen sie denn meine Oma?", fragte sie, nur um irgendetwas zu sagen und die Stille, die seit einer geraumen Zeit eingetreten ist, zu durchbrechen. Annes Blick bleibt an dem Ring der Frau hängen. Er passt so gar nicht zu der alten Hand und dem sonstigen Aufzug der Frau. Es ist eine rote Koralle, die oval in Gold gefasst ist. Dass es eine Koralle ist weiß Anne, weil ihre Mutter solche Ohrringe hat.

„Ja na freilich, ich habe ihr doch das Laufen gelehrt."

„Meiner Oma?", fragt Anne ungläubig. Das war für sie unfassbar weit weg. Ihre Oma ein kleines Baby? Nie hat sie sich auch nur im Entferntesten darüber nachgedacht.

„Warte mal!"

Schwerfällig erhebt sich die alte Frau und schlurft ins Haus. Anne lehnt sich zurück und lässt die Frühjahrssonne auf ihr Gesicht scheinen. In der Nähe irgendwo gackert ein Huhn. Ob es ein Ei gelegt hat? Vielleicht kommt die Alte nicht so bald zurück. Drinnen hört sie es rumoren. Ihre Oma ein ganz kleines Kind das noch nicht laufen kann. Jetzt ist sie schon über sechzig. Wie alt wird die alte Frau dann wohl sein? Ob sie etwa noch den Krieg erlebt hat. Erst kürzlich haben sie in der Schule darüber gesprochen. Anne beginnt zu rechnen. Da klingelt ihr Handy.

„Achtzig!", ruft Anne.

„Äh hallo, Anne, bist du es? Was ist mit achtzig?"

„Nichts, ich habe nur gerade was überlegt. Hallo Hanima, ja ich weiß ich wollte wieder anrufen. Aber ich komme einfach nicht weiter hier. Keiner will was wissen. Heute früh habe ich so ein merkwürdiges geheimnisvolles Gespräch zwischen meiner Oma und Babette, Mutters Freundin, belauscht. Irgendwas scheinen sie zu verbergen. Ich komme bloß nicht dahinter. Weiß auch nicht warum mich alle anlügen. Jetzt sitze ich hier auf einer Bank mit so einem uralten Mütterchen. Stell dir vor, die will meiner Oma das Laufen beigebracht haben. Unvorstellbar was? Die muss ja noch den Krieg erlebt haben. Aber eigentlich hat mich meine Oma zu Mia abgeschoben ..."

„He, hol doch mal Luft", fällt Hanima ihr ins Wort. „Du quasselst ja ohne Punkt und Komma und niemand wird schlau daraus. Ich wollte dir sagen, dass deine Mutter bei uns angerufen hat. Irgendeine dusslige Lehrerin muss ihr was gesteckt haben, von schlechten Leistungen und dass du gestern nicht in der Schule warst. Ich war nicht zu Hause, aber zum Glück ging Halit ans Telefon. Der hat sie bequatscht, das kann er ja recht gut. Dich wickelt es ja auch immer ein mit seinem Gerede. Aber das ist eine andere Geschichte. Du musst deine Mutter anrufen Anne, so bald wie möglich! Was soll ich machen wenn sie hier aufkreuzt?"

Beim Gedanken an ihre Mutter wird es Anne ganz mulmig. Sie umklammert ihr Handy, bis die Knöchel ihrer Finger ganz weiß werden.

„Hallo Anne, hat es dir die Sprache verschlagen oder bist du vor Schreck tot umgefallen? Hast du kapiert was ich dir gesagt habe?"

„Ja, ja schon, ich hab dir schon zugehört."

„Na das ist toll! Das freut mich, dass du mir zugehört hast. Aber hast du es auch verstanden? DU SOLLST DEINE MUTTER ANRUFEN!"

„Ja das mache ich, gleich wenn wir aufgelegt haben. Ach Hanima, ich wäre so froh wenn du hier wärst und mir helfen könntest. Es ist alles so viel schwieriger als ich es mir vorgestellt habe. Du weißt immer viel besser als ich, was zu tun ist. Du behältst immer die Übersicht."

„He du, mach dich bloß nicht dümmer als du bist. Du kriegst das schon hin wenn du willst. Außerdem kannst du ja auch immer anrufen. Aber jetzt rede erst mal mit deiner Mutter. Vielleicht sieht sie ja ein, dass sie dir die Wahrheit sagen sollte. Vielleicht ist sie auch ganz froh, wenn du über die Pfingstferien bei deiner Oma bist und sich die ganze Lage entspannt."

„Das glaub ich nun nicht gerade."

„Aber reden musst du trotzdem mit ihr, sonst wird ja alles noch komplizierter. Ich leg jetzt auf und du versuchst sie zu erreichen ja, bitte Anne, versprich es mir!"

„Ja ich mach's", will Anne antworten, doch da ist die Verbindung unterbrochen. „Kein Netz", steht da.

„Scheiße und der Akku ist auch gleich leer!!!"

Anne wirft das Handy ärgerlich in ihre Tasche zurück. Na ja, sicher Mia oder Konny würden sicher ein Handy haben oder sie würde ihres aufladen können. Sie wühlt in ihrer Tasche. Kein Ladekabel dabei, Mist!!!

„War da jemand, Kind? Ich habe dich reden hören."

Ach die Alte, die hat sie ja ganz vergessen. Was macht sie den nur, um die Mutter zu erreichen? Sie hätte das Handy gestern aufladen müssen. Das vergisst sie doch eigentlich nie.

„Mein Handy", murmelt sie, fast unverständlich, zu der alten Frau hin, die jetzt wieder neben ihr auf der Bank sitzt. Als die sie verständnislos ansieht, vervollständigt sie ihren Satz: „Mich hat jemand auf dem Handy angerufen."

„Ach ja, ohne das geht es ja nimmer. Alle haben so ein Ding. Man kann sogar Fotos damit machen und gleich ansehen. Das ist schon verrückt. Aber ich brauch so was ja nicht mehr, mir reicht mein Telefon drin, in der Wohnung. Ich komm ja eh nicht mehr groß fort. Und meine Fotos, die hab ich alle hier drin."

Ihre Hand zittert, als sie über den Leineneinband eines Albums streicht.

„Und auch danach fragt bald keiner mehr. Wenn ich mal nicht mehr bin, kommt alles weg, ein großer Container und das war's. Aber jetzt kann ich sie mir noch ansehen, immer wieder mal und dann sind sie alle bei mir, auch die die schon lange tot sind."

„Ach du lieber Gott", denkt Anne, „jetzt muss ich mir wohl auch noch die Bildchen der Alten ansehen und mir ihre Geschichten von der 'Ach so guten alten Zeit!' und 'Früher war eh alles besser!' anhören. Bleibt mir denn heute gar nichts erspart? Habe ich nicht schon genug am Hals?"

Suchend blickt sie sich um, ob nicht vielleicht doch Mia irgendwo in der Nähe auftaucht oder ihr Vater oder die Oma. Aber weit und breit keine Spur. Und ihre

Mutter anrufen, hat sich ja nun sowieso erledigt. Mit gutem Gewissen kann sie es noch eine Weile vor sich herschieben. Oder soll sie die Alte fragen… ach wozu? Außerdem weiß sie Mutters Nummer eh nicht auswendig. Die ist eingespeichert, ins Handy. Da kann sie also auch hier sitzen und der Alten die Freude machen. Wenn sie immer mal nicken und „Hm, schön!", sagen würde, würde das ja reichen und vielleicht hat sie ja wirklich Bilder von Oma.

„Schau!", unterbricht die alte Frau ihre Gedanken. „Da, das kleine Würmchen ist deine Großmutter und hier, das bin ich."

Auf dem einen Foto ist ein junges Mädchen zu sehen, das einen dicken Zopf um den Kopf geschlungen hat. Wie alt mochte sie sein, 14 höchsten 15 Jahre alt? Also nur wenige Jahre älter als sie selbst jetzt ist. Sie hält ein kleines Mädchen von etwa einem Jahr, mit einer weinerlichen Schnute und einer großen Schleife im Haar, auf dem Arm. Sie presst das Kind fest an sich, so als könne es ihr verloren gehen, wenn sie es nicht richtig fest hält. Dabei stiert sie in die Kamera als erwarte sie etwas. Auf einem weiteren Bild hält sie das kleine Mädchen an beiden Händen fest und dieses versucht loszustiefeln. Die Bilder sind klein und schwarz-weiß und man musste nahe ran gehen, um beim Betrachten Einzelheiten zu erkennen. Das Kleid des jungen Mädchens wirkt abgetragen, die Ärmel sind zu kurz und um die Brust herum spannt es. Das kleine Mädchen, Anne fällt es ziemlich schwer, darin ihre Oma zu sehen, trägt ein besticktes Kleidchen und darüber eine Strickjacke. Warum hat ihr die Oma nie Fotos von sich gezeigt? Oder hat sie doch, als sie klein war, welche angesehen? Irgendeine vage Erinnerung ist da oder waren es Bilder ihrer Mutter?

„Ein süßes Kindchen war sie, deine Großmutter, nicht? Und ich hatte sie furchtbar gern. Sie war sozusagen mein ein und alles. Ich hatt's auch gut da, bei der Schwester Elfriede, was ja nun deine Urgroßmutter war, wirst sie ja nicht gekannt haben. War ein stämmiges, couragiertes Weib, Gemeindeschwester hier in der Gegend. Gibt 's heute gar nicht mehr so was. Für die Alten kommt heute ein Pflegedienst und für die Kleinen vielleicht noch eine Hebamme und die zwischendrin, die müssen zum Doktor fahren und sonst gibt 's nichts. Aber so eine Gemeindeschwester, die war für alles am Ort zuständig, was der Doktor nicht unbedingt machen musste. Mit dem Fahrrad ist sie umhergefahren zu den Leuten, Tag und Nacht, wann immer Not war. Sie hat viel gekonnt, deine Urgroßmutter, war ja meist auf sich allein gestellt. Hatte ein großes Herz. Ich weiß nicht, was aus mir geworden wäre, wenn es die Elfriede nicht gegeben hätte. Da schau, ich hab sogar ein Bild da bin ich mit ihr drauf. Ich hab ein Foto gebraucht, für den Suchdienst, weil ich hoffte, dass mein Vater doch noch lebt und weil deine Urgroßmutter dem Fotograf die Schulter eingerenkt hat, da war sie nämlich Spezialistin drin, da hat er noch ein paar Bilder mehr gemacht. Gespannt blickt Anne auf das etwa postkartengroße Foto. Eine Frau deren Haar mit zwei Kämmen zurückgesteckt ist, blickte direkt und ernst in die Kamera. Doch irgendwie hat Anne das Gefühl, als würde sie gleich losprusten und sich über irgendetwas lustig machen. Es scheint als habe sie Mühe das Zucken in den Mundwinkeln zurückzuhalten. Ein bisschen so wie die Oma manchmal. Auf der etwas spitzen gebogenen Nase sitzt eine Brille aus einem einfachen Drahtgestell. Sie trägt eine helle Bluse und darüber eine Strickjacke mit Zopfmuster und einem eingearbeiteten Hirsch. Das junge Mädchen neben ihr trägt fast die gleiche Jacke. Ob sie die selbst gestrickt hat? Was sie wohl gedacht und welches Leben sie gehabt haben mochte?

„Meine Mutter war Krankenschwester und hat erst ganz spät geheiratet, deshalb blieb ich ein Einzelkind und wurde erst nach dem Krieg geboren."

Ja, das hat die Oma mal erzählt, aber mehr nicht. Die alte Frau streicht mit der gleichen liebevollen Bewegung über das Bild, wie vorhin über dem Einband. Ihre Hände sind schwielig und faltig und mit den braunen Flecken, wie sie viele alte Leute haben bedeckt.

„Sie war einmal ein Mädchen wie ich!", durchfährt es Anne.

„Sie hat mich nie verlassen, sie nicht", hört sie die Stimme der Alten, sehr leise, als spräche sie nur mit sich und hätte längst vergessen, dass Anne neben ihr auf der Bank sitzt.

Beinahe wäre ihr herausgeplatzt: „Wer hat sie den verlassen?" Da sieht sie auf einmal, wie die Hände der Frau zu zittern beginnen und etwas auf das Album tropft. Sie zieht ein Taschentuch aus ihrer Schürzentasche und schnäuzt sich.

„Ach Kind, das sind alte Geschichten. Die interessieren dich wahrscheinlich gar nicht. Meine Kinder meinen immer, ich solle sie mit den alten Kamellen in Ruhe lassen. Das sei doch nun wirklich längst vorbei. Aber für mich wird es wohl nie vorbei sein. Na ja ..."

Die Alte hat recht, so brennend interessiert es sie wirklich nicht. Sie hat so viele eigene Probleme. Auf der anderen Seite tut ihr die alte Frau leid. Sie ist ganz allein und niemand hat Lust ihr zuzuhören. Aber vielleicht hat sie es auch schon hundert

Mal erzählt. Alte Leute tun das ja zuweilen, behauptet jedenfalls ihre Mutter, die es im Krankenhaus immer öfter mit 80-90jährigen zu tun hat.

Noch immer sind weder ein Jeep noch Omas roter Polo im Anmarsch. Sollte sie wieder zum Häusel zurückgehen? Aber wozu?

Da hört sie sich auf einmal sagen: „Sie können ruhig weitererzählen. In der Schule sagt meine Geschichtslehrerin auch immer, dass es wichtig sei, etwas von früher, von Leuten die es noch erlebt haben zu erfahren und Geschichte gefällt mir."

Das war allerdings glatt gelogen. Weder hatte ihre blöde Geschichtslehrerin jemals so etwas gesagt. Die macht einen ätzend langweiligen Unterricht und will in Tests nur auswendig gelernte Jahreszahlen wissen, noch hat sie jemals etwas mit Geschichte anfangen können. Da geht es doch nur um Könige oder andere Herrscher und deren Kriege und Schlachten und um solche Sachen, die heute gar nichts mehr bedeuten.

Sie sieht der Frau neben sich ins Gesicht und bemerkt dabei, dass diese sie schon eine ganze Weile beobachtet. Ihre Blicke begegnen sich und als Anne ihr in die Augen sieht, ist es ihr als sei sie ihr schon einmal begegnet, vor langer Zeit. Doch schnell schiebt sie den Gedanken beiseite. So ein Quatsch! Was sie sich nur immer einbildet.

Die Alte schweigt eine ganze Weile und kaut auf ihrem Gebiss herum. Doch daran hat sich Anne schon gewöhnt. Auch daran, dass sie immer in ihrer Schürzentasche herumkramt und etwas daraus hervorbringt. Diesmal legt sie einen Apfel und eine Banane vor Anne hin. Die wundert sich nur, was so alles in eine solche Tasche passt. Anne schält die Banane und die Alte hängt schweigend ihren Gedanken nach.

„Auch gut", denkt Anne und sieht zwei Hühnern zu, die nicht weit von ihr nach Würmern picken. Anne fühlt sich ein bisschen schläfrig und sie merkt schon wie ihr die Augen langsam zufallen, als sie von ganz weit her auf einmal wieder die Stimme der alten Frau hört. Zuerst sind deren Worte weit weg und Anne hat große Mühe ihnen zu folgen. Plötzlich fährt sie zusammen, weil die beiden Hühner sich gackernd um einen Regenwurm streiten.

„So was!", denkt Anne und schämt sich fast, beinahe eingeschlafen zu sein.

„Ich war vielleicht eben so alt wie du", sagt die alte Frau gerade. „Um uns herum war Krieg und er kam immer näher und näher. Vom Vater hatten wir schon viele

Monate nicht mehr gehört. Irgendwo an der Ostfront war er Soldat. Mutter hatte furchtbare Angst, dass ein Brief mit der Todesnachricht kommen könnte und doch lief sie jeden Tag von neuem zum Briefkasten, voller Hoffnung einen Brief von Vater zu erhalten oder wenigstens ein Lebenszeichen, wie immer das aussehen mochte. Die Tischlerwerkstatt des Vaters war nun schon so lange verwaist.

Unsere kleine Landwirtschaft, die wir nebenbei betrieben, ernährte uns gerade mal so. Zu kaufen gab es ja schon lange fast nichts mehr. Wir hatten ein kleines Feld gleich hinterm Haus. Im Herbst hatten wir noch eine recht gute Kartoffelernte eingefahren. Im Stall standen die Liesel, unsere Kuh, und Hänsel und Gretel, so hatte ich unsere Ziegen genannt. Ein paar Hühner hatten wir auch noch. Die drei Gänse und den schon ziemlich fetten Ochsen hatten sie uns 'zur Versorgung des Heers', wie es damals hieß, weggeholt.

„Den haben längst die Bonzen gefressen!", hatte Mutter gemeint. Und Großmutter hatte geflüstert: „Du redest uns noch um Kopf und Kragen Betti."

Damals war es so, dass es gefährlich war, etwas gegen die Mächtigen zu sagen. Meine Großmutter allerdings, die war auch ganz fasziniert von Hitler und von den Nazis, genau wie ich, die ja weder in der Schule noch zu Hause je etwas anderes gehört hatte. So saßen wir gebannt vor unserem Volksempfänger, so nannte man seiner Zeit das kleine Radio, das viele Leute hatten. Wir hörten immer begeistert zu, wenn Hitler und Goebbels sprachen. Nur meine Mutter wurde immer unruhiger, je näher die Front rückte. Ich, in meiner kindlichen Einfalt, dachte' der Hitler wird schon alles richten. Bald haben wir die Wunderwaffe und werden wieder siegen.' Doch irgendwann im Winter 44/45 kam der Lärm der Geschütze von der Front ganz nahe. Man konnte das bedrohliche Grollen schon deutlich vernehmen. Viele Leute rüsteten zum Aufbruch, auch wenn es immer noch keinen Marschbefehl für die Zivilbevölkerung gab. Auch Mutter wollte weg. Ich hatte noch einen kleinen Bruder, den Günter, der war gerade mal vier Jahre alt und Mutters Augenstern, nachdem sie die beiden vor ihm geborenen Kinder, gleich nach der Geburt zum Friedhof bringen musste. Für ihn war Mutter zu allem bereit.

Endlich kam der Befehl zur Evakuierung. Mutter packte alles was sie für notwendig hielt zusammen. Sie schlachtete noch drei Hühner, rupfte sie und briet sie. Wir hatten einen Platz auf dem Pferdewagen eines Bauern zugewiesen bekommen, der ein Onkel zweiten Grades von meiner Mutter war. Großmutter saß währenddessen bewegungslos am Küchentisch.

'Hilf mir doch mal!', bat meine Mutter sie. 'Pack wenigstens die Papiere ein.'
Doch sie antwortete nicht und tat auch nichts. Saß einfach nur da. Auch in der Nacht blieb sie einfach da sitzen, selbst am Morgen, als Mutter unser Gepäck auflud und der Kleine schon auf den Wagen gehoben wurde, regte sie sich nicht.

'Nun müssen wir los!', sagte meine Mutter zu ihr. 'Komm Mutter, es wird Zeit! Die anderen warten schon. Vielleicht sind wir ja bald zurück.'

Ihre Stimme wurde immer ungeduldiger. Plötzlich stand meine Großmutter auf und sagte, ganz ruhig, als wäre es das normalste von der Welt: 'Ich bleibe hier. Hier bin ich geboren und hier sterbe ich. Hier auf dem Friedhof will ich liegen, bei meinem Wilhelm. Außerdem, du wirst sehen, wir sind noch nicht am Ende. Das Blatt wird sich bald wieder wenden. Unser Führer sorgt für uns.'

'Ja da hat Großmutter recht', stimmte ich ihr zu, 'wir dürfen nicht feige weggehen. Wir müssen standhaft bleiben, dass hat unser Lehrer noch gestern in der Schule gesagt."

'Und heute sitzt er ganz vorn auf 'm Treck. Seid ihr denn von allen guten Geistern verlassen?' Mutter war den Tränen nahe. 'Denk doch auch an die Kinder, Mutter.'

'Du kannst ja gehen, Betti. Ich bleibe hier.'

'Ich auch!', rief ich und erntete von Mutter eine saftige Ohrfeige.

Die anderen drängten zum Aufbruch. Sie wollten den Anschluss an die anderen Wagen nicht verlieren. So sehe ich noch heute wie meine Mutter schluchzend unsere Sachen vom Wagen herunterholt. Völlig hilflos musste sie zusehen wie der Treck sich ohne uns in Bewegung setzte. Tja, was hätte sie tun sollen? Hätte sie ihre, in ihrem Altersstarrsinn verharrende Mutter zurücklassen sollen? Und ich, wie oft sollte ich mir in den kommenden Jahren wünschen, die Klappe gehalten zu haben. Ich weiß natürlich, dass ich, ein völlig verblendetes Kind, nichts für das konnte, was dann geschah und doch gab ich mir die Schuld und meine Mutter, in ihrem Schmerz, tat es auch.

Wie oft wird sie sich aber selbst gefragt haben, ob es nicht besser gewesen wäre einfach auf den Wagen zu steigen und ihre halsstarrige Mutter dem Schicksal zu überlassen, um wenigstens ihre Kinder in Sicherheit zu bringen. Doch der Moment war vertan.

Nur wir und ein paar alte Leute und der alte Pfarrer waren im Dorf zurückgeblieben, als die ersten Russen kamen. Man sagte den Russen schreckliche Dinge nach. Alles was Beine hatte begann zu laufen und sich zu verstecken. Nur unsere Großmutter wollte zu Hause bleiben und dem Feind Paroli bieten. Diesmal war Mutter schlauer und versteckte sich mit uns im Wald. Als die Gefahr vorüber und die Russen längst weitergezogen waren, holte uns der alte Pfarrer zurück. Es war völlig ruhig im Dorf, kein Schuss war gefallen, nur unsere Großmutter lag tot im Schnee, an ihrem Hinterkopf klaffte eine große Wunde. Niemand konnte sagen, wie es zugegangen war. Hatten ihr die Russen wirklich etwas getan oder war sie einfach nur auf dem glatten Weg ausgerutscht und unglücklich gefallen? Der alte Pfarrer und Herr Novak, ein polnischer Händler, der schon immer in unserer Gegend lebte, halfen uns, aus dem hart gefrorenen Boden des Friedhofes, neben dem Grab meines Großvaters, eine Grube auszuheben. Wir fanden in der Werkstatt meines Vaters noch einen übriggebliebenen Sarg. Darin begruben wir die Großmutter ohne großes Aufheben. Ein kurzes Gebet vom Pfarrer und dann, gleich nach der Beerdigung, machten wir uns auf den Weg.

Mutter hatte nur das allernötigste auf einen Handwagen gepackt. Darauf thronte, in das Federbett gehüllt, mein kleiner Bruder. Mir hatte sie viele Kleidungsstücke übereinander angezogen, damit ich nicht fror und damit wir sie nicht tragen mussten. Sie hatte es sehr eilig, denn sie hoffte noch auf irgendeinen Treck zu stoßen, der gen Westen zog und dem wir uns anschließen konnten. Doch wir liefen und liefen durch das verschneite Land, kamen durch verlassene Dörfer, übernachteten in verlassenen Häusern und verzehrten den Vorrat fremder Menschen. Selten stießen wir auf Jemanden. Manch Alter, der sich zu schwach für die Reise ins Ungewisse gefühlt hatte, wies uns den Weg oder gemahnte uns zur Eile.

Wo waren die Fronten? Konnten uns jederzeit Russen begegnen und was taten sie dann mit uns?

Ja, es waren auch andere Flüchtlinge unterwegs, doch ein Jeder hatte mit sich selbst zu tun.

Einmal als ich den Wagen zog und Mutter schob, habe ich nicht richtig hingesehen und das Rad des Wagens blieb in einem von Schnee bedeckten Loch hängen und kippte um. Alles, auch mein kleiner Bruder, landete im Schnee und wurde nass. Unter dem Gezeter meiner Mutter belud ich den Wagen wieder und sie versuchte Günter trocken zu reiben und ihn dazu zu bewegen ein paar Schritte zu laufen, um wieder warm zu werden. Aber er heulte nur und wollte nun auch noch von Mutter getragen werden.

Ob es nun an diesem Sturz in den nassen Schnee gelegen hatte, wie Mutter später behauptete oder ob er einfach von den Strapazen geschwächt war oder ob das alles zusammen kam, jedenfalls wurde er zu allem Unglück krank. Zuerst nieste er nur und es lief ihm die Nase, aber bald bekam er auch Fieber. Wir hatten ja nicht viel, mit dem wir ihm helfen konnten. Mutter versuchte ihm das Essen, das wir noch hatten oder in den fremden Häusern finden konnten, einzuflößen. Aber was war das schon? Er wurde immer schwächer und schwächer. Eines Nachts bin ich aufgewacht und es war Totenstille, kein Heulen, ja nicht einmal mehr ein Wimmern. Mutter saß da, den Kleinen im Arm. Alles war wie erstarrt, sodass ich dachte sie seien beide tot. Erst am Morgen ließ sich Mutter das tote Kind, unter viel Zureden, aus dem Arm nehmen. Ich machte ein kleines Loch hinter dem fremden Haus in dem wir übernachtete hatten und legte meinen kleinen Bruder hinein. Ich hatte nicht tief in den Boden graben können und bedeckte nun alles mit Ziegelsteinen, die zu einem großen Haufen säuberlich aufgeschichtet waren und sicher einem ganz anderen Zweck dienen sollten, als das Grab eines kleinen Jungen vor Tieren zu schützen. Aus zwei Holzstücken nagelte ich ein unförmiges Kreuz und setzte es darauf. Meine Mutter indes saß noch immer in der gleichen Haltung da wie in der Nacht, als hätte sie ihr totes Kind noch im Arm. Sie redete wirres Zeug und ich befürchtete schon, dass sie verrückt geworden sei. Nur mit großer Überredungskunst konnte ich sie dazu bewegen mit mir weiterzugehen. Doch es hatte sich alles verändert. Nicht mehr sie übernahm die Führung, sondern ich, ein 13 jähriges Mädchen. Ich hatte schon längst die Orientierung verloren und so trotteten wir dahin. Den Handwagen hatten wir irgendwann stehen lassen müssen, da eine Achse zerbrochen war. Wir trugen die wenigen Habseligkeiten, die uns geblieben waren, auf den Rücken. So kamen wir an eine befahrbare Straße. Wir hatten kaum noch etwas zu essen und Mutter setzte sich einfach am Straßenrand in den Schnee. In der Ferne konnte ich ein Dorf erkennen und ich überlegte, ob dort wohl etwas zu essen für uns aufzutreiben wäre. Da hörte ich plötzlich Motorengeräusche. Ich bekam Angst und wollte Mutter in den Seitengraben ziehen. Doch schon waren sie da. Es waren deutsche Soldaten, wohl auf dem Rückzug. Ich winkt, doch kein Fahrzeug hielt an. Alle zogen sie an uns vorbei. Dann, ich hatte die Hoffnung schon fast aufgegeben, hielt eines der letzten Autos abrupt vor uns an. Der Fahrer sprang heraus.

'Meine Güte, wo wollt ihr denn hin? Ich dachte alle Zivilisten sind durch. Nun los, aber schnell! Wir müssen hinter den anderen Fahrzeugen her.'

Ohne ein weiteres Wort ließ er die Laderampe herunter und hob zuerst mich und dann meine sich erschrocken sträubende Mutter hinauf. Das letzte Bündel warf er hinterher und schon fuhr er an. Hinten auf der Ladefläche saßen einige völlig übermüdete und verdreckte Soldaten. Keiner sprach ein Wort. Wir setzten uns auf unsere Habseligkeiten. Ein paar der Männer sahen mitleidig zu uns her, andere schienen uns überhaupt nicht wahrzunehmen. Bald waren alle im Geruckel des Wagens eingeschlafen.

Auch mir hatte es die Augen zugezogen und so wusste ich im ersten Moment gar nicht, wo ich war, als sich die Laderampe erneut öffnete. Ohne viele Worte hieß uns der Fahrer auszusteigen. Als ich mich bedanken wollte, winkte er ungeduldig ab.

'Behüt euch Gott oder wer immer in diesem Inferno zuständig ist!', raunte er und schon war er wieder aufgesessen, der Motor heulte auf und das Auto war schon kurz darauf hinter der nächsten Biege verschwunden.

So manches Mal habe ich später an ihn gedacht. Ihm war seine Menschlichkeit noch nicht ganz abhanden gekommen, wie so vielen anderen in diesem Krieg und in dieser Zeit. Ob er selbst den Krieg überlebt hat?"

Ab wann ist Anne so intensiv in die Geschichte eingestiegen, dass sie jetzt über die plötzliche Stille und das Ausbleiben der Worte der Alten ganz erschrocken ist? Hat sie die Alte nicht einfach reden lassen wollen? Und nun liegt ihr das: „Und wie geht es weiter?", ganz vorn auf der Zungenspitze.

Doch sie braucht gar nichts zu sagen, denn schon geht es weiter. Anne hört das Seidenpapier zwischen den einzelnen Seiten des Fotoalbums rascheln.

„Hier schau her, dass ist mein Bruder. Es ist das einzige Foto, das es noch von ihm gibt. Nicht einmal sein Grab konnte ich später mehr finden. Nichts als dieses Foto ist von seinem kleinen Leben übriggeblieben."

Anne blickt in das Angesicht eines kleinen, zarten Jungen mit vielen braunen Locken auf dem Kopf. Fast wirkt er unter der Last seiner Haarpracht zerbrechlich, als wäre selbst sein Haarschopf zu schwer für ihn.

„Er war von Anfang an nicht sehr widerstandsfähig, viel krank und deshalb sehr für sich. Wie hätte er da einen solchen Krieg überstehen sollen, an dem ganz andere zu Grunde gegangen sind? Vielleicht konnte er auch einfach die Sorge und die Angst meiner Mutter nicht mit ansehen und hat sich deshalb ganz leise aus dem Staub gemacht."

Die alte Frau zeigte auf die Seite daneben.

„Das ist sie, meine Mutter, oder vielleicht eher seine."

Es ist wirklich erstaunlich wie ähnlich sich Mutter und Sohn sahen. Die gleiche Zartheit, die gleichen feinen Gesichtszüge, das gleiche braune lockige Haar. Die alte Frau Maier wischt ein imaginäres Staubkorn vom Fotogesicht ihrer Mutter. Anne findet, dass sie für diesen einen kleinen Augenblick sehr traurig aussieht. So als wäre sie noch einmal das Mädchen, dass sich nach der Mutter sehnt.

Wie war sie aber nun hierher und zu ihrer Uroma gekommen? Anne traut sich nicht sie zu fragen, so sehr scheint ihr die Frau in ihren Erinnerungen verwoben zu sein. Immer noch ist weit und breit kein Mensch zu sehen.

Da schießen Anne auf einmal die Tränen in die Augen. Ist es die Geschichte der alten Frau? Ist es ihr eigener Kummer oder die Anspannung der letzten Tage? Was hat die Tränen ausgelöst und sie ohne Vorwarnung weinen lassen?

„Na, na Kind", die Alte streicht Anne über die tränennassen Wangen. „Hab ich dich zu sehr erschreckt mit meinen alten Geschichten? Das alles ist doch schon eine ganze Ewigkeit her."

Anne versucht ein Lächeln unter den Tränen hervorzubringen.

„Es ist nicht nur wegen …, es ist auch wegen mir", stammelt sie.

„Na hab ich es mir doch gedacht, dass du irgendeinen Kummer hast. Du sahst so verloren aus vorhin."

„Aber wie ging denn nun ihre Geschichte weiter?", wagt Anne nun doch zu fragen. „Wie sind sie denn hierhergekommen?"

„Magst du das denn wirklich weiter hören? So schön sind die alten Geschichten nicht. Du siehst doch, dass das alles nur traurig macht. Vielleicht haben meine Kinder ja recht, man soll das Alte ruhen lassen. Aber weißt du, wenn meine Schwiegertochter so furchtbar gegen die Ausländer und die Leute die vor einem Krieg flüchten schimpft, dann denk ich immer daran, wie es war damals hier anzukommen, in der Fremde, mit nichts. Tja Kindchen, das war schlimm, aber um wie viel schlimmer wäre es gewesen, ohne Menschen wie deine Urgroßmutter. Vielleicht sollte ich es dir deshalb erzählen, weil ich ihr so viel verdanke. Ich weiß ja nicht was du für einen Kummer hast, aber immer kann alles gut werden, wenn es Menschen gibt die dir beistehen oder denen du beistehst. Mein Leben war niemals leicht, auch später nicht, bei weitem nicht. Es wurde manchmal sogar noch schlimmer. Aber ich bin nicht verbittert, weil ich das erfahren habe."

Sie holt tief Luft und überlegt einen Augenblick, als suche sie nach den richtigen Worten. Anne merkt, wie ihr ganzes Wesen zurückgeht, in die Zeit von der sie erzählt. Tun das alle Leute, wenn sie erzählen und ist ihr das nur noch nie aufgefallen?

„Der Soldat hatte uns bei einem Sammellager für Flüchtlinge abgesetzt. Hier trafen wir auf viele Leute, die ebenfalls geflüchtet waren. Es gab eine dünne Suppe und wir wurden entlaust. Das ganze Sammellager war in einer ehemaligen Schule untergebracht. Die Klassenzimmer waren zu Wohnstätten für ganz viele Familien geworden. Jeder Neuankömmling bekam einen Strohsack zugeteilt. Um das Ganze ein bisschen erträglicher zu machen und um sich ein wenig Privatsphäre vorzutäuschen, hatten die einzelnen Familien ihre Bereiche mit Sackleinen abgeteilt. Trotzdem war es immer unruhig und selbst in der Nacht hörte man ständig das Schreien von hungrigen Kleinkindern, die Seufzer und das Stöhnen der Alten und manchen bei Tag zurückgehaltenen Weinkrampf. Jeder hatte hier sein eigenes Päckchen zu tragen und jeder versuchte sich irgendwie zurechtzufinden und irgendwohin weiterzukommen. Manche waren auf der Flucht von ihren Angehörigen getrennt worden, viele Mädchen und Frauen hatten furchtbar Schlimmes von siegestrunkenen Soldaten erlebt. Eins war uns aber allen gemeinsam, der ständige Hunger und die Sorge darum wie alles weitergehen würde. Konnten wir vielleicht bald nach Hause zurück? Es gab ständig Gerüchte, doch keiner wusste es genau. Etliche brachen auf, um wieder zurückzugehen. Andere machten sich auf den Weg zu Verwandten oder Bekannten. Es war ein ständiges Kommen und Gehen. Einige aber, so wie wir, verharrten in untätiger Starre. Mutter war eingefallen, dass sie eine Cousine in Plauen hatte. Als Kinder hätten sie viel Zeit miteinander verbracht, bis sie dann geheiratet hatte und nach Sachsen zu ihrem Mann gezogen war. Die Hilde sei ein guter Mensch, die würde uns bestimmt bei sich aufnehmen. Dahin würden wir gehen, sobald ein Zug fuhr. Und dabei blieb es.

Den größten Teil des Tages saß Mutter fast unbeweglich auf ihrem Strohsack und starrte vor sich hin. Was blieb mir anderes übrig als hinaus zu gehen und mich wenigsten um was Essbares zu kümmern, damit wir nicht verhungerten. Die meisten unserer wertvolleren Sachen waren schon versetzt. Ich rühme mich dessen nicht, aber ich nahm wo ich es kriegen konnte. Ich bettelte und noch viel häufiger stahl ich und es machte mir nichts mehr aus, wenn sie 'dreckiger Polake' hinter mir herriefen.

Eines Tages wurden zwei Klassenzimmer in der Schule freigeräumt und die dort untergebrachten Leute auf andere Räume verteilt. Einen Tag darauf kamen einige Rotkreuz-Fahrzeuge an. Von denen wurden verletzte Soldaten abgeladen. Es war ein Lazarett, das aus dem Osten hierher verlegt worden war. Ich sah zu, wie die Männer hineingetragen wurden. Viele waren entsetzlich zugerichtet. Einem fehlte ein Arm und einem anderen gleich die Hälfte seines Gesichtes. Einer schrie immer wieder nach seiner Mama, dabei hielt es sich den Bauch. Der dort angelegte Verband war völlig von Blut durchweicht. Überhaupt stank es entsetzlich nach Blut und Schweiß und Verwesung. Ich ekelte mich furchtbar und doch taten mir die Männer leid. War das unser siegreiches deutsches Heer, unsere Helden, die ausgezogen waren um Land für ein 'Volk ohne Raum' zu schaffen, so wie es uns in der Schule und beim 'Bund deutscher Mädel' gelehrt worden war? Ja wir hatten so oft vom 'Heldentod' unserer tapferen Soldaten gehört. Doch wie dieser 'Heldentod' wirklich aussah, das hatten wir uns an unseren romantischen Abenden an denen wir Socken für die Männer im Feld strickten, im Traum nicht vorstellen können. Keiner stirbt als Held in einem Krieg, glaub mir.

Irgendetwas zog mich immer wieder in meiner freien Zeit dorthin. So sprach mich eine junge Schwester an. Sie war so freundlich zu mir, wie lange niemand mehr.

'Willst du ein bisschen helfen. Wir haben hier so viel zu tun und können es kaum schaffen.'

Ich zögerte, wusste nicht so recht ob ich das konnte. Doch als sie etwas zu Essen anbot, war ich zu allem bereit. Sie zeigte mir, was zu tun war und da ich mich wohl ganz gut anstellte, durfte ich wiederkommen. Zuerst brachte ich nur die Bettschüsseln weg und machte sauber. Doch schon bald half ich beim Verbändewechseln, beim Füttern oder beim Einflößen von ein wenig Flüssigkeit bei den Verwundeten. So hatte ich eine Arbeit und etwas zu Essen für mich und meine Mutter und brauchte nicht mehr zu stehlen.

Meine Mutter fragte nie wo das Essen herkam oder wo ich mich den ganzen Tag herumtrieb und ich erzählte es ihr nicht.

Der Ekel hatte schnell nachgelassen, sobald ich gemerkt hatte, dass immer Menschen hinter diesen schlimmen Verwundungen stehen, mit ihrem ganz eigenem Schicksal. Immer noch kümmerte sich die junge Schwester um mich und sie wurde mein Vorbild. Einmal so wünschte ich mir, wenn dieser Krieg vorbei war, würde ich lernen und eine Schwester werden, wie sie.

Inzwischen war es Frühling geworden und wir waren immer noch hier, ohne dass meine Mutter irgendwelche Anstalten machte zu ihrer Cousine aufzubrechen oder sich auch nur um eine Zugverbindung zu kümmern.

Dann lag ich mit einer Erkältung ein paar Tage im Bett. Als ich wieder hinunter zum Arbeiten kam, war bereits fast alles zusammengepackt. Das Lazarett sollte aufgelöst werden. Die noch verbliebenen Männer würden in den kommenden Tagen ins Landesinnere abtransportiert werden. Ich stand verwirrt inmitten dieser hektischen Aufbruchstimmung. Wo war Schwester Elfriede? War sie schon weg, ohne sich von mir verabschiedet zu haben? Ich spürte wie die Verzweiflung in mir aufstieg. Was sollte ich ohne sie und ohne die Arbeit hier machen? Ich fand sie bei einem der Männer. Sie sah aus wie immer, mit ihrer Schwesternkluft und dem hochgesteckten dunkelblonden Haar unter der Haube und mit den paar Strähnen, die sich nicht bändigen ließen und immer frech hervorlugten. Mit der immer gleichen Handbewegung schob sie sie weg. Ihr Gesicht war schmal und sie sah müde aus, was ihre sowieso schon etwas lange, gebogene Nase noch mehr hervorstehen ließ. Mit hängenden Armen stand sie vor mir. Der Schreck war mir wohl noch anzumerken.

'Bist du wieder gesund?', fragte sie.

Einmal war sie mit einem heißen Sud aus Kräutern, woher sie die in dieser Zeit auch immer haben mochte, an mein Krankenlager gekommen.

'Tja, wie du siehst, wir brechen auf. Ich habe ein paar Tage Urlaub bekommen und fahre erst einmal nach Hause. Meiner Mutter soll es nicht so gut gehen. Vor kurzem erst ist ein Brief bei mir angekommen. Vielleicht ist danach dieser Krieg endlich vorbei. Doch auch dann wird es noch genug Arbeit für mich geben. Nun, so trennen sich unsere Wege hier. Wer weiß, vielleicht sehen wir uns mal wieder, im Frieden und zu besseren Zeiten. Du hast jedenfalls das Zeug dazu, einmal eine gute Krankenschwester zu werden. Weißt du wie es bei euch weitergeht? Wo wollt ihr hin? Habt ihr irgendwelche Verwandten, die euch erst mal aufnehmen können? Hast du nicht so etwas erzählt?'

'Ja', antwortete ich, „Mutter meint es gäbe da eine Cousine in Plauen, aber eigentlich weiß ich gar nicht, ob sie überhaupt eine Adresse hat und wann sie das letzte Mal etwas voneinander gehört haben. Seit mein kleiner Bruder auf der Flucht gestorben ist, weil mir der Handwagen umgekippt und er in den Schnee gefallen ist, ist sie ganz verändert. Es ist ihr alles egal und sie sitzt nur herum und starrt vor sich hin. Ich weiß einfach nicht, was ich machen soll. Ich hab ihn doch nicht mit Absicht umgeschmissen', schluchzte ich. Das Alles musste einfach mal aus mir heraus, sonst hätte es mich erstickt. Ich war hart geworden in dieser Zeit. Weder bei der Beerdigung der Großmutter, noch als ich meinen kleinen Bruder ganz allein begraben habe, hatte ich geweint. Lange hat mich Schwester Elfriede angesehen.

Sie schien mich mit ihrem Blick regelrecht zu durchbohren. Damals kam es mir wie eine Unendlichkeit vor, als wir uns so gegenüberstanden. Ich hatte das Verlangen, einfach wegzulaufen, mich auf meinen Strohsack zu werfen und die ganze Welt zu hassen. Doch irgendetwas hielt mich zurück.

Plötzlich erschien ein kleines Lächeln auf ihrem Gesicht.

'Plauen weißt du, ist gar nicht so weit weg von meinem zu Hause. Sie wollen mich ein Stück mit dem Lastwagen mitnehmen und dann will ich mit dem Zug weiterkommen. Ich habe zwar eine Fahrkarte, aber einfach wird es nicht. Vieles ist zerstört. Ich kann versuchen dich mitzunehmen, auf den LKW. Schließlich bist du schon fast eine Hilfsschwester gewesen.'

'Und meine Mutter?', fragte ich erregt.

Sie holte tief Luft. 'Die natürlich auch, die können wir ja nicht dalassen. Nu hör schon auf zu heulen, ich versuch mein möglichstes und noch eins, von einmal in den Schnee fallen stirbt kein Kind.'

Dann war sie verschwunden. Ich blieb noch eine Weile untätig stehen. Dann schlich ich hinauf zu meiner Mutter. Ich dachte ich würde Schwester Elfriede nie wieder sehen. Ich war zwar noch ein halbes Kind, doch nach all dem was ich erlebt hatte, war mir längst klar wie es lief. Sie würde es schwer genug haben allein durchzukommen. Wieso sollte sie sich dann mit zwei Leuten, wie uns, belasten, einer Frau die nicht mehr Herrin ihrer Lage war und einem halbwüchsigen Kind? Was hatten wir schon zu bieten? Wie oft hatte ich auf unserem Weg Kinder ohne Eltern gesehen, die bettelten oder Alte die Sterbend im Straßengraben lagen und nicht mehr weiter konnten und alle hatten einfach weggesehen, hatten sie sich selbst überlassen. Warum sollte sie anders sein? Warum sollten wir, zwei völlig Fremde, ihr näher sein als ihre Mutter, die krank zu Hause auf sie wartete. Ich ging also hinauf zu meiner Mutter und drängte sie endlich aufzubrechen. Doch sie sah mich nicht einmal richtig an.

'Morgen Kind, morgen wird ein Zug fahren', antwortete sie monoton.

Ich begann plötzlich zu frieren. War die Erkältung doch noch nicht ganz ausgestanden oder war es so kalt?

Wahrscheinlich fror ich innerlich. Was blieb mir anderes übrig, als mich neben die Mutter zu hocken und ebenfalls vor mich hin zu starren. Vielleicht war ich sogar eingeschlafen, denn ich bekam einen mächtigen Schreck, als wie aus dem Boden gestampft plötzlich Schwester Elfriede vor mir stand.

Sie war in großer Eile. 'Los, los, schnell, ihr könnt auf dem LKW mitfahren!', brachte sie atemlos hervor. 'Aber ihr müsst in einer halben Stunde abmarschbereit sein.'

Mutter verstand gar nichts und bewegte sich nicht vom Fleck. Dafür wurde ich umso hektischer. Ich packte unsere paar wenigen Habseligkeiten zusammen und zog unsere Decke und das Federbett, der Mutter förmlich unter dem Hintern weg.

'Was machst du denn? Wo willst du denn hin, doch nicht etwa mir dieser fremden Schwester mit? Wer weiß was die vorhat? Ich werde warten bis ein Zug kommt.'

'Hier, an deiner Nase vorbei?', schrie ich außer mir. 'Du kannst ja hierbleiben und es machen wie die halsstarrige Oma. Wenn wir damals mit dem Treck mitgegangen wären, wäre Günter wahrscheinlich noch am Leben.'

'Du wolltest doch genauso wenig weg', jammerte sie.

'Ich war ein Kind damals!'

Genau das habe ich gesagt. Obwohl ich doch immer noch ein Kind war, ich fühlte mich da schon nicht mehr so, ich fühlte mich um Jahre gealtert und die Zeit, als ich noch ein Kind gewesen war das an Hitler und irgendwelche Wunderwaffen glaubt, schien so unendlich weit weg, dass es mir vorkam als sei das in einem anderen Leben gewesen.

'Dies hier ist unsere Chance! Schwester Elfriede wohnt auf irgendeinem Dorf in der Nähe von Plauen. Sie nimmt uns mit. Willst du dass ich auch noch draufgehe, wenn wir hier ewig herumsitzen?"

Das wirkte! Langsam stand meine Mutter auf, zog ihren Mantel an und folgte mir.

Wir hatten Glück und der LKW nahm uns weiter mit als wir gedacht hatten. Es war ein Sanitätsfahrzeug, auf dem auch einige der verwundeten Männer, die zu pflegen ich geholfen hatte, transportiert wurden. Das Geholper auf der Straße bekam ihnen schlecht und sie stöhnten vor Schmerz. Ich setzte mich zu einem ganz jungen Kerl, den ich schon aus dem Lazarett kannte und mochte. Er war höchstens fünf Jahre älter als ich. Er hatte einen schweren Bauchdurchschuss und es ging ihm sehr schlecht. Vorsichtig legte ich seinen Kopf in meinen Schoß. Meine Mutter hatte was zu brabbeln, aber ich hörte nicht auf sie. Ich redete beruhigend auf ihn ein und wischte ihm mit meinem Taschentuch den Schweiß von der Stirn. Dabei versuchte ich ihm ein bisschen von meinem Tee einzuflößen. Seine Lippen waren ganz ausgetrocknet und er fieberte. Er hatte ein so schönes Gesicht, große braune, aber immer sehr traurige Augen und auf der Lippe zeigte sich der erste Flaum. Am Anfang versuchte er mich noch anzulächeln.

'Wenn das alles hier vorbei ist, dann komme ich und heirate dich. Du bist so schön und hast so weiche, zarte Hände. Die werde ich dann im Leben nicht mehr loslassen.'

Ich lächelte zurück. Was sollte ich auch anderes tun? Er hatte mir einmal erzählt, dass seine Mutter früh gestorben war. Sein Vater war Malermeister und hatte ein eigenes Geschäft, das sollte er übernehmen. Aber er wollte richtige Bilder malen. Er wollte Künstler werden. Er hat mir sein Skizzenbuch gezeigt. Ich fand es erstaunlich. Es gab wunderbare Zeichnungen von Menschen darin, die so lebensecht wirkten, dass man glaubte sie zu kennen. Selbst von mir gab es ein kleines, mit Bleistift gezeichnetes Bild, das er im Lazarett angefertigt hatte, als es ihm mal etwas besser ging. Er hatte aber auch entsetzliche Szenen vom Krieg gezeichnet, die einem das Blut in den Adern gefrieren ließen.

'Wer waren diese Menschen, die da erschossen wurden?', fragte ich mich damals im Stillen immer wieder.

Nun spürte ich, wie er immer schwächer wurde, immer mehr an Kraft verlor und das Fieber bald ganz von seinem Körper Besitz ergriff. Das Stöhnen wurde immer leiser. Schwester Elfriede warf mir einen fragenden Blick zu, doch ich schüttelte nur leicht den Kopf. Auf einmal riss er seine Augen weit auf und starrte in die Ferne, als ob er dort jemanden wahrnähme.

'Mama!', rief er, 'Da bist du ja endlich.'

Dann wurde er ganz ruhig und hörte einfach auf zu atmen. Sehr gläubig war ich ja nicht, aber da habe ich mir gewünscht, dass es etwas gibt, was ihn wieder bei seiner Mutter sein lässt.

So fuhr ich nun eine ganze Weile mit dem toten Mann auf meinem Schoß. Ein paar Monate davor hätte mich das entsetzlich gegruselt, jetzt schloss ich die Augen des Jungen und die Tränen, die ich weder bei Großmutters noch bei Günters Tod geweint hatte, tropften ganz still auf sein Gesicht.

Inzwischen waren wir eine ganz schöne Strecke vorangekommen. Waren wir am Vormittag im Sammellager nach Görlitz aufgebrochen, so waren wir nun schon an Dresden vorbei. Der Fahrer hatte uns erzählt, dass dort nach dem schweren Luftangriff im Februar kein Stein mehr auf dem anderen läge und auch viele Flüchtlinge, die auf dem Bahnhof gewartet hatten, unter den Opfern wären.

Die Fahrt unseres Sani-Zugs, bestehend aus drei Lkws, sollte in dem Reservelazarett bei Freiberg enden. Dort strandeten nun auch wir. Die Stadt war von Luftangriffen verschont geblieben. Alles schien so unwirklich normal.

Unser Fahrer, der wohl Schwester Elfriede ins Herz geschlossen hatte, versprach uns sich umzuhören, ob es eine weitere Mitfahrgelegenheit für uns gäbe oder ob vielleicht ein Zug führe.

Tatsächlich kam er am Abend in unser Kabuff, in der Schwesternetage. Er wedelte mit einem Zettel.

'Ich habe mich ein bisschen umgehört. Die Zugverbindungen sind ziemlich gefährlich und viele Gleis durch Bomben futsch. Die Engländer und die Amis fliegen ständig Luftangriffe auf die größeren Städte. In Chemnitz und Zwickau muss es verheerend aussehen. Aber Übermorgen fährt jemand von hier in Richtung Zwickau, der würde euch mitnehmen. Ist ein bisschen unbequem, in einem Motorrad mit Seitenwagen, aber besser als nichts. Übrigens', und das sagte er jetzt speziell zu meiner Mutter, nach Plauen würde ich im Moment auch nicht gehen, da ist die Hölle los, seit Ende Februar fünf Luftangriffe, sagte mir ein Kamerad, der von dort stammt. Er befürchtet das Schlimmste für die Seinen.'

Meine Mutter starrte ihm mit offenem Mund nach.

'Gleich wird sie losheulen', dachte ich verzweifelt und drehte mich um. Aber Schwester Elfriede war guten Mutes.

'Wenn wir einmal bei Zwickau sind, können wir den Rest auch zu Fuß zurücklegen. So weit ist es dann nicht mehr. Und ihr kommt erst einmal mit zu uns. Da wird sich schon ein Plätzchen finden und wenn der Krieg endlich aus ist, könnt ihr immer noch nach Plauen gehen und eure Verwandten suchen.'

Mutter stand immer noch wie versteinert da, aber sie widersprach nicht.

So quetschten wir uns dann zwei Tage später in den Seitenwagen und Schwester Elfriede nahm hinter dem Fahrer Platz. Wieder hatte ich viele meiner restlichen Sachen übereinander gezogen, doch trotzdem war es immer noch recht kalt. Es war ja erst Mitte März.

So bin ich hierhergekommen. Das ist nun schon über siebzig Jahre her. Wir konnten wirklich bei Schwester Elfriedes Eltern, in dem Haus ihrer Familie bleiben. Wir hatten zwar nur ein Kämmerchen, aber ich empfand das fast als Luxus, denn wir waren bei guten Leuten untergekommen. Es war unser Glück, dass wir Plauen nicht erreicht hatten, denn die Stadt wurde noch viele Male bombardiert und fast völlig zerstört. Ich war gleich nach dem Krieg dort.

Mutters Cousine haben wir nicht gefunden, wahrscheinlich war sie unter den Todesopfer, da ihr Haus zu denen gehörte, von denen nur noch Reste verbrannter Mauern standen.

Meine Mutter interessierte das alles wenig. Sie setzte ihr Leben, das sie im Sammellager bei Görlitz begonnen hatte, fort und haderte mit ihrem Schicksal.

Ich aber war froh. Ich war in diesem Frühjahr 14 Jahre alt geworden. Der Krieg war aus und ich hatte ihn trotz aller widrigen Umstände überlebt. Im Krieg entscheidet manchmal nur eine Winzigkeit über Leben und Tod. Und leben wollte ich so gerne, damals schon und heute immer noch und in jedem Frühling genieße ich es wieder, dass ich noch da bin." Sie lehnt sich erschöpft zurück. „Puh, jetzt habe ich aber viel geredet. Soviel red' ich manchmal die ganze Woche nicht", sagt sie.

Und von einem Augenblick zum anderen und noch ehe Anne etwas sagen kann, ist sie eingeschlafen. Der Kopf ist ihr nach hinten, auf die Lehne der Bank gefallen und aus dem offenen Mund kommen schnarchende Laute. Ein wenig Speichel läuft aus dem Mundwinkel heraus und tropft hinunter auf ihre Schürze. Anne blickt auf die zusammengekauerte Frau. Sie sieht sich um und findet ein Kissen und eine Wolldecke, die auf einem leeren Gartenstuhl herumliegen. Das Kissen schiebt sie ihr unter den Kopf und mit der Decke deckt sie sie sorgfältig zu.

Merkwürdig, noch vor Kurzem ist ihr die Alte auf die Nerven gegangen mit ihrem klappernden Gebiss und den warmen, klebrigen Bonbons aus ihrer Schürzentasche. Das Fotoalbum ist ihr vom Schoß gerutscht und Anne bückt sich, um es aufzuheben. Ein paar lose darin liegende Bilder sind herausgefallen. Anne will sie aufsammeln, ins Album zurückschieben und dieses wieder auf den Tisch legen, da liest sie auf der Rückseite des größten Fotos, in schnörkeliger, fast noch kindlicher Handschrift: „Für Mama"

Sie dreht es um und erblickt das Porträt eines Jungen, beinahe schon eines jungen Mannes. Sein dunkles Haar ist streng zurückgekämmt und er sieht irgendwie traurig aus, obwohl er breit in die Kamera lacht.

„Ob das der Sohn der alten Frau ist?", murmelt Anne vor sich hin und kann sich schwer von seinem Anblick lösen. Er gefällt ihr und es ist als würde sie ihn schon kennen. Wem nur sieht er ähnlich? Ohne dass sie recht weiß was sie tut, schlägt sie das Album auf. Mit raschen Bewegungen durchforscht sie Seite um Seite. Sie findet ein Hochzeitsfoto mit einer glücklich dreinschauenden Braut, das könnte die Frau Meier sein, und einem gekünstelt lächelnden Bräutigam, der aussieht als habe er sich nur verkleidet und der um einiges älter ist als seine eben Angetraute. Daneben klebt das Foto dieser Frau mit einem kräftigen Jungen auf dem Arm. Von dem gibt es noch mehrere Fotos, in verschiedenem Alter und doch immer gleich. Kräftig, gedrungen, mit rundem Kopf und abstehenden Ohren, mal zu Weihnachten vor dem Tannenbaum, mal auf einem Pferd sitzend, mal mit dem Vater, von dem er eine kleinere Ausgabe zu sein schien, auf einem altertümlichen Traktor. Sie blättert bis zum Ende des Albums und sieht auch die lose darin liegenden Fotos durch. Was sucht sie eigentlich?

Nein, da ist keine einzige Abbildung mehr von dem Jungen mit dem traurigen Lächeln. Sie nimmt sich sein Foto noch einmal vor. Dabei bemerkt sie wie abgegriffen es ist, als hätte es jemand sehr oft in der Hand gehalten.

„Was machst du denn da?", fragt jemand plötzlich ganz dicht neben ihr. Anne zuckt fürchterlich zusammen und das Album, mitsamt dem Bild, landet erneut auf dem Boden.

Diesmal ist es Mia die sich danach bückt.

„Habe ich dich bei einer verbotenen Tat ertappt, oh, oh, oh. Gleich kommt das große Gericht über dich", ruft sie theatralisch und biegt sich dann vor lachen.

„Wieso schleichst du dich von hinten an mich ran?", empört sich Anne.

„Ich bin überhaupt nicht geschlichen. Im Gegenteil, unser Jeep ist an dir vorbeigerattert und als ich dich gesehen habe, habe ich gewunken und gerufen. Aber du warst anscheinend so vertieft in deine geheime Mission, dass du nichts, aber auch gar nichts um dich herum wahrgenommen hast."

Mia wirft das Album in hohem Bogen auf den Tisch. Es gibt einen Knall und Anne befürchtet schon die alte Frau würde erwachen. Doch diese tut nur einen Seufzer und schnarcht weiter mit offenem Mund.

„Was suchst du denn überhaupt da drin?" Mia blättert uninteressiert in dem Album herum. „Ist doch alles uraltes Zeug."

„Nichts!", behauptet Anne, was der Wahrheit ziemlich nahe kommt, denn sie weiß wirklich nicht so genau was sie eigentlich gesucht hat.

„Meine Oma meinte ich solle dich mal besuchen, weil sie dringend etwas zu erledigen hat. Damit ich mich nicht langweile oder so", versucht sie das Thema zu wechseln.

„Oder so? Was soll das denn heißen?"

Anne zuckt mit den Schultern. „Weiß nicht, jedenfalls war hier keiner außer der alten Frau und die hat mir ihre halbe Lebensgeschichte erzählt."

Mia runzelt die Stirn und setzt demonstrativ ihre Brille auf, als müsse sie sich Anne ganz genau ansehen, um herauszufinden ob diese noch alle Sinne beieinander hat.

„Spinnst du, was soll die dir denn erzählt haben, die ist doch Alzi."

„Was ist die?"

„Na Alzheimer, die hat Alzheimer und reden tut sie schon lange kaum noch ein Wort. Läuft nur immer mit ihrem komischen Album herum. Aber meist sitzt sie hier auf der Bank. Ist völlig harmlos sagt meine Mutter."

„Woher will die denn das wissen?"

„Na die ist Altenpflegerin und hat ständig mit solchen Leuten zu tun. Manchmal, wenn sie gut drauf ist, die Frau Meier, schenkt sie einem ein klebriges altes Bonbon oder Kekse aus ihrer Schürzentasche, dass man am besten gleich entsorgt, igitt! Oder sie tätschelt einem die Wange. Aber was erzählen, habe ich die noch nie gehört. Das musst du geträumt haben. Ihr Sohn und vor allem ihre Schwiegertochter wollen sie ins Heim tun. Mein Vater meint sie könne ruhig hierbleiben. Sie stört keinen und der Pflegedienst kommt doch sowieso drei Mal am Tag. Aber die wollen ihre Ruhe haben, Pflegeheim und sie sind alle Sorgen los und an Weih-

115

nachten können sie die Oma ja mal besuchen. Nächste Woche soll sie weggebracht werden."

So als spüre sie, dass über sie gesprochen wird, öffnet die alte Frau die Augen.

„Da bist du also endlich wieder heim gekommen. Ich habe schon so lange auf dich gewartet, mein Junge", sagt sie zu Anne.

Anne schaut ihr in die Augen, die sind ganz weit weg und nicht mehr so klar und freundlich wie noch vor einer Stunde. Aber sie kann sich das doch nicht nur ausgedacht haben. Wie hätte sie denn auf eine solche Geschichte kommen sollen. Anne hat keine Ahnung, was das zu bedeuten hat. Verwirrt blickt sie um sich. Alles ist genauso wie vorhin und immer noch scharren die Hühner, jetzt wieder friedlich, vor sich hin. Nur Mia steht neben ihr, macht vielsagende Grimassen und verdreht die Augen. Als Anne nicht darauf reagiert, winkt sie nur ab und zuckt die Achseln.

Da sind Fahrzeuggeräusche zu hören und Anne hofft ganz inständig, dass es ihre Oma ist, die sie abholen will. Nichts wäre ihr jetzt lieber gewesen, denn sie fühlt sich schon recht merkwürdig in ihrer Lage, ist sie am Ende durchgeknallt?

Doch es ist natürlich nicht die Oma. Es ist ein weißer Golf mit roter Aufschrift, „DRK Pflegedienst", der vor Frau Meiers Haus hält. Eine Schwester in weißem Kittel und weißer Hose springt aus dem Wagen und wirft die Tür energisch ins Schloss. Ohne groß Notiz von den beiden Mädchen zu nehmen, geht sie schnellen Schrittes auf Frau Meier zu. Noch im gehen ruft sie: „Na, wie geht es uns den heute Oma Meier."

Mia flüstert Anne kichernd ins Ohr: „Der Frau Meier geht es so einigermaßen, aber keiner weiß wie es der Schwester heute geht."

Anne begreift nicht gleich und starrt Mia blöd, mit halb offenem Mund an.

„Na, nun wollen wir aber mal rein gehen. So warm ist es ja auch wieder nicht heute und es wird Zeit für ihr Mittagessen und die Tabletten. Dann können wir sicher ein kleines Nickerchen gebrauchen "

Anne will gerade sagen, dass Frau Meier doch bis eben geschlafen hat, da hat die Schwester diese auch schon eingehakt und führt sie ins Haus. Frau Meier lässt sich widerspruchslos hineinführen, nur ihr Album klemmt sie sich noch unter den Arm.

„Ach Schwester, wie schön dass Sie da sind. Wissen Sie, mein Junge ist heimgekommen. Ich glaube nun bleibt er endgültig bei mir. Dann brauchen Sie sich auch nicht mehr den weiten Weg zu machen. Er wird sich jetzt kümmern."

Dabei dreht sie sich noch einmal um und blickt auf Anne. Hat sie ihr wirklich zugezwinkert oder sah es für Anne im Gegenlicht nur so aus?

„Ja, ja, ist schon gut Oma Meier", murmelt die Schwester, ohne recht zugehört zu haben und tätschelt die Alte. „Es wird schon alles werden."

Und schon sind sie im Haus verschwunden.

Die beiden Mädchen bleiben zurück. Anne, ganz blass geworden, haucht: „Aber sie hat mir doch vorhin alles ganz klar erzählt, von der Flucht und wie sie ihren Bruder begraben hat und wie ihre Mutter das nicht verwinden konnte und von meiner Urgroßmutter. Ich verstehe das nicht."

Am liebsten hätte sie wieder losgeheult. Doch Mia fasst sie beruhigend am Arm.

„Nu mach dir mal nicht ins Hemde. Vielleicht hatte sie ja einen lichten Moment. Meine Mutter sagt, so was kommt vor, besonders wenn es aufs Ende zugeht."

„Aufs Ende?", wiederholt Anne.

„Ach, nun hör schon auf. Du hast doch gesehen, sie ist in besten Händen. 'WIR essen jetzt schön und dann gibt 's Tablettchen und dann legen' WIR uns zum Mittagsschlaf."

Nun muss auch Anne lachen.

„Wir können ja nachher noch mal herkommen und nach ihr sehen, wenn du willst. Aber nun komm erst mal mit. Ich denke du willst unsere Tiere sehen."

Mia zieht Anne mit sich fort. Beinahe wäre sie auf das Foto mit dem traurigen Jungen getreten. Blitzschnell, ohne dass Mia es bemerkt, bückt sie sich, hebt es auf und steckt es in ihre Tasche.

7. Kapitel Änne

Was war geschehen?

Nachdem Änne in der Brandnacht eingeschlafen war, begann sie zu phantasieren. Immer wieder faselte sie etwas vom Würfeln und von Gräbern. Dabei schlug sie wild um sich oder weinte im Schlaf. Die Hitze ihres Körpers nahm immer mehr zu. Marie, die nach der Anstrengung der Nacht ebenfalls tief geschlafen hatte, wachte von der Unruhe auf und merkte gleich, schließlich hatte sie ja immer bei der Betreuung ihrer kleinen Brüder geholfen, dass diese Hitze nicht gesund ist. Sie sprang aus dem Bett und lief hinunter.

Die Erwachsenen waren bereits wieder wach und bei der Besichtigung der Schäden, die der Brand angerichtet hatte. An den Nebengebäuden waren einige Schäden entstanden, doch das würde man reparieren können. Es hätte wesentlich schlimmer kommen können. Wenn zum Beispiel Funken das Dach des Hauses entzündet hätten oder das Feuer sich auf das Feld ausgebreitet hätte. Sie waren noch einmal glimpflich davon gekommen. So standen sie ein Stück entfernt vom Haus und überlegten wie es weitergehen sollte.

Als Marie so aufgeregt und noch gar nicht richtig angezogen zu ihnen gerannt kam, wanden sich ihr alle zu. Was war denn mit dem sonst so besonnenen und verlässlichen Mädel passiert? Sollte sie der Brand so verstört haben?

„Was ist denn los Marie?", rief die Mutter ihr zu.

„Die Änne, die Änne, sie glüht so und redet wirres Zeug, von Würfeln und von Toten. Ich glaube sie fiebert!"

Der Schreck fuhr Ännes Mutter in alle Glieder. Änne, ihr Mädchen, ihr einziges noch lebendes Kind. Sie durfte sie auf keinen Fall auch noch verlieren. Da musste doch der liebe Gott ein Einsehen haben. Hatte sie denn nicht schon genug gelitten? Für einen Augenblick war sie wie von Sinnen. Der Boden begann zu schwanken und wie eine Welle durchfuhr ein Zittern ihren Körper. Trotzdem, wie von fremder Hand gesteuert lief sie, hinter Marie her, zu Ännes Schlafstatt.

Auch Grete und Konrad kamen ihnen nach. Dabei sahen sie sich an. Wieso redete sie vom Würfeln? Sollte sie etwa gestern etwas mitbekommen haben? Waren sie zu laut gewesen? Die Kleine hatte schon genug erlebt.

Die Mutter trat an Ännes Bett. Sie war ganz bleich geworden, unfähig auch nur irgendetwas zu unternehmen. Sie starrte ihr Kind, das sich im Fieber unruhig hin und her wälzte, an und spürte wie alle Kraft aus ihr wich.

Bis eben hatte sie noch geglaubt, den guten Leuten, die ihnen in dieser Unwetternacht Unterschlupf, ihren hungrigen Mägen Nahrung und ihren traurigen Seelen Zuwendung gegeben hatten, könne sie ihre Freundlichkeit damit vergelten, ihnen beim ersten Aufräumen der Brandschäden zu helfen und dem jungen Mann, drüben im anderen Haus, die Hilfe ihrer Kräuter angedeihen zu lassen. Sie hatte schon die Kräuter herausgesucht, die sie für ihn da lassen wollte, obwohl sie wenig überzeugt war ihm helfen zu können.

Aber nun, was sollte sie tun? Ihre kleine Änne, was geschah mit ihr? Sie wollte doch schon morgen wieder mit ihr auf dem Weg sein, zur Großmutter. Sie war wie erstarrt. Tränen hatte sie schon lange nicht mehr.

Grete stand eine Weile schweigend neben ihr, sagte nichts, sah die beiden nur an. Sie empfand nicht nur Mitleid, sondern etwas tieferes, was sie selbst nicht recht in Worte hätte fassen könnte. Vorsichtig legte sie Katharina den Arm um die Schulter. Sie spürte, dass irgendetwas in ihr aufstieg. Waren es Tränen? Sie schluckte. Schnell hatte sie sich wieder im Griff. Was würden ihre Rührseligkeit und ihre Tränen jetzt nützen? So klangen ihre Worte dann auch ganz fest und nur wer sie gut kannte, wie ihr Mann, der in einer kleinen Entfernung hinter den Frauen stand, konnte das kleine Zittern in ihrer Stimme hören.

„Hör zu Katharina, ich wollte sowieso schon mit dir reden. Es wäre auch in unserem Sinne, wenn du noch eine Weile bliebst. Nun kommst du, mit dem Kind in diesem Zustand, sowieso nicht weiter. Ihre Seele sagt dir, dass sie nicht weiter kann, das weißt du besser als ich. Ich habe sie nicht ein Mal weinen sehen, seit ihr hier seid. Hat sie überhaupt einmal geweint? Ich glaube sie wollte stark sein für dich. Und scheinbar hat sie gestern dann noch die grausame Geschichte erlauscht, das war wohl der letzte Tropfen, der das Fass zum überlaufen brachte. Gönne ihr etwas Ruhe. Du hast die Kräuter und die Kraft sie zu heilen. Bis das Kind in deinem Bauch zur Welt kommen will, wird es Herbst sein. Es ist also noch genug Zeit. Auch wir könnten deine Hilfe gut brauchen. Du siehst ja was hier los ist durch das Feuer. Außerdem, wenn wir das Feld nicht noch rechtzeitig fertig roden können, um Wintergetreide auszusäen, so sieht es im kommenden Jahr schlecht für uns aus. Und die Ernte, die diesjährige Ernte, steht auch bald an. Vielleicht könntest du in Haus und Hof nach dem rechten sehen und die Pflege von Barbaras Mann übernehmen, damit ich und auch Barbara mit aufs Feld können. Sie ist jung und muss lernen hier draußen zurechtzukommen."

Grete schwieg einen Augenblick, wohl um sich die rechten Worte zu überlegen. Als sie weiter sprach, war ein ganz kleines schüchternes Lächeln auf ihrem Gesicht: „Außerdem ist es hier draußen manchmal sehr einsam. Nun ja, ich hab meinen Mann und die Kinder und ich bin es ja auch nicht anders gewohnt. Aber mal eine andere Frau, im selben Alter und von derselben Art, mit der man sich austauschen kann, das würde mich schon freuen. Und ich glaube die Mädchen sehen das auch so. Marie hat ja nur Brüder."

Dann, als hätte sie schon zu viel geredet, brach sie ab und meinte nur noch: „Lange Rede, kurzer Sinn. Bleibt einfach eine Weile bei uns, solange es nötig ist und solange du willst. Du kannst mit dem Kind in der kleinen Kammer schlafen."

Katharina konnte nur stumm nicken. Sie hatte keine Wahl. Und sie war froh an diese Leute geraten zu sein, die herzlich und ehrlich waren. Es erschien ihr wie ein Wink ihres Schutzengels. Was wäre gewesen, wenn Anne irgendwo da draußen krank geworden wäre? Ganz in ihre Gedanken versunken, hörte sie wie von weit her Konrads Stimme.

„Im Herbst, Katharina, müsste ich auch noch mal los, um ein paar Sachen für den Winter einzuhandeln. Ich könnte euch dann sicheres Geleit geben. Ich kenne die Gegend und die Schleichwege hier so gut wie kaum einer. Du würdest also, so Gott will, sicher bis fast nach Hause kommen."

„Ich dank euch schön, Grete und Konrad. Ihr seid gute Menschen und ich hoffe ich kann's euch vergelten."

Still sah Katharina vor sich hin und mehr zu sich selbst sagte sie: „Vielleicht hab ich zu viel verlangt von dem Kind. Ich habe gedacht, wenn wir weggehen und einfach nicht darüber reden, wird sie alles schneller vergessen und mit meinen Märchen und der Aussicht zur Großmutter zu kommen bleibt ihr die Welt wie sie vorher war. Aber dafür ist sie wohl schon zu groß. Ich hätte mit ihr reden müssen, über den Vater, die Brüder, über diesen ganzen gottverdammten Krieg. Doch mein eigener Schmerz erlaubte das nicht." Und zum ersten Mal ließ sie zu, dass jemand sie in die Arme nahm und sie tröstete.

Viele Tage sind seither vergangen und die Mutter hat unentwegt mit all ihrem Wissen und all ihren Mitteln um das Leben ihrer Tochter gekämpft.

Änne erwacht. In der Kammer ist es hell. Die Mutter sitzt an ihrem Bett und hat die Augen geschlossen. Sie hält Ännes Hände fest in den ihren und Änne hat das Gefühl, ein Strom von Kraft gehe durch die Hände der Mutter in ihren Körper über. Änne bleibt ganz ruhig liegen. Sie weiß die Mutter schläft nicht. Schon einmal, als der Vater von einem Gerüst gefallen war und sich schwer verletzt hatte, hatte sie die Mutter solches tun sehen. Alle hatten geglaubt der Vater würde sterben, doch er war wieder ganz gesund geworden.

Natürlich, die Mutter hatte ihn sachgemäß verbunden und geschient, ihn bestens gepflegt und mit ihren besten Kräutern und Tinkturen versorgt. Doch der Vater war überzeugt, dass ihm das Auflegen ihrer Hände und die davon ausgehende Kraft letztlich geholfen hatten. Er hatte es immer „Die Gabe" genannt. Doch die Mutter wollte nicht, dass er darüber sprach.

„In höchster Not hilft was hilft! Wenn ich spüre, dass die Lebensgeister noch da sind, kann ich sie unterstützen. Das ist ein uraltes Wissen, doch du weißt, dass es nicht ungefährlich ist, wenn eine Frau Wissen hat. Ich werde diese und einige andere Weisheiten des Heilens bewahren und an meine Tochter weitergeben und ich werde sie anwenden, wenn es Not tut. Aber ich kann und werde nicht darüber reden und ich bitte dich, mein Lieber, schweig auch du. Irgendwann wird eine Zeit kommen, in der die Menschen wieder reif für solch alte Wahrheiten sind."

Änne war damals noch recht klein und wahrscheinlich hatte niemand gemerkt, dass sie zugehört hatte. Aber Änne ist eine Lauscherin, das Zuhören und Beobachten ist ihr schon so manches Mal zur zweiten Natur geworden. Gerne hatte sie still in einer Ecke gesessen und hatte das Gehörte zu ihren eigenen Geschichten verwoben, hatte ihre eigenen Welten erstehen lassen. Sie war ein sehr scheues Kind. Doch wenn sie draußen still auf einem Stein saß, dann hatten sich oft die Kinder um sie geschart, um eine Geschichte zu hören. Doch das Gebot des Schweigens, das ihre Mutter damals ausgesprochen hatte, war der Grund, diese Angelegenheit tief in ihrem Herzen zu verstecken. Denn sie wusste zwar noch nicht woher die Gefahr kam, doch sie spürte sie trotzdem.

Jetzt betrachtet Änne die Mutter. Der Schmerz hat ihr Gesicht gezeichnet und ihr Haar zeigt eine weiße Strähne, die vorher nicht da gewesen war und doch geht etwas Schönes und würdevolles von ihr aus. Als sie die Augen öffnet und Ännes Hände loslässt sieht sie sehr erschöpft aus, so als wäre ihre ganze Kraft aus ihr heraus geflossen. Sie schaut auf.

„Du bist ja wach Kind!", ruft sie und ein Lächeln der Erleichterung und Freude stiehlt sich auf ihr müdes Gesicht. Sie streicht Änne das wirre Haar aus dem Gesicht.

„Geht es dir besser?"

Änne nickt. „Hab ich lange geschlafen?"

„Ja sehr lange, du warst sehr krank und ich dachte schon ich würde dich auch noch verlieren. Aber nun wird alles gut, ganz bestimmt. Komm, trink etwas! Das wird dir guttun."

Trinken? Anne möchte am liebsten aufstehen, denn draußen hört sie Marie, die mit ihren Brüdern schimpft. Doch als sie sich aufsetzt und die Mutter ihr etwas zu trinken einflößt, merkt sie wie schwach sie noch ist. Sie lässt sich auf das Kissen zurückfallen und schließt die Augen, doch sie schläft nicht. Die Mutter bleibt an ihrem Bett sitzen. Still ist es im Zimmer, so still, dass man eine Maus, die wohl irgendwo da unter den Dielen wohnt, kratzen und tippeln hört.

Leise beginnt Änne: „Ich habe geträumt, ganz viel. Erst nur ganz wirre Sachen. Doch auf einmal wurde alles ganz klar."

Änne macht eine Pause. Sie weiß nicht wie sie weiterreden soll. Sie holt tief Luft.

„Ich bin dem Vater begegnet."

Sie sieht der Mutter fragend ins Gesicht. Diese nickt ihr aufmunternd zu, als wüsste sie was Änne sagen will. Wenn sie nun wieder diesen traurigen Blick bekommt? Doch Änne muss das Begonnene zu Ende bringen.

„Weißt du, ich war in einem wunderbar hellen, lichten Raum. Es war so schön, dass ich hätte auf immer dort verweilen mögen. Plötzlich war Vater da. Er sah mich lange an und lächelte, so wie er es immer getan hat.

Dann sagte er fest und so als dulde er keinen Widerspruch: 'Du musst zurückgehen Änne, zur Mutter. Sag ihr, Michel und mir geht es gut. Doch euer Weg in der irdischen Welt ist noch nicht vollendet. Es wird nicht leicht werden, doch es wird alles gut.'

Ich hatte überhaupt keine Lust von diesem Ort wegzugehen. Ich fühlte so viel Geborgenheit. Doch da tat Vater etwas, was er nie zuvor getan hatte. Er nahm mich in den Arm und flüsterte mir ins Ohr: 'Hab keine Angst, meine Kleine. Ich werde bei dir sein, wenn du mich brauchst. Die Mutter weiß das.'

Wir blieben lange so. Ich hatte jedes Gefühl für die Zeit verloren. Dann gab er mir einen kleinen Schubs und ich bin hier, in deinen Händen aufgewacht."

Wieder hören sie das Rascheln unter dem Fußboden, doch die Stille verbindet sie tief in ihren Herzen und hilft ihnen bei der Trauer um das Vergangene. Änne fühlt sich auf einmal sehr müde. Doch es ist nicht diese wirre Erschöpfung der Krankheit, sondern so, als habe sie ein gutes Tagwerk zu Ende gebracht. Die Mutter schüttelt Ännes Decke auf und deckt sie fürsorglich zu.

„Du musst dich jetzt ausruhen, Änne. Die Krise ist vorbei. Du wirst gesund werden. Und du hast uns eine gute Botschaft mitgebracht. Bewahre sie in deinem Herzen, wie ich sie in meinem bewahren will."

Nach einer Pause sagt sie sinnend: „Du wirst einmal eine gute Heilerin werden, Änne. Ich denke auch du hast die Gabe. Doch versprich mir, rede nur mit ganz nahen Menschen darüber und verwende sie nur zum Guten, wenn es Not tut."

Änne nickt, doch sie ist fast schon eingeschlafen. Sie gleitet hinüber in einen tiefen, ruhigen Schlaf, der ihr Kraft gibt und sie wieder gesund macht.

Die Mutter bleibt noch eine Weile an Ännes Bett sitzen. Sie lächelt tief in sich hinein und fühlt sich nach langem wieder verbunden mit allem was lebt.

Ännes Genesung schreitet schnell voran. Am liebsten wäre sie schon aufgestanden und draußen mit herumgerannt. Doch das duldet die Mutter nicht. Sie will keinen Rückfall riskieren. Sie hüllt sie in warme Decken, öffnet das Fenster und lässt frische Luft zu ihr herein. Nun aber kann sie Änne für einige Stunden allein lassen, denn sie will auf dem Feld und auf dem Hof mithelfen. Außerdem nimmt ein anderer Kranker jetzt ihre Aufmerksamkeit in Anspruch.

Statt der Mutter, darf Marie jetzt öfter zu ihr herauf in die Kammer kommen. Marie kann immer nur eine Weile bleiben, denn auch sie muss beim Roden des Feldes und in der Hauswirtschaft mithelfen. Weiß sie doch ganz genau, dass nur die Mithilfe Aller, das Überleben im kommenden Winter und im nächsten Jahr sichern kann. Die Schäden die das Feuer, in der Nacht vor Ännes Erkrankung, angerichtet hat, sind schon fast behoben, sodass nun alle Kraft der Rodung gilt. Um so kostbarer sind die Stunden, die die Mädchen miteinander verbringen dürfen. Änne durchströmt jedes Mal ein Gefühl der Vorfreude, wenn sie Maries

Schritte auf der Stiege hört. Maries Vater hat ihr erlaubt seine Schriften und Bücher mit zu Änne hinauf zu nehmen, um ihr daraus vorzulesen. Änne hört gebannt zu und ist fasziniert, wie ihre Freundin aus den kleinen Zeichen auf dem Papier eine ganze Geschichte oder ein Gedicht entstehen lässt.

„Ob du es mir beibringen könntest?", fragt Änne eines Tages, als Marie geendet hat, ein wenig schüchtern. Sie kann sich eigentlich gar nicht vorstellen, dass es ihr wirklich gelingen würde das auch zu lernen. Anderseits, wenn Marie und sogar ihre wilden Brüder es gelernt haben ...?

Marie weiß sofort was Änne meint. Sie hat schon viel früher mit dieser Frage gerechnet.

„Wir haben doch schon mal darüber geredet. Weißt du noch? Aber da habe ich noch gedacht, dass wir schon am nächsten Tag weiterziehen. Ob ich 'es' wohl lernen könnte?" Änne traut sich gar nicht, die Worte „Lesen" oder „Schreiben" auszusprechen, so groß ist ihre Ehrfurcht vor den kleinen Zeichen.

Nun kann Marie nicht mehr verbergen, wie sehr sie sich über Ännes Frage freut.

„Na klar kannst du das und ich werde es dir beibringen, so wie mein Vater es mir beigebracht hat. Ich hole den alten Schiefer herauf und irgendwo finde ich sicher auch noch Kreide. Da können wir immer wieder alles wegwischen und von neuem beginnen. Ich glaube du wirst es schnell lernen, Änne, weil du es so gerne willst."

Stillschweigend haben die beiden Mädchen, jede für sich, festgelegt, niemandem etwas davon zu erzählen.

So haben sie da oben in der Dachkammer ihr Geheimnis. Und so sind sie fleißig am lernen, in jeder freien Minute. Änne übt auch mit dem Schiefer und der Kreide, wenn Marie zur Arbeit gerufen wird. Bei all dem Eifer und der Freude an ihren kleinen und großen Fortschritten, vergisst sie sogar fast, dass Marie ihr noch immer nicht die Geschichte ihrer Tante Barbara erzählt hat. Sie vertröstet sie immer auf später, da sie Angst hat Änne würde die Geschichte zu sehr aufregen.

Manchmal schaut Änne zum Fenster hinaus und verfolgt mit ihren Blicken die schöne, rothaarige Frau, mit den so traurigen Augen.

Doch dann wieder ist sie von den Buchstaben und dem Erlernen ihrer Bedeutung so hingerissen, dass sie alles um sich vergisst.

So kommt es wie es kommen muss. Sie hört nicht, wie die Mutter die Stiege heraufkommt und auch nicht wie sie in die Kammer tritt, um nach ihr zu sehen.

So muss sie wohl schon eine Weile still neben ihr gestanden und ihr zugesehen haben, ehe sie sie anspricht.

„Was treibst du denn hier Kind?"

Änne zuckt dermaßen zusammen, dass ein großer Krakel auf dem Schiefer entsteht und ihr die Kreide aus der Hand fällt.

„Ich, och ich ...", stottert Änne herum. Sie ist sich überhaupt nicht sicher, was die Mutter, zu ihrem Versuch das Lesen und Schreiben zu erlernen, sagen würde.

„Zeig doch mal her!", vernimmt sie ihre strenge Stimme und noch ehe sie zu einer Handlung fähig ist, hat die Mutter auch schon den Schiefer in der Hand. Sie betrachtet ihn ausgiebig, doch Änne kann an ihrem Gesichtsausdruck nicht ablesen, was die Mutter denkt. Ob sie ihr verbieten wird weiterzulernen?

„Wie lange betreibst du das schon?", nimmt diese sie ins Verhör.

Änne zuckt die Schultern. „Eine Weile halt", murmelt sie vor sich hin.

„Und Marie bringt es dir bei, ja?"

Änne antwortet nicht. Sie will die Freundin nicht in Schwierigkeiten bringen, ist sich jedoch bewusst, dass es kein Entrinnen gibt und sie der Mutter die Wahrheit sagen muss.

„Und woher kann die Marie, als Mädchen, so etwas?"

„Von ihrem Vater." Und nun wird Änne ganz eifrig. „Weißt du, der meint nämlich, Weibsleute können genauso schlau wie Männer sein."

„So, so, meint er das?"

Anne sieht der Mutter fest in die Augen.

„Ich möchte es doch so gerne können. Es ist ein Wunder die Gedanken anderer lesen zu können."

„Wir sind arm, einfache Leute, Änne. Uns steht doch so was gar nicht zu."

Nun keimt in Änne ein nie gekannter Trotz und eine Wut auf.

„Wer sagt das, dass es uns nicht zusteht etwas zu wissen und zu erfahren? Du tust und glaubst doch auch nicht immer nur die Dinge, die dir zustehen."

Änne beißt sich auf die Zunge. Ist sie zu weit gegangen, ist ihre Stimme zu fordernd gewesen?

Die Mutter bemerkt das Funkeln in Ännes Augen. Lange blickt sie dann auf Ännes unbeholfene erste Schreibversuche.

„Ich denke darüber nach, Kind."

Mit dem Schiefer in der Hand steigt sie nach unten und Änne bleibt unruhig in der Kammer zurück.

Fieberhaft überlegt sie. Es ist nicht mehr lange bis zum Abendessen und dann würde die Mutter heraufkommen. Bis dahin muss sie sich ausgedacht haben, wie sie die Mutter überzeugen kann. Sie könnte ihr zum Beispiel vorschlagen alle ihre Kräutersäckchen, Tinkturen und Säfte zu beschriften oder aufzuschreiben wie viel noch von allem vorhanden ist. Würde ihr das nicht Erleichterung bringen? Vielleicht könnte man sogar auflisten, für was die einzelnen Kräuter gut sind? So könnte es nie mehr in Vergessenheit geraten. Genau das ist es, womit sie die Mutter erweichen könnte!

Als sie Schritte auf der Treppe hört, setzt sie sich ganz aufrecht ins Bett, bereit der Mutter ihre überzeugenden Gedanken zu unterbreiten.

Doch es ist nicht die Mutter, die da die Stiege heraufkommt, dafür sind die Schritte viel zu derb. Die einzelnen Stufen knacken bei jedem Schritt bedenklich.

Es ist der rote Konrad, wie sie ihn für sich nennt. Der große Mann baut sich breitbeinig vor ihrem Bett auf und seine Stimme tönt voluminös durch die kleine Kammer.

„Na junge Dame, wir wollen also des Lesens und Schreibens kundig werden?"

Änne ist in ihre Kissen zurückgesunken. Erschrocken schaut sie zu ihm auf. Bis sie das schlecht verhohlene Lächeln, das seine roten Schnurrbartspitzen zucken und seine Augen funkeln lässt, entdeckt. War er auf ihrer Seite? Was hatte die Mutter ihm gesagt? Hatte sie ihn gar geschickt?

„Marie hat keine Schuld. Ich war es, die sie darum gebeten hat. Was hat Mutter gesagt? War sie sehr ärgerlich?

„Marie hat schon ganz recht getan. Sie ist ja schließlich meine Tochter. Aber warum seid ihr zwei so große Geheimniskrämer?"

Wieder einmal kann Änne nur mit den Schultern zucken.

„Ich wusste nicht, ob Mutter es erlaubt."

„So, so, da hast du also lieber erst gar nichts gefragt?"

Wieder sieht sie sein verhaltenes Schmunzeln. Doch dann wird er ernst.

„Weiß du, Änne, so ganz unberechtigt sind die Ängste deiner Mutter nicht. Die Leute die mächtig sind, wollen das auch bleiben. Und weißt du was ein gutes Mittel dafür ist?"

Änne schüttelt den Kopf.

„Man hält die armen Leute in Angst und Unwissenheit, ja, man schürt ihre Angst und ihren Aberglauben geradezu. Es ist nicht gewollt, dass der einfache Mensch Wissen und Weisheit erlangt. Weder das uralte Volkswissen deiner Mutter um das Heilen, noch das Wissen um die Schrift, denn dadurch kann sich der Mensch neue Welten erschließen und zu seinen ganz eigenen Schlüssen kommen. Noch gefährlicher ist das Wissen oder gar Weisheit für eine Frau. Zu schnell ist sie als Hexe verschrien. Du hast doch in dem kleinen Weiler, zu dem ihr den junge Schmiedelehrling gebracht habt, selbst miterlebt wie schnell so was geschieht, sei es eben aus Angst oder Neid oder Gier. Eine Frau mit einem eigenen Kopf oder einer eigenen Gabe ist vielen ein Dorn im Auge. Verstehst du was ich meine, Kind?"

Änne nickt. Sie freut sich, dass er so ernsthaft mit ihr spricht.

„Aber glaube fest daran, dass nach diesem verdammten Krieg, mit all seiner Zerstörung und all seinem krankhaften Hass, einmal eine bessere Zeit kommen wird, in der die Menschen aufgeklärter sind und wissender und gleichberechtigter. Das, wovon ich träume, wird wohl noch eine ganze Zeit brauchen, ehe es sich erfüllt. Vielleicht werden noch viele Generationen übers Land gehen. Und doch müssen wir irgendwo beginnen. Deshalb ist es mir wichtig, dass ihr lernt, auch und gerade die Mädchen."

Sein Lächeln ist nun freundlich und unverhohlen. Er hat sich ihr ganz zugewandt.

„Ruck mal ein Stück zur Seite", fordert er sie auf und setzt sich auf den Rand ihres Bettes. Sein massiges Gewicht lässt dieses laut knarren, sodass beide lachen müssen.

„Wenn du willst, werde ich dir die Geschichte meiner Schwester Barbara erzählen. Du kennst sie ja."

Anne ist sogleich Feuer und Flamme. Endlich soll sie die Geschichte der schönen, geheimnisumwitterten Frau erfahren.

Schnell setzt sie sich wieder kerzengerade im Bett auf und ihre Wangen beginnen sich zu röten.

„Ja, ja erzähl, bitte. Ich habe schon oft Marie nach ihr gefragt. Aber sie hat mich immer vertröstet. Sie ist so schön und zart, die Barbara, und sie bewegt sich so leicht wie eine Prinzessin. Aber sie ist immer so traurig und ich glaube sie kommt nicht gut zurecht."

„Ja, ja, eine kleine Prinzessin, das war sie schon immer."

Sein Lachen hallt an den Wänden wieder.

„Wie du vielleicht weißt, stammen wir aus der Stadt Plauen. Die Familie unseres Vaters war nach der Einführung der Schleierordnung in Plauen reich geworden, denn sie betrieben Baumwollwirkereien und stellten feine Gewebe für Kopf- und Halstücher oder Halskrausen her. Ein Teil der Familie, wozu auch mein Vater gehörte, handelte mit der Ware. So wurde er zu einem reichen Kaufmann und dadurch auch Ratsherren der Stadt. Ich war dazu auserkoren ihm nachzufolgen und für unsere ganze Sippe die Juristerei zu studieren.

Meine Schwester ist einige Jahre jünger als ich. Die Mutter hatte es nicht leicht mit dem Kinderkriegen. Entweder konnte sie die Kinder nicht bis zur Geburt in ihrem Leib behalten oder sie starben bei oder kurz nach der Geburt. Und obwohl sie alle möglichen Quacksalber und Ärzte zuzog, blieb erst zehn Jahre nach meiner Geburt die kleine, zarte Barbara am Leben. So wurde sie der Mittelpunkt des Lebens meiner Mutter und der Augapfel meines Vaters. Sie wurde verwöhnt wo es nur ging. Es fehlte ihr an nichts und man ließ ihr eine gute Erziehung, für ein junges Mädchen, angedeihen. Barbara war recht geschickt. Ihre Stickereien und feinen Handarbeiten waren weithin bekannt. Dazu wuchs sie zu einem außergewöhnlich schönen, sittsamen Mädchen heran. Und sie war sehr fromm. So oft sie konnte ging sie zur Kirche. Wurde sie angesprochen schlug sie keuch die Augen nieder, wurde ganz rot und antwortete schüchtern und leise, so wie es sich geziemt. Das Haus verließ sie nur, um eben zur Kirche zu gehen oder in Begleitung der Eltern. Sie war also genau so, wie man sich in einer reichen Kaufmannsfamilie eine Tochter wünscht, gehorsam und ergeben auf einen vom Vater ausgesuchten Ehegatten wartend, um diesem dann genauso gehorsam, fügsam und ergeben Nachkommen zu schenken. Mein Vater war schon darauf aus eine gute Partie für Barbara zu finden, um seiner Tochter ein sorgenfreies Leben zu sichern und sich gleichzeitig mit einer wohlhabenden, einflussreichen Familie zu verschwägert.

So wäre ihr Weg gewesen, wäre da nicht der Krieg, ja und die Liebe in ihr Leben getreten."

Anne konnte sich kaum vorstellen, wie so eine reiche Kaufmannstochter gelebt haben mochte, doch das beflügelte nur ihre Phantasie. Wie gebannt hing sie an Konrads Lippen, um ja keines seiner Worte zu verpassen.

„Tja, der Krieg hat auch meiner Vaterstadt sehr schlimm mitgespielt. Damals war ich bei meiner Familie ja schon lange in Ungnade gefallen und ich war auch nicht mehr da. Nur in der Nähe bin ich manchmal gewesen, um mich mit alten Freunden zu treffen, um Neuigkeiten zu hören, auch um manchen zu helfen und sei es nur mit etwas zu beißen, hier aus den Wäldern. Anno 32 lagerte in Plauen ein Großteil des kaiserlichen Heeres. Zuerst kam die Armee von Feldherrn Holk an. Das war ein Däne, der erst auf der protestantischen Seite gekämpft hat, später aber dann bei den Kaiserlichen war. Du siehst also, der Krieg ist ein Spielplatz für die Mächtigen, in dem sie die Menschen wie Kegel hin und her schieben. Trotz dass sich die Stadt ergeben hatte, wurde sie geplündert, später kamen noch Gallos und Wallenstein, Feldherr und Oberbefehlshaber der Kaiserlichen, mit dem Hauptherr. Es wurde geraubt, gemordet und nach ihrem Abzug wurde die Stadt in Brand gesteckt.

Tut mir leid Kind, ich vergaß was dir selbst widerfahren ist.

Jedenfalls konnte ich da noch in Erfahrung bringen, dass sich der Vater, der alte Geldsack, durch Freikauf ganz gut schützen konnte. Doch dann, ein Jahr später, schlug das Schicksal erneut zu und die Pest kam auf die Stadt und ich habe von niemandem mehr etwas gehört, bis Barbara hier ankam.

Kurz vor diesem Einbruch des Krieges in unsere Stadt, muss meine Schwester sich verliebt haben. Aber nicht in den reichen Kaufmannssohn, den mein Vater ihr ausgesucht hatte. Zum ersten Mal zeigte dieses gefügige Wesen so was wie einen eigenen Willen."

Da erschallt von unten her, Gretes Ruf zum Abendessen. Ännes Enttäuschung ist riesig, denn sie weiß genau, dass Grete es überhaupt nicht mag wenn ihrem Ruf zum Essen nicht sofort gefolgt wird, da kennt sie kein Gewackel und alle halten sich deshalb streng daran, selbst Konrad. Auch er, so scheint es Änne, kehrt aus einer anderen Welt zurück. Er blickt nachdenklich in Ännes enttäuschtes Gesicht.

„Tut mir leid mein Kind, aber du kennst ja Grete, da lässt sie nicht mit sich spaßen und wir beide wollen doch nicht bei ihr in Ungnade fallen. Es wird sich schon eine Gelegenheit finden, um weiterzuerzählen. Aber weißt du was, heute kommst du mit hinunter zum Abendessen. Ich glaube so weit bist du schon wieder hergestellt."

Das ist nur ein kleiner Trost, aber immerhin freut sie sich wieder hinunter zu den anderen zu können. Schnell zieht sie Kleid und Strümpfe über und vorsichtshalber wickelt Konrad sie noch in eine Decke und obwohl sie lieber auf eigenen Beinen die Stufen hinuntergelaufen wäre, besteht Konrad darauf sie heute erst einmal noch zu tragen

„Ich bringe euch hier wen, der wieder mit uns zusammen essen will. Puh, ein ganz schön schweres Bündel. Ab Morgen wird sie allein herunterkommen müssen. Sie ist so kräftig geworden, dass man sie kaum noch tragen kann."

Er lacht mit seiner schallenden Stimme und alle jubeln das bedenkliche Gesicht der Mutter hinweg, sodass diese letztendlich auch in das Lachen einstimmt. Der Jubel schwillt noch an, als Konrad verspricht zur Feier es Tages seine Fidel hervorzuholen. Es ist ein schöner, warmer Sommerabend und nach dem Schmaus versammeln sich alle unter der großen Buche, nahe beim Haus. Die hatte der Blitz zum Glück verschont und alle verteilen sich auf der Bank, die rund um sie herum gezimmert ist. Den Tisch, auf dem sie damals, gleich nach ihrer Ankunft, mit Marie den Fisch geputzt hat, wischt Grete mit ihren energischen Bewegungen sauber und verteilt den Krug mit dem Bier und die Becher darauf.

Änne, noch immer vorsorglich in ihre Decke gewickelt, sieht dem Treiben neben der Mutter sitzend zu. Die Musik ist heute fröhlich und schnell, sodass keiner die Füße ruhig halten kann. Es wird getanzt und selbst die Mutter lässt sich nach langem bitten mitreißen, ein kleines Tänzchen zu wagen.

„Wer arbeitet, so heißt es, muss auch fröhlich sein."

Änne sichtet ihre Umgebung. Erstaunt stellt sie fest, dass alle Schäden des Brandes beseitigt sind und dass die Rodung, drüben auf dem Feld, erstaunliche Fortschritte macht, nicht mehr lange und es kann das Wintergetreide gesät werden. Der Sommer neigt sich bereits seinem Ende zu. Änne bemerkt Barbara, die etwas abseits mit einer Handarbeit beschäftigt ist. Sie beobachtet aus dem Augenwinkel heraus, wie fein sie ihre Stiche setzt und wie schön das Tüchlein wird an dem sie arbeitet. Was würde sie darum geben, ihre Geschichte bis zum Ende zu hören. Sie malt sich aus, wie sie als reiche Kaufmannstochter ausgesehen haben mag, mit Schmuck und wunderschönen Kleidern behangen. Ganz vertieft in ihre Phantastereien, gehen ihre Gedanken eigene Wege, doch da kommen auch schon die Kinder gerannt und Marie setzt ihr einen Kranz aus bunten Wiesenblumen, die sie unten am Bach gepflückt und gewunden hat, auf.

„Du siehst ja wie eine Elfe aus!", ruft der kleine Thomas,

der zweitjüngste von Maries Brüdern, und gleich beginnt jemand ein selbst gedichtetes Elfenlied zu singen.

Erst später am Abend, als sie neben der Mutter im Bett liegt, merkt Änne, dass sie doch noch recht erschöpft ist, doch die Ereignisse des Tages lassen sie nicht gleich einschlafen. Auch die Mutter spürt ihre Unruhe und legt den Arm um sie, so wie sie es draußen im Wald, bei der Wanderung immer getan hat. Leise beginnt sie zu sprechen. „Hör zu, Änne! Eigentlich wollte ich ja erst morgen mit dir reden. Aber vielleicht ist jetzt der bessere Zeitpunkt. Nicht nur du, sondern auch ich hatte heute ein längeres Gespräch mit Grete und Konrad. Der Sommer geht seinem Ende entgegen und wie du sicher gesehen hast, sind wir mit der Arbeit gut vorangekommen. Es bleibt also nur noch abzuwarten bis du dich völlig erholt hast und ich noch einen letzten Versuch wagen kann, um Barbaras Mann zu heilen. Dann werden wir weitergehen, zur Großmutter."

Als sieÄnnes unterdrückten Seufzer hört, sagt sie noch leiser und behutsam: „Ich weiß, Änne, dass du lieber noch hier bleiben würdest und auch ich fühle mich hier sehr wohl, doch irgendeine innere Unruhe ist in mir, die mich dazu treibt weiterzugehen. Vielleicht ist es das Kind unter meinem Herzen, dessen Geburt ich hier allein, also ohne eine erfahrene Hebamme wie deine Großmutter eine ist, nicht überstehen würde. Außerdem würde vielleicht der Franz, falls er noch am Leben ist, am ehesten dort nach uns suchen. Ich spüre einfach, dass das der Weg ist der zu gehen ist. Doch noch bist du nicht ganz gesund, deshalb werden wir es so machen, dass du hinuntergehst und Barbara in der Küche bei den leichteren Arbeiten hilfst. So können Marie und ich auf dem Feld kräftig mit Hand anlegen und ich kann mich um den Joseph kümmern."

Der Gedanke mit Barbara zusammen zu sein lockt Änne auf der einen Seite, doch andererseits empfindet sie auch eine gewisse Scheu. Und es macht sie traurig von Marie, ihrer so liebgewonnenen Freundin, getrennt zu sein. Außerdem würde sie dann wohl nie das mit dem Lesen und Schreiben zu Ende bringen können. Sie wagt es aber nicht die Mutter danach zu fragen. Diese spricht auch schon weiter.

„Ich weiß schon was dir im Kopf herumspukt, Kind. Du willst es unbedingt lernen, das Schreiben und Lesen. Ich habe mir deine Zeichen auf dem Schiefer angesehen, sehr genau, auch wenn mir ihre Bedeutung verschlossen bleibt und ich habe viel darüber nachgedacht und auch mit Konrad und Grete geredet.

Vielleicht hänge ich dem Alten noch zu sehr an, den alten Gedanken von oben und unten, von Mann und Weib und ich habe meine Kräfte des Heilens, darum weiß ich auch um die Gefahren, die mit allem was nicht normal ist verbunden sind und ich will dich davor schützen. Doch das geht nicht. Du bist eine neue Generation und ich will, nach allem was ich erlebt habe, dass du deinen eigenen Weg gehst. Weißt du, ich stelle mir die Generationen von Frauen die vor mir waren und die nach mir sein werden wie eine Kette vor, deren Glied ich bin und diese Kette führt uns unweigerlich in die Zukunft. Eines Tages schließt sich der Kreis vielleicht, wer weiß? Wenn du also denkst, es wird gut für dich sein, so lerne, tue es und wir werden sehen was daraus erwächst. Die Marie wird Zeit bekommen dir zu helfen und die anderen wollen gern auch ihr Scherflein beitragen. Aber du musst fleißig sein, denn die Zeit drängt und du musst trotzdem die dir übertragenen Pflichten erfüllen, denn die Menschen hier haben uns ohne viel zu fragen aufgenommen und verpflegt, so müssen auch wir unseren Teil dazu beitragen, dass sie den Winter und das darauffolgende Frühjahr überleben."

Änne ist überglücklich und wäre am liebsten aus dem Bett gesprungen und herumgetanzt. Das lässt sie dann doch lieber bleiben, sonst denkt die Mutter noch ihr sei all das zu Kopf gestiegen. Sie ist fest davon überzeugt, dass sie es schaffen wird.

„Wir wollen jetzt ein Nachtgebet sprechen und für den Franz bitten und wir wollen dankbar sein für deine Heilung. Alles andere wird sich finden."

Schon im Einschlafen nimmt sie die ruhigen, besonnenen Worte der Mutter wahr und spürt ihre Atemzüge in ihrem Nacken und in ihrem Haar.

Die noch verbleibenden Sommertage nehmen so ihren Lauf und vergehen viel zu schnell. Änne erholt sich von Tag zu Tag. Die Arbeit an der frischen Luft tut ihr gut. Sie kümmert sich, wie schon früher zu Hause, um die Hühner, nur dass es hier nicht ganz so viele sind. Doch dank der Ratschläge ihrer Mutter haben sich fast alle Küken prächtig entwickelt und wachsen nun zu jungen Hühnern heran. Anne füttert und sammelt auch die Eier der Legehennen ein. Sie mistet die Ställe aus und hilft beim Melken, wenn die Tiere abends hineingetrieben werden. Noch immer lehnt sie dabei gerne ihren Kopf an die weiße Ziege und träumt dabei vor sich hin. Am allerliebsten aber versorgt sie den Jüngsten der Familie, den kleinen Till und auch er ist ihr in seiner tollpatschigen Kleinkindart zugetan. Sie hätschelt und tätschelt ihn, kämmt seine roten Locken und trägt ihn fast ständig mit sich herum, sodass Grete manchmal, wenn sie es bemerkt, lachend sagt: „Verwöhne ihm mir nicht zu sehr, Ännel, was sollen wir sonst später ohne dich tun?"

Grete hat eine Vorliebe für Kosenamen, keiner in ihrer Familie ist davon verschont geblieben und auch bei ihr und der Mutter hat sie irgendwann begonnen sie „Ännel" und „Katel" zu nennen. Das ist bei dieser handfesten Frau wohl ein Zeichen der Liebe und Wertschätzung. Nur bei Barbara bleibt sie immer beim vollen Namen und so gestaltet sich auch das Verhältnis der beiden Frauen nicht so einfach. Das hat Änne bald erkannt, seit sie in der Küche hilft. Es ist auch schwierig mit Barbara zurecht zu kommen. Es ist kaum eine Regung hinter ihrer stillen, fast abweisenden Art zu spüren, so als habe sie sich eine Maske aufgesetzt. Dabei ist sie immer gutwillig und versucht, die ihr übertragenen Aufgaben im Haushalt und vor allem beim Kochen zu erfüllen. Doch je mehr sie sich bemüht, desto mehr Fehler macht sie. Änne kann sie ein paar Mal davor bewahren das Essen zu verderben. Dabei fühlt sie auch ihre Dankbarkeit, denn Änne verrät niemandem etwas davon, doch ein Gespräch oder wenigstens eine Geste der Zuneigung entsteht dadurch nicht. Auch die Versuche Ännes, etwas von sich zu erzählen und sie dadurch aus sich herauszulocken, enden kläglich. Es ist als höre sie gar nicht zu und bliebe in sich selbst gefangen.

Für Grete ist die Schwägerin eine ständige Herausforderung. Alles muss man ihr mehrfach erklären ohne dabei zu wissen, ob und was sie aufnimmt. Am schlimmsten wird es immer, wenn sie Nahrung oder mühevoll hergestellte Dinge einfach verderben lässt. Dann kann Grete, die sonst jedem gibt was er braucht, sehr ungehalten werden. Sie gerät dann regelrecht in Rage und stand schon so manches Mal kurz davor die Jüngere zu schlagen.

Einmal hört Änne Grete zur Mutter sagen: „Ich weiß mir einfach keinen Rat mehr mit der Barbara. Sie bringt mich zur Weißglut. Manchmal habe ich große Lust sie einfach wegzuschicken, zu sagen: 'Mach doch deinen Kram selbst.' Doch sie ist Konrads Schwester. Sie hat sicher viel durchgemacht, aber eigentlich weiß keiner ganz genau was geschehen ist. Aus den paar Brocken, die sie bei ihrer Ankunft herausbrachte und aus dem was Konrad ihr bei langen Gesprächen abringen konnte, haben wir uns eine Geschichte zusammengereimt. Irgendwas lässt sie nicht zur Ruhe kommen. Aber irgendwann muss sie doch mal ins Leben und ins hier und jetzt zurückfinden. Ich bin oft kurz davor sie zu schütteln und zu rufen: 'Wach doch auf Mädchen! Du lebst, du hast überlebt, du musst weiterleben. Du hast einen Mann und wirst Kinder haben.' Aber mit dem Mann ist ja auch nichts mehr los. Kannst du ihn heilen, Katel? Wie soll es nur weitergehen, wenn ihr weg seid? Wie soll ich nur allein mit allem zurechtkommen? Die Sorgen erdrücken mich mitunter fast und des Nachts, auf dem Lager wälzen sie sich auf meine Brust, sodass ich manchmal kaum zur Ruhe komme."

Die Mutter seufzt darauf hin: „Alles habe ich schon probiert, aber es scheint mir mehr ein Problem der Seele, denn des Körpers zu sein bei den beiden. Es gibt nur noch eine Sache die ich für ihn tun könnte. Aber das ist nicht ganz ungefährlich und man sollte es auch nur einmal versuchen, sonst kann er abhängig …" Da nimmt sie Änne wahr und bricht das Gespräch ab.

Dabei hätte Änne zu gerne gewusst, was die Mutter machen will. Vielleicht findet sich abends im Bett, wenn sie manchmal noch miteinander erzählen, einmal eine Gelegenheit sie danach zu fragen.

Doch dann kam alles ganz anders als gedacht.

8. Kapitel Anne

Mia und Anne rennen die paar Schritte hinüber zu dem Gebäude vor dem der Jeep parkt. Hier sieht alles wie eine große Baustelle aus. Mittendrin steht ein Wohnwagen, in dem wahrscheinlich Mias Vater haust. Im Moment seien sie dabei ein Stallgebäude zu einem Wohnhaus umzubauen, erklärt Mia.
„Hier ist aber noch einiges zu tun, ehe ihr einziehen könnt!", stellt Anne fest.
Mia winkt ab und verdreht ein bisschen die Augen.
„Mein Vater hat Pläne, Pläne, Pläne. Ein Gnadenhof soll es werden und eine Wohngemeinschaft für, was weiß ich, Aussteiger wie ihn, keine Ahnung. Er ist ein bisschen verrückt mein Vater und so voller Ideale und Tatendrang und alle lieben ihn, doch ohne meine Mutter wären wir wahrscheinlich schon längst verhungert. Zum Glück liebt sie ihn auch und hat trotzdem noch beide Beine auf der Erde", lacht Mia. „Sie ist hier auf dem Land aufgewachsen in einfachen Verhältnissen. Sie meint wir sollten erst mal Hühner halten und Eier verkaufen, schließlich seien ja hier die Hahnenhäuser. Da drüben siehst du unser 'Paradies des scharrenden Federviehs', alle vor dem Schreddern oder aus der Legebatterie gerettet."
Mia macht eine ihren großen Gesten und zeigt auf vielleicht zwanzig, friedlich scharrende oder in der Frühlingssonne liegende Hühner und einen stolz herumstolzierenden Hahn. Anne muss unwillkürlich an die Hennen denken, die sich unten bei Frau Meier um einen Wurm gestritten hatten. Doch ehe sie fragen kann ob die auch dazugehören, ruft Mia, die schon ein paar Schritte vorausgeeilt ist, ihr zu: „Und nun zeige ich dir das Beste!"
Und schon stehen sie vor einem Gatter in dem Ziegen und einige Schafe grasen.
„Hat auch meine Mutter angeschafft. Früher hatten ihre Eltern immer ein, zwei Schafe und Mutter wurde dazu verdonnert sie zu versorgen. Aber wie du siehst hat es jetzt sein gutes, sie kennt sich aus mit Schafen und Ziegen sind ja auch nicht viel anders zu halten, meint jedenfalls Mutter. Sie hat die Idee Käse herzustellen und zu verkaufen. Sie meint, dass das im Trend sei und die Leute drauf stehen. Da ist sie jetzt voll drüber das zu lernen und auszuprobieren. Stell dir vor, sie ist sogar zu einer alten Bäuerin irgendwo in Bayern gefahren und hat sich von der alles zeigen lassen. Das ist meine Mutter, die ist da voll cool drauf, obwohl ich denke, dass sie selbst ganz andere Träume hat. Komm, wir schauen uns die Zicklein mal an."

Mia öffnet das Gatter und schon sind sie mittendrin.

„Darf ich vorstellen, unsere gute Angela M."

„Angela M., wer kommt den auf so was?

„So was fällt meinem Vater ein wenn er nichts anderes zu tun hat. Sie gibt jedenfalls gut Milch."

Aber groß zum Nachdenken kommt Anne nicht, denn sie wird von Donald und Wladimir begrüßt, so heißen die zwei Böckchen.

„Die hat Papa gekauft und natürlich nicht gecheckt, dass die Jungs nun mal keine Milch geben werden. Mutter hat sich nur so die Haare gerauft, denn sie müssen eigentlich im Herbst geschlachtet werden."

Insgesamt umfasst die kleine Herde etwa zwölf Ziegen und fünf Schafe deren ausgefallene Namen sich Anne gar nicht alle merken kann. Munter springen die Jungen zwischen den ruhig vor sich hin grasenden erwachsenen Tieren auf der eingezäunten Wiese herum. Es ist lustig mit den Tieren und Anne vergisst eine Zeitlang ihre Sorgen. Besonders hat es ihr eine ganz weiße Ziege angetan. Sie steht abseits von den anderen und wirkt irgendwie einsam.

„Die hat Papa erst vorgestern angeschleppt, aus irgendeinem Tierpark glaube ich, dort sollte sie zu Raubtierfutter verarbeitet werden oder so. Die ist noch ein bisschen scheu und lässt sich nicht gerne anfassen."

Anne bewegt sich ganz vorsichtig auf sie zu. Zuerst springt sie aufgeregt zur Seite, doch Anne versucht es immer und immer wieder und mit einem Mal beginnt sie Vertrauen zu fassen und lässt sich von Annes vorsichtiger Hand streicheln.

„Alle Achtung, scheinst ein Händchen für das Viehzeug zu haben", lacht Mia. „Die hat übrigens noch keinen Namen. Vielleicht kannst du dir einen ausdenken."

Nach einer Weile setzen sich die Mädchen am Wiesenrand nebeneinander.

„Warum tauchst du eigentlich so aus heiterem Himmel hier auf? Seit ich deine Oma kenne, warst du doch noch nie da."

„Ach weißt du, das ist eine längere Geschichte... hängt mit meiner Mutter zusammen."

Bei dem Wort „Mutter" bekommt Anne einen Schreck. Scheiße, sie hat sich ja noch immer nicht bei ihr gemeldet. Unvermittelt fragt sie Mia: „Hast du ein Handy?"

„Wie kommst du jetzt da drauf?"

„Meine Mutter ... ich müsste sie mal anrufen. Und mein Handy habe ich vergessen aufzuladen."

„Bist du abgehauen?"

Stille! Anne hat die Arme um ihre angezogenen Beine geschlungen und den Kopf auf die Knie gelegt. Auf einmal stupst sie von hinten etwas an. Es ist die weiße Ziege. Anne starrt ihr in die kleinen Ziegenaugen. Da wird sie noch mal geschubst, als wolle die Ziege sagen: „Na red' schon! Du musst jemanden finden der dir hilft und vielleicht eignet sich Mia gar nicht so schlecht dafür."

„Na ja", beginnt sie vorsichtig, „offiziell schlafe ich bei meiner Freundin Hanima."

„Und die wohnt?"

„Soll das ein Verhör werden. Die wohnt natürlich in Marktredwitz, wie ich."

„Ich mein ja nur, da dürfte es deiner Mutter nicht allzu schwer fallen herauszukriegen, dass du nicht dort bist, oder? Kommt drauf an wie dicht deine Freundin hält. Sonst kann es sein, dass sie bald hier um die Ecke gebogen kommt."

„Ach was, ihr wird erst heute Abend wirklich auffallen, dass ich weg bin."

„Wenn überhaupt!", hätte sie beinahe noch hinzugefügt. Aber sie weiß natürlich, dass das nicht stimmt, schließlich hatte die Mutter ja schon bei Hanima angerufen.

„Na ja, kann ich nicht beurteilen", lenkt Mia ein. „Aber ich habe kein Handy dabei. Mein Vater findet, Handys machen uns kirre im Kopf. Dabei ist er vor noch nicht allzu langer Zeit mit seinem Handy abends zu Bett gegangen und früh wieder aufgestanden. Dazu meint er, er wolle, dass seine Kinder aus seinen Fehlern lernen. Na ja, ich habe trotzdem eins. Meine Mutter meint nämlich, jeder könne nur aus seinen eigenen Fehlern lernen. Aber hier heraus nehme ich es selten mit. Der Empfang ist miserabel und Internetanschluss gibt es auch noch nicht, wie du dir denken kannst. Aber wir können es vom Festnetz aus probieren."

„Die Nummer, sie ist im Handy eingespeichert."

„Na dann hätte dir ja mein Handy auch nichts genutzt, du Superhirn."

„Ich dachte du hättest vielleicht ein Ladekabel oder so."

„Zeig mal her."

„Ist ein Geschenk von meinem Papa."

„Puh das ist ja ein nobles Teil, ich glaube da passt mein Ladekabel sowieso nicht. Das wäre wieder Wasser auf Vater Mühle. 'Man macht sich vollkommen abhängig von den Dingern.'"

Mia lacht.

„Vielleicht hat er ja sogar in manchem Recht. Aber das braucht man ihm natürlich nicht auf die Nase binden, denn ein Handy ist halt einfach mal normal. Ich steh ja so schon komisch genug da in meiner Klasse, mit diesem Vater."

Anne sieht ihren eigenen Vater vor sich, wie er ihr zum letzten Geburtstag das neuste Smartphone, das es auf dem Markt gab, geschenkt hatte. Sie war überglücklich gewesen damals. Und nun, mit dem Smartphone konnte sie im Moment weder telefonieren, noch chatten, noch surfen und was noch viel schlimmer war, ihr Vater war nicht mehr da und er war gar nicht wirklich ihr Vater.

„Was ist nun los?", fragt Mia als sie in Annes grübelnden Gesichtsausdruck sah. „Hat es dir die Sprache verschlagen. Wollen wir ins Dorf gehen, zum Gartenhäusel von deiner Oma?"

„Wie spät ist es denn?"

„Halb drei."

„Ach dann warte ich lieber, Oma wollte mich ja sowieso hier abholen. Sag mal, deine Mutter, wieso ist die Altenpflegerin. Ich hab gehört sie hätte mal Buchhändlerin gelernt."

„Meine Güte, was machst du denn immer für Sprünge. Wer soll dir denn da folgen? Ja stimmt, sie war mal Buchhändlerin oder hat das jedenfalls gelernt. Aber dann ist ihr mein Vater über den Weg gelaufen und sie hat vier Kinder bekommen."

„Du hast noch so viele Geschwister?"

„Klar, alles Brüder. Was meinst du, wovon ich so geschädigt bin. Na ja und als mein jüngster Bruder in den Kindergarten kam und mein Vater seine Krise hatte und keine Kohle mehr verdiente, da ist sie eben als Altenpflegerin gegangen, erst mal ungelernt. In ihrem Beruf war nichts zu kriegen und wenn, reichte der Verdienst nicht. Heimlich träumt sie, glaube ich, immer noch von einem kleinen, feinen Buchladen. Aber bei so einem verrückten Mann und vier ebenso verrückten Gören wird das wohl ein Traum bleiben, nur, dass bei uns, wo andere Schränke mit Porzellan oder sonst was für Tinnef und Dekokram haben, überall Bücher stehen, überall wo eine waagerechte Fläche ist, Bücher, Bücher, Bücher. Die kann sie im Leben nicht alle lesen. Sie will auch erst hier herausziehen, wenn sie ihre Bücher sicher und trocken unterbringen kann. Trotzdem mutiert sie jetzt auch noch zur Bäuerin, um uns alle irgendwie durchzubringen."

Pause! Hätte Anne hingesehen, so hätte sie bemerkt wie sich in Mias Kopf die Rädchen drehen. Aber Anne sieht nicht hin sondern brütet weiter vor sich hin.

„Was interessiert dich eigentlich meine Mutter?"

Mias fragender Blick durchbohrt Anne, doch auch das fällt ihr nicht auf. Stattdessen antwortet sie fast unbeteiligt.

„Na weil die doch mal Freundinnen waren."

„Wer? Um Himmels Willen drück dich doch mal konkret aus."

„Na deine und meine Mutter!"

„Woher soll ich denn das wissen? Meine Mutter hat massig Freundinnen. Da plaudern wir nicht ständig drüber."

Anne steht auf und putzt sich den Dreck von der Hose.

„Ich dachte ja nur ... Na ich werd' dann mal wieder. Wer weiß wann meine Oma kommt, da kann ich ihr schon mal entgegengehen."

Mia zieht Anne am Arm.

„Nun sei doch nicht gleich eingeschnappt. Ich denk ja schon nach."

Mia sieht Anne an, lächelt freundlich und tätschelt ihren Arm wie einem überspannten, quengelnden Kleinkind.

Widerwillig lässt sich Anne von Mia wieder neben sie auf den Boden ziehen. Die weiße Ziege steht noch immer hinter ihnen und kaut friedlich vor sich hin, lässt aber keinen Blick von Anne.

„Also deine Mutter, das ist diese Katrin, stimmt's, diese Doktorin"

„Du hast es also doch gleich gewusst!" Anne ist wütend. „Warum laberst du dann erst r, um?" Sie ist schon wieder im Begriff aufzuspringen doch diesmal ist Mia schneller und hält sie gleich fest.

„Nun mach doch mal sachte, willst du nun was wissen oder willst du rumhopsen wie ein wild gewordenes Ziegenböckchen? Ich weiß auch nicht viel darüber. Nur, dass Mutter auf ihren Kinderfotos immer mit einem anderen Mädchen drauf ist. Als ich mal nachgefragt habe, wer das ist, erzählte sie mir, dass das einmal ihre allerbeste Freundin gewesen sei. Schon im Kindergarten und in der Schule hätten sie immer zusammengehangen, 'die Unzertrennlichen' hätte man sie genannt. Mutter fand, dass Katrin immer die Schönere und Klügere gewesen sei, aber das hätte sie nicht weiter gestört, weil sie sich so sehr gemocht hätten und weil sie selbst dafür die Stärkere und Planvollere gewesen wäre und das sei auch für Katrin gut gewesen. Nichts hätte sie trennen können und so seien sie auch nach dem Abi zusammen nach Leipzig gegangen. Meine Mutter hat ihre Lehre als Buchhändlerin begonnen und deine hat Medizin studiert.

Als ich sie dann fragte, warum sie denn jetzt nichts mehr miteinander machten, da wurde meine Mutter ein bisschen Wortkarg. Na ja, das sei alles schon so lange her und Katrin sei ja dann auch viel mit Babette unterwegs gewesen.

Babette ist meine Tante, also die Schwester von Papa. Ich vermute mal, dass sich meine Eltern durch sie kennengelernt haben, obwohl meine Mutter immer behauptet, das sei in ihrer Buchhandlung gewesen. Na vielleicht stimmt ja beides, keine Ahnung.

Jedenfalls die beiden, also deine Mutter und Babette, hätten hochfliegende Pläne gehabt und vorrangig deine Mutter hätte unbedingt ins Ausland gewollt. Tja und sie, also meine Mutter, hätte gerade ihre Lehre beendet und sei schwanger mit meinem Bruder gewesen. Das seien eben ganz verschieden Lebensrealitäten gewesen, da sei man nicht mehr so oft zusammengekommen. Dann hat sie noch leise, mehr für sich gemurmelt: 'Sie hatte sich so sehr verändert. Sie war eben die Schöne, die Kluge und bildete sie sich nun auch was darauf ein. Aber es war eben auch noch nicht aller Tage Abend. Später hat sie alle Brücken hinter sich abgebrochen und redet nicht mal mehr mit ihrer eigenen Mutter.'

Tja mehr kann ich dir auch nicht sagen, oder doch, vor ein paar Wochen hat Mama zu Papa gesagt. 'Sie hilft uns nicht, die Frau Doktor.'"

„Was soll denn das bedeuten?"

„Na vielleicht hängt es mit Babettes Freund ..." Mia beißt sich auf die Lippe.

„Was ist mit ihrem Freund? Komm sag schon, du weißt es doch!"

„Äh na ja, ich habe zu schweigen geschworen, verstehst du? Echt, ich kann es dir nicht sagen. Du musst deine Oma fragen."

„Meine Oma? Was hat denn meine Oma damit zu tun?"

„Ach Mensch Anne, du bringst mich in Teufels Küche! Warum kann ich auch nicht mein Maul halten?"

„Ich kann doch auch Schweigen, wie ein Grab."

„Das sagen alle und schon macht es die Runde. Aber das hier ist kein Spaß, das kann ganz schön dumm ausgehen, wenn nicht sogar Leben kosten."

„Du machst es ja immer spannender."

„Ich merke schon, dass ich mich immer mehr hineinreiße, ich blöde Kuh!"

Sie scheint zu überlegen wie sie aus der Sache unbescholten herauskommt. Irgendwo kräht ein Hahn und ist da nicht weit entfernt ein Martinshorn zu hören? Anne wundert sich darüber, hat es aber schnell wieder vergessen als Mia anbietet: „Also gut, wir machen einen Deal. Du erzählst mir weshalb du von zu Hause abgehauen bist und ich sage dir dann was von Babette. Ehrenwort!"

„Hat es denn was mit mir zu tun?"

„Mit dir, wie kommst du den darauf? Mensch die ganze Welt dreht sich doch nicht nur um dich."

Instinktiv greift sie schnell nach Annes Arm.

„Bleib schön sitzen und spiel' nicht gleich wieder die beleidigte Leberwurst. Hier geht es um Menschen. Wir verstecken die, verstehst du? Denen geht es saudreckig, die haben schreckliches erlebt. Nun weißt du es. Wir helfen ihnen, aber das darf niemand wissen. Also bitte, zwing mich nicht mehr zu erzählen. Wir reden zusammen mit deiner Oma drüber, versprochen!"

Anne hätte schon gerne gefragt, vor wem sie denn jemanden versteckten, aber Mias Gesichtsausdruck verrät, dass sie unter keinen Umständen mehr preisgeben will oder kann.

„Und was ist nun mit dir?"

„Ist recht einseitig dein Deal, findest du nicht?"

„Ja, finde ich auch." gibt Mia entwaffnend ehrlich zu. „Aber vielleicht willst es mir trotzdem erzählen, weil ich dir möglicherweise behilflich sein könnte? Zum Beispiel meine Mama aushorchen oder meinen Papa, bei dem hat man immer große Chancen was zu erfahren. Wenn man es richtig anstellt, merkt er es überhaupt nicht."

Mia lacht und ihr Lachen wirkt ansteckend auf Anne.

„Ich suche meinen Vater", platzte sie dann übergangslos heraus.

„Hast du nicht vorhin erzählt, du hättest von ihm ein Handy bekommen? Wie ist er dir denn so schnell abhanden gekommen?"

„Er ist tot!"

„Und da suchst du ihn?" Anne sieht in Mias Gesicht, das ganz Unverständnis ist. Der Mund steht offen und Anne erlebt sie zum ersten Mal seit ihrer kurzen Bekanntschaft völlig sprachlos. Sie selbst weiß nicht so recht ob sie laut loslachen oder laut losheulen soll.

„Also gut, wenn du willst und mich nicht dauernd unterbrichst, erzähle ich dir alles."

Das tut sie dann auch und tatsächlich unterbricht Mia sie nicht ein einziges Mal. Nur ihr Kopfnicken zeigt an, dass sie noch bei der Sache ist. Manchmal hat Anne das Gefühl, Mia würde gleich platzen, weil sie keinen Kommentar abgeben, nichts fragen will. Aber sie hält sich tapfer.

„Ist ja krass, echt! Und nun bist du ihm also auf der Spur? Ist ja wie ein Krimi."

„Ich hab doch gar keine Spur. Ich dachte meine Oma wüsste Bescheid. Aber wie gesagt, nichts, null Komma nichts. Ob vielleicht deine Mutter oder Babette 'ne Ahnung haben?"

„Na wenn sie es nicht mal ihrer eigenen Mutter erzählt hat. Und wie wäre es wenn du erst mal deine Mutter selbst fragst? Sie wird es ja wohl wissen. Es kann ja auch sein, er war ein ganz fieser Typ der sie geschlagen und betrogen hat oder der dich absolut nicht haben wollte, vielleicht hat er getrunken oder hat Drogen genommen, das weißt du doch gar nicht. Wenn sie dich nun vor ihm schützen wollte, indem sie dir einen Vater vor die Nase setzte, von dem sie glaubte der sei richtig für dich? War er ja auch bis vor ein paar Monaten. Du hattest ein schickes Haus, einen Papa der dir tolle Geschenke gemacht hat, wie zum Beispiel dein supertolles Smartphone und der mit dir Klettern gegangen ist. Hat es dich da geschert, was dein Papa da unten in Afghanistan so treibt?"

Anne schweigt lange. Wer ist Mia eigentlich, dass sie so mit ihr redet? Doch sie kommt nicht umhin, sie muss ihr im Innersten recht geben. Es hat sie nicht die Bohne interessiert. Ihre Welt hatte sich um ihre Freunde, um Klamotten und um ihre Serien gedreht. Höchstens noch, dass es in der Schule so halbwegs lief. Und dann hatte es sie ganz schön auf den Arsch gesetzt als Papa krank geworden war. Aber hatte sie überhaupt versucht etwas zu verstehen oder war es ihr nur darum gegangen ihr altes, normales Leben wiederzubekommen?

„Vielleicht muss ich ja irgendwann mal anfangen die Wahrheit herauszufinden. Alle halten mich nur für ein dummes Kind, das irgendwie geschont werden muss. Aber das will ich nicht mehr sein. Ich will, dass mich meine Mutter ernst nimmt."

Anne stößt einen Stein der vor ihrem Fuß liegt mit einer solchen Wucht weg, dass er laut gegen den Zaun knallt und die Ziege einen Satz zurück macht.

„Okay, okay, beruhige dich mal! Ich habs kapiert! Du willst allein, ohne deine Mutter und so die Wahrheit herausfinden. Was mir aber noch schleierhaft ist, wie du das anstellen willst."

Anne zuckt mit den Schultern.

„So richtig weiß ich es auch nicht. Aber ich hab da so eine Idee. Meine Mutter hat doch in Leipzig studiert und dann wollte sie auf einmal ins Ausland mit irgendeinem Doktor, sagt jedenfalls meine Oma. Vielleicht finde ich den und vielleicht …"

„Vielleicht, vielleicht, in Leipzig gibt es zig Ärzte, wie willst du denn da den einen finden? Das ist doch wie eine Nadel im Heuhaufen zu suchen."

Wieder hebt Anne die Schultern und ihr eben erst geborener Plan sprudelt über ihre Lippen.

„Ich werde einfach hinfahren und dann werde ich schon sehen", sagt sie trotzig.

„Aha, du steigst also aus dem Zug aus und vorm Bahnhof fragst du jeden der dir gefällt: 'Sind Sie Arzt und waren Sie mal im Ausland? Käme ich als ihre Tochter in Frage?' Und siehe da, nach dem zehnten oder fünfzigsten oder hunderttausendsten Versuch, ruft einer: 'Ja genau, der bin ich! Ich gehe schon seit einer Ewigkeit hier lang und warte auf dich.' Und schon fallt ihr euch in die Arme und man könnte glatt eine Telenovela drehen."

„Ha, ha, ha, selten so gelacht!"

Anne reißt sich wütend von Mia los und rennt davon. Gatter auf und weg, weg, weg. Sie stolpert in ihrer Hast über einen Stock, rutscht auf einem Ziegenkötel aus und fliegt der Länge nach hin. Mia, die ihr gefolgt ist, will zunächst loslachen, so komisch sieht das aus. Doch als Anne zu jammern beginnt, schluckt sie ihr Lachen schnell hinunter und kniet sich neben sie.

„Hast du dir was getan?"

„Aua, Mist, mein Knie!"

Anne setzt sich auf. Die Hose hat ein Loch und Blut sickert hindurch.

„Zeig mal her!"

Mia krempelt Annes Hosenbein hoch und setzt wieder mal ihre Brille auf die Nase. Fachkundig wie eine alte Wunderheilerin besieht sie sich den Schaden.

„Ist nicht so schlimm, muss nur ein Pflaster drauf. Was rennst du auch wie angestochen davon? Ich wollte dir doch bloß helfen."

„Helfen? Du hast mich doch nur ausgelacht, die ach so schlaue Mia und die dumme Anne."

„Tut mir leid. Ich schieße manchmal etwas übers Ziel hinaus. Ich mein ja nur, wir brauchen erst mal einen Plan."

„Wir, wieso wir? Und welchen Plan? Ich kenne dich doch erst seit gestern und dafür habe ich dir schon viel zu viel erzählt, worüber du dich lustig machen kannst. Ich haue jetzt hier ab und mache meins und du machst deins, alles klar? Au, au, au!"

Widerwillig lässt Anne es zu, dass Mia ihr beim aufstehen hilft. Auf sie gestützt humpelt Anne los. Mia will sie im Wohnwagen ihres Vaters verarzten.

„Was ist denn da drüben los."

Anne zeigt in die Richtung von Frau Meiers Haus. Dort stehen etliche Leute neben einem Rettungswagen. Anne fällt wieder ein, dass sie vorhin glaubte ein Martinshorn gehört zu haben.

„Ob der Frau Meier etwas passiert ist?"

„Keine Ahnung, vielleicht holen sie sie ab, ins Pflegeheim."

„Mit dem Rettungswagen?"

Anne tippt sich mit dem Finger an die Stirn. Am liebsten wäre sie hinuntergelaufen. „Ach, es ist bestimmt nur wieder der Kreislauf, das hatte sie schon öfter. Lass uns erst mal dein Bein verbinden und dann können wir ja mal nachsehen gehen."

Als sie den Wagen betreten, sitzt dort Mias Vater und werkelt an einer alten Bohrmaschine herum.

„Das solltest du einen Fachmann machen lassen Papa."

„Ach was, selbst ist der Mann, das spart Unsummen."

„Na dann! Kannst du mir mal ein Pflaster geben?"

Konny schaut von seiner Arbeit hoch und bemerkt erst jetzt, dass Anne neben Mia steht.

„Oje Mädel, hast du dich verletzt? Wie konnte denn das passieren?"

Er steht auf und kommt zu Anne herüber, die von Mia auf einen Stuhl gedrückt wird.

„Frag doch nicht so viel, hol lieber das Pflaster ... bitte."

Konny geht an ein Schränkchen in der Ecke und holt einen Pappkarton hervor. Damit kommt er zu Anne zurück.

„Uh, sieht ja nicht gut aus."

„Na so schlimm ist es ja nun auch wieder nicht", ruft Mia herüber, die an der Bohrmaschine herumfummelt.

„Aber etwas Jod muss schon drauf."

Vorsichtig reinigt er die Wunde und gibt ein paar Tropfen Jod darauf. Von dem Brennen stöhnt Anne kurz auf, doch schon macht ein großes Pflaster alles erträglicher. Konny klopft Anne auf die Schulter.

„Na wird schon wieder, bis zur Hochz…" Weiter kommt er nicht, denn die Bohrmaschine geht an und übertönt seine Worte.

„Mensch, die geht ja wieder!", schreit er über den Lärm hinweg. „Wie hast du denn das hingekriegt?"

„Na da muss eben eine Fachfrau ran", lacht Mia, nimmt ihre Brille ab und schaltet das Gerät aus.

„Es war nur ein Wackelkontakt, hier am Schalter."

„Na du bist eben mein kleines technisches Genie."

„Na ich bin ja auch deine Tochter. Du Papa, mal was anderes …"

Mia versucht die Gunst der Stunde zu nutzen und lächelt ihren Papa an als gebe es nur ihn auf der Welt.

„Als du Mama in Leipzig kennengelernt hast, da warst du doch bestimmt auch mal mit den Leuten aus ihrer Clique zusammen, oder?"

„Wie kommst du denn jetzt darauf?"

„Ach nur so, es interessiert mich eben, das von euch früher", lügt sie.

Konny sieht von einem der Mädchen zum anderen und schüttelt den Kopf.

„Sie war mit meiner Schwester befreundet, das weißt du doch. Sie hat uns miteinander bekannt gemacht."

„Aber Mama sagt immer, ihr wäret euch in ihrer Buchhandlung zum ersten Mal begegnet."

„Stimmt ja auch. Ich war mit Babette da."

„Aber sie hatte doch sicher noch mehr Freunde, oder. War da nicht auch ein Arzt?"

Konny legt Pflaster und Jod wieder in den Karton und bringt die Sachen zurück an ihren angestammten Platz. Dabei kann er sich eines Grinsens nicht erwehren. Er setzt sich wieder zurück an den Tisch und begutachtet die Bohrmaschine. Dabei schaltet er sie versehentlich ein und beinahe wäre sie ihm vor Schreck aus der Hand gerutscht.

145

„Papa!!! Was treibst du denn da?"

„Na, ich wollte nur mal sehen ob sie auch wirklich wieder in Ordnung ist", antwortet er ein wenig verlegen und schiebt die Maschine beiseite. Dann lehnt er sich zurück, faltet die Hände vor dem Bauch und beginnt zu erzählen.

„War eine schöne Zeit. Aber sehr oft war ich nicht mit Mamas Freunden zusammen. Ich war ja viel unterwegs damals."

Anne tritt betreten von einem Fuß auf den anderen. Ihr ist gar nicht wohl in ihrer Haut. Wenn nun Mia ihren Mund nicht halten kann und alles ausplaudert? Sie wirft ihr einen flehentlichen Blick zu. Doch Mia ignoriert sie einfach. Sie ist voll in ihrem Element.

„Weißt du, Anne und ich haben gerade festgestellt, dass unsere Mütter mal Freundinnen gewesen sind. Das ist doch lustig nicht? Wollte Mama eigentlich auch ins Ausland gehen?"

„Nein, nein, aber Babette und diese – wie hieß sie doch gleich – Katrin, die waren ganz versessen darauf. Es gab da tatsächlich einen Arzt, der schon oft in Afrika oder Asien bei Hilfsprojekten im Einsatz gewesen war. Der hielt Vorträge an der Uni. Ein feiner Mensch übrigens. Ich kannte ihn durch meine Arbeit und habe auch einige Artikel über ihn geschrieben. Die Mädels waren ganz begeistert von ihm und ließen keinen Vortrag aus. Wie hieß der doch gleich, Geller oder Gessner? Weiß nicht mehr genau. Dann bist du also Katrins Tochter?"

Anne wird es abwechselnd heiß und kalt. Gessner, Geller, damit müsste man doch etwas anfangen können, vielleicht über Google ... Annes Herz macht einen kleinen Sprung. Sollte das schon die Lösung sein? Auf jeden Fall war sie ihr ein Stück näher gekommen. Aber jetzt will Anne nichts wie raus, weil sie Angst hat Mia könnte sich doch noch verplappern. Anne weiß nachher nicht mehr so genau wie sie hinausgekommen ist und ob sie sich überhaupt von Konny verabschiedet hat.

„Was ist denn los mit dir? Warum rennst du einfach davon als sei wer hinter dir her?", ruft Mia atemlos, als sie sie eingeholt hat.

„Hat dein Vater was gemerkt?", fragend steht sie Mia gegenüber.

„Was soll er denn gemerkt haben? Er erzählt ungemein gern, man muss nur die richtigen Fragen stellen. Wenn du nicht so abrupt abgehauen wärst, hätten wir vielleicht noch mehr rausgekriegt. Aber sei's drum. Vielleicht kann ich nachher noch mal nachhaken."

„Glaubst du wir haben ihn schon gefunden?"
„Das werden wir sehen, wenn wir da sind."
„Wir? Willst du denn mitkommen?"
Mia lässt keinen Zweifel daran, dass sie das will indem sie Annes Frage einfach übergeht.
„Wir brauchen einen Plan, wie wir vorgehen. Erstmal fassen wir zusammen, was wir bereits wissen. Also: Deine und meine Mutter waren dicke Freundinnen, schon als Kinder und sind auch gemeinsam nach Leipzig gegangen. Dort hat sich scheinbar die schöne Babette etwas dazwischen gedrängt. Aber ihrem Bruder gefiel die kleine, schlaue Buchhändlerin, die seine Schwester ihm ganz zufällig vorstellte und so ist er zu meinem Vater und Babette zu meiner Tante geworden. Katrin, also deine Mutter, und Babette, meine Tante, wollten aber ins Ausland und bei irgendwelchen Hilfsprojekten die Welt verbessern."
„Und sie spielten zusammen in einer Folkband."
„Echt jetzt, davon weiß ich ja gar nichts."
„Na ich war doch mit meiner Mutter zu diesem Tanzfest und da war auch Babette, das habe ich dir doch erzählt."
„Muss ich glatt überhört haben. Aber mit Babette ist zur Zeit sowieso nicht zu reden. Wenn das so weitergeht dreht die noch durch."
„Wieso?"
„Erzähle ich dir ein andermal", sagt Mia schnell, für Anne etwas zu schnell.
Sie hatte ja die schöne, fast feengleiche Babette auf dem Tanzfest schon bewundert und hatte die nicht mit ihrer Mutter irgendetwas geflüstert, nachts, draußen vor dem Zelt und heute morgen ... Doch Mia lässt sie nicht zum weiteren nachdenken kommen.
„Ich schlage vor für heute gehst du erst mal zu deiner Oma, sodass kein Verdacht aufkommt. Morgen sagst du, dass du dich wieder mit mir treffen willst, so früh wie möglich. Ich mache mich zu Hause mal im Internet schlau, ob irgendetwas rauszukriegen ist über diesen Gessner oder so und gucke nach den Zugverbindungen. Das Problem ist bloß, wie kommst du von diesem Kaff erst mal nach Plauen? Es fährt nur selten mal ein Bus und dann musst du noch umsteigen, in die Bahn."
„Keine Sorge, irgendwas fällt mir schon ein."
„Na dann lade mal dein Handy auf. Hier ist meine Nummer. Ruf mich an."
„Ja aber ..."

„Du sieh doch mal, da ist deine Oma. Wo will die denn hin?"

„Na vielleicht mich abholen, du Volli."

„Aber guck doch mal, die hält bei der Meier-Oma."

„Mia, wo steckst du denn. Ich brauch dich mal kurz", ertönt es da aus dem Bauwagen.

„Oh, das ist Papa. Da muss ich schnell sein, damit er nicht wieder irgendeinen Schaden anrichtet. Also alles okay, man sieht und hört sich. Mir schwant da so eine Idee!"

Und schon ist sie verschwunden. Ratlos dreht Anne den Zettel mit der Handynummer in der Hand, ehe sie sich anschickt zur Oma hinüberzugehen.

9. Kapitel Änne

Das Wetter zeigt sich in den letzten Tagen wenig freundlich. Es nieselt fast ständig und ein Nebelschleier hat sich über das Land gelegt. Sind das schon die ersten Vorboten des Herbstes?

Mutter und Konrad haben am Morgen schon über den Tag geredet, an dem sie losgehen wollen und sich auf den ersten Tag der darauffolgenden Woche geeinigt.

Grete schaut zum Himmel empor. Wie soll die ganze Arbeit bloß geschafft werden bei diesem miserablen Wetter? Zum Glück haben sie einen Großteil des Heus, aus den weiter entfernten Bachauen, schon in der Scheune. Zwar ist die Rodung des neuen Feldes fast beendet, aber nun muss dringend mit der Aussaat des Wintergetreides begonnen werden. Emmer und Roggen und dann noch Gerste für Gretes gutes Bier sollen in den Boden. Außerdem ist es an der Zeit Gemüse zu ernten und einzulegen und schlachten müssen sie auch bald, denn Grete will ihnen von allem mitgeben, weil keiner weiß, was die Großmutter an Vorräten für den Winter hat. Immer wieder versucht Grete die Mutter noch umzustimmen und sie zum Bleiben, wenigstens über den Winter, zu bewegen. Doch die Mutter lässt in diesem Punkt nicht mit sich reden.

Jeder hat in dieser Zeit alle Hände voll zu tun. Änne fühlt sich wieder vollkommen hergestellt und so geht auch sie mit hinaus aufs Feld, um neben Marie und ihren Brüdern das ihrige zu schaffen. Barbara bleibt deshalb allein mit dem kleinen Till im Haus zurück, um die Wirtschaft zu besorgen, das Essen vorzubereiten und auf den Kleinen zu achten. Es ist noch nie vorgekommen, dass Grete der Schwägerin das Kind überlässt. Sonst hat sie es immer mit hinaus genommen. Doch die Arbeit und das Wetter gestatten keinen anderen Entschluss. Barbara muss es diesmal halt einfach in den Griff bekommen. Zuerst geht auch alles gut.

Zum Mittag sind alle hereingekommen, um ihre Schüssel Grütze zu löffeln. Konrad hatte die Reuse am Bach geleert und die kleineren Jungen sammelten schon in der Früh einen Korb Pilze. So freuen sich alle auf ein gutes Abendessen.

„Wirst du es schaffen Barbara?", fragt Grete, als sie sich bereits ihr Tuch umschlägt, um wieder hinaus an die Arbeit zu gehen.

„Ich komme, so bald ich kann und helfe dir. Zumal wir heute noch beginnen wollen den Kohl zu hobeln."

Barbara nickt stumm und alle gehen zurück an ihre Arbeit. So kann niemand später sagen, was der Auslöser dessen war, was dann geschieht.

Änne und Marie sind beauftragt worden am Nachmittag im Gemüsegarten Bohnen und Kohl zu ernten, so sind sie dem Haus am nächsten, als plötzlich laute Rufe zu hören sind: „Die Pest, die Pest, er hat die Pest! Ich muss sie ausräuchern. Ich muss es tun! Nein, nein keine Hexenbrut, nein, nein!"

Dann schreit Till ohrenbetäubend auf. Weniger als einen Augenaufschlag lang sehen die Mädchen sich an, dann rennen sie los. Doch noch bevor sie das Haus erreicht haben wird die Tür aufgerissen und Barbara, mit einem brennenden Holzscheit in der Hand, ohne Haube und mit wirrem Haar, das wie ein Flammenfanal um sie herumschwirrt, rennt in nie geglaubter Schnelligkeit über den Hof, vorbei an den Feldern und über den Bach springend, strebt sie, immer noch wirres Zeug rufend, dem Wald zu. Noch hie und da erblicken die Mädchen die rote Mähne, die hinter den Bäumen aufleuchtet, dann ist Barbara verschwunden. In die darauffolgende Stille hinein hört man überlaut den kleinen Till, dessen schreien in wimmern übergegangen ist. Ihrem ersten Impuls folgend möchte Änne Barbara nachlaufen, doch als sie die erschrockenen Rufe von Marie vernimmt, folgt sie dieser ins Haus.

Der kleine Junge liegt auf dem Boden, sein linkes Ärmchen steht ungewöhnlich ab und sein Körper ist von Brandblasen übersät. Marie kniet neben dem Brüderchen nieder und hebt ihn vorsichtig hoch. Änne rennt hinaus, um nach der Mutter zu rufen. Doch auch draußen auf dem Feld hatte man die schreiende Frau vorbeistürzen sehen und Mutter und Grete kommen sogleich besorgt ins Haus gelaufen. Konrad und die Jungen sind in den Wald ausgeschwärmt, um Barbara zu folgen und zurückzubringen.

Grete stößt einen Hocker vom Kochfeuer weg, der schon Feuer zu fangen beginnt und mit dem Inhalt der angebrannten Töpfe einen beißenden Geruch verbreitet. Inzwischen hat sich die Mutter schon des kleinen Tills angenommen, der sich wimmernd, mit seinem noch intakten Arm an Marie klammert. Katharina löst ihn vorsichtig aus Maries Arm, legt ihn auf den Tisch und schickt die Mädchen hinaus, um schnell frisches Wasser zu holen.

„Bringt mir auch einen Kohlkopf mit!", ruft sie ihnen nach.

Grete tritt, nachdem sie auch noch die Töpfe vom Feuer genommen hat, zu ihrem Kind und streicht ihm über seinen roten Haarflaum, der schweißnass an seinem Köpfchen klebt.

„Mamamam", jammert er, als er sie sieht.

„Ist schon gut mein Kleiner, alles wird gut."

Leise beginnt sie ein Kinderlied zu summen. Blitzschnell untersucht Ännes Mutter indes den kleinen Körper.

„Er hat, das siehst du ja, einige Verbrennungen, aber sie sind nicht so tief in der Haut. Sie werden sich gut behandeln lassen und keine großartigen Narben hinterlassen. Das Ärmchen ist wahrscheinlich gebrochen, aber bei so kleinen Kindern wächst das schnell wieder zusammen. Ich werde es gut schienen, dann bleibt es gerade und bis zur Hochzeit ist alles wieder gut", zitiert sie den alten Kinderreim und lächelt Grete aufmunternd zu, die sich nach dem Schreck erst einmal setzen muss. Inzwischen kommen die Mädchen mit dem Wasser zurück. Katharina füllt es in eine kleine Wanne und setzt den Kleinen hinein. Zuerst wehrt er sich schreiend, doch als Grete ihn dann festhält und er merkt, dass die Kühle seine Schmerzen lindert wird er ruhiger. So kann Katharina von dem Kohlkopf einige Blätter zerstoßen und diese nach der Abkühlung im kalten Wasser als Breiumschläge auf die Verbrennungen legen. Dann macht sie sich daran den Arm des Kleinen zu schienen, wobei dieser beim Einrichten noch einmal laut aufbrüllt. Doch Katharina ist schnell und sicher in Ihrem Tun, sodass der Junge keine unnötigen Schmerzen leidet. Als die Prozedur vorbei ist und er mit matten Augen um sich blickt, legt Grete ihn an ihre Brust. Er beginnt gierig zu saugen und bald schläft er ein. Erschöpft und noch immer mit dem Schrecken in den Gliedern stehen nun alle um ihn herum. Erst jetzt denken sie wieder an Barbara. Konrad und die Jungen sind noch nicht zurück.

„Vielleicht sollten wir auch hinausgehen und sie suchen", überlegt Änne.

„Nein, auf gar keinen Fall", entscheidet Grete und der Klang ihrer Stimme duldet keinen Widerspruch. „Es reicht schon, dass die Jungen alle mit draußen sind. Ihr Mädchen geht jetzt erst mal in den Gemüsegarten und bringt eure Arbeit zu Ende. Es hilft ja alles nichts. Wir hier drin versuchen vom Essen noch zu retten, was zu retten ist. Wir haben alle viel gearbeitet und die Sucher da draußen werden auch hungrig nach Hause kommen. Sie werden sie schon finden, so weit kann sie ja nicht sein."

Nach ihrer anfangs so klaren, entschiedenen Ansage, klingt sie nun mit einem Mal müde und sorgenvoll. Beim Hinausgehen hörte Änne sie noch in für Grete ungewöhnlich leisem Ton klagen: „Manchmal bin ich so müde Katharina, immer dieses Sorgen und Schaffen und immer diese Ängste, um den Mann, die Kinder und dieser Krieg und die Not. Dabei hab ich noch Glück, bis jetzt habe ich die meisten meiner Kinder behalten dürfen. Nur zwei sind mir gestorben, gleich bei der Geburt und einen Mann hab ich der mich frei sein lässt und der mich liebt. Wenn ich auch nie weiß, wohin ihn seine Träume in der nächsten Zeit treiben werden." Sie sieht zu Katharina auf, die mit in die Ferne gerichteten Augen dasteht. „Aber wem sage ich das. Deine Not ist so viel größer als meine und du bist so stark."

„Stark bist du doch auch Grete. Tag für Tag hältst du mit deiner Kraft die deinen am Leben."

Nun hat Gretes Stimme wieder ihren alten Klang: „Ja, so ist halt ein Frauenleben, ein immerwährendes auf und ab. Gut dich zu kennen Katerl. Wünschen wir unseren Töchtern, dass sie in eine bessere Zeit hineinwachsen und es besser haben werden. Wie viele Generationen Mütter mögen sich das schon gewünscht haben? Aber eines Tages wird es sich erfüllen."

Weiter hört Änne nicht, denn Marie zieht die kleine Lauscherin mit sich fort.

„Ob es so sein wird Marie?"

„Was denn?"

„Dass wir einmal ein besseres Leben haben werden?"

„Ach Änne, wer weiß das schon? Bald werden wir erwachsen sein. Werden wir dann selbst über uns entscheiden können oder werden wir vom Schicksal gestoßen werden, wie Barbara und uns nicht daraus befreien können?"

„Warum erzählst du mir nicht endlich ihre Geschichte Marie? Du hast es mir schon so lange versprochen. Einmal hat dein Vater begonnen zu erzählen. Das war, als ich noch krank war und wir heimlich mit dem Lesen und Schreiben üben begonnen haben und mich die Mutter erwischt hat. Aber wir sind nicht weit gekommen und er hat mich auf später vertröstet. Ich weiß nur, dass sie einen Liebsten gefunden hat, der ihrem Vater nicht genehm war und dass dann der Krieg und die Pest hereinbrachen."

„Nun, dann weißt du ja schon allerhand. So viel mehr weiß ich auch nicht."

„Ob sie sich etwas angetan hat?"

„Vater wird sie schon rechtzeitig finden. Eigentlich bin ich ganz wütend auf sie, weil sie den kleinen Till so zugerichtet hat. Aber wir wissen viel zu wenig von ihr. Selbst Vater, als ihr Bruder, kommt nicht an sie heran. Vielleicht ist das der Grund, weshalb ich dir die Geschichte nicht so gerne erzählen wollte."
„Sag mir doch, was du noch weißt, bitte. Bald werde ich nicht mehr hier sein und dann werde ich es doch niemals erfahren."
Die beiden Mädchen ernten die Bohnen ab und horchen dabei in die Stille hinaus. Sie hoffen, bald die Geräusche der Heimkehr Konrads und der Jungen mit Barbara zu hören. Mit leiser Stimme, sodass Änne sich anstrengen muss die Worte zu verstehen, beginnt Marie ihren Bericht.
„Du weißt ja schon, dass die Eltern von Barbara und Vater, also eigentlich meine Großeltern, aber ich habe sie nie gesehen, reiche Leute waren. Vater hat einmal erzählt welche schönen Kleider und wie viel Schmuck seine Schwester besaß. Das können wir uns gar nicht vorstellen Änne."
Die beiden sehen an sich herab, auf ihre groben, schon etwas abgetragenen Kleider. Schmuck hatten sie beide nie besessen. Eine Blume oder ein Kranz im Haar mussten reichen.
Marie spricht nachdenklich weiter: „Doch was in der Zeit als die Kaiserlichen in Plauen waren, wirklich geschah, weiß niemand von uns genau. Als sie ankam, vor gut einem Jahr, war sie völlig am Ende, genau wie ihr Mann oder wer immer er ist, denn auch darüber will sie nichts Rechtes sagen. Es war ein großes Glück, dass sie uns überhaupt gefunden haben. Ein Händler, der mit Vater manchmal Geschäfte macht und mit dem wir uns gut verstehen, hat ihnen den Weg gewiesen. Am Anfang hat sie unzusammenhängend von Pest und Feuer geredet und wir wollten es ihr mit unseren Fragen, nicht noch zusätzlich zusetzen. Noch weniger hat der Josef gesagt. Körperlich hat sie sich schnell erholt, dank meiner Mutter, aber irgendetwas in ihrer Seele war zerbrochen. Sie wirkte immer abwesend, wie nicht von dieser Welt, irgendwie schwebend. Wer sie nur kurz kennt, denkt sie ist eben ein schönes Prinzesschen und es ist so ihre Art, doch wenn man sie länger beobachtet, merkt man, dass sie nicht mehr ganz richtig im Kopf ist. So ist wohl das Geheimnisvolle, was sie für dich und auch mich so anziehend macht, in Wahrheit ein großes Leid. Meine Mutter hat wenig Geduld mit ihr, schließlich ist irgendwo auch ihre Kraft mal zu Ende. Vater ist zwar ein kluger Mann und auch zu allen möglichen Abenteuern bereit um Nahrung herbeizuschaffen, anderen zu helfen,

etwas zu erkunden oder irgendeinen Handel zu treiben, doch im alltäglichen Kampf ums Überleben hier draußen sind wir ohne Mutter aufgeschmissen."

Die Mädchen sind über ihrem Gespräch mit ihrer Arbeit fertig geworden. Die Bohnen liegen im Korb und langsam wird es dämmrig. Es ist zwar erst Mitte September, aber dafür ist es ungewöhnlich kühl. Sie reiben sich die Hände und wollen schon ihren Korb nehmen und hineingehen, da erklingen die Rufe der Jungen, die gleich die Schweine mit hineintreiben. Änne und Marie laufen ihnen entgegen.

„Habt ihr sie gefunden?", rufen sie ihnen schon von Weitem entgegen und spähen nach Barbara aus.

„Nein, wir haben überall gesucht. Vater hat uns jetzt hereingeschickt. Er selbst will noch drüben bei der Teufelsschlucht suchen."

„Meint er, sie könnte sich da hinabgestürzt haben?" Änne wird vor Aufregung ganz rot im Gesicht.

Zum Glück konnte das Hans, der älteste von Maries Brüdern, bei diesen Lichtverhältnissen nicht sehen, denn er war immer zum Spott aufgelegt und der Schalk blitzte ihm aus den grünen Augen, gerade so wie bei seinem Vater. Manchmal setzt das Änne ganz schön zu, obwohl sie weiß, dass er es eigentlich nicht böse meint.

„Pass nur auf, dass ihr Geist nicht gleich aus dem Wald geschwebt kommt", ruft er auch jetzt mit einer beschwörenden Bewegung.

„Aber Hans, so kannst du doch nicht über Barbara reden. Sie ist schließlich Vaters Schwester", mahnt Marie.

Doch er winkt nur ab: „Das sieht doch jeder, dass die nicht ganz richtig im Kopf ist. Was hat sie überhaupt mit Till gemacht, warum hat der so geschrien?"

„Sie hat ihn mit der Fackel verbrannt und ihn fallen lassen, sodass sein Arm gebrochen ist.Ännes Mutter hat ihn behandelt und jetzt schläft er."

Den Jungen bleiben die Münder offen stehen. Hans ist der Erste, der seine Sprache wiederfindet.

„Sag ich doch, völlig verrückt! Meinetwegen kann sie da draußen bleiben bis sie Moos ansetzt."

„Aber du weist doch gar nicht, was ihr widerfahren ist, damals in Plauen."

„Widerfahren ist, widerfahren ist", äfft Hans seine Schwester nach.

„Der Katharina und der Änne sind auch ganz schlimme Dinge passiert, das weiß du und manchmal sind sie auch traurig oder krank, aber hast du die beiden deshalb mit einer Fackel herumrennen oder ein kleines Kind verletzen sehen? Im Gegenteil die helfen, wo sie können."

„Jeder ist halt anders."

„Meinetwegen soll sie anders sein. Für mich jedenfalls hat sie sich erledigt. Ich denke, sie ist einfach eine verwöhnte, ach ich weiß nicht was. Ich renne jedenfalls morgen nicht wieder hinaus. Du weißt selbst, dass wir die Arbeit bis zum Wintereinbruch kaum schaffen können. Sollen wir alle im Winter an Hunger krepieren?"

Damit nimmt er seinen Stock und treibt die Schweine weiter dem Stall zu und seine Brüder folgen ihm.

„Wir bringen noch die Kuh und die Ziegen rein. Kümmert ihr Hühner euch mal um die Hühner, die müssen dringend in den Stall, ehe der Fuchs kommt, und melken müssen wir auch noch", ruft er ihnen im Gehen noch zu.

„Das mit den Hühnern kriegst du wieder, warte nur!", droht Marie. Doch Hans lacht nur.

„Er ist manchmal so frech", klagt Marie. „Ich könnte ihn dann am liebsten in Stücke reißen und manchmal wäre ich am liebsten auch ein Junge, wie er, so frech und frei.

Aber lass uns jetzt schnell die Bohnen hineintragen und dann das Vieh melken. Vielleicht ist Vater ja bis dahin zurück."

Zwischen sich den gefüllten Korb mit Bohnen, laufen die Mädchen ins Haus, wo ihre Mütter beim Kochen und Kohl hobeln sind.

„Sind die Jungen schon zurück?", fragt Grete.

„Ja, nur Vater sucht noch", ruft Marie schon im hinausgehen mit dem Milcheimer klappernd.

„Vergesst die Hühner nicht! Es ist schon spät, holt sie zuerst rein", mahnt Grete

„Ja, ja, machen wir", antwortet Marie und leise zu Änne: „Als ob wir das nicht selbst wüssten."

Als die Mädchen mit der Milch und auch noch zwei Eiern, die sie im Stall noch gefunden haben, wieder ins Haus kommen, ist Konrad noch immer nicht zurück. Auch die Jungen kommen nun herein. Sie hatten sich noch draußen am Brunnen gewaschen und sind wie immer hungrig. Auch Änne und Marie wollen jetzt zum Brunnen, um sich zu waschen, aber in Wahrheit wollen sie schauen, ob nicht endlich Konrad kommt. Sie spähen hinüber zum Wald. Inzwischen kann man kaum noch die Hand vor Augen sehen. Da endlich tritt eine Gestalt aus der Dunkelheit heraus und schleicht müde auf das Haus zu. Es ist Konrad, allein.

„Du hast sie nicht gefunden?", fragen die Mädchen.

„Nein. Es ist, als hätte der Erdboden sie verschluckt. Ich weiß auch nicht, wo ich noch suchen soll."

Im Haus angekommen richten sich alle Augen erwartungsvoll auf Konrad. Er zuckt mit den Schultern. „Nichts!", wiederholt er. „Wir müssen morgen weitersuchen. Es ist jetzt zu dunkel."

„Und unsere Arbeit! Dann geht uns ja wieder ein ganzer Tag verloren. Nicht genug, dass die beiden kaum eine Hand rühren und sich versorgen lassen, nun müssen wir auch noch tagelang durch den Wald rennen und alles andere stehen und liegen lassen, um sie zu suchen. Findest du das nicht ein bisschen viel verlangt? Soll ich meine Kinder im Winter deshalb dem Hunger aussetzen? Die Kleinen wird es zuerst treffen, wenn sie keine Widerstandskräfte mehr haben. Schau dir bloß an, wie sie den Jungen zugerichtet hat." Gretes Stimme klingt wütend und empört.

Konrad beugt sich über die Wiege. „Was ist mit seinem Arm?"

„Gebrochen!", antwortet Grete knapp. „Und Brandverletzungen überall am Körper."

„Wird er wieder ganz heil?" Sein Blick geht zu Katharina hinüber.

Die nickt. „Ja, ich denke, der Arm wird gut zusammenwachsen. Er ist ja noch klein, da geht es meist schnell."

Konrad scheint erleichtert. Trotzdem ist seine Stimme härter als gewöhnlich, als er Hans aufträgt: „Geh, hol mir diesen Josef her. Er soll endlich reden. Ich will wissen, was mit ihr los ist."

„Wollen wir nicht erst essen?"

„Er kann auch hier bei uns essen. So krank ist er nicht mehr, dass er immer extra bedient werden muss."

Konrads Gesichtsausdruck ist unerbittlich. Selbst Grete scheinen ihre harten Worte nun leid zu tun.

„Ist ja schon gut. Ich habe dich nicht anfechten wollen."

„Nein, nein, im Grunde hast du ja vollkommen recht. In erster Linie müssen wir für unsere Kinder sorgen, aber trotzdem, sie ist meine Schwester und ein Mensch. Dürfen wir ihr unsere Hilfe verwehren? Ich weiß es einfach nicht."

Eine tiefe Falte steht auf seiner Stirn.

Das Essen verläuft recht schweigsam. Alle sind eigenen Gedanken befasst, auch Änne mit ihren. Ihr ist etwas eingefallen und in Gedanken heckt sie einen Plan aus, den sie nachher unbedingt mit Marie besprechen muss.

Erst als sie fast mit dem Essen fertig sind, kommt Hans mit Josef aus dem kleinen Häuschen herüber, in dem einstmals Gretes Eltern ihren Altenteil verbrachten und das für die beiden hergerichtet worden war. Grete hat für Hans einen Teil vom Essen zurückbehalten, den stellt sie nun vor ihn hin und auch Josef bekommt seine Schüssel. Doch so recht zum Essen kommt er nicht, denn schon donnert Konrad los, sodass der fünfjährige Lukas erschrocken das Gesicht verzieht. So hat er seinen Vater noch nie erlebt. Auch die anderen sitzen mucksmäuschenstill dabei.

„Barbara ist verschwunden und vorher hat sie noch unseren Jüngsten arg zugerichtet."

„Ich habe es gehört."

„Gehört, gehört! Und da fällt es dir nicht ein beim Suchen zu helfen? Du bist ein junger Kerl, du kannst dich doch nicht auf die Dauer von uns versorgen lassen. Aber jetzt sagst du mir erst einmal klipp und klar, was da los war, bevor ihr aus Plauen geflohen seid?"

Josef senkt den Blick. Alle Augen sind auf ihn gerichtet. Sein blasses Gesicht wirkt schon fast durchscheinend. Er hat große, braune, blutunterlaufene Augen mit dunklen Ringen darunter, die in seinem schmalen Gesicht riesig aussehen. Seine langen, dunklen Haare sind ungepflegt. Er wirkt müde und zerschlagen. Wie mochte er ausgesehen haben, als Barbara ihn kennengelernt hat, fragt sich Änne.

Kurz hebt er den Kopf, als wolle er sich vergewissern, dass noch jemand da ist. Seine Augen verschleiern sich und seine Stimme klingt brüchig und kommt wie von weit her, aus einer anderen Welt und Zeit, die er mühevoll heraufbeschwören muss.

„Alles weiß ich auch nicht genau, denn ich war in der schlimmsten Zeit nicht mit Barbara zusammen. Das ist wohl meine größte Schuld an ihr. Doch nichts lässt sich rückgängig machen."

Er macht eine kurze Pause, wie um sich zu erinnern. Dabei huscht von weit her ein kleines Lächeln über sein Gesicht.

„Vor einigen Jahren kam ich als junger Pfarrer nach Plauen. Ich war noch sehr fremd und die Ratsherren luden mich reihum zum Essen und zur Konversation in ihre Häuser. So lernte ich Barbara kennen, als ich in ihrem Vaterhaus zu Gast war. Sie war mir schon vorher in der Kirche, beim Gottesdienst aufgefallen, weil sie so wunderbar sang. Sie war ein so schönes Mädchen, welch keuscher und zugleich anmutiger Augenaufschlag. Auch ich schien ihr zu gefallen. Sie kam oft zur Kirche und ins Pfarrhaus und suchte das Gespräch mit mir und meinen Beistand als Geistlicher. Kurz und gut, wir waren einander zugetan. Doch wir mussten vorsichtig sein, denn ein noch unverheirateter Pfarrer, das gab immer Gesprächsstoff bei den Leuten. Manchmal trafen wir uns heimlich draußen vor der Stadt. Aber Barbara hatte immer entsetzliche Angst vor ihrem Vater. Der hatte ihr gleich gesagt, dass ein Pfaffe als Schwiegersohn für ihn nicht infrage käme und dass er ganz andere Pläne hätte.

'Denkst du, ich habe die Röte nicht gesehen, die dir jedes Mal bei seinem Anblick oder wenn er das Wort an dich richtet, ins Gesicht steigt? Schlag es dir ein für allemal aus dem Kopf. So ein Pfaffe mag ein angesehener Herr sein, doch im Grunde ist er ein armer Schlucker und dieser hier hat nicht einmal eine einflussreiche Familie. Also vergiss ihn!'

Aber sie konnte mich nicht vergessen und wir konnten auch nicht voneinander lassen. Ich als älterer, erfahrenerer hätte es wohl besser wissen müssen. Nun ja, wie das so ist, mit der Liebe.

Dann fielen die Kaiserlichen in die Stadt ein und ich hatte schon viel davon gehört, was die katholischen den protestantischen Pfaffen antun. Mein Gottvertrauen schwand dahin und ich war nur noch ein Häufchen Angst. So habe ich alles stehen und liegen lassen und bin geflohen.

Ich hatte einige Verwandte in den umliegenden Dörfern und so fand ich dort Unterschlupf. Ich habe sie alle verraten, meine Gemeinde, aber vor allem Barbara, die auf meine Liebe vertraut hatte. Manchmal schlich ich mich verkleidet in die Stadt und wollte sie sehen, aber es gelang mir nicht. Es hieß, ihr Vater habe sich durch sein Geld einige Male freikaufen können und er habe auch einiges von seiner wertvollen Habe vergraben, mehr konnte ich nicht in Erfahrung bringen.

Dann, eines Nachts, traf ich sie vor ihrem Elternhaus. Sie musste mich schon eine Weile beobachtet haben. Sie flehte mich an, ihr zu helfen und sie wegzubringen. Doch ich glaubte es ginge ihr noch verhältnismäßig gut und ich vertröstete sie auf später, wenn ich einen Platz für sie gefunden hätte. Plötzlich hörten wir laute, grölende Männerstimmen, die nach ihr riefen. Nie vergesse ich den Blick, den sie mir zuwarf und dann machte sie sich von mir los und verschwand ohne ein weiteres Wort ins Haus. Ich stand noch eine Weile wie versteinert da, doch als ich in der Nähe Schritte hört, die ganz gewiss von Soldatenstiefeln stammten, machte ich mich schnell davon.

Irgendwann zogen die Truppen dann brandschatzend ab, doch sie hinterließen der Stadt die Pest. Mein Bruder und dessen Frau sagten mir, dass wenn ich noch einmal nach Plauen zurückginge, sie mich nicht mehr in ihr Haus lassen würden, denn sie hatten Angst vor der Krankheit. Überall herrschte Hunger und Not und so war ich froh bei meiner Familie zu sein. Ich wollte nur eins, überleben, um welchen Preis auch immer."

Niemand in der Stube spricht ein Wort und so setzt er seinen Bericht fort: „Erst im Winter, als sich alles beruhigt hatte, bin ich in die Stadt zurückgekehrt. Es herrschten schlimme Zustände und große Hungersnot. Was Holks und Wallensteins Heer nicht niedergemacht hatte, hatte sich die Pest genommen. Ganze Familien hatte sie hinweggerafft. Von 24 Ratsherren hatten nur 9 überlebt. Es gab weit über 1000 Tote. Die Menschen liefen herum wie Schatten ihrer Selbst und versuchten irgendwie weiterzuleben. Sie hatten Schlimmes durchgemacht.

Auch Barbaras und Konrads Eltern waren der Pest zum Opfer gefallen. Fragte ich aber nach ihr, so wichen mir die Leute aus und sagten, sie wüssten nichts.

Nun, endlich, entschloss ich mich. in der Stadt zu bleiben und den Menschen so gut ich konnte beizustehen.

So fand ich dann auch Barbara, in einem kleinen Verschlag am Rande der Stadt. Ihre Augen gingen wirr und gehetzt hin und her. Sie war schmutzig. Kaum konnte man noch ihr rotes Haar durch den Schmutz hindurch erkennen. Verfilzt hing es an ihr herab. Die Kleider waren ebenfalls schmutzig und zerrissen und sie spannten sich eng um ihren dicken Leib, in dem ein Kind wuchs. Ich erschauderte vor ihrem Zustand. Kurz überlegte ich, ob das Kind von mir sein könnte, da wir sündig geworden waren. Doch das konnte nicht sein, viel zu viel Zeit war seitdem verstrichen. Als ich sie so sah, erstarb jede Liebe zu ihr. Ich, der ich sie doch hundertmal mehr verraten hatte, fühlte mich verraten. So ließ ich sie, wo sie war und vermied es in ihre Nähe zu kommen, allerdings nicht ohne ihr saubere Kleider und regelmäßig etwas Nahrung zukommen zu lassen, bis zu jener Nacht.

Schon vorher hatte ich Gerede gehört, dass die Leute Barbara für eine Hexe hielten. Was tun Menschen in Not? Sie suchen jemanden, der schuld daran sein könnte und dem sie habhaft werden können, weil er schwach ist. Sie meinten, sie sei mit dem Teufel im Bunde, weil sie die Pest überlebte, während ihre Eltern und ihre gesamte Familie starben und sicher habe sie Satans Kind geboren. Ein sicheres Zeichen sei ihr rotes Haar, das wisse man ja von alters her. Die Besatzer habe sie in die Stadt gelockt, um mit ihnen dann Hexenfeste zu feiern und sie zu allerlei Untaten anzustiften. Ein jeder habe ja gewusst, wie sie um die herum geschwänzelt sei. Außerdem hause sie da unten in ihrem Verschlag, habe aber immer etwas zu beißen, das brächte ihr sicher der Teufel selbst. Und so mancher habe sie als roten Schleier über die Stadt fliegen sehen und immer war danach ein Unglück geschehen. Ich habe nicht viel auf das Gerede gegeben. Die Leute brauchen halt ihren Aberglauben. Ich hoffte, sie würden über ihren eigenen Sorgen die Barbara vergessen. Ja, und wie gesagt, dann kam diese unselige Nacht. Die Stadt brannte und die Leute, in ihrer ohnmächtigen Wut, zogen hinunter zu Barbara. Eine alte Magd, die schon Barbaras Amme gewesen war und die als einzige noch nach ihr sah und ihr sicher auch bei der Geburt geholfen hatte, kam zu mir und flehte mich an Barbara zu helfen. Die Leute seien auf dem Weg zu ihr, mit Fackel und Geheul und wollten die Hex' verbrennen, bevor noch ihre ganze Stadt ein Raub der Flammen würde. Denn die 'rote Barbara' sei ein Flammenteufel und könne nur durch die Flamme ausgelöscht werden, mitsamt ihrer Brut. Es war ein Inferno. Ringsherum brannte es. Die Feuerglocken hatten zu läuten begonnen. Da auf einmal fiel alles andere von mir ab, alle Angst, alle falschen Verletzungen und ich wollte nur noch eins, ich wollte Barbara retten. So lief ich hinter der Alten her. Auf einigen Schleichwegen hofften wir schneller zu sein als die aufgebrachte Meute. Doch wir gelangten erst mit ihnen bei dem Verschlag an. Schon waren die ersten hineingestürzt und zogen Barbara an den Haaren heraus. Das Kind hatten sie ihr entrissen. Die Alte neben mir schluchzte auf. Ich hieß sie, stehen zu bleiben und sich nicht selbst noch unnötig in Gefahr zu bringen. Ich ging auf die Leute zu. Aus Respekt oder aus Angst vor meiner Würde als Pfarrer wichen die meisten vor mir zurück. Vielleicht tat es manchen jetzt auch schon leid, doch die meisten waren wie von einer Hysterie gepackt und wollten Barbara nicht loslassen. Wie wild fuchtelten sie mit ihren Fackeln umher.

Ich schrie sie aus Leibeskräften an: 'Ich werde die Hexe mitnehmen und im Kirchenkeller einsperren bis ein rechtskräftiges Urteil von kirchlicher Stelle gefällt worden ist. Sonst wird ein noch größeres Unheil über euch kommen.'

Ich beschwor sie regelrecht und so überließen sie mir Barbara. Das Kind jedoch hatte ich nicht retten können. Es war in dem Gemenge zu Boden geworfen worden und die Fackeln hatten schwere Brandmale hinterlassen. Die alte Magd nahm es und versprach es zu begraben. Ich floh in derselben Nacht noch mit Barbara aus der brennenden Stadt.

Bis heute weiß ich nicht, wie sehr die Stadt schon vorher brannte oder ob die Leute mit ihren Fackeln den Brand noch anfachten.

Barbara war dann plötzlich seltsam klar. Sie meinte, dass uns nur eins übrig blieb, uns zu ihrem Bruder durchzuschlagen, der hier irgendwo in den Wäldern hause. Es war Winter und sehr kalt und wir wussten nicht, in welche Richtung wir gehen mussten. Mühsam machten wir uns abends ein kleines Feuer.

Doch dann kam uns der Zufall zu Hilfe oder vielleicht war es auch Gottes Ratschluss. Wir trafen einen Händler und der wusste, wo ihr zu finden seid und brachte uns hierher. Den Rest wisst ihr selbst."

Als Josef geendet hat, sieht er noch erschöpfter aus als sonst schon. Seine Hände bewegen sich unruhig in seinem Schoß und er blickt nicht auf, sondern hält den Kopf tief gesenkt. Leise murmelt er unverständliche Worte vor sich hin. Betet er?

Plötzlich schluchzt er laut auf: „Ich bin so jämmerlich, so selbstsüchtig und feige gewesen. Ich verdiene es nicht mehr zu leben. Ich allein habe ihr Leben zerstört. Und hier draußen falle ich euch nur zur Last Ich werde einfach weggehen und allem ein Ende setzen." Tränen tropfen durch seine Hände, die er vor das Gesicht geschlagen hat.

Konrad war hinter ihn getreten und fast ihn nun an der Schulter.

„He Junge, wach auf! Was denkst du, wem du mit deinem Gejammer nützt? Wir alle sind fehlbar. Glaubst du wir kennen nicht unsere Momente, in denen wir nicht das Rechte getan haben, weil wir Angst hatten, von Eigennutz oder Not zerfressen waren? Morgen kommst du mit, um Barbara zu suchen. Du hast sie ja schon einmal gefunden."

Auch Grete ist bemüht ihre Wut im Zaum zu halten: „Das Wichtigste ist, dass Barbara nichts zugestoßen ist und das sie die Nacht da draußen überlebt. Du bist doch ein Pfaffe, also bete für sie. Das wirst du ja wohl können."

Nun greift Katharina ein. „Aber für heute glaube ich, ist es genug. Es war ein anstrengender und aufregender Tag für uns alle. Und morgen wird es vielleicht noch schlimmer werden. Keiner weiß, wie das alles ausgehen wird. Wir müssen versuchen Kraft zu schöpfen. Lasst uns also zu Bett gehen. Ich werde mit Josef hinübergehen und ihm etwas geben. Ich habe schon lange darüber nachgedacht und vielleicht wird es ihm helfen. Ich komme gleich zurück und schaue noch einmal nach dem kleinen Till", verspricht sie.

Änne sieht ihrer Mutter nach, die mit Josef hinübergeht.

Jetzt ist der richtige Zeitpunkt, um mit Marie ihren Plan zu besprechen. Sie sagt, sie müsse noch einmal hinaus und zieht in einem unbeobachteten Moment schnell Marie hinter sich her.

„Was willst du denn?", flüstert die. „Kannst du nicht allein zum Misthaufen gehen?"

„Marie mir ist da etwas eingefallen. Als wir hierher gewandert sind, haben wir in einer verfallenen Schutzhütte übernachtet. Man kann sie von weitem nicht sehen, weil Bäume halb darüber gestürzt sind. Sollten wir nicht da mal nachschauen?"

„Klar, wir erzählen gleich morgen früh Vater davon. Warum machst du daraus so ein Geheimnis?"

„Nein, nein, wir erzählen niemandem davon. Ich weiß genau, wo es ist. Morgen ganz in der Frühe, wenn es noch dunkel ist und ehe die anderen aufwachen, brechen wir auf!"

„Ich weiß nicht Änne. Vater und Mutter haben genug Sorgen und deine Mutter auch."

Marie will weiterreden, doch Änne unterbricht sie.

„Eben, sie haben genug Sorgen und wenn wir die Barbara schnell finden, werden sie uns dankbar sein. So haben sie einen Tag für die notwendigen Arbeiten gewonnen. Außerdem willst du doch Abenteuer erleben, da kannst du ebenso gut jetzt damit anfangen."

Marie wirkt nach wie vor unentschlossen. Doch in einem hat Änne recht, wenn es gelänge und Barbara tatsächlich dort wäre, würden sie den Eltern eine Last abnehmen. Das lässt bei Marie dann doch Begeisterung für Ännes Idee aufkommen und sie beginnt handfeste Pläne zu schmieden.

„Gut, wir müssen nur zeitig genug aufbrechen. Vielleicht sind wir dann schon wieder da, ehe sie überhaupt bemerken, dass wir weg sind. Wir nehmen eine

Stalllaterne mit einem Kienspan mit und vielleicht auch einen Korb, dann denken sie, wenn sie doch was mitkriegen, wir holen nur ein paar Pilze. In der näheren Umgebung kenne ich mich ja aus, das wissen sie. Gleich beim ersten Hahnenschrei gehen wir los, wer zuerst wach ist weckt die andere."

Sie machen sich einen Weckruf aus, der dem Krähen eines Hahnes nicht ganz unähnlich ist. Dann schleichen sie nacheinander wieder ins Haus ohne zu bemerken, dass sich eine Gestalt von der Hauswand löst, die ihr Gespräch belauscht hat.

Änne schläft unruhig in dieser Nacht und schon lange vor dem ersten Hahnenschrei ist sie wach. Ganz leise, um ja die Mutter nicht zu wecken, schleicht sie aus der Kammer.

Doch die Mutter schläft fest. Sie ist am Abend noch eine ganze Weile drüben bei Josef gewesen und auch zum kleinen Till hat Grete sie in der Nacht noch einmal gerufen.

Mit ihrem Hahnenruf weckt sie Marie. Die entzündet noch schnell einen Kienspan an der Glut des Herdfeuers und steckt ihn in die Halterung der Laterne. So haben sie wenigstens für ein Stück des Weges Licht. Dann machen sich die Mädchen auf den Weg ohne zu ahnen, dass ihnen der Lauscher des gestrigen Abends heimlich folgt.

Es ist sehr dunkel. Ein paar Sterne stehen noch am Himmel und erst allmählich graut der Morgen. Schleier ziehen übers Land und setzen sich auf den Waldlichtungen als Tautropfen aufs Gras. Bald ist das winzige Flämmchen ihres Spans erloschen. Nun wird es den Mädchen doch etwas mulmig. Zwar sind sie schon öfter allein in den Pilzen gewesen, doch noch nie hatten sie sich so weit vom Haus entfernt, noch dazu zu so früher Stunde. Änne glaubt zwar den rechten Weg zur Schutzhütte zu kennen, doch ist dieser weiter als sie ihn in Erinnerung hatte und das Morgengrauen mit seinem Geraschel und Gewisper gibt dem Wald etwas Mystisches. Änne denkt an die Geschichten der Mutter vom Moosmännchen und der wilden Jagt oder von der Holle und überall glaubt sie, deren Gestalten zu erkennen, die sich aber beim Näherkommen als ein umgefallener Baum, ein moosbewachsener Ast oder das mit Tautropfen behangene Netz einer Spinne entpuppen. Sie greift nach Maries Hand und beide schrecken erschrocken zurück, als plötzlich ein Fuchs ihren Weg kreuzt. Doch der ist genauso erschrocken wie sie und macht sich, so schnell er kann, aus dem Staub. Sie beginnen immer schneller zu laufen und zum Schluss rennen sie, bis sie erschöpft auf einen Baumstumpf niederfallen.

„Bist du sicher, dass wir hier richtig sind?", fragt Marie, „oder haben wir uns etwa verlaufen?"

Änne hatte sich das ganze Unternehmen viel einfacher vorgestellt und nun kommen ihr Zweifel, dass das wirklich der richtige Weg ist.

„Ich weiß auch nicht. Sollen wir zurückgehen? Aber eigentlich sind wir so hergekommen. Ich habe mich am Bach orientiert und jetzt geht die Sonne da im Osten auf. Es kann doch gar nicht mehr so weit sein."

„Na dann weiter damit wir nicht zu viel Zeit verlieren. Hoffentlich suchen sie uns zu Hause nicht schon." Sie essen noch schnell einen Happen ihres mitgebrachten Brotes. Eigentlich haben sie es für Barbara mitgenommen, denn die hat ja schon seit gestern Morgen nicht mehr gehabt. Doch das Laufen macht hungrig und so brechen sie sich jeder ein Stück ab. Dann stolpern sie weiter über Stock und Stein und ihr Unbehagen wächst, schließlich müssen sie ja auch wieder zurück. Änne gibt sich Mühe, die auffälligen Punkte, wie umgefallene Bäume oder die Nähe zum Bach, genau in Erinnerung zu behalten. Je weiter sie gehen, desto mehr befürchten sie auch in die Nähe von Ansiedlungen zu kommen. Schon haben sie beschlossen umzukehren und vielleicht doch noch vor der großen Aufregung, die ihr verschwinden verursachen würde, daheim zu sein, mit einem Korb voll Pilzen, die es reichlich gibt. Doch würde das als Entschuldigung reichen? Da auf einmal wird Änne ganz aufgeregt. Sie erkennt alles wieder. Dort, hinter diesem abgestorben Baumriesen, der seine kahlen Äste wie Arme in die Höhe streckte, muss es sein. Schon damals war ihr dieser merkwürdige Baum aufgefallen, weil er so markant auf der kleinen Lichtung steht. Und dort ist sie ja auch, die kleine aus Äste und Zweigen unter einem Felsvorsprung gebaute, Schutzhütte. Schon mit Mutter hatte sie gerätselt, wer sie wohl erbaut hatte. Doch dann waren sie einfach todmüde hineingekrochen, froh hier unterschlüpfen zu können für eine Nacht. Änne stürmt voran. Sie will unbedingt wissen, ob ihre Vermutung richtig gewesen ist und ob sich der lange Weg gelohnt hat. Doch kurz vor der Hütte bleibt sie wie angewurzelt stehen. Die Mutter gemahnte sie auf dem Weg immer wieder zur Vorsicht. Und auch hier hatte die Mutter erst geprüft, ob sich in er Hütte keine Tiere eingenistet hatten. Daran erinnert sie sich jetzt. Sie pirscht sich nun vorsichtig heran. Doch alles bleibt still und unbeweglich. Marie ist gleich hinter ihr.

„Ich geh jetzt rein Marie und ruf dich wenn etwas ist." Anne tastet sich vor. Wahrhaftig da war jemand, zugedeckt mit Laub.

„Ich glaube hier ist sie!", ruft sie zu Marie hinaus. Doch diese antworte nicht. So kriecht sie weiter zu der Gestalt, die sie im Dunklen noch immer nicht erkennen kann. Für einen Moment zögert sie. Was, wenn hier ein Fremder liegt. So viele Menschen hat die Not heutzutage in die Wälder getrieben. Plötzlich vernimmt Änne ein merkwürdiges Scharren. Ihre Augen haben sich noch immer nicht an die Dunkelheit in der Hütte gewöhnt.

Das ist doch nicht ... plötzlich springt die liegende Gestalt aus dem Laub auf und kommt auf sie zu. Änne schreit auf und stürzt wie von Sinne aus der Hütte.

„Marie, Marie hilf mir!! Hier ist jemand." Doch von Marie ist weit und breit keine Spur. Änne zittert am ganzen Leib. Sind es etwa Mehrere und hatten sie Marie schon gefangen. Nur weg hier!!! Sie stolpert über einen Ast und fällt der Länge nach hin. Als sie sich wieder aufrappeln will, greift eine Hand nach der ihren und hält ihr Handgelenk fest umklammert. Änne versucht sich loszureißen und dabei wird ihr bewusst, dass sie immer noch wie von Sinnen schreit. Doch die Hand lässt sie nicht los. Änne hat die Augen fest geschlossen und ihr Schreien ist jetzt in ein Wimmern übergegangen. Auf einmal lockert sich der Griff und Änne sieht schon ihre Chance zur Flucht gekommen. Da rüttelt sie jemand fast sanft an der Schulter und eine ihr bekannte Stimme, die klingt als wolle sie ebenfalls gleich losheulen ruft: „Änne, Änne so hör doch auf. Ich bin es doch nur. Ich wollte dich doch nur ein bisschen necken." Änne öffnet ganz langsam die Augen und blinzelt zu dem anderen hin.

„Hans!" Eine Welle der Erleichterung aber auch der Wut durchflutet sie.

„Was machst du denn hier. Und wo ist Marie?"

Sie geht plötzlich auf ihn los und schlägt wie wild auf ihn ein. Er wehrt sich nicht, bis Änne sich erschöpft auf den Waldboden fallen lässt. Ihr Herz schlägt fürchterlich schnell und ihre Beine wollen ihr nicht mehr gehorchen. Hans ist ganz rot im Gesicht und stottert herum. So hat Änne ihn noch nie erlebt. Er setzt sich neben sie, hält aber ein gebührendes Stück Abstand.

Eine Weile schweigen sie, ein jeder damit beschäftigt sein Fassung wiederzugewinnen.

Hans erlangt als erstes die Sprache zurück. Es kling noch etwas schüchtern: „Ich wollte dich wirklich nicht so erschrecken. Es tut mit sehr leid." Dabei sieht er sie treuherzig mit etwas schief gelegten Kopf an und für eine Moment hat Änne das Gefühl, als wolle er ihr über die Hand streicheln, dabei wird er schon wieder rot. Änne muss plötzlich loslachen und Hans gewinnt damit endgültig zu seiner alten frechen, spöttischen Art zurück, die er immer an den Tag legt, wenn er Änne begegnet.

„Du hast wohl gedacht, ihr könnt euch einfach so davonstehlen. Kluger Plan was? Aber da habt ihr die Rechnung ohne mich gemacht. Man sieht euch doch schon an der Nasenspitze an, wenn ihr was im Schilde führt. Da dachte ich mit, ich geh halt mal hinter euch her und passe ein bisschen auf, dass ihr nicht noch in ein Unglück rennt. Ich hab ziemlich schnell gewusst, wohin ihr unterwegs seid und da hab ich halt ne Abkürzung genommen. Was kann ich denn dafür, dass ich schon drin war, als du kamst."

„Ph, gelauscht hast du, du frecher Kerl! Deshalb wusstest du wohin wir unterwegs waren und wolltest uns nur einen Streich spielen."

So gibt ein Wort das andere und sie sind schon bald in einen Streit verwickelt, der Änne so in Rage bringt, dass sie beinahe wieder auf Hans eingeschlagen hätte, wäre da nicht plötzlich Marie vor ihnen aufgetaucht.

„Marie, wo warst du?", ruft Änne und springt auf, beinahe hätte sie die Freundin vergessen. Sie will schon los poltern und sich über Hans beschweren. Doch Marie sieht aus als habe sie einen Geist gesehen. Sie ist ganz blass und Gesicht und Hände sind mit Dreck beschmiert.

„Ich hab sie gefunden", brüllt sie viel zu laut. Bei Maries Anblick keimt Angst in Änne auf.

„Ist sie, ich meine ist sie, lebt sie noch", stottert Hans.

„Bitte nicht!", schickt Änne ein stilles Stoßgebet gen Himmel.

„Ich, weiß auch nicht. Sie bewegt sich überhaupt nicht. Aber ich komme nicht zu ihr hin. Maries Zopf hatte sich gelöst und wie sie dastand, die Hände wie ihre Mutter in die Hüfte gepresst, hatte sie fast etwas Verwegenes.

„Als du in der Hütte warst, sah ich auf einmal Barbaras Tuch an dem Baum da oben hängen. Ich hab noch gerufen, dass ich mal schnell nachsehen gehe, aber du hast mich wohl nicht gehört." Jetzt erst bemerkte Marie ihren Bruder.

„Wo kommst du denn her?", fragte sie verwirrt. Doch ohne eine Antwort abzuwarten, wischte sie sich schnell eine Träne aus den Augen, wobei noch mehr von der Erde an ihren Händen im Gesicht und an ihrer Schürze zurückbleibt und ruft den beiden, die wie zur Salzsäule erstarrt dastanden, zu.

„Nun kommt schon! Zusammen schaffen wir es vielleicht." Sie dreht sich um und geht voran und die beiden anderen folgen ihr. Sie klettern eine kleine Anhöhe hinauf und richtig da hängt Barbaras Tuch am Baum. Als sie ganz nach oben angekommen sind, geht es auf der anderen Seite steil nach unten. Da unten sehen nun auch Änne und Hans Barbara. Sie liegt zusammen gekrümmt wie ein Baby ganz ruhig da. Man kann von oben nicht feststellen, ob sie nur schläft, bewusstlos ist oder gar tot. War sie hier vielleicht in der Dunkelheit hinuntergestürzt oder war sie von der anderen Seite herangekommen und hatte hier Schutz gesucht oder hatte sie sich etwas angetan. Zuerst einmal blickten sich die Kinder ratlos an. Marie hatte versucht hinunterzukommen, doch sie hatte Angst gehabt abzurutschen und auch in die Tiefe zu stürzen. Man erkennt noch deutlich die Spuren ihrer Kletterversuche.

„Wir könnten versuchen drum herum zu kommen, vielleicht ist der Abstieg von der andern Seite leichter. Doch es würde ziemlich lange dauern."

„Zumindest einer von uns müsste hinunter." überlegt Änne und sucht in ihrem Korb herum. Hans will schon wieder ein paar spöttische Worte los werden, darüber was Weibsleute alles so mit herumschleppen. Doch wieder mal verschlägt es ihm die Sprache, als er sieht was Änne da auspackt. Gestern Abend noch hatte Änne überlegt, was vielleicht notwendig sein würde, falls sie Barbara finden. Geschult durch die lange Wanderung mit der Mutter und das, was diese sie dabei gelehrt hatte, hatte sie einige Dinge eingepackt. Da ist zum einen ihr, das heißt das Messer ihres Vaters. Die Mutter hatte es in ihrem verwüsteten Haus gefunden und es ihr, Änne, gegeben. Es sollte ein Erinnerungsstück an den Vater sein, ihr aber gleichzeitig auch als Schutz dienen. Denn was konnte nicht alles geschehen, wenn man unterwegs war. Änne trägt es nun ständig bei sich und hütet es wie ihren Augapfel. Sie hat auch ein kleines Säckchen mit getrockneten Heilkräutern dabei, die sie schon kennt und die fürs erste vielleicht hilfreich sind und Stofffetzen zum verbinden. Zum Schluss, und nun kommt Hans aus dem Staunen nicht mehr heraus, befördert sie ein Seil zu Tage. Er schämt sich fast ein bisschen. Hätte er nicht auch an so etwas denken können? Aber er war einfach los gerannt, ohne eigentlich wirklich daran zu glauben, dass sie Barbara finden würden. War es ihm nicht mehr oder weniger darum gegangen die Mädchen zu erschrecken oder zu zeigen was er für ein Kerl ist? Im Stillen muss er sich eingestehen, was er laut niemals zugegeben hätte, die Änne ist schon eine besonderes Mädchen. Doch seine Gedanken werden jäh unterbrochen, denn Änne hat das Seil bereits an einem Baum befestigt.

„Ich werde hinunter steigen. Ich bin am leichtesten und habe ja auch ein paar Kräuter und Salben dabei. Ihr müsst das Seil sichern und versuchen uns dann rauf zu ziehen."

Ihre Stimme duldet keinen Widerspruch. Doch eigentlich hat Änne ganz schöne Angst und sie ahnt, wenn sie noch lange zögert und nachdenkt, würde sie sich nicht mehr trauen. Vor allem hat sie panische Angst davor, dass Barbara nicht mehr am Leben sein könnte. Der Gedanke an die Toten in ihrem Dorf, die sie mit begraben hatte, schnürt ihr die Kehle zu. Nur mühsam reißt sie sich zusammen, um sich auf das vorsichtige hinunterklettern zu konzentrieren. Langsam, ganz langsam lässt sie sich am Seil den Abhang hinunter.

Geschafft!

„Ich bin unten!", ruft sie hinauf zu den beiden anderen, wendet sich um und geht zu Barbara hinüber, ein leises Gebet vor sich hin sprechend.

„Lass sie bloß noch leben! Lass sie nicht tot sein!"

Sie kniet sich neben Barbara nieder, deren Brustkorb sich ruhig hebt und senkt. Änne atmet erleichtert auf.

„Gott sei's gedankt, sie lebt!"

Sie winkt zu den Freunden hinauf.

Dann fasst sie Barbara vorsichtig an der Schulter und hofft sie wachrüttelt zu können.

„Barbara!", zuerst flüstert sie nur, um sie nicht zu erschrecken, doch erst als ihre Stimme etwas lauter wird, beginnt sich die junge Frau zu bewegen. Langsam dreht sie sich zu Änne herum und öffnet ihre Augen. Dabei lächelt sie auf eigentümliche, fremde Weise, als sei sie gerade vom Himmel gefallen.

„Mein Kind, es lebt!", flüstert sie glücklich.

Änne steht das Erlebnis mit ihrem Vater vor Augen und sie nickt nur. Auch Barbara scheint nicht näher darauf eingehen zu wollen. Mit einem Ruck setzt sie sich auf, und wie zu sich selbst oder wie im Trance, begann sie zu sprechen: „Wie bin ich hierhergekommen. Ich bin gelaufen und gelaufen ohne auszuruhen. Eine unsägliche Angst hat mich getrieben. Es wurde immer dunkler und die Fackel war längst erloschen. Da, auf einmal bin ich gefallen immer weiter in die Tiefe. Ich bin einfach liegengeblieben. Es ist das Ende, dachte ich. Vielleicht bin ich in eine Falle gegangen oder es ist der Vorhof der Hölle und ich werde nun für mein sündiges Leben bestraft. Aber nicht geschah und so bin ich wohl eingeschlafen. Da war ich auf einmal ohne Angst und ohne Schuld. Doch schon verblasst alles wieder. Vielleicht ist es das Beste einfach wieder einzuschlafen." Sie ist schon im begriff sich zurücklehnen. Doch Anne stützt ihr den Rücken und sagt eindringlich mit lauter Stimme: „Du darfst jetzt nicht schlafen Barbara. Alles wird gut. Bist du verletzt von dem Sturz oder hast du Schmerzen?" Barbara wendet sich Änne erneut zu und es ist als erkenne sie sie erst jetzt wirklich.

„Änne wie kommst du denn hierher und wie konntest du mich denn hier finden." Ihre Stimme hatte plötzlich wieder ihren normalen Klang und sie schaut verwundert um sich. Es ist als sei sie erst jetzt aus einem langen, langen Schlaf erwacht. Ihr Gesicht wirkt auf einmal viel jünger. So wie es früher vielleicht einmal gewesen war, als sie noch ein Mädchen und als ihr späteres Unglück noch unvorstellbar für sie war.

„Wir haben dich gesucht Barbara."

„Du hast mich wirklich gesucht."

„Nein, wir alle haben nach dich gesucht. Gestern bis zur Dunkelheit war Konrad draußen und heute Morgen ..." Sie bricht ab, will nicht verraten, dass sie ohne Wissen der Eltern unterwegs sind.

„Ich bin's nicht wert, dass sie nach mir suchen. Ich bin doch zu nichts nütze, nur zwei Esser mehr, die mit durchgefüttert werden müssen. Die Grete ja, die ist tüchtig und mein Bruder hat sich auch gut an die Gegebenheiten angepasst. Doch ich kann nicht mal ein kleines Kind hüten. Er ist mir heruntergefallen." Barbaras Miene verzieht sich wieder zu dem traurigen Gesicht, dass Änne so gut kennt.

„Dem Till geht es wieder besser. Er wird es überstehen. Es ist doch ganz normal, dass wir dich suchen. Sag mir nun tut dir etwas weh." Barbara sieht an sich herunter, als suche sie eine schmerzende Stelle. Doch außer zwei großen Brandblasen an den Händen und aufgeschürften Knien, sind keine ernsthafte Verletzung feststellbar. Änne gibt Ringelblumensalbe auf die Wunden und verbindet sie sorgsam.

Sie kommt sich ziemlich erwachsen vor und ist ein wenig stolz auf sich selbst, weil sie sich die Anweisungen der Mutter so gut gemerkt hat.

„Ich habe Durst", flüstert Barbara. Auch daran hat Änne gedacht. Aus einem kleinen Krug, gibt sie ihr Wasser. Als Barbara getrunken und auch noch ein Stück des mitgebrachten Brotes zu sich genommen hat, fragt Änne, ob sie sich stark genug fühle, mit ihr am Seil den Abhang hinauf zu klettern. Änne hatte inzwischen ihre Umgebung genau in Augenschein genommen und dabei festgestellt, dass auch der gegenüberliegende Hang recht steil ist. Es lohnt sich als nicht außen herum zu gehe. Dieser Graben hier scheint von Menschenhand geschaffen zu sein. Wahrscheinlich ist das hier, ein uralter, verfallener Stollen eines Bergwerkes. Es bleibt also nicht anderes übrig, als sich am Seil nach oben ziehen zu lassen. Änne hilft Barbara hoch. Gemeinsam begeben sie sich zum Seil.

„Wir sind soweit, ihr könnt uns hochziehen", ruft sie nach oben.

„Wer ist bei dir?", fragt Barbara erstaunt.

„Marie und Hans", antwortete Anne knapp.

„Du musst zuerst hinauf Barbara. Ich versuche dich von hinten zu halten. Meinst du, du kannst es schaffen."

„Es wird schon gehen." Barbara hält sich am Seil fest und Anne versucht sie von hinten zu schieben. Doch sie merkt bald, dass Barbara recht gut allein zurecht kommt. Sie stütze sich mit den Beinen ab und Hans und Marie ziehen sie hoch. Änne muss sich dabei im Stillen eingestehen, das sie es wohl ohne Hans schwerlich geschafft hätten. Nachdem Barbara heil oben angekommen ist, wird auch Änne nach oben gezogen. Alle lassen sich nun erschöpft fallen. Marie umarmt Barbara stürmisch, wie es eigentlich überhaupt nicht ihre Art ist. Doch die ausgestandene Angst tut hier ihr übriges.

„Ich bin so froh, dass alles gut gegangen ist", beteuert Marie immer wieder. Was wäre wohl gewesen, wenn ihr Abenteuer nicht so gut ausgegangen wäre. Barbara reibt sich heimlich die Hände und Anne vermutet, dass sie enorme Schmerzen beim hochziehen am Seil mit den nur notdürftig verbundenen Händen erlitten hat. Doch es kommt kein Wort der Klage, eher versucht sie es mit einem Lächeln. Hans steht etwas abseits der Szene. Er weiß nicht so recht, wie er sich verhalten soll. Einerseits ist auch er froh, dass sie es geschafft haben und das die Tante nun lebend und einigermaßen heil bei ihnen ist. Doch sie zu umarmen oder gar zu heulen, widerstrebte ihm als fast schon „erwachsener" Mann. Änne war mit einem

Mal so müde, dass sie am liebsten auf den Waldboden liegen geblieben wäre. Doch Marie mahnt zum Aufbruch. Sie werden noch eine ganze Weile bis nach Hause brauchen und die Sonne steht schon ziemlich hoch am Himmel.

„Kommt ich zeig euch eine Abkürzung am Bach entlang." Hans ist froh etwas Handfestes beitragen zu können. In allen wächst nun die Sorge vor dem Heimkommen. Würde man sehr ärgerlich oder aufgebracht sein? Alles Vermuten und Fragen nütze da wenig. Es bleibt ihnen nicht anders übrig, als sich auf den Weg zu machen. Der Weg zurück ist schnell gefunden, zumal alles viel unspektakulärer aussieht wie am Morgen, denn es ist ja heller Tag. Die Angst jemandem Fremden zu begegnen, lässt sie schnell und ohne nennenswerte Pausen, immer die Augen und Ohren offen haltend, voran kommen. Es wird kein unnötiges Wort gesprochen. Kaum haben sie einen Blick für die tief stehende Herbstsonne, die ihr Licht in fast unwirklichen funkeln, durch das schon bunte Laub der Bäume schickte. Wehmütig blickt Hans zum Bach hinüber, hier müsste er seine Angel dabei haben. Doch die Mädchen lassen sich kaum Zeit ein paar Steinpilze, die überall in großer Zahl wachsen, in ihren Korb zu sammeln. Marie hatte sich bei Barbara eingehackt, als fürchte sie die Tante würde sich gleich wieder in Luft auflösen, wenn sie sie nicht festhält. Hans und Änne folgen ihnen. Jeder wirft dem anderen verstohlene Blicke zu, wenn er meint, dass der es nicht merkte. Zum ersten Mal fragt sich Änne, was er wohl über sie denkt. Und was sind seine geheimen Gedanken und Wünsche, die er in sich drin verschlossen hält. Steckt etwa mehr in diesem großen schlaksigen Burschen mit dem losen Mundweg? Etwas an ihm hat sie angerührt, als sie so nebeneinander auf dem Waldboden saßen. Aber ihr fallen einfach keine Worte ein, um mit ihm ein Gespräch zu beginnen und auch er schweigt beharrlich und fuchtelt mit einen gefunden Stock herum, weicht aber nicht von ihrer Seite. Plötzlich packt er Änne am Arm und bringt sie dazu stehenzubleiben. Sie will schon loswettern, da sieht sie auf dem Waldboden eine sich schlängelnde Kreuzotter. Beinahe wäre sie mit ihren nackten Füssen darauf getreten.

„Danke", murmelt sie.

„Schon gut."

Warum wird er denn nun schon wieder rot? Doch als sei auf einmal ein Damm gebrochen redet er los. Er spricht hastig, als reiche die Zeit nicht aus, um seine Sache vorzubringen.

„Auch ich werde fortgehen Änne, sobald ich kann. Vielleicht noch vor dem Winter, wenn die Felder gerodet und bestellt sind oder gleich wenn es Frühling wird. Ich will in die Wälder, da gibt es eine Bande, die setzen sich zur Wehr gegen die Soldateska und die Obrigkeit und die helfen den Armen. Vater hat davon erzählt. Da will ich dabei sein. Ich will nicht nur Lieder und Traktate schreiben wie Vater. Ich kann's auch gar nicht. Es muss doch irgendwas gemacht werden, gegen solches Leid, wie es dir und deiner Mutter oder Barbara widerfahren ist." Wie aus versehen streift seine Hand die Ihre. Sie zuckt zurück und nun ist es an ihr rot zu werden. Schnell versucht sie davon abzulenken.

„Du bist doch noch viel zu jung und deine Eltern brauchen dich hier."

„Ich bin schon 14. Anderswo ist ein Bursche da schon in der Lehre. Und wenn sie mich hier kriegen, pressen sie mich auch ins Heer, ob's nun die kaiserlichen oder die Schweden sind. Da will ich schon lieber frei sein. Meine Eltern haben ja Joseph. Du wirst sehen, er wird sich wieder berappeln und die Brüder werden ja auch größer und kräftiger. Soll ich denn ein Bauer werden, wie Vater. Ich merk doch, ihn zieht es auch hinaus."

„Ein Bauer ist nicht das Schlechteste. Sähen, hegen und ernten, dazu die Pechsiederei. Da kann man leben."

„Ja vielleicht, wenn Frieden wäre."

„Willst du denn dein Leben aufs Spiel setzen und vielleicht verlieren. So viele hat es schon getroffen und wenn der Krieg vorbei ist, dann gibt es vielleicht niemanden mehr, der sät und erntet oder sein Handwerk ausführt. Der einfach lebt, wie die Menschen immer gelebt haben." Ihre Augen verschleierten sich, ohne dass sie es wahrhaben will. Sie merkt plötzlich, dass sie nicht möchte, dass Hans hinauszieht und dass ihm etwas geschieht. Sie weiß nicht, ob es gut ist zu kämpfen und sich zu wehren. Sie denkt an Franz ihren älteren Bruder. Er wollte Zimmerer werden, genau wie der Vater und träumte von seiner Zeit auf der Walz. Konnte vom Vater nicht genug davon hören. Und nun ist er verschwunden, vielleicht schon lange tot. Oder er ist gezwungen zu kämpfen im Schwedischen Heer. Würde auch er plündern und morden müssen, um zu überleben. Und Hans würde er am Galgen enden. Sie denkt an die Geschichte mit dem Würfelspiel, die sie vor ihrer Krankheit belauscht hatte. Würde es immer diese Gewalt unter den Menschen geben oder würde es einmal in einer fernen Zeit anders sein, kein Krieg mehr, keine Not, kein Hunger.

Auf einmal wird ihr klar, dass sie angenommen hat, hier würde alles so bleiben wie es war, auch wenn sie fortgehen muss.

Jäh wird sie aus ihren Gedanken gerissen, denn genau wie im Frühjahr als sie hier ankamen, steht plötzlich Konrad vor ihnen. Damals hatte sie sich noch hinter dem Rücken der Mutter verbergen können. Wie viel Zeit ist seither verflossen, eine Ewigkeit scheint es her zu sein. So viel hat sich ereignet. Es ist ihr als sei sie erwachsener geworden. Dabei ist doch nur dieser eine Sommer vergangen. Und sie sie immer noch erst 12 Jahre alt.

Konrad hat sich, mit einem großen Knüppel in der Hand vor ihnen aufgebaut. In ihrem ersten Schreck denkt Änne, er will sie damit schlagen. Aber er steht einfach nur so da und sagt kein Wort. Änne betrachtet sein Gesicht, das von Müdigkeit und Sorge gezeichnet ist.

„Es tut mir leid Konrad. Ich habe sie angestiftet, weil ich zu wissen glaubte, wo Barbara ist", sagt sie leise und merkte dabei wie sich ein Schluchzen in ihrer Kehle breit machen will und heraus drängte. Sie kommt sich mit einem Mal dumm und kindisch vor.

„Du darfst ihnen nicht tun Konrad", mischt sich nun Barbara ein.

„Sie sind doch um meinetwillen unterwegs gewesen. Bitte sie haben ein gutes Herz. Das darf man nicht zu früh zerstören."

„Wer sagt hier, dass ich etwas zerstören will, geschweige dem einem meiner Kinder etwas tun. Was soll das nützen? Auch wenn sie sich unüberlegt in große Gefahr begeben haben. Wie du übrigen auch liebe Schwester. Bei ihnen rechne ich es ihrer Jugend zu. Du aber wirst nun endlich einmal erklären müssen, was dir da in Plauen wirklich widerfahren. Ach wenn uns dein Paffe gestern schon einige erzählt hat. So will ich es doch aus deinem Mund hören. Aber nun nach Hause mit euch. Eure Mütter sind in heller Aufregung, besonders deine Änne. Das ist nun deine Sache, wie du sie wieder besänftigst. Du weißt wie viel ihr verloren habt."
Änne senkte den Kopf und nun ließ sich das so mühevoll verborgene Schluchzen doch nicht mehr ganz zurückhalten.

„Nun lass mal gut sein. Der ganze Hausstand ist schon genug durcheinandergewirbelt. Selbst mein lieber Schwager oder was immer er auch sein mag, ist seit den Morgenstunden mit mir unterwegs und man sieht die frische Luft und das nicht ständige herum sinnieren hat ihm gut getan. Richtig rote Bäckchen hat er gekriegt." Nun schwingt das Lachen in Konrads Stimme schon wieder mit. Erst jetzt bemerken die Kinder, dass hinter Konrads massiger Gestalt noch jemand steht. Ganz langsam tritt er zu Barbara hin.

„Joseph, du bist ja aufgestanden? Geht es dir besser. Das ist schön."

„Ja ich glaube schon. Ich habe heute Nacht beschlossen es mit dem Weiterleben zu versuchen. Vielleicht sollten wir alles was war vergessen und neu anfangen. Gott hat uns diese Prüfung auferlegt. Wir wollen doch bestehen vor ihm, nicht wahr?" Bittend blickte er sie an.

„Oh ja, du hast wohl recht." Sie macht ein kleine Pause und fährt dann fort zu sagen, was ihr unendlich wichtig ist: „Aber glaubst du, dass das Kind noch leben könnte. Ich habe davon geträumt da im Wald. Es war ein so schöner Traum." Plötzlich herrschte eine atemlose Stille. Würde er Barbaras mühsam gewonnene Hoffnung gleich wieder zerstören? Alle starrten ihn voller Besorgnis an. War es nun der Priester der aus ihm sprach oder endlich auch der mitfühlende Mensch.

„Ich weiß es nicht Barbara. Ich habe ihn nur ganz kurz im Arm behalten. Aber die Emma, dein alte Amme ist ein umsichtiger Mensch und dir in Liebe und Güte verbunden. Sie wird das richtige getan haben. Alles liegt in Gottes Hand auch das Kind, ob lebend oder tot." Barbara nickte still. Nur Marie, die ganz dich bei ihr stand, immer noch bei ihr eingehakt hörte sie murmeln: „Ich weiß es aber ganz bestimmt."

Marie tritt einen Schritt zurück und überlässt nun Joseph ihren Platz an Barbaras Seite. Der sie zum ersten Mal, seit sie im vorigen Winter hier angekommen sind, vorsichtig aber liebevoll umfasst.

Marie gesellt sich wieder zu Änne und ihren Bruder ohne zu merken welches feine Netz sich zwischen den beiden gesponnen hatte. So bewegt sich der kleine Zug, zum Glück unbehelligt von irgendwem, der kleinen Lichtung zu, auf der die alte Köhler Hütte steht.

Änne sieht Marie und Hans heimlich von de Seite an. Und da spürt sie so etwas wie Neid in sich aufsteigen. Die beiden haben hier ihr zu Hause, während sie bald, sehr bald würde weiterziehen müssen, in eine Zukunft, von der sie keine Ahnung hat, was sie ihr bringen wird. Sie weiß in diesem Punkt bleibt die Mutter unerbittlich. Zu oft hat Änne schon versucht mit ihr darüber zu reden. Sie glaubt manchmal, irgendwie weiß die Mutter selbst nicht, weshalb sie unbedingt weiter will, doch sie ist stur, wie ein alter Esel. Geht es ihr wirklich so sehr um das ungeborenene Kind in ihrem Leib oder will sie ihre Mutter wiedersehen und ihr Änne das

Enkelkind vorstellen? Etwas treibt sie, als sei es ihr Schicksal. Selbst Grete, die sie auch gerne hierbehalten hätte, vermochte nichts auszurichten.

Wie gerne würde sie bei Marie bleiben, ihrer besten und einzigen Freundin, beim kleinen Till, den sie liebgewonnen hat, wie ein eigenes Brüderchen, bei Konrad der ihr fast wie ein Vater geworden ist und auch bei Grete, in ihrer derben aber doch herzlichen Art, bei Barbara, die ihr versprochen hat, ihr das Spitzen klöppeln beizubringen, ja einfach bei allen hier. Selbst Wald und Feld waren ihr so vertraut geworden, wie auch die Tier im Stall. Und dann war da noch Hans, der ganz eigenartig ihr Herz berührt hatte, wobei sie sich noch nicht einmal darüber klar ist, wie das gekommen ist. Doch die Blätter hatten begonnen sich schon wunderbar bunt zu färben. In nicht allzu langer Zeit würden die Herbststürme sie herunter wehen. Bis dahin müssen sie schon weit gegangen, vielleicht schon bei der Großmutter angekommen sein. Auch der Bauch der Mutter hat sich inzwischen immer mehr gerundet. Was im Frühling, als sie hier ankamen, nur von einem geübten Blick hatte wahrgenommen werden können, ist nun vor niemandem mehr zu verbergen. So nimmt Änne in diesem Augenblick, als sie auf das Haus zugehen heimlich, ganz für sich und voller Wehmut Abschied, von diesem Sommer, auch wenn sie weiß, dass ihr noch ein paar Tage bleiben werden. Aber diese Tage sind gezählt.

Und wie sie es vorausgeahnt hat, so war es gekommen. Seit gestern waren sie wieder unterwegs.

Noch ist Konrad bei ihnen, aber auch er würde irgendwann umkehren.

10. Kapitel Anne

Vor der Tür zu dem kleinen Haus von Frau Meier trifft Anne auf ihre Oma. Anneliese ist so tief in ihre Gedanken versunken, dass sie mächtig zusammenfährt als sie beinah mit Anne zusammengestoßen wäre.
„Kind, was tust du denn hier."
„Auf dich warten vielleicht."
„Ach je, das hatte ich ja ganz und gar vergessen. Entschuldige bitte! Mein Gott war das heute ein Tag. War es schön bei Mia?"
Anne kann es nicht glauben. Befremdet sieht sie die Oma an. Da hatten sie sich nun so lange nicht gesehen und jetzt vergisst sie einfach, dass sie da ist?
So alt ist sie doch noch gar nicht oder? Da sieht sie auf einmal, dass die Oma Tränen in den Augen hatte.
„Ist was passiert. Hat Mama dich angerufen?"
Noch im Reden merkt sie, dass das völliger Schwachsinn ist, denn dann hätte die Oma ja ganz sicher an sie gedacht. Ganz leise, als wolle sie jemanden der schläft nicht wecken, hört sie die Oma sagen: „Die Marianne ist gestorben."
„Welche Marianne denn."
„Ach ja, ich bin wirklich durcheinander. Du kannst sie ja gar nicht kennen. Es ist die alte Frau, die hier im Haus wohnt. Vielleicht hast du sie gestern noch geschaut, als sie aus dem Fenster sah."
„Du meinst die alte Frau Meier. Ach Quatsch Oma, die ist doch nicht gestorben. Ich habe doch noch heute Mittag mit ihr geplaudert, als Mia noch nicht da war. Die hat mir ihre halbe Lebensgeschichte erzählt. Mia sagt sie hat's manchmal mit dem Kreislauf."
Nun war es an der Oma zu staunen.
„Wer hat mit dir geredet, die Marianne. Nein, Kind das kann nicht sein. Die redet doch seit langem schon kaum noch ein Wort."
Anne fällt das Gespräch mit Mia wieder ein, die hatte ja dasselbe behauptet. Bloß da hatte sie geglaubt, Mia habe sich nur einfach nicht recht dafür interessiert. Ihr war es ja am Anfang genauso gegangen und wenn sie nicht gerade zum Warten verurteilt gewesen wäre, hätte sie sich sicher auch keine Zeit genommen, um der Alten zuzuhören. Aber wenn Oma das auch sagt? Ist es wirklich die gleiche Person von der sie sprechen? Anne wird es etwas mulmig, sollte es vielleicht doch stim-

men, was Mias Mutter behauptete, dass manche Leute, wenn es auf Ende zuging …? Nein, das kann doch nicht sein. Dann wäre sie ja, außer der Schwester, die Letzte gewesen, die … Und ausgerechnet ihr hatte sie ihre ganze Geschichte erzählt? Wieso …? Anne kann keinen Gedanken klar zu Ende bringen, bis wieder Omas Stimme zu ihr durchdringt.

„Die Schwester vom Pflegedienst hat mich angerufen, weil sie den Sohn nicht erreichen konnte und sie weiß, dass ich öfter bei Marianne vorbei gesehen habe. Nun hab ich den Frank doch noch auf seinem Handy erreicht und er hat mich gebeten bei seiner Mutter zu bleiben, bis er kommt. Willst du mit hineingehen?" Anne zögert. Sie weiß die Oma würde sie nicht drängen. Damals bevor ihr Vater starb hatte sie unheimlich Angst vor Toten. Sie glaubte irgendwie, das die Toten ganz merkwürdig und fremd aussehen und es gruselte sie davor. Ihr Mutter meinte deshalb, sie müsse ihn sich nicht ansehen, wenn sie nicht wolle. Aber dann war sie doch mit in die Trauerhalle, wo dann später auch die Trauerfeier stattfand, gegangen. Da lag er, aufgebahrt in einem Sarg voll Blumen, in seiner Uniform. Eigentlich sah er aus wie immer, nur viel blasser und irgendwie traurig und weit, weit weg. Sie war dann sehr viel länger bei ihm geblieben, wie sie gedacht hatte, denn sie wusste ja, sie würde ihn danach niemals mehr sehen und das hatte ihr Angst gemacht. Erst als man sie irgendwann hinausführte, war sie einfach und ohne zu weinen mitgegangen.

„Überleg es dir. Ich geh schon mal vor und spreche mit der Schwester, die jetzt noch da ist."

Erst als diese das Haus verlässt, wagt sich Anne doch hinein. Ein bisschen neugierig ist sie schon, wie es hier drinnen aussieht. Von Hausflur aus kommt man gleich in die Küche und von da ins Wohnzimmer. Ein paar altmodisch Möbel stehen da und in der Vitrine Tassen mit Goldrand und eine große bauchige Kanne dazu. Eine Kuckucksuhr tickt an der Wand gegenüber der Tür. Hielt man Uhren nicht an, wenn jemand gestorben war?

Auf dem Sofa liegt die alte Frau. Sie sieht genauso aus wie heute Mittag. Sie trägt noch dieselbe buntgemusterte Kittelschürze. Sogar ihr Pantoffel hat sie noch an.

Gleich wird sie aufstehen, mit ihrem Gebiss wackeln und in ihrer Schürzentasche nach irgendwas wühlen, das sie mir anbieten kann, durchfährt es Anne.

Inzwischen legt Oma ihr eine Decke über die Beine bis zur Brust. Sie friert doch jetzt nicht mehr, will Anne sagen. Beim Näherkommen blickt sie in das Gesicht der

Alten, dass viel friedlicher wirkt als vorhin. Es ist als lächelte sie jemanden an. Dabei hat sie die Augen geschlossen und jemand hat ihr das Haar aus dem Gesicht gekämmt. Die Oma legt ihr einen Strauß bunter Wiesenblumen über die gefalteten Hände.

„Die hatte sie immer so gern und gerade jetzt fängt wieder alles an zu blühen."

Sie setzt sich auf einen Sessel neben dem Sofa und betrachtet die Tode, steht dann aber noch einmal auf und hält tatsächlich die Uhr an. Anne nimmt sich einen Stuhl etwas weiter hinten am Fenster. Sie blickt hinaus in die Nachmittagssonne. Alles kommt ihr seltsam still und unbeweglich vor. Selbst die Zweige der Bäume scheinen innezuhalten und sich nicht zu bewegen. Sie öffnet sacht das Fenster. Jäh wird die Stille durch das Motorgeräusch von Konny Pick-Up unterbrochen. Ob er jetzt mit Mia auf dem Weg nach Plauen ist und ob sie schon wissen, dass die alte Frau Meier gestorben ist? Wahrscheinlich nicht! Dann ist wieder alles so still wie vorher. In diese Stille hinein fragt Anne.

„Ist es wahr, dass du sie schon von ganz früher kennst."

„Hat sie das gesagt?"

„Sie hat mir von ihrer Großmutter erzählt, die nicht mit auf den Flüchtlingstreck gehen wollte und von ihren Bruder den sie allein begraben hat und von ihrer Mutter, die ein bisschen gaga geworden ist und davon wie sie die Uroma kennenlernt, die sie mit hierher nahm."

„Das hat sie dir alles erzählt?"

„Na woher soll ich es sonst wissen?

„Das ist ja unglaublich. Wo sie doch in den letzten Monaten nur noch wenig und wenn recht verwirrt geredet hat. Na man weiß halt nie, vielleicht hat sie doch gespürt, dass sie ins Heim sollte. Morgen wollten sie sie holen."

„Ja aber sie war doch ganz normal. Na gut, sie hat ein bissel mit ihrem Gebiss geklappert, manchmal ist ihr die Spucke raus gelaufen und sie hat für mich klebrige Bonbons aus ihrer Schürzentasche geholt. Aber sie hat ganz normal mit mir geredet. Ich glaub, sie hat sogar gewusst, wer ich bin. Und Fotos hat sie mir auch gezeigt."

„Fotos?"

„Na da, aus ihrem Album."

Das Album liegt als stummer Zeuge auf dem Wohnzimmertisch.

„So hat sie es ja doch wiedergefunden", stellt Oma fest.

„Was, das Album? Aber Mia sagte, sie hätte es ständig mit sich herumgetragen."
„Ja schon, doch als ich vor einigen Tagen hier war, war es weg. Sicher hatte sie es irgendwo verlegt. Sie hat überall herumgesucht und gemeint ihre Sohn und ihre Schwiegertochter hätten sie bestohlen."

Anneliese nimmt das Buch vorsichtig vom Tisch und schaut sich die Fotos genau an, so als hätte sie sie heute das erst mal in Händen. Doch Anne ist überzeugt, dass die Oma sie schon sehr oft betrachtet hat.

„Das eine fehlt aber doch", sagt sie leise vor sich hin und sieht das ganze Album noch einmal durch. Dann schüttelt sie den Kopf und lässt ihren Blick suchend im Zimmer umherwandern, als vermute sie es in irgendeiner Ecke oder auf dem Fußboden liegend, nur so herausgefallen.

Anne ist es, als brennt das entwendete Bild auf ihrer Haut, durch die Tasche hindurch. Natürlich weiß sie, dass sie es der Oma ohne weiteres geben könnte. Aus irgendeinem unerfindlichen Grund tut sie es nicht und lässt die Oma einfach weiter suchen.

„Was war das denn für ein Bild?", fragt sie stattdessen scheinheilig.
„Ach daran hängt eine lange Geschichte."
„Erzählst du sie mir. Jetzt haben wir doch Zeit. Wir zünden einfach eine Kerze an und gedenken so der Toten, indem wir ihre Geschichte weitertragen."

Das hatte Anne einmal in einem blöden Buch über Trauerbewältigung gelesen, das ihr die Mutter irgendwann nach Papas Tod in die Hand drückte. Sie hatte damals nur ein bisschen darin herumgeblättert und fand es einfach nur schwulstig. Doch jetzt kommt es ihr zupass. Sie würde doch zu gerne etwas über den Jungen auf dem Foto erfahren.

Sie entdeckt auf der Anrichte ein kleine Kerze und auch Streichhölzer. Sie zündet die Kerze damit an und stellt sie nahe vom Sofa auf. Die Oma sieht ihr dabei zu. Aus ihren Gesichtszügen kann man nicht entnehmen, ob sie das was Anne tut merkwürdig oder gut findet. Nachdenklich wischt sie an dem Ärmel ihrer Bluse herum, als gäbe es da einen Fleck, den es zu entfernen gilt. Auf einmal nimmt sie das Fotoalbum wieder vom Tisch und steckt es in ihre Tasche.

„Aber Oma!!", entfährt es Anne.

Doch diese zuckt nur mit den Schultern und legt den Finger auf den Mund. Dann lächelt sie und streicht zuerst über die Hände und dann über das Gesicht der alten Frau.

„Sie hatte kein leichtes Leben, weiß Gott, kein leichtes Leben."

„Das mit der Flucht und dem Krieg, das war schon schlimm, aber dann war sie doch hier bei euch und in Sicherheit, oder?"

„Na ja, wie man's nimmt. Am Anfang haben sie bei meinen Großeltern im Haus in zwei kleine Dachkammern gehaust. Das war sehr beengt, weil sie da oben ja auch nicht kochen konnten und so die Küche unten mit benutzen mussten. Außerdem war die Kammer schlecht zu beheizen, sodass sich im Winter alles in den Räumen der Großeltern abspielte. Aber das ging ja damals vielen so. Überall mussten Ausgebombte aus den Städten oder Flüchtlinge untergebracht werden."

„Hast du den damals schon gelebt?"

„Nein, nein, ich kenne das alles auch nur vom erzählen. Aber die Mutter der Marianne die konnte sich mit ihrem Los, alles verloren zu haben, vor allem ihren kleinen Sohn, nicht abfinden. Oft saß sie Stunden lang in ihrer Kammer und stierte vor sich hin oder sie jammerte unentwegt darüber, wie gut sie es früher gehabt hätten und wie schwer und ungerecht das Leben doch sei. Wäre nicht mein Mutter und meine Großeltern aber auch die 13jährige Marianne gewesen, so wären sie sicher verhungert. Marianne half überall auf den umliegenden Bauernhöfen und weil die fleißig und freundlich war und weil man um ihre Not wusste, gab es etliche Leute die ihr gerne dafür etwas zum Essen gaben und ihr halfen, natürlich nicht alle. Es gibt immer Leute die mit nichts und niemanden mitfühlen und denen nie der Gedanke kommt, dass sie einfach nur großes Glück gehabt hatten in diesem Krieg. Oft waren es gerade die, die vorher am lautesten 'Hurra!' gebrüllt hatten. Die verabscheuten alles Fremde und wollten nicht mit den 'Polacken' zu tun haben. Sie hetzten und redeten ihnen üble Sachen nach. Tja, das stieß der Marianne manchmal übel auf. Aber vom Naturell her war sie, und so habe auch ich sie noch kennengelernt, ein fröhlicher Mensch, der immer wieder versuchte das Beste aus allem, was nun einmal so war, zu machen. Irgendwann in den 50igern als meine Mutter geheiratet hatte und schwanger war, bekamen Mutter und Tochter dann doch eine kleine Wohnung im Dorf und Mariannes Mutter eine Arbeit als Küchenhilfe in der Schule. Marianne war inzwischen eine eifrige Schülerin, denn sie wollte unbedingt ihren Plan verwirklichen und Krankenschwester werden wie meine Mutter, ihr großes Vorbild."

„Und, hat sie es geschafft."

„Ja hat sie. Alles Widerstände und aller Nachkriegsarmut zum Trotz hat sie ihr Ziel nie wirklich aus den Augen verloren.

Als Kind liebte ich es, wenn sie zu uns hereinschneite. Wir waren ja sozusagen ihr zweites zu Hause. Sie war fast immer fröhlich und guter Dinge. Und so sehr sie meine Mutter vergötterte und sie immer um Rat und Hilfe fragte, so sehr liebte sie mich. Für mich konnte sie alles um sich herum vergessen und mit mir spielen, als hole sie ihre so plötzlich abgebrochene Kindheit nach. Ich war und blieb ihr 'Lieschen' auch als sie schon im Krankenhaus ihre Ausbildung begonnen hatte. Meine Mutter erzählte immer wieder, nicht ohne Stolz, denn sie hatte sie ja schließlich einen gewissen Anteil an ihrer Entwicklung, wie beliebt sie bei den Patienten und Kollegen war. So mancher junge Arzt war nicht nur von ihrem Können angetan, doch sie schien das nicht wahrzunehmen. Sie ging völlig in ihrer Arbeit auf. 'Hätte sie sich bloß mal richtig umgesehen', schimpfte Mutter, 'Ehe sie sich, holterdiepolter, in einen verguckte, der sie immer nur ausnutze.'

Meine Mutter verstand die Welt nicht mehr. Ausgerechnet der üble Meierbauer musste es sein. Es gab damals viel Gerede und Getuschel hin und her. Kein einheimisches Mädchen, so meinte man, hätte sich mit dem eingelassen. Es war allgemein bekannt, dass er ein Säufer und Schläger war und das der Krieg ihn nicht unbedingt geläutert hatte. Manche munkelten sogar, er habe das in solchen Dinge unerfahrene Mädchen mit Alkohol abgefüllt, um sie dann leichter herumzukriegen. Eigentlich ging Marianne selten weg zum Tanz oder so. Lieber schob sie am Wochenende Dienst für ihre Kollegen, die Familie hatte.

„Mal musst du doch auch frei machen Marianne. Du bist doch noch jung. Geh doch mal zum Tanz und amüsiere dich", hatte die Stationsschwester gesagt.

Tja, und so nahm die Sache ihren Lauf.

Marianne selbst hat nie etwas über diesen Abend verlauten lassen. Bis… ja bis sie eines Tages mit tränenüberströmten Gesicht in unserer Küche stand. Ich muss damals vielleicht fünf oder sechs Jahre alt gewesen sein und war völlig entsetzt, weil ich Marianne noch nie so außer sich gesehen hatte. Erschrocken verkroch ich mich mit meiner Puppe Hilde, die mir übrigens Marianne von ihren ersten Lohn gekauft hatte, in meine kleine Spielwelt unter den Tisch. Dort, unter der herunterhängenden Tischdecke, verbrachte ich viel Zeit, lebte in meiner Phantasie und dachte mir Geschichten aus. Die beiden Frauen dachten überhaupt nicht mehr daran, dass ich auch noch dort war und so bekam ich das ganze Gespräch mit.

Einiges verwirrt mich natürlich und manches verstand ich erst viel später, aber im Kern begriff ich, dass Marianne ein Kind erwartete und das meine Mutter ihr riet, es nicht zu bekommen, auf keinen Fall aber den Meierbauer zu heiraten. Sie versprach ihr, ihr zu helfen eine Stelle als Sprechstundenschwester zu finden, damit sie nicht mehr Schichten musste, sie versprach ihr alle möglichen Hilfen. Ich höre noch meiner Mutter beschwörende Stimme. Aber nichts half. Marianne wollte kein 'Kind der Schande', wie sie es nannte."

„Wieso 'Kind der Schande'? Das gab's doch nur ganz früher im Mittelalter oder so", warf Anne ein.

„Na ja, man wurde vielleicht nicht mehr verteufelt oder zur Hexe gemacht, aber alle Jahrhunderte hindurch war es ein schweres Los ein uneheliches Kind auf die Welt zu bringen. Und noch vor 50 oder 60 Jahren hatten es ledige oder geschiedene Mütter sehr schwer. Besonders auf dem Dorf war der Ruf dahin. Man wurde gerne von den ach so ordentlichen Leuten gemieden oder herabgesetzt und auch das Kind war und blieb oft ein Bankert. Die Eltern warnten ihre Töchter davor, sich ja kein Kind „aufdrehen" lassen. Wenn es dennoch passierte, wurde oft schnellsten die Hochzeit arrangiert, ob das Paar es nun wollte oder nicht."

„Fünfzig Jahre, das ist doch noch gar nicht so ewig her. Bei mir in der Schule da gibt es massig Kinder, die nur bei ihrer Mutter oder bei ihrem Vater leben oder mal da und mal dort.

Da denkt überhaupt keiner mehr drüber nach. Kürzlich ist ein Mädchen aus München zu uns gezogen, die lebt bei zwei Vätern. Also erst fanden wir das schon merkwürdig und es gab Gekicher und so. Aber die Leonie die hat denen schon Bescheid gegeben. Sie hat sich einfach vor die Klasse gestellt und hat über ihre Familie und über Paare wie ihre Väter erzählt und da fanden die meisten sie auf einmal okay Na ja vielleicht wird noch manchmal hinter ihrem Rücken getuschelt, solch gibt's immer. Aber sie hat auch viele Freundinnen gefunden."

„Tja, weil sie selbstbewusst ist und offen und sich vieles weiterentwickelt hat. Aber dazu brauchte es erst einmal Menschen, die den Mut hatten so zu leben, wie sie selbst es für richtig hielten und Marianne hatte diesen Mut, glaube ich nicht." Oma Anneliese strich der Toten liebevoll über den Arm.

„Obwohl sie wahrscheinlich in der damals sozialistischen Gesellschaft in dieser Beziehung eine Chance gehabt hätte. Da wurde die Gleichberechtigung laut Gesetz gefördert. Aber das Umfeld hinkte da manchmal noch hinterher. Sie war ja sowieso schon, die Fremde' ohne richtige Familie. Sie wollte einfach nur dazugehören, sein wie alle, indem sie einen Einheimischen heiratet. In Schlesien hatten sie einen ebensolchen kleinen Hof gehabt. Vielleicht wollte sie sich dieses Leben einfach zurückholen. Die alte Meierbäuerin war überhaupt nicht erfreut eine Fremde als Schwiegertochter zu bekommen. Aber besser eine Fremde als gar keine. Man würde sich das junge Ding schon zurechtbiegen. So wurde die Hochzeit ausgemacht und die Braut lächelte voller Zuversicht. Doch von Anfang an stand kein guter Stern über dieser Ehe. Marianne hatte wohl glauben wollen, dass wenn sie erst einmal verheiratet wären und das Kind da wäre, alles anders würde und er sie dann lieben würde. Aber weit gefehlt, er blieb der mürrische Säufer, der er war. Sein Frau behandelte er eher wie eine Magd, die für ihn und den Hof da zu sein hatte und ging etwas nicht nach seinem Willen, dann rutschte ihn auch schnell mal die Hand aus. Auch die Geburt des kleinen Frank änderte daran nichts. Zu uns kam sie, zu meinem großen Bedauern, nur noch sehr selten. War es weil ihr Mann es nicht gerne sah? Vielleicht war es aber auch die viele Arbeit. Sie waren zwar damals mit ihrem Hof schon in der LPG, doch die Hauswirtschaft und das Kind blieben an ihr hängen und weil das Geld hinten und vorn nicht reichte, da ihr Mann einen großen Anteil seines Verdienstes in die Kneipe trug, ging sie auch bald wieder arbeiten. Zuerst half sie hier und da aus, dann aber fand sie eine Stelle in der damaligen Lungenheilanstalt in Bad Reiboldsgrün. Die Arbeit wurde ihr Halt und sie wurde, was sie schon einmal war, die beliebte, zuverlässige, zupackende und selbstbewusste Schwester Marianne. Ihrem Mann gefiel das neue Selbstbewusstsein seiner Frau gar nicht und immer öfter wurde er nun handgreiflich. War es zuerst nur eine Ohrfeige, so schlug er nun in seinem Suff auf sie ein. Wenn es ganz schlimm war, rette sie sich mit dem Kind zu uns. Zuerst war es ihr sehr peinlich, denn es war genau das eingetreten, was meine Mutter ihr vorausgesagt hatte. Doch meine Mutter war der Ansicht, 'hätten und wäre' nützt jetzt auch nicht mehr und stand ihr bei. Allerdings beschwor sie Marianne sich von ihrem Mann zu trennen. Doch so selbstbewusst sie auch in ihrem Beruf war, so sehr fügte sie sich in ihrer Ehe. Vielleicht war es auch ihre Mutter, die sie immer mahnte, ja bei ihrem Mann zu bleiben. Sie müsse, dass eben aushalten, denn allein mit einem Kind auf der Straße zu sitzen, davon könne sie ein Lied singen.

So sind halt die Jahre dahingegangen."

Die Oma lächelte freundlich zu der Toten hinüber.

„Aber für dich Kind, ist das ja sehr weit weg und vieles kannst du vielleicht nicht verstehen. Doch du wolltest es ja wissen. Und ich habe sie noch einmal vor mir gesehen, jung und fröhlich oder traurig und verzagt."

„Und ihr Sohn, wie war der so?"

Anneliese zuckte mit den Schultern.

„Der Frank war eher ein Ruhiger, Bedächtiger. Auch er hat einiges einstecken müssen vom Vater. Aber da die Marianne arbeiten gegangen ist, war er von der Großmutter aufgezogen wurden und die hat ihre Hand über ihn gehalten, bis sie gestorben ist. Da hat sich der Meier nicht rangetraut."

„War er denn ihr einziges Kind?"

Anneliese schweigt lange. Es ist jetzt wieder ganz still im Zimmer. Beide starren in das Licht der flackernden Kerze.

„Hat sie denn was erzählt?"

„Direkt gesagt hat sie eigentlich nichts."

Vorsichtig schiebt Anne das Foto zu ihrer Oma hin.

„Also ist es doch da und du hattest es die ganze Zeit und hast mich suchen lassen. Warum sagst du denn nichts, Mädel?" Anne wird ein bisschen rot. Sie weiß ja selbst nicht, warum sie geschwiegen hat.

„Wo hast du es denn gefunden?"

„Draußen", antwortet sie einsilbig.

Anneliese seufzte tief: „Du bist vielleicht noch viel zu jung für solche Geschichten."

Trotzdem fährt sie fort und Anne weiß gar nicht so recht, ob sie überhaupt noch mit ihr spricht oder zu sich selbst oder aber zu der toten Marianne.

„Es war schon in den 1970ern. Da muss sie ja schon über vierzig gewesen sein", rechnet sie für sich. Auf einmal blühte Marianne auf. Alles an ihr strahlte sozusagen von innen heraus. 'Die muss sich verliebt haben', lachte meine Mutter und dachte, sie mache einen Scherz. Doch es traf den Kern der Sache."

„Dann hat sie ja doch noch mal Glück gehabt", ruft Anne voller Spannung.

„Wie man es nimmt. Eine große Liebe war es anscheinend durchaus. Aber ..."

Von draußen dringt das Geräusch eines näher kommenden Autos an ihr Ohr. Gleich darauf wird eine Autotür zugeschlagen und jemand kommt eiligen Schrittes zum Haus gelaufen. Oma sieht zum Fenster hinaus.

„Es ist Frank, Mariannes Sohn."

Anne ist ärgerlich und enttäuscht. Ausgerechnet in diesem Moment muss der Typ hier auftauchen, wo es um die Liebe ging und alles gut zu werden schien.

„Wir reden ein andermal weiter." Annelies öffnet die Tür und geht dem Mann da draußen entgegen. Anne betrachtet noch ein letztes Mal die alte Frau. Sie hat Mühe in die Gegenwart zurückzufinden und sie wünscht inständig zu erfahren, wie es ihr weiter ergangen war. Stimmen und geflüsterte Worte kommen näher. Gleich wird der Sohn mit der Oma hier drin sein. Da steht sie auf und legte ihre Hand auf die kalten Hände der alten Frau, unter dem Blumenstrauß. Sie ist selbst erstaunt, dass sie sich das traute. Da geschieht etwas merkwürdige. Es ist ihr, als streicht ihr jemand ganz sanft über das Haar, ein Luftzug vielleicht, der von der offen Tür herkommt. Aber irgendwie ist es anders, ganz warm und es durchströmt sie ein so herzliches Gefühl für die alte Frau, als sei sie auf sonderbare Weise mit ihr verbunden. Erst als Oma und dieser Frank schon fast an der Tür sind, lässt sie die alte Frau los und tut was sie schon einmal getan hat, sie nimmt das Foto vom Tisch und steckt es ein.

„Das ist meine Enkeltochter", stellt Oma sie einem großen, klobigen Mann vor, der ihr etwas unbeholfen die Hand reicht und dann zum Sofa schreitet, auf dem seine Mutter liegt. Anne erkennt in ihm den Jungen aus dem Album mit dem runden Kopf und den abstehenden Ohren. Alles an ihm wirkt irgendwie hölzern. Stocksteif steht er vor der Toten und starrt sie mit unbeweglichem Gesicht an. Nach einem Blickwechsel mit ihrer Oma verabschiedet sich Anne schnell und geht hinaus. Sie setzt sich auf die Bank vor dem Haus, wo sie noch am Morgen mit der alten Frau gesessen und geplaudert hat und alles kommt ihr so abgefahren und unwirklich vor, so als hätte sie diesen langen, merkwürdigen Tag nur geträumt. Ein leichter Abendwind ist aufgekommen und Anne beginnt es zu frösteln. Sie zieht die Jacke enger und legt den Kopf auf die angezogenen Knie. Wie spät mochte es sein? Immer noch hat sie ihre Mutter nicht angerufen und sie weiß auch noch immer nicht, wie sie morgen nach Plauen zu Mia kommen soll. Und wie sollen sie diesen Arzt, wie hieß er doch gleich noch mal Gossner oder so, überhaupt finden? Ob er wirklich ihr Vater ist? Alles ist so fern gerückt, als sei es gar nicht mehr wichtig. Sie fühlt sich müde. Sie merkt gar nicht wie ihr die Tränen über das Gesicht laufen. Es ist kein wütendes Geheul, wie damals, als sie die Briefe gefunden hatte. Es ist ein ganz sanftes fast erleichterndes Weinen. Weint sie um die alte Frau, die sie doch kaum kannte? Vielleicht auch um ihren Papa, bei dessen Tod sie nicht weinen konnte? Sie legt den Kopf in den Nacken und sieht zum Himmel hinauf. Der Wind hat alle Wolken hinweggefegt und alles ist, trotz der einsetzenden Dämmerung, weit und klar. Ein noch blasser, voller Mond steht da oben und in wenigen Stunden, wenn es ganz dunkel geworden ist, werden unzählige Sterne zu sehen sein. Ob es da oben etwas gibt, das über dieses Erdenleben hinausgeht, einen Himmel, einen Gott oder eine schöpferische Energie? Sind dort die Toten und können sie ab und zu in unserer Nähe sein? Sie hat keine Ahnung, aber zum ersten Mal fasziniert sie dieser Gedanke.

So findet sie die Oma und ohne viele Worte steigen sie ins Auto und fahren nach Hause.

11. Kapitel Änne

Änne ruft sich noch einmal die letzten Tage ins Gedächtnis zurück

An dem Tag, als sie mit den anderen Barbara gefunden hatten, war der große Krach ausgeblieben.

Mutter hatte sie einfach in die Arme genommen und gesagt, wie froh sie sei, dass alle heil zurück waren. Nur die Gefahr, die sie und Marie sich ausgesetzt hatte, wollte sie ihr noch einmal klar machen.

„Du weißt doch wie viel Gesinde sich derzeit im Wald herum treiben kann." hatte sie gesagt.

„Das hat Vater zu dir auch gesagt, als du mit mir auf Kräutersuche gingst und es hat uns das Leben gerettet. Vielleicht hat es auch Barbaras Leben gerettet." war ihr als Widerspruch herausgerutscht. Als sie Mutter darauf hin ansah, hätte sie alles darum gegeben, diese Worte rückgängig machen zu können. Doch gesagt war gesagt. Es wurde ihr klar, wie schnell man andere mit unüberlegten Worten treffen konnte.

„Ach Änne, langsam wirst du groß. Vielleicht hast du zu viel Eigensinn von mir geerbt." hatte die Mutter darauf hin nur traurig geantwortet und sie leicht von sich geschoben, um ihr in die Augen sehen zu können.

„Trotzdem wäre es gut, wenn du in Zukunft mit mir sprichst, wenn du so etwas vor hast." Änne versprach es. Sie hätte in diesem Augenblick wohl alles versprochen, um die Mutter nicht mehr so traurig zu sehen.

Auch Grete war an diesem Tag außergewöhnlich ruhig geblieben. Sie hatte ein feines Mahl gekocht und hatte Marie und Hans nur eine leicht fast sanfte Kopfnuss verpasst.

„Das ihr mir so was nicht noch einmal macht, ihr Lauser ihr."

„Noch einmal wird ja auch so bald keiner so stürmisch davonrennen." witzelte Hans. Und duckte sich um der drohenden Hand seiner Mutter auszuweichen.

Ganz anders verhielt sich Grete Barbara gegenüber. Kein Vorwurf, ja nicht einmal eine Anklage wegen der Verletzungen des kleinen Tills. Sie nahm sie und das war wirklich noch nie da gewesen, in den Arm.

„Ich bin froh, das dich diese frechen Gören da gefunden haben" lachte sie, um gleich darauf, und das war noch außergewöhnlicher für Grete in Tränen auszubrechen.

„Es tut mir leid Barbara ich war wohl zu hart zu dir. Wir hätten schon viel eher miteinander reden müssen. Das heiß ich als die Ältere hätte das tun müssen. Mir wächst es hier auch manchmal alles über den Kopf, auch wenn es nicht so aussieht. Du warst für mich nur das verwöhnte Göre und ich hatte Angst, dass ich uns nicht alle durch den Winter bringe."

„Ich weiß das doch. Und das mit Till, tut mir entsetzlich leid." Nun lagen sie sich schluchzend in den Armen und genau in dem Augenblick, sah Änne zur Mutter hinüber und da wusste sie, dass diese gerade eben den Tag ihres Weiterwanderns festgelegt hatte. Hier würde sich jetzt alles zum Guten wenden, jedenfalls so weit es möglich war. Zwar würden die beiden so unterschiedlichen Frauen nicht aus ihrer Haut können und kleinere Reibereien würden sicher immer mal wieder einstellen. Aber jeder würde bemüht sein der anderen entgegenzukommen.

Grete gewann auch schnell ihre Fassung wieder und scheuchte ihre Kinder die mit offenen Mündern um sie herumstanden hinaus, um vor dem Dunkelwerden noch einige Arbeiten zu erledigen. Etwas verschämt rührt sie mit einem großen Holzlöffel in ihrem Topf der auf dem Herdfeuer stand und verdächtig gut dufte. Trotz allem hatte sie den Brotteig der am nächsten Tag in der Früh gebacken werden sollte schon angesetzt und auch auf dem Feld waren die Frauen nicht untätig gewesen.

Am Abend dann, die kleineren Kinder waren schon ins Bett geschickt wurden und das Bier stand auf dem Tisch, bestand Konrad darauf, dass Barbara ihnen erzählte, was sie so außer Rand und Band gebracht hatte.

„Ich stand am Herd und war mit dem Kochen beschäftigt. Diese großen Mengen machten mir Mühe und ich war ganz angespannt. Ich habe Holz auf die Glut des Herdfeuers geworfen, um das Feuer neu anzufachen. Doch dann viel mir ein Stück brennendes Holz heraus. Plötzlich war ich ganz außer mir. Es war wie damals in der Stadt, als alles brannte und die Leute mit der Fackel auch noch meinen jämmerlichen Verschlag anzündeten. Mein einziger Gedanke war das Kind. Ich wusste längst nicht mehr welches Kind und wo ich in Wirklichkeit war. So riss ich Till aus dem Bett und wollte ihn retten, so wie ich es damals bei meinem Kind getan hatte. Dabei glitt er mir aus der Hand und fiel herunter. Ich hatte wohl noch das brennende Holzscheit in der Hand und habe ihn und mich damit verletzt. Was von mir Besitz nahm, als ich davon lief, weiß ich nicht. Es war wohl die Angst vor der Erinnerung, die nackte unbarmherzige Angst vor dem Tod. Ich hab ihn doch trotzdem lieb gehabt meinen kleinen Jungen, auch wenn ich ihn nicht hatte haben wollen.

Alles war so einfach gewesen, so überschaubar, in meiner Kindheit und als ich zum jungen Mädchen heranreifte. Ich liebte meine Eltern, ich glaubte an Gott und ging zur Kirche, gerne sogar.

Noch lieber als ich Joseph begegnet bin. Ich war so verliebt, dass ich alles für ihn getan hätte. Ich malte mir das Leben an seiner Seite in den schönsten Farben aus. Ich sah mich schon als Pfarrfrau, und Mutter seiner Kinder. Die Hoffnung auf dieses Leben wollte ich einfach nicht aufgeben. Als Vater gegen diese Verbindung war, regte sich zum ersten Mal in meinem Leben so etwas wie Widerstand.

Doch was sollte ich tun. Ich traf mich heimlich mit Joseph und träumte einfach weiter meinen Traum und glaubt Joseph würde die Dinge tun, um diesen Traum Wirklichkeit werden zulassen. Ich war ja nur eine schwache Frau. So war ich erzogen. Eine Frau kann nur dann mit dem Leben zurechtkommen, wenn sie zuerst ihrem Vater und später ihrem Ehemann bedingungslos gehorcht. Sonst wird sie der Sünde und dem Satan anheimfallen. Dieser Auffassung waren sowohl mein Vater als auch Joseph. Doch was hatte ich getan, indem ich mich weiter mit Joseph traf? Hatte ich meinem Vater nicht gehorcht? Joseph war mit einem Mal der Meinung, da ich seinem Drängen nachgegeben habe, sei ich eine Sünderin und wie wolle ich dann als Pfarrfrau und Mutter seiner Kinder ein Vorbild in allen Dingen sein, da ich doch so leicht zu verführen sei und in meinem unkeuschen Lebenswandel wahrscheinlich jedem Mann nachgeben würde. Ich betete viel in dieser Zeit und bat Joseph inständig mir zu vergeben. Ich wollte meinem Vater meine Verfehlungen und mein Ungehorsam beichten und hoffte er würde ein Einsehen haben. Und ich versprach Joseph ein gehorsame, keuche und züchtige Ehefrau zu werden. Die sich in der Ehe ganz seinem Willen unterstellen wollte und all seinen Belehrungen und Unterweisungen dankbar folgen wolle. So meinte ich damals, könne er mich vor Verfehlungen und Anfechtungen, deren Frauen nun mal ausgesetzt sind, erretten. Er sollte mein Herr und Meister sein, wie Jesus sein Herr war. Ich bettelte ihn förmlich an, kniete vor ihm nieder, nichts aber auch gar nicht wollte ich tun ohne sein eindeutige Erlaubnis oder Anweisung. Und wenn er meinte ich könne mich nicht allein gegen die Sünde der Welt wehren, so wolle ich als sein Ehefrau ohne ihn das Haus nicht verlassen."

Joseph hatte bei diesen Worten den Kopf gesenkt und unruhig gezuckt

„Es tun mir leid Barbara. Ich habe falsch an dir gehandelt. Ich dachte, du würdest dich dadurch, das ich so hart gegen dich war, in dein Schicksal fügen und einen Mann den dein Vater dir ausgesucht hat nehmen."

„Ach ich war ein dummes unerfahren kleines Mädchen und wäre sicher auch eine dumme, kleine gehorsame Ehefrau geworden, die auch noch stolz auf ihren Stand gewesen wäre und ich hätte mich auch sicher niemals gefragt, ob man auch anders selbstbestimmter Leben könnte. Das habe ich erst hier bei Grete und Katharina erlebt. Ich dachte immer nur im unteren Stand sind Frauen manchmal so und fand das sehr bedenklich. Dabei sind sie stark und sich ihrer Kraft bewusst und können vielleicht nicht so schnell wie ich, wie ein Blatt im Wind umher geweht werden. Denn so ist es mir dann ergangen."

Sie machte ein Pause und trank, wie um sich Mut zum weiterreden zu machen einen kräftigen Schluck Bier. Etwas fahrig wischte sie sich über den Mund und trocknete die Hände dann an ihrer Schürze. Während sie weitersprach spielte sie nervös mit deren Bändern. Sie hielt jetzt den Kopf tief gesenkt und es ist als habe sie große Mühe sich überhaupt an die Dinge, die dann geschehen waren zu erinnern. Zu tief hatte sie sie wohl aus Scham oder Angst in sich verborgen.

„Es kam aber alles ganz anders." begann sie nach einer Weile fortzufahren.

„Der Krieg kam in unsere Stadt und somit uns ganz nahe. Ich hatte schon hin und wieder von schlimmen Gräueltaten der Heere gehört, aber das schien mir alles so weit weg und es schien mich überhaupt nicht zu betreffen. Ich hatte ja auch ganz eigene Sorgen. Als Vater allerdings von Näherkommen eines Teils der kaiserlichen Armee unter General Holk erfuhr, versuchte es zu retten, was zu retten war. Er vergrub emsig alle möglichen Wertsachen. Da merkte ich, das für Vater sein Besitz das allerwichtigste war und das er dafür eine Menge aufbiete würde, um sich so viel wie möglich zu erhalten. In der Stadt brodelten die Gerüchte, die Stadt Hof wäre völlig zerstört und geplündert wurden, hieß es da und es erfasste uns die Angst. Vater rannte ins Rathaus, denn schließlich war er Ratsherr. Doch ich bin mir heute nicht mehr sicher, woran er mehr interessiert war, an dem Wohl der Stadt oder an seinem eigenen. Irgendwann war die Stadt abgeriegelt, keiner konnte mehr hinaus und keiner kam mehr herein. Flüchtlinge wurden erschlagen. Es war ein unheimliches durcheinander. Doch trotz der Drohungen, die alle in Angst uns Schrecken versetzen, war die Stadt bereit sich zu verteidigen. Dann erreichte uns eine neue Schreckensbotschaft. Das Müllwehr sei vom Feind abgegraben wurden, sodass kein Mehl mehr gemahlen werden konnte. Daraufhin seien einige Verteidiger zum Feind übergelaufen. Weitere Abteilungen von Holks Heer trafen ein und Vater berichte, wie die in Ölsnitz und Adorf gewütet hatten, alles sei verbrannt, alles sei niedergemacht wurden, habe ihnen ein gefangener Adorfer Bürger berichtet. Um nicht angezündet zu werden, gab die Stadt auf. In der Hoffnung es würde vielleicht nicht so schlimm kommen, war ich all diesen Gerüchten und Ereignissen ausgeliefert. Ich glaubte fest, Vater würde uns schon irgendwie retten. Er, der Herr unseres Hauses, würde einen Weg finden. Doch dann wurde alles der Plünderung preisgegeben und es blieb kein Stein auf dem anderen. Nichts konnte so tief vergraben sein oder so gut versteckt, als das die Landknecht mit ihren im Tross lebenden Weibern es nicht finden und für sich herauspressen konnten. Auch von Vaters Besitz ging einiges dahin, doch er verstand es, wie auch immer und um welchen Preis, uns freizukaufen und vor schlimmster Schmach zu bewahren.

Doch der Schrecken sollte kein Ende nehmen. Weiter kaiserliche Truppen kamen durch Plauen und nahmen Quartier. Selbst Wallenstein zog im Herbst desselben Jahres durch. Die Stadt blutete aus, immer wieder mussten Gelder für das durchziehende Heer und dessen Verpflegung gezahlt werden.

Auch als die Schweden zum ersten Mal kamen, machte das keinen Unterschied. Vaters Vermögen, floss dahin. Der Winter ging ins Land und als im Jahr darauf Holks Heer erneut einfiel und auch in unserem Haus einige hohe Militärs Quartier machten, verhökerte Vater, was er noch hatte und das war unter anderem auch ich. Er hätte es sicher auch hingenommen, wenn sie mich alle genommen hätten, doch ein Oberst fand gefallen an mir und stellte mich sozusagen unter seinen Schutz. Ich wurde sein Weib oder wie man so sagt seine Mätresse und er versprach mir sogar mich mitzunehmen und bei sich zu behalten, wenn das Heer weiterziehen würde. Doch was hatte ich für eine Wahl. Ich war ja sein Eigentum. Wer hätte mir helfen können. Ich hatte ihm zu Dienst zu sein und ihm seine Wünsche zu erfüllen. Ich fand mich damit ab. Nur noch einmal hoffte ich, nämlich als ich Joseph begegnet bin. Von da an war mir alles egal. Wegzukommen von dieser Stadt schien mir sogar ein Ausweg zu sein. Bis die Pest alles dahinrafft. Der Oberst und seine Kumpanen brachten die Krankheit ins Haus, kurz darauf erkrankten auch Vater und Mutter. Ich pflegte sie alle so gut ich es vermochte. Die Mutter hatte ein leichtes sterben, doch der Vater bäumte sich immer wieder gegen das

Ende auf. Er schrie und weinte und flehte. Ich hatte keine Gefühle mehr für ihn und auch keine Tränen. Die Fremdheit die zwischen uns getreten war blieb für immer. Zuletzt starb der Oberst. Im letzten Stadium der Krankheit schrie er immer wieder nach einem Priester und nach der letzten Ölung. Er war ja nun ein Katholischer. Doch ich konnte keinen auftreiben, der sich in unser Haus wagte. Zum Schluss war er noch einmal ganz klar. Alles Grobe war von ihm abgefallen und er sprach von seiner Mutter und bat mich um Vergebung. Ich blieb allein zurück, ein Kind im Leib, unter Zwang gezeugt. Es war wie ein Wunder, das ich nicht von der Krankheit ereilt wurde, beinahe wünschte ich es mit. Leben oder Sterben war mir längst egal. Auch als mich die Brüder des Vaters eines Tages aus dem Haus warfen, weil ich ein gefallenes Weib sei und mich mit dem Feind eingelassen hatte. Ich vegetierte in einem kleinen Verschlag, ich aß wenn mir eine mitleidige Hand etwas gab oder ich stahl oder beschaffte es mir auf andere Weise. Ich wusch mich nicht mehr und hatte nur noch die Kleider, die ich am Leibe trug. Ja auch Joseph war ich wieder begegnet, vielleicht hatte er mich sogar gesucht und ich wusste auch, dass er mir ab und an etwas zukommen ließ. Doch in mir war längst jedes Gefühl und auch jeder Glaube erstorben. Die Emma, meine alte Amme, die gute Seele kümmerte sich um mich, wenn es ihr irgend möglich war und sie half mir auch bei der Geburt. Ich weiß nicht, was ohne sie geworden wäre. Wahrscheinlich hätte ich die Geburt nicht überlebt. Das Kind war so klein und so zart, schön und ohne Makel, in einer Welt die um mich herum zusammenbrach." Barbara hält den Kopf immer noch gesenkt und schweigt eine ganze Weile. Auch kein anderer brach die Stille. Die Suche nach den richtigen Worten strengte Barbara sichtlich an.

„Ich hielt mich von den Leuten fern, so gut ich es vermocht und sie sich wohl auch von mir. Ich wusste einfach nicht mehr wie ich dran war mit den Menschen und was rechten war und was unrecht. Was sie von mir dachten und redeten drang nicht zu mir vor, selbst wenn sie es mir ins Gesicht gesagt hätte. Nur zu dem Kind begann etwas in mir zu keimen, so etwas wie Liebe vielleicht. Obwohl ich doch in der Zeit vor seiner Geburt alles versucht hatte es loszuwerden. Dann eines Tages hörte ich die Feuerglocken. Und schon waren sie um mich.

„Verbrennt die Hex', dann wird das Unheil von unserer Stadt weichen", hörte ich einen rufen und Frauen kreischten und es war hell um mich, denn die Flammen der Fackeln kamen mir immer näher. Schon brannte mein Verschlag lichterloh. Ich zog im letzten Moment mein Kind heraus. Es schrie und ich presste es fest an mich und wich zurück. Doch sie entrissen es mir.

„Her mit der Hexenbrut." Ein Frau kreischt immerzu: „Es ist vom Satan. Es muss brennen." Dann fiel es zu Boden. Mich hielten zwei Männer fest und ich konnte nicht zu ihm. Auf einmal war Joseph da. Es war ihm tatsächlich gelungen mich der Meute zu entreißen. Aber das Kind war tot, so glaubten wir."

Nun weint sie und Änne bemerkt, wie die vorherige Erstarrung aus ihrem Gesicht weicht und sie erkennt denselben Schmerz in ihren Augen, wie bei der Mutter.

„Doch wer weiß, vielleicht hat der Herrgott es doch auf wundersame Weise errettet, wie mich auch."

„Oder es hat seinen Platz im Himmel gefunden", sagte Joseph sehr leise und greift nach ihrer Hand. Sie nickte stumm. Dann war es wieder ganz still in der kleinen Köhlerhütte. Man hörte nur noch das leise knistern, des schon fast heruntergebrannten Herdfeuers und das Schnaufen der Tier nebenan im Stall. Auch der Kienspan in seiner Halterung an der Wand, begann zu flackern, bald würde sein Licht verlöschen. Es gabt nichts mehr zu sagen. Ein jeder würde seine stillen Gedanken mit auf sein Lager nehmen. Joseph sprach ein kurzes Gebet und die beiden nahmen sich ein Stück Glut aus dem Feuer und gingen hinüber zu ihrer Hütte. Jeder wünschte ihnen, sie mögen es schaffen einen neuen Anfang miteinander zu finden.

Am Morgen als Änne neben der Mutter auf ihrem Lager erwachte, teilte diese ihr mit was sie erwartet hatte:

„In drei Tagen werden wir weiterziehen Änne. Du bist nun wieder völlig hergestellt und hast wieder Kraft für die Wanderung. Das hast du ja bei der Suche nach Barbara bewiesen." Obwohl Änne schwieg und sich nur abwendete, um ihre Traurigkeit zu verbergen, versuchte sie zu erklären.

„Weißt du, wir müssen noch bevor die Herbststürme oder gar der Winter hereinbricht bei der Großmutter sein. Wir haben schon viel Zeit verloren. Ich weiß ja nicht was die Großmutter für den Winter bevorraten konnte. Es ist jetzt September, die Bäume zeigen schon farbige Blätter. Solange es geht, werde ich noch irgendwo auf größeren Höfen arbeiten müssen. Wenn es kalt wird, wäre es auch besser Joseph und Barbara nähmen unseren Lagerplatz hier im größeren Haus ein.

Ich weiß, dass du erwachsener geworden bist in diesem Sommer und ich weiß, dass du lieber bei deinen Freunden bleiben würdest, als mit mir ins Ungewisse zu ziehen. Aber ich bitte dich mit mir zu kommen Änne, weil ich deine Mutter bin und nur du mir geblieben bist."

„Ja Mutter ich werde immer bei dir bleiben, das weißt du doch."

„Nicht immer Änne, aber dieses Mal."

Abschied hatte sie ja bereits am Tag ihrer Rückkehr mit Barbara aus dem Wald genommen. Nun war die Zeit gekommen still ihre wenigen Sachen zusammen zu legen.

Als sie hier angekommen waren, hatten sie ja nicht viel mehr gehabt, als das was sie am Leibe trugen, ihre gesammelten Kräuter und das was Mutter aus ihrem und aus den Häusern der Nachbarn hatte retten können. Viel war das nicht gewesen. Inzwischen hatten sie an den Abend hier, Sachen gestopft und geändert. Auch von Grete hatten sie einiges bekommen. Marie hatte ihr ein Mieder geschenkt, das ihr nicht mehr passte. Am wichtigsten für Änne war das Stück Papier, das Konrad ihr irgendwann gegeben hatte und worauf sie sorgfältig alle Buchstaben geschrieben hatte und auch einige Wörter, sodass sie ja nichts vergaß. Sie hatte große Fortschritte gemacht in letzter Zeit, jede freie Minute hatte sie geübt und Marie immer wieder gebeten mit ihr zu lesen. Diese hatte ihr bereitwillig geholfen, auch wenn sie manchmal keine rechte Lust hatte. Doch sie hatte es versprochen und daran hielt sie sich. Selbst Hans hatte sich in den letzten verbleibenden Tagen herabgelassen mit ihr Buchstaben und Wörter zu pauken, damit sie auch ja alles im Kopf behielt, denn wer sollte ihr dort im Dorf bei der Großmutter dann helfen. Das Klöppeln der feinen Spitze hatte sie nun nicht mehr lernen können. Doch Barbara hatte ihr eine ganzes Stück einer ihrer schönsten Borten geschenkt und versprochen:

„Eines Tages wirst du es lernen und ich hoffe ich werde es sein, die es dir das beibringt, mein kleine Retterin."

Änne hatte es die Sprache verschlagen. So etwas Schönes hatte sie noch nie gesehen geschweige denn besessen. Sie waren allein in Barbaras kleinem Häuschen gewesen. Änne war gerne dort, obwohl es noch schlichter eingerichtet war als das großen Haus, denn auch Barbara und Joseph hatten wenig aus ihrem früheren Leben mitbringen können. Ein offenes Herdfeuer und ein paar einfach zusammengezimmerte Möbel, eine Bank, ein Tisch, ein Stuhl und eine Bettstatt mit Strohsack, ein kleines Bord mit zwei irdenen Tassen und einem Holzteller, den Joseph geschnitzt hatte, waren ihr ganzer Besitz. Auch Josephs Bibel lag da und Barbaras Garne, die Konrad für sie von einem böhmischen Handelsmann erworben hatte. Der kaufte ihr auch manchmal ein paar fertige Spitzen ab, wenn sie auch in Zeiten wie diesen nicht sehr gefragt waren und deshalb billig gehandelt wurden. Wenn Barbara an ihrem Klöppelsack saß, schien sie alles um sich zu vergessen, so wie es Änne ging, wenn sie in einem von Konrad Büchern lesen durfte.

„Wir wollen heute schon unseren Abschied nehmen Änne", hatte Barbara geflüstert und eine keine Dose getrockneter und in etwas Honig eingelegter Äpfel hervorgeholt.

„Die habe ich für einen ganz besonderen Anlass aufgehoben." Auf dem Feuer hatte das Wasser im Kessel gebrodelt und Barbara hatte einen Kräutertee gemacht. Dann hatten sie dagesessen und nicht so recht gewusst, was sie sich sagen sollten. Änne hatte ihr Tuch eng um sich gezogen. Die Mutter hatte recht, in der kleinen Hütte zog es durch alle Ritzen und dabei war es noch nicht einmal richtig kalt. Die Beiden würden hinüber ins große Haus zu Grete und Konrad ziehen müssen, wenigstes im Winter. Vielleicht würde erst im nächsten oder übernächsten Jahr Zeit sein die Hütte noch einmal von innen zu verbrettern. Sie dachte an den Vater und welch schöne Möbel er der Mutter gemacht hatte und wie warm es in der kalten Zeit bei ihnen in der Stube gewesen war. Nachdem sie den Tee getrunken und ein Stück Apfel dazu gegessen hatte -das schon etwas alt geschmeckt hatte, Barbara hatte wohl sehr lange auf einen besonderen Anlass warten müssen- war sie mit den entschuldigenden Worten gegangen: „Mutter braucht mich sicher beim zusammenräumen. Ich danke dir für die Spitze Barbara, so etwas Schönes werde ich für etwas ganz besonderes aufbewahren."

„Vielleicht für dein Hochzeitskleid Änne."

„Oh je so bald wird mich sicher keiner ansehen, geschweige denn freien."

„Na ich glaub da äugelt schon wer."

Änne hatte gespürte, wie ihr die Röte ins Gesicht schoss und auch Barbara war auf einmal ganz rot gewesen. Sie mussten beide lachen bis ihnen die Tränen herunter rollten. Es war ein befreiendes Lachen. Wie zwei junge Gänschen fühlten sie sich mit einem Mal.

Dann war Barbara wieder ernst geworden.

„Ich habe dir auch zu danken Änne, dafür, dass du mich gesucht hast und auch dafür, dass du immer freundlich und voller Anteilnahme warst. Ich wünsche dir Kraft auf deinem Weg zu bleiben, um eine starke Frau zu werden, wie deine Mutter, die sich auch den Schwachen annimmt."

Sie hatte etwas verlegen in ihrer Schürzentasche gekramt: „Ich habe hier noch ein kleines Kreuz aus feiner Seide. Es diente mir einmal als Zeichen in meinem Gesangbuch. Ich weiß auch nicht wie das bei mir geblieben ist, die ganze Zeit. Du liebst doch jetzt das Geschriebene. Leg es in dein erstes Buch und denk' an mich wenn du es siehst, denk daran, dass man das Leben selbst in die Hand nehmen muss."

„Aber das kannst du doch nicht machen. Das ist doch fast alles, was dir als Erinnerung geblieben ist und du hast mir doch schon die schöne Spitze geschenkt und ich habe gar nichts für dich."

„Du hast schon genug für mich getan. Nimm es bitte und geh jetzt und wenn du mir etwas Gutes tun willst, bete für mein Kind, wo immer es auch sein mag, ob im Himmel oder hier auf Erden."

Sie hatte Änne ganz sanft umarmt und ebenso sanft zur Tür hinaus geschoben.

So war der letzte Tag herangerückt. Die Bündel waren geschnürt und Mutters Tragekorb gefüllt. Sie ließ mehr als die Hälfte ihrer Kräuter bei Grete zurück. In Marie hatte sie eine neue begabte Schülerin gefunden, die auch noch all das Wissen aufschreiben konnte. Jetzt empfand es auch die Mutter als ein Geschenk, so konnte sie sicher sein, dass Marie im Falle von Leiden und Krankheiten ihrer Familie bestmöglich helfen konnte. Änne war am gestrigen letzten Abend noch einmal mit Marie in den Stall zum melken gegangen, so wie sie es gleich am ersten Tag und danach alle weiteren Tage getan hatten.

Sie hatte über das raue Fell der Ziege gestrichen.

„Mach's gut du, und tröste mir die Marie", hatte sie ihr zugeflüstert. Marie die sonst immer Vernünftige, hatte nun ganz rotgeweinte Augen: „Nun bin ich wieder allein! Du warst meine einzige Freundin."

„Ich bin deine Freundin!" hatte Änne sie verbessert.

„Glaub mir Marie, wir werden wieder beieinander sein! Wir werden uns wiedersehen! Ich glaube fest daran und auch du musst daran glauben. Dann wird alles gut. Lass es uns schwören, ja?

Ich, Änne, verspreche meiner besten Freundin Marie, in Gedanken immer bei ihr zu sein und alles daran zu setzen, dass wir uns eines Tages wiedersehen.
Nun musst du dasselbe sagen, bitte tu es."
Maries Stimme hatte ganz rau vom weinen geklungen: „Ich, Marie, verspreche meiner Freundin Änne, die Treue zu halten und sie eines Tages, in besseren Zeiten wieder zu treffen. Das schwöre ich, bei allem was mir heilig ist."
Daraufhin hatte Änne das Band, das sie um ihren Arm trug abgestreift. Es war aus bunten Holzperlen gefertigt. Ihr Vater hatte es gemacht und es ihr, kurz nach der Geburt mehrfach um das Handgelenk geschlungen. Es sollte ihr Glück bringen. Vorsichtig hatte sie es in zwei gleiche Hälften geteilt und eine davon Marie gegeben.
„Nimm es und trage es, es wird uns wieder zueinander führen."
„Ich habe auch etwas für dich." Marie hatte ihr ihren besten Federkiel geschenkt, den sie ihr bisher nicht einmal geliehen hatte und dazu ein kleines Fässchen von ihrer kostbaren Tinte.
Niemand hatte an diesem Abend geschimpft, nicht einmal im Spaß, dass sie so lange im Stall geblieben waren. Auch den Erwachsenen war der Abschied schwer geworden. Grete hatte der Mutter ein Abschiedsgeschenk gemacht. Zwei von den jungen Hennen und einen Hahn.
„Ohne dein Händchen für die Hühnerzucht hätte ich wohl nicht so viele von den diesjährigen Küken durchgebracht, so viele wie noch nie. Diese hier sollen der Grundstock für deine eigene Hühnerzucht werden, wenn du in deiner Heimat bist. Im Frühjahr werden sie schon die ersten Eier legen und wahrscheinlich auch brüten."
Es war ein gutes Essen an diesem Abend aufgetischt wurden. Grete hatte sich große Mühe gegeben. Sogar Fleisch hatte auf dem Tisch gestanden, denn Konrad hatte zwei Wildkaninchen erlegt. Dennoch es wollte keine so rechte Stimmung aufkommen. Selbst als Konrad seine Fiedel geholt und zu spielen begonnen hatte, waren die Lieder an diesem Abend eher traurig oder zumindest nachdenklich gestimmt gewesen.
Noch bevor der Kienspan erloschen und das Feuer ausgebrannt war, waren sie zu Bett gegangen, denn sie wollten in aller Herrgottsfrühe aufbrechen.

Es war noch gar nicht hell, da hatte sie Grete schon unten in der Küche werkeln hören. Sie war dabei gewesen ihnen noch ein kräftiges Frühstück zu bereiten. Das war ihre Art ihrer Zuneigung Ausdruck zu geben.

Reichlich hatte sie ihnen auch Vorräte eingepackt, soviel sie tragen konnten, denn sie wussten ja nicht was sie bei der Großmutter erwartete. Sogar Pökelfleisch hatten sie bekommen. Die Mutter hatte sich anfänglich gewehrt.

„Ihr seid viele, ihr müsst doch auch über den Winter."

„Es ist genug. Außerdem kann Konrad das Wildern sowieso nicht lassen. Er wird, wenn's Not tut, in die Wälder ziehen."

Alle hatten sie heute Morgen dagestanden als sie losgezogen waren, alle außer Hans. Doch das hatte niemand bemerkt. Nur Änne hielt heimlich nach ihm Ausschau. Joseph hatte sie für ihren Weg gesegnete. Dann war alles im letzten Lebewohl untergegangen, alle hatten durcheinander geredet. Als sie den kleinen Till wieder in Gretes Arme gelegt hatte, hatte der wie am Spieß zu brüllen begonnen. Er konnte ja, so klein er war, gar nicht wissen, dass sie sich so bald nicht wiedersehen würden. Grete hatte ihn an Barbara weiter gegeben, die sich in letzter Zeit häufig und sehr liebevoll um ihn gekümmert hatte, um der Mutter beim aufnehmen der Last zu helfen. Noch trug ja Konrad einen großen Teil, aber später wenn sie wieder allein gingen, würde auch sie beide sehr viel mehr tragen müssen. Noch immer war sie barfüßig, doch sie besaß jetzt wieder ein paar grobe Holzpantinen, die Joseph für sie gemacht hatte, und die würde sie bald brauchen. Auch heute Morgen war es schon ziemlich kühl. Zwar wärmte die Sonne bei Tag noch ganz schön, aber man merkte, dass sie begann ihre Kraft zu verlieren.

Die Mutter war dann energisch geworden. Sie mussten gehen und sie würden gehen. Noch einmal hatte sie jeden umarmt, dann hatte sie sie bei der Hand genommen und war losgezogen, wie immer ohne sich noch einmal umzusehen.

Änne hingegen blickte oft zurück und winkte lange.

Jetzt sind alle hinter den Bäumen verschwunden. Noch aber gehen sie über bekanntes Terrain. Änne will sich alles ganz fest einprägen. Jedes Geräusch und jedes Bild, jeden Sparren des Hauses und jeden Baum, aber ganz besonders die Gesichter der Menschen. Selbst Tills Weinen hält Änne in sich fest. Sie sieht ihn in Gedanken eine Flunsch ziehen und dann wieder hell loskrähen. Sie sieht Maries Sommersprossengesicht, als sie sehr konzentriert die Kräuterbündel beschriftet und sie sieht Grete wie sie mit aufgekrempelten Ärmeln einen schweren Topf vom

Feuer nimmt. Auch Barbaras feine, etwas traurige, Züge tauchen vor ihr auf. Sie sitzt und klöppelt.

Sie gehen schweigend dahin, so wie sie früher auch gegangen sind. Ehe es Änne bewusst ist, ist sie schon ein ganzes Stück hinter Konrad und Mutter zurückgeblieben. Auf einmal lehnt, wie aus dem Boden gestampft, mit hochrotem Kopf, Hans vor ihr an einem Baum. Einen Augenblick stehen sie sich schweigend gegenüber, bevor Hans, hastig und als hätte er es vorher schon oft vor sich hin gesprochen, zu reden beginnt:

„Ich werde gehen Änne, zu der Bande von Rebellen im Wald. Sobald sich mir die nächste Gelegenheit bietet, spätestens aber im Frühjahr. Ich weiß, dass du meinst ein Bauer zu sein, sei besser. Vielleicht hast du ja recht. Aber ich muss es für mich herausfinden. Verstehst du das?"

Änne nickt stumm. Was soll sie auch sagen? Ihr Gefühl sagt ihr, es würde nichts nützen. Er muss seine eigenen Erfahrungen sammeln, und vielleicht hat er ja recht, vielleicht müsste man sich wehren. Kann man dem, was ihn antreibt überhaupt Einhalt gebieten und was ist es, dass ihn letztlich treibt? Sie hat keine Antwort darauf. Sie hofft nur, dass dieses Morden ein Ende nehmen möge und das sie überleben wird, und sie merkt, wie sehr sie sich wünscht auch Hans möge mit dem Leben davonkommen.

„Du bist die Einzige die davon weiß. Sag dem Vater nichts. Ich mach das selbst, auf meine Weise."

Noch immer spricht er hastig, so als habe er keine Zeit für all das was er ihr noch sagen will, und das ist ja auch so, schon hören sie in einiger Entfernung den Ruf der Mutter. Nun kommt zu seinem schnellen Redeschwall auch noch hinzu, dass er, aus welchem Grund auch immer, die Mutter und Konrad sind viel zu weit weg, zu flüstern beginnt, sodass Änne ihn kaum noch versteht. Sein Gesicht wird dabei noch um eine Spur röter, so als wolle es mit seinem Haar konkurrieren.

„Ich mag dich sehr gerne Änne. Auch wenn du's vielleicht noch nicht gemerkt hast. Du bist ein starkes Mädel und sagst und tust was du denkst, ganz ehrlich, das gefällt mir."

Änne lächelt.

„Wirklich, den Eindruck hatte ich bisher nicht."

Doch ihre Miene verrät sie. Bestimmt ist sie auch so rot wie er.

„Wenn ich einen Weg für mich gefunden habe, dann werde ich kommen, um nach dir zu sehen, das verspreche ich dir Änne." Er nestelt in seiner Tasche herum und zieht ein kleines, sehr fein geschnitztes Tierchen hervor. Es soll wohl ein kleines Rehkitz darstellen. Es ist wunderhübsch, vor allem wenn man sich vorstellt wie viele Stunden seiner knapp bemessenen freien Zeit Hans damit verbracht haben muss. Er hat ein dünnes Lederband daran geknüpft und hängt es mit einer schnellen Bewegung um Ännes Hals.

„Da, das habe ich für dich gemacht. Vielleicht erinnerst du dich bei seinem Anblick manchmal an mich."

Plötzlich drückt er Änne an sich und gibt ihr einen kurzen unbeholfenen Kuss auf den Mund. Noch ehe Änne dazu kommt irgendetwas zu tun oder zu sagen, ist er so schnell wie er gekommen ist auch wieder verschwunden. Vielleicht hat er Angst sich eine Ohrfeige von ihr einzuhandeln. Doch davon ist sie weit entfernt.

„Mach es gut und Gott behüte dich!", ruft sie ihm noch nach, doch ihre Stimme klingt viel zu belegt und sie glaubt nicht, dass er sie noch hört. Aber es kann auch gut sein, dass er sich nur hinter dem Gebüsch dort drüben versteckt. Hat sie nicht eben etwas Rotes aufblitzen sehen? Sie betrachtet das Band mit dem kleinen Reh um ihren Hals. Dann schiebt sie es unter ihr Mieder und beschließt es immer zu tragen.

Die Rufe der Mutter werden nun immer ungeduldiger.

„Wo bleibst du denn Änne? Du weißt doch, dass wir heute eine große Strecke schaffen müsse."

Änne rennt los um schnell zu ihnen aufzuschließen. Ungehalten schüttelt die Mutter den Kopf. Nur der Konrad schmunzelt vor sich hin, sagt aber kein Wort. Hat er etwa etwas mitbekommen?

Änne hatte ganz vergessen wie mühsam das Wandern ist. Die Stunden ziehen sich hin und nicht einmal, dass die Sonne endlich durch die Wolken bricht und es wärmer wird kann sie recht erfreuen. Müde und traurig trottet sie neben der Mutter und Konrad her. Manchmal, wenn niemand es sieht, holt sie ihr kleines Reh unter dem Mieder hervor. Aber fröhlicher stimmt sie das auch nicht. Es ist ungewiss ob und wann sie ihre Freunde jemals wiedersehen würde. Auch die Mutter scheint nicht der besten Laune zu sein. Schweigsam geht sie einher und Änne spürt, dass ihr das Gehen schwerer fällt als im Frühjahr. Die Last auf ihrem Rücken aber auch in ihrem Leib scheint sie schwer zu bedrücken und sie ist froh, dass Änne ihr etwas abnimmt. Nur Konrad ist unbefangen und fröhlich wie eh und je, obwohl er am schwersten zu tragen hat, sowohl sein Handelsgut als auch einige Sachen die ihnen gehören. Er pfeift ein Liedchen vor sich hin und es gelingt ihm sogar Mutter und Änne ein wenig aufzuheitern.

Am Nachmittag dann, sie sind nach der Mittagsrast noch nicht lange unterwegs und eine kleine Anhöhe hinaufgestiegen, zeigt Konrad auf einmal in Richtung Tal.

„Schaut, da drüben liegt Plauen."

Änne und die Mutter erschrecken, da sie der Stadt so nahe gekommen sind, doch noch mehr erschreckt sie deren Anblick. Seit dem großen Brand, von dem Barbara und Joseph berichtet haben, scheint sich nicht viel getan zu haben. Noch immer sind viele Häuser Ruinen, wie schwarze Gespenster stehen sie da und der halbverfallene Turm der Kirche zeigt wie ein mahnender Zeigefinger in den Himmel. Es ist kaum vorstellbar, dass hier noch Menschen leben, doch dünne Rauchfäden aus den Ruinen der Häuser, beweisen es.

Die Mutter kann den Anblick nicht ertragen, zu sehr erinnert er sie an den ihres abgebrannten Heimatdorfes. Sie geht einfach weiter und verschwindet schnell wieder im schützenden Wald. Änne will ihr folgen, da schaut sie zurück zu Konrad, der seinen Blick schwerlich von seiner verbrannten und geplünderten Heimatstadt wenden kann.

„Bist du zum erst Mal wieder hier", fragt Änne.

„Nein und doch trifft es mich jedes Mal wieder, weißt du. Ich kenne oder kannte so viele Menschen hier."

Langsam wendet er sich ab und sie gehen hinter der Mutter her in den Wald. Sie wandern noch eine Weile bis die Sonne schon tief im Westen steht, dann erst machen sie ein kleines Feuer und hoffen von niemandem entdeckt zu werden. Morgen schon würden sie sich von Konrad trennen und die Mutter will versuchen nicht noch eine Nacht im Freien verbringen zu müssen. Aber der Weg ist noch weit und sie sind nicht so schnell vorangekommen wie sie es sich gewünscht hatten. Die Mutter rührt einen Getreidebrei über dem Feuer und Konrad sitzt an einen Baumstumpf gelehnt da, stiert vor sich hin und ist wohl in eine Welt versunken, die nur er kennt. Vielleicht denkt er an seine Kindheit und Jugend in Plauen und an Menschen, die ihn mit dieser Stadt verbinden. Doch nach einer Weile gibt er leise Schnarchtöne von sich. Er ist eingenickt.

Änne horcht in den Wald hinein. Seit ihrer Wanderung im Frühjahr sind ihr viele Geräusche vertraut und sie fühlt sich so nahe am Feuer und mit dem gleichmäßigen Schnarchen von Konrad ganz ruhig, fast geborgen. Sie legt sich auf das weiche Moos und lauscht dem Wispern. Ob es die Waldfeen und das Moosmännlein wirklich gibt? Für eine kurze Zeit vergisst sie all die Schrecken der Welt und die Anstrengung des langen Marsches. Auf einmal ist sie wieder das kleine Mädchen, dessen Freunde die Bäume und Blumen sind. Weit, weit entfernt scheinen ihr die Geräusche, die die Mutter beim Essen bereiten am Feuer macht und Konrads schwerer Atem. Irgendwo in der Ferne knackt es. Ob es ein Reh ist oder vielleicht ein Fuchs oder gar ein Wolf, der aus den böhmischen Wäldern oder vom Erzgebirge herüber gewandert ist? Änne schielt nach dem Feuer. Es würde die Raubtiere fernhalten, ganz bestimmt.

Irgendwann muss sie kurz weggedöst sein. Doch da ist es wieder, das Knacken im Dickicht. Kommt es näher? Ist es vielleicht ein Mensch, ein Räuber oder gar Soldaten? Das wäre das Schlimmste was ihnen passieren kann. Sie würden ihnen schutzlos ausgeliefert sein. Aber Konrad, er hat doch ein Gewehr. Wie weggeblasen ist plötzlich das Gefühl von Geborgenheit, vergessen auch die Träumereien. Änne fährt hoch. Für einen Augenblick schießt ihr Hans durch den Kopf. Sollte er ihnen etwa gefolgt sein, wie damals bei der Teufelsschlucht, um sie zu erschrecken? Aber das würde er bestimmt nicht wagen, wenn sein Vater und ihre Mutter dabei sind.

In der Ferne hört sie den Schrei eines Käuzchens.

Änne beginnt zu zittern. Sie kann einfach nichts dagegen tun. Da wieder, nun schon ganz nahe. Es kommt direkt auf sie zu. Nun wird auch die Mutter aufmerksam. Sie richtet sich auf.

„Konrad, da ist wer!", flüstert sie und legt ihm die Hand auf die Schulter. Konrad ist sofort hellwach. Er greift blitzschnell nach Gewehr und Messer und springt auf. Die Mutter steht im nächsten Augenblick neben ihm, ihren schweren Wanderknüppel in der Hand. Sie schiebt Änne hinter sich und raunt ihr zu: „Pass auf das Zeug auf, besonders auf die Hühner."

Sie alle stieren in Richtung der Geräusche, da schießt es auch schon aus dem Gestrüpp auf sie zu.

„Ein Wolf!", entfährt es Anne.

Fast ist sie erleichtert, dass es kein Mensch ist. Auch Konrad hat sein im Anschlag gehaltenes Gewehr sinken lassen und mit der anderen Hand die Mutter zurückgehalten, die mit ihrem Knüppel auf das Tier losgehen will.

„Das ist kein Wolf!", schreit er und wirklich im näherkommen sehen es auch Änne und die Mutter. Es ist ein großer dunkler, fast schwarzer Hund, der jetzt auf Konrad zurast. Er wedelt mit dem Schwanz und kriecht vor ihm zu Kreuze und lässt sich auch sofort anfassen und streicheln. Konrad krault ihm den Nacken.

„Na mein Alterchen, wo hast du denn deinen Herrn und Meister gelassen?"

Der Hund bekommt Konrad am Ärmel zu fassen und will ihn mit sich fortziehen. Als das nicht gelingt, läuft er ein Stück in den Wald hinein und kommt dann zurück. Es ist als wolle er Konrad auffordern mitzukommen. Konrad versucht den Hund zu beruhigen. Er streicht ihm durch sein buschiges Fell.

„Ruhig, ruhig!", mahnt er immer wieder.

Katharina die schreckensbleich auf ihren Stock gestützt dasteht und im Stillen Gott dankt, dass es kein Mensch gewesen ist, der da aus dem Dickicht gestürzt kam, fragt leise: „Du kennst den Hund Konrad?"

„Ja ich kenne ihn. Er gehört Wenzel, dem böhmischen Händler und Grenzgänger, mit dem ich mich treffen will. Sie sind unzertrennlich die Zwei. Ich habe nur diesen einzigen Kameraden!, sagt er immer. Ich hoffe ihm ist nichts zugestoßen."

Konrad blickt angestrengt in die Richtung, aus der der Hund gekommen ist. Es ist nichts und niemand zu sehen. Mit immer noch zitternden Knien setzen sich die drei Menschen erst einmal nieder.

„Wo mag er nur sein?", rätselt Konrad.

Da hallt auf einmal ganz in der Nähe ein Knall wie von einem Gewehrschuss. Alle drei zucken zusammen und halten den Atem an. Nur der Hund stürzt ins Dickicht hinein.

Minuten, die ihnen wie eine Ewigkeit vorkommen, vergehen. Dann hören sie erneut jemanden auf sich zu kommen und plötzlich steht ein großer sehr hagerer Kerl mit einem ebenso großen Schlapphut, der sein Gesicht halb verdeckt und auf dem eine Feder prangt, vor ihnen, neben ihm schwanzwedelnd der Hund. Als er zur Begrüßung seinen Hut lüftet, schreit Änne beinahe entsetzt auf. Sein Gesicht ist über und über mit Narben bedeckt. Änne weiß woher solche Narben stammen. Der Mann hatte die Blattern gehabt. Falls man Glück hat und diese Krankheit überlebt, bleiben hässlichen Narben von den Eiterbläschen zurück. Der Schmied in ihrem Dorf hatte auch solche Narben im Gesicht. Manche Leute fürchteten sich deshalb vor ihm, zumal er so stark war, wie ein Stier, doch die Meisten mochten ihn, denn er war er ein gutmütiger Kerl. Änne schlich sich manchmal heimlich zu seiner Schmied und sah fasziniert zu, wie dieser rußverschmierte, bullige Mann mit nacktem Oberkörper und vor den Funken nur von einer Lederschürze geschützt mit seinem großen Hammer am Amboss stand und das glühende Metall bearbeitete, um daraus Nägel, Hufeisen oder die Klinge einer Sense zu schmieden.

Dann wäre sie gerne ein Junge wie Peter gewesen, der den Blasebalg bedienen und vom Meister lernen durfte wie man schmiedet. Sie hingegen konnte nur dieses schaurig-schöne Gefühl genießen. Denn wenn der Schmied sie entdeckte, hob er sie in die Höhe, warf sie in die Luft und fing sie wieder auf um sie dann in der Luft im Kreis zu drehen, sodass alles an ihr vorbei flog – die Schmiede, die Häuser, Menschen, Wiesen und Felder. Sie zappelte mit den Beinen und rief: „Runter, las mich runter!", dabei lachte sie und noch jetzt kann sie das kribbeln im Bauch spüren. Es ist kaum zu glauben, dass es diesen Mann nicht mehr geben soll. Doch auch ihn hatten sie tot in seiner Schmiede gefunden, von hinten einfach erstochen.

Der Gedanke an die Gutmütigkeit des Schmieds beruhigt Änne etwas. Auch wenn der Mann, der da vor ihr steht nicht nur durch die Narben entstellt ist, ihm fehlt auch das rechte Ohr.

Konrad ist dem Mann entgegengeeilt.

„Sei mir gegrüßt, mein Freund Wenzel", ruft er fröhlich.

„Ich meinte dich erst morgen zu treffen, wie wir es verabredet hatten."

„Ich weiß, ich weiß, ich bin früher wieder im Lande als gedacht. Eigentlich wollte ich mir hier in der Nähe ein Nachtlager suchen und morgen nach dir Ausschau halten. Na und dann lief mir dieses Karnickel über den Weg. Ich dachte mir, ein besseres Abendbrot kannst du nicht kriegen. Also bin ich hinter ihm her, eine ganze Weile schon, das Gewehr im Anschlag und dann war mir eine Wurzel im Weg, klatsch fiel ich auf die Schnauze, der Schuss löste sich und weg war das Karnickel. Verdammt, so viele Jahre bei der Soldateska, da müsste man das Schießen doch gelernt haben."

Sein Lachen klingt rau wie seine Stimme, so als benutze er beides recht selten. Seine Worte haben den typischen rollenden Zungenschlag eines Böhmen.

„Da war plötzlich der Hasso verschwunden. Ich horchte und ganz in der Nähe hörte ich ihn. Ein freudiges kleines Bellen. Ich denk, na wen hat er denn da getroffen, da nehm' ich auch schon den Geruch von Feuer und Essen wahr. Da bin ich nun und wenn ihr mich einladet, hätte ich auch was beizusteuern. Aber willst du uns nicht bekannt machen Konrad, wenn du schon mit zwei so hübschen Frauenzimmern unterwegs bist?"

Er macht eine kleine Verbeugung zu Katharina hin und als er noch einmal seinen Hut dabei zieht, hat er plötzlich ein Ei in der Hand. Er reicht es Katharina und tätschelt zur Begrüßung Ännes Wange, wobei er ausruft: „Was haben wir den da beim Mägdelein!", und holt ein weiteres Ei aus ihrem Ohr.

„Tja, der Hase ist mir ja davongelaufen, leider."

Er nimmt seinen Ranzen von der Schulter.

„Aber hier hab ich noch das Huhn, das zu den Eiern gehört." Er bringt ein schon gerupftes Hühnchen hervor.

Konrad lacht: „Also das ist Wenzel, der Händler aus dem Böhmischen, den ich, wie ihr wisst, morgen treffen wollte. Er ist nicht nur ein Händler und Grenzgänger, sondern inzwischen, auch wenn wir es uns nicht recht eingestehen wollen, so etwas wie ein Freund. Als Händler ist er zwar ein harter Bursche, aber so manch einem hat er schon in der Not dieser Zeit geholfen oder an einen sicheren Ort gebracht. Ich bin ihm da nicht nur wegen meiner Schwester dankbar."

Er war es also, der sie gefunden und sicher zu ihrem Bruder geleitet hat, überlegt Änne.

„Hör auf mit dem Süßholz raspeln, der Branntwein ist dir auch so gewiss." Und schon hat er eine Flasche, weiß der Geier woher, hervorgezaubert.

Katharina ergreift die Hand des Fremden.

„Die Katharina bin ich, mit meiner Tochter Änne. Wir kommen aus dem Fränkischen, dort hat der Schwede unser ganzes Dorf niedergemacht. Nur wir sind übriggeblieben, weil wir im Wald nach Kräutern suchten. Gut ist's uns da gegangen im Frankenland mit Mann und Kindern und dem Hof, doch alles ist dahin. Nun will ich hinauf ins Oberland, da lebt, so Gott will, meine Mutter noch. Sie wird mir helfen das Kind auf die Welt zu bringen das ich im Leib trage und dann werd' ich bleiben und sehen wie ich uns durchbringe. Der Konrad hat mich aufgenommen und bleiben lassen als meine Änne krank lag. Gute Leute sind's der Konrad und die Grete."

Mit einer schnellen Geste streicht die Mutter ihr Haar unter die Haube und wendet sich um, dem Feuer und dem Essen zu.

„Du hast es uns gut vergolten mit deinem Wissen um die Kräuter und das Heilen und mit deiner Arbeit, das weißt du wohl."

Für eine Weile ist es still. Änne wendet sich dem Hund zu, der sich neben seinem Herren niedergelegt hat. Er hat den Kopf auf die Pfoten gelegt und beobachtet alles mit seinen großen schwarzen Augen. Einen solchen Hund müsste man haben, dann wäre man geschützt und könnte alles mit ihm teilen. Einmal als sie noch ganz klein war, hatte sie ein kleines Kätzchen vom Schmied geschenkt bekommen. Ein kleines weiches Knäuel zum streicheln und liebhaben. Doch der Vater hatte es nicht in der Stube dulden wollen. Da war es eines Tage verschwunden. Niemand wusste wohin. Sie war sehr traurig gewesen, so traurig, dass die Mutter ihr sogar eins der begehrten Honigplätzchen geschenkt hatte. Ihr großer Bruder war danach eine ganze Weile seltsam lieb und freundlich zu ihr, obwohl er sich sonst überhaupt nicht um sie scherte.

Änne setzt sich neben Hasso und krault ihn vorsichtig zwischen den Ohren. Als er es sich gefallen lässt, wird sie mutiger und beginnt ihn überall zu streicheln. Es scheint ihm zu gefallen und er hält ganz still, nur sein Schwanz bewegt sich freudig hin und her. Im Dorf hatte es viele Hunde gegeben, aber einen so schönen mit so klugen Augen hat sie noch nie gesehen. Am liebsten würde sie mit ihm durch den Wald rennen, immer weiter einfach nur im Schutz dieses großen schwarzen Hundes dahinlaufen. Sie beugt sich zu ihm hinab und flüstert ihm zärtliche Worte ins Ohr, ganz leise damit niemand sie hören kann, bis die Mutter sie schickt noch ein paar trockene Äste für das Feuer zu sammeln. Als sie sich gehorsam erhebt, steht auch der Hund auf, nach einem kurzen Blick zu seinem Herrn, der ihm zunickt, begleitet er sie in den Wald hinein und weicht auch später nicht von ihrer Seite.

„Gefällt er dir mein Hasso, was Mädchen? Er mag dich auch. So schnell lässt er sonst niemanden an sich heran. Er ist ein guter Hund, klug und treu, besser als die meisten Menschen. Er schaut nicht auf das Außen, er schaut nach innen und er weiß immer, besser als ich, mit wem wir es zu tun habe. Ohne ihn wär's ziemlich einsam und er hat mich schon vor mancher Gefahr bewahrt."

Wenzel lacht leise sein merkwürdiges Lachen. Es ist inzwischen schon fast völlig dunkel. Nur die schmale Sichel des Mondes verbreitet schwaches Licht. Doch sie haben ja ihr Feuer, das sie schützt und wärmt und hoffentlich nicht verrät und jetzt haben sie auch noch Hasso, diesen großen, starken Hund zum Beschützer. Sie haben schon gegessen und dank Wenzel war es nicht nur der übliche Getreidebrei gewesen. Auch der Hund hat seine Portion bekommen und liegt nun satt und zufrieden dicht neben Änne und lässt sich von ihr liebkosen.

„Dabei wollte ich ihn eigentlich gar nicht haben. Nicht ich habe ihn ausgesucht, sondern er mich. Ist mir einfach nachgelaufen, von Magdeburg her. Ich habe ihn weggescheucht, immer wieder, doch er ist einfach weiter hinter mir hergekommen und mit der Zeit wurde der Abstand immer kleiner. Nachts kroch er zu mir heran ans Feuer und irgendwann als er einmal ein, zwei Tage verschwunden war, merkte ich, dass ich ihn vermisse und so sind wir beieinander geblieben. Vielleicht weil wir beide Strandgut sind in diesem vermaledeiten Krieg."

„Wie hat es dich so weit hinauf verschlagen, bis nach Magdeburg. Man hört, dort sei es wie in der Hölle zugegangen, als der Feldherr Tilly dort wütete", fragt Katharina.

Wenzel wischt sich mit dem Ärmel das Fett vom Mund und fährt sich dann mit seiner hageren Hand über sein pockennarbiges Gesicht. War ihm eben noch die Freude an dem feinen Braten, den ihm sein Handel eingebracht hatte, ins Gesicht geschrieben, so wirken seine Augen nun mit einem Mal müde.

„Ach Frau", seufzt er und macht dann eine lange Pause, sodass sie annehmen er wolle einfach nichts mehr weiter dazu sagen. Das Feuer knackt und man kann irgendein kleines Tier, vielleicht eine Maus, rascheln hören. Der Hund spitzt die Ohren. Sein Herr tätschelt ihn.

„Ruhig, ruhig mein Alterchen."

Dann beginnt er mit einem Mal zu erzählen.

„Als Kind da haben mich die Pocken arg erwischt und meine Mutter behauptete nur ihre Gebete hätten mich am Leben erhalten. Nur mit dem Leben ist es halt so ein Ding, nicht immer weiß man zu schätzen was einem erhalten geblieben ist. Besonders in jungen Jahren, will man alles oder nichts. Ich stamme aus einem Geschlecht von Händlern und Hausierern, die in und um Eger herum ihrem Tagwerk nachgingen, aber auch mit ihren Waren hinauszogen zum hausieren. Die Geschäfte liefen nicht eben schlecht. Doch dann war auf einmal das Geld nichts mehr wert. Kupfer war unter der dünnen Silberschicht der Münzen. Viel haben wir verloren zu der Zeit. Ich war der jüngste von vier Brüdern, da blieb mir recht wenig vom Erbe, eine Hausiererkiepe und ein paar wertlose Münzen und auf Freiersfüßen war ich mit meiner Visage ebenfalls nicht erfolgreich. Das Mädchen das ich gern mochte, lachte mich rundweg aus. Was mir beschieden war, war der Branntwein, den ich statt eines Mädchens zu lieben begann und ein unstetes Leben. Sehr zum Verdruss meiner alten sehr gottesfürchtigen Mutter, die immer wollte, dass ich mit ihr zur Kirche ginge und dort mein Heil suche, liebte ich das Wirtshaus. Ich saß mit ein paar Saufkumpanen oder auch allein und ertränkte meinen Weltschmerz im Branntwein. So hatten die Werber der Kaiserlichen ein leichtes Spiel mit mir. Ein paar Münzen und ein paar Becher kostenloser Schnäpse, die mir noch mehr den Kopf vernebelten, dazu einen guten Bissen und das Gerede von den Weibern im Tross und ich unterschrieb. Mein Mutter weinte Rotz zu Wasser, als ich von ihr schied. Dabei wurde ich doch ein Soldat der heiligen katholischen Kirche, wieder die Ketzerei." Er lachte bitter.

„Ich hab das Soldat sein von der Pike auf gelernt und wurde ein alter Haudegen dabei, hart und unerbittlich nahm ich mir was ich kriegen konnte: Branntwein, Essen, Münzen und Weiber. Ich kannte wenig erbarmen.

Dann fand ich ein Weib, das im Tross mit dem Heer mitzog, ebenso entwurzelt und einsam wie ich. Ein Bauernmädchen war sie, das man beim Überfall auf ihr Dorf mitgeschleppt hatte. Meine Pockennarben störten sie nicht. Für ein paar Münzen kaufte ich sie frei und wir taten uns zusammen. Mit einem Weib im Tross wird dir vieles leichter. Du hast ein Auskommen, dein warmes Essen und in der Nacht liegst du nicht allein. Wir hatten es gut zusammen. Ein Kind sollte sie kriegen und wir träumten schon von einem kleinen Krämerladen bei mir zu Hause in Böhmen. Doch es war wohl keine gute Zeit für Träume und erst recht nicht um ein Kind zu kriegen. Ein verflucht kalter Sommer war's und Regen und Matsch überall. Die Ruhr kursierte im Lager. Ganz schnell ist sie gestorben. Das Kind hat noch ein paar Stunden gelebt, aber wie sollte ich es nähren und erhalten ohne die Mutter? Es war so klein und schwach konnte kaum schreien. Ich hab es gehalten bis es hinüber war, dann habe ich 's zu seiner Mutter in die Grube gelegt."

Er nahm eine Hub aus der Branntweinflasche.

„Ich hab dann auch nicht mehr gewollt. Bin bei jeder Schlacht in der vordersten Linie gegangen, hab mich jeder Gefahr ausgesetzt. Das war kein Mut. Ich war des Lebens müde. Ich bat den lieben Gott doch endlich dem allen ein Ende zu machen. Aber er hatte kein Erbarmen mit mir. Er ließ mich am Leben. Nur mein Ohr habe ich eingebüßt. Ein Schlag mit dem Bajonett und es war einfach ab. Da lag es nun im Dreck mein Ohr und ich daneben." Änne starrt auf das Loch und die Stelle, an der einmal sein Ohr gewesen war. Sie fragt sich ob er es wohl aufgehoben und mitgenommen hat. Schließlich ist es ja ein Teil von ihm. Der Gedanke er könnte es noch irgendwo bei sich tragen, gruselt sie ein bisschen.

„Und im Dreck bin ich geblieben", nimmt Wenzel den Faden seiner Erzählung wieder auf.

„Mit Tilly bin ich gegen Magdeburg gezogen und wir haben uns vereint mit den Truppen von Pappenheim. Mit wohl 25.000 Mann haben wir die Stadt belagert und genommen. Es war im Frühjahr, nachdem mein Weib gestorben war. Dort, in der Stadt hatten sie den Teufel höchstpersönlich losgelassen. Es war ein Morden ohnegleichen. Es blieben nicht verschont Weiber, Kinder, selbst Schwangere und Säuglinge. Das Böse war los und ich sah Männer hemmungslos morden, die mit mir vor kurzen noch am Feuer gesessen, die mir geholfen hatten mein Weib zu begraben. Wie in einem Alptraum lief ich herum und ein furchtbarer Schrei drang in mein Ohr. Es dauerte eine Weile bis mir klar wurde, dass das meine eigene Stimme war, die da schrie. Meine Stiefel waren rot vom Blut in dem ich watete. Ich stolperte über verdrehte Leiber und die Toten starrten mich aus leeren Augen an. Ein Kind lag mit zerschlagenem Schädel unter seiner Mutter, der die Kleider vom Leib gerissen worden waren. Da lief ich wie besessen los. Ich lief und lief Tag und Nacht und gönnte mir nur selten eine Pause. Ich wusste auch nicht, wohin ich lief. Meine Beine kannten mein Ziel eher als mein Kopf. Ich lief zurück in die Heimat. Der Uniform hatte ich mich längst entledigt, nur meine Stiefel, mein Gewehr und irgendwann der Hund wurden zu meinen Wegbegleitern. Ich bin geworden, was ich wahrscheinlich nach Gottes Plan immer hätte werden sollen, ein Händler. Nur Nachts verfolgen mich manchmal die schlimmsten Träume. Für welchen Gott habe ich gestritten und gemordet? Für den Katholischen und was unterscheidet ihn vom Protestantischen? Sollte es nicht eigentlich nur einen geben da oben? Wer und was das ist, darüber denke ich nach auf meine langen einsamen Wanderungen und würde ich meine Gedanken aussprechen, so würde ich dafür gewiss auf dem Scheiterhaufen landen."

Änne sieht einen Schleier, der sich über die Augen des vorhin noch so lustigen Mannes gelegt hat. Es ist still und fast unheimlich hier am Feuer geworden.

Wenzel lehnt sich erschöpft von seinen Erzählungen zurück an seine Kiepe, die neben dem Feuer steht. Dabei stößt er plötzlich einen Schmerzenslaut aus.

„Was hast du denn?"

„Ach, es ist nichts, nur die Schulter die schmerzt noch von Sturz vorhin."

Katharina steht auf, wohl froh nach diesem Bericht, der in ihnen allen schmerzliche Erinnerungen geweckt hat, etwas tun zu können. Sie geht zu Wenzel hinüber und sieht sich seine Schulter an.

„Ausgekugelt!", stellte sie sachlich fest.

„Das muss doch furchtbar weh tun?"

Er sieht sie nur an, sagt nichts, trinkt noch einen weiteren großen Schluck aus seiner Flasche. Katharina nimmt sie ihm einfach aus der Hand.

„Das hilft nicht, weder gegen die Schmerzen von außen noch gegen die von innen. Leg dich hin!"

Das klingt fast wie ein Befehl. Merkwürdig ist, dass Wenzel widerspruchslos gehorcht. Katharina nimmt seine Hand und verschränkt seine Finger mit den ihren. Dabei zieht sie seinen Arm von ihm weg und setzt ihren Fuß in die eine Seite seines Oberkörpers. Noch mal zieht sie an seinem Arm, es gibt ein kleine Geräusch und das Gelenk ist eingerenkt.

„Besser?", fragt sie und wischt sich den Schweiß von der Stirn.

„Das gibt es nicht. Was hast du gemacht? Bist du eine Zauberin?"

„Ich habe nur alles wieder an die richtige Stelle gebracht. Ruh dich nun aus. Morgen werden die Schmerzen gänzlich verschwunden sein. Du hättest es schon eher sagen sollen. Ich habe gesehen, dass du ganz schief sitzt, dachte aber, es kommt von irgendeiner alten Verletzung."

Änne sieht ein seltenes Lächeln auf dem Gesicht der Mutter auftauchen. Langsam löst sie ihre Hand aus der des Mannes.

Dann beugt sie sich über Änne die sich ganz eng an den Hund gekuschelt hat, der sie wärmte und ihr ein Gefühl von Sicherheit gibt.

„Schlaf jetzt Änne. Morgen müssen wir weit gehen."

Änne schläft auch wirklich sehr schnell ein, müde von dem Marsch des Tages, doch es wird mal wieder ein unruhiger Schlaf. Sie wirft sich hin und her und träumt von einem Ohr, das fast mannshoch in einem Fluss aus Blut auf sie zu schwimmt. Erschrocken fährt sie auf. Da sieht sie, im Schein des noch glimmenden Feuers die Mutter und Wenzel aneinander gelehnt sitzen. Sie halten einander bei den Händen wie zwei unschuldige Kinder. Änne schließt die Augen schnell wieder und am Morgen kann sie nicht mehr genau sagen, ob sie es geträumt oder ob sie es wirklich gesehen hat.

Schon früh sind sie alle wach geworden und die Glut wird noch einmal entfacht, um den Haferbrei zu erwärmen. Konrad und Wenzel sind mit ihrem Handel beschäftigt und die Mutter beginnt schon mit dem Zusammenpacken. Änne hat die Arme um Hasso geschlungen und genießt noch einmal zum Abschied seine Wärme während sie vor sich hin träumt. Doch auf einmal lässt ein Name sie aufhorchen. Hatten sie nicht Hans gesagt? Angestrengt versucht sie dem leisen Gespräch der beiden Männer zu folgen. Ohne es zu merken, umfasste sie den kleinen geschnitzten Anhänger.

„Du wirst ihn ziehen lassen müssen Konrad. Er hat dein Blut", sagt Wenzel gerade

„Und du meinst es ist eine gerechte Sache? Ich habe ja schon einiges von ihm gehört, dem ich Achtung zolle."

„Sie nennen ihn den Bauerngeneral. Er widersetzt sich der Obrigkeit und hilft den einfachen Leuten, gegen marodierenden Soldaten und Plünderungen. Er gibt ihnen zurück was ihnen gehört und ist ihnen Schutz. Die Leute verehren ihn und manche glauben sogar er wäre ein Zauberer, den keine feindliche Kugel verletzt und der sich unsichtbar machen und Freikugeln gießen kann. Aber ich kenne ihn. Er hat einfach nur Mut, manchmal auch ist es Waghalsigkeit, doch er ist nicht dumm und er hat Zulauf von Burschen aus der Umgebung, die ihm ähnlich sind oder denen der Krieg aufs übelste mitgespielt hat."

„Es ist gefährlich, nicht wahr?"

„Konrad, du weißt so gut wie ich, dass denen der Galgen winkt, derer sie habhaft werden. Selbst Leuten wie mir, die sie unterstützen, droht Gefahr. Du hast doch selbst in diesem Geist gelebt."

„Ich weiß alter Freund, vielleicht werde ich alt. Wenn der eigene Sohn hinauszieht, ist es längst nicht dasselbe, wie wenn man es selbst tut. Dessen Leben ist einem vielleicht kostbarer."

Er wendet sich schnell ab und dabei begegnet er Ännes Blick. Nachdenklich sieht er sie an. Sie hält noch immer ihre kleine Figur umklammert. Doch diesmal lächelt er nicht. Sie senkt rasch den Blick und springt auf, um Wenzel zu helfen den Hund einzuspannen, der für eine Weile dessen Wagen mit den eingetauschten

Waren ziehen wird und ist froh, diesem forschenden Blick zu entrinnen. So kann sie auch Hasso noch einmal so recht kraulen, denn Wenzel redet wild gestikulieren auf ihre Mutter ein, die den Lohn für seine „Wundersame Heilung" wie er es nennt, nicht nehmen will.

„Es ist einfach zu viel", meint sie.

Er hält ihr ein kleines Säckchen hin und Änne vermutet Salz darin, diese Menge hat wirklich einen großen Wert, das weiß sie.

„Du weißt nicht, wie du deine Mutter antriffst. Schließlich hat sie nicht mit dir gerechnet. Du kannst das Salz eintauschen und kommst damit über den Winter."

„Ich kann arbeiten!", schnappt die Mutter.

„Das wirst du müssen, aber im Winter, das weißt du so gut wie ich, wird es wenig Arbeit geben. Die Zeiten sind schlecht, welcher Bauer kann da eine Tagelöhnerin brauchen? Du hast mir geholfen. Ich habe keine Schmerzen mehr. Jetzt helfe ich dir und du wirst diese Hilfe gefälligst annehmen. Du hast für mehr als für deinen Stolz zu sorgen."

Änne kann sehen, wie bei diesen Worten die Röte der Wut in das Gesicht der Mutter steigt. Wie zwei Kampfhähne stehen sich die beiden gegenüber und beäugen sich mit wilden Blicken. Doch ganz plötzlich ändert die Mutter ihre Strategie.

„Gut ich nehme das Salz", sagt sie auf einmal mit fast sanfter Stimme.

„Aber nur unter einer Bedingung, wenn du den Winter bei Konrad verbringst. Ich habe schon mit ihm gesprochen. Die Kälte auf deinen langen, einsamen Wanderungen und die verlausten und verwanzten Wirtshäuser sowie dein Freund der Branntwein werden dir das Genick brechen. Du brauchst ja nicht umsonst da wohnen. Du hast genug Zeug und Münzen, sodass du auf diese Weise auch Konrad über den Winter helfen könntest."

Wenzel, verblüfft über die Wendung in ihrem Streit, wirft ihr das Säckchen hin und murmelt indem er sich abwendet: „Ich werd's mir überlegen."

„Nein, nein du wirst es dir nicht überlegen", ruft Katharina, deren Stimme nun wieder alles andere als sanft klingt.

„Entweder du versprichst es oder du kannst mit deinen Salz bleiben, wo der Pfeffer wächst."

„Schon gut, ihr Weiber müsst halt das letzte Wort haben."

Alles war nun zum Aufbruch bereit. Die Mutter ist gerade mit ihren Hühnern beschäftigt, die sie wie auf der Reise wie ihren Augapfel hütet. Konrad nutzt diesen unbeobachteten Augenblick und zieht aus seinem Beutel, den er am Gürtel bei sich trägt, ein kleines Büchlein hervor. Sein Blick ist nun wieder heiter, fast schelmisch.

„Schau Mädchen!", flüstert er.

„Damit du die Buchstaben nicht vergisst, die wir dich gelehrt haben." Es ist ein in Leinen gebundenes Büchlein. „Reineke Fuchs", steht auf dem Einband geschrieben. Änne kommt gar nicht groß zum nachdenken oder zum sich bedanken, so schnell hat er es ihr in die Tasche gesteckt und den Zeigefinger auf den Mund gelegt. Es ist ein sehr wertvolles Geschenk und er hat es wohl eben erst bei Wenzel eingetauscht. Er weiß genau die Mutter würde es keinesfalls dulden, dass sie es annimmt. Dann legt Konrad ihr noch einmal die schweren Hände auf die schmalen Schultern.

„Pass gut auf dich und deine Mutter auf Kind", und nach einer nachdenklichen Pause fügt er hinzu: „Und bete für ihn!"

Dabei berührt er wie aus versehen die kleine Figur, die noch immer aus Ännes Bluse hängt.

Ganz anders verabschiedet sich Wenzel. Er scherzt herum und noch einmal vollführt er einen seiner Zaubertricks und zieht ein Ei aus Ännes Tasche. Erst als sie schon ein ganzes Stück gegangen sind, bemerkt sie, dass in der Tasche eine Münze ist, die Wenzel wohl dahinein gezaubert hat.

Die Mutter macht wie immer den Abschied kurz. Als sie sich und Änne all ihre Habe aufgebürdet hat, spricht sie ein kurzes Gebet und schlägt ein Kreuz über die beiden Männer.

„Behüt' euch Gott! Grüß mir die Grete, Konrad und du vergiss dein Versprechen nicht", mahnt sie Wenzel.

Dann dreht sie sich um und geht wie immer ohne einen Blick zurück. Nur Änne sieht die Männer beieinander stehen und ihnen nachblicken.

Mit der nun vollen Last ist das Vorankommen noch mühseliger. Änne hört die Mutter so oft seufzen wie noch nie. Zu allem Überfluss beginnt es nun auch noch zu regnen. Aus dem anfänglich leichten Sommerregen wird bald ein kräftiger Guss, der überhaupt nicht mehr aufhören will. Der Boden unter ihren Füssen wird immer weicher und bald waten sie durch dicken Matsch. Änne denkt daran, wie oft Konrad und später auch Wenzel ihnen angeboten hatten, sie bis zur Großmutter zu begleiten. Aber die Mutter hatte es immer wieder abgelehnt. Kein Argument hatte sie erweichen können. Sie seien lange genug allein unterwegs gewesen und es sei ja nun auch nicht mehr weit. Sie kann manchmal furchtbar starrköpfig sein. Wenn sie sich einmal etwas in den Kopf gesetzt hat, kann wenig sie davon abhalten, es nach ihrem Gutdünken in die Tat umzusetzen, ob es nun gut ist oder nicht. Früher hat sie die Entscheidungen der Mutter nie angezweifelt. Jetzt jedoch wird der Ärger auf ihre Mutter mit jedem Schritt mächtiger. Mit großen Schritten stapft sie vor der Mutter her, umgeht Pfützen, die sich wie kleine Seen auf dem holprigen Waldweg gebildet haben oder watet durch stellenweise schon knöcheltiefen Schlamm. Dabei sieht sie sich nicht nach der Mutter um. Schließlich, so findet sie, ist diese daran schuld, dass sie hier so allein mit dem schweren Gepäck unterwegs sind. Änne friert entsetzlich in diesem nicht enden wollenden Regen, Nebel und Matsch. Sie denkt an die warme Behausung und in Gedanken sieht sie Grete und Marie am Herd stehen und sie kann sogar schon den köstlichen Duft des Essens riechen.

Auf einmal hört sie hinter sich ein dumpfes Krachen und sie ist zurück in der Wirklichkeit. Sie blickt sich um, nichts, die Mutter ist hinter der Biegung des Weges zurückgeblieben. Immer noch ärgerlich stapft Anne zurück. Die Holzpantinen der Mutter sind im Schlamm steckengeblieben und unter der Last der Kiepe auf ihrem Rücken hat die Mutter das Gleichgewicht verloren und ist gestürzt. Mühsam, mit schmerzverzerrtem Gesicht, aber ohne einen Laut von sich zu geben, rappelt sie sich hoch. Noch ehe Änne bei ihr ist, steht sie wieder aufrecht auf ihren Beinen. Änne liest die heruntergefallenen Sachen auf und legt sie schweigend zu ihrem Gepäck. Ohne ein weiteres Wort gehen sie weiter.

Erst nach einer ganzen Weile, sagt die Mutter.

„Es tut mir leid Änne, aber ich denke, wir werden es heute nicht mehr bis zur Großmutter schaffen. Wir werden wohl noch eine Nacht hier draußen verbringen müssen."

Wieder fühlt Änne den Ärger in sich aufsteigen. Sie zuckt mit den Schultern.

„Du hast es so gewollt Mutter", murmelt sie vor sich hin. Die Mutter schaut zu ihr hin und das was zwischen ihnen ist, man kann es fast greifen, es macht sich breit und verdrängt ihr sonst so gutes miteinander. Änne würde die Mutter am liebsten angeschrien: „Stur bist du und willst nie von jemandem Hilfe annehmen und nun sitzen wir hier ganz allein in Nässe und Kälte und daran bist du schuld."

Doch sie bleibt stumm, sieht der Mutter ungerührt zu, wie sie sich den Schlamm vom Rock streicht und dabei wie zu sich selbst spricht. Der Klang ihrer Stimme ist dabei so müde und traurig, dass sie Änne schon fast wieder leid tut.

„Wenzel hat mir gesagt, falls wir es nicht schaffen sollten, gäbe es eine verlassene Behausung eines Schäfers. Die musste hier in der Nähe sein. Wollen wir versuchen sie zu finden? So wäre es wenigstens etwas trockener."

„Warum fragt sie mich", denkt Änne. „Sie weiß doch immer, wie alles richtig ist."

So zuckt sie wiederum nur mürrisch die Schultern. Gemeinsam trotten sie durch dieses eklige Wetter weiter, in der Hoffnung die Hütte zu finden. Doch der Nebel wird immer dichter, sodass man kaum noch die Hand vor Augen sieht und langsam bricht auch die Dämmerung herein.

Beinahe hätten sie die Suche aufgegeben, um mehr schlecht als recht unter einem großen Baum Schutz zu suchen, da steht sie plötzlich vor ihnen. Es ist nur ein sehr einfacher Unterschlupf, aber immerhin trocken. Sogar einen kleinen Vorrat an trockenem Holz hatte der letzte Benutzer zurückgelassen, so können sie ein kleines Feuer machen und ihre nassen Sachen etwas trocknen.Ännes Wut ist nun schnell verflogen und sie wuselt umher, um das Feuer in Gang zu bringen und etwas warmes zum essen zu bereiten. Dabei fällt ihr gar nicht auf, dass die Mutter sich kaum an der Arbeit beteiligt und auch so seltsam still ist. Hungrig verschlingt Änne ihre Portion und es macht ihr auch nichts weiter aus, dass es nur wieder Haferbrei ist. Sie wickelt sich in die wollene Decke, erinnert sich noch einen kurzen Augenblick an die letzte Nacht mit der warmen Schnauze von Hasso an ihrem Gesicht und ist auch schon eingeschlafen.

Mitten in der Nacht wird sie durch ein seltsames Geräusch geweckt. Sie lauscht. Ist es die Mutter die stöhnt oder kommt es irgendwo von draußen. Als alles ruhig bleibt, schläft sie wieder ein.

Beim ersten Morgengrauen wird Änne von der Mutter sanft aber bestimmt wachgerüttelt?

„Was ist Mutter. Es ist doch fast noch ganz dunkel", stöhnt sie. „Lass mich noch ein paar Augenblicke schlafen. Ich bin noch so furchtbar müde."

Sie versucht sich zur Seite wegzudrehen, doch die Mutter hält sie fest. Erst jetzt wird sie ganz wach. Es ist noch zu dunkel, um das Gesicht der Mutter zu erkennen zu können. Doch die Stimme und die gekrümmte Haltung der Mutter, lassen auch das letzte Fünkchen Müdigkeit verfliegen. Änne fährt in die Höhe.

„Mutter was ist mit dir? Was hast du?"

Die Mutter hat sich zurück auf ihr Lager gehockt. Mit angezogenen Beinen, die Decke und ihren Wollumhang eng um sich gewickelt, sitzt sie da und atmet mit geschlossenen Augen in sich hinein. Nach einer Weile öffnet sie die Augen wieder und versucht es mit einem schwachen Lächeln.

Änne durchzuckt ein erschreckender Gedanke: „Das Kind! Mutter, es ist es das Kind? Kommt jetzt schon?"

Sie schreit es fast aus sich heraus.

„Ich weiß es nicht genau Änne, aber es sieht fast so aus. Der Sturz gestern, weist du … Er hat wohl die Wehen ausgelöst. Kann sein es geht vorbei. Aber wahrscheinlicher ist, dass es kommen will."

Änne denkt an ihre gestrige Wut auf die Mutter und sie macht sich bittere Vorwürfe. Sie hätte ihr helfen müssen, ihr noch mehr abnehmen. Die Mutter hatte sie doch immer beschützt, war immer bei ihr gewesen. Wie konnte sie nur so bockig sein? Und doch, irgendwo in ihr war der Ärger immer noch zu Hause und lässt eine ganz kleine Spur Fremdheit zwischen ihr und der Mutter zurück. Eine kleine Weile bleibt es still zwischen ihnen.

Auf einmal hat die Stimme der Mutter ihren alten Gleichklang zurück. Änne will schon aufatmen. Vielleicht kommt doch noch alles wieder in Ordnung kommen? Würden sie jetzt ihr Frühstück einnehmen und dann gemeinsam weiterziehen und es ganz sicher bis zum Abend zur Großmutter schaffen? Dann würde das Kind dort kommen und alles würde gut werden.

Doch obwohl die Stimme der Mutter völlig ruhig klingt, sagen ihre Worte etwas ganz anderes.

„Du musst allein weiter gehen Änne. Ich schaffe es nicht."

„Niemals!" hätte sie am liebsten geschrien, doch die Mutter lässt sie nicht zu Wort kommen.

„Es ist noch sehr früh und ohne Gepäck kommst du leichter voran, sodass du am frühen Nachmittag, vielleicht gar schon bis zum Mittag, den Meierhof erreicht haben wirst. Er liegt einzeln im Wald. Von hier aus ist es das erste Gehöft, das du erreichen kannst. Dort kannst du sicher Hilfe bekommen. Man kennt mich dort, ich habe einmal als Kuhmagd dort gearbeitet. Der Hof wird inzwischen hoffentlich dem jungen Bauer gehören. Er ist ein guter Mann. Hatte mal ein Auge auf mich. Aber ich war viel zu arm für ihn und seine Familie, das wussten wir beide nur zu gut. Sein Vater war einer von den ganz Harten. Der wollte, dass durch eine Heirat Geld und einflussreiche Verwandtschaft zum Hof kämen. Na sei's drum, das spielt heute keine Rolle mehr. Du sagst einfach, du seiest die Tochter von der Katharina und deine Großmutter sei die Wehmutter und bittest um Hilfe. Pass auf, ich male dir den Weg auf."

Die Mutter nimmt einen Stock und zeichnet damit auf den Boden.

„Hier, sieh her und präge dir alles genau ein!"

Wie von fern klingen die Worte der Mutter an ihr Ohr. Dabei steigt die Angst in ihr auf. So ganz allein durch den ihr unbekannten Wald zu gehen und den rechten Weg zu finden ist schwierig genug. Doch dann noch wildfremde Leute um Hilfe bitten zu müssen und dabei zu wissen wie viel davon abhängig ist, vielleicht das Leben der Mutter und des Kindes. Sie würde schnell sein müssen, je schneller sie ist, desto höher ist die Chance der Rettung. Sie spürt wie ihr Herz klopfe und ganz heimlich hofft sie, die Mutter würde gleich sagen:

„Ach nun wird es besser. Ich werde mit dir gehen."

Doch umso deutlicher sie im aufkommenden Licht des neuen Morgens das Gesicht der Mutter erkennt, umso klarer wird ihr, dass das hier kein schlimmer Traum ist und auch kein Versuch der Mutter, ihrer gestrigen Wut und Bockigkeit zu begegnen. Die Mutter sieht blass aus und mit einem Mal um vieles älter. Ihre Hand fährt immer wieder fahrig über ihr Gesicht und obwohl sie versucht Haltung zu bewahren und sich so wenig wie möglich anmerken zu lassen, um Änne Mut zu machen, sieht diese doch wie sehr ihre Hände zitterten und da weiß Änne, auch die Mutter hat Angst. Vielleicht, so geht es Änne durch den Kopf, hat sie schon viele Male vorher Angst gehabt und hat nur ihretwegen so getan als sei alles gut, als gebe es für alles eine Lösung. Zum ersten Mal in ihrem Leben sieht sie die Mutter als Mensch, der Fehler macht, Angst hat und auch falsche Entscheidungen treffen kann.

Bei aller Aufregung kommt Änne aber doch die Idee, den Weg wenigstens mit Kreide auf ihre kleine Schiefertafel zu malen und zu beschriften. Es ist ihr als könne diese kleine Tafel ihr ein wenig Sicherheit geben. Inzwischen ist es ganz helle geworden. Das heißt, wenn man diesen trüben Tag, der da heraufzieht, als hell bezeichnen kann. Die Mutter hat mit dem restlichen Holz das Feuer neu entfacht, um noch etwas zum Essen zu erwärmen. Änne hatte gestern noch versucht einige halbwegs trocken Äste zu finden, doch sie weiß, dass es sehr rauchen wird, wenn die Mutter sie später auf das Feuer legen muss. Die Mutter drängt sie nun zum Aufbruch. Änne nimmt sich noch ein Stückchen, nun schon etwas harten Brotes aus Gretes Backofen und ihre kleine Tafel. Die Mutter zeichnet mit dem Finger ein Kreuz auf Ännes Stirn und spricht ein Schutzgebet, das alles Böse von ihr fernhalten soll.

„Geh jetzt", sagt sie leise „und versprich mir eins, sieh dich nicht noch einmal um, so wird kein Unglück auf deinem Weg sein."

Und genauso wie die Mutter es sonst immer getan hat, geht jetzt Änne ohne sich auch nur noch einmal umzudrehen. Es ist ihr eigentümlich zumute, so als lasse sie wieder ein Stück ihrer Kinderwelt hinter sich zurück.

Eng zieht sie ihr wollenes Tuch um ihre Schultern. Der Regen lässt ganz allmählich nach. Nur noch ein feiner Nieselregen ist zu spüren. Irgendwann hört auch der auf und ab und zu lugt einmal die Sonne hinter den Wolken hervor, sodass Änne ihre Wärme zumindest erahnen kann. Sie läuft in gleichmäßig schnellen Schritten. Nicht rennen sonst sticht es in der Seite und man muss viel zu oft verschnaufen, das weiß sie. Das Gehen erwärmt ihren von der Nacht noch durchfrorenen Körper und sie kommt gut voran, zumal sie kein schweres Gepäck belastet. Sie richtet sich nach Mutters Wegbeschreibung und der Sonne und umso weiter sie geht, desto mehr wächst ihr Mut.

Ja ich kann es schaffen! Ich allein werde die Mutter retten! Alles wird gut werden!

Leise murmelt sie Mutters Schutzgebet vor sich hin und eilt weiter, immer weiter. Noch vor dem Mittag hat sie ihr Ziel erreicht. Friedlich liegt das Gehöft vor ihr, als gäbe es keinen Krieg und keine Not auf der Welt. Die Kühe grasen auf der nahen Weide vor sich hin und irgendwo meckert eine Ziege. Die Sonne versucht auch jetzt wieder ein paar Strahlen hinter den Wolken hervor zu senden und die spiegeln sich in den Pfützen. Änne deutet das als gutes Zeichen und marschiert auf das Hoftor zu. Obwohl ihr Herz wie wild wummert; nimmt sie all ihren Mut zusammen, geht durch das Tor und klopft an die Tür. Als niemand öffnet wandert sie suchend um das Haus herum und ruft. In der Stalltür erscheint eine alte verhärmte Frau mit abgetragenem Arbeitszeug und zu großen Holzpantinen.

„Grüß Gott!", ruft Änne ihr entgegen.

„Was willst denn du da, bist du ein Bettelkind? Die Bäuerin gibt nichts und macht nicht auf. Ist eine hartherzige Frau. Versuch's halt woanders."

„Nein, nein, ich will nichts zu Essen. Ich brauche Hilfe. Meine Mutter ist die Katharina von der Kräuterfrau und Wehmutter die Tochter. Eine Hiesige ist sie gewesen. Die Schweden haben unser Dorf verbrannt. Nun wollen wir zur Großmutter. Die Mutter kann aber nicht weiter, das Kind will kommen."

Die alte Magd versucht sich einen Reim aus Ännes aufgeregter Rede zu machen.

„Ich geh halt hinein und frag die Bäuerin, aber viel Hoffnung mach ich dir nicht. Wie gesagt: Sie hat ein hartes Herz."

Die Magd verschwindet im Haus und Änne schickt alle möglichen Stoßgebete gen Himmel. Es dauert eine ganze Weile bis in der Tür des Hauses eine hager Frau erscheint. Sie trägt einen langen wollenen Rock und darüber eine Schürze. Das Mieder ist enge geschnürt und reich geschmückt, eine Hausfrau und Bäuerin eben.

„Gesegnet sei dein Haus!", murmelt Änne erschrocken.

Die Frau bleibt auf der Türschwelle stehen

„Halt dich nicht lange bei der Vorrede auf!" ihre Stimme klingt hart und kalt Augen betrachtet Änne von oben herab, wie ein lästiges Insekt.

„Also was willst du. Bist der Katharina ihre Göre. Na man sieht's eine kleines Dreckskind."

Änne blickt an sich herunter. Sie ist durch den Regen gegangen und durch Pfützen gewatet und dementsprechend sieht sie auch aus, doch deshalb ist sie noch lange kein Dreckskind. Aber was hilft's. Sie hat keine Zeit zu verlieren. Noch einmal rafft sie ihren Mut zusammen und bringt ihr Anliegen so verständlich wie möglich vor. Nein, ihre Angst will sie diese Frau nicht spüren lassen. Doch als sie zu ihr aufblickt, schwindet jede Zuversicht. Die Frau hat ein schönes, ebenmäßiges, noch recht junges Gesicht mit roten Wangen. Aber blickt man in ihr die Augen, ist nur Kälte, Missgunst und Hochmut zu erkennen. Ihr Lächeln ist falsch und voller Genugtuung als ihre hämischen Worte auf Änne herunterprasseln.

„Tut mir leid, die Leute sind draußen auf dem Feld. Es ist Erntezeit und bei dieser Witterung muss gerettet werden was zu retten ist. Da kann man keine Rücksicht nehmen auf ein sich gebärendes Häuslerweib. Die werfen doch an jeder Ecke ganz von allein, wie die Hunde."

Sie lacht schrill.

„Bete halt zu eurem katholischen Gott. Ist sie nicht katholisch geworden, als sie mit diesen Burschen weggemacht ist? Tja so geht 's halt den Katholiken, wenn der Schwed' kommt. Das hätte sie sich früher überlegen sollen. Nun verschwinde! Weg, weg! Ich will dich hier nicht mehr sehen, verstanden!"

Sie machte eine scheuchende Handbewegung dreht sich um und schlägt die Tür krachend hinter sich zu. Drinnen hört man sie noch geifern, was heutzutage das Gesinde alles von einem wolle.

Dann ist es still. Für Änne ist diese Stille greifbar, denn sie unterstreicht ihre Einsamkeit und Angst. Auch die Sonne ist vor dem Anblick dieser Frau wohl wieder hinter die Wolken geflohen. Was soll sie jetzt bloß machen? Mit gesenktem Kopf und hängenden Schultern verlässt sie das Gehöft. Sie muss die Großmutter allein finden. Aber wie lange würde sie mit der alten Frau zurück zur Mutter brauchen? Und überhaupt in welche Richtung muss sie gehen, um zur Großmutter zu gelangen? Warum ist sich Mutter nur so sicher gewesen, dass man ihr hier helfen würde? Die Tränen laufen über Ännes Gesicht und sie lässt sie einfach laufen, dabei fühlt sie die Verzweiflung in sich aufsteigen. Jetzt ist alles vorbei! Sie hat versagt. Sie wird der Mutter nicht helfen können. Die Mutter wird auch sterben, wie der Vater und der kleine Bruder, wie alle die sie gekannt hatte in ihrem Dorf. Sie würde hier ganz allein in der Fremde bleiben müssen, bei diesen hartherzigen Menschen. Wer weiß, ob die Großmutter sie überhaupt aufnehmen wird? Vielleicht lebt sie ja schon gar nicht mehr. Auf einmal legte sich schwer eine Hand auf ihre Schulter. Als sie herum schreckt, blickt sie in das müde, faltige Gesicht der alten Magd. Die legte den Finger auf den Mund und zieht Änne in einen Winkel, den man von den Fenstern des Hauses nicht einsehen kann.

„Hör zu Mädel. Ich kenne deine Mutter. War ein fleißiges und gutes Mädchen und so hübsch war sie. Hat allen Burschen den Kopf verdreht. Aber sie hat sich nicht hergeben, hat auf den richtigen gewartet, nicht wie ich. Na ja, ist lange her. Und deine Großmutter hat mir einmal aus sehr großer Not geholfen. Und nie hat sie was dafür genommen. Sind gute Leute. Ich wär ein schlechter Mensch, wenn ich dir 's nicht vergelten tät. Die Frau da drinnen hat das Böse. Der Vater vom jungen Bauern, Gott hab ihn selig, hat sie ausgesucht, weil ihre Hochzeitstruhe so voll war an Münzen und guten Gütern. Aber das Glück ist mit ihr vom Hof gegangen, das hat selbst der Alte noch gemerkt, als er ins Siechtum kam. Aber da ließ es sich ja nun nicht mehr rückgängig machen. Hochfahrend ist sie und gönnt einem kaum das Brot für die Arbeit. Aber alles wäre noch schlimmer, wenn der Bauer nicht wäre. Wortkarg und in sich gekehrt ist er geworden. Aber ein gutes Gemüt hat er immer noch. Deshalb hör zu! Der Bauer ist unterwegs mit dem Wagen, das ist er jetzt oft, um seinem Weib nicht zu begegnen. Geh den Weg entlang, ihm ein Stück entgegen, sodass die Frau dich vom Haus aus nicht sieht. Stell dich ihm in den Weg und bitte ihn. Gewiss wird er dir helfen, schon um der Katharina willen. Ich glaub' er hat sie einmal sehr gemocht, früher weißt du."

Von Hof aus war ein schriller Ruf zu hören.

„Martel, du faules Weib, wo steckst du denn wieder."

Ein bitteres Lachen kommt über die Lippen der Magd, sodass ihre verfaulten Zähne sichtbar werden. Beim näheren Hinsehen fällt Änne auf, dass die Frau noch gar nicht so alt ist, wie es scheint. Ihre dunklen Augen haben ihren warmen Glanz noch nicht ganz verloren. So schnell wie sie gekommen ist, ist sie auch wieder verschwunden und das „Vergelt's Gott!", das Änne ihr nachruft, hat sie sicher schon nicht mehr gehört.

Änne muss in ihrem Kopf erst einmal den Redeschwall der Magd ordnen. Sie kann wieder hoffen. Auf flinken Füssen macht sie sich auf den Weg, dem Bauer entgegen.

Das Glück scheint ihr hold zu sein, denn sie braucht nicht lange zu warten, da sieht sie den Wagen im gemächlichen Trab heran holpern. Zwei Braune sind davor gespannt, die nicht jeder Bauer sein eigen nennen kann, erst recht nicht in diesen Zeiten. Auf dem Kutschbock sitzt ein massiger Mann mit gesenktem Kopf. Die Peitsche baumelt in seiner Hand hin und her. Die Pferde wissen den Weg allein. Vom weiten sieht es aus, als ob er schläft. Beim Näherkommen erkennt Änne die Flasche zu seinen Füßen. Wo mag er wohl um diese Tageszeit herkommen?

„Grüß Gott!", ruft Änne so laut sie kann. Erst als sie ganz dicht vor ihm steht, bemerkt er sie.

„Brrr", macht er und die Pferde bleiben abrupt vor Änne stehen. Diese blickt hinauf zu dem Mann, der sie mit blutunterlaufenen Augen anstarrt als sei sie eine Erscheinung.

„Katharina?", bringt er mit schwerer Zunge hervor. „Aber nein, du kannst es nicht sein, du bist ja fort, fort, fort." lallt er und nimmt einen kräftigen Zug Schnaps oder was immer er in seiner Flasche hat. Es riecht jedenfalls nicht besonders gut. Einen kurzen Augenblick denkt sie an Wenzel und seinen Branntwein und wie die Mutter darüber gewettert hat. War das erst vorgestern gewesen?

Änne weiß, dass sie der Mutter sehr ähnelt, deshalb versucht sie ihm zu erklären wer sie ist und was sie will. Vielleicht würde sie sein Herz erweichen können. Aber ob er in diesem Zustand überhaupt etwas begreift? Hatte sie bei der hartherzigen Rede der Frau noch ihren Stolz bewahren und die Tränen zurückhalten können, bis sie allein war, so laufen sie ihr jetzt, wo erneut alle neu geschöpften Hoffnungen ins wanken gerät, wie Sturzbäche aus den Augen. Sie schämt sich furchtbar, aber sie kann einfach nicht aufhören. Der Mann stiert sie aus vom Suff verschleierten Augen unentwegt an und es hätte nicht viel gefehlt und Änne wäre davongelaufen. Ob es ihre Tränen sind, die ihn rühren oder ob er doch etwas vom Sinn ihrer Worte erfasst hat? Plötzlich fragt er und seine Stimme klingt nun eher müde: „Wo sagst du ist deine Mutter?"

„Bei der Schäferhütte, etwa drei Meilen südlich."

Er denkt nach. Dann hebt er sie ohne ein Wort auf den Bock und fährt zum Hof.

„Warte hier auf mich", sagt er.

Von ihrem erhöhten Sitz aus kann sie erkennen, wie er zur Pumpe wankt. Einige Minuten lässt er den kalten Strahl über Gesicht, Kopf und Nacken laufen. Dann wendet er sich zum Haus und schlüpft nun schon fast ohne zu schwanken hinein. Angetan mit einem frischen trockenen Hemd kommt er wieder heraus. Änne hört das Gezeter der Frau, das ihn bis zum Tor verfolgt.

„Halts Maul Weib, ich fahr' noch mal zum Löwenwirt."

Er schiebt sie beiseite und springt auf den Kutschbock. Alles geht so schnell, dass die Frau Änne wahrscheinlich gar nicht bemerkt. Oder doch? Der Bauer nimmt die Zügel, die er vorhin hat schleifen lassen, nun fest in die Hände, zieh an, schnalzt mit der Zunge, ruft: „Hü" und ab geht's in rasanter Fahrt die kleine Anhöhe hinauf.

Änne wundert sich. Der Mann wirkt auf einmal völlig nüchtern. Hat ihm das kalte Wasser ausgereicht oder war es die Bäuerin mit ihrem Geschrei. Hatte er vorhin noch wirr vor sich hin gelallt, so ist er jetzt äußerst schweigsam. Noch einmal versucht Änne ihm den Weg zu beschreiben, doch er antwortet nur: „Ich weiß schon, wo's ist. Hoffen wir, dass wir nicht zu spät da sind." Mehr sagt er nicht. Als er aber die Pferde über das Normale hinaus antreibt, weiß Änne, dass auch ihm daran gelegen ist rechtzeitig zu sein. So fahren sie schnell dahin und

Änne treibt es Tränen vom Fahrwind in die Augen, die sie sich mit einer hastigen Bewegung aus dem schmutzigen Gesicht wischt.

„Wie viel schneller ist man doch mit so einem Pferdewagen", denkt Änne, sich an ihre Wanderung am Morgen erinnernd. Der Mann neben ihr auf dem Kutschbock schweigt weiter, und Änne traut sich nicht ihn noch einmal anzusprechen. Nur einmal hört sie ihn leise vor sich hin murmeln: „Kinder, wir waren fast noch Kinder. Ich hätte dem Alten Paroli bieten sollen." Was soll Änne darauf sagen. Die Worte sind ja auch nicht für sie bestimmt. Vielleicht hat er schon vergessen, dass sie neben ihm sitzt. Trotz des schnellen Vorankommens mischt sich in Änne Erleichterung nun auch wieder die Angst. Werden sie es rechtzeitig schaffen?

12. Kapitel Anne

Erst in Omas Häusel kommt Anne zu sich, merkt wie hungrig sie ist. Seit dem Frühstück hat sie nur Mariannes Banane gegessen.

Sie stürzt das Essen, das die Oma ihr vorsetzt, hinunter ohne recht zu wissen, was sie eigentlich in ihren Mund schiebt. Dabei stiert sie wie hypnotisiert auf ihr Handy, das sie gleich nach ihrer Ankunft ans Ladekabel gesteckt hat. Sie weiß genau, dass sie dringend ihre Mutter anrufen müsste und doch zögert sie es von Minute zu Minute hinaus. Die Oma beobachtet sie aus dem Augenwinkel. Sie versucht den Dingen ihren Lauf zu lasse. Bis sie es dann doch nicht mehr aushält.

„Wartest du auf etwas?" Anne schüttelt nur den Kopf, wischt sich ihre schweißnassen Hände an der Jeans ab, steht auf und bringt ihren Teller zur Kochnische. Sie weiß ganz genau, je länger sie den Anruf aufschiebt, desto schwieriger wird es werden. Die Mutter wird sicher schon wissen, dass sie nicht bei Hanima ist. Was soll sie ihr sagen? Dann klingelt das Handy und obwohl Anne nichts anderes getan hat als es anzustarren, zuckt sie erschrocken zusammen und kann einfach die Hand nicht bewegen, um danach zu greifen und den Mund nicht, um sich zu melden.

Erst die Stimme der Oma: „Nun geh schon ran Anne. Wer A sagt muss auch B sagen!", löst sie aus ihrer Erstarrung. Sie nimmt das Handy in die Hand und haucht ein „Hallo!", hinein. Dabei merkt sie, wie fremd sich ihre Stimme anhört. Die Stimme der Mutter hingegen klingt übermäßig laut und aufgeregt an ihr Ohr.

„Anne! Hallo! Bist du dran?", und ohne eine Antwort abzuwarten, stürzt eine Flut von Fragen und Vorwürfen auf Anne ein.

„Wo um alles in der Welt treibst du dich bloß herum? Aus deiner lieben Freundin war ja nichts herauszukriegen, nur wirres Geschwafel. Kannst du mir mal sagen, warum du nicht an dein Handy gehst? Was glaubst du denn, wofür wir das Ding angeschafft haben? Ich versuch seit Stunden dich zu erreichen. Dass ich mir Sorgen machen könnte, ist dir wohl überhaupt nicht eingefallen? Ich dachte, man könne sich wenigstens ansatzweise auf dich verlassen. Aber nein, du schwänzt einfach die Schule. Weißt du wie blöd ich dastand, als deine Lehrerin mich heute Nachmittag, noch im Dienst, anrief? Anne, bist du noch dran? Haaallo!"

Anne hat ihre Lippen fest aufeinander gepresst. Ihr Rücken strafft sich und sie spürt wie das schlechte Gewissen der Wut weicht. Warum kann sie nicht einfach mal sagen: „Lass uns mal reden Anne". Na gut, vielleicht noch: „Ich habe mir Sorgen um dich gemacht." Aber sie rattert nur ihren Ärger herunter oder jammert wie blöd sie dastanden. Was soll sie jetzt darauf sagen? Am besten gar nichts!

„Anne, ich rede mit dir! Kann ich nicht wenigstens eine Antwort erwarten, wenn du mich schon belügst und mir erzählst, du würdest bei Hanima bleiben?"

„Das mit dem Lügen muss wohl in der Familie liegen", entfährt es Anne.

Sie hört die Mutter entrüstet nach Luft schnappen und sieht sie vor sich mit ihrer „Ich weiß alles besser!" Miene. Die kann mich mal! denkt Anne und legt auf.

Sekunden verstreichen in denen es ganz still ist. Anne kann die Oma nicht ansehen. Sie spürt wie ihr die Wutröte ins Gesicht steigt.

„Du musst ihr wenigstens sagen, wo du bist, Anne. Sie ist deine Mutter. Sie denkt, sie macht alles richtig und leichter für dich. Sie liebt dich doch."

„Liebt mich!" äfft Anne die Oma nach. „Und deshalb belügt sie mich nach Strich und Faden. Deshalb redet sie nie mit mir, sondern arbeitet und arbeitet und hat nur dieses überhebliche Frau Doktor …"

Anne will noch mehr sagen, doch da schrillte erneut das Handy.

„Anne du kannst nicht einfach so auflegen! Wo bist du? Soll ich dich mit der Polizei suchen lassen? Willst du das? Noch bin ich deine Mutter und für dich verantwortlich."

„Ah ja! Ich bin bei Oma und da bleibe ich auch. Du kannst mich nicht mehr einfach ins Auto setzen und hier wegholen."

„Kann ich wohl, mein liebes Kind. Erziehungsberechtigung! Schon mal was davon gehört?"

Nun auch noch dieser besserwisserische, ironische Ton, der bewirkt, dass bei Anne alle Sicherungen durchbrennen.

„Du solltest mich in einem guten Internat unterbringen, Mama. So kannst du wenigstens deine über alles geliebte Fassade wahren. Zu dir komme ich jedenfalls nicht mehr. Du hast es nicht fertig gebracht mir zu sagen, dass Papa den Unfall selbst verursacht hat, dass er nicht mehr leben wollte, weil er im Krieg so Schlimmes erlebt hat, das er nicht verwinden konnte. Und du hast allen anderen, um mich herum auch verboten darüber zu reden. Wie stehe ich denn da? Ich bin kein kleines Kind mehr, das unter allen Umständen geschützt werden muss. Ich habe es selbst herausbekommen und auch die Abschiedsbriefe gefunden, von denen einer übrigens für mich war. Papa hat mir also mehr zugetraut als du. Daher weiß ich auch, dass du mich schon mein ganzes Leben lang belügst, dass Papa nicht mein richtiger Vater ist. Hast du eigentlich geglaubt, ich würde es nie herausfinden? Oder wann wolltest du mit mir darüber reden?"

Anne wurde immer lauter und zum Schluss schreit sie wie eine Irre ins Handy, nur um nicht in Wutgeheule auszubrechen. „Lass mich, lass mich in Ruhe!" Sie wirft das Handy mit einer solchen Wucht auf den Tisch, dass es über die Platte schlittert und zu Boden fällt. Auch das noch, wahrscheinlich ist es jetzt hin. Anne rennt zu ihrem Bett und erstickt ihr Geschrei in den Kissen. Dennoch hört sie wie die Oma das Handy aufhebt und hineinruft, etwas zu laut. Sie denkt wahrscheinlich auch das Ding ist kaputt.

„Hallo Katrin, bist du noch dran?"

Scheinbar hat es aber Annes Attacke überlebt, denn die Oma spricht nun leiser weiter.

„Nein das Handy ist bloß heruntergefallen. Lass sie einfach erst mal über die Pfingstferien hier. Sie muss wieder zu sich selbst finden. Mit etwas Abstand wird es doch sicher eine Lösung geben."

„Welche Lösung?" denkt Anne. Nun fällt ihr die Oma auch noch in den Rücken. Es geht eine ganze Weile hin und her. Anne kann ja leider nicht verstehen, was ihre Mutter sagt. Nur der Oma ihr: „Ja vielleicht hast du recht aber ..." und „Ja dann musst du es eben so machen."

Die Oma legt stöhnend auf und dann ist es wieder still. Anne will jetzt auf keinen Fall noch mit der Oma diskutieren, auch wenn sie zu gerne wüsste, was die Mutter vor hat. Schnell zieht sie Jeans und T-Shirt aus und als die Oma zu ihr herüberkommt, stellt sie sich schlafend. Sie hat keine Ahnung, ob diese bemerkt, wie wild ihr Herz noch klopft und dass sie am liebsten um sich geschlagen hätte. Sie spürt nur, wie sie fürsorglich zugedeckt wird und hört die Oma seufzen: „Was war das nur für ein Tag." Mit müden Schritten schlürft sie hinüber und öffnet das leise die Tür, als plötzliche eine Windböe sie ihr aus der Hand reißt, obwohl doch ringsum alles windstill ist. Ist das jetzt das Zeichen? Vielleicht von Marianne? Anneliese muss lachen.

„So stürmisch war Marianne doch im Leben nicht."

Anneliese tritt hinaus, um sich – nachdem sie sich vor ein paar Monaten das Rauchen abgewöhnt hat – eine Zigarette anzuzünden. Sie steht in der sternenklaren kühlen Nacht und sieht den Rauchkringeln nach. Sie hätte sich eine Jacke überziehen sollen. Aber nun will sie nicht mehr zurückgehen. Müde fühlt sie sich heute und ausgelaugt. Sie denkt an Marianne. Wo mag sie jetzt sein? Vielleicht irgendwo da oben oder hier ganz in der Nähe? Wer kann das wissen? Sie soll eingeäschert werden, hat Frank vorhin gesagt. Die Urnenbeisetzung werde nur im engsten Familienkreis stattfinden. Sie wird trotzdem hingehen. Schließlich ist sie auch so was wie Familie für Marianne gewesen. Es wird sicher einige Zeit dauern bis es so weit ist, aber Frank hatte ihr versprechen müssen ihr Bescheid zu geben. Hat sie so etwas wie Erleichterung auf seinem Gesicht gesehen. Erleichterung darüber, dass die alte senile Mutter tot ist. Das er sie nicht mehr ins Pflegeheim bringen muss, dass er der Verantwortung ledig ist und wieder seinem alltäglichen Leben nachgehen kann, kein Gedanke mehr an die Mutter, kein schlechtes Gewissen.

Ob noch jemand von ihrem Tod erfahren wird, jemand von dem sie es sich wünscht?

„Ach Marianne, liebe gute Marianne, wenigstens das würde ich dir wünschen", flüstert sie in die Nacht hinein. Sie hoffte auf noch eine klitzekleine Böe als Antwort, doch alles bleibt still.

Morgen wird sie noch einmal unterwegs sein müssen, um sich mit Babette zu treffen. Hoffentlich schläft Anne nach diesem aufregenden Tag recht lang. Sie wird sich beeilen, um so schnell wie möglich zurück zu sein. Das Kind braucht sie jetzt dringend. Sie drückt die Zigarette aus und verbuddelt die Kippe mit dem Fuß in der Gartenerde.

Anne hat wie ein Stein geschlafen, ohne einen dieser komischen Träume, die sie in letzter Zeit immer geplagt haben. Irgendein Geräusch hat sie munter gemacht. Das muss das Handy gewesen sein. Ihr erster Gedanke: „Mama ruft schon wieder an, bloß nicht rangehen." Ihr Kopf beginnt zu brummen. Sie lässt sich zurück ins Kissen fallen und zieht die Decke über sich. Heute am besten gar nicht aufstehen. Aber warum ist es so still? Wo ist Oma und warum hat sie sie nicht geweckt? Anne dreht sich herum. Wie spät ist es eigentlich? Schon zehn! Plötzlich fällt ihr das Treffen mit Mia ein. Sie springt aus dem Bett und in ihre Jeans. „Oma, Oooma!", ruft sie und hüpft ins vordere Zimmer wobei sie versucht sich ihre Socken überzustreifen. Scheiße, wie hat sie das bloß vergessen können. Mia wird warten und wer weiß, wann sie hier wegkam.

„Oma!", ruft sie noch einmal.

Bestimmt ist sie draußen im Garten. Sie will schon hinausrennen, da sieht sie auf dem üblichen Platz wieder mal einen Zettel liegen. Nicht genug, dass ihre Mutter sich nie Zeit für sie nimmt. Vielleicht hat sie das ja sogar von Oma geerbt. Seit sie hier ist – und das ist ja weiß Gott noch nicht lange – hat es schon drei Zettel gegeben. Immer meint sie irgendwo die Welt retten zu müssen. So jedenfalls hat Mama es immer ausgedrückt.

„Liebe Anne, es tut mir leid, dass ich dich schon wieder allein lassen muss, aber ich beeile mich so sehr ich kann. Ich denke bis spätestens mittags bin ich wieder da. Dann werde ich nur für dich da sein und wir werden sicher etwas finden, das dir hilft. Versprochen! Zum Wochenende will deine Mutter kommen. Bis dahin ist ja noch eine Weile hin. Gruß Oma. P.S. Etwas zu essen ist im Kühlschrank und etwas zum Lesen ist im Regal."

Na auch gut! Vielleicht ist es sogar besser so. So kann niemand irgendwelche Fragen stellen und sie wird ihren Plan mit Mias Hilfe ganz allein durchziehen. Apropos Mia, vielleicht war sie es ja, die vorhin angerufen hat, schießt es Anne durch den Kopf. Wo hat sie denn nur diesen blöden Zettel mit Mias Nummer, die wollte sie gestern sobald sie aufgeladen hat gleich einspeichern. Mist, das hatte sie vergessen. Sie durchwühlt ihre Taschen. Nichts! Wie soll sie sie denn jetzt erreichen. Ob sie ihn irgendwo im Zimmer hingelegt hat? Hoffentlich ist er ihr nicht unterwegs aus der Tasche gefallen und sie hat ihn verloren. Das wäre eine mittlere Katastrophe. Beim Durchwühlen der Jackentaschen findet sie das Foto des Jungen wieder. Sie schneidet ihm genervt eine Grimasse und steckt es in ihren Rucksack, in dem sie schon anderen Sachen hineingeworfen hat, von denen sie annimmt, dass sie sie brauchen wird. Unter dem Handy findet sie endlich den Zettel mit der Nummer. Ob Oma ihn da hin getan hat? Sie wählt, aber es meldet sich nur die Mailbox. Na gut, nachher im Bus kann sie die Nummer in Ruhe einspeichern und es noch mal versuchen. Dann kann sie ihr auch eine Nachricht schicken. Schnell zieht sie sich fertig an, macht eine Katzenwäsche und kämmt flüchtig über ihr Haar, das wie immer morgens widerspenstig um ihren Kopf herumschwirrt. Im Kühlschrank findet sie noch ein paar essbare Dinge, die sie in den Rucksack stopfen kann. So hastig war sie schon einmal aufgebrochen, zu Hause, vor zwei Tagen. Ist das wirklich erst vorgestern gewesen? Unglaublich!

Ah, hier liegen in einem Beutel noch etliche Scheiben Weißbrot. Auf eine kleisterte sie sich, wie immer dick, Omas selbstgemachter Marmelade, hmm köstlich. Der Rest des Brotes kommt obenauf in den Rucksack. Hat sie auch die Briefe dabei? Sie kramt noch einmal nach ihrer Mappe. Alles da! Schnell noch ein Glas Saft und dann los! Einen kurzen Moment setzt sie sich noch an den Tisch, um ihr Brot aufzuessen. Dabei nimmt sie sich noch einmal den Zettel vor. Schon hat sie den Stift in der Hand und will etwas darunter schreiben. Aber was bloß? Sie lässt Stift und Zettel fallen und macht sich auf den Weg zur Bushaltestelle. Hoffentlich fährt Einer. Wenn nicht muss sie halt trampen. An der Haltestelle angekommen versucht sie den halb verwitterten, halb abgerissenen Fahrplan zu entziffern. Wenn stimmt, was hier steht und der Fahrplan nicht hoffnungslos veraltet ist, hat sie soeben einen Bus verpasst, was bedeutet, dass sie noch bis 13.00 Uhr, also über zwei Stunden, auf den nächsten warten müsste. Also Daumen hoch! Doch niemand scheint sie zu bemerken. Ein Auto nach dem anderen brauste an ihr vorbei. Missmutig tritt sie heftig gegen einen Stein und der fliegt in hohem Bogen auf die Straße, wo er beinahe ein Auto getroffen hätte. Doch auch das hält nicht an. Der Fahrer macht nur eine ärgerliche Geste und zeigt ihr einen Vogel. Der Stein liegt nun mitten auf der Fahrbahn. Zwischen zwei Autos springt Anne hinüber und hebt ihn auf. Was soll sie bloß machen? Sie spielt eine Weile gedankenverloren mit dem Stein. Holt dann das Handy heraus und versucht erneut Mia zu erreichen. Sie lässt klingeln, doch wieder nur die Mailbox. Vielleicht sollte sie erst mal versuchen die Nummer einzuspeichern, wie sie es vorhatte. Dann könnte sie ihr ja eine Nachricht schicken. Oder sollte sie vorsichtshalber doch noch mal googeln, ob nicht doch noch ein Bus fährt? Sie durchsucht ihre Nachrichten: Mama, Hanima, Mama … oh je Mia, Mia, Mia …

Sie ist ganz auf ihr Handy konzentriert und fährt entsetzlich zusammen, als plötzlich ganz knapp neben ihr ein Mofa hält. Die Bremsen quietschen. Will dieser Blödian sie umfahren?

„Was soll denn das!", brüllt sie erschrocken. Gleichzeitig schießt ihr durch den Kopf, dass das vielleicht ihre ersehnte Mitfahrgelegenheit ist. Sie versucht es mit einem schiefen Lächeln und will gerade ihre Bitte vorbringen, als der Fahrer mit verdächtig bekannter Stimme fragt

„Hatten wir nicht eine Verabredung?", und lachend den Helm abnimmt.

„Mia!"

„Schrei doch nicht so. Muss ja nicht gleich jeder wissen, wer ich bin. Wieso eigentlich kann man dich nicht erreichen, den lieben langen Vormittag habe ich mit dem Versuch verbracht, dich auf deinen Handy anzurufen und dir gefühlte tausend Nachrichten geschrieben."

„Ich habe verschlafen. Gestern Abend hatte ich noch einen riesigen Streit mit meiner Mutter und da …"

„Aha, du hast verschlafen. Tolle Sache! Und ich leg mich ins Zeug, google rum und suche Fahrmöglichkeiten heraus. Suche ich nun meinen Erzeuger oder du?", fällt ihr Mia ins Wort.

„Entschuldige! Tut mit echt leid, ich …"

„Na ist schon gut. Mach jetzt hin, steig auf sonst schaffen wir den Zug nicht mehr."

„Ich soll da aufsteigen? Darfst du denn überhaupt schon fahren?"

„Darfst du denn von zu Hause abhauen?"

„Das ist ja vielleicht was anderes."

„Echt jetzt!? Mensch ich weiß, dass man das nicht tun sollte. Aber ich kann fahren, wirklich! Bin auch schon für den Führerschein angemeldet. Ich fahre auch ganz langsam und vorsichtig, versprochen."

„Und woher hast du das Ding?"

„Geliehen!" Anne sieht Mia fragend an.

„Nicht was du denkst. Ich habe da einen Kumpel und dem gehört das Mofa. Er hat mir auch das Fahren beigebracht."

„Einen, Kumpel?"

„Na nun komm schon, ist fast wie ein Fahrrad, nur mit Motor."

Anne tippt sich an die Stirn. Doch dann setzt sie doch den Helm auf, den Mia für sie mitgebracht hat. Was bleibt ihr auch anderes übrig? Wenn sie nur nicht geschnappt werden, denn dann könnte Mutter frohlocken von wegen unreif. Außerdem hat sie Angst, Mia könne das Mofa nicht richtig steuern und sie würden gleich umfallen. Als sie aber eine Weile gefahren sind und der Wind um ihre Nase weht, wird sie ein bisschen ruhiger und als sie dann in Rodewisch absteigen müssen, findet sie es fast schade. Sie halten gleich bei den ersten Häusern und Mia will das Mofa anscheinend hier abstellen. Sie schiebt es das letzte Stück, damit keine Motorgeräusche zu hören sind. Doch umsonst! Wie aus dem Boden gestampft, steht ein großer, schlaksiger Kerl hinter ihnen und hält Mia im Nacken fest.

„Bist du von allen guten Geistern verlassen? Wo warst du mit meinem Mofa, du dumme Göre von einer Schwester. Du weißt schon, dass ich das Papa erzählen werde. Der wird sich freuen über die Neuigkeiten von seinem kleinen Liebling." Bei letzten Satz tätschelt er mit der freien Hand Mias Kopf.

„Das wirst du schön bleiben lassen, denn sonst hätte ich noch ganz andere Dinge zu berichten, zum Beispiel als du letztens stockbeso…"

Weiter kommt sie nicht. Unsanft stößt der Junge Mia von sich.

„Halt bloß dein vorlautes Maul, sonst setzt es was."

Erst jetzt nimmt er Anne wahr, die mit dem Helm in der Hand dasteht.

„Wo hast du eigentlich den zweiten Helm her?"

„Na von zu Hause!"

„Du hast das also geplant? Schöner Tag heute, mach ich mal mit meiner Freundin eine kleine Spritztour mit dem Mofa von meinem Bruder. Der hängt eh bloß bei seinen Kumpels rum und merkt gar nicht, wenn das Ding mal ne Weile weg ist."

Er fasst sich an den Kopf.

„Wie konnte ich nur so hirnrissig sein und dir das Fahren beibringen."

Inzwischen sind noch zwei weitere Jungen aus dem Haus getreten und stehen nun grinsend um sie herum.

„Na treibt's dein Schwesterchen wieder wild."

Mia wechselt auf einmal die Strategie und lächelt ihren Bruder gewinnend an.

„Du hast ja recht. Ich hätte dich fragen sollen. Aber die Idee, Anne mit dem Mofa abzuholen, die kam mir erst als du schon weg warst. Na ja und da wollte ich dich halt nicht stören…"

„Handy, SMS, WhatsApp, nie gehört was? Und was wäre gewesen wenn die Bullen dich erwischt hätten ohne Schein, du Vollpfosten?"

„Es war Mist, ich seh's ja ein", gibt sie kleinlaut zu, um gleich darauf feixend einzugestehen: „Aber Spaß gemacht hat das Fahren doch und du musst zugeben, ich bin sicher wieder gelandet, sogar mit Anne hinten drauf."

„Was ist man doch gestraft mit so einer Schwester. Wo wollt ihr eigentlich hin. Ist das nicht die Enkeltochter von der Anneliese, wegen der du Mutter gestern gelöchert hast?"

Anne fühlt sich ganz unbehaglich, aber sie hält es für besser sich da rauszuhalten. Mia tritt inzwischen von einem Bein auf das andere.

„Du Hannes, können wir ein andermal darüber reden. Wir müssen zum Zug. Wenn wir den nicht schaffen, wäre die ganze Aktion umsonst gewesen."

„Zu welchem Zug denn?"

„Ach Mensch, wir müssen nach Leipzig. Wir wollen jemanden suchen. Es ist wegen Anne, aber sie will nicht, dass es jemand erfährt, stimmt's Anne?"

Was bleibt Anne anderes übrig als zu nicken und ein freundliches Gesicht zu machen.

„Wann fährt denn euer Zug?"

„Das ist es ja eben, in zwanzig Minuten."

„Das schafft ihr nie und nimmer", meldet sich Hannes Kumpel zu Wort.

„Ihr müsst ja noch durch die ganze Stadt."

„Ja eben! Dann macht's mal gut!"

Mia nimmt Anne den Helm aus der Hand und sie wollen sich schnell davonmachen. Da ruft Hannes mit einem Seitenblick auf Anne: „Was meint ihr Jungs, wollen wir die Beiden nicht bringen? Wir wollten doch sowieso noch eine Runde drehen und uns ein Eis holen."

Anne möchte eigentlich nicht schon wieder auf ein Mofa steigen, aber sie wird gar nicht erst gefragt. Die Jungs sind einverstanden.

„Du kannst gleich bei mir mitfahren", bestimmt Hannes und gib Anne den Helm zurück. Anne setzt sich hinter dem großen dünnen Jungen auf dessen Mofa. Er hat das gleiche rote Haar wie seine Schwester und trägt es lang, hinten zu einem Zopf zusammengebunden. Wie alt mochte er sein, 15 oder gar schon 16? Große Brüder sind nervig, das weiß sie von Hanima, aber sie können manchmal auch ganz nützlich sein. Mia ist inzwischen auch bei einem der Jungen aufgestiegen und mit großen Getöse starten alle gleichzeitig. Anne spürt die Bewegungen des Jungen vor sich. Er fährt viel schneller als vorhin Mia und an der Ampelkreuzung lässt er den Motor bei grün aufheulen. „Der gibt ganz schön an!", denkt Anne und schon sind sie am Bahnhof angekommen. Schnell springt sie ab.

„Danke fürs herbringen", sagte sie und lächelt ein bisschen schief.

„Und sei nicht böse mit Mia. Sie macht das wegen mir."

„Ach, die kleine freche Gans. Ich kenne sie doch, die wollte bloß mal ganz allein fahren. Sie hätte mich ja nur fragen brauchen, dann wäre ich gefahren, um dich zu holen." Täuscht sich Anne oder wird er ein ganz klein wenig rot unter seinem Helm. Schon steht aber Mia neben ihr.

„Los jetzt, wir haben hier nicht alle Zeit der Welt zum Süßholzraspeln. Danke Jungs!", ruft sie noch und stürmt davon.

„Weiß überhaupt zu Hause jemand Bescheid?", ruft ihr Hannes nach.

„Ich hab zu Mama gesagt, wir machen 'nen Ausflug. Verrat mich nicht! Du hast was gut bei mit!" gibt sie zurück.

Sein: „Ich werd mir's merken", geht schon fast im Aufbrausen der Motoren seiner Kumpel unter.

Mia zieht Anne mit sich zum Gleis. Viel länger hätten sie auch nicht brauchen dürfen, denn schon ist der Zug von weitem zu hören. Wenige Augenblicke später ist er da und sie springen hinein. Mia hat schon in Plauen ein Ticket gelöst, mit dem sie zu zweit hin und zurück fahren können. So suchen sie sich in Ruhe einen Platz, an dem sie ungestört sind.

„Puh so ein Stress", pulvert Mia und lässt sich in den Sitz fallen.

„Aber du musst zugeben, ich fahre gut Mofa. Ich bin schon angemeldet. Wenn ich 14 ½ bin kann ich mit dem Führerschein anfangen und dann werde ich mir bald ein Eigenes kaufen. Ich spar' schon darauf. Wenn wir mal irgendwann auf den Hof ziehen, bin ich auf so ein Teil einfach angewiesen. Sonst sitze ich fest."

Anne nickt ohne richtig zuzuhören. Sie kramt angestrengt in ihrem Rucksack, holt Brötchen, Wurst und Käse und eine Flasche Wasser heraus.

„Ich hatte doch noch... ah hier."

Sie legte eine Tafel Schokolade hinzu. Anne kommt sich schon fast wie eine versierte Reisende vor.

„Wow, du hast ja an alles gedacht", lobte Mia und langte nach einem Stück Käse.

„Wenn ich aufgeregt bin, kriege ich immer furchtbaren Hunger. Glaubst du wir finden diesen Gosslner oder Gossner?"

„Na ich war ja auch nicht ganz untätig. Hab bisschen rumtelefoniert und gegoogelt. Man glaubt gar nicht, wie leicht man an Infos kommen kann."

Mia lehnt sich entspannt in ihren Sitz zurück kaut genüsslich an Annes mitgebrachtem Brötchen und genießt deren neugierige Aufgeregtheit. Kauend nuschelte sie: „Wir müssen übrigens in Zwickau umsteigen. Das dauert nicht so lange."

„Mensch, spann mich doch nicht so auf die Folter."

Mia schluckt den Rest des Brötchens hinunter.

„Also hör zu! Erst hab ich bei der Uni angerufen, da gibt's so'n Archiv. Ich hab bisschen rumgesponnen, so von wegen Vortrag für die Schule von interessanten

Persönlichkeiten, na du weißt schon. Aber die gute Frau da wollt nicht so recht ran an den Speck. Ich müsse schon selbst vorbeikommen und so. Das bleibt ja immer noch, dachte ich mir. Zumindest habe ich den richtigen Namen rausbekommen, nämlich Gossner. Ich bisschen gegoogelt und finde doch unter dem Namen einen Arzt. Ich denke, dass ist er und gleich wieder an die Strippe. Na und stell dir vor …"

Mia angelt sich die Schokolade und wickelt sie in aller Ruhe aus, während Anne nervös mit den Fingern auf dem Sitz herum klopft.

„ Und weiter", entfährt es ihr so laut, dass die Frau, die auf der anderen Seite sitzt, erschrocken herumfährt. Mia verdreht die Augen: „Musst du solchen Lärm erzeugen?"

Anne lehnte schmollenden den Kopf an die Lehne.

„Ja, nun also", fährt Mia fort. „Ich bekam tatsächlich mit meiner Story vom Schulvortrag Herrn Doktor selbst ran. Und jetzt halt dich fest. Er erklärte mir, dass er nie im Ausland zu einem humanitären Einsatz war und als ich schon enttäuscht auflegen wollte, meinte er, es könne sich aber um seinen Onkel handeln, der sei in den 90ern viel in solchen Dingen unterwegs gewesen. Aber so genau wisse er darüber auch nicht Bescheid. Ich, meine ganzen Überredungskünste aufgeboten bisschen Süßholz geraspelt und siehe da."

Mia hielt triumphierend ihr Handy hoch.

„Ich habe seine Telefonnummer bekommen. Schon alles hier drin. Nun brauchst du nur noch anrufen oder wir gehen einfach hin. Die Adresse habe ich nämlich auch noch rausbekommen. Na, bin ich nicht Spitze? Fast zu gut!"

Anne bleibt für einen Moment der Mund offen stehen. Es geht ihr nun fast zu schnell. Sie spürt wie ihr Herz ganz laut zu pochen beginnt. Heute noch würde sie wahrscheinlich ihrem Vater gegenüberstehen, von dem sie vor ein paar Wochen noch nicht mal die leiseste Ahnung hatte. Was soll sie sagen? Was tun? Wie würde er sein? Am liebsten wäre sie jetzt aus dem Zug raus und hätte die ganze Sache einfach sein lassen. Tut mir leid Mia. War ein Versehen. Ich habs doch nicht so erst gemeint. Was hatte sie sich da bloß eingebrockt?

„Hat's dir die Sprache verschlagen?", hört sie Mia wie aus weiter Ferne sagen.

„Ich hätte etwas mehr Jubel erwartet."

Anne sieht zu der Freundin hinüber und ihr wird klar: Es gibt jetzt kein zurück mehr! Wie hatte die Oma gestern gesagt: „Wer A sagt muss auch B sagen." Ihr ist gar nicht bewusst, dass sie diese Worte leise vor sich hin spricht.

„Was murmelst du?", fragte Mia. „Komm los wir müssen raus, der andere Zug wartet nicht. Was ist denn los mit dir?"

„Ach nichts, es geht alles so ... schnell".

Kurze Zeit später stehen sie sich auf dem gegenüberliegenden Bahnsteig schweigend gegenüber. Anne sieht die Enttäuschung in Mias Gesicht. Trotzdem würde sie zu gerne in dem Zug sitzen der zurückfährt.

Da spürt sie mit einem Mal Mias Hand, die wie aus versehen die ihre berührt, dann aber fest zugreift und sie festhält.

„Ich hätte auch Schiss", flüsterte sie.

Eine Weile stehen sie so, dann lachen sie auf einmal gleichzeitig los. Anne ist froh Mia gefunden zu haben. Noch indem sie sich die Lachtränen aus dem Gesicht wischt, sagt diese: „Ich mach das für dich, Anne. Wenn wir da sind, ruf ich an und kündige uns an, erst mal mit meiner Schulstory."

„Na hoffentlich ist er auch zu Hause, sonst wäre ja alles umsonst."

„Wird schon, du wirst sehen."

Sie finden auch im nächsten Zug einen ruhigen Platz. Anne fällt ein, dass sie Mia von dem Tod der alten Frau Meier erzählen sollte, doch aus irgend einem Grund hat sie absolut keine Lust dazu. Mia entschließt sich, schon vom Zug aus zu telefonieren, denn so könnten sie eine Menge Zeit einsparen. Anne guckt zu wie Mia die Nummer auf ihrem Handy heraussucht und eingibt. Eine ganze Weile hören sie nur das Rufzeichen, dann eine männliche Stimme die sich meldete. Und nun erlebt Anne, wie Mia zu Hochform aufläuft. Sie redet und redet und lügt dabei, dass sich die Balken biegen, dabei schleimt sie mit honigsüßer Stimme herum. Ein paar Mal muss Anne sich beide Hände vor den Mund halten, um nicht laut loszukichern. Mia verdreht die Augen und macht ihr Zeichen, die Klappe zu halten. Und tatsächlich schafft sie es. Sie können kommen, gleich jetzt! Sie vergisst nicht einmal sich den genauen Weg beschreiben zu lassen. Als sie auflegt, prusteten sie beide los, das zweite Mal schon an diesem Tag. Diesmal brauchen sie eine ganze Weile, bis sie sich wieder einkriegen.

„Mensch, du kannst ja labern und die Leute einwickeln. Die glauben dir am Ende noch, der Himmel sei heute grün."

„Muss wohl an den Genen liegen. Schließlich war Papa lange Jahre Journalist und kein schlechter wohlgemerkt."

„Und wie war er denn so, ich meine von der Stimmer her."

„Wer, mein Papa?"

„Du weißt genau, wen ich meine."

„Tja weiß auch nicht, vielleicht eher so ein korrekter Typ."

„Und wie wollen wir ihm dann sagen, was wir eigentlich wollen?"

„Nur nicht gleich mit der Tür ins Haus fallen. Ich frag ihn erst mal paar Sachen über Afrika und seinen Einsatz da. Ich hab letztens erst einen interessanten Film darüber gesehen. Du bleibst ganz entspannt im Hintergrund und beobachtest ihn erst mal. Dann fragen wir ihn nach deiner Mutter und dann werden wir ja sehen."

In Leipzig angekommen, findet Mia problemlos den Weg, dabei quasselt sie ohne Unterlass. Sie erzählt von ihrer kurzen Karriere in der Schülerzeitschrift und schildert dann ganz detailliert und furchtbar ausschweifend, wie sie Mofa fahren gelernt hat. Davon wie ihr Bruder ihr eine geklebt hatte, nur weil sie gleich beim ersten Fahrversuch mit Vollgas durchgestartet war und dabei die Kupplung hatte schnappen lass, sodass sie einen riesigen Satz ins Feld machte und beinahe umgefallen wäre. Anne geht das Gerede bereits auf den Keks. Dabei merkt sie gar nicht, wie schnell sie am Ziel sind. Erst jetzt begreift sie, dass Mia sie nur ablenken wollte, was ihr auch gelungen ist. Sie stehen vor einem schön sanierten Altbau mit Erkern und vielen Schnörkeln aus Gips an der Fassade.

„Hier ist es!", stellt Mia mitten in ihren Geschichten sachlich fest.

„In der zweiten Etage wohnt er. Steht ja auch dran, hier guck mal Gossner. Komm wir drücken zusammen auf den Klingelknopf, auf dass es uns Glück bringt. Nu mach nicht so ein Gesicht. Da bekommt ja gleich jeder Bauchschmerzen." Nach dem Klingeln wird oben der Türöffner betätigt und sie steigen hinauf. Anne immer ein paar Schritte hinter Mia her. Sie schwitzt und ihr linkes Knie beginnt zu zittern, wie vor einem großen Test oder Vortrag in der Schule. Nein, eigentlich viel schlimmer und der Magen knurrt, wie immer wenn sie aufgeregt ist. Sie hätte doch noch ein Brötchen essen sollen, vorhin. Aber sie hatte vorhin überhaupt keinen Appetit. Bei dem Gedanken ans Essen wird ihr schlecht.

„Ich glaube, ich kotze gleich übers Geländer", flüstert sie Mia zu.

„Reiß dich zusammen!", flüstert diese zurück und Anne schiebt sich Stufe für Stufe empor, fest das Treppengeländer umklammert. Oben in der offenen Wohnungstür steht ER. Am liebste würde sie sich hinter Mias Rücken verbergen. Nichts ist mehr übrig von dem forschen Aufbruch vor zwei Tagen, kein Fünkchen Mut, ja nicht einmal mehr Wut auf die Mutter. So nahe am Ziel da oben vielleicht ihr Vater oder Erzeuger oder wie immer man es nennen will.

Der letzte Treppenabsatz, Mia tritt einen Schritt beiseite. Und würde Anne sich nicht noch immer so fest ans Geländer klammern, so wäre sie wahrscheinlich die Treppe hinunter gerutscht. Es hätte sie zumindest auf den Hosenboden gesetzt.

13. Kapitel Änne

Alles ist noch so wie sie es am Morgen verlassen hatte. Die Mutter liegt zusammengekrümmt da. Das Feuer, nun aus dem feuchten Holz, erzeugt mehr Rauch als Wärme.

„Bist du wieder da Änne?", flüstere die Mutter. „Es will nicht von allein kommen, wie ich es geahnt hab. Hat dir keiner helfen wollen?"

Erst jetzt nimmt sie den Mann, der hinter Änne in die Hütte getreten ist, wahr.

„Ach doch, der Frieder, ich wusste es."

„Rede jetzt nicht Kati, das strengt dich nur an. Ich bring dich zu deiner Mutter. Wenn die nicht helfen kann, dann …" Er bricht ab und hebt Katharina hoch, als sei sie ein Kind, das man eben mal so, ganz leicht, durch die Gegend trägt. Vorsichtig, was man diesem massigen Mann gar nicht zugetraut hätte, bettet er sie auf den Wagen. Änne schleppt ihre

Sachen hinzu und er treibt sie zur Eile an. Dann löscht er das rauchige Feuer und schon sind sie auf dem Rückweg. Änne sitzt neben der Mutter und hält ihre Hand. Vor Erschöpfung scheint diese für einen Moment eingeschlafen zu sein. Änne empfindet nichts als Angst. Sie schnürt ihr die Kehle zu. Ein mächtiger Stein liegt auf ihrem Herz und ihre kalten Hände sind schweißnass.

„Nicht die Mutter, nicht auch noch die Mutter!!", hämmert es in ihrem Kopf.

Als der Wagen auf einmal abrupt bremste, fährt sie erschrocken hoch. Sie stehen vor einer winzig kleinen windschiefen Hütte, an die sich rundherum ein paar Schuppen oder kleinen Stallungen anlehnen, wie Kinder an ihre Mutter. Noch bevor Änne irgendetwas tun kann, ist der Meierbauer schon vom Wagen gesprungen und wummert gegen die Tür.

„Anna bist't du da drin? Mach auf, es pressiert. Mach schon!"

Noch einmal schlägt er gegen die Tür. Da wird sie auch schon energisch aufgerissen.

„Was schreist du so Meierbauer, als stürzt gleich die Welt ein. Du weist, mit deinem Weib will ich nichts mehr zu schaffen haben." Auch Änne ist inzwischen vom Wagen heruntergeklettert. Da steht sie nun die Großmutter. Ein altes Weib im dunklen Gewand, das weiße Haar streng nach hinten gekämmt, das Gesicht von vielen Falten durchzogen. Sie ist breitschultrig und von eher stämmiger Figur. Ein riesiges wollenes Tuch liegt über ihrer Schulter. Sie macht nicht den Eindruck einer armen Alten. Sie hält sich ungemein gerade und ihre Augen sprühen geradezu Funken vor Energie und Willenskraft. Sie blickt ihrem Gegenüber, dem reichen Bauer, fest in die Augen, sodass er fast wie ein großer Junge vor ihr steht.

„Es ist nicht mein Weib, Anna. Es ist deine Katharina."

„Hast du wieder einen über den Durst getrunken? Zum Glück kann dich deine Mutter nicht so sehen. Was war sie glücklich bei deiner Geburt, endlich der Hoferbe. Was ist bloß aus dir geworden? Ein Saufbold bist du, der gegen sein zänkisches Weib nicht ankommt. Du weißt doch genau, dass die Katharina im Fränkischen ist. Willst du mich erschrecken?"

„Wenn 's doch wahr ist. Komm her, schau selbst!"

Die Großmutter geht zögernd mit ihm zum Wagen. Änne sieht, wie sich in Sekundenschnelle ihr Gesicht verändert. Es ist als führe ihr der Schreck buchstäblich in alle Glieder. Sie sackt zusammen und sieht auf einmal kraftlos und steinalt aus. Nichts von ihrer eben erst erlebten Energie scheint mehr vorhanden.

Doch genauso schnell wie der Schock sie übermannt hat, genauso schnell fast sie sich wieder. Kurz greift sie sich an die Stirn als müsse sie sich erst besinnen, doch dann nimmt ihre Stimme wieder den Ton an, dem keiner sich so leicht widersetzt.

„Trag' sie in die Stube und leg sie aufs Bett!", befiehlt sie dem Bauern ohne lange nach woher und weshalb zu fragen. Änne nimmt das Gepäck und folgt ihnen ins Haus. Der Maierbauer, seht nun, nachdem er die Mutter vorsichtig abgelegt hat, verlegen herum.

„Was stehst du hier herum, Junge und hältst Maulaffen feil." Er dreht betreten seinen Hut in der Hand.

„Nun dann geh ich mal, kann ja wohl nichts mehr tun."

Als er schon fast an der Tür ist, kommt die Großmutter ihm nach, nimmt seine Hand in ihre beiden alten Hände und drückt sie fest. „Ich dank dir schön Frieder. Bist ein guter Kerl, wie 's deine Mutter freuen tät."

Er nickt nur stumm und ist schnell zur Tür hinaus. Steckt aber noch einmal den Kopf herein: „Ich schau nach ihr Anna, bitteschön, und wenn ihr was braucht …"

„Es ist recht", nickt die Großmutter vor sich hin, ist aber scheinbar mit den Gedanken schon wo anders.

Änne steht nun in der Hütte der Großmutter. Es gibt nur eine einzige Stube mit einem Bett, einem Tisch, zwei wacklig aussehenden Stühlen, einem Bord fürs

Irdene, eine Bank rundherum bis zur Herdstelle und eine Leiter hinauf zum Dachboden. Auf der Bank sitzt ein kleiner Junge, dessen Arm schlaff herabhängt und der das Geschehen stumm und mit großen Augen beobachtet. Die Großmutter hatte wohl eben seine verlausten und verfilzten Haare abgeschoren. Überall liegen noch Reste roter Haarbüschel umher. Änne erschrickt, doch es bleibt ihr keine Zeit sich darüber Gedanken zu machen.

Die Ankunft bei der Großmutter hat sich Änne ganz anders vorgestellt. Doch es scheint, als sei sie von der alten Frau überhaupt nicht bemerkt worden. Da irrt sie sich jedoch. Sie ist deren wachem Blick nicht entgangen. Sie steht plötzlich ganz dicht vor ihr, nimmt Ännes Gesicht in ihre Hände und hebt ihren Kopf, sodass sie sich in die Augen schauen können.

„Bist meine Enkeltochter, nicht? Tapfer Mädchen, wirst eine Kämpferin werden! Aber nun mach hin, wir müssen deiner Mutter beistehen und du wirst mir dabei helfen müssen. Schau nicht so, du schaffst das! Geh erst Mal nach draußen zum Brunnen und wasch dich und bring gleich Wasser mit, zum Erhitzen. Ich schüre inzwischen das Feuer. Also los!

Was damit begann war ein langer Kampf auf Leben und Tod.

Als Änne zurückkommt fragt die Großmutter: „Gab es bei euch da im fränkischen keinen Beistand? Wo ist dein Vater?"

„Alle tot!", bricht es aus Änne hervor und sie stellt den schweren Wassereimer ab.

„Der Schwed, hat das Dorf geplündert, als ich mit der Mutter nach Kräutern war."

„Der Schwed, ja, ja!"

Die Großmutter nickt vor sich hin. Änne hat das Gefühl sie wolle mehr sagen oder herüberkommen, um sie zu trösten. Doch schon strafft sie sich wieder, ganz auf ihre Aufgabe konzentriert.

„Deine Mutter hat dir also schon was beigebracht! Warst du schon bei einer Geburt dabei?"

„Ein paarmal! Hab aber nur zugesehen und beim versorgen der Kleinen geholfen."

Wieder nickt die Großmutter nur.

„Mach mir das Wasser heiß und lass das Feuer nicht ausgehen!"

Sie selbst geht hinüber zum Bett der Mutter und befühlt den Bauch.

„Es liegt falsch herum, Mutter. Du musst hinein."
„Ist schon gut, Kati, ist gut, alles wird werden."
Sie tupft ihr mit einem Tuch den Schweiß vom Gesicht und hilft ihr beim ausziehen der feuchten schmutzigen Sachen.
„Hol mir ein Leinenhemd und ein frisches Laken aus der Truhe Kind. Wie heißt du eigentlich?"
Änne bringt ihr die Sachen.
„Ich heiße Anna, nach dir Großmutter. Alle rufen mich Änne."
Ein Lächeln huscht über das angespannte Gesicht der Großmutter und auch die Mutter lächelt ein wenig
„Ist mein einziges Mädel", sagte sie leise.
„Hast sie stark gemacht, hoffentlich. Aber nun leg dich hin und sammle deine Kraft. Du weißt ja selbst, was auf uns zukommt."
Liebevoll wie einem Kind streicht sie Katharina übers Haar, zieht ihr das frische Hemd über und hilft ihr sich hinzulegen. Dann betet sie ihr Heilgebet und ihre Stimme schalt so mächtig durch den Raum, dass Änne andächtig die Hände faltet und selbst der Kleine auf der Bank beim Feuer horcht auf und verharrt still.
„Beginne nie eine Behandlung, sei es eine Geburt oder eine Heilung oder eine Begleitung zum Tode hin, ohne ein Gebet. Wir müssen uns immer mit den Kräften die in und um uns sind verbünden. Das gibt uns Kraft und Stärke."
Sie gibt getrocknete Kräuter in einen Sud der auf dem Herd brodelt.
„Trink das, Kati, es wird den Schmerz etwas lindern. Du musst ruhig werden und es wirken lassen."
„Werde ich sterben, Mutter?"
„Du weißt, ich werde alles Menschenmögliche tun, damit du lebst. Aber nicht alles liegt in unserer Hand, vor allem nicht der Zeitpunkt von leben oder sterben. Wenn es Gottes Wille ist, so wirst du leben."
„Sollte ich hinüber müssen, pass auf die Änne auf. Sie ist schon recht, aber etwas eigen."
„Sie ist wie du und ich. Sie hat alle Stärke, die sie braucht. Mach dir jetzt um sie keine Sorgen."
Eine erneute Welle des Schmerzes erfasst die Mutter und sie schreit auf. Die Angst schnürt Änne die Kehle zu. Mit zitternden Händen fühlt sie das Wasser in den Kupferkessel, der über dem Herdfeuer hängt. Ein paar Tropfen gehen

daneben und erzeugen ein Zischen in den Flammen. Was kann sie nur tun? Sie betet alle Gebete die sie kennt und schickt Stoßgebete hinauf zu allen Schutzheiligen und zur Mutter Maria, zuletzt holt sie ihren Rosenkranz hervor.

Die Mutter hat sie nicht besonders katholisch erzogen. Es war eher ein Gemisch aus dem katholischen, protestantischen und alten Überlieferungen die im Volk tief verwurzelt sind und die aus einer uralten Zeit stammen. Die Mutter meint immer, sie kämen von Anbeginn der Welt. Welcher Nothelfer soll ihnen nun beistehen.

Die Zeit scheint sich unendlich zu dehnen. Wie viele Stunden liegt die Mutter nun schon in den Wehen?

Da ruft die Großmutter: „Ist das Wasser schon warm Änne? Bring eine Kelle für die Mutter. Sie braucht Flüssigkeit." Die Großmutter befeuchtet Katharinas Gesicht und gibt ihr einen Schluck zu trinken.

„Bleib gleich hier Kind. Ich weiß du hast Angst, aber ich brauche dich. Wir haben keine andere Wahl." Sie zieht Änne heran und flüstert: „Ich habe auch Angst, das ist weil wir sie lieben. Deshalb werden wir es gut machen, versprich mir das!" Änne nickt stumm. Sie lagern die Mutter hoch, sodass sie sitzt.

„Stell dich hinter deine Mutter, Änne und halt sie ganz fest. Bei der nächsten Wehe versuch ich hineinzugreifen, das Kind in die Zange zu nehmen und herauszuziehen. Und du Katharina versuch zu pressen und schrei, mach dir Luft, versuch nicht den Schmerz in dir drin zu lassen, das ist der Urschrei der Weiber, der wird uns gute weibliche Geister der Geburt holen."

Änne hält die Mutter mit aller Kraft umschlungen, auch wenn deren Schreie fast unerträglich für sie sind. Nur noch unerträglicher ist ihr Wimmern. Der Kampf dauert für Änne eine Unendlichkeit. Sie fühlt diese seltsame Anspannung im Raum, als seien sie nicht allein. Auch das Gesicht der Großmutter hat sich verändert. Sie scheint nichts anderes mehr wahrzunehmen als ihre Hände.

Und da war es auf einmal, das Wunder das alles andere verblassen lässt. Zuerst sieht Änne, da es ja falsch herum liegt, seine winzigen Füßchen. Die Großmutter hält noch einmal kurz inne, sammelt all ihre Kräfte und zieht nun das ganze Kind heraus. Es ist winzig klein, viel kleiner als die Neugeborenen die Änne schon gesehen hatte. Aber es lebt und es schreit sofort heftig los, als wolle es nicht aus seiner warmen Behausung heraus in die fremde Welt des Lebens. Die Großmutter hebt es hoch und ein kurzes Lächeln huscht über ihr angespanntes Gesicht.

„Alles dran, ein Bub", stellt sie fest. „Er ist noch sehr klein, ist ja auch zu früh dran. Aber vielleicht ist das ein Segen, so konnte ich ihn heil herauszuholen. Es scheint mir, er wird leben, er will. Komm Änne, du schneidest die Nabelschnur durch, weil du es gut gemacht hast, heute."

Änne nimmt das Messer und die Großmutter zeigt ihr die Stelle, an der sie die Schnur, die das Kind noch mit der Mutter verbindet, durchtrennen soll. Dann wischt sie ihm Blut und Schleim ab und wickelt ihn in ein Tuch. So legt sie ihn Änne in den Arm, die wie gebannt auf dieses kleine Wesen starrt und wieder spürt sie einen Hauch des Lebens durch das Zimmer wehen.

„Nimm ihn und zeig ihn der Mutter und dann wasche ihn richtig ab."

Als Änne ihn im Arm hält, hört er auf zu schreien und blickt sie aus wissenden Augen an.

„Wo kommst du her, mein Kleiner?", flüsterte sie.

Ja, wo kommt es her, das Leben.

Die Großmutter hat nun mit der Nachgeburt und dem vielen Blut, das aus der Mutter herausquillt, zu tun. Sie muss das Blut stillen, damit de Mutter überlebt. Diese hat sich inzwischen in die Kissen zurückfallen lassen. Bleich, fast blutleer liegt sie da, dunkle Ringe haben sich unter ihren Augen gebildete und die Augen selbst sind blutunterlaufen, weil durch die großen Anstrengung Äderchen geplatzt sind. Änne steht nun am Kopfende des Bettes, neben der Mutter und zeigt ihr das kleine Bündel.

„Er ist wunderschön Mutter, hat hellblaue Augen und einen so wundersamen Blick. Und schau einige Haare wachsen ihm auch schon. Die hohe Stirn hat er bestimmt vom Vater. Hast du schon einen Namen für ihn?"

Die Mutter schaut matt lächelnd auf ihre Kinder. Sie hebt den Arm um den Kleinen zu streicheln, doch es fehlt ihr die Kraft.

„Du musst dich ausruhen Mutter. Ich kümmere mich schon um ihn."

Änne wendet sich ab, um das Kind zu säubern. Da hört sie die Mutter flüstern und dreht sich noch einmal zu ihr hin.

„Such du ihm einen Namen aus Änne", haucht sie.

Dann schließt sie die Augen. Leise geht Änne zum Tisch. Dort hatte sie schon den Waschzuber und ein Körbchen aufgestellt. Sie legt den Kleinen erst einmal ins Körbchen und füllt den Zuber mit warmem Wasser. Als sie ihn vorsichtig darin wäscht, fällt ihr Blick auf den kleinen Jungen, der ihr erstaunt zusieht. Ihn hatte sie ganz und gar vergessen. Er beobachtet ganz genau, was um ihn herum vor sich geht und saugt es mit seinen riesigen Augen, die durch den kurzen Haarschnitt und das schmale blasse Gesicht noch größer wirken, regelrecht auf. Doch ganz plötzlich legt er sich auf die Bank und steckt den Daumen in den Mund. Der schlaffe, anscheinend kranke Arm baumelt von der Bank herunter. Er ist sofort eingeschlafen. Was für ein seltsames Kind? Solange Änne hier ist hat sie ihn keinen Laut von sich geben hören.

Als der kleine Bruder fertig gebadet ist, wickelt Änne ihn und streift ihm das kleine Hemdchen über, das die Mutter für ihn gemacht hat. Vorsorglich hatte sie alles schon vorhin aus ihren mitgebrachten Sachen herausgesucht und nahe an den Herd gehängt, damit sie schön warm sind. Jetzt beginnt der Kleine zu jammern und Änne gibt ihm etwas Tee von einem Holzlöffelchen. Er schluckt und Änne steckt ihm ihren Finger in den Mund, worauf er sofort zu saugen beginnt und bald eingeschlafen ist. Das alles hatte sie sich abgeschaut, wenn sie die Mutter manchmal zu einer Geburt begleiten durfte. Es war nicht sehr oft vorgekommen, denn der Vater hatte gemeint sie sei noch zu jung dafür. Jetzt weiß sie, die Mutter hatte recht daran getan, es dennoch manchmal zu erlauben. Sie sieht dem Kleinen beim Schlafen zu und spricht ihre Dankgebete. Welchen Namen soll sie wählen? Denn Morgen in der früh, würde sie mit der Großmutter zur Kirche hinübergehen müssen, um das Kind taufen zu lassen, so ist es der Brauch, jedenfalls zu Hause in ihrem Dorf. Hier würde es auch nicht anders sein. Noch hatte sie keine Kirche gesehen, als sie mit dem Meierbauer hergefahren war. Vielleicht würden sie ins nächste Dorf müssen. Doch wer soll der Taufpate sein, da sie doch niemanden hatten? Nun, die Großmutter würde Rat wissen. Sie kommt zu ihr herüber an den Tisch geschlurft und lässt sich auf einen Stuhl fallen. Ihre Schürze ist ganz voll Blut und auch an den Händen klebt noch etwas davon, obwohl sie die sicher schon mehrfach abgewischt hat. Sie nimmt ihr Kopftuch ab und die Haare kleben schweißnass an ihrer Stirn. Ihr langer weißer Zopf hat sich aufgelöst und ihre Augen sehen unendlich müde zu Änne und dem Körbchen mit dem Kind hinüber. Dann bemerkt sie den schlafenden Jungen auf der Bank und deckt ihn mit ihrem Tuch zu. Sie stützt ihren Kopf in die Hände und sagt leise: „Das Bluten habe ich stillen können. So können wir hoffen, dass sie die Nacht übersteht."

Ein Meckern dringt an ihr Ohr.

„O Gott, die Ziege, sie ist noch draußen."

„Ich geh schon, Großmutter."

Draußen ist es inzwischen fast völlig dunkel geworden. Anne findet die Ziege schon wartend vor der Tür und bringt sie in ihren winzigen Verschlag. Sie melkt das Tier, das sich alles ruhig gefallen lässt, auch das Änne, wie sie es gerne tut, den Kopf an ihren warmen Bauch lehnt. Änne findet ein paar Körner für die mitgebrachten Hühner und trägt alles in die Stube, auch ein Bündel Stroh auf dem sie schlafen will. Es überkommt sie eine so große Müdigkeit, dass sie nichts lieber getan hätte, als sich sofort auf das Stroh zu werfen und nahe am Herdfeuer einzuschlafen. Als sie hereinkommt sitzt die Großmutter noch genauso da, wie sie sie verlassen hat, nur hat sie inzwischen die Augen geschlossen und gibt leise Schnarchlaute von sich. Änne findet noch einen Topf mit Suppe und etwas Brot. Sie schürt noch einmal das Feuer, erwärmt die Suppe und füllt die Milch in Becher. Vorsichtig berührt sie die Großmutter am Arm. Die öffnet die Augen und der kurze Schlaf scheint ihr gut getan und sie erholt zu haben.

„Du bist ein gutes Mädchen. Lass uns essen und dann kannst du schlafen. Der Tag war mehr als mühevoll für dich. Ich werde bei deiner Mutter wachen oder mich zu ihr legen, damit sie genug Wärme hat. Ein alter Mensch braucht nicht mehr so viel Schlaf."

Bevor Änne sich hinlegt, geht sie noch einmal ans Bett zur Mutter. Blass liegt sie da, die Augen fest geschlossen. Ihr Atem geht schwach, aber sie atmet. Scheu berührt Änne die Hände der Mutter. Sie kommt ihr auf einmal so weit weg vor, fast schon ein bisschen fremd.

„Bleib bei mir Mutter, bei mir und dem kleinen Wurm. Wir brauchen dich", flüstert sie fast tonlos.

Die Mutter erholt sich nur schwer. Es ist als habe sie ihre ganze Kraft und Stärke, ja ihren Mut und ihre Zuversicht für den Weg hier her zum Ort ihrer Herkunft und für die Geburt ihres Kindes aufgebracht. Nun ist dieses Kind, das Letzte was ihr geblieben ist, von einem guten Leben und von der Verbindung zu ihrem Mann und dessen Heimat, auf der Welt.

Was aber ist aus der Mutter geworden, die die Toten in ihrem Dorf begraben hat, die mit Änne gewandert ist, ihr Märchen erzählt hat und auf dem Weg Eingang in die Herzen fremder Menschen fand? Wie ein Schatten ihrer Selbst geht sie durchs Haus und jede Arbeit, die sie früher frisch und voller Tatkraft angepackt hätte, scheint ihr große Mühe zu bereiten. Selbst der kleine Christian, Änne hat den kleinen Bruder nach dem Vater benannt, auch um der Mutter eine Freude zu machen, kann ihr Herz nicht erreichen. Sie legt ihn zwar an die Brust und er saugt auch gierig, doch scheint er nicht satt zu werden. Er schreit sehr oft, sodass die Großmutter ihn mit Hilfe eines kleinen Horns, das in der Spitze ein Loch hatte, Ziegenmilch einflößt.

Selbst, das frisch Geschlachtete, das der Meierbauer, der wie versprochen nach ihnen geschaut hat und auch der Taufpate des kleinen Christian geworden ist, vorbei gebracht hatte, bewirkt kaum etwas. Erschöpft geht die Mutter früh zu Bett. Der kleine stumme Bub krabbelt dann zu ihr unter die Decke und manchmal summt sie ihm dann ein Liedchen vor und er legt dann ganz vorsichtig seinen kleinen heilen Arm um sie. Dann kann es schon mal passieren, dass ein kleine Lächeln über Katharinas Gesicht huscht.

So kommt es, dass Änne nach dem Nachtmahl im Schein eines Kienspans und mit einem Becher Dünnbier allein mit der Großmutter zusammensitzt. Änne erzählt die Geschichte ihrer Wanderung hierher und die Großmutter kann mit so mancher alten Geschichte aufwarten, in die sie ihr Wissen um die Kräuter und das Heilen einstreut, ganz wie die Mutter es ihr vorausgesagt hat.

Zu solch später Stunde, manchmal sogar, wenn sie schon zu Bett gegangen sind, kommen auch immer wieder Leute, die Rat und Hilfe bei der Großmutter suchen. Diese hilft immer, auch wenn die Leute wenig zu geben haben für ihren Dienst.

Die Meisten sind ja arme Bauern oder Gesinde. Änne darf immer zusehen.

„So lernst du am besten, was ich weiß."

Das hatte auch die Mutter immer gemeint.

„Aber warum kommen die Leute immer auf die Nacht, Großmutter?"

„Sie meinen, ich sei eine Hexe. Sie fürchten sich, weil sie glauben das Heilen sei eine Zauberei und ich könne ihnen Böses anhexen. Am meisten aber fürchten sie sich vor ihren Nachbarn, dass die sie bei der Kirche anklagen könnten. Sie kommen erst wenn es gar nicht mehr geht und dann kann es oft zu spät sein. Ganz schlimm ist es geworden, seit die Meierbäuerin eine Missgeburt bekam. Der Bauer hatte mich am späten Nachmittag gerufen, um seiner Frau beizustehen. Es war ihr erstes Kind und ich machte mich auf eine lange Nacht gefasst. Doch die Geburt wollte und wollte nicht vorangehen. Nichts half, nicht der Geburtsstuhl, und nicht warme Wickel und Massagen, auch kein Kräutlein konnte helfen. Der Weg für das

Kind war offen, doch das Köpfchen kam einfach nicht heraus. Die Frau hatte redlich gekämpft, doch nun wurde sie immer schwächer und der Bauer schrie: „Sie stirbt Anna, sie stirbt und mit ihr mein Sohn, tu doch endlich was!"

Damals lebte der alte Bauer noch. Wohl vom Geschrei seiner Schwiegertochter und des Sohnes wach geworden, torkelte er in die Stube, wo die Frau lag. Er roch nach dem Fusel, den er schon mal vorsorglich auf die Geburt seines Stammhalters gesoffen hatte. Er kam mir ganz nahe und zischte, sodass nur ich es hören sollte, aber wohl auch von der jungen Frau verstanden wurde: „Schaff mir den Erben her, du alte Hexe, sonst werd' ich dir den Gar ausmachen. Du weiß doch, was mit denen geschieht, die mit dem Teufel verkehren."

Ich antwortete ihm: „Glaubst wohl du kannst mir Angst machen, du alter Tattergreis und Geizkragen. Hast dein eigenes Weib, Gott hab sie selig, geschlagen und verbluten lassen und das nur aus Griesgram und Bösartigkeit. Ich weiß auch meinen Teil, mit wem du verkehrst."

Er kicherte bösartig, wie es so seine Art war, bis der junge Bauer ihn am Schlafittchen packte und hinaus beförderte.

Der Morgen zog ins Land und das Kind war immer noch nicht geboren, da sagte ich zum Bauern: „Ich kann nur einen Schnitt machen, Junge."

Auch ihm hatte ich schon auf die Welt geholfen.

„Tu was du für richtig hältst, aber tu etwas, in Gottes Namen, hilf ihr!"

Ich nahm das Messer, legte es in kochendes Wasser und tat den Schnitt am Damm. So konnte das Kind heraus. Aber nun sah ich, warum es nicht hatte kommen wollen. Es hatte einen riesigen Kopf und es sah aus als hätte sie einen Gnom geboren, ein Wesen aus einer anderen Welt. Wir alle waren furchtbar erschrocken über dieses merkwürdige Kind. Es schrie nicht, sah uns nur mit großen, hervortretenden Augen an. Es kommt schon hin und wieder vor, dass ein missgestaltetes Kind geboren wird und manchmal überleben sie auch, aber dieses, dass merkte ich gleich, würde bald wieder gehen. Der Bauer holte den Geistlichen, der es mit Abscheu taufte. Aber weder der Bauer noch die Mutter wollten das Kind berühren, geschweige denn in den Arm nehmen. So nahm ich mich seiner an. Ich wusch es, zog ihm ein Hemdchen über und da es kein Essen bei sich behalten konnte, legte ich es mir einfach in den Arm und wiegte es und wartete. Einen Tag und eine Nacht saß ich so mit dem Kindlein. Gegen Morgen, als der zweite Tag anbrach, war es soweit. Ich spürte einen sanften Flügelschlag, es atmete noch einmal und hörte dann auf. In mir wurde es ganz still und feierlich, wie immer wenn ich dabei bin wenn jemand hinübergeht ins Jenseits, denn die Menschen holen mich auch wenn es zu Ende geht. Weißt du, manchmal denke ich, drüben steht auch eine Hebamme, die die Menschen abholt und ihnen hilft sich da drüben zurecht zu finden.

Ich behielt das Kind noch eine Weile bei mir, bis die kleine Seele endgültig gegangen war. Dann machte ich es zurecht für die kleine Holzkiste, die der Bauer gezimmert hatte. Er legte das Kind in die Erde und ich musste ihm, bei allem was mir heilig ist, versprechen, mit niemandem über das Aussehen des Kindes zu reden. Das habe ich bis heute auch nicht getan. Dir habe ich es erzählt, weil ich dich einweihen möchte und weil ich mir deiner Verschwiegenheit sicher bin. Weißt du, das Leben wird geschenkt und auch wieder genommen und beginnt woanders wieder neu. Wir können es nur begleiten, das geboren werden und das Sterben. Die Zeit mit dem kleinen Wesen hat mich viel gelehrt. Es war anders aber doch besonders und deshalb kam es in unsere Welt, wenn auch nur für kurze Zeit.

Die Bäuerin war voller Abscheu und Angst ihrem eigenen Kind gegenüber. Sie wollte es nicht wahrhaben, dass dieses Kind in ihr gewachsen war. Nicht einmal ansehen wollte sie es. Als dann auch noch, kurze Zeit darauf, der alte Bauer draußen auf dem Feld beim Heu machen vom Blitz erschlagen wurde, da hatte sie ihre Geschichte beisammen. Ich hätte sie bei der Geburt verhext und mit dem Messer aufgeschlitzt, damit ich ihr Blut trinken könne und das Kind sei deshalb ein Satansbraten geworden und nur die heilige Taufe habe es erlösen können. Weil der alte Bauer mir gedroht habe, sei es so gekommen. Deshalb sei er auch so mir nichts dir nichts vom Blitz getroffen worden. Wahr ist, dass er vor lauter Geiz auf der Wiese blieb, um das Heu zu retten, statt sich selbst in Sicherheit zu bringen. Als sie dann nicht wieder schwanger wurde, schob sie auch das mir in die Schuhe. Ein Jeder wisse, dass meine Katharina ein Auge auf den Frieder geworfen hätte, dazumal, bevor sie davonging mit einem Fremden, einem Katholischen. Nun würde ich ihren Leib verschließen, sodass sie keine Kinder von ihrem Mann bekommen könne und der Hof ohne Erben bleibt. War sie schon früher ein verwöhnte, eitles, eigensinniges junges Weib gewesen, dem ihre Taler zu Kopfe gestiegen waren, so machte ihre Kinderlosigkeit und das damit verbundene Unvermögen einen Erben für den Hof zu bekommen sie hartherzig und böse, sogar gegen den eigenen Mann."

„Hast du Angst vor ihr, Großmutter?"

„Nein Kind, ich bin ein altes Weib, was kann mir schon noch geschehen? Aber jetzt seid ihr da und ich will, dass ihr keinen Schaden nehmt. Wir werden uns in Acht nehmen müssen." Damit erhob sich die Großmutter und Anne weiß, dass das das Zeichen ist ins Bett zu gehen. Der Kienspan würde bald verlöschen und einen neuen lohnt es nicht anzustecken.

Es ist inzwischen später Herbst geworden. Die Bäume haben ihr Laub nun schon fast vollständig verloren und ein kalter Nebelhauch hängt jeden Morgen über dem Land. Die Tage werden merklich kürzer und kälter. Das Barfußgehen ist nun endgültig vorbei und Änne muss ihr Holzpantinen, die noch ein ganzes Stück zu groß sind, denn Joseph hatte sie auf Zuwachs geschnitzt, hervorholen. Aber was hilft's, sie muss hinaus, das letzte Gemüse in dem kleinen Gärtchen abernten. Oft ist sie mit der Großmutter im Wald nach Pilzen, letzten Beeren und Kräutern unterwegs. Sie sammeln Zapfen und Holz für den Herd und Änne spaltet das Holz, das der Meierbauer bringt und stapelt es fein säuberlich im Schuppen. Ein kleines Säckchen Hafermehl und ein Säckchen Roggenmehl hat die Großmutter von der Mühle am Dorfrand mahlen lassen. Das Stück Land, das zu Großmutters Kate gehört, ist viel zu klein um Korn anzubauen und die Großmutter ist zu alt um sich als Tagelöhnerin zu verdingen. So ist sie auf die Gnade der Hofbauer angewiesen, die sie das Korns auf ihren Feldern nachzulesen lassen, wie es schon Ruth und ihre Schwiegermutter zu biblischen Zeiten getan haben. Nicht jeder Bauer sieht das gern, aber die meisten gewähren es aus christlicher Nächstenliebe, wie es der Herr Pfarrer zur Erntezeit immer predigt. Für die Großmutter hätte das gereicht, aber nun sind sie zu viert, die Großmutter, die Mutter, Änne und der kleine stumme Bub und das Brüderchen braucht die Milch von der Ziege. Auch wenn ihnen Grete alles mitgegeben hatte, was sie selbst gerade noch entbehren konnte, so ist ihr Vorrat doch recht klein für den Winter und bis zur nächsten Ernte ist es noch lang. So sind sie unermüdlich im Einsatz auch die letzte Beere, den letzten Pilz noch vor dem ersten Schnee hereinzuholen und zu trocknen. Auf dem obersten Bord liegt das Salz von Wenzel und die Münze, die er ihr in die Tasche gezaubert hatte, als eiserne Reserve.

Eines Nachmittags sind Änne und die Großmutter mit einer stattlichen Anzahl Stockschwämmchen und Rötelritterlingen auf dem Weg nach Hause. Es beginnt bereits zu dämmern und ein eisiger Wind lässt sie ganz schön durchfrieren. So freuen sie sich auf eine warme Stube und eine warme Suppe. Doch als sie sich dem Dorf nähern, hören sie Gejohle und Geschrei. Was ist denn da los? Es riecht irgendwie faulig und je näher sie kommen, umso mehr nimmt der Gestank zu.

„Sieh doch, es ist bei unserer Kate", ruft Änne und will ohne nachzudenken losstürzen.

Doch die Großmutter hält sie zurück. Eine Horde von Burschen springt, mit Stocken und Steinen bewaffnet, um das kleine Häuschen herum. Bald wummern sie gegen die Tür, bald fliegt ein Stein gegen die Wand, einer fliegt sogar durch das mit einer Schweinsblase bespannte Fensterchen. Der Gestank kommt von einem Fass Jauche, welches sie vor dem Haus ausgekippt haben.

„Gebt den Stummen heraus!", rufen sie und fuchteln mit ihren Fackeln herum.

„Wir wollen keine fremden Krüppel im Dorf."

Die Großmutter nimmt den Knüppel, den sie eigentlich als Feuerholz mitgebracht haben, fest in die Hand und geht langsam und mit festen Schritten auf die Kerle zu, die so in ihr Tun vertieft sind, dass sie sie überhaupt nicht bemerken.

„Gebt den Krüppel raus, gebt den Krüppel raus!", skandieren sie jetzt.

Erst als sie auf Armlänge heran ist, schwingt die Großmutter ihren Stock und blafft die Meute an: „Was treibt ihr hier? Seid ihr toll geworden oder was ist euch zu Kopfe gestiegen?"

Mit einem Mal ist es mucksmäuschenstill. Die meisten der Jungen senken die Köpfe und würden sich wohl am liebsten still und heimlich verdrücken, angesichts dieser alten Frau, die jetzt aufrecht vor ihnen steht und von der sie noch nie etwas schlechtes erfahren haben. Im Gegenteil, es hatte so manch einer bei einer Blessur ihre Hilfe gebraucht.

„Was seid ihr bloß für Hosenscheißer. Eine solche Schar will gegen ein kleines Kind angehen. Und euch hab ich allen mal auf die Welt geholfen. Meine Güte!! Seht zu, dass ihr davonkommt und nehmt euren Mist gleich wieder mit."

Reumütig versuchen die meisten den stinkenden Mist wieder auf die Karre zu laden. Von dem wild tobenden Kerlen ist nicht mehr viel übrig geblieben. Sie wirken nun eher wie die kleine Bauernjungen, die sie ja nun mal sind. Nur einer begehrte auf: „Was hat das fremde Balg hier zu suchen? Niemand weiß wo der herkommt und sagen tut er ja auch nichts, wird schon seinen Grund dafür haben. Ist vielleicht ein Dämon oder der Geist eines Ruhelosen, sagt mein Vater. Er wird uns noch alle ins Unglück stürzen. Ihr werdet es sehen! Und jetzt sind noch mehr Fremde da."

Mit geballten Fäusten steht er vor der Großmutter. Die sieht ihm nur fest in die Augen und schüttelt den Kopf. Ihrem Blick kann er nicht standhalten. Als er sich umwendet und sieht, dass seine Kameraden schon das Weite suchen, folgt er ihnen. Doch die Hände sind immer noch zu Fäusten geballt. Die Großmutter öffnet die Tür und Änne betritt hinter ihr das dunkle Haus. Die Mutter hat das Bord vor das kaputte Fenster gerückt und kaum ein Lichtstrahl fällt mehr herein. Die Augen gewöhnen sich langsam an die Dunkelheit und die Großmutter steckt einen Span an. Sehr viel ist nicht zu Bruch gegangen. Das kaputte Fenster kann man von außen mit einem Laden verschließen. Durch den Stein ist keiner Verletzt worden. Nur ein Stuhl ist umgefallen und hat dabei einen hölzerne Teller vom Tisch gerissen, an dem nun die Ziege knabbert, die die Mutter im allerletzten Moment noch hatte hereinholen können. Es riecht immer noch etwas brenzlig, denn sie hatten am Ziegenverschlag herumgezündet und Reste von der Jauche liegen auch noch vor der Tür. Die Mutter ist zwar fürchterlich aufgebracht, doch Anne stellt fest, dass sie zum ersten Mal seit der Geburt wieder Farbe im Gesicht hat und die Lethargie von ihr gewichen ist. Sie ist wütend und ihre Augen sprühen Feuer. Der kleine Bruder in seinem Körbchen ist vom Lärm erwacht und schreit herzzerreißend. Aber der kleine Bub ist wie vom Erdboden verschwunden. Ob sie ihn etwa doch …? Ist er vielleicht vor Schreck in einem unbemerkten Moment hinausgelaufen? Jetzt ist es bereits dunkel draußen. Wie sollen sie ihn finden? Es ist kalt. Kann er eine so frostige Nacht überleben? Er besitzt ja nicht einmal ein Paar Pantinen. Ganz still wird es plötzlich in der dunklen Stube, selbst der Säugling hat aufgehört zu schreien. Eine Jede von ihnen schickt ein Stoßgebet gen Himmel.

Da beginnt die Mutter zu summen, so wie sie es manchmal abends für den Kleinen getan hatte. Zuerst bleibt alles ruhig, doch dann hören sie ein Geräusch. Etwas bewegt sich über ihnen. Die Mutter selbst steigt die Stiege zum Dachboden hinauf. Im Sommer kann man da schlafen, doch jetzt zischt der Wind zwischen all den Ritzen hindurch. Dort hinauf hat sich der Kleine gerettet. Er kauert frierend unter einem Dachsparren, zwischen irgendwelchen Geröll, dass sich dort angesammelt hat. Er lauscht angestrengt und muss ein sehr feines Gehör haben, um auf diese Summen zu reagieren. Vorsichtig hebt die Mutter ihn hoch und trägt ihn nach unten. Dort wärmt sie den kleinen, zitternden Körper am Herdfeuer. Es ist wohl nicht allein die Kälte, die ihn so zittern lässt. Die Mutter nimmt ihn auf den Schoß und langsam beruhigt ihn ihr Summen. Er steckt den Daumen seiner gesunden Hand in den Mund und ist sogleich eingeschlafen, fest an Katharinas Schulter gepresst, als wolle er mit ihr verschmelzen.

Jetzt traut sich Änne, was sie bisher noch nicht gewagt hat, nämlich die Großmutter zu fragen, woher dieses sonderbare Kind kommt. War es auch eine kleine Missgeburt, die bei seiner Geburt niemand haben wollte?

Doch die Großmutter vertröstete sie auf später. Zuallererst geht sie hinaus und schließt den Fensterladen von außen. Den wirklichen Schaden würden sie erst morgen bei Tageslicht ausmachen können. Änne geht an ihre allabendliche Arbeit, melken, den kleinen Christian versorgen und der Mutter beim bereiten des Abendessens helfen.

Die Großmutter säubert die Pilze und breitet nahe dem Herde zum trocknen aus.

Erst nach dem Abendessen als alle, auch die Mutter, am Tisch sitzen bleiben, nimmt die Großmutter den Faden wieder auf und beginnt zu erzählen.

„Es war im vorigen Jahr gerade um diese Zeit. Es war auch schon sehr kalt und am morgen hatte der erste Raureif auf den Wiesen gelegen. Ich war sehr früh draußen, weil ich ein bestimmtes Wurzelkraut suchte, das ich in den Jahren vorher an einer bestimmten Stelle gefunden hatte, zu der ich eine ganze Weile gehen musste. Auch an diesem Tag hatte ich Glück. Ich grub mir ein Teil aus, sammelte noch ein schönes Bündelchen Reisig, band's mir auf den Rücken und war froh mich auf den Heimweg machen zu können. Nicht mehr weit vom Dorf begegnete ich der zahnlosen alten Ursel."

Änne kennt die manchmal verwirrte uralte Frau. Sie wohnt nicht weit auf einem der kleinsten Höfe im Dorf, bei ihrem Sohn und dessen Frau. Manchmal läuft sie einfach davon, auf der Suche nach ihrem längst verstorbenen Mann oder ihrem vor vielen Jahren im Bach ertrunkenen kleinen Töchterchen. Die Schwiegertochter rennt dann durch's Dorf, um die alte Frau zu suchen und wieder nach Hause zu bringen. Die Großmutter holt die Alte immer herein, wenn sie sie in der Nähe vorbeihuschen sieht, um Liesel, der Schwiegertochter, das lange umher rennen zu ersparen, denn sie sorgt gut für die Alte, obwohl sie genug andere Sorgen hatte, denn die Schar ihrer Kinder ist groß und der Hof klein. Oft genug ist der Schmalhans Küchenmeister. Inzwischen kommt die alte Ursel oft von selbst herein gelaufen, fragt ob jemand ihr kleines Trudchen gesehen habe und setzt sich dann auf die Küchenbank. Wenn es etwas zu tun gibt, wie Beeren oder Erbsen auslesen, stellt die Großmutter einfach eine Schüssel vor sie hin und sie beginnt ohne Umschweife mit der Arbeit und ist zufrieden. Ein Stück Brot kann sie nicht mehr kauen und Großmutter weicht ihr immer ein Stückchen in Milch ein. Änne mag die alte Ursel gern, auch wenn sie manchmal sabbert und nicht so gut riecht. Aber sie kann so wunderbare, seltsame Geschichten aus ihren Jugendjahren erzählen und von jeder Familie im Dorf kennt sie ein Stück ihrer Geschichte. Wenn sie so weit in ihrem Leben zurückgeht, ist ihre Rede nicht mehr wirr sondern völlig klar. All die alten Geschichten sind in ihrem Kopf gespeichert und bei einem bestimmten Stichwort abrufbar.

Doch die Ursel ist auch furchtsam und abergläubisch. Sie ist fest davon überzeugt, dass ein böser Wassergeist den kleinen, sonst friedlich dahinfließenden Bach zu einem alles mit sich reißenden Ungeheuer gemacht hatte, um ihre Trudel in die Tiefe zu ziehen. Immer noch glaubt sie, eines Tages würde er sie wieder freigeben.

„An diesem Morgen nun", so erzählte die Großmutter weiter, „schlurfte die Ursel so schnell sie nur konnte heran.

„Geh nicht weiter Anna! Ein böser Zwerg ist unterwegs. Ich hab ihn selbst gesehen, ganz fürchterlich sieht er aus mit rotem Kopf wie der Leibhaftig selbst. Er wird uns in sein Erdloch ziehen, dann sind wir verloren.", rief sie mir schon von weiten zu. Im Dorf sei er auch schon gesehen wurden. Er habe um Brot gebettelt, aber das sei nur eine Finde, sagte sie mir. Auf dem Anger habe es erst gestern ein Geschrei gegeben. Sie hatten ihn jedoch davonjagen können. Nun sei er ihr begegnet. „Lieber Herrgott, das kann nichts Gutes bedeuten. Geh bloß schnell in dein Haus Anna und lass ihn nicht rein, das wäre dein Verderb." wiederholte sie ständig.

So schnell wie sie herangekommen war, huschte sie davon und flüsterte immer wieder „Jesus hilf, steh uns bei." Kopfschüttelnd sah ich ihr nach und wollte schon weitergehen, doch als ich mich umwand, stand da plötzlich, wie aus dem Boden gestampft ein kleines Wesen vor mir. Wahrscheinlich hatte er schon eine ganze Weile im Schatten einer großen Eiche dagestanden und uns beobachtet. Im ersten Moment war auch ich erschrocken. Er sah wirklich wie ein Zwerg oder Gnom aus.

Sein langes, verfilztes, rotes Haar hing wirr über die schmalen Schultern. Er war so verdreckt und verlaust, dass seine Augen fast aussahen als glühten sie. Aber vielleicht kam das auch vom Fieber. Er stank fürchterlich und zitterte am ganzen Leib, vor Hunger und Kälte. Ich fragte ihn nach seinem Namen, doch er gab mir keine Antwort, sonder beäugte mich nur aus sicherer Entfernung. Machte ich einen Schritt auf ihn zu, wich er ängstlich zurück. Schließlich gab ich ihm das kleine Stückchen Brot, das ich noch als Wegzehrung bei mir hatte. Er riss es mir förmlich aus der Hand und schlang es hinunter, wie ein kleines hungriges Tier. Nein das war kein Zwerg, das war auch nichts böses, sondern nur ein kleiner, hilfloser und wie ich bald feststellen sollte kranker Mensch, der auf Hilfe angewiesen war. Mir war klar, dass er viel zu viel Angst hatte, um freiwillig mit mir mitzugehen. So packte ich ihn und trug ihn die paar Schritte bis zum Haus. Zuerst versuchte er noch strampelnd loszukommen, doch als er merkte, dass ich ihn fest hielt, verfiel er in eine Art Starre. Im Haus angekommen, setzte ich ihn erst einmal auf den Boden, um mich meiner Sachen zu entledigen. Da verzog er sich in die hinterste Ecke und ich konnte ihn nur mit einem Becher Milch hervorlocken. Mein erster Eindruck gab mir recht. Er hatte Fieber und seine Haut war unter dem Dreck mit Schürfen und Ausschlag bedeckt. Ich beschloss also ihn erst einmal zu säubern. Während ich das Wasser anwärmte, zog ich ihm das aus, was noch in Fäden an ihm herabhing und kaum noch als Lumpen zu bezeichnen war. Immer wieder versuchte er mir zu entschlüpfen, doch als er merkte, dass ich stärker war und es kein Entrinnen gab, verfiel er wieder in diese seltsame Starre. Wie leblos hing er in meinen Armen und ließ das aus seiner Sicht unvermeidliche über sich ergehen. Ich badete ihn in nicht allzu heißem Wasser, auch um das Fieber zu senken, versorgte seinen Ausschlag mit einer Salbe und zog ihm erst einmal ein altes Hemd vom Großvater, selig, über. Ich schor ihm das verfilzte Haar, da war nichts mehr zu retten, und rieb seinen Kopf mit einem Mittel gegen Läuse ein. Ich flößte ihm meinen guten Kräutertee ein und hoffte auch damit das Fieber zu senken. Leben kam erst wieder in ihn, als ich vor ihn auf den Tisch einen Schale mit Haferbrei stellte. Schnell wie der Wind hatte er sie in sich hineingestopft. Dabei stellte ich fest, dass er alles nur mit seinem rechten Arm tat, der linke aber schlaff herunterhing. Er musste also irgendeinen Unfall gehabt haben, von dem der Arm steif geworden war. So gewaschen und versorgt, sah er schon fast wie jedes normale Kind aus. Nur seine Augen gingen unstet hin und her. In den ersten

Tagen versuchte er auch noch des Öfteren zu entwichen, sich einfach hinauszuschleichen. Doch ich passte gut auf und verrammelte die Tür so gut es ging, denn es wurde von Tag zu Tag kälter und sein Entweichen hätte seinen sicheren Tod bedeutet.

Sein kleiner Körper erholte sich schnell, dass Fieber ging zurück und der Ausschlag begann zu heilen. Er wurde ruhiger und es schien mir, obwohl er nicht sprach, er habe beschlossen zu bleiben, auch wenn er sich immer noch gerne unter dem Tisch oder in eine Ecke verkroch. Mir war ebenfalls recht, ein menschliches Wesen in meiner Hütte zu haben, für das ich sorgen konnte. Ich hatte mich manchmal recht einsam gefühlt, das merkte ich nun, als er da war umso mehr.

Ich nähte ihm aus den alten Sachen von Großvater, selig, Kleider und strickte aus aufgedrieselter Wolle Socken und Mützen, sodass er auch mit mir hinaus konnte. Nur mit dem Schuhwerk hatten wir Sorge. Bald lebten wir im stillen Einverständnis miteinander und auf seine kindliche Art versuchte er mir zu helfen, wo er konnte. Eines Tages begann er seinen Arm um mich zu legen oder vorsichtig auf meinen Schoß zu klettern, da wusste ich, das Eis war gebrochen. Nur reden, das tat er nicht. Irgendein schreckliches Erlebnis musste ihn so schockiert haben, dass es ihm die Sprache vielleicht für immer verschlagen hat. Auch er ist ein Gestrandeter dieses großen Krieges, der nicht vorbeigehen will. Vielleicht sind seine Leute geflohen oder irgendwo überfallen und gemeuchelt worden. Vielleicht hat die Pest, die hier in der Gegend auch ihre Opfer gefunden hat, seine Familie dahingerafft. Irgendwann einmal habe ich von einer Frauenleiche, die man ein paar Dörfer weiter im Wald gefunden hat, gehört. Wer weiß, vielleicht gibt es da einen Zusammenhang. Es wird wohl immer ein Geheimnis für uns bleiben.

Jedenfalls die Leute im Dorf, die sehen in ihm immer noch einen Zwerg, einen bösen Geist, wenn nicht gar den Teufel selbst. Manche meinen auch, er sei das Kind eines unzüchtigen Weibes oder irgendeiner Marketenderin, die mit dem Heer umherzöge und ihn ausgesetzt habe. Er würde dann Unsitte und Unzucht über unser Dorf bringen und so das Unglück anlocken. So meiden sie mich noch mehr als zuvor. Selbst die Liesel, die immer gerne herüberkommt, um wenigstens für kurze Zeit mal ihre Hände in den Schoß legen zu können, vermeidet ängstlich den Kleinen anzusehen. Nur die alte Ursel, die früher so viel Aberglaube mit sich herumgetragen hat, hat ihre Meinung geändert. Sie kommt jetzt noch öfter, sitzt einfach so da und streicht dem kleinen über den Kopf und manchmal bringt sie ihm auch eine kleine Gabe mit. „Wenn jemand meine kleine Trude weiter unten aus dem Bach gefischt hätte, wäre ich auch froh jemand hätte sich um sie gekümmert. Jetzt wo ich nun bald hinüber zu ihr gehe, da will ich nicht, dass sie mir vorwirft, ich wäre ohne Güte", meint sie dann.

Eine Weile ist es ganz still, bis Änne fragt: „Aber warum hat er keinen Namen Großmutter?"

„Ich weiß nicht Änne. Der Pastor meint er sei wohl schon getauft und habe sicher auch schon einen Namen. Man müsse abwarten, ob jemand komme und Anspruch auf das Kind anmeldet. So habe ich mich nicht entschließen können, ihm einen Namen zu geben und habe ihn einfach „Bub" genannt. Vielleicht hat er ja doch eine Mutter oder Verwandte."

Änne und die Mutter wechseln einen Blick und so weiß Änne, dass auch die Mutter an Barbara und ihr Kind denkt. Doch beide wagen sie es nicht das auszusprechen.

So kommt der Winter übers Land. Recht früh, schon Ende November, hat es heftig zu schneien begonnen. Eine dicke Schneedecke liegt auf dem Land und dem Wald ringsum und taucht alles in Stille. Die fünf Menschen in der kleinen Hütte leben ein ebenso stilles Leben. Selten verlassen sie das Haus. Wo sollten sie auch hingehen, als ab und an des Sonntags zum Gottesdienst. Nur wenn die Großmutter gerufen wird, begleitet Änne sie jetzt meist, um ihr den schweren Beutel zu tragen und ihr zu helfen. Eine Welle von Krankheiten und Unfällen, die der Winter und die Kälte mit sich bringen, überziehen auch das kleine vogtländische Dorf. Und trotz allem hilft die Großmutter, wo sie kann. Wer soll es auch sonst tun. Die Mutter hat sich körperlich wieder erholt, doch sie bleibt schweigsam und in sich gekehrt. Es wäre alles gut gewesen, hätte Änne nicht die sorgenvollen Blicke bemerkt, die die Großmutter mit der Mutter tauscht, ob ihres immer kleiner werdend Vorrats. Immer wieder schieben sie es hinaus ihren letzten Schatz, das Salz, das Wenzel der Händler ihnen gegeben hatte, einzutauschen. Doch um die Weihnachtstage herum ist es dann so weit. Er wird eingetauscht für das Lebensnotwendigste. Nun können sie auf ein zeitiges Frühjahr hoffen, darauf, dass dann die Hühner ihre ersten Eier legen würden und man aus den jungen Brennnesseln eine Suppe kochen kann.

14. Kapitel Anne

Der da oben aus dem Türrahmen seiner Wohnung den Mädchen entgegensieht, ist ein Herr, der im Alter viel eher zu ihrer Oma gepasst hätte als zu ihrer Mutter. War das etwa der Grund, weshalb sie ihn ihr verheimlicht hatte? Sollte ein Mann um die siebzig ihr Vater sein? Weiter kann Anne überhaupt nicht denken, denn schon begrüßt Mia ihn freundlich, fast ein bisschen zu überschwänglich, dabei stupst sie ihr mit dem Ellenbogen in die Seite und auch Anne gibt ihm die Hand und versucht ein einigermaßen erträgliches Gesicht zu machen.

Er hat weißes, kurz geschorenes Haar und einen kurzen, ebenfalls weißen Bart, eine runde etwas altmodische Brille sitzt auf seiner Nase. Über einer grauen Hose trägt er ein weißes Leinenhemd mit einer Weste und darüber wiederum eine Strickjacke.

„Fehlt nur noch die Fliege", geht es Anne durch den Kopf.

Er lächelt über Mias Wortschwall und hat einen angenehmen, festen Händedruck.

„Kommt herein!", bittet er und auch seine Stimme hat einen warmen, sympathischen Klang. Das beruhigt Anne etwas und sie beschaut sich die Wohnung, auf der Suche nach Spuren. Im Flur hängen allerhand exotische Masken herum und auch sonst sind die Zimmer an denen sie vorüber kommen, angefüllt mit Kunsthandwerk aus aller Herren Länder. Unwillkürlich muss Anne an ihr, sehr modernes, sich vorwiegend auf das Praktische beschränkende, zu Hause denken. Sie werden in ein mit Büchern vollgestopftes Zimmer gebeten und aufgefordert an einem kleinen, runden Tisch mit vier Sesseln drum herum Platz zu nehmen.

„Mögt ihr was trinken?", fragt er höflich und Mia antwortet für sie beide: „Nun vielleicht einen Saft, aber machen sie sich nur keine Umstände."

Wie redet die nur? Sie scheint sich jeder Situation anpassen zu können. Anne betrachtet währenddessen die Fotos und Bilder, die an der Wand hängen. Auf einem sind ein Mann und eine Frau in weißen Kitteln, umgeben von mehreren afrikanischen Kindern zu sehen. Der Mann ist vermutlich Herr Gossner selbst, noch um einiges jünger. Daneben hängt das gemalte Porträt einer Frau. Anne glaubt in ihr die Ärztin vom Foto wiederzuerkennen. Allerdings ist sie auf dem Gemälde viel älter und hat ganz kurzes Haar und obwohl sie lächelt, sieht sie irgendwie müde aus. Ihre mandelförmigen Augen sind halb geschlossen. Er ist ihrem Blick gefolgt:

„Das ist oder besser das war meine Frau. Sie war lange krank. das ist eins der letzten Bilder. Vor zwei Jahren ist sie gestorben. Wir hatten es gut zusammen und es ist recht einsam ohne sie. Deshalb freue ich mich auch über jede Abwechslung, so wie mit euch heute."

„Haben sie den keine Kinder?", fragt Mia sofort, ehe Anne auch nur dazu kommt den Mund aufzumachen. Ihr ist Mias Getue und Gefragte eher peinlich doch Herr Gossner antwortete völlig sachlich: „Nein, dafür waren wir viel zu viel unterwegs. Aber auf der ganzen Welt haben wir Patenkinder. Mit denen schreibe oder skype ich regelmäßig", er lächelt.

„Nun hol ich aber erst mal einen Saft und was zum Knabbern, da erzählt es sich doch gleich viel besser."

Und schon ist er weg und man hört ihn irgendwo, wahrscheinlich in der Küche, rumoren. Kaum sind sie allein, zischt Anne Mia zu: „Mensch, der ist ja steinalt. Der muss doch mindestens zwanzig Jahre älter als meine Mama sein und 'ne Frau hatte er auch."

Mia zuckt mit den Schultern.

„Na und?", zischte sie zurück. „Warts mal ab, wir werden schon was rauskriegen."

Schon hören sie, wie eine Tür geschlossen wird und er zurückkommt. Er stellte ein Tablett mit Saft und Keksen auf den Tisch.

„Na, greift schon zu und dann sagt ihr mir, was ihr wissen wollt."

Mia hat sich doch tatsächlich einige Fragen aufgeschrieben über Afrika und seine Einsätze dort, über die Menschen denen er helfen konnte, über die Entwicklungshilfe im Allgemeinen und im Besonderen über seiner Arbeit, ob das denn tatsächlich etwas brächte oder ob man die Völker nur bevormunde. Sie hat sich erstaunlich gut vorbereitet und nun macht sie sich geflissentlich Notizen, als wolle sie wahrhaftig einen Vortrag darüber halten.

Anne spürt wie gerne er darüber erzählt, wie freundlich und zugewandt seine Art ist und wie er jeden Aspekt von Mias Fragen offen und aus verschiedenen Positionen heraus beantwortet. Nun tut er ihr fast schon ein bisschen Leid, weil sie ja aus einem ganz anderen Grund hergekommen sind und sie ihn damit irgendwie hintergehen. Sie sucht nach Ähnlichkeiten zwischen ihm und sich selbst. Doch sie findet nichts Unverkennbares. Sie hat sich das alles viel einfacher vorgestellt. Sie hat geglaubt, dass sie gleich viel vertrauter miteinander wären, dass es da irgendetwas gäbe, was einen erkennen lässt, das ist er, eine Stimmung, ein Gleichklang, was auch immer. Doch hier sitzt ein freundlicher, aber ihr völlig fremder Mensch, der mehr mit Mia als mit ihr spricht und der noch immer begeistert von seinen Einsätzen auf der halben Welt erzählen kann. Sie merkt wie fasziniert Mia ihm inzwischen zuhört und dabei schon fast vergessen zu haben scheint, weswegen sie eigentlich hier sind. Je mehr ihre Hoffnung auf eine einfache Lösung schwindet, desto mehr wächst ihr Unbehagen und ihre Ungeduld und sie spürt wieder diese Wut aufsteigen, auf den fremden Mann da, auf Mia, auf die Mutter und nicht zuletzt auf sich selbst. Sie hört Mia gerade noch scheinheilig fragen: „Und haben sie nicht auch Vorträge vor jungen Leuten an der Uni gehalten? Gab es da nicht Studenten, die ihnen nach ..."

Auf einmal ist es Anne, als habe etwas sie schmerzlich getroffen. Alles um sie herum ist wie in rote Farbe getaucht und beginnt sich zu drehen. Sie kann nur noch Blitze wahrnehmen und ist nicht mehr Herr ihrer selbst. Sie springt auf und hätte dabei beinahe den Tisch umgekippt. Die Saftgläser und die Schale mit dem Gebäck scheppern gefährlich. Nichts gebietet ihr Einhalt, nicht Mias beruhigende Gesten, nicht der erschrockene Blick des Herrn Gossner. Sie stürzt durch das ganze Zimmer und bleibt vor der Wand mit den Bildern stehen.

„Ich will es jetzt sofort wissen, kennen sie meine Mutter?" Sie hört selbst, wie krächzend ihre Stimme klingt und ihr dreht sich der Magen um und alles was sie heute gegessen hat, scheint sich nach oben zu bewegen. Aus dem Augenwinkel heraus sieht sie, wie Mia ihre Brille abnimmt, so als könne sie ihren Anblick nicht ertragen. Sie kann nur noch „Toilette", hauchen. Herr Gossner begleitet sie bis vor das Badezimmer, wo sie sich übergeben muss und erst aufhören kann, als nur noch Galle kommt. Dann wäscht sie sich und lässt endlose Ströme eiskalten Wassers über Gesicht, Arme und Hände fließen. Langsam, ganz langsam lässt die Übelkeit nach. Sie blickt in ihr blasses Gesicht im Spiegel. Nasses Haar klebt an ihrem Hals und tropft über ihr Schulter. Am T-Shirt prangt ein ekelhafter Fleck von Erbrochenem, das sie herauszuwaschen versucht. Sie ist erschöpft und schämte sich. Da hat Mia nun alles so schön eingefädelt und sie macht durch ihr Benehmen alles zunichte. Was mag dieser Professor nun von ihr denken. Am liebsten hätte sie sich in den allerletzten Winkel des Badezimmers verkrochen, hätte die Knie angezogen und den Kopf darauf gelegt und wäre nie wieder aufgestanden. Aber schon hört sie draußen jemanden an die Tür klopfen.

„Hallo, Mädchen, komm mach die Tür auf!"

Dann Mias aufgeregt Stimme: „He Anne, spinnst du? Mach schon auf!"

Ihr wird klar, dass sie hingehen und Tür öffnen muss, wenn sie nicht alles noch schlimmer machen will. Langsam wie in Zeitlupen kommen ihr ihre Bewegungen vor, bis sie endlich in der offenen Tür den beiden gegenübersteht.

„Entschuldigung! Mir war auf einmal furchtbar schlecht, vielleicht habe ich was Falsches gegessen oder mir irgendeinen Infekt aufgerafft, geht ja immer mal was rum", versucht sie mit einem schiefen Lächeln und leiser Stimme alles so harmlos wie möglich klingen zu lassen. Vielleicht kann sie ja noch etwas retten. Vielleicht hat er ihr Gefasel vorhin gar nicht verstanden. „Es geht mir schon wieder besser. Alles halb so schlimm!"

Doch die Beiden starren sie nur erschrocken an. Sieht sie so schlimm aus? Herr Gossner ist der Erste der seine Fassung wiedergewinnt. Er holt tief Luft und schiebt Anne ins Zimmer hinüber und seine Stimme klingt schon fast wieder wie vorhin, als er aus seinem Leben plauderte, als er sagt:

„Nun setzt du dich erst mal wieder hier hin und ich mache dir einen Tee, der deinen Magen wieder zur Ruhe bringt und dann erzählt ihr mir, was euch in Wirklichkeit zu mir geführt hat."

Er fasst Anne vorsichtig an der Schulter, drückt sie in den Sessel und schon ist er hinaus, nicht ohne sich noch mal umzudrehen, lächelnd mit dem Zeigefinger zu drohen und, „Ganz ruhig sitzenbleiben!", zu rufen.

„Sag mal hast du sie nicht mehr alle? Es lief doch super! Warum musstest du mit einem Mal den Aufstand proben?", fragt Mia und ihre Stimme klingt bedrohlich leise.

„Es kam mir plötzlich alles so falsch vor, so verlogen. Ich weiß auch nicht was mit mir los ist. Ich habe mir das alles nicht so schwierig gedacht. Es tut mir leid, du hast dir so viel Mühe gegeben."

„Ach so!?", brummt Mia, mehr sagt sie nicht mehr bis Professor Gossner zurückkommt. Ist sie ihr böse? Hat sie ihre Freundschaft verloren, bevor sie richtig begonnen hat?

Herr Gossner stellt den Tee vor Anne hin.

„Es ist ein Wermuttee, etwas bitter aber er hilft bei nervösem Magen."

Anne riecht daran und verzieht den Mund. Den hat ihr die Oma auch immer eingeflößt, wenn sie früher Bauchweh hatte. Widerwillig trinkt sie einen Schluck, dann noch einen, weil sie nicht weiß was sie sagen soll, aber den Eindruck hat, dass die anderen darauf warten. Dann hält sie es nicht mehr aus. Sie wirft Mia einen entschuldigenden Blick zu, der so viel bedeuten soll wie: Es tut mir leid, aber ich versuch's jetzt auf meine Weise. Sie räuspert sich und nach den ersten Worten geht ihr alles ganz leicht über die Lippen.

„Ich suche meinen Vater und da wir herausbekommen haben, dass meine Mama in der fraglichen Zeit, also vor ungefähr 14 Jahren, viele ihrer Vorträge besucht hat, ganz begeistert davon war und unbedingt mit ihnen nach Afrika gehen wollte, da dachte ich, dass vielleicht sie ..."

Nun kommt sie doch ins Stocken. Hatte bisher alles ganz sachlich geklungen, so weiß sie jetzt nicht mehr weiter. Es ist so still im Raum, dass man eine Nadel hätte herunterfallen hören.

„Das vielleicht ich dein Vater sein könnte", vollendet Herr Gossner ganz ruhig, und wenn sie sich nicht täuscht sogar mit einem kleinen Lächeln um die Mundwinkel, ihren Satz. Dann sah er sie lange an und erst nach geraumer Zeit sagte er: „Katharina, alle nannten sie allerdings Kathrin, obwohl ich Katharina viel hübscher fand und sie auch immer so nannte. Das ist doch deine Mutter, nicht war?"

Anne nickt stumm und es keimt wieder ein Fünkchen Hoffnung in ihr auf. Wenn er sich nach so vielen Jahren sogar an ihren Namen erinnert ...

„Ja, ich erinnere mich gut an sie. Du siehst ihr übrigens sehr ähnlich und ich glaube du bist auch genauso hartnäckig wie sie es war. Aber dein Vater, Kind, bin ich nicht. Vielleicht sollte ich sogar leider sagen, denn es würde mir gefallen eine Tochter zu haben, jetzt wo es nicht mehr möglich ist."

Jetzt lachte er.

„Sie waren eine ganzer Trupp damals, alles Freunde, eine Clique, würde man heute sagen. Sie kamen regelmäßig zu meinen Vorträgen an der Uni. Sie waren alles junge, enthusiastische Menschen, die die Welt in einer Weise verbessern wollten, wie man es vielleicht nur kann, wenn man so jung ist und voller Träume steckt. Ich musste zu der Zeit eine unfreiwillige Pause machen, um mich von einer Tropenkrankheit zu erholen. Ich wollte die Zeit nutzen, um junge angehende Ärzte und Ärztinnen für unsere Sache zu begeistern, damit sie in Erwägung zogen nach dem Ende ihres Studiums ein paar Jahre, für kleines Geld, bei unseren

Projekten zu helfen und ins Ausland zu gehen. So sind wir aufeinander getroffen und ich ließ mich von ihrer jugendlichen Unvoreingenommenheit und Spontaneität gerne anstecken. Wir verbrachten viel Zeit miteinander, hier in dieser Wohnung, beim Diskutieren, beim Nachdenken über eine bessere Welt, beim Träumen. Meine Frau und ich genossen diese Zeit sehr. Es war wie eine Ruhephase in der Rastlosigkeit unseres Lebens. Es waren nicht alles Medizinstudenten sondern auch angehende Sozialarbeiter, Lehrer, Journalisten und auch Musiker. Ich glaube die Musik war so eine Art Bindeglied zwischen ihnen. Sie haben zusammen in einer Band gespielt. Wir waren sogar mal zu einem Konzert.

Eines Tages kam deine Mutter zu mir und meinte, sie könne nicht länger warten, was sei schon ein Medizinstudium, wenn es so viel Elend auf der Welt zu bekämpfen gäbe."

„Das hat meine Mutter gesagt?", entfährt es Anne.

Was soll sie bloß von dieser Geschichte halten?

„Ja, sie war voller Eifer. Sie wollte das Studium unterbrechen und so schnell wie möglich los. Ich riet ihr dringend davon ab. Als Ärztin könne sie doch viel mehr bewirken, gab ich ihr zu bedenken. Aber sie ließ keinen Einwand gelten. Schließlich würden ja auch Pflegerinnen gebraucht und sie habe vor dem Studium ein soziales Jahr absolviert und während des Studiums unzählige Praktika, dazu Dienste in Krankenhäusern geschoben, um sich Geld zu verdienen. Das müsse reichen und das Studium würde sie irgendwann ja fortsetzen und dafür dann viel besser gerüstet sein. Es gab endlose Diskussionen mit mir, mit ihren Freunden. Doch sie setzte alle Hebel in Bewegung und ließ sich durch nichts davon abhalten, so habe ich ihr eine Stelle besorgt und sie wartete voller Vorfreude auf ihren Einsatz und löcherte mich und meine Frau mit Fragen. In dieser Zeit kam sie fast täglich zu uns und wir hatten uns so schnell daran gewöhnt sie bei uns zu haben, dass wir sie schon vermissten, wenn sie mal einen Tag ausblieb. Doch dann wurden aus einem Tag, zwei, drei und auf einmal war es eine Woche. Wir dachten sie sei vielleicht nach Hause zu ihren Eltern gefahren und wunderten uns nur, dass sie uns nichts davon erzählt hatte. Es verging auch noch eine zweite Woche, bis dann das ersehnte Klingelzeichen ertönte. Deine Mutter hatte eine ganz besondere Art auf die Klingel zu drücken. Meine Frau und ich stürzten gleichzeitig zur Tür und wären im Flur fast zusammengestoßen. Wir freuten uns und wollten sie wie immer hereinbitten, doch sie blieb wie angewurzelt im Flur stehen. Erst jetzt bemerkte ich wie blass sie war und sie schien mir auf einmal so schmal und zerbrechlich, so hatte ich sie vorher noch nie wahrgenommen. Sie wollte partout nicht hereinkommen. Im Flur stehend teilte sie uns mit, dass aus dem geplanten Auslandseinsatz nichts werden würde. Sie habe schon alles rückgängig gemacht und wolle es uns nur persönlich mitteilen. Sie sei wohl nicht diejenige, für die wir sie gehalten hätten und das täte ihr leid. Sie machte auf dem Absatz kehrt und schon war sie die Treppe hinunter ohne sich auch nur noch einmal umzusehen. Meine Frau und ich standen wie versteinert da und ehe wir uns gefasst hatten und ihr nachliefen war sie schon verschwunden. Natürlich habe ich später versucht mit ihr zu reden, doch sie war auf einmal wie vom Erdboden verschluckt. Auch zu meinem letzten Vortrag vor unserer Abreise erschien sie nicht wie ich gehofft hatte. Ich konnte es kaum glauben. Sollten wir uns in ihr so getäuscht haben? Sie schien uns doch weder unzuverlässig noch sprunghaft, vielleicht ein bisschen zu euphorisch, aber sie war ja noch so jung. Ich machte dann einen letzten Versuch. Ich ging zu ihr in ihre WG. Ich war vorher noch nie dagewesen. Ihre Mitbewohnerin ließ mich ein und zeigte auf meine Frage hin auf eine Zimmertür.

„Sie kommt nur noch selten raus und redet auch kaum noch mit jemandem. Vielleicht haben sie ja mehr Glück."

Als ich eintrat, saß sie an ihrem Schreibtisch und stierte vor sich hin. Meine Begrüßung schien sie kaum wahrzunehmen. „Ich wollte mich von dir verabschieden und ich würde gern wissen, wie es zu dem plötzlichen Sinneswandel kam, wo du doch so gebrannt hast für deinen Plan. Außerdem bist du uns, meiner Frau und mir, ans Herz gewachsen. Wir würden dich gerne verstehen und dir wenn es möglich ist helfen Katharina."

Beim Aussprechen ihres Namens kam es mir so vor als husche ein Lächeln über ihr Gesicht.

„Katharina, das sagen nur sie zu mir Doktor Gossner", sagte sie sehr leise und durchbohrte mich mit ihrem Blick. Es kam mir so vor als überlege sie ob und was sie mir sagen sollte.

„Ich bekomme ein Kind! Ich eine Medizinstudentin, die sich doch auskennen sollte mit Verhütung und Fristen für einen Abbruch. Ich dämmere so vor mich hin und rede mir ein, das alles sei doch gar nicht wahr, wie so ein dummes Schaf. Solange bis ich der Realität ins Auge sehen musste und es auch keine Möglichkeit mehr gab sie zu ändern. Glauben sie mir, ich bin nicht die Richtige für sie. Wie soll ich anderen helfen, wenn ich nicht mal mein eigenes Leben in die Reihe bringen kann." Ich fragte sie, was sie jetzt tun wolle.

'Na mein Studium werd' ich beenden. Wenn ich schon so blöd bin und ein Kind kriege, wenn ich es noch gar keins will, kann ich doch dem armen Wurm nicht auch noch mit eine Mutter kommen, die nicht einmal einen Beruf hat. Schließlich kann das Kleine ja nichts dafür. Meine Mutter wird mir helfen. setzte sie noch hinzu.' 'Und der Vater', entfuhr es mir, obwohl ich im selben Moment merkte, dass ich damit zu weit gegangen war und dass es mich ja auch wirklich nicht anging. 'Es gibt keinen Vater!' rief sie so laut als stünde sie auf einer Bühne. Dann presste sie die Lippen aufeinander und wandte sich ab. Das Gespräch war für sie beendet und ich konnte nichts weiter tun, als ihr freundlich alles Gute zu wünschen. Ich hoffte sie würde noch irgendetwas sagen, aber sie blieb stumm. So bin ich gegangen und erst als ich schon fast die Tür hinter mir geschlossen hatte, hörte ich sie leise sagen. 'Danke Doktor Gossner und alles Gute für ihr neues Projekt.' Und noch leiser flüsterte sie und ich wusste nicht ob das überhaupt noch für mich bestimmt war: 'Ich wäre so gerne dabei gewesen.'

Ich habe sie dann vor meiner Abreise nicht mehr gesehen und auch später nicht mehr. Einmal als ich wieder in Leipzig war, habe ich mich nach ihr erkundigt. Doch ich konnte nur in Erfahrung bringen, dass sie ihr Studium, als eine der Besten, beendet hatte und dann zurück in ihren Heimatort gegangen war.

Das ist alles was ich dir erzählen kann. Aber warte mal! Ich glaub ich habe da noch was für dich."

Er steht auf und geht zu einem Schrank in der Ecke. Als er dessen Tür öffnet, stehen darin Fotoalben, viele Fotoalben und dann noch Kisten und Kartons, die scheinbar auch mit Fotos gefüllt sind. Zielsicher greift er sich eine der Kisten und trägt sie zu ihnen an den Tisch. Eine Weile kramt er darin herum, bis er endlich gefunden hat, was er sucht. Er legt einige Fotos vor die Mädchen hin. Sie sind etwas größer als eine Postkarte. Anne nimmt die Fotos in die Hand. Wahrscheinlich wurden sie alle an einem Tag aufgenommen, an einem fröhlichen Tag. Auf einem der Fotos ist eine Band zu sehen die anscheinend auf einem Konzert musiziert. Anne erkennt sofort ihre Mutter, die tanzend und singend die Hüften schwingt. Und da, mit dem Cello, das ist doch Babette. Ein ähnliches Foto hatte damals in dem Brief mit der Einladung zum Tanzfest gesteckt. Anne muss an das Festival im vergangenen Herbst denken. In ihrem Ohr sind sofort wieder all die

Klänge aus der ganzen Welt und ihr fällt ein, wie sie damals beschlossen hatte, ein Instrument zu erlernen. Das hatte sie, bei allem was danach geschehen war, schon fast wieder vergessen. Für einen Moment spürt sie wieder die Kraft und die Freude, die von diesen Klängen und Melodien ausging und sie überkommt eine unendliche Sehnsucht danach.

Auf den weiteren Fotos sind viele junge Leute abgebildet, die wohl zum Freundeskreis der Band gehörten und herumalberten und für das Foto posierten. Einige erkennt Anne vom Herbst sogar wieder und da ist ja auch Herr Gossner. Sie reicht die Bilder weiter an Mia.

„Ach schau doch mal", ruft die, „da ist ja Babette und hier mein Papa." Sie lacht: „Guck doch bloß, wie die da aussehen!"

Nun beugt sich auch Herr Gossner über die Fotos.

„Das ist dein Vater? Na, ich hätte es mir denken können. Die Haare sind ja unverkennbar. Aber auch sonst scheint der Apfel nicht weit vom Stamm gefallen zu sein. Du hast ja eine Ader Menschen zu befragen. Weist du, er hat damals ein Interview für eine Zeitschrift mit mir gemacht. Das müsste ich sogar noch irgendwo haben."

Wieder geht er zum Schrank und während er sucht, redet er weiter auf die beiden ein. Vom dem Interview und von Mias Papa erzählte er.

„Na bitte, hier ist es doch!", verkündet er schließlich freudig. „In einem ordentlichen Haushalt geht nichts verloren."

„Der hat es bisschen mit Sprichwörtern und Zitaten", denkt Anne während sie sich die Fotos wieder heranzieht. Immer wieder stiert sie auf die Menschen, die darauf abgebildet sind. Der eine da mit der Geige, der kommt ihr irgendwie bekannt vor. Aber woher bloß? Beim Tanzfest war er auf keinen Fall dabei, da ist sie sich ziemlich sicher. Inzwischen ist Herr Gossner an den Tisch zurückgekommen und breitet eine Zeitschrift vor Mia auf dem Tisch aus.

„Mensch das ist ja krass, so ein großer Artikel, über mehrere Seiten, in so einer bekannten Zeitschrift und dabei war er ja noch ganz jung als er das geschrieben hat. So frühe Sachen habe ich ja noch nie von ihm gelesen."

Anne hört den Stolz in Mias Stimme. Sie ist stolz auf ihren Papa und darum beneidet Anne sie.

„Ja, er war echt gut und man sagte ihm eine große Karriere als Journalist voraus. Ich habe ja auch später noch einiges von ihm gelesen und sein Tun ein wenig verfolgt. Waren immer außerordentlich interessante Sachen, die er geschrieben hat, gut recherchiert und durchdacht und immer von verschiedenen Perspektiven aus beleuchtet, eben das was guten Journalismus ausmacht. Aber in letzter Zeit habe ich nichts mehr von ihm gefunden."

„Er schreibt ja auch nicht mehr!"

„Schreibt nichts mehr, wieso?"

Mia zuckt mit den Schultern.

„Burnout", sagen die Leute und er selbst meint, dass er keinen Bock mehr habe. Das ganze Geschreibe würde eh zu nichts führen. Aber ich glaube, dass da noch was anderes dahintersteckt, worüber er nicht reden will."

Anne fällt auf, dass Mia ein bisschen traurig wirkt, während sie das sagt.

„Und jetzt?", fragt Herr Gossner.

„Jetzt hat er neue Pläne. Er hat sich einen kleinen Hof in Mutters Heimatort gekauft. Obwohl er keinen blassen Schimmer von Landwirtschaft oder solchen Sachen hat, will er einen Ökohof daraus machen. Er sagt, dass er sich nicht unterkriegen lassen will. Aber wenn es meine Mutter nicht gebe, deren Hobby es wahrscheinlich ist, Papa zu... Ach was red' ich denn da." Mia lachte etwas schief.

„Und du willst du sein Werk fortführen?"

„Fortführen, weiß nicht ob man etwas fortführen kann, was jemanden anderes angefangen hat? Aber ich will trotzdem Journalistin werden, auch wenn Papa mir abrät. Ich möchte in der Welt herumkommen und über die Menschen schreiben, die an den verschiedensten Orten leben, über das Gut und das Schlechte, das was verschieden ist und was wir gemeinsam haben. Vor allem möchte ich für Kinder und Jugendliche schreiben, damit sie die Welt verstehen und damit sie mit dabei sind, sie anders und besser zu machen. Wenn man nicht weiß was Krieg ist und woher er kommt, kann man doch auch nicht darangehen ihn zu verhindern. Oder die Umwelt, es gibt nur diese eine Welt. Wir sind es doch die später hier noch leben müssen, nicht unsere Eltern. Wenn sie aufgeben, dann müssen wir doch trotzdem weitermachen."

Mias Augen glänzen und ihre Wangen haben sich gerötet. Noch nie hat Anne sie so gesehen. Immer hatte ihre etwas schnoddrige Art im Vordergrund gestanden. Eigentlich hatten sie gar nicht viel über Mia geredet, immer hatte sie und ihre Probleme im Mittelpunkt gestanden. Wer hätte gedacht, dass sie so ernst Pläne hat. Beinahe hätte Anne überhört, dass die nächste Frage an sie gerichtet war.

„Und du Anne, was möchtest du in der Zukunft tun, außer deinen Vater zu finden?"

Anne war selbst überrascht von ihrer Antwort: „Ich möchte Musik machen, Töne, Klänge und Melodien ja und vielleicht Texte dazu."

Für eine Weile wird es still. Anne will niemanden ansehen und so starrt sie auf die Tischplatte. Woher kommt diese Sehnsucht auf einmal? Ob es etwas mit diesem schönen Wochenende mit der Mutter zu tun hat, an dem noch alles fast normal gewesen ist? Oder ist da noch etwas anderes in ihr, das aus ihr heraus will, das sich beinahe ohne ihr zutun Bahn zu bricht.

„Ich glaube wir müssen los", sagt Mia plötzlich in die Stille hinein. „Sonst schaffen wir den letzten Zug nicht mehr."

Herr Gossner gibt Anne die Fotos und Mia die Zeitschrift.

„Das schenke ich euch. Vielleicht hilft es euch ein bisschen, bei dem was ihr vorhabt."

„Danke!", sagt Anne, streicht über die Bilder und lächelt.

Auch Mia freut sich. „Das ist ja echt cool! Sind Sie sicher, dass die es nicht behalten wollen? Ich glaube ich mache jetzt wirklich einen Vortrag über Sie oder einen Artikel für die Schülerzeitschrift."

„Was, weil ich dir die Zeitschrift schenke?", schmunzelt Herr Gossner.

„Ach Quatsch, doch nicht deshalb. Weil es so schön und interessant bei Ihnen war."

„Na das freut mich aber, dass auch so ganz junge Leute noch was von mir altem Kerl wissen wollen." Wieder schmunzelt er und Anne kommt es so vor als habe es ihm wirklich Spaß gemacht mit ihnen, trotz ihres Aussetzers und falschen Vorspiegelungen.

„Ich bring euch noch ein Stück zur Bahn."

„Das ist doch nicht nötig."

„Doch, ein bisschen frische Luft tut mir gut. Ich komme viel zu selten raus, seit meine Frau nicht mehr lebt. Übrigens könnt ihr gerne einmal wieder herkommen. Na dann, los!"

Sie tappen fast schweigend durch die Pfützen zur Straßenbahn. Es muss ein ganz schöner Guss heruntergekommen sein, als sie drin bei Herrn Gossner saßen. Mia schaut von Zeit zu Zeit nervös auf die Uhr. Hoffentlich schaffen sie den Zug noch, denn mit dem nächsten wären sie erst mitten in der Nacht zu Hause und das würde dann bestimmt nicht ohne Gewese abgehen. Sie läuft vornweg, hinter ihr Herr Gossner und ganz am Schluss trödelt Anne, die, obwohl sie mit gesenktem Kopf einhertrottet und den Boden anstiert, als suche sie etwas, in fast jede Pfütze hineintappt. Mia beginnt zu drängeln. Erst an der Haltestelle, als abzusehen ist, dass sie den Zug erreichen werden, entspannt sie sich wieder und fängt an ohne Unterlass zu schwatzen, über die Zugverbindungen und über ihren Vortrag und wie schön es bei Herrn Gossner gewesen sei.

„Sie müssen uns unbedingt einmal besuchen Herr Gossner. Ich glaube mein Papa würde sich sehr freuen und Annes Mutter auch."

„Ja es würde mich schon interessieren, was dein Papa jetzt treibt und warum und vor allem auch was aus Katharina geworden ist."

„Sie würden sie sowieso nicht mehr wiedererkennen. Sie ist eine strenge Frau Doktor geworden und ihre Träume, falls sie die wirklich einmal hatte, hat sie längst irgendwo begraben." Anne merkte, dass ihre Worte ganz schön schroff klingen und Herr Gossner sie ein wenig verwundert betrachtet. Sie schämt sich ein wenig und während Mia Herrn Gossner alle möglichen Adressen und Telefonnummern aufschreibt und ihm das Versprechen abnimmt so bald als möglich zu kommen, denkt Anne an die Mutter und ob diese wirklich so ist, wie sie sie sich zurechtgelegt hat. Und zum ersten Mal kommt ihr der Gedanke, dass sie ja der Grund dafür war, dass ihre Mutter ihre Träume aufgeben musste. Wäre sie nicht geboren, wäre sie damals mit zu einem der Hilfsprojekte gefahren und ihr Leben wäre sicher ganz anders verlaufen. Natürlich weiß sie, dass sie im eigentlichen Sinne nichts dafür kann und doch stimmt es sie nachdenklich und auch ein bisschen traurig. Dann ist auf einmal die Straßenbahn da. Herr Gossner drückt die Mädchen kurz und sie springen in die Bahn, und winken und sehen zu wie er immer kleiner werdend zurückbleibt. Das macht Anne noch trauriger, doch sie schluckt. Sie will nicht schon wieder heulen. Merkwürdig, dass einem ein bis dahin wildfremder Mensch mit ein Mal so nahe ist, obwohl sie doch nur wenige Stunden miteinander verbracht haben. Wahrscheinlich ist er jetzt wieder ganz allein in seiner großen, mit Erinnerungen vollgestopften Wohnung.

„Das wäre doch der richtige Typ für deine Oma", sinniert Mia.

Anne zeigt ihr einen Vogel. „Du spinnst doch wohl! Was will denn meine Oma in ihrem Alter mit einem Mann?"

„Ach Entschuldige! Ich hatte ganz vergessen, dass deine Oma nur für dich da zu sein hat."

Mia wirf sich auf den einzigen noch freien Sitz und schweigt bis die Bahn am Hauptbahnhof hält.

Bald sitzen sie im Zug nach Hause und machen es sich im fast leeren Abteil bequem. Jeder hat eine Bank für sich. Mia zieht ihre Schuhe aus und legt die Füße hoch. Dann greift sie in ihre Tasche holt die Zeitschrift hervor, die Herr Gossner ihr geschenkt hat und beginnt sogleich zu lesen.

Anne kann nur noch ihre roten Haare hinter dem Heft hervorlugen sehen. Sie fängt an sich zu langweilen, denn jeder Versuch sich mit Mia zu unterhalten schlägt fehl. Dabei brennt ihr so viel auf der Seele. Um sich irgendwie zu beschäftigen, kramt sie die Fotos hervor. Sie fährt mit dem Finger über die Hochglanzgesichter und hinterlässt ihre Fingerabdrücke darauf. Wo hat sie bloß den einen Typ da, von der der Band schon mal gesehen? Sie zermartert sich das Hirn. Bei den Fotos der Mutter vielleicht? Aber die hatte eigentlich nur ein paar Kinderbilder von ihr in einem Karton. Die sollten mal in ein Album kommen, was leider nie geschehen ist. Das Foto, das Mama damals in dem Brief bekommen hatte? Ja, da war er auch drauf, aber das war auch fast das gleiche Bild. Sie glaubt der Lösung näher zu kommen, als plötzlich ein schrilles Klingeln sie aus ihren Gedanken reißt. Erschrocken fährt sie auf, doch es ist nur Mias Handy.

„Was ist das den für ein bescheuerter Klingelton! Es scheppert ja wie ein Wecker, den man in eine Metallschüssel gestellt hat."

Als Mia nicht reagiert, fragt Anne: „Willst du nicht ran gehen?" Ohne hinzusehen drückt Mia den Anruf weg.

„Ich lese!" Pause „Und das ist gerade ziemlich spannend. Stell dir vor, der Gossner ist in Plauen geboren."

Mia guckte über ihre Zeitschrift hervor zu Anne. Ihre Augen funkeln hinter den Brillengläsern.

„Hör dir das an!"

Und schon ist sie wieder hinter ihrer Lektüre verschwunden, nun aber um Anne laut vorzulesen: „Mein Vater fragte: 'Gab es etwas in Ihrem Leben was sie nie vergessen werden und was Sie beeinflusst hat?'

Antwort: 'Ich bin in Plauen geboren. Mit fünf Jahren habe ich die Luftangriffe auf meine Heimatstadt miterlebt. Wir saßen im Keller. Ich hatte furchtbare Angst.

Draußen heulte die Sirene und es gab gewaltige Einschläge. Am liebsten hätte ich mich in die Arme meiner Mutter geflüchtet, doch da lag schon meine kleine Schwester und schrie. Da erschien mir mit einem Mal der liebe Gott, dass heißt, ich glaubte, dass er es sei. Er saß an der entgegengesetzten Kellerwand und war ein uralter Mann, den ich noch nie zuvor gesehen hatte. In unserem Haus wohnte er jedenfalls nicht. Er hatte schneeweißes Haar und einen langen ebenso weißen Bart. Die Augen hielt er halb geschossen während er immer und immer wieder dieselben Sätze murmelte. 'Ich habe euch gewarnt als die Bücher und die fremden Gotteshäuser und dann als die fremden Städte brannten. Das Feuer wird einen großen Bogen machen und auf euch zurückkommen.' Alle anderen Leute im Keller schienen ihn gar nicht zu bemerken. Sie schauten an ihm vorbei oder durch ihn hindurch. Vielleicht kann nur ich ihn sehen, dachte ich. Dann gab es plötzlich ein ohrenbetäubender Knall und der Boden wankte unter meinen Füssen. Noch einmal sah ich den Alten im Schein der flackernden Kellerlampe.

Einige Zeit später wurden wir aus dem Keller geborgen. Den Alten habe ich nie wiedergesehen. Bis heute weiß ich nicht, was wahr an der Geschichte ist und was meiner kindlichen Phantasie entsprang. Nur die Worte, woher sie auch kamen und wer immer sie gesagt hatte, blieben mir ins Gedächtnis eingebrannt, vielleicht gerade weil ich sie damals noch gar nicht richtig verstehen konnte."

Mia lässt das Heft in ihren Händen sinken.

„Ist doch 'ne coole Story, oder?"

Als Anne nichts dazu zu sagen weiß, redet sie einfach weiter.

„Überall in der Welt zünden wir Flammen und wundern uns dann, wenn es bei uns brennt. Ich wollte dass das aufhört.'

Guck nicht so, dass ist nicht von mir sondern auch von ihm. Werde ich mir für meinen nächsten Artikel in der Schülerzeitschrift merken, wenn's wieder mal um Geflüchtete geht." Als immer noch keine Reaktion von Anne kommt, ruft Mia: „Geflüchtete! Flüchtling! Sogenannte Asylanten! Noch nie was davon gehört?"

„Na klar, meinst du ich komme vom Mond? Glaubst du, nur weil dein Papa solche Interviews führte und du mal Journalistin werden willst, hast du die Weisheit mit Löffel gefressen?"

Anne wundert sich selbst, wie schroff ihre Worte klingen und warum sie so aufgeregt ist. Warum tut Mia immer so als wisse sie alles besser. Dabei ist sie doch gar nicht viel älter.

„Hast du mal darüber nachgedacht, dass vielleicht dein Stiefvater auch einer war, der beim Flammenentzünden mitgemacht hat."

Nun reicht es Anne: „Das stimmt nicht. Er wollte, das der Krieg aufhört. Deshalb ist er da hin."

„Mit Panzern und Raketen?"

Was soll Anne darauf antworten. Ihr ist ja wirklich nicht ganz klar, wer da gegen wen und warum Krieg führt. Ihr tat nur ihr Papa leid, weil es ihm so schlecht ging. Da erinnerte sie sich an das kleine tote Mädchen in seinem Brief. War da irgendeine Schuld? Sie konnte es nicht miteinander in Verbindung bringen und das verwirrte sie sehr. Sollte er…? Nein niemals.

„Wie willst du denn einen Krieg beenden, mit Luftballons und Klaviermusik?"

„Zum Beispiel!" grinst Mia und will zu einer weiteren Ausführung ansetzen, da klingelt schon wieder ihr Handy und eine Spur zu gereizt fährt Anne sie an: „Willst du nicht endlich mal dran gehen. Es kann doch was wichtige sein."

Mia zuckt mit den Schultern: „Du willst es nicht wissen, stimmt 's? Du denkst, wenn du deinen richtigen Papa findest brauchst du dich damit nicht mehr zu befassen."

„Und was ist mit deinem Papa? Warum schreibt der nichts mehr?", will Anne erwidern.

Doch da nimmt Mia ihr Handy aus der Tasche und meldet sich.

„Was willst du denn? – Ich kann schon allein auf mich aufpassen! Es ist doch noch mitten am Tag, Mensch, na ja fast. Was soll den schon passieren." Mias Stimme klingt ärgerlich

„Du bist ein Vollpfosten!"

Mit wem spricht sie da bloß?

„Nein, das habe ich nicht gewusst. Rufst du mich deshalb an?"

Dann schweigt sie auf einmal und hört zu und Anne beobachtete, wie sich eine scharfe Falte über Mias Nase bildete.

„Na so eine Scheiße!!! – Mm okay!"

Stille. Mia steckt das Handy ein.

„Wer war denn dran?"

Mias Stirnfalte ist immer noch da.

„Hannes", antwortet sie einsilbig. Dann schweigt sie, eine für Mia, lange Zeit.

Anne wartet vorsichtshalber erst mal ab. Vielleicht verschwindet ja diese Falte wieder. Ob es Ärger zu Hause gibt?

Die Bahn wird langsamer und eine schlecht zu verstehende Ansage im feinsten Sächsisch kündigt den nächsten Halt an.

Schließlich hält es Anne nicht mehr aus: „Nun sag doch schon, was ist zu Hause? Haben sie gemerkt das wir weg sind?"

„Du hast doch gewusst, dass die alte Meier gestorben ist oder?", sagt Mia unvermittelt

„Was soll das denn jetzt?"

Ohne auf Annes Einwand zu achten, fährt Mia fort: „Und warum erzählst du nichts davon. Den ganzen Tag waren wir zusammen und ich reiß mir den Arsch auf, wegen deinem Mist. Aber du erzählst mir so was einfach nicht."

„Ich hätt's dir schon noch erzählt. War irgendwie nicht die Gelegenheit dafür. Das kann man doch nicht einfach mal zwischen drin bequatschen. Was hast du den auf einmal mit der alten Frau. Hat dich doch gestern auch nicht sonderlich interessiert."

„Hat dich gestern auch nicht interessiert", äfft Mia Anne nach.

„Aber heute interessiert es mich eben. Was weiß du denn schon von der Meier?"

„Na immerhin war ich die Letzte, die mit ihr geredet hat und sie hat mir viel erzählt."

„Du weißt doch gar nicht, ob das stimmt."

„Doch ich habe meine Oma gefragt."

„Na ist ja auch egal. Jedenfalls ist zu Hause der Teufel los."

„Wegen der Frau Meier?"

„Ach vergiss es!"

„Nein, tu ich nicht. Könntest du vielleicht mal Klartext reden und sagen was los ist. Schließlich sitze ich ja auch mit im Boot."

„Duuuu, was weißt du schon?"

„Eben, das ist es ja!"

Mia blickt Anne skeptisch an.

„Der Sohn von der Meier oder vielmehr noch dessen Frau, das sind ganz besonders bekloppte Leute. Er hat irgendwo einen hohen Beamtenposten und sie hat eine gutgehende Firma. Also Knete ohne Ende. Fahren mit 'nem dicken Schlitten vor."

„Na und, deshalb müssen sie doch nicht gleich bekloppt sein."

Anne denkt an den nagelneuen Sportwagen, der zerknautscht am Brückenpfeiler klebte.

„Sind sie aber! Sie wollen immer nur noch mehr Kohle und deshalb gibt es einen Streit mit uns, weil sie uns verklagen wollen wegen eines Wegerechts und wegen des Kaufvertrages mit der alten Frau Meier. Der hat ja bisher alles gehört und die hat uns auch das Grundstück verkauft, zu einem viel zu niedrigen Preis, wie ihre Kinder meinen. Deshalb sollte die ja auch ganz schnell ab ins Pflegeheim, damit sie freie Hand haben. Nun ist sie tot und sie sind die Erben, noch besser für sie. Sie wollen da ein Feriendomizil errichten und solche Leute wie wir, die passen da nicht hin, wir mit unseren Multikulti und Gutmenschentum, diesen Zeiten sei ja zum Glück vorbei. Und sie wüssten, dass wir jemanden verstecken. Eine kleine Anzeige und …"

„Das ist ja Erpressung!"

„Nenn' es wie du willst. Solche Leute kommen immer mit dem Arsch an die Wand, sagt Papa. Dafür gibt es viel zu viele Arschlöcher, die bei da mitspielen."

„Was ist eigentlich ein Wegerecht?"

„Weiß ich auch nicht so richtig. Die wollen jedenfalls nicht, dass wir über ihr Grundstück fahren. Es ist aber gar nicht so genau geklärt, wo sich die Grundstücksgrenze befindet. Denen ist das auch egal. Die wollen uns einfach nur weg ekeln und am besten noch unser Grundstück zurückhaben. Sie hoffen den Vertrag mit der alten Frau und uns anfechten zu können, wegen deren angeblichen Nichtzurechnungsfähigkeit. Wir haben doch nicht so viel Knete für die ganzen Anwaltskosten und so."

„Dann sollt ihr also weg, ihr und die Ziegen und so?"

Mia hob die Schultern. Die steile Falte auf ihrer Stirn ist immer noch da. Sie sieht gleichzeitig wütend und traurig aus.

Vor Annes inneren Augen erscheint dieser große, klobige, etwas linkische Mann, den sie gestern kurz kennengelernt hatte. Er hatte eher etwas schwerfällig und gutmütig gewirkt. So kann man sich täuschen.

„Unser kleiner Ausflug hat übrigens auch nicht zu Hebung der Stimmung daheim beigetragen. Wir könnten doch nicht so unvernünftig sein und einfach aufs Geratewohl irgendwo hinfahren. Deine Oma war völlig entnervt, weil sie deiner

Mutter doch versprochen hatte wenigstens bis zum Wochenende auf dich aufzupassen. Es herrscht also Ausnahmezustand, Krisensitzung ist angesagt."

„Und wir?"

„Na wenn sie so schlecht drauf sind, werden wir auch unser Fett abkriegen. Aber das kannst du locker sehen, jedenfalls bei meinen alten Herrschaften wird's nur auf eine Endlosdiskussion hinauslaufen. Am Ende werden sie es dann doch verstehen."

„Glaubst du wir müssen alles erzählen?"

Mia hebt mal wieder die Schulter.

„Weiß nicht, warum sollten wir es nicht tun?"

Beide grübeln sie vor sich hin, bis Mia wie aus heiterem Himmel fragte: „Was hat sie dir eigentlich erzählt, die alte Frau Meier?"

Nun ist es an Anne die Schulter zu heben.

„Na von ihrem Lebe, von früher und so."

„Von früher und so", äffte Mia sie nach. „Ah, na dann, weiß ich ja Bescheid."

„Du glaubst mir doch sowieso nicht. Und außerdem, warum soll ich dir immer alles erzählen, während du mich nur mit Bruchstücken abspeist, aus denen ich mir dann was zusammenreimen kann."

„Tute ich das? Vielleicht kannst du einfach schönere Geschichten erzählen."

„Schleim bloß nicht so rum jetzt. Du bist doch diejenige die Journalistin werden will."

„Na, eben! Kann ja sein es ist 'ne gute Story."

„Es ist keine schöne Geschichte."

„Nicht? Erzähl sie mir trotzdem."

Mia lehnt sich zurück, faltet die Hände vor dem Bauch und wartet. Die Falte ist jetzt ganz verschwunden und hat einem leichten Grinsen Platz gemacht. Die pure Neugier sitzt Anne da gegenüber. Die sucht die passenden Worte zusammen, um die Geschichte so wiederzugeben wie sie sie gehört hat. Dann beginnt sie. Sie redete und redete. Das Erzählen reist sie, wie ein Sog, einfach mit sich. Sie vergisst, wo sie ist, es interessiert sie nicht mehr ob Mia ihr zuhört. Sie ist einfach mittendrin, so als erlebe sie es selbst. Dabei hat sie das Empfindung die alte Frau sei ganz in der Nähe, ihr Bild steht klar vor Annes Augen. Woher kommt dieses Gefühl, dass sie ihr etwas sagen will?

„Und dann?"

Anne zuckt zusammen: „Was, und dann?"

Es kommt ihr vor, als sei sie aus einem ihrer in letzter Zeit so häufig vorkommenden, komischen Träume erwacht.

„Na wie ging es weiter, als sie sich verliebt hatte?"

„Keine Ahnung! Alles was nach der Flucht passierte, hat mir Oma erzählt, als wir in der Wohnung von Marianne, ich meine Frau Meier, gewartet haben."

„War sie da etwa schon tot?"

„Ja, na klar."

„Und ihr habt da gesessen und über sie geredet? Das ist doch gruselig oder?"

„Nein, warum? Sie lag ganz friedlich da, so als würde sie schlafen. Sie hat richtig schön ausgesehen, viel schöner als mittags, als sie auf der Gartenbank eingeschlafen war. Sie sah aus, als ob sie was Schönes sieht."

„Na vielleicht den lieben Gott?" Mia verdrehte die Augen, tut so als habe Anne nicht alle Tassen im Schrank, doch insgeheim bewunderte sie sie. Wahrscheinlich hätte sie den Mut nicht gehabt, so lange bei einer Toten zu sitzen.

„Und jetzt weißt du nicht mal wie' weitergeht. Warum hat denn deine Oma nicht zu Ende erzählt? Oder willst du mich bloß ärgern, weil ich dir nicht alles erzähle?"

„Quatsch, der Sohn von der Marianne ist doch dann gekommen."

„Siehst du, der macht dauernd nur Ärger."

„Oma hat versprochen später zu Ende zu erzählen."

Mia holt tief Luft: „Na wann wird das wohl sein bei der derzeitigen Lage?"

Ein wenig Schadenfreude keimt in Anne auf, denn Mia ist genauso enttäuscht, wie sie gestern auch.

„Cool trotzdem! Vielleicht solltest du lieber Geschichtenerzählerin werden statt Musikerin. Wir könnten zusammen ein tolles Team abgeben, findest du nicht."

Anne hat selbst schon daran gedacht diese Geschichte aufzuschreiben. Es wäre ja schade, wenn sie vergessen würde.

Mia räkelt sich in ihrem Sitz: „Aber das du es so lange neben einer Toten aushältst, alle Achtung."

Was soll sie darauf sagen, erst ihr Vater, dann Marianne. Sie hat keine Lust darüber zu reden und wendet sich ab. Sie stiert aus dem Fenster und lässt die Landschaft an sich vorbeiziehen, Bäume, Felder, Wiesen, Häuser in denen fremde Menschen wohnen, mit fremden Problemen, Sorgen und mit fremden Freuden.

„Es wird dunkel!", stellt sie nach einer Weile fest. „Ob jetzt noch ein Bus fährt? Soll ich meine Oma anrufen? Das macht nun auch nichts mehr."

„Hat eben doch alles ein bisschen länger gedauert. Hannes holt uns ab."

„Mit'n Moped, zu dritt?"

„Klar man! Vielleicht hat er aber auch Papas Jeep geklaut. Das ist bei uns so üblich, weißt du doch."

Noch ehe Anne eine Erwiderung einfällt, fährt der Zug im Bahnhof ein.

Was sie dann auf dem Bahnsteig erwartete, verschlägt ihnen erst einmal die Sprache. Da steht eine ganze Abordnung, um die beiden Abgängigen in Empfang zu nehmen, Mias Papa, ihre drei Brüder sowie Annes Oma. Hannes kommt ihnen ein paar Schritte entgegen.

„Bist du bekloppt, Mensch? Ich denke du wolltest mit 'nem Kumpel kommen", zischt Mia ihm zu.

Der wird feuerrot und zischt zurück: „Sorry, ich konnte sie einfach nicht abhängen. Du weißt doch wie Papa tickt, wenn er sauer ist."

Tatsächlich macht Konny ein furchtbar finsteres Gesicht, sodass Anne einen Riesenschreck bekommt. Gleich wird er
lospoltern und vor allem Mia wird enormen Ärger bekommen. Doch die ist von der ganzen Situation wenig beeindruckt. Auch als er bedrohlich auf sie zukommt und, ungewöhnlich für ihn, jedes Wort langsam an das nächste reiht.

„Nicht mal auf dich mein Mädchen, kann ich mich mehr verlassen."

Der hat ja 'ne schwere Zunge durchfährt es Anne.

„Hast du was getrunken Papa und bist so Auto gefahren", fragt Mia auch schon, mehr oder weniger die Erschrockene mimend. Jemand kommt mit den Autoschlüssel klappernd hinzu.

„Keine Sorge mein liebes Töchterlein, ich habe hier alles im Griff. Was man von die nicht ganz behaupten kann."

Das muss Mias Mutter sein. Anne stellt fest, dass sie um etliches kleiner ist als ihr Mann. Alles an ihr wirkt ein bisschen rund und stämmig. Sie kommt festen Schrittes daher und ihr blonder Pferdeschwanz baumelt lustig hin und her, was sie trotz ihrer Fülle sehr agil aussehen lässt. Auf den ersten Blick sieht Mia ihr überhaupt nicht ähnlich, bis auf die fast identischen Brillen. Aber in ihrer Mimik und Gestik, in der Art zu reden und selbst im Klang der Stimmen ähneln sich auf erstaunliche Weise.

„Ich glaube heute war für alle ein seltsamer Tag. Also jetzt kein großes Palaver. Ab nach Hause und morgen ist ein neuer Tag."

Kurz umarmte sie Annes Oma.

„Wir sehen uns morgen Anneliese, wie ausgemacht", und flüsternd, sodass Anne schon sehr die Ohren spitzen muss, fügt sie hinzu: „Du kriegst das schon in den Griff mit dem Mädel. Sie braucht dich!"

Dann macht sie ein Geste zu ihrer Familie hin und alle folgen ihr widerspruchslos ohne viel Gewese. Selbst Mia kommt gerade noch dazu den Daumen zu heben und Anne zuzuflüstern: „Also dann bis morgen. Versuch mal aus deiner Oma noch was rauszukitzeln."

Schon ist die ganze Truppe im Auto verschwunden und mit einem ziemlich rasanten Start, für die alte Möhre, fahren sie von dannen. Anne und ihre Oma stehen noch ein wenig bedeppert, von dem blitzartigen Aufbruch auf dem Bahnsteig herum, bis Anneliese den Arm um Anne legt: „Komm!", sagt und sie zum Auto führt, neben dem eben noch der Jeep geparkt hat.

Die Fahrt verläuft schweigend, weil keiner von beiden so recht weiß, wie er beginnen soll. Im Häusel angekommen, sucht Oma etwas Essbares zusammen. Sie war nicht zum Einkaufen gekommen und so legt sie nur etwas Brot und ein wenig Käse auf den Tisch. Anne hat sowieso nicht viel Appetit. Die Kekse und der Wermuttee rumoren in ihrem Bauch.

„Ich weiß Anne, ich hätte dich nicht allein lassen dürfen", beginnt die Oma nachdem sie sich den restlichen Wein von gestrigen Abend in ein Glas gegossen hat.

„Du bist mit deinen Nöten zu mir gekommen und ich habe mir nicht genügend Zeit genommen. Zu meiner Entschuldigung kann ich nur sagen, dass es auch bei den Dingen, die ich in den letzten Tagen gemacht habe, um Menschen ging die mir sehr wichtig sind."

„Du meinst die Leute die du in deiner Wohnung versteckt hast."

„Woher weißt du …? Was hat Mia …?"

„Nichts weiter Oma. Sie hat euren Geheimhaltungscodex nicht gebrochen. Wer erzählt mir schon was, außer vielleicht die alte Frau Meier. Aber die hatte ja „Alzi". Da hat es keine so große Rolle gespielt."

„Was soll das Anne? Dies hier ist kein Spiel!"

„Ja, ja, das hat Mia auch gesagt. Ihr seid die Klugen, die Guten und auf so 'ne kleine Unwissende wie mich, könnt ihr von oben herabschauen. Und wenn sie in der Wohnung irgendwelche Geräusche hört, dann ist sie eben gaga."

„Hör auf Anne, du redest ja schon wie deine Mutter." Anneliese beißt sich auf die Zunge und würde den letzten Satz am liebsten zurücknehmen, aber es ist schon zu spät. Anne ist aufgesprungen.

„Wie meine Mutter also, klar und wie deren Soldatenmann, von dem ich aufgezogen worden bin. Dieser Mörder der alles um sich rum abgeknallt hat, peng peng peng!"

Anne fuchtelt wild mit den Armen.

Die Oma ist ebenfalls aufgesprungen. Der Stuhl auf dem sie gesessen hat, kippt bedrohlich und fällt dann mit einem lauten Knall um. Anne schreckt zusammen. Mit einem Satz ist die Oma bei ihr, nimmt sie in den Arm und wiegt sie wie ein kleines Kind.

„Es ist gut Anne, es ist gut. Entschuldige bitte, ich hätte das nicht sagen dürfen. Es war ausgesprochen dumm von mir. Es tut mit leid. Wir dürfen uns nicht so streiten und wir dürfen uns nicht wieder verlieren. Ich werde dir vertrauen und ich weiß, dass du mich nicht enttäuschen wirst."

Anne spürt wie ihr eben noch kochende Wut langsam abebbte.

„Also machen wir es kurz. Du hast recht, in meiner Wohnung ist jemand. Ich habe dort zwei Geflüchtete versteckt, die von der Abschiebung bedroht sind."

„Aber das ist doch verboten, ich meine ..."

„Natürlich ist es das. In der Nazizeit war es auch verboten Juden zu verstecken. Heute redet man dann von aufrechten Deutsche im Widerstand, weil sie Leben gerettet haben. Man sagt mir, das könne man doch keinesfalls vergleichen. Doch was tue ich denn anderes. Der einzige entscheidende Unterschied ist, dass ich mit meinem Tun nicht mein Leben riskiere."

Jetzt ist es Anneliese die sich in Wut geredet hat und Anne wird schlagartig klar, dass all das Getuschel mit Babette nichts mit ihr und der Suche nach ihrem Vater zu tun gehabt hatte. Es ging um ganz andere Dinge.

„Und wo kommen die Leute her?"

Annelieses Antwort lässt auf sich warten. Nachdenklich betrachtet sie die Enkeltochter bevor sie: „Afghanistan!", herausbringt.

„Afghanistan? Das ist doch …", haucht Anne und spürte wie sich ihr erneut der Magen umdreht.

„Ja, das ist das Land in dem dein …", Anneliese überlegt einen Augenblick wie sie ihn nennen soll: „in dem Danny stationiert war. Willst du trotzdem mehr wissen? Wir können auch ein andermal weiterreden, wenn es dir jetzt zu viel ist."

„Wieso, hat er denn was damit etwas zu tun?"

„Nein, natürlich nicht er direkt."

„Was heißt nicht direkt?"

„Nun, weißt du noch, als du klein warst und mich mit deinen hunderten von Fragen gelöchert hast? Da habe ich dir oft sagen müssen, das es manchmal keine einfache Antwort gibt. Manches ist komplex und vieles steht miteinander im Zusammenhang."

„Soll heißen?"

„Soll heißen, dass es auch hier so ist."

Anne wird allmählich ungeduldig: „Wo ist der Punkt Oma? Was willst du mir sagen?"

„Hat Danny nie mit dir über Afghanistan gesprochen?"

„Nein nie. Er wollte mich damit nicht belasten. Mama hat er, glaube ich manchmal was erzählt. Doch wenn ich ins Zimmer kam, haben sie sofort aufgehört zu reden. Deckel drauf und Friede, Freude, Eierkuchen, glückliche Familie. Es hat mir auch nichts weiter ausgemacht, außer vielleicht ihr Getuschel. Es hat mich nicht wirklich interessiert. Ich wollte, dass alles ganz normal ist, wie bei anderen auch. Das habe ich dir doch schon gesagt."

„Und jetzt interessiert es dich?"

„Jetzt?", Anne macht eine längere Pause. In ihrem Kopf arbeitet es.

„Ja, ich glaube jetzt interessiert es mich, wirklich. Wenn ich will, dass die Leute mir etwas zutrauen, dann muss ich auch selber aus meinem Schneckenhaus heraus. Wenn ich wissen will, warum alles so gekommen ist, dann muss ich die Zusammenhänge verstehen. Das ist wie mit der Geschichte, die mir gestern die Marianne erzählt hat. Zuerst fand ich das alles öde und langweilig, aber nun bin ich fast stolz, dass sie es ausgerechnet mit erzählt hat."

Herausfordernd schaut sie ihre Oma in die Augen: „Also was ist mit den Leuten aus Afghanistan?"

„Du weißt ja vielleicht, dass Babette als Therapeutin arbeitet. Dabei lernte sie vor etwa zwei Jahren einen afghanischen Jungen kennen, der nicht mehr sprach, obwohl er früher gesprochen hatte. Er war ein äußerst raubeiniger kleiner Kerl, der sehr schnell aggressiv werden konnte. Sie mutmaßte, dass er irgendetwas Traumatisches erlebt haben musste. Babette mochte den Jungen, trotz seiner Art und ihr Ehrgeiz war geweckt. Sie wollte ihn zum Sprechen zu bewegen. Sie merkte bald, dass er durchaus auf Musik und Rhythmus reagierte. Sie summte ihn also leise ein Lied vor. Da begann er unruhig zu werden und zu zittern, sprang auf und verließ Türen knallend das Zimmer. Babette ging ihm nach und lernte so seinen Vater kennen, der draußen auf seinen Jungen gewartet hatte. Sie sprach ihn an und war verwundert, dass er so gut deutsch sprach. Von ihm erfuhr sie die Hintergründe der Sache. Amid, der Vater hatte in Afghanistan für die Bundeswehr gearbeitet. Zuerst als Fahrer und später als er gut deutsch gelernt hatte als Dolmetscher. Er schätzte sich überaus glücklich diesen Job zu haben. Die Menschen sind durch den dauernden Krieg sehr arm und er konnte mit dem Verdienst seine ganze Großfamilie über Wasser halten. Doch dann änderte sich die Lage. Mit dem Abzug der Bundeswehr wächst die Bedrohung für Amid und seinesgleichen durch die Taliban, diese selbsternannten Gotteskrieger, weil er mit dem Feind zusammengearbeitet hat. Er beantragte, wie so viele dieser zivilen Kräfte, Asyl. Aber er wurde wegen fehlender Belege für akute Gefährdung abgelehnt."

„Oma hörst du das? Ist da nicht jemand im Garten?", unterbricht Anne plötzlich die Erzählung der Oma. Ganz deutlich hören sie jetzt Schritte auf dem Kiesweg, dann schiebt jemand einen Schlüssel in Schloss. Als die Tür aufspringt fährt Anne hoch und greift nach dem Brotmesser, das noch auf dem Tisch liegt.

„Anneliese!", jemand der genauso erschrocken ist schreit auf und stottert dann: „Meine Güte, warum sitzt ihr denn hier im Dunkeln. Ich dachte du bist nicht da."

15. Kapitel Änne

„Nu komm erst mal rein, bist ja ganz blau vor Kälte", ruft die Großmutter ihm zu. Der Junge kommt herein und tritt an den Herd, um sich etwas aufzuwärmen. Um seine Füße bildet sich rasch eine Pfütze aus geschmolzenem Schnee. Änne bringt ihm einen heißen Tee.

„Was will denn der Meierbauer. Weiß doch genau, dass ich nicht mehr zu seinem Hof komme."

„Na, es ist wegen der Marthel, die ist heute ganz früh im Hof auf'm Eis ausgerutscht und hingefallen. Der Bauer hat sie erst Stunden später gefunden. Es geht ihr schlecht. Der Fuß ist furchtbar dick geschwollen und sie ist ganz steif vom Frost gewesen. Es war schon fast kein Leben mehr in ihr, sagt der Bauer. Trotz des Gezeters seines Weibes hat er sie ins Haus getragen und ins Bett vom alten Bauer gelegt, was ihr ja wohl nicht unbekannt ist."

„Was redest du Kurtel, du Lauselümmel?", droht die Großmutter. Der Junge wird puterrot, grinst aber immer noch.

„Na sei 's drum Mutter Anna, die Marthel wird 's wohl nicht mehr lange machen, aber sie bittet sehr, dass du kommst und bei ihr bleibst, bis sie hinüber ist. Das hat der Bauer ihr nicht abschlagen wollen. Hat sich ja auch die vielen Jahre abgeschuftet für die. Drum schickt er mich, weil er nicht wusste, ob er mit den Pferden durchkommt bei dem Schnee. Die Braune hat was am Huf. Ich soll dich mit dem Schlitten hinbringen, du setzt dich drauf und ich zieh dich, das wird gehen."

„Jungchen, ich bin doch nicht lebensmüde. Ich nehme die Änne mit, die ist ein kräftiges Mädel, die kann meine Tasche tragen und mir helfen. Das werd' ich schon noch schaffen. Ich bin das kutschieren nicht so gewohnt. Meine Beine haben mich noch immer dahin gebracht, wo ich hinwollte. Du scher dich heim zu deiner Mutter. Sie wird schon auf das bisschen Mehl warten, was du ihr bringst."

Der Junge gehorcht, aber nicht ohne Änne einen frech feixenden Blick zuzuwerfen.

Dick, in alle zur Verfügung stehenden Tücher, eingewickelt und mit im Feuer erhitzten Steinen in den Taschen, bahnen sich nach einer Weile zwei Gestalten ihren Weg durch den Wald zum Meierhof. Der Schnee macht das Vorankommen beschwerlich und die Großmutter muss einige Male stehenbleiben um zu verschnaufen. Während sie so gehen, beginnt die Großmutter zu reden und Änne weiß gar nicht recht ob sie zu ihr spricht oder nur so zu sich selbst.

„Die Marthel, ja ja, kein schönes Leben hat sie gehabt, schon von der Geburt an. Ich hab sie auf die Welt geholt. Sie ist nicht viel älter als deine Mutter."

„Diese alte Frau?", entfährt es Anne, die sich genau an den Tag ihrer Not erinnert, an dem die Magd ihr geraten hatte auf den Bauern zu warten. Dieses verhärmte, gebeugte Weiblein, mit den tränenden Augen, soll im Alter ihrer Mutter sein?

„Das Leben hat sie zeitig altern lassen.

Klein und hutzelig kam sie an und es war kein guter Stern am Himmel gestanden, als sie eintraf. Schon zehn Kinder standen um das Bett der Mutter. Die immer wieder während schrie: „Was soll ich mit noch einem Balg. Gott hab erbarmen und lass es wieder ein Engel werden!" Doch nicht das Kind starb sondern die Mutter. Eine Verwandte kam ins Haus und besorgte die Wirtschaft und nach Ablauf der Trauerzeit heiratete sie der Vater. Doch für das Marthel war nie Platz in irgendeinem Herz. Der Vater und die älteren Geschwister meinten, sie sei Schuld am Tod der Mutter und das glaubte sie am Ende gar selbst. Sie wurde herumgestoßen und so bald sie dazu in der Lage, musste sie arbeiten. Durch die vielen Schläge und die allzu frühe schwere Arbeit bekam sie einen Buckel, besonders helle war sie auch nicht und so wurde sie bald zum Gespött aller. Schmutzig und einsam schlich sie manchmal vor meine Tür. Dann holte ich sie herein und gab ihr was zu Essen, aber noch mehr bedurfte sie eines guten Wortes. Sie war dankbar für jede kleine Güte die man ihr tat. Ich glaub noch keine 12 Jahre war sie alt, als sie zum Meierhof kam, als Magd. Ihr Vater hatte auch mit der neuen Frau noch Kinder und so war er froh die Marthel aus dem Haus zu haben, ein Fresser weniger.

Der alte Meierbauer war kein Guter, das hab ich dir ja schon erzählt und ein Schwerenöter noch dazu. Die Bäuerin freilich, das war eine ganz Stille und auch sehr fromm, aber die hatte nicht viel zu melden bei ihrem Alten. So ging sie, sooft es ihre Arbeit erlaubte ins Bethaus oder zur Frau Pastor. Wenn ihr Alter auf dem Hof und mit dem Gesinde wütete, dann betete sie. Der Marthel hat das freilich wenig genützt. Nur zu Essen konnte sie ihr genügend geben und das war ja auch schon was. So sah die Kleine wenigstens nicht mehr ganz so erbärmlich aus. Sie wurde runder und ihr Rücken etwas gerader und mit der Zeit begann ihr Körper weibliche Formen anzunehmen.

Sie war nicht eigentlich schön, aber sie begann doch zu erblühen und ich freute mich, denn ich
dachte nun komme es vielleicht doch noch zu einem guten Ende und vielleicht fände sie Einen, der gefallen an ihr hat und ihr ein zu Hause schafft.
Doch es sollte anders kommen, denn ihr Aufblühen blieb auch einem anderen nicht verborgen. Es war genauso ein kalter Tag wie heute, als ich auch zum Meierhof gerufen wurde."
Die Großmutter schnauft. Das gleichzeitige Reden und Gehen schien jetzt, wo sie aus dem Wald heraus treten und die Schneewehen sich hoch auftürmten, doch zu viel für sie zu sein. Sie zieht ihr Kopftuch enger und die letzte kurze Strecke gehen sie schweigend nebeneinander her. Bald klopfen sie an das Hoftor. Annes Herz klopft auch, denn sie erinnert sich an den Tag im Spätsommer, als sie ebenfalls hier geklopft hat. Zwar öffnet ihnen diesmal der Bauer selbst, lässt sie herein und führt sie in das Zimmer, in dem die Marthel liegt und das sogar beheizt ist. Aber sie hören auch das Gezeter der Frau, die mit ihrem Kommen und damit, dass der Bauer die Marthel hier hereingelegt hat gar nicht einverstanden ist.
„Andere lassen den Pastor kommen, wenn's zu End' geht, aber die will die alte Hex' und das noch dazu in einer Stube meines Hauses."
Hier liegt nun die Marthel und wie der Kurtel schon gesagt hat, sie ist mehr tot als lebendig. Als sie eintreten wendet sie ihnen den Kopf zu und ein Hauch von Erkennen und Freude huscht über ihr Gesicht.
„Das du gekommen bist Anna und noch dazu bei dem Schnee. Der liebe Gott wird dir ein Gutes tun dafür. Es ist fast wie damals, weißt du noch, als ich ..."
Sie stockt und umfasst die Gestalt der Großmutter mit großen Augen. Änne fragt sich ob ihre Augen nur tränen oder ob sie wirklich weint. Die Großmutter legt ihre Tücher ab, zieht sich einen Schemel ans Bett und setzt sich, sie streicht der Frau beruhigend über das feucht am Kopf klebende Haar.
„Ganz ruhig Marthel, es wird schon alles gut werden", sagt sie und will die Decke zurückschlagen, um sie zu untersuchen oder sich wenigstens den Fuß anzusehen. Doch die Marthel hält ihre Decke in den verkrampften Fingern.
„Nein, nein Anna, es wird nichts gut. Es ist nie gut geworden", sagt sie mit einer seltsam klaren Stimme."Ich kann und ich will nicht mehr. Ich habe die Lasten getragen. Was soll man tun als armer, kleiner Menschenwurm, dem es der liebe Gott so auferlegt hat. Hab mich nie groß beklagt. Aber nun ist's bald vorbei. Ich

spür 's genau. Ich werd hinübergehen und endlich Ruhe finden, meine Hände in den Schoß legen. Ich werd bei dem kleinen Engel sein, der nicht auf diese Welt sollte. Ja, Schuld ist es gewesen, viel Schuld. Aber ich habe meinen Frieden gemacht mit dem Herrgott, weißt du."

Lange Zeit verstummt sie dann und Änne, die sich still ein Plätzchen beim Ofen gesucht hat, glaubt schon es sei alles vorbei. Doch die Großmutter hat die Hand der sterbenden Frau genommen und hält sie mit ihren beiden Händen fest umschlungen. Sie sitzt einfach still da und wartet, als wüste sie genau, dass da noch etwas kommen wird, auch wenn das Marthel nun die Augen fest geschlossen hält und schwer atmet. Und wirklich, sie öffnet ihre Augen wieder und spricht weiter, als habe sie eben erst damit aufgehört und als sein nicht fast eine Stunde vergangen. Sie mobilisiert ihre ganze noch verbleibende Kraft: „Du und die alte Bäuerin, ihr wart die Einzigen, die je gut zu mir gewesen sind. Aber du warst es nicht nur aus frommer Nächstenliebe, sondern weil du mich vielleicht wirklich ein klein wenig gemocht hast. Nur du weißt noch wie's wirklich und wahrhaftig gewesen ist, damals. Wenn du meinen Jungen noch mal siehst und es ist recht, dann sag ihm die Wahrheit und dass ich ihn immer und immer geliebt habe, unendlich geliebt. Ich wollt, dass er es besser hat, dass er raus kommt aus dem Dreck, in dem ich festgesteckt bin. Vielleicht hat er sich manchmal fremd gefühlt in der Welt, aber es ging ihm trotzdem besser, als wenn er ein unehelicher Banker gewesen wäre. Nur deshalb musst ich ihn doch hergeben, als die rechte Gelegenheit bestand. Sagst du ihm das? Oder ist es besser ihn nie die Wahrheit zu sagen? Ich hätte so gern, dass er es weiß. Ob er je eine Ahnung hatte."

„Ich werde einen Weg finden Marthel, einen guten Weg, glaub mir!"

„Ich hab 's doch recht gemacht, nicht wahr Anna? Es war doch keine zu große Sünde? Meinst du es wird schwer werden, das Sterben?"

„Du hast den allerbesten Weg gewählt. Vielleicht bist du besser als wir alle, weil du über dich hinausgewachsen bist für dein Kind und deinen großen Schmerz ertragen hast. Das kann keine Sünde nicht sein. Ich bleibe bei dir bis du hinübergegangen bist. Und glaub mir, da drüben wird ebenso eine Wehmutter sein und dich abholen und du wirst es endlich gut haben."

„Er war ein so schönes und kräftiges Kind mein Gideon und gescheit ist er auch. Ganz am Anfang, als ich ihn noch bei mir hatte, da hab ich ihm in die Augen gesehen und da hab ich es gewusst, er wird einen guten Weg gehen. Der Herrgott möge ihn beschützen, da draußen in der Welt, wo immer er auch sein mag."

Sie lächelt still und ganz ihren Erinnerungen hingegeben und Änne bemerkt einen Glanz in ihren Augen, der sie auf eine besondere Art strahlen lässt.

„Mein Junge", flüstert sie noch einmal. Dann schließt sie die Augen. Ihr Atem geht jetzt ganz ruhig, so als sei sie von einer großen Last befreit. Ruhig hält die Großmutter noch immer ihre Hand. Ob sie betet? Es wird immer dunkler im Zimmer, die Winternacht kommt früh. Irgendwann hört man draußen den Bauer vom Wirtshaus zurückkehren, er hatte wohl das Gezeter seiner Frau nicht mehr ertragen können. Dann wird es auch im Haus still.

Änne muss auf dem Stuhl am Ofen eingeschlafen sein. Sie erwacht von einem kalten Luftzug. Die Großmutter hat den Fensterladen geöffnet und steht dort am Fenster und blickt übers Land hinaus. Als Änne sich regt, wendet sie sich zu ihr um.

„Komm her zu mir Kind und schau."

Draußen ist eine klare, eiskalte Vollmondnacht heraufgezogen und der Himmel ist von Sternen übersät.

„Ich hab ihre Seele hinausgelassen. Da oben bei den Sternen mag sie jetzt sein."

Änne schaut zurück auf das Bett.

„Ist sie schon lange ..."

„Tot meinst du? Ja schon ein paar Stunden! Ich habe bei ihr gewacht, wie ich es ihr versprochen habe, bis sie ihren Weg gefunden hat. Nun musst du mir helfen. Wir wollen sie noch einmal schön zurechtmachen."

Die Großmutter holt aus dem Verschlag, in dem die Marthel fast ihr ganzes Leben gehaust hat, ihr besseres Kleid herüber, welches sie immer zum Kirchgang trug. Sie waschen sie sorgfältig und Änne hilft beim umziehen und zurechtlegen. Sie empfindet keine Scheu vor der Toten. Nur einmal erschrickt sie, als die Tote beim Umdrehen einen Seufzer ausstößt. Doch die Großmutter beruhigt sie: „Hab keine Angst, das ist nur Luft die aus dem Körper entweicht. Du machst es gut Änne und du wirst eines Tages vielen Menschen einen guten Dienst erweisen können, sowohl den Sterbenden als auch den Trauernden. Es gilt nicht nur neuem Leben auf die Welt zu helfen, sondern auch beim Hinübergehen in eine andere Welt Beistand zu leisten. Zuletzt falteten sie Marthels Hände vor ihrer Brust. Änne denkt an den Vater und den Bruder und all die Toten aus ihrem Dorf.

Damals hatten sie sie nur notdürftig beerdigen können. Lediglich dem Vater und dem Bruder hatte die Mutter die Hände gefaltet und eine Blume daraufgelegt. Den andern hatte sie nur die Augen zugedrückt.

Nun wachen sie bei der Toten und erwarten den Morgen. Als es zu dämmern beginnt, geht Änne leise hinunter in den Hof. Als sie gekommen sind, hatte sie eine Christrose unter dem Schnee hervorlugen sehen, die gräbt sie jetzt aus. Wieder am Totenbett legt sie die Blume der Marthel auf die gefalteten Hände.

„Danke!", sagt sie leise und meint damit die Hilfe, die Marthel ihr in der Not hatte zukommen lassen. Die Großmutter meint, dies sei die rechte Blume für das Marthel, unter Schnee und in der Kälte blüht sie doch.

Früh am Morgen stapfen die beiden dann zurück, durch die verschneite Welt.

Änne wagte nicht, nach dem Gesprochen am Sterbebett der Marthel zu fragen. Welches Geheimnis verbindet die beiden Frauen?

Der Winter bleibt kalt und schneereich und bindet die Menschen an die Häuser, denn sie sind fast alle eingeschneit und auch zur Kirche ist kein durchkommen.

Eines Abends als alle in der Stube beisammen sind, der Säugling schläft und der kleine Findling den Daumen im Mund an die stopfende Mutter geschmiegt vor sich hin döst, ist die Großmutter dabei, aus verschiedenen Kräuteressenzen eine Salbe herzustellen.

„Soll ich dir was helfen Großmutter?", fragt Änne.

„Nein jetzt nicht! Ich will schnell fertig werden, um sie gleich morgen Früh der alten Ursel bringen zu können. Die hat so Schmerzen in ihren Gliedern und bis zu ihr hinüber wird eine von uns schon durchkommen. Aber ich werd' dir die Zusammensetzung bald einmal erklären, damit du sie selbst herstellen kannst."

„Dann könnte ich sie mir aufschreiben, damit ich sie nie mehr vergesse."

„Wie aufschreiben?", fragt die Großmutter etwas schroff. Sie ist voll auf ihr Tun konzentriert und will eigentlich in Ruhe gelassen werde. Die Mutter nimmt den Faden, den sie zum Einfädeln in die Nadel angefeuchtet hat, aus dem Mund.

„Na weißt du es den nicht? Deine Enkeltochter ist 'ne ganz Gescheite, kann lesen und auch etwas schreiben. Ich war ja anfangs nicht so dafür, dass sie es lernt. Zu was, dachte ich mir, braucht ein Mädel unseres Standes das wohl? Sind wir nicht eh und je ohne so was durchs Leben gekommen? Auf der anderen Seite weiß man nie, wies kommt und zu was es vielleicht mal nütze ist."

Die Großmutter legt ihre Arbeit aus der Hand und starrt Änne ungläubig mit großen Augen an.

„Hierherum kann doch nur der Pastor gescheit lesen und schreiben. Woher kannst du so was Kind und warum habt ihr nie was gesagt?"

„Ach Großmutter es ist so viel passiert, die Geburt und die Mutter so schlecht dran, die Kinder versorgen und die Arbeit ums Tägliche, da hab ich es selbst fast vergessen. Als ich krank lag im Sommer auf dem Einödhof, da hat's mir die Marie, die Tochter von Konrad zuerst heimlich beigebracht. Der Konrad ist ja eigentlich ein Studierter und er hat das Lesen und Schreiben all seinen Kindern und auch seiner Frau beigebracht, weil er denkt, dass man damit die Menschen verändern kann. Er ist dann auch für mich eingesprungen als Mutter es entdeckte."

Sie schielt zur Mutter hinüber.

„Und so hat sie es doch noch zugelassen und dann haben mir alle geholfen. Aber so gut bin ich noch nicht. Ich müsst halt mehr üben."

Änne erinnert sich plötzlich wieder an das Büchlein, das ihr Konrad beim Abschied geschenkt hatte. Ein-Zwei-Mal hatte sie es hervorgeholt, ehrfurchtsvoll darüber gestrichen und versucht die Anfangszeilen zu entziffern. Mehr ist damit aber nicht passiert. Jetzt holt sie es aus dem Winkel, in dem sie ihre wenigen Habseligkeiten aufbewahrt hervor und legt es auf den Tisch. Die Großmutter streicht vorsichtig über den Einband und nimmt es dann in die Hand, um es näher zu betrachten. Dabei rutscht etwas heraus und fällt zu Boden. Befürchtend, etwas kaputt gemacht zu haben, will die Großmutter es aufheben. Aber Änne bückt sich schnell und hält ein Heftchen in der Hand, das ihr noch gar nicht aufgefallen ist. Sie schlägt es auf. Es ist leer, viele leere Seiten die sich aneinanderreihen. Änne wendet es hin und her, bis sie gleich vorn auf der inneren Einbandseite Konrads krakelige Schrift entdeckt. Für sie hatte er aber jeden Buchstaben einzeln und deutlich geschrieben. Änne versucht die Buchstaben zusammenzuziehen. Wie erfreut ist sie, als es ihr zwar etwas stockend, aber immer noch recht gut gelingt.

Ich habe es doch nicht verlernt, denkt sie und liest nun laut: „Für Änne, worin sie ihre Gedanken niederschreiben kann, weil sie eine gute Fabuliererin ist."

Darunter sind zur Erinnerung noch einmal alle Buchstaben sorgfältig aufgeschrieben.

Änne dreht das Heft unschlüssig in ihren Händen. Was, um alles in der Welt, soll sie da hineinschreiben. Wen interessieren wohl die Gedanken einen einfachen Mädchens, wie sie eines ist?

Eine Geschichte nun gut die kann man erzählen und immer wieder mit neuen Gedanken ausschmücken. Darauf versteht sie sich etwas. Aber kann man so etwas auch aufschreiben und wozu?

Die Großmutter errät ihre Gedanken.

„Vielleicht schreibst du auf, was euch widerfahren ist und was ihr auf eurer Wanderung erlebt habt."

„Aber wofür soll das gut sein. Wen ich es wissen lassen will, dem kann ich es doch erzählen."

„Na vielleicht für später, wenn wir nicht mehr da sind", meint die Großmutter vage.

„Glaubst du denn Mutter", schaltet sich nun wieder Katharina ein, „das jemand dann wissen will, wies uns armen Leuten in der Not und in diesen unendlichen und grausamen Krieg erging? Ja, von den Schlachten, den Königen und Generälen wie dem Wallenstein und dem Gustav Adolf, von den Siegern und Besiegten und allen hohen Herren werden sie berichten und darüber disputieren. Aber was zählen wir, wen interessiert's, was wir gelitten unter dem Einen, wie unter dem anderen. Wie immer nur der einfache Mensch leiden muss unter dem Kriegsgeschrei? Was habe ich getan? Warum musste ich alles hergeben, einen guten Mann, die Söhne, ein Heim, um herumzuirren und mein Kind beinahe im Wald zu gebären? Um nun als Fremde in der Heimat zu leben und nicht zu wissen, wie ich die Kinder, die mir blieben, weiterhin durchbringen soll. Ich war lutherisch, dann katholisch vielleicht werd' ich nun wieder lutherisch. Es macht mir keinen Unterschied. Wohinein wollen denn die Menschen Gott pressen?"

Änne blickt erschrocken auf die Mutter. Noch nie hat sie sie so klagen hören, auch nicht als sie schwach und krank war. In ihr steigt das Bild der Mutter auf, die in der ersten Nacht in ihrem niedergebrannten Dorf, ihren Schmerz in die Nacht geschrien hatte.

„Ja, der Konrad, der hat so seine Gedanken von einer bessern Welt, dass sich das einmal fortsetzt von den Aufständen der Bauern. Mag sein, dass einmal ein Geschlecht über die Welt geht, bei dem es kein Kriegsgeschrei und Geheul mehr gibt und Gerechtigkeit für jedermann. Aber wie viele Generationen werden da noch geboren und begraben werden müssen. Und was werden die noch von uns wissen wollen?"

Die Großmutter zuckt mit den Schultern.

„Magst recht haben Katharina. Bist ja auch ein Stück weiter in die Welt hinaus gekommen, als ich", sagte sie leise. Änne bewegt all diese Gedanken in ihrem Herzen und in ihrem Kopf. Wäre es nicht doch schön, man könnte seine Gedanken in die Zukunft schicken, zu den Kindeskindern und immer noch weiter und so fort, zu einem Menschen, der durch einen selbst und doch lange nach einem lebt. Wie würde die Welt dann wohl aussehen? Sie schließt die Augen und sieht sich plötzlich selbst und doch als eine andere. Das verwirrt sie sehr. Die Welt beginnt sich um sie zu drehen und es ist ihr als gleite sie durch Raum und Zeit.

Ein kleiner Schrei des Findlings, der sie vorn überkippen sieht, weckt sie aus ihren Phantasien oder ist das die Wirklichkeit?

„Was ist dir Kind?", hört sie die Mutter aufgeregt rufen. Sie ist aufgesprungen, um sie festzuhalten. Aber Änne hat sich schon wieder gefangen.

„Es ist gut Mutter, es ist nichts. Ich habe nur einen Moment geträumt, vielleicht war ich eingeschlafen."

Die Mutter betrachtet sie lange und durchdringend und Änne hat das Gefühl, als wolle sie noch etwas sagen, was sie aber dann doch bleiben lässt.

In dieser Nacht fällt Änne in einen tiefen Schlaf und sie träumt von einer fernen Zeit, doch es ist als kenne sie sich recht gut darin aus, als sei sie dort zu Hause. In einem riesigen hellen Zimmer mit unendlich vielen Büchern sitzt sie an einem Tisch und schreibt etwas in ein Heft.

Sehr früh am Morgen erwacht sie. Sie schleicht zum Fenster und öffnet den Laden einen Spalt. Eiskalte Winterluft strömt herein. Es ist eine ebenso klare Nacht wie vor ein paar Tagen, als die Marthel starb. In einer fernen Zeit würde vielleicht am selben Ort jemand stehen, der auf denselben Sternenhimmel blickt. Sie beschließt ganz für sich, doch damit zu beginnen etwas von den Geschichten der kleinen Leute aufzuschreiben, ihre und Mutters Geschichte und vielleicht auch die der Marthel, mit ihrem armseligen Leben. Vielleicht würde sie einmal erfahren, was sie bis zuletzt noch so beschäftigt hat. Wo mochte sie jetzt sein, da oben bei den Sternen oder bei Gott? Wie auch immer, Änne hofft, das es ihr jetzt gut geht.

Ohne dass sie es bemerkte, fliegen ihre Gedanken weiter zu einem der da draußen hoffentlich noch am Leben ist, Hans. Wie mochte es ihm gehen? Hat er es geschafft zu den Rächern der Armen zu kommen? Seine kleine Schnitzerei hängt auch nachts um ihren Hals. Und was machen Marie und die anderen in diesen kalten Wintertagen? Ob sie eng beieinander sitzen in der Stube und Grete etwas gutes kocht und Konrad die Fiedel hervorgeholt? Ob Tills Brandmale alle gut verheilt sind und ob er ein neues Zähnchen bekommen hat? Wie schön es wäre über Entfernungen hinweg miteinander reden zu können.

Hinter sich hört sie das Schnarchen der Großmutter und die schmatzenden Laute ihres kleinen Bruders. Leise schließt sie den Fensterladen wieder und kriecht zurück auf ihren Strohsack unter die wärmende Decke. Jetzt ist es ihr doch kalt geworden in ihrem dünnen Hemd. Noch eine Weile liegt sie wach. So vieles will sie bedenken. Doch dann fällt sie noch einmal in einen tiefen, traumlosen Schlaf, aus dem sie erst der Findling mit energischem Ziehen an ihrer Decke weckt. Es hat schon längst ein neuer, kalter Wintertag begonnen. Änne zieht Rock und Mieder über ihr Hemd und wirft sich ihr Tuch um. So tritt sie vor die Tür. Draußen ist es trübe und schwere Wolken bedecken den Himmel.

„Änne, komm herein und mach die Tür zu", mahnt die Großmutter. „Es wird schon wieder Schnee geben, das spüre ich in meinen Knochen."

„Der Winter will überhaupt nicht enden in diesem Jahr", klagt die Mutter und Änne folgt ihrem verstohlenen Blick auf die schon wieder geschrumpften Vorräte.

Sie will schnell hinüber in den Stall, um die Ziege zu versorgen und ein paar Körner für die Hühner mitzubringen. Doch die Großmutter hält sie zurück: „Das hat der Findling schon besorgt. Komm setze dich her und iss deinen Brei. Ich hab dir ein paar getrocknete Beeren hineingetan. Noch ist er warm." Änne setzt sich gehorsam hin.

„Was bist du denn heute Nacht geschlafwandelt Kind? Mit dem dünnen Hemd am Fenster kannst du dir ja den Tod holen."

„Du hast es gemerkt? Ich dachte, ... du hast doch geschnarcht."

„Ach Kind, in meinem Alter ist der Schlaf nicht mehr so tief und besonders gegen Morgen, gehen einem so allerhand Gedanken durch den Kopf und ein riesengroßer Moloch sitzt einen auf der Brust und lässt einen erst recht nicht mehr zur Ruhe kommen. Da sehe ich dich plötzlich zum Fenster tappen und hinausschauen."

Änne ist recht einsilbig. Stumm hockt sie da und löffelt den Brei in sich hinein und tut als sei sie vollauf davon in Anspruch genommen. Was soll sie der Großmutter erzählen, von ihrem Traum oder von Hans?

„Vielleicht werd ich ja doch mal was aufschreiben.", murmelt sie leise vor sich hin, sodass es die Mutter, die schon wieder am Spinnrad sitzt, nicht hören kann. Als sie fertig gegessen hat, geht sie zum Spülstein, um ihren Löffel und die Schüssel abzuwaschen.

„Wir brauchen Wasser Großmutter. Ich geh und hol Schnee zum Auftauen herein. Der Brunnen wird sowieso noch immer zugefroren sein." Sie hat schon den Eimer in der Hand, als sie noch einmal zur Großmutter an den Tisch zurückkehrt und ihre mit einer zaghaften Geste über die zusammengelegten, runzligen Hände streicht.

Doch vorerst kommt Änne recht selten dazu ihr Büchlein oder ihr Heft hervorzuholen.

Die Mutter besteht darauf, dass Änne mit ihnen am Spinnrad sitzt. Sie soll lernen einen guten Faden zu spinnen, denn die Mutter, die eine Meisterin darin ist, will die versponnene Wolle, die sie von ihrem letzten Geld erworben hat, im Frühjahr auf dem Markt verkaufen, um sie damit bis zur Erntezeit über Wasser zu halten. Insgeheim, das weiß Änne, hofft sie aber auf Wenzel, der ihr die Ware vielleicht zu einem besseren Preis abnehmen wird. Er hatte ja versprochen zu kommen. Doch noch größere Hoffnung setzt sie auf ihre Hühner, die sie hegt und pflegt, um es vielleicht einmal so weit zu bringen, dass sie einen Hühnerhof wie auf ihrem Hof in Franken haben wird. Mit dem Eiergeld könnte sie das Überleben und die Abgaben an das Schloss in Auerbach sichern. Nur manchmal am Abend versucht Änne ein paar Buchstaben in ihr Heft zu kritzeln. Doch das Licht des Kinnspans ist dürftig und eine Kerze können sie sich nicht leisten. Die brennt nur in der Kirche.

Als die Tag schon wieder länger werden und alle auf ein zeitiges Frühjahr hoffen, lässt ein für Änne einschneidendes Ereignisse alles andere in den Hintergrund treten, auch ihr Büchlein.

Es geht auf Lichtmess zu, als es eines Tages in der Früh an die Tür klopft. Die Großmutter, die am Herd die Morgensuppe kocht, glaubt irgendwer will ihre Hilfe und sie beauftragt Änne beim Herd zu bleiben und schlurft zur Tür. Da klopft es schon wieder und diesmal heftiger.

„Ja, ja, ich komm ja schon, meine Güte", raunzt sie.

„Ach der Meierbauer. Das hätte ich mir eigentlich denken müssen. Wer kracht denn sonst so gegen meine Tür."

„Grüße dich, Anna! Ich wollt dich nicht erschrecken."

„Ach was, so leicht kann mich nichts mehr erschrecken. Aber was willst du denn in aller Herrgott frühe hier im Dorf."

„Nun ich war einmal unterwegs zur Mühle drüben und da dachte ich, gehst mal vorher vorbei und schaust was dein Patenkind macht und reden wollt ich ohnehin mit der Katharina. Ich hab da einen Vorschlag."

Die Großmutter sieht den Meierbauern misstrauisch an.

„Nu komm halt erst mal herein. Es wird mir kalt hier in der Stube, wenn die Tür offensteht."

Der große, klobige Mann muss den Kopf einziehen, um durch die niedrige Tür einzutreten. Der Tritt seiner schweren Stiefel hallt über die Diele. Er legt ein Paket auf den Stubentisch. Die Großmutter beauftragt Änne, die noch am Herd steht: „Bring dem Herrn Meierbauern einen Kräutertee. Einen Schnaps hab ich halt nur für die Leidenden. Allerdings siehst du auch nicht gut aus Frieder. Säufst du zu viel oder setzt dir dein zänkisches Weib so arg zu? Setz dich nieder! Die Katharina ist grade nicht da. Ist bei der Nachbarin drüben, die bekommt wieder mal ein Kind, ist wohl das siebte oder achte. Sonst hat sie es ja immer fast allein geschafft, aber diesmal scheint 's schwerer zu gehen, denn die Katharina ist schon seit gestern Abend fort."

Änne und die Großmutter sind eigentlich recht froh darüber. Seit ihrer Klage, an dem Abend als Änne das Heftchen fand, war es ihr stetig besser gegangen. Es war als habe sie alles einmal aus sich herausreden müssen. Sie schaut ihren kleinen Christian jetzt ganz anders an und ist ihm richtig gut und der kleine Findling hängt sowieso ohne gleichen an ihr. Sie geht nun auch wieder öfter aus und hat ihre alte Festigkeit die Dinge zu bewältigen wiedergefunden. Manchmal ist sie jetzt auch an Stelle der Großmutter, der ihre alten Knochen bei der Kälte besonders zu schaffen machen, unterwegs, um den Leuten mit ihren Kräutern und Kenntnissen zu helfen. Sogar Rohwolle hatte sie billig einhandeln können, als sie die Gicht eines Bauern lindern konnte. Kurz und gut, sie ist fast wieder die Alte. Manchmal singt und erzählt sie sogar wieder, sehr zur Freude der Kinder. Nur Änne kann die

Falten sehen, die sich auf ihrer Stirn gebildet haben und die früher nicht da gewesen waren.

Der Meierbauer geht schnurstracks zum Korb, in dem der kleine Christian liegt. Der Junge ist wach und brabbelt vor sich hin. Er lächelt das fremde Gesicht sogar an, das da auf ihn herunterblickt und streckt ihm seine Ärmchen entgegen. Der große Mann macht auch Anstalten ihn herauszunehmen, lässt es aber dann doch lieber bleiben. Vorsichtig streicht er dem Kleinen über den Kopf.

„Ein kräftiger kleiner Kerl", murmelt er vor sich hin. Er kann eine gewisse Traurigkeit nicht verbergen.

Als er sich vom Korb abwendet, beginnt das Kind enttäuscht zu weinen und Änne läuft hinzu, um ihn hochzunehmen. Der Meierbauer mustert Änne von oben bis unten.

„Bist immer noch so ein tüchtiges Mädel und gewachsen bist du auch, was?"

Er lächelt ihr zu und Änne wird ein bisschen rot und geht schnell hinüber um den Kräutertee zu holen. Der kleine Bruder hat die Arme fest um ihren Hals geschlungen, als sie mit der Tasse in der Hand zum Tisch zurückkommt und sie vor den Bauern, der sich inzwischen auf die Bank gesetzt hat, hinstellt.

„Verwöhn' ihn nur recht, dann kannst du ihn bald nur noch herumtragen und die Arbeit bleibt liegen", schimpft die Großmutter. Doch an dem Lächeln in ihren Augenwinkeln kann Änne erkennen, dass es nicht ganz ernst gemeint ist.

„Nun schmeckt dir mein Tee?" wendet sie sich auch schon wieder dem Bauern zu.

„Du siehst wirklich ziemlich eingefallen aus und dein Gesicht hat eine ungute Farbe, Frieder. Dabei bist du doch noch ein junger, kräftiger Kerl. Ich würde auf die Innereien tippen. Das kommt vom Saufen und unstetem Lebenswandel, glaub mir. Ich habs bei meinem Alten in jedem Stadium gesehen. Hör auf mich Junge, verzehr dich nicht. Ich mein's nicht schlecht, das weißt du, um deiner seligen Mutter willen. Ich gebe dir nachher was mit zur Stärkung."

Dem Maierbauern ist das Gerede sichtlich unangenehm und um davon abzulenken weist er auf das Paket auf dem Tisch.

„Ich hab euch auch etwas mitgebracht."

Der Großmutter sind die Sachen, die da liegen, natürlich keineswegs entgangen, aber sie tut überrascht.

„Oho Meier, da seid ihr aber nicht knauserig. Wie hast du das denn an deinem Weib vorbeigebracht?"

Auf dem Tisch liegen wahrhaftig eine geräucherte Wurst und ein Stück Pökelfleisch, dazu ein Klumpen Butter. Schon der Geruch ließ ihnen das Wasser im Mund zusammenlaufen. So etwas hatten sie schon seit ewigen Zeiten nicht mehr gehabt.

„Draußen im Wagen hab ich noch ein Säckchen Mehl und hier ist noch ein wenig Rohwolle. Ich hab gehört die Kati kann feine Fäden spinnen. Ich tät was in Auftrag geben", sagt er fast verlegen.

„Bist schon ein guter Kerl, Frieder", meint die Großmutter versöhnlich und tätschelt die riesigen, schwieligen Hände des Bauern, die er auf den Tisch gelegt hat.

„So feine Sachen! Da hast du wohl noch ein wichtigeres Anliegen", mutmaßt sie mit schlecht verhohlener Neugier. Man kann förmlich spüren, wie es dem Bauern immer unbehaglicher wird. Nervös kratzt er sich am Kragen.

„Na ja, wenn die Katharina nicht kommt, werd' ich eben ein andermal wiederkommen", gibt er etwas unsicher zurück.

„Mir kannst du's wohl nicht sagen?"

Änne, die sich immer noch ihren kleinen Bruder auf dem Arm, wieder am Herd steht, lächelt still in sich hinein.

„Nun es wär' mir es schon lieber mit der Katharina selbst…, weißt du, man will ja keinen übergehen", versucht er sich ungeschickt herauszuwinden.

„Aha, keinen übergehen, du meinst wohl eher umgehen", lacht die Großmutter. Dem Meierbauern in seiner einfachen Art, wird es immer schwerer sich der Großmutter und ihrer schnellen und spitzen Zunge zu erwehren. Er mag sie und ist von ihrem Wissen und ihrer Klugheit wohl angetan, doch gleichzeitig ist sie ihm auch unheimlich. Aus einem ihm unerfindlichen Grund fühlt er sich ihr immer unterlegen und das ängstigt und ärgert ihn zugleich. Er scheint über etwas nachzudenken, bevor er sich schwerfällig erhebt und zum Aufbruch rüstet. Immer wieder mustert er Änne, der ganz mulmig wird. Warum guckt er sie so abschätzend an? Ob sein Besuch etwas mit ihr zu tun hat? Auch die Großmutter hatte seine Blicke bemerkt.

„Gefällt sie dir, unsere Änne?", fragte sie. Ihr Tonfall hat sich plötzlich geändert, er klingt kühl und ihr Gesichtsausdruck ist abweisend.

„Ja, nein …", stottert der Meierbauer und ist sichtlich erleichtert, als die Tür aufgeht und Katharina hereinkommt. Müde sieht sie aus, aber nicht traurig. Also musste die Geburt letztendlich doch gut verlaufen sein.

„Wie ist es gegangen?", fragt auch sogleich die Großmutter.

„Es hat ja furchtbar lange gedauert. Hättest nach mir schicken sollen."

„Nun, es sind zwei gewesen", gibt die Mutter zur Antwort.

„Und zwei kräftige dazu. Zwei schöne Buben, ein Segen eigentlich. Anderseits die Zeiten sind schlecht. Als ich die Buben der Liesel brachte, sagte sie dann auch: 'Der liebe Gott meint's wirklich gut mit uns. Aber noch besser würde er es meinen, wenn er auch das Essen schaffen würde.' Die Alte Ursel legte erschrocken den Finger auf den Mund, sie solle sich bloß nicht versündigen. Aber ist es denn eine Sünde, wenn sie keine Kinder mehr will, um die die sie hat satt zu bringen. Ich habe ihr gesagt, sie soll wenigstens ein, zwei Tage im Bett bleiben, denn die Geburt hat sie mehr Kraft gekostet als sonst. Sie ist ja nun auch schon älter. Aber ich glaube nicht, dass sie recht auf mich hören wird oder kann. Morgen wenn nicht gar schon heute Abend wird sie wieder im Stall sein, beim Melken. Die Lotte ist nun mal ihre einzige Kuh und die lässt sich von niemanden anders anfassen."

„Ja, ja, es ist schon ungerecht verteilt auf der Welt. Bei den Einen ist der Kindersegen groß und der Beutel klein und bei den anderen …", die Großmutter bricht ab und macht eine Kopfbewegung, die nur Änne und die Mutter sehen können.

Katharina stellt ihre Tasche hin und bindet ihr wollenes Kopftuch ab. Erst jetzt wird sie gewahr, dass am Tisch ein Gast sitzt.

„Ei der Frieder! Was willst du denn schon so früh, hier bei uns?", und ihre Stimme kling ganz und gar nicht so, als habe sie nach der durchwachten Nacht noch recht große Lust auf ein Gespräch. Sie nimmt sich einen Topf, füllt am Herd Tee hinein und rührt die für sie übrig gebliebene Morgensuppe um.

„Du bist sicher sehr müde, Katharina?", fragt die Großmutter scheinheilig. „Der Meierbauer wollte partout nur mit dir sprechen."

„Ich will nicht stören Katharina, wenn du jetzt zu müde bist. Ich bin halt einmal hier im Dorf gewesen, da dachte ich die Gelegenheit wäre günstig. Konnte ja nicht wissen, dass du unterwegs bist."

„Ist schon gut!", meint die Mutter und setzt sich zu ihm an den Tisch.

„Feine Sachen hast du uns mitgebracht", nun klingt auch sie argwöhnisch.

Der Meierbauer hatte zwar sein einstiges Versprechen gehalten und schon öfter mal etwas gebracht, aber was da jetzt auf dem Tisch liegt ist außergewöhnlich, dass wissen alle in der Stube.

„Ich danke dir, aber das wird doch sicher nicht umsonst sein."

Der Bauer ringt die Hände und druckst ein wenig herum.

„Es ist halt so ...", beginnt er langsam, nach den rechten Worten suchend, die er sich doch eigentlich sorgfältig zurechtgelegt hat.

„Mach es kurz Frieder, bitte. Ich brauch noch ein bisschen Schlaf, ehe ich ans Spinnrad geh."

Er holte tief Luft.

„Nun seit die Martel nicht mehr ist, da geht alles drunter und drüber. Die Frau kommt mit der Arbeit nicht recht klar. Stammt halt von einem großen Hof mit genug Gesinde."

„Schon recht, dass ihr 's mal merkt. Der Martel habt ihr kein gutes Leben gegönnt auf eurem Hof, obwohl sie immer gerackert hat", fährt ihm die Großmutter dazwischen.

Der Bauer wird augenblicklich rot.

„Ich hab ihr nie und nimmer was getan, das weißt du Anna."

„Du nicht, nein, aber als du Herr auf dem Hof wurdest, hättest du wenigstens dein Weib im Zaum halten können, damit sie noch eine ruhige Zeit gehabt hätte."

Das Gesicht der Großmutter ist auf einmal unerbittlich hart. Böse blickt sie drein. Änne muss sofort wieder an die Nacht, in der die Martel gestorben war und das merkwürdige Gespräch der beiden Frauen denken. Wie gerne hätte sie jetzt gewusst was dahintersteckt.

„Du magst recht haben. Ich hab es halt nicht so recht bedacht. Aber ich will mich auf ein besseres besinnen, glaub mir."

„Wobei?", fragen Mutter und Großmutter, wie aus einem Mund. Wissen sie, um was es hier geht und nur sie, Änne, hat keine Ahnung.

„Nun, das ist ja mein Anliegen. Ich brauch wieder eine Magd. Wenigstens erst mal bis Michaelis oder bis Erntedank. Ein Jahr höchsten erst mal und wenn es ihr dann gefällt, dann können wir ja weitersehen."

Sein Blick richtet sich dabei auf Änne, die wie vom Schlag getroffen dasteht und ihren kleinen Bruder so fest an sich drückt, dass dieser aufschreit.

„Eure Änne ist doch ein und tüchtiges Mädel und kräftig gebaut ist sie auch. Es sind doch viele in dem Alter schon im Dienst. Das war doch bei dir auch so Katharina, weißt du noch? Ich würde ihr auch einen guten Lohn festlegen, da könnten wir verhandeln drüber und weit hat sie es auch nicht nach Hause. Da könnt sie doch sonntags nach der Kirche immer mal bei euch vorbeischauen. Da wäre uns doch allen geholfen. Wie wollt ihr sonst übers Jahr kommen? Ob du dich als Tagelöhnerin verdingen kannst im Sommer, das ist doch ungewiss. Du weißt ja wie die Zeiten sind."

Wie auswendig gelernt, leiert der Bauer sein Ansinnen herunter und ein unsicheres, breites Lächeln liegt auf seinem Gesicht und lässt ihn ein wenig einfältig aussehen.

„Was redest du so lang und breit, findest wohl keine in der Umgebung bei den Hiesigen, die 's bei deinem Weib aushält?", fragt die Großmutter spitz.

Die Mutter indes hat den Kopf in die aufgestützten Hände gelegt und macht einen niedergeschlagenen Eindruck.

„Sei still Mutter!", sagt sie ungewöhnlich scharf und zum Bauern gewandt: „Sie braucht Kleidung und Schuhwerk und einen Lohn sollst du ihr zahlen, von dem sie sich eine Aussteuer sparen kann. Außerdem, wie du schon sagtest, brauchen wir hier auch wenigsten bis in den Sommer hinein, wenn ich mich verdingen kann und bis wir selber wieder etwas ernten auf unserem Feld, etwas zu essen. Mit dem Spinnen allein kann ich uns nicht durchbringen."

„Ich könnt dir einen Teil des fertig gesponnenen Garns abnehmen. Ich kenn da einen, drüben in Auerbach, der zahlt einen ganz guten Preis. Und ich selbst tät auch gesponnene Wolle brauchen.

„Gut, das wäre schön. Ansonsten sag mir dein Angebot und ich überleg 's mir bis Sonntag. Dann soll die Änne einschlagen oder nicht. Ich werde mit ihr reden. Ist es dir so recht?"

Der Meierbauer nickt und macht ein durchaus über das übliche hinausgehendes Angebot. Dann verabschiedet er sich schnell, wahrscheinlich um der bösen Zunge der Großmutter zu entkommen. Beim hinausgehen aber kommt er zu Änne herüber, die noch immer wie festgenagelt am Herd steht und zu keinerlei Regung fähig ist. Hat die Mutter da eben über ihre Zukunft verhandelt? Der Meierbauer tritt an sie heran und tut als wolle er nur noch einmal sein Patenkind in Augenschein nehmen. Doch zu Änne sagt er dabei: „Es soll dein Schaden nicht sein

Kind. Ich werde schon auf dich sehen. Ich halt dich nämlich für eine achtbare Person." Und schon verschwindet er zur Türe hinaus.

Kaum ist diese hinter ihm ins Schloss gefallen, macht sich die Großmutter auch schon Luft.

„Bist du von allen guten Geistern verlassen Katharina? Wie kannst du nur das Kind zum Meierhof geben wollen? Weißt du denn nicht, wie es da zugeht? Nie und nimmer kommt die Änne da hin. Nur über meine Leiche!"

Die Mutter wischt sich mit dem Handrücken über die Stirn.

„Hör auf Mutter! Ich bitte dich! Ich achte und ehre dich sehr, das weißt du, aber in manchen Dinge scheinst du einfach keinen Hang zur Wirklichkeit zu haben, das war schon früher so."

„Was soll das denn heißen?"

„Lass uns später darüber reden. Ich bin seit gestern früh auf den Beinen. Ich brauch was in den Magen und ein bisschen Schlaf." Änne stellt schweigend die Schüssel mit der aufgewärmten Morgensuppe vor die Mutter hin. Der kleine Findling kommt aus seiner Ecke hervor, wohin er sich immer verkriecht, wenn jemand Fremdes das Haus betritt. Er holt schnell seinen Löffel und lächelt der Mutter freudig entgegen, in der Hoffnung ein paar Löffel von deren Suppe abzubekommen, denn er ist immer hungrig. Die Mutter lässt ihn gewähren, den sie hat wenig Appetit und schaufelt die Suppe nur hungrig in sich hinein. Dabei verliert sie kein Wort mehr. Als sie fertig ist, stellt sie die Schüssel beiseite und legt sich ohne sich auszukleiden auf das Bett. Binnen kürzester Zeit ist sie fest eingeschlafen. Auch mit der Großmutter ist nicht zu reden. Sie brabbelt nur verärgert vor sich hin und als die Sonne ein wenig höher steht, geht sie, mit der Ausrede nach einem Kranken sehen zu müssen, davon. Änne begleitet sie zur Tür. Sie entschwindet in Richtung des kleinen Hofes auf dem die alte Ursel mit ihrer Familie wohnt. Vielleicht will sie noch mal nach den neugeborenen Zwillingen sehen.

Vielleicht geht sie aber auch ein paar Häuser weiter zum alten Baumann. Der hat seinen Hof schon an den Sohn übergeben und sitzt nun auf dem Altenteil. Viel kann er nicht mehr schaffen, denn er hat süßes Blut und seine Beine sind deshalb offen und er ist schon fast erblindet. Er ist froh und dankbar wenn die Großmutter seine Beine mit einer Salbe aus Kräutern behandelte. Es verschafft ihm Linderung. Oder sie besucht die Marga, eine kleine verhutzelte Häuslerin. Vierzehn

Kinder hatte sie geboren und nur vier waren ihr am Leben geblieben. Nun plagen sie arg schmerzende Krampfadern.

Änne kennt sie inzwischen alle, denn oft war sie in letzter Zeit mit der Großmutter unterwegs gewesen. Soll das alles jetzt vorbei sein? Will die Mutter wirklich das sie die Stellung als Magd bei der Meierbäuerin annimmt, die sie so schlimm beschimpft hatte, damals im Herbst und deren Gekeife bis in das Sterbezimmer der Martel zu hören gewesen war und die die Großmutter verunglimpfte? Änne ist fassungslos. Was bewegt die Mutter nur? Warum ist sie auf einmal so hart?

Änne füttert den kleinen Christian und legt ihn wieder in seinen Korb, sucht nach dem Findling, der in seiner Ecke friedlich mit einigen Wollabfällen und ein paar Scherben vor sich hin spielt. Unschlüssig durchwandert sie die Stube, dann machte sie sich ans Werk. Sie schrubbte den Tisch, die Bank und den Fußboden mit Scheuersand. All ihre Wut und Unbehaglichkeit lässt sie an den unschuldigen Dielenbrettern aus. Sie kommt dabei mächtig ins Schwitzen und gibt sich ganz ihrer Arbeit hin. Für einen Moment vergisst sie sogar ihre Sorgen. Der Findling sieht ihr fragenden Blickes zu. Auf einmal tippelt er hinüber in den Stall und bringt die Körner für die Hühner, die den Winter in ihrem Korb hinter den Herd verbringen. Seit einiger Zeit hat der kleine Kerl die Zuständigkeit für das Federvieh übernommen. Wahrscheinlich ist ihm beim Anblick von Ännes Arbeitswut der Gedanke gekommen, er müsse auch etwas tun. Änne muss über seinen Eifer lächeln. Auf einmal hört sie den Jungen einen merkwürdigen Laut ausstoßen. Was ist denn nun schon wieder? Änne rennt zu ihm hin, um nachzusehen. Der Findling hält etwas in der Hand, ein Ei! Er hat das erste Ei gefunden. Er ist doch ein wahres Glückskind. Änne umarmt ihn liebevoll. Es wird Frühling! Bald wird der Winter vorbei sein und die Hühner können hinaus in ihr Gatter. Im Stall hatten sie schon eine Stange angebracht. Mutter hatte Gretes Geschenk wie ihren Augapfel gehütet und nun würde es bald jeden Tag Eier geben und bald auch würden die Hennen brüten und mit ihren ersten Küken umher picken. Sie können bestimmt bald Eier verkaufen. Wäre das nicht eine Lösung für sie? Vielleicht braucht sie dann gar nicht in Dienst gehen. Sie kann ja auch der Großmutter helfen. Ganz ohne Aufforderung setzt sie sich an das verhasste Spinnrad und beginnt zu spinnen. Es gibt doch auch hier so viel zu tun. Ein ganz kleines Fünkchen Hoffnung keimte in ihr.

Noch nicht einmal Mittag und die Mutter ist schon wieder auf den Beinen. Doch sie bleibt verschlossen und still. Weder lobt sie die gescheuerten Dielen nochÄnnes Arbeit am Spinnrad und selbst als der Findling ihr stolz sein Ei zeigte, hat sie nur ein müdes Lächeln für ihn übrig und streicht ihm abwesend über seinen roten Schopf, obwohl sie doch das erste Ei nach dem Winter so herbeigesehnt hat. Sie will nicht mit sich reden lassen, so kommt es Änne jedenfalls vor und ihr Hoffnungsvögelchen, das ihr eben noch Mut zugesprochen hat, fliegt davon, weit, weit weg über Wald und Wiesen und in ihr brodeln leise Traurigkeit und Zorn.

Sie hält es nicht länger bei der schweigenden Mutter aus und unter dem Vorwand, nach der Großmutter schauen zu wollen, geht sie ins freie.

Bildet sie sich nur ein, dass es nach Frühling riecht? Sie hat sich so auf das Frühjahr und den Sommer gefreut, auf die Arbeit auf dem kleinen Feld, auf das Sammeln von Kräutern, Beeren und Pilzen im Wald und auf den Wiesen. Sie hatte die Gegend erkunden wollen und gehofft Anschluss an die jungen Leute im Dorf zu finden und sie hat geglaubt viel von der Großmutter lernen zu können, bei deren Gängen zu den Alten, Kranken oder Gebärenden. Die Mutter hatte ihr doch hoch und heilig versprochen ihr alles Notwendige beizubringen. Aber nun will sie sie zu fremden, schlechten Menschen schicken, sie ganz allein. Inzwischen ist sie beim alten Kirschbaum angekommen, der seine noch kahlen Äste ausstreckt. Wenn er blüht wird sie schon nicht mehr hier sein. Jetzt schießen ihr doch die Tränen in die Augen und sie umarmt den alten Baumstamm, reibt ihr Gesicht an seiner Rinde.

Wie von selbst sucht dabei ihre Hand das Band um ihren Hals. Wenn nur jemand hier wäre, mit dem sie reden könnte. Ob sie beten sollte? So ein inbrünstiges Gebet wirkt Wunder, hatte zu Hause der alte Kaplan gesagt. Aber zu welchem Gott soll sie beten, zu dem katholischen ihrer alten Heimat oder zum lutherischen, dem die Leute hier anhingen? Manchmal gerät alles aus den Fugen. Wie soll man bloß die Welt verstehen? Sie späht nach der Großmutter aus. Vielleicht kann sie die als Verbündete gegen die Mutter gewinnen. Doch die Großmutter will und will nicht kommen. Änne friert. Es ist doch noch kein Frühlingslüftchen zu spüren, so sehr man sich das auch wünschen mag. Sie schleicht zurück zum Haus und macht sich an die Arbeit im Stall. Dabei weicht sie der Mutter, so weit es möglich ist, aus.

Erst als die Dunkelheit schon hereinbricht, kehrt die Großmutter zurück.

„Es hat einen Unfall gegeben oben beim Gläser Gut. Zwei von deren Buben sind die Pferde durchgegangen. Haben wohl eine wilde Hatz veranstaltet. Einer ist im eiskalten Bach gelandet, der andere ist noch abgesprungen, hat sich dabei aber verletzt. War ein ziemlicher Auflauf und die Gaffer kamen von überall her."

„Und du, haben sie dich helfen lassen, die feinen Hofbesitzer?", fragt die Mutter spitz. „Waren die nicht auch dabei im Herbst, als sie gegen den Findling und uns hergezogen sind? Konnten sie nicht einen Doktor kommen lassen?"

Die Großmutter zuckt mit den Schultern.

„Hab keinen gesehen. Hab sie erst einmal versorgt so gut ich es halt vermochte. Was sollte ich denn deiner Meinung nach tun? Sie liegen lassen, weil sie hier heraufgezogen sind, wer weiß von wem angestiftet? Was hätte das gebracht? Wären sie uns dann freundlicher gesonnen? Wäre ich dann nicht ihresgleichen? Na schön, du magst recht haben, sie werden mich nicht wieder hinzuholen, das wohl nicht. Da ich nun gerade mal da war, war ich gut genug fürs Erste. Vielleicht hat auch so mancher wieder ein Kreuz vor mir geschlagen, um das Böse abzuhalten, wer weiß?" Mit einer resignierten Geste legt sie Mehl und Brot auf den Tisch und stellt eine Kanne frisch gebrautes Bier dazu. Änne stellt die Schüssel mit dem Abendessen auf den Tisch. Dick ist die Suppe nicht, aber ein paar Stückchen Fleisch vom Meierhof schwimmen darin und das allein ist schon Fest genug. Nun kann die Mutter sogar noch jeden eine Scheibe Brot mit Butter bestreichen und dazu legen. Und ein Schluck Bier wird ihnen guttun, nach diesem merkwürdigen Tag.

Nach dem Essen bringt Änne die Kinder ins Bett. Der kleine Findling ist sichtlich enttäuscht, dass seinem Ei niemand die ihm gebührende Aufmerksamkeit geschenkt hatte. Änne tröstet ihn und singt ihm das Lied vor, das sie so gern gehört hat, als sie noch klein war. Hatte es ihr die Mutter nicht noch im vorigen Jahr zu Hause vorgesungen?

In der Stube herrscht eine fast feindselige Stille. Die Mutter sitzt schon wieder am Spinnrad, das leise surrt. Die Großmutter aber tut gar nichts. Sie sitzt nur still da und schaut in das Flämmchen des Kienspans über dem Tisch.

„Ich habe überall herumgefragt, ob man nicht eine bessere Stellung für die Änne kriegen könnte", hebt sie mit einem Mal leise an.

„Aber es war nirgends was zu machen. Sie wäre noch zu jung und unerfahren oder sie hätten genug Leut, so oder so ähnlich hieß es überall, vielleicht stimmt 's, vielleicht auch nicht. Vielleicht ist es ihnen einfach nicht geheuer weil sie eine Fremde für sie ist, eine Katholische und meine Enkelin."

Die sonst immer so resolute Frau strahlt mit einem Mal so viel Traurigkeit aus, dass Änne am liebsten zu ihr laufen würde, um sie zu trösten. Die Mutter hat mit dem Spinnen aufgehört.

„Weißt du Mutter, du bist eine so gescheite Frau und du weißt zu helfen und bist stark genug, um dich immer wieder durchzubeißen, aber du verlangst nichts! Es ist dir völlig fremd eine Rechnung aufzumachen, etwas zu bekommen, für das was du tust. Das war schon früher so, als der Vater noch lebte. Warum hast du sein Saufen und sein Getobt ertragen? Und warum hast du nie etwas verlangt für dein Heilen, damit die Leute merken, was es wert ist, was du wert bist."

„Ach Kind mit dem Verlangen ist es so eine Sache. Man hat zu Essen und ein Dach über dem Kopf und man hat seine Gedanken und Geschichten und sein Wissen um die Dinge oder was man meint zu wissen. Mehr braucht es doch nicht. Und was deinen Vater betrifft, was hätte ich denn tun sollen? Du kommst in vielen eigentlich eher nach ihm. Er hat auch etwas verlangt, er wollte etwas sein und haben und als ihm das nicht gelang, hat er zu saufen angefangen. Es sind oft die Schlechtesten nicht, die da saufen, sie sind sich eben nicht genug."

„Aber als ich fort wollte, hast du mir zugeredet."

„Nun ich wusste wie du bist, dass dich unsere Armut schwer angefochten hat und dass du hier ohne Chancen warst. Der Bursche mit dem du gingst, er war ja der Richtige. Auch wenn dir ein anderer vielleicht mehr bedeutet hat."

„Du hast das gewusst?"

Die Mutter macht eine Pause. „Es bestand keine Aussicht, dass wir je zusammenkommen würden. Ich wäre immer die Dumme gewesen. Da hab ich die Gelegenheit, die sich mir bot, beim Schopf gepackt. Es war ein Glücksfall, dass ich durch Christian frei kam vom Dienst und mit ihm gehen konnte. Es war ein guter Weg und ich hab ihn nie bereut. Freilich am Anfang war es nicht einfach. Seine Mutter war ganz und gar nicht begeistert, dass ihr Einziger, der Erbe eine Fremde ins Haus brachte, noch dazu eine Andersgläubige. Ich hab mir die Anerkennung erkämpft, hab hart gearbeitet, ja manchmal regelrecht geschuftet, mich untergeordnet und zu guter Letzt hab ich sie über ein Jahr gepflegt, als sie der Schlag getroffen hatte, und das alles ohne zu klagen. Wir hatte es irgendwann geschafft. Unser Hof und das Handwerk brachten genug Erträge. Es ging uns gut. Und auch die Leute im Dorf haben angefangen mich als eine der Ihren zu betrachten und sie kamen zu mir mit ihrem großen und kleinen Weh. Ich war eine angesehene Person. Die Jungen sollten ein gutes Handwerk lernen und später hätte einem von ihnen der Hof gehört. Und für Änne hatte ich schon eine feine Aussteuertruhe bereit. Feines Leinen und Gesponnenes war schon darin und ein Säckchen mit Gulden hatte der Mann zurückgelegt. Er war ein gütiger Mensch, ruhig und besonnen und klug und er hat mich das Meine machen lassen. Mein Hühnerhof war allerorts bekannt und mir gedieh das Vieh."

In der Erinnerung strahlen die Augen der Mutter.

„Das Heilen machte mir manchen zum Freund, was sich auch wiederum auf das Geschäft des Mannes auswirkte. Oft hab ich gedacht: 'Was nützt eine große Flamme, die alles verbrennt. Ein kleines wärmendes Feuer im eigenen Herd, das man immer wieder mit ein paar Scheiten am Brennen hält, ist um ein vielfaches mehr wert.

Und nun ist alles dahin. Es gibt keine feine Truhe mehr für Änne. Wir haben große Not und wir wissen nicht wie wir bis zur nächsten Ernte durchkommen. Mal ist was da, mal nicht. Gut, zum Essen wird es vielleicht reichen, aber welche Aussichten hat Änne dann noch. Du sagst ja selbst, Mutter, dass keiner sie nehmen will, nicht in diesem Jahr und vermutlich auch nicht im Nächsten und falls sie dann doch irgendwo unterkommt, wird sie das Los einer ewig, armen Dienstmagd ereilen, ohne etwas ihr Eigen zu nennen. Das Angebot, das uns der Frieder gemacht hat, ließe wenigstens die Möglichkeit zu das Schicksal noch zu wenden. Auch die beiden Kleinen sind auf Ännes Lohn zukünftig angewiesen. Wenn man arm ist, muss man eben kämpfen und kann sich nicht alles aussuchen."

Katharina lehnt sich zurück und streicht sich resigniert mit dem Handrücken über die Stirn. Es macht den Eindruck als müsse sie sich mit aller Gewalt darein schicken ihr Schicksal anzunehmen. Änne ist an den Tisch zurückgekehrt. Die Mutter sieht ihr fest in die Augen, so als wolle sie ihren eigenen starken Willen in Änne hineinzwingen.

„Ich weiß, dass es nicht leicht wird Kind, dort bei dieser verwöhnten, enttäuschten Frau. Aber du kannst es schaffen, das weiß ich. Es ist alles anders als du es dir gedacht hast. Aber eine andere Möglichkeit gibt es nicht, sonst hätte ich sie längst genutzt. Ich hatte ein besseres Großwerden für dich geplant, aber so sind die Dinge nun einmal. Der Mensch denkt, kämpft, plant und lenkt und dann schlägt

303

das Schicksal oder Gott zu und alles wird anders und es bleibt dir nichts anderes als dich darein zu fügen und manchmal wendet es sich dann doch noch zum Guten. Vielleicht nimmt alles schon seinen Anfang und wir wissen und glauben es nur noch nicht. Halt dich an den Frieder. Er ist zwar manchmal schwach, aber er hat mir versprochen auf dich zu achten.

Aber die letzte Entscheidung triffst du. Du musst einschlagen!"

„Und was wird aus deinem Versprechen mir dein Wissen weiterzugeben?", versucht Änne noch ein letztes Mal die Mutter umzustimmen.

„Dafür ist später immer noch Zeit. Es ist ja erst einmal nur für ein Jahr, dann sehen wir weiter. Vielleicht gedeiht das Federvieh gut und vielleicht erziele ich gute Preise für die Wolle und einiges hängt auch von der Ernte ab. Du wirst sehen, ein Jahr vergeht wie im Flug und du bist ja auch in unserer Nähe, kannst öfter herüberkommen."

Der Kienspan flackert, wird gleich verlöschen.

„Schlaf darüber Änne! Morgen reden wir weiter!"

Die Mutter erhebt sich zum Zeichen, dass sie nicht mehr weiterreden will und dass es Zeit für die Nachtruhe ist. Änne, so aufgewühlt wie sie ist, kommt nicht gleich zur Ruhe. Sie wälzt sich hin und her. Da hört sie ein Seufzen aus der Bettstatt in der die Großmutter und die Mutter zusammen mit den Kindern schlafen. Weint da jemand? Ist es die Großmutter?

„Ausgerechnet der Meierhof!", flüstert sie immer wieder. Dann ist die Stimme der Mutter zu vernehmen, ganz leise, so als rechnete sie mit heimlichen Zuhörern. Aber für Änne ist das Lauschen ja fast schon zur zweiten Natur geworden und ihre Ohren haben sich ganz gewiss schon darauf eingestellt, denn sie vernehmen den leisesten Laut, fast schon kann sie die Fliege an der Wand husten hören.

„Ich weiß Mutter, dass du ein dunkles Geheimnis um den Meierhof mit dir herumträgst, über das du nicht reden willst oder darfst. Aber sag mir, hat der Frieder etwas damit zu tun?"

„Nein, ich glaube er weiß nicht einmal etwas davon."

„Aber vielleicht ahnt er etwas, genau wie ich immer und vielleicht will er etwas wieder ins Lot bringen. Nehmen wir es doch einfach mal an und laste es vor allem Änne nicht auf. Sie hat es schon schwer genug. Lass uns mit ein bisschen Gottvertrauen an die Sache gehen und sie segnen."

„Amen!", raunt die Großmutter. Dann ist es still.

Am Morgen kann Änne nicht recht sagen, ob sie das Gespräch wirklich gehört hat oder ob es nur ein Traum war.

Am Sonntag nach der Kirche besiegelt sie mit dem Meierbauer per Handschlag ihren Dienst, den sie eine Woche später antreten soll. Zwar hat ihr die Mutter Entscheidungsfreiheit zugestanden, doch sie hat keinen Zweifel daran gelassen, was sie für das Richtige hält. Änne weiß sie muss gehen, um ihrer Familie willen.

In der letzten Woche nimmt sie Abschied, so wie sie es auch am Ende des vergangenen Sommers getan hatte, schon bevor sie vom Köhlerhaus aufbrachen. Auch wenn sie weiß, dass sie nur eine gute halbe Stunde Weg entfernt leben würde, so ist ihr klar, dass nun endgültig das Ende der Kinderzeit gekommen ist. Bald wird sie 13 Jahre alt sein. Wieder schaut sie alles mit anderen, wachen Augen, will alles in ihrem Herzen mitnehmen so wie es jetzt ist. Die kleine Kate der Großmutter und all die Dinge die darin sind, die vielen getrockneten Kräuter, Salben und Tinkturen, aber auch so Alltägliches, wie die Bettstatt, Truhe und Bank, das braune, bemalte irdene Geschirr. Sie saugt den unverwechselbaren Geruch nach Kräutern, Stallmist und vergorener Ziegenmilch ein und lauscht den vertrauten Geräuschen, die schweren, leicht schlurfenden Schritte der Großmutter über die Holzdielen oder den gestampften Lehmboden, deren hantieren mit dem Mörser, das leise surren des Spinnrads, die Ziege nebenan im Stall, sowie das Gackern und Scharren der Hühner. Sie geht durch den Garten und über das winzige Feld bis zum nahen Wald. Mit einem Mal ist es wärmer geworden. Zwar gibt es noch viele Schneelachen und doch, die Natur beginnt sich dem Frühling entgegen zu strecken.

Und sie betrachtet sie voller Liebe die Menschen um sich herum. Das kleine Brüderchen, das nun schon fast ein halbes Jahr zählt. Vorn zeigt sich der erste Zahn in dem kleinen Mund. Sie hängt so sehr an diesem kleinen Kerl und er an ihr. So ein Winzling war es bei seiner Geburt und hat sich doch in das Leben hinein gekämpft und es erobert. Gelaufen war sie damals, um sein und der Mutter Leben und in der ersten Zeit, als die Mutter noch schwach und krank lag, hatte sie ihn ständig herumgetragen, gefüttert und gepäppelt. Das ist bis heute so geblieben. Nun muss er ohne sie zurechtkommen.

Da war der kleine Findling, der, so scheint es ihr manchmal, der Mutter näher zu steht, als ihr eigenes Kind, vielleicht weil er sie so bedingungslos liebt. Er, der noch immer kein Wort spricht und durch seinen Arm eigentlich gehindert sein müsste, ist immer unterwegs und schafft mit seinem einen gesunden Arm soviel wie mancher nicht mit beiden. Sein rotes Haar erinnert sie immer wieder an Konrad und seine Familie und an die Geschichte von Barbara und deren Kind. Sollte es möglich sein…? Ob auch die Mutter manchmal daran denkt?

Die Großmutter sitzt jetzt öfter da und sinniert vor sich hin. Wenn sie meint Änne bemerkte es nicht, starrt sie sie lange an. Manchmal ist es Änne, als wolle sie ihr etwas sagen, was sie dann im letzten Moment unterlässt. Gerne wäre sie hinter das Geheimnis gekommen, was die Großmutter mit dem Meierhof verbindet, aber sie traut sich nicht zu fragen. Müde sieht die Großmutter in letzter Zeit aus, doch immer noch ist sie darauf bedacht sich nie gehen zu lassen. Täglich macht sie sich zurecht, ist sehr auf die Sauberkeit ihres Körpers bedacht und kämmt sorgfältig ihr Haar und steckt es auf. Dafür verwendet sie in der Frühe eine nicht unerhebliche Zeit. Manchmal muss sie dafür den Spott der Mutter einstecken, die lachend fragt, welchen Liebhaber sie den erwarte. Meist nimmt sie diesen gutmütigen Spott lachend hin, doch einmal hatte sie ernst darauf geantwortet: „Wenn man beginnt seinen Körper zu vernachlässigen, so wird man auch bald Geist und Seele vernachlässigen und das ist der Anfang vom Ende im Alter." Änne umfasste mit ihren Blicken liebevoll ihre etwas massige Gestalt. Sie betrachtet die blauen Augen unter der hohen Stirn mit dem streng zurückgekämmten Haar. Wie viele Falten sind wohl in ihrer gemeinsamen Zeit hinzugekommen? Hoffentlich gehören auch ein paar der Lachfältchen dazu. In so kurzer Zeit ist sie der Großmutter so nahe gekommen wie noch nie jemandem in ihrem Leben. Manchmal hat sie das Gefühl, sie sei eins mit ihr in Gedanken und Tun. Sie ist trotz all dem Schweren, was sie von den Menschen erfahren hat, ihnen zugewandt und verbunden geblieben, so wie sie sich mit allem was sie umgibt verbindet.

Die Mutter ist jetzt fast ausschließlich am Spinnrad zu finden. Sie will ihre Vorräte an Rohwolle fertig gesponnen haben, bevor die Frühjahrsarbeit sie vollständig in Anspruch nehmen wird. Eine Fremdheit ist zwischen sie getreten. Die Härte, die sie ihr gegenüber an den Tag legt, verwirrte sie und sie kann nur ahnen, dass dahinter auch Angst und Sorge steckt. Eine tiefe Furche hat sich auf ihrer Stirn eingegraben. Kaum noch blitzen ihre blaue Augen, so wie damals als sie ihr die Kräuter und das Wuseln uns Wabern in der Natur nahe gebracht hatte oder wenn sie auf ihrer Wanderschaft jemandem ein Schnippchen schlagen konnten. Wie lange ist es her, dass sie nachts im Wald schützend den Arm um sie gelegt und ihr Märchen erzählt hat, um sie zu beruhigen und zu trösten. Wie sanft waren ihre Augen und wie warm ihre Hände, als sie nachÄnnes langen Krankheit beim Erwachen an ihrem Bett saß. Es ist als habe sie sich mit einem harten Panzer umgeben, den nur sehr selten einmal der kleine Findling durchbrechen kann. Sie hält sich sehr gerade, wenn sie an ihrer Spinnrad sitzt, doch manchmal ertappt Änne sie dabei, wie sie die Hände im Schoß vor sich hin stiert und dann irritiert, als müsse sie es vor sich selbst verbergen, mit der Hand über die Augen wischt.

So rückt der Tag ihres Dienstantritts heran. Schon ganz früh, als es draußen noch stockfinster ist, hört sie die Großmutter am Herd hantieren und vor sich hin brummeln. Was redet sie bloß? Betet sie? Änne springt schnell von ihrem Lager, das der Herdstelle am nächsten ist.

„Oh Kind, hab ich dich geweckt?", ruft die Großmutter erschrocken als sie so plötzlich bei ihr steht.

„Es ist schön Großmutter, so kann ich noch eine Weile mit dir allein sein."

Beinahe hätte sie jetzt den Mund aufgetan und doch noch nach dem Geheimnis der alten Martel gefragt. Doch die Großmutter lässt sie nicht zu Wort kommen und nachher traut sie sich nicht mehr.

„An einem solchen Tag, solltest du ausgeschlafen sein, Änne und nicht mit einer alten Frau, die nicht mehr viel Schlaf braucht, herum wandeln."

Doch sie lacht gleichzeitig und schiebt Änne eine Tasse ihres Gerstengebräus zu, das sie mit einem Schuss Ziegenmilch jeden Morgen als erstes zu sich nimmt. Angeblich sei das ihre Morgenmedizin, die ihr zu einem guten Tag verhelfe. Sie sitzen schweigend miteinander auf der Bank. Die Großmutter hat ihre alte, runzlige Hand mit den braunen Altersflecken auf die junge, noch fast kindliche Hand von Änne gelegt. So sind sie einander näher und vertrauter als durch Worte. Erst nach einer ganzen Weile, als sich drüben in der Bettstatt, wo die Mutter und die Kleinen schlafen etwas regt, sagt die Großmutter: „Pass gut auf dich auf Änne und wenn irgendwas dich bedrückt oder dir Angst macht, dann komm gleich herüber gelaufen. Versprich mir das!"

„Mutter, mach doch die Änne nicht verrückt. Sie kann schon für sich sorgen. Willst du, dass sie einen Memme wird, die bei der geringsten Kleinigkeit abhaut und nach Hause rennt? Manchmal muss man auch lernen sich durchzubeißen", ruft die Mutter vom Bett herüber. Die Großmutter macht eine abwehrende Handbewegung und murmelte etwas vor sich hin. Dann zeichnet sie das Kreuz aufÄnnes Stirn, spricht den ihr eigenen Segen und küsst und umarmt sie. Dabei flüstert sie ihr ins Ohr: „Lass sie reden! Ich weiß doch, dass du unterscheiden kannst, wann du uns wirklich brauchst und wann nicht und darauf kommt's mir an. Also versprich es mir!" Änne nickt stumm.

„Was flüstert ihr zwei da herum?", fragt die Mutter, die nun auch aufgestanden ist argwöhnisch. Sie erhält keine Antwort. Die Großmutter stellt die Schüssel mit dem morgendlichen Haferbrei auf den Tisch, dazu einen Krug Ziegenmilch. Auch der kleine Findling ist im Schlepptau der Mutter aufgestanden und legt die hölzernen Löffel für jeden dazu.

Schweigend essen sie. Dann nimmt Änne ihr schon am Vortag gepacktes Bündel auf. Noch einmal sieht sie nach dem kleinen Christian in seinem Körbchen. In der Nacht hatte er lange geweint und war schwer zur beruhigen gewesen. Vielleicht bekommt er erneut ein Zähnchen. Vielleicht ahnt er aber auch, dass sich auch in seinem Leben etwas ändern wird. Jetzt endlich schläft er tief und fest. Die Mutter tritt zu ihr.

„Nun machen wir es nicht schlimmer als es ist. Du bist stark! Du bist ja schließlich meine Tochter. Du wirst das schon schaffen. Außerdem bist du ja nicht wirklich weit weg. Du wirst sehen wie oft du des Sonntags herüber laufen kannst."

Sie umarmt ihre Tochter kurz und spricht dann ihre alte Formel: „Geh und dreh dich nicht noch einmal um!"

Änne tut das und doch spürt sie im Rücken, dass da alle stehen um ihr nachzusehen.

16. Kapitel Anne

Ich dachte du seiest noch unterwegs und wollte in den Unterlagen was nachsehen. Puh, habt ihr mich erschreckt."

Oma macht die Lampe an und vor ihnen steht Babette.

„Wenn man vom Teufel spricht.", meint sie mit einem etwas zu lauten Lachen. Babette scheint es gar nicht gehört zu haben. Sie fällt in den Sessel, springt dann gleich wieder auf, umarmt Anneliese.

„Wir sind nahe dran Anneliese, der Anwalt hat mich vorhin angerufen. Es fehlt nur noch ganz wenig."

„Ich will deine Freude ja nicht zu sehr dämpfen, aber wir haben schon wieder neue Kacke an der Backe. Die Marianne ist gestorben und nun haben die Meiers Oberwasser und wollen deinen Bruder platt machen um sein Grundstück zu bekommen. Da Konny durch Mariannes restliches Grundstück eine Durchfahrt braucht, hat er mit ihr ein Wegerecht vereinbart. Das wollen die Meiers, als Erben und neue Eigentümer, neu verhandeln und eine immense Summe Geld dafür haben oder die Durchfahrt dicht machen, wenn nötig auch per Gerichtsbeschluss. Weil sie außerdem Amit und seinen Jungen ein paar Mal auf dem Grundstück gesehen haben, drohen sie auch mit einer Anzeige bei der Ausländerbehörde, wegen illegaler Beschäftigung. Du weist was es bedeutet, wenn die erst mal einen Anhaltspunkt haben."

Die eben noch so glücklich erscheinende Babette sinkt in sich zusammen.

„Ich fass' es nicht! Ich fass' es einfach nicht!"

Nervös fährt sie sich durch ihr langes Haare und erst als sie hoch schaut, fällt ihr Blick auf Anne. Irritiert wandern ihre Augen von Anne zu Anneliese, um schließlich auszurufen: „Ach du meine Güte, in meiner Euphorie, habe ich überhaupt nicht daran gedacht, dass Anne ja gar nichts davon ..."

„Ich erzähle es ihr gerade", unterbricht sie Anneliese.

„Du erzählst es ihr? War nicht ausgemacht, dass ..."

„Es geht nicht anders! Sie ist schließlich meine Enkeltochter und wenn sie nun schon hier ist und ich sie immer wieder allein gelassen habe, obwohl sie ja ihre ureigensten Anliegen mit mir besprechen möchte, so muss ich wenigstens die Wahrheit sagen. Sie muss schon wissen um was es geht. Du weißt, ich habe euch sehr gerne und ich werde mein möglichstes für euch tun, aber du weißt auch wie lange ich ohne Anne sein musste und wie mich das belastet hat. Ich will das wir wieder zueinander finden und das geht nicht nur einseitig. Sie muss auch über mein Leben und das was ich tue und warum ich es tue Bescheid wissen. Sie ist auf dem Weg erwachsen zu werden und sie hat ein Recht darauf."

„Wenn du es ihr zutraust?"

Babettes Haltung drückt immer noch Skepsis aus.

„Konnys Kindern trauen wir es ja auch zu."

„Na ja, die sind da reingewachsen und außerdem auch ein bisschen anders …"

„Erzogen meinst du? Anne bekommt das hin, dafür lege ich meine Hand ins Feuer. Schließlich ist sie meine Enkeltochter. Außerdem …"

„Was außerdem!", Babettes Stimme klingt jetzt scharf.

„Außerdem ist es ist sowieso schon zu spät. Ich habe Anne erzählt, dass in meiner Wohnung zwei Geflüchtete leben und sie sich nicht getäuscht hat, als sie vor der Wohnungstür stand und verdächtige Geräusche gehört hat und ich habe begonnen ihr deren Geschichte zu erzählen."

„So, hast du!?"

Anne spürt wie in Babette der Ärger hochsteigt. Das kennt sie aus eigener Erfahrung zu genau. Gleich wird sie aufspringen und etwas umstoßen oder hinausrennen. Aber Babette hat wohl mehr Übung darin ihre Wut zu beherrschen. Sie bleibt ruhig sitzen. Nur an ihrem pikierten Gesichtsausdruck kann man, wenn man genau hinsieht, feststellen, dass sie innerlich etwas ausfechtet. Die Oma runzelt indes die Stirn. Auch sie spürt Babettes Ärger und versucht zu beschwichtigen.

„Ich weiß, dass du eine enorme Wut auf Katrin hast, weil sie dir nicht helfen will oder kann und ich weiß, dass zwischen euch einiges an gegenseitigen Enttäuschungen und Verletzungen gelaufen sein muss, die sich durch all die Jahre angestaut haben. Aber dies hier ist nicht Katrin!"

Was war zwischen ihrer Mutter und Babette, überlegt Anne. Natürlich, die müsste doch etwas über ihren Vater wissen. Vage erinnert sie sich an das geflüstert Gespräch vor dem Zelt damals beim Festival. Babette weiß etwas und auch wenn das Geflüster mit der Oma nicht mit ihr zu tun gehabt hatte, so hätte sie doch gleich darauf kommen müssen mit ihr zu sprechen. Auf dem Festival hatten sie sich doch recht gut verstanden. Anne kramt in ihrem Gedächtnis. Noch einmal läuft die Szenen bei von der Verabschiedung der ganzen Truppe wie ein Film vor ihr ab. Die Mutter und Babette hatten sich nicht umarmt. Sie hatte das einfach dem Trubel zugeschrieben und sich weiter keine Gedanken darüber gemacht. Doch wenn sie jetzt darüber nachdenkt, war die Mutter von da an so anders, so unruhig gewesen. Hatten sie nicht kurz vorher noch miteinander geredet? Und was hatte Babette nur gleich gesagt? Ja richtig: „Überleg es dir noch mal, es ist wichtig! Vergiss was gewesen ist." So in etwa waren ihre Worte. Hatte nicht auch Mia so was anklingen lassen? Hieß es nicht irgendwie: „Die Frau Doktor hilft uns auch nicht!" Anne sitzt schon wieder ihre Ungeduld und Wut im Nacken und sie ist kurz davor einfach mit ihren Fragen herauszuplatzen. Doch diesmal entscheidet sie sich für Zurückhaltung. Die Stimmung ist so schon aufgeladen genug. Und siehe da, sie schafft es, nimmt sich aber vor, bei der nächsten passenden Gelegenheit Babette ins Verhör zu nehmen. Es ist still geworden im Zimmer. So still, dass man neben den Geräuschen der Autos, die unten auf der Straße vorbeifahren auch noch jemanden den Kiesweg unten beim Haus entlanglaufen hört.

„Ihr könnt auf mich zählen. Ich werde mit niemandem darüber reden. Ich verspreche es!"

Anne findet nichts dabei. Wem soll sie etwas sagen? Sie kennt doch hier nur Mia und die weiß ja eh Bescheid und was die Mutter betrifft, hat sie nicht das Verlangen sich mit ihr auszutauschen. Im Gegenteil, ihr graut vor dem nächsten Wochenende, wenn sie gezwungen sein wird hier mit ihr zusammenzutreffen.

Babette holt tief Luft.

„Na gut, es ist ja eh egal. Ihr habt es so nun mal beschlossen. Ich werde mich dann mal wieder auf den Weg machen."

Anneliese legt ihr sanft aber bestimmt die Hand auf die Schulter und hindert sie so am Aufstehen.

„Nein, nein meine Liebe. So wird das nichts. Du bist hergekommen, um etwas in den Unterlagen herauszusuchen. Das werde ich jetzt für dich tun. Du hattest doch einen Zettel dabei. Und du erzählst Anne die Geschichte von Amit und seinem Jungen zu Ende."

„Ich, wieso ich?"

„Weil es deine Geschichte ist. Durch dich haben wir die beiden ja erst kennengelernt und dir bedeuten sie inzwischen am allermeisten. Du wirst es ihr besser erzählen können als ich und das wird euch beiden gut tun."

Ohne auch nur eine Antwort abzuwarten steht Anneliese auf, geht zu ihrem Schreibtisch hinüber und machte sich an einem Bündel Papieren zu schaffen.

Babette misst Anne mit den Augen, setzt dann ihr Therapeutinnenlächeln auf und meint: „Na dann, in Gottes Namen, es ist ja nicht mehr aufzuhalten. Also wie weit hat dir deine Oma berichtet?"

Vom Schreibtisch herüber ruft Anneliese: „Ich war bei der Ablehnung des Asylantrages noch in Afghanistan."

„Ich glaube Anne und ich können auch allein miteinander kommunizieren. Das willst du doch, oder?"

„Entschuldige, du hast ja recht", antwortet die Oma und blättert nun noch intensiver in ihren Akten. Dabei weiß Anne ganz genau, dass sie trotzdem mit halbem Ohr zuhört. Auch Babette scheint das zu wissen, denn sie verdreht lächelnd ein wenig die Augen.

Am Anfang hat Anne das Gefühl mit einer professionellen Therapeutin zu reden. Gezielt stellt sie Fragen, nachdem was Anne schon gehört und was sie dabei empfunden hat. Doch als sie dann den Faden der Geschichte wieder aufnimmt, lässt das von Satz zu Satz nach. Ihre Stimme wird wärmer und zugleich angespannter, sorgenvoller.

„Die Bundeswehr zog also ab, ohne Amit und seine Familie mitzunehmen oder ihm zumindest eine Hoffnung auf Ausreise zu lassen. Die Taliban, du weißt wer das ist? Das sind die, die auch dein Vater bekämpfen wollte. Die Taliban aber sind sogenannt Gotteskrieger. Vor etwa 20 Jahren waren die Menschen sogar froh, dass sie im Land mächtig wurden. Nachdem nämlich die sowjetische Besatzung abgezogen war, herrschte totales Chaos, einfach das Recht des Stärkeren. Jeder nahm sich was er kriegen konnte und die Taliban gaben vor Ordnung zu schaffen. Bald hatten sie die Herrschaft über fast das ganze Land übernommen. Dann aber wurden die neuen Herrscher immer grausamer und rigider. Es wurde nahezu alles verboten. Es durfte keine Musik mehr gehört werden, Männer mussten Bärte tragen, Kinder durften ihre geliebten Drachen nicht mehr steigen lassen und Frauen durften nur noch in Begleitung ihres Mannes das Haus verlassen, dabei mussten sie ihren ganzen Körper mit einer Burka verhüllen. In die Schule gehen oder arbeiten durften sie auch nicht mehr. Vielleicht kann man sagen es herrschten mittelalterliche Zustände. Sehr vereinfacht gesprochen ist dadurch ein Bürgerkrieg entstanden, bei dem auch Amerika und Europa mitmischten, siehe Bundeswehr. Aber nach deren Abzug gewannen die Taliban sehr schnell wieder an Einfluss und die Bedrohung für Amit und seine Familie nahm handfeste Züge an.

Er wurde auf der Straße angegriffen und sein Haus wurde attackiert. Sie lebten in ständiger Angst und sie hatten bereits beschlossen, zu versuchen das Land auf eigene Faust zu verlassen."

Babette senkt den Kopf und schluckt, als müsse sie sich erst sammeln um die richtigen Worte zu finden.

„ Als Amit eines Tages nach Hause kam, bot sich ihm ein furchtbares Bild. Seine Frau, seine kleine Tochter, seine Mutter, seine jüngere Schwester, die bei ihnen lebte, alle ermordet, erschossen, niedergemacht. Unfassbar! Auf einem Stück Papier stand in etwa: 'Siehe was du angerichtet hast, indem du mit den Ungläubigen und Feinden zusammengearbeitet hast. Auch dich kriegen wir noch.'

Amit war wie von Sinnen. Verzweifelt weinte und schrie er in seiner Trauer. Da bewegte sich etwas ganz hinten im Raum und sein kleiner Sohn kam aus einer Nische hervor. Er hatte dort gespielt und im letzten Moment hatte die Mutter ihm bedeutet sich nicht zu bewegen und still dort zu bleiben. So hatte er das Massaker an seiner Familie mit ansehen müssen und wie ich später herausfand, das leise Summen seiner Mutter gehört, die damit bis zuletzt versucht hatte ihn und seine kleine, weinende Schwester zu beruhigen."

Anne durchzuckte es und sie dachte an das Mädchen, das ihr Vater in seinem Brief beschrieben hatte. Wieder begann ihr Magen zu rebellieren. Der Raum begann sich zu drehen und ihr wich die Farbe aus dem Gesicht.

„Ist es dir nicht gut, Anne? Soll ich aufhören? Es ist vielleicht doch ein bisschen viel für dich."

„Es ist ja auch schon super spät und du hattest heute einen anstrengenden Tag", schaltet sich nun auch die Oma ein.

„Nein, ich will es zu Ende hören!"

Und auch, wenn Anne die Tränen hinunterlaufen, klingt es trotzig, aber gleichzeitig wie ein Befehl. Und so wirkte es auch. Ohne wenn und aber fährt Babette nun fort.

„Amit war natürlich außer sich ihn zu sehen. Er hatte befürchtet ihn in einem anderen Raum tot vorzufinden und es noch nicht gewagt nach ihm zu suchen. Hatte er bis dahin daran gedacht sich einfach neben seine Lieben zu legen und allem ein Ende zu machen, so packte ihn jetzt die Angst um seinen Sohn. Sie würden wiederkommen und wahrscheinlich bald. Er würde keine Zeit haben, die Toten zu bestatten. Er rief bei Verwandten an und bat sie, diesen Dienst für ihn zu tun. Dann warf er in aller Eile ein paar Sachen in eine Tasche, küsste noch einmal die Toten, nahm seinen Sohn und verließ sein Haus und die Stadt. Dass er recht daran getan hatte bestätigen ihm später seine Verwandten, die man bedrohte und misshandelte, damit sie sagten wo er sich aufhielt. Es blieb ihm nur eine Chance. Er musste das Land so schnell wie möglich verlassen und er wollte nach Deutschland. Er kannte die Sprache und so hoffte er hier doch noch Aufnahme zu finden. Wenigstens für seinen Sohn sollte es einen Neuanfang geben, wenigstens er sollte vergessen.

Die Flucht dauerte viele, viele Monate voller Strapazen, Lebensgefahr und Angst. Er redet nicht gerne darüber wie viel Leid er erlebt und gesehen hat. Irgendwann in dieser Zeit hörte Jamal auch auf mit anderen Leuten, außer mit seinem Vater, zu sprechen. Doch dann hatten sie es tatsächlich geschafft und waren in Deutschland angekommen. Es schien sich alles zum Guten zu wenden. Sie beantragten Asyl. Nach Monaten des Wartens fand eine Anhörung statt. Amit machte sich große Hoffnungen auf Grund seiner Sprachkenntnisse und seiner zivilen Beschäftigung bei der Bundeswehr. Leider hatte er keine Nachweise darüber. Bei der überstürzten Flucht und auf dem langen Weg nach Deutschland war einiges verloren gegangen. Nun hieß es warten und das konnte sich hinziehen. Doch Jamal konnte zur Schule gehen und hatte sogar das große Glück einen Therapieplatz zu bekommen. So habe ich sie kennengelernt, weil ich das ehrenamtlich in ihrem Flüchtlingsheim angeboten habe. So verstrich die Zeit und aus Jamal wurde langsam wieder ein fast ganz normaler Junge. Ich übernahm sozusagen die Patenschaft für sie und half ihnen in der deutschen Gesellschaft anzukommen. So sind wir uns inzwischen sehr viel näher gekommen. Amit konnte sich als Übersetzer im Flüchtlingsheim sehr nützlich machen und manchmal half er bei Konny auf seinem Hof, denn das ewige Herumsitzen und warten machte ihn kirre er wollte endlich etwas Sinnvolles tun. Außerdem hat er ein Händchen für die Tiere und versteht im Gegensatz zu Konny etwas vom Bau. Wenn Konny ihm auch nicht viel dafür geben konnte, so machte es ihnen beiden doch viel Spaß, denn so konnten sie oft auch noch diskutieren bis spät in die Nacht. Wir hatten das sichere Gefühl alles würde einen guten Verlauf nehmen und sie würden hier bleiben können. Doch dann beschloss die Bundesregierung plötzlich, dass Afghanistan ein sicheres Herkunftsland sei. Da Amit nicht nachweisen konnte, das sein und das Leben seines Sohne bedroht sei, droht ihm jetzt die Abschiebung nach Afghanistan, obwohl er gut deutsch spricht, obwohl er als Übersetzer den deutschen Behörden geholfen hat, obwohl sein Sohn noch minderjährig ist und obwohl er hier relativ gut integriert ist, Freunde gefunden hat und sogar eine Aussicht auf Arbeit."

Babettes Rede wird hektisch. Ihr Gesicht glüht, was ihr rotes Haar und ihre Sommersprossen noch mehr zur Geltung kommen lässt. Nichts von Sanftheit liegt mehr in ihrer Stimme, als sie auf Annes Frage: „Und jetzt?", antwortet.

„Jetzt sind sie, wie du ja schon weißt, untergetaucht und zwar in der Wohnung von deiner Oma und wir versuchen alle Hebel in Bewegung zu setzen, damit sie bleiben können. Zum einen haben wir versucht Menschen ausfindig zu machen, die ihn aus seiner Zeit als ziviler Angestellter bei der Bundeswehr kannten. Doch da gab es wenig Entgegenkommen. Es schlug uns eher ein kalter Wind entgegen. Der zweite Weg, und das ist der den wir zur Zeit gehen, ist dass wir heiraten."

Anne ist baff.

„Wer du? Liebst du ihn denn?"

Kaum zu glauben, aber Babette wird noch röter. Ob sie sich ärgert über Annes Vorstoß?

„Entschuldige, das hätte ich vielleicht nicht fragen sollen. Das geht mich ja nichts an."

„Ist schon gut!"

Babette spielt mit ihrem Armband und sieht nicht hoch.

„Weißt du, es gibt tatsächlich eine Beziehung zwischen uns. Das hat sich ganz langsam entwickelt. Doch wir hätten noch einiges an Zeit gebraucht, um uns über so viele Dinge klar zu werden. Schließlich sind es trotz allem Verbindenden, Amit ist ein sehr kluger und belesener Mann und sein Schicksal hat ihn sehr einfühlsam gemacht, zwei sehr verschiedene Kulturen, die uns geprägt haben. Aber nun muss alles holterdiepolter gehen und der ganze Behördenkram raubt einem die letzte Kraft. Seit Monaten fehlen uns Papiere der deutschen Botschaft. Wir sind alle gereizt und immer wenn man ein bisschen Hoffnung schöpft, gibt 's einen Schlag in den Nacken."

Babette lässt sich müde in Polster des Sessels zurückfallen.

„Keine schöne Geschichte nicht. Dabei hätte es die Chance gegeben, ihr wenigstens ein hoffnungsvolles Ende zu geben, hier bei uns. Ich kann das Desinteresse, den Hass und die Niedertracht der Leute manchmal einfach nicht mehr aushalten."

„Und meine Mutter?"

„Was ist mit deiner Mutter?", fragt Babette irritiert.

„Na ich denke sie sollte ... helfen."

„Ach das meinst du. Stimmt! Hat sie dir etwas davon erzählt?"

Anne schüttelt verlegen den Kopf.

„Ich habe sie gebeten uns zu helfen. Vielleicht, so dachte ich, könnte ihr Mann, äh dein Vater was herausbekommen, wo es jemanden gibt der dort im Bundeswehrcamp, in dem Amit arbeitet, stationiert war, der ihn vielleicht erkennen und bestätigen könnte, dass er als zivile Ortskraft tätig war."

„Und sie wollte dir nicht helfen?"

„Sie hat gesagt, ich solle sie mit dem ganzen Mist in Ruhe lassen. Sie wolle nichts, aber auch gar nichts von Afghanistan hören, geschweige denn von der Bundeswehr. Sie habe genug eigene Sorgen damit. Danach ist sie sehr hektisch und gereizt gewesen, hat sich schnell verabschiedet und ist davon gerauscht, wie du ja weißt. Zuerst habe ich gemeint, es läge an den alten Sachen, die von früher zwischen uns waren und von denen ich geglaubt hatte, durch das Wochenende seien sie ausgeräumt. Erst später habe ich erfahren, dass dein Vater so krank zurückgekommen ist."

„Was war denn zwischen euch?"

„Das ist eine ganz andere und ziemlich langwierige Sache."

„Nicht mehr heute!", meldet sich Anneliese vom Schreibtisch her. „Seht mal auf die Uhr. Es ist ja schon bald Mitternacht. Ich habe übrigens was gefunden, was du brauchen könntest."

Anne sieht zu Babette hinüber die müde und traurig dahockt. Sie würde ihr so gerne etwas liebes, tröstliches sagen. Doch ihr fällt partout nichts ein. Statt dessen muss sie immer wieder an das kleine Mädchen denken und in ihren Gedanken vermischt es sich mit der kleinen Schwester von Jamal. Wie kann es sein, dass sie einfach so tot ist, noch ein Kind, noch gar nicht gelebt, jünger noch als sie selbst? Wie wäre es, wenn sie hätte zusehen müssen wir ihre Eltern oder ihre Oma getötet werden. Es läuft ihr eiskalt den Rücken runter und das zerquetschte Auto am Brückenpfeiler kommt ihr in den Sinn. Fast wie aus Versehen streicht sie über Babettes Arm.

„Es tut mir leid! Bestimmt wird es noch gut."

Sie findet es platt, aber was soll sie da auch sagen. Babette lächelt. Vielleicht versteht sie es trotzdem. Dann erhebt sie sich und geht zu Anneliese an den Schreibtisch.

„Kannst du morgen mitkommen?", fragt sie bittend.

Die Oma wirft einen Blick zu Anne hin. Die nickt ihr zu.

„Gut, machen wir es so. Wir gehen morgen früh gemeinsam zu dem Termin und dann holen wir Anne ab und fahren zusammen in meine Wohnung."

Oma bringt Babette hinaus. Anne hört sie noch leise miteinander reden. Dann entfernen sich ihre Schritte auf dem Kiesweg.

Plötzlich ein Schrei! Anne rennt erschrocken zu ihrer Oma hinaus und gemeinsam folgen sie Babette.

„Bist du gefallen? Hast du dir etwas getan?", ruft die Oma.

In der Dunkelheit kann man kaum etwas erkennen. Erst als sich ihre Augen daran gewöhnt haben, sehen sie, dass Babettes Auto total beschmiert ist. Sie selbst hockt auf dem Fahrersitz und Tränen rinnen ihr über die Wangen. „Kanackenflittchen!", steht da und: „Wir wollen hier keine Fremden!!"

Anneliese wischt darauf herum.

„Du hast Glück, es lässt sich entfernen", stellt sie sachlich fest.

„Aber das müsst ihr doch anzeigen!", entrüstet sich Anne. Sie erntet nur ein müdes Lächeln.

„So etwas kommt nicht zum ersten Mal vor. Da passiert nicht viel."

„Geh Anne!", meint die Oma, „hol einen Eimer mit Wasser und bring vielleicht doch mal dein Handy für ein Foto mit. Wer weiß für was es gut ist. Merkwürdig, dass keine Sprühflaschen benutzt wurden, sondern es abzuwaschen geht. Ich denk mir da meinen Teil."

Endlich ist Ruhe eingekehrt. Wenige Minuten später liegen sie nebeneinander im Bett. Anne kuschelt sich eng an die Oma, obwohl sie dafür ja eigentlich schon viel zu alt ist. Doch sie fühlt sich so wohl dabei und außerdem sieht es ja keiner. Sie rechnet schon fast mit einem ihrer Alpträume, da ist es schon besser die Oma ganz nahe zu wissen.

„Ach Oma ! Es ist alles so schlimm. Ich glaube mir begegnen nur noch schlimme Sachen in letzter Zeit. Es ist als wäre ich aus einem Dornröschenschlaf erwacht.

Menschen sterben, sogar kleine Kinder, Väter verschwinden, alles ist außer Rand und Band. Was ist denn bloß los?"

„Aber es ist doch nicht nur Schlimmes geschehen und du hast auch nicht nur Schlimmes gehört. Schau, wir beide haben uns wiedergefunden und mit Mia hast du vielleicht einen Menschen für immer oder zumindest für eine lange Zeit entdeckt. Und ich bin mir ganz sicher, dass du eines Tages auch deinen Vater kennenlernen wirst. Und morgen wirst du Amit und Jamal treffen. Das sind wirklich zwei ganz besondere Menschen. Lohnt es sich da nicht ihren Schmerz zu lindern und ihnen Hoffnung und Zuversicht zu schenken. Es stimmt, wir können ihnen ihre Heimat und ihre Lieben nicht zurückgeben und auch das kleine Mädchen, dessen Tod dich so betroffen macht, können wir nicht wieder lebendig machen, aber wir können ihnen zur Seite stehen und ihnen ehrliche gute Freunde sein, damit ein Neuanfang sich lohnt. Auch du kannst das Anne. Es wartet bestimmt noch viel Schönes auf dich im Leben. Übrigens, ich habe dich noch gar nicht gefragt, was ihr heute in Leipzig getrieben habt."

„Stadtbummel? Äh … nein natürlich nicht, wir haben den Professor besucht, von dem Mutter damals so begeistert war und mit dem sie zu einem seiner Projekte nach Afrika wollte, bevor ich dann leider dazwischen kam. Ich dachte er könnte jener sein, welcher … na du weißt schon!"

„Wie seid ihr denn so schnell an den gekommen?", fragt die Oma mit Erstaunen in der Stimme.

„Das war Mia, die hat gegoogelt und rumtelefoniert, auch gleich mit ihm selbst. Die hat das echt drauf, freche Schnauze und Honigmündchen. Sie hat sich voll ins Zeug gelegt, wird sicher mal 'ne coole Journalistin."

„Und?"

„Was und?"

„Na, was ist dabei rausgekommen, außer dass Mia echt cool ist?"

„Er hat Mama wirklich gekannt und hat mir viel von ihr erzählt, wie sie so war als sie jung war. Er hat mir sogar ein paar Fotos geschenkt. Muss ich dir mal zeigen!", sagt Anne und gähnt.

„Aber heute nicht mehr! Er ist ein interessanter Mensch und auch ganz lieb und nett und er hat sich viel Zeit für uns genommen. Aber mein Vater ist er definitiv nicht. Er ist auch viel zu alt."

Jetzt muss Anne lachen.

„Was gibt es da zu lachen?"

„Ach, nichts weiter", kichert Anne weiter. „Weißt du was Mia gesagt hat? Das wäre der richtige Typ für dich."

„So, so, hat Mia das gesagt. Und du, was hast du gemeint?"

„Na, dass sie 'nen Vogel hat. Was willst du denn …"

Jetzt kommt sie doch etwas ins Stocken.

„Ja was will ich denn in meinem Alter noch mit 'nem Kerl!", bringt die Oma den Satz zu Ende. Sie beginnt Anne zu kitzeln und bald liegen sie beide laut lachend nebeneinander und genießen es sich endlich wieder zu haben.

Bevor Anne dann das Licht löscht, sagt sie leise: „Wir können ihn ja mal einladen. Ich glaube er ist ganz schön allein."

„Wer?"

Anne weiß auch ohne es zu sehen, dass die Oma jetzt in sich hinein grinst.

„Gute Nacht, Oma!"

„Gute Nacht, Anne! Schlaf schön!"

Doch das hört Anne schon fast nicht mehr.

17. Kapitel Änne

An den Südhängen ist der Schnee schon völlig weggetaut. Die Vögel spüren den nahenden Frühling und zwitschern dem Tag entgegen. Im Wald jedoch ist es noch recht feucht und kühl. Änne weicht den Schneelachen aus ohne es zu merken. Sie hat weder Augen noch Ohren für ihre Umgebung. Sie betet leise vor sich hin, zur Mutter Maria und zu allen Schutzheiligen die sie kennt. Dabei bekreuzigte sie sich, das Zeichen der guten Gläubigen in ihrer katholischen Heimat, obwohl sie doch jetzt eine Lutherische ist. Je so näher sie ihrem Ziel kommt, desto mehr nimmt das Grummeln in ihrem Bauch zu. Etwas steigt aus ihrer Magengrube auf, bemächtigt sich ihrer Beine, ihrer Arme, lässt ihre Knie zittern und sie fühlt sich schwach und allein. Doch sie verlangsamt ihren Schritt nicht. Was soll sie die Sache hinauszögern, da sie nun einmal beschlossen ist?

Als sie am Meierhof ankommt, der wie immer einsam und friedlich dasteht, völlig unbeeindruckt von Ännes Seelenzustand, kommt ihr zuerst der Knecht mit einer Mistkarre entgegen. Er ist ein älterer, an Bart und Schläfen schon etwas ergrauter, kleiner, dünner Mann mit krummen Beinen und schiefen Zähnen. Auf dem Kopf trägt er ein seltsames, etwas zu klein geratenes Hütchen, das er niemals abnimmt. Spötter behaupten, dass er damit sogar schläft. Der „kleine Hubert", wie ihn alle nennen, hat einen Gesichtsausdruck, der den Anschein erweckt, er würde ständig grinsen. Auch jetzt „grinst" er Änne entgegen und sie kann sich nicht schlüssig darüber werden, ob sie ihn mögen oder sich vor ihm in Acht nehmen sollte.

„Holla, die neue Magd! Etwas sehr jung noch, aber das hatten die Meierbauern ja von jeher gern. Geh nur hinauf, der Bauer wartet schon. Ich hoffe du bist recht anstellig. Hier wird jede Hand gebraucht. Aber leicht wirst du's nicht haben mit der Frau. Bald ist sie krank, bald keift sie durchs ganze Haus. Mach's wie ich, geh ihr einfach aus dem Weg."

Er nimmt seine Karre wieder auf und geht leise pfeifend seines Weges. Änne nimmt den Weg zum Haus und wirklich kommt ihr der Bauer entgegen, als hätte er schon auf sie gewartet. In seiner ewig unbeholfenen Art, steht dieses riesige Mannsbild vor ihr. Änne grüßt.

„Da bist du ja Änne. Komm herein! Die Frau liegt zu Bett. Es geht ihr wieder mal nicht gut. Ich hoffe, du kannst fürs erste die Sachen im Haus machen und am

Abend beim Vieh mit zugreifen. Auf dem Feld komme ich vorerst mit dem Hubert allein zurecht. Aber ich zeig dir erst einmal deine Kammer, wo du dein Zeug hinlegen kannst."

Änne folgte ihm eine steile Stiege hinauf unters Dach, wo üblicherweise die Mägde und Kinder schlafen. Froh, dass sie nicht den Verschlag der alten Martel im Stall bekommt, atmen sie ein wenig auf. Die Kammer ist klein und der Wind pfeift durch die Ritzen, aber zumindest ist sie frisch getüncht. Es gibt eine schmale Bettstatt, auf der ein frisch gestopfter Strohsack liegt und einen Schemel. Änne hat nur Zeit ihr Bündel auf dem Bett abzulegen, denn der Bauer will ihr die Küche und das Vieh zeigen Viele Worte fallen nicht zwischen ihnen und das würde auch in Zukunft so bleiben. Der Bauer ist unbeholfen im Reden und noch unbeholfener im Umgang mit Mädchen, wie sie eines ist und so beschränkt er sich auf das Nötigste. Dennoch bemerkt Änne, dass er ihr zugetan ist. So fragt sie nicht viel, sondern beginnt einfach ihre Arbeit.

Die Bäuerin erscheint erst gegen Mittag.

„Oh, das Hexenkind ist da!", faucht sie hämisch und verschwindet in der Stube.

Änne will versuchen den Rat des alten Knechts zu befolgen und ihr so weit wie möglich aus dem Weg zu gehen, doch im Haus ist das schwieriger als draußen in Stall oder Hof. Hier spürt sie, wie ihr Feindseligkeit und Boshaftigkeit entgegenschlagen. Aber irgendetwas scheint die Bäuerin daran zu hindern, sich sofort offen gegen Änne zu stellen. Es ist als läge sie auf der Lauer und Änne hat bald sich angewöhnt immer in Hab-Acht Stellung zu sein.

So vergeht die Zeit und aus dem Frühling wird Sommer. Es ist einsam auf dem Meierhof. Arbeit hat sie in Hülle und Fülle, doch da ist kein Mensch, dem sie sich nahe fühlt oder dem sie ihre Fürsorge angedeihen lassen kann. So wendet sie sich dem Vieh zu. Sie liebt die beiden Pferde, die sie noch manchmal abends, nach getaner Arbeit striegelt. Aber sie hätschelt auch die Kühe und wie damals, in der unbeschwerten Zeit mit Marie, legt sie beim Melken ihren Kopf an die Leiber der Tiere, um deren Wärme zu spüren, die Wärme eines anderen Wesens eben. Selbst der als bösartig verschriene Hofhund lässt sich von ihr anfassen und streicheln. Für die Bäuerin natürlich ein Zeichen, dass bei ihr etwas nicht mit rechten Dingen zugeht. Doch ihre Liebe und ihr Geschick mit den Tieren bringt ihr die Achtung des alten Knechts ein. Der eher einzelgängerische und manchmal durch das viele allein sein etwas wunderliche Mann gibt ihr nicht nur so manchen Rat bei der Arbeit, sondern bringt ihr so nach und nach sein beträchtliches Wissen um die Tiere nahe. Es ist als habe er sie zur Erbin seiner Erfahrungen und Kenntnisse auserkoren. Dabei entsteht keine wirkliche Freundschaft zwischen ihnen, dazu will der alte Hubert viel zu wenig mit Menschen zu tun haben. Früher einmal war er Schafhirte gewesen und mit seiner Herde weit herumgezogen, dabei waren ihm die Tiere vertrauter geworden als jeder Mensch. Doch sie haben ein einvernehmliches Arbeiten miteinander und so manches Mal schützt er Änne vor den Zugriffen und Zänkereien der Bäuerin, hilft ihr des Sonntags bei den Arbeiten, die sich die Bäuerin für Änne noch ausgedacht hat, damit sie nicht nach Hause laufen kann. Einmal, als der Bauer von einem Kumpanen abgeholt worden war, spannt er sogar den Wagen an, angeblich um den Bauern abzuholen. Doch er bringt Änne schnell ins Dorf und macht dann selbst noch einen Abstecher. Wohin er in seinen wenigen freien Stunden unterwegs ist, das verrät er keinem. Man munkelte von einer geheimen Sekte, doch etwas Genaues wusste keiner und da er kein Aufheben darum machte, verlor man bald das Interesse daran. Das Wirtshaus meide er jedenfalls, wie der Teufel das Weihwasser.

Ganz anders der Bauer, der zu jeder erdenklichen Zeit dort Einzug hält. Manchmal säuft er bis zum Umfallen und nur weil seine Pferde den Weg zu ihrem Stall von selbst finden, kommt er zu Hause an. Einmal jedoch fiel er vom Wagen und blieb im Wald liegen. Hubert, der die Pferde des nachts bemerkte suchte ihn und fand ihn erst im Morgengrauen.

Meist aber grölt er durchs Haus und ist ganz im Gegensatz zu seinen nüchternen Zeiten äußerst redselig. Aber Angst braucht Änne keine vor ihm zu haben. Er wird niemals gewalttätig oder hängt sich an Weiberröcke, wie sein Vater es getan hatte. Irgendwann schläft er mitten in den langen Reden, bei denen ihm keiner zuhört, einfach ein, da wo es ihn gerade übermannt.

Dabei ist er ein guter Bauer, der seinen Hof umsichtig bewirtschaftet und das Land auf dem er lebt zu lieben gelernt hat. Doch die Ehe ist für ihn eine einzige Plage. Oft hört Änne die beiden streiten. Das heißt die Bäuerin keift herum und er ist ihrer spitzen Zunge nicht gewachsen. Regelmäßig endet es damit, dass er mit der Faust so gewaltig auf den Tisch schlägt, dass das ganze Haus bebt. Dann verlässt er fluchtartig Stube und Haus und spannt die Pferde an. Das ist Ännes Dilemma, denn nur in seiner Anwesenheit kann er sie wie versprochen vor den

Übergriffen und Beschuldigungen seiner Frau schützen, wenn Änne wieder mal Brot gestohlen oder ein Tier besprochen haben soll, damit es weniger Milch gibt. Dann kann er sogar manchmal heftig werden.

„Ich seh', was ich seh'! Die Änne hat sich jegliches Brot redlicher verdient als manch andere in diesem Haus. Sie soll der Großmutter und den Kindern das mitnehmen, was ich bestimme. Du hast allen Grund dankbar zu sein, denn vielleicht wärst du heute nicht mehr am Leben, wenn die alte Anna nicht gekommen wäre. Und leise, damit sie es nicht hören kann, setzt er durch die Zähne zischend hinzu: „Vielleicht wäre das auch besser so gewesen."

Das jedoch versetzte der Frau in ihrem Hass gegen die alte Wehmutter einen herben Schlag, den sie wiederum an Änne auslässt, sobald ihr Mann dem Hof den Rücken kehrt. So kommt es auch, dass Änne nicht wie erhofft und versprochen des Sonntag Nachmittags hinüber ins Dorf laufen kann, zur Kate der Großmutter. Der Bauer ist dann regelmäßig unterwegs oder erst gar nicht vom Kirchgang zurückgekehrt. Und immer fallen der Bäuerin dann irgendwelche Spitzfindigkeiten ein. Mal ist es ein angeblich krankes Tier, mal eine unaufschiebbare Arbeit, die unbedingt auch am Sonntag noch erledigt werden muss und mal hält sie Änne ganz einfach solange mit Fragen nach dem Gottesdienst fest, die zu ihrem Heil dienen sollen, damit aus der katholischen Götzengläubigen endlich eine gute Lutheranerin wird, bis es für sie zu spät ist und sie es nicht mehr schaffen würde zum Abendmelken zurück zu sein. Sie weiß ganz genau, wie viel Änne die paar Stunden zu Hause bedeuten und sie hat ihre Freude daran, ihr das zu vergällen und nicht immer kann der alte Hubert zur Stelle sein, ohne dass die Frau etwas merkt. So gelingt es Änne nur alle paar Wochen einmal bei den Ihren zu sein.

Doch auch dort gibt es Veränderungen. Die Mutter verdingte sich den Sommer über als Tagelöhnerin beim Glaserhof oben im Dorf. So ist sie selten da und die wenige Zeit die ihr bleibt, muss auch am Sonntag genutzt werden, um das eigene kleine Anwesen zu bestellen und sich vor allen um ihre Hühner zu kümmern. Ihr Plan ist aufgegangen! Ihre Hühnerzucht gedeiht prächtig und erinnert Änne an ihren Hühnerhof daheim, im Fränkischen. Es ist wahr, was der Vater einstmals behauptet hatte, sie besitzt wirklich ein Händchen dafür. Zu den im Korb mitgeschleppten Junghühnern von Grete und denen, die sie vom Meierbauern zu Ännes Dienstbeginn bekommen hat, sind viele Küken hinzugekommen und stolz läuft der Hahn in Mitten seiner Hennen herum und kräht am Morgen was das

Zeug hält. Dem kleinen Findling hat die Mutter beigebracht, wie er die Hühner in ihrer Abwesenheit zu versorgen hat und er ist stolz auf seine Aufgabe und bringt am Abend voller Freude die eingesammelten Eier herein.

Er kennt jedes Huhn und treibt alle des Abends in den Stall, sodass keines von Fuchs oder Habicht geholt werden kann. Auch sonst macht es seinen steifen Arm durch Flinkheit und Eifer weg und ist schon eine große Hilfe. Nur reden tut er noch immer nicht.

Am meisten schmerzt Änne, dass Christian, der doch fast ihr Kind gewesen ist, sie nach der langen Zeit der Abwesenheit kaum noch erkennt und oft, wenn sie ihn hochnimmt, die Ärmchen hilfesuchend nach der Großmutter ausstreckt und zu weinen beginnt.

„Er fremdelt halt ein bisschen", versucht die Großmutter sie dann zu trösten. „Er ist ja noch klein. Aber es wird nicht mehr allzu lange dauern und er wird sich auf dich freuen und dir entgegenlaufen. Du wirst sehen!"

Ja die Großmutter, die ist die Einzige, die unverändert dieselbe bleibt und an sie hält sich Änne in ihrem Schmerz des Fremdseins hier wie dort. Wenn sie herüberkommt, setzt sie sich mit ihr bei schönem Wetter auf das Bänkchen vor der Hütte. Die Großmutter legt den Arm um sie und so sitzen sie dann aneinander gelehnt. Manchmal schweigen sie einfach und sehen hinaus in die Natur, aber manchmal muss Änne auch ununterbrochen reden, von allem was sie erlebt hat auf dem Meierhof und manchmal kann es vorkommen, dass sie die Tränen nicht mehr zurückhalten kann, weil sie sich so verlassen fühlt dort. Die Großmutter hört sich alles schweigend an und streicht ihr nur dann und wann schweigend über die Hand und Änne fühlt sich getröstet.

So ist es Herbst geworden. Die Ernte ist schon zum großen Teil eingebracht. Es hatte viel Arbeit gegeben, denn die Bäuerin tat wenig und Änne war am Herd, beim Vieh und bei der Ernte. Nun ist das Wintergetreide fast fertig ausgesät. Der Bauer und der Hubert würden bald mit dem Dreschen des Getreides und dem Schlachten beginnen. Noch ist das Vieh auf der Weide und Änne kann aus der fetten Sommermilch Butter und Käse für den Winter bereiten.

Es ist ein stiller, noch einmal recht milder Abend und Änne streift vor dem Melken noch ein bisschen umher. Sie hat etwas abseits einen Baum mit späten Äpfeln entdeckt, die will sie ernten und dörren, ein süßer Leckerbissen im Winter für die Kinder.

Vom Wald herüber hört sie ein Geräusch. Änne meint es sei ein Tier, das am Bach trinkt. Doch auf einmal stürmt ohne Vorwarnung ein großer Hund auf sie zu und noch ehe Änne ihn erkennt, ist er freudig an ihr hochgesprungen und versucht ihr das Gesicht zu lecken.

„Ja Hasso!", ruft sie, „Wo kommst du denn jetzt her?"

Sie greift ihm ins Halsband, bückt sich zu ihm hinunter und streichelt sein weiches Fell. Dabei sieht sie sich um. Wenn der Hund da ist, muss doch auch irgendwo der Wenzel sein. Und richtig, hinten an der Wegbiegung ist zuerst sein Schlapphut und dann der ganze Kerl zu sehen. Er pfeift nach dem Hund und der spitzt die Ohren, unsicher läuft er hin und her, weiß nicht ob er zu seinem Herrn zurücklaufen oder einfach hier bei Änne auf ihn warten soll. Doch noch scheint Wenzel sie nicht erkannt zu haben und so entschließt sich Hasso doch zu ihm zurückzulaufen, um ihn zu Änne zu führen. Diese lässt die Äpfel, die sie schon in ihre Schürze gesammelt hat, einfach fallen und läuft hinter Hasso her, dem Wenzel entgegen, hocherfreut so unverhofft einen lieben Bekannten zu treffen. Fast hätte sie ihn umgerannt, doch er fängt sie lachend auf und ruft: „So hab ich es gern, so werd ich gern von einer jungen Maid empfangen."

Änne wird ein wenig rot ihrer stürmischen Begrüßung wegen. Doch warum soll sie ihre Freude verbergen? Hasso springt immer wieder schwanzwedelnd an den Beiden hoch. Auch Wenzel freut sich. Das kann Änne an dem Zucken seiner Mundwinkel und den lustigen Grimassen, die er schneidet, erkennen.

„Ja, ja, der Hasso, wen der einmal ins Herz geschlossen hat, den vergisst er so schnell nicht wieder und wittert ihn schon meilenweit."

Grinsend schiebt er Änne eine Armlänge von sich und betrachtet sie.

„Mensch Mädelchen, bist ja groß geworden und proper, wenn ich nicht schon so ein alter Mann wär', könnteste mir gut gefallen."

Laut schallt sein Lachen über die Felder. Es macht Änne ein wenig verlegen. Doch schon redet er weiter und Änne merkt das sich der Schreck auf sein Gesicht zeichnet.

„Bist du hier ganz allein, Änne? Wo ist denn die Mutter?"

„Ich bin hier auf dem Meierhof als Magd. Die Mutter lebt im Dorf drüben, in der Häuslerkate bei der Großmutter."

Hörbar erleichtert atmet Wenzel auf.

„Mein Gott, jetzt hab ich doch tatsächlich für einen Augenblick geglaubt ..." Er bricht ab und sieht verlegen aus.

„Jesses, na wegen dem Kind", stottert er.

„Es war nicht leicht für die Mutter, aber nun ist der Bub schon bald ein Jahr."

„Na, den werd ich mir ansehen, das kannst du glauben. Ist ja fast schon ein Bekannter von uns, nicht wahr Hasso?"

„Und wie geht es dir, Wenzel?", fragt Änne nun ihrerseits ein bisschen aufgeregt. Sie will schon weiterreden und nach Marie, den Ihrigen und nach Hans fragen, doch da antwortet auch schon der Wenzel.

„Nu, die Geschäfte laufen gut. Werd mir bald schon ein größeres Wägelchen zulegen. Mit einem Wägelchen und einen schenen kleinen Pferdchen wird alles besser gehen."

Schelmisch blickt er auf Anne hinab. „War es das, was du wissen wolltest, Mädelchen?"

Änne bemerkt nicht den Spott in seinen Augen und will nicht unhöflich sein.

„Ja, da magst du recht haben, musst dich nicht mehr so plagen mit deinen Waren auf dem Rücken und deiner wehen Schulter, und den Hasso brauchste dann auch nicht mehr vor die Karre zu spannen. Ein Wagen ist schön, wenn man so dahinfahren kann."

Änne erinnert sich an die Fahrt mit dem Meierbauern und für einen Augenblick spürt sie den Wind im Haar und wie er die Wangen so schon kühlt, wenn man dahin saust.

„Nu, du bist mir ein Gute, denkst an einen alten Mann, nuja", feixt Wenzel und da wird ihr klar, dass er sich einen Scherz mit ihr macht und sehr wohl weiß, was sie eigentlich wissen wollte. Änne sieht verlegen hinunter auf ihre schmutzigen, nackten Füße.

„Ich freu' mich so sehr, dass du da bist Wenzel, das weißt du doch. Aber ich wollt halt auch gern wissen wie 's der Marie geht und dem Konrad und ..."

Weiter kommt sie nicht. Vom Haus her erklingt ein lauter Ruf nach ihr, verbunden mit einigen unschönen Worten. Die Bäuerin! Erschrocken schaut Änne nach der Sonne.

„Oh je, das Melken, ich hät 's fast vergessen."

Schnell läuft sie zum Apfelbaum zurück. Wenzel folgt ihr und hilft die herumliegenden Äpfel wieder einzusammeln.

„Ist wohl ein böses Weib deine Bäuerin? Hast es schlecht hier?", fragt er dabei.

„Na ja, ich muss ihr aus dem Weg gehen, so gut ich kann. Der Bauer und auch der Knecht sind nicht übel. Wir sind halt arme Leut und Flüchtlinge noch dazu. Da muss man sehen, dass es geht und man überlebt. Was wir verloren haben, gilt nichts mehr."

Änne wundert sich selbst über ihre Worte, die so sehr nach der Mutter klingen und die ihr eigentlich verhasst sind.

Mit den Äpfeln in der Schürze hastet sie davon und ruft Wenzel noch zu: „Geh zur Mutter ins Dorf. Die wird sich freuen und morgen ist Sonntag, vielleicht kann ich hinüberkommen."

„Wo bleibst du denn, du faules, kleines Weibsstück."

Änne rennt los ohne sich umzudrehen und ihre nackten Beine werden von einer Distel zerkratzt, doch sie bleibt nicht stehen, bemerkt es kaum. Sie legt die Äpfel in einen Korb und will schnell an der Bäuerin vorbei in den Stall. Vom schnellen Laufen ist sie ganz außer Atem und ihr Gesicht ist gerötet.

„Nu", giftet die Bäuerin, „Treibst dich mit Mannsbildern herum und es ist dir wohl heiß angekommen. Das sieht dir ähnlich! Und der da schaut ja auch aus wie der Teufel höchst persönlich."

Änne wendet sich um. Sie hat gar nicht bemerkt, dass Wenzel ihr gefolgt ist. Der lüftet jetzt mit der für ihn typischen Pose seinen Hut.

„Grüß Gott gnädige Frau. Darf ich ihnen meine Waren anbieten? Hübsche Tüchlein und Silbernes für die schöne Frau, auch Geschirr aus dem Böhmischen oder Eisenwaren für den Herrn Gemahl, Salz zum pökeln, hät' ich alles dabei."

„Sieh dass du weiterkommst! Wir kaufen nichts von so einem katholischen Böhmen. Sind doch alles Betrüger. Trau schau wem, ner kenn Behm, heißt es bei uns. Oder bist du gar ein Jud? Runter vom Hof und nimm den Köter weg, sonst lass' ich den unseren von der Kette."

Sie ist in voller Fahrt mit ihrem Gekeife. Änne versucht so schnell wie möglich in den Stall zu verschwinden und macht Wenzel ein Zeichen, dass er auch gehen sollte, da sieht sie den Hubert heranschlurfen, gefolgt vom Bauer, die Mistgabel in der Hand. Angelockt durch das Geschrei wollen sie nachsehen was los ist. Als sie gewahr werden, dass weder ein Dieb noch ein Halunke den Hof unsicher machen, sondern das da ein Händler gekommen ist, hellen sich ihre Gesichter auf.

„Halt doch den Mund Weib!", raunzt der Bauer. „Wenn du keinen Tand brauchst, dann ist 's ja gut." Er kehrt ihr den Rücken zu und an den Wenzel gewendet spricht er weiter: „Hast auch Eisenzeug dabei? Ich brauch da einiges und Salz und was für die Küche, da musst mit der Änne reden, der Magd. Das Schlachten geht bald an."

Wenzel hat schon seine Karre abgestellt und die Trage von der Schulter gehoben, an deren Seite ein Paar, zwar getragene, doch noch recht brauchbare Stiefel baumeln. Diese wiederum locken den Hubert heran.

„Nu Bauer, hast mir schon lang ein ordentliches Schuhwerk versprochen. Diese hier täten mir gefallen. Könnten mir wohl passen, he?"

Dabei grinst er sein ewiges Grinsen und wie immer kann keiner wissen, ob es die Freude ist dem Bauern etwas abzuluchsen oder ob es einfach nur sein natürlicher Gesichtsausdruck ist. Nun beginnt das Handeln und Feilschen und es scheint sowohl Wenzel als auch der Bauer haben ihre Freude am Geschäft.

„Hast auch Fleisch Bauer? Bissel was Geselchtes tät ich haben wollen."

„Da ist nicht mehr viel vom letzten Jahr. Aber ich werde bald frisch schlachten. Wenn dir da was recht wär."

„Nun, ich bin noch ein paar Tage in der Gegend und könnt noch mal herein sehen, wenn ihr euren Hofhund an der Kette lasst."

War das eine Doppeldeutigkeit? Doch Wenzel lacht scheinbar arglos und sieht zu dem wütend bellenden Tier hinüber.

„Scharf ist der und wenn der losgelassen wird, gib 's kein Halten mehr. Nun, hier ist 's abgelegen. Er muss den Hof gut bewachen können. Nur bei der Änne, was unsere Magd ist, wird er butterweich."

„Ja, ja, mit Hundeviechern kann sie gut umgehen, die Änne", sagt Wenzel und tätschelt dabei seinem Hasso, der angespannt seinen Artgenossen beobachtet, den Kopf.

„Du kennst sie?", fragt der Bauer erstaunt.

„Ja, ja, unsere Wege haben sich gekreuzt, als sie hierher gewandert sind."

Der Bauer nickt nur und bald werden sie sich Handelseinig. Selbst die Stiefel wechseln den Besitzer. Änne wird herzugerufen, um für die Küche das Nötige auszusuchen und der Bauer schenkt ihr noch ein hübsches Band. Zum Schluss bittet der Bauer den Wenzel herein und es gibt Bier, Schnaps, Brot und Speck, um den Handel zu besiegeln und wer lässt sich schon die Geschichten eines Handelsmanns, der weit herumkommt in der Welt, entgehen. Auch wenn er viel Arges vom großen Krieg zu berichten hat, so fühlt man sich doch hier drin in der Stube recht weit weg von dem allen. Kann man doch noch hoffen, er geht an einem vorbei. Alle sind recht guter Dinge und der Hubert ist reinweg entzückt von seinen neuen Stiefeln. Zur Feier des Tages hat er sie gar nicht mehr ausgezogen und kann kaum den Blick von ihnen wenden. So redselig und fröhlich ist er seit langem nicht mehr gesehen worden. Die Alten, die er eigentlich nur zum Kirchgang oder zu seinen mysteriösen Ausflügen getragen hat, werden ja auch nur noch von einem Bindfaden zusammengehalten. So sitzen sie und schwatzen und alle haben ihren Spaß an Wenzels durch Schnaps und Bier immer lustiger werdenden Erzählungen und an seiner eigenwilligen Sprache. Nur die Bäuerin lässt sich nicht mehr sehen. Sie ist wohl zu Bett gegangen. Das jedenfalls hoffen alle und es vermisst sie keiner.

Schnell bricht die Dunkelheit herein und der Bauer stellt gar eine Kerze auf den Tisch, mit denen er sonst recht sparsam umgeht. Doch er hat ja auch soeben einige neue erworben. Änne erlebt zum ersten Mal seit sie hier ist so etwas wie Gemütlichkeit. Der Hubert holt, wie sonst nur manchmal in lauen Mittsommernächten, seine Hirtenflöte heraus und spielt. Die anderen singen und es erinnert ein ganz klein wenig an die Abende im Wald im Köhlerhaus, wenn Konrad seine Fiedel nahm.

Spät am Abend, als der Bauer die Kerze ausbläst, hat er dem Wenzel längst angeboten auf dem Heuboden im frischen Heu zu schlafen und obwohl der eigentlich noch ins Dorf hatte gehen wollen, zur Katharina, willigt er ob der Dunkelheit ein und bittet darum, Änne morgen mit zur Mutter nehmen zu dürfte. Und wirklich, wenn das Vieh versorgt und gemolken ist, kann sie mit.

Noch vor dem ersten Hahnenschrei ist Änne auf den Beinen. Sie will auf keinen Fall riskieren von der Bäuerin noch zurückgehalten zu werden. Sie beginnt mit dem Melken. Als Wenzel und Hubert herunterkommen, schicken sie Änne in die Küche, das Frühstück bereiten und Wenzel bietet sich an Hubert beim Austreiben der Tiere zu helfen. Als sie fertig sind, stellt Änne die Schüssel mit dem Haferbrei auf den Tisch und ein jeder holt seinen Löffel hervor. Sie essen schweigend. Änne hat es furchtbar eilig. Sie ergreift den Korb mit den Sachen, die der Bauer ihr für die Mutter hingestellt hat. Als es beginnt in der Schlafstube der Bauersleute zu rumoren, eigentlich ist der Bauer um diese Zeit ja auch schon auf den Beinen, drängt sie Wenzel zum Aufbruch, noch bevor der Herbsttag vollständig erwacht ist. Es ist noch dämmrig und Nebel liegt über Wald und Flur, da machen sich eine riesige und eine kleine Gestalt auf den Weg ins Dorf. Zuerst marschieren sie eine ganze Weile schweigend nebeneinander her. Wenzel scheint so früh am Morgen kein Mann der großen Worte zu sein. Vielleicht ist er es auch nur nicht gewohnt auf seinen langen, einsamen Wegen mit jemand anderem als seinem Hund zu reden und der gibt ja bekanntlich keine Antwort, außer vielleicht ein fröhliches oder mitfühlendes Gekläff. Doch etwas muss Änne ihn unbedingt fragen, bevor sie zu Hause bei der Mutter ankommen. Sie weiß aber nicht recht, wie sie mit dem Gespräch beginnen soll. Immer näher kommen sie dem Dorf. In der Ferne sind schon die ersten Häuser zu sehen. Nun kann sie es wahrlich nicht mehr aufschieben.

„Warst du beim Köhler, Wenzel?"

„Nu, den ganzen Winter über, hat mir deine Mutter doch eingebrockt und der Konrad hat mich solange bearbeitet bis ich zugesagt habe. Jetzt hab ich noch ein paar Gänge zu machen und dann werd' ich mir wieder ein Plätzchen an Gretels Herd sichern. Hatte doch recht deine Mutter. Im Winter ist für einen älter werdenden Kerl, wie ich einer bin, nicht mehr gut draußen zu nächtigen. Hab halt nur noch einen Schlenker zu euch her gemacht. Aber ich erzähl alles nachher. Deine Mutter wird 's ja auch wissen wollen."

Änne fasst nach dem Band um ihren Hals. Sie spürt ihr Herz wild hämmern. Natürlich ist das Schnitzwerk noch da, gut versteckt in ihrem Mieder. Sie nimmt ihren Mut zusammen und hofft Wenzel würde ihr dummes Herz nicht hören.

„Und der Hans?", haucht sie.

Wenzel kann sein Lachen nur schwer verbergen.

„Was flüsterst du so, Kind?", ruft er betont laut. Änne merkt wie ihr die Röte ins Gesicht schießt, wieder mal. Das macht sie ärgerlich und sie wendet sich ab. Bestimmt wird er der Mutter nachher lachend davon erzählen, aber ganz gewiss würde er sich gleich über sie lustig machen. Hätte sie bloß zuerst nach Marie gefragt. Sie hat den Wenzel jetzt überholt und trotz seiner großen Schritte ist sie ihm nun vorausgeeilt, auch wenn sie dabei fast rennen muss.

„Nun wart halt Kind! Ist ja schon gut."

Änne hört ihn hinter sich her hetzen mit seiner Karre und der schweren Kippe.

„Der Hans ist weg!", sagt er plötzlich und bleibt schwer atmend stehen. Nun hält auch Änne an. Indem er zu ihr aufholt sagt er: „Das wusstest du doch schon, oder?"

Änne nickt.

„Hat man etwas von ihm gehört?"

Wenzel zuckt die Schultern.

„Wahrscheinlich ist er ins Thüringische rüber. Soll da bei Weida einen geben der gegen die marodierenden, mordenden Heere aufbegehrt. Er jagt den Soldaten ihre Beute ab und gib's den Bauern zurück. Wird viel geredet über ihn in den Wirtsstuben. Seine selbst gegossenen Kugeln sollen ihr Ziel nie verfehlen und mit einer Haselgerte würde er jeden Feind abwehren. Nu, geschwatzt wird viel und hinzugedichtet auch, aber an sich muss er ein feiner Mensch sein und ein mutiger dazu, denn Kopf und Kragen riskiert er, wenn sie ihn kriegen. Wenn's gegen den kleinen Mann und Bauern geht, da ist sich die Obrigkeit doch wieder einig. Viel junges Volk hat er um sich geschart. Mög ihm Gott beistehen und dem Hans auch. Hat halt das rebellische Blut vom Vater. Hat einfach sein Zeug gepackt und ist fort. Was will der Konrad sagen und auch das Bitten der Mutter hilft da wenig."

Änne blickt zu Boden. Auf einmal erscheint, wie aus dem Nichts, ihr brennendes Dorf vor ihren Augen. Keine Hilfe war da, nirgendwo! Alle waren dahin! Wenn da ein solcher gekommen wär' mit seinen Mannen, vielleicht …

„Hast ihn gern, den Hans? Nu, er ist ein fixer Bursche. Wird ihm schon nix passieren", reißt Wenzel sie aus ihren Gedanken.

Nun fast sich Änne ein Herz und fragt: „Du kennst sie doch, die, zu denen er gegangen ist Wenzel, nicht? Ich habe dich mit Konrad darüber reden hören, gerade das was du mir eben gesagt hast und …"

Wenzel legt den Finger auf den Mund.

„Nicht Mädchen, das kann und will ich dir nicht sagen. Es ist einfach zu gefährlich für dich und mich, für alle!"

Um das Thema zu wechseln, zerrt er aus seinem Brustbeutel ein Stück Papier hervor, dass er Änne eigentlich erst nachher, wenn sie bei der Mutter sein würden, geben wollte.

„Ich soll dich übrigens ganz sehr grüßen von der Marie, die ist auch so ein fesches, feines Mädel wie du. Sie hat dir dieses Brieflein mitgeschickt."

Er reicht ihr die kleine Rolle. Änne bedankt sich und steckt ihn in ihr Mieder. Den will sie sich aufheben und lesen, wenn sie wieder allein ist.

„Ach Hans, wo in aller Welt bist du jetzt?", denkt sie und Wenzel überlässt sie ihren Erinnerungen bis sie die Kate der Großmutter erreicht haben. Drinnen hört man ein Kind schreien. Wenzel klopft mit seinem Wanderstab kräftig gegen die Tür.

„Macht auf gute Leut, hab gute Ware für euch!", lässt er seinen üblichen Spruch ertönen. Mochte nun die Mutter seine Stimme erkannt haben oder nicht, jedenfalls reißt sie die Tür auf. Da geschieht etwas Ungewöhnliches. Der Wenzel packt die Mutter an der Taille und wirbelt sie herum. Dabei stößt er einen Jauchzer aus und ruft: „Ja, die Frau Katharina! Es freut mich! Es freut mich die beste und schönste Kräuterfrau der Welt zu sehen."

Die Mutter will zuerst abwehren. Dann ist es an ihr rot zu werden, wie vor Minuten noch die Tochter. Mit schief gelegtem Kopf versucht sie ein Lächeln und zum Schluss stimmt sie in Wenzels frohes Lachen mit ein.

Natürlich lockt das alle anderen Hausgenossen ins Freie und selbst bei den Nachbarn bewegt sich was.

Der Wenzel samt Hund wird hereingebeten und es beginnt sogleich ein Hallo und ein Fragen und Antworten. Alle reden durcheinander. Dazwischen plärrt der kleine Christian, der so gar nicht versteht was hier los ist und warum seine sonst so ernste Mutter so laut lacht. Der Lärm und dieser große Mann mit den Pockennarben sind auch dem kleinen Findling zu viel und er verkriecht sich in eines seiner Verstecke.

Erst ein Machtwort der Großmutter bringt alle wieder etwas zur Ruhe und bald sitzen sie einvernehmlich um den Tisch, bei Großmutters Eichelgebräu und selbst der Findling kommt wieder heran und betrachtet aufmerksam, von unten herauf diesen fremden, sonderbaren Riesen. Als dieser ihn zu sich auf den Schoß hebt, lässt er es sich sogar gefallen.

Es ist ein Sonntag, wie Änne schon lange keinen mehr erlebt hatte. Es wird erzählt und gelacht und gesungen. Die Mutter ist so fröhlich, wie seit ewigen Zeiten nicht mehr. Richtig aufgedreht erscheint sie Änne. Aber vielleicht liegt das daran, dass sie jetzt immer so still und hart gewesen ist. Gemeinsame Erinnerungen werden ausgetauscht und Wenzel muss alles über den Winter bei Konrad und seiner Familie erzählen. Alles, jede Kleinigkeit wollen Änne und die Mutter ganz genau wissen. Was jeder Einzelne gemacht hatte und wie die Ernte gewesen war und ob die Rodung voranging und was sie auf den bereits gerodeten Feldern angebaut hatten und ob das Einvernehmen mit Barbara geblieben war und, und, und. Sie bestürmen Wenzel regelrecht. Der hat es nicht eilig mit dem Erzählen und genießt es im Mittelpunkt zu stehen. Manchmal holt er weit aus und flechtet seine eigenen Geschichten gekonnt mit ein. Alle hören ihm gespannt zu, denn er ist ein geübter Erzähler. Am Schluss meint die Mutter: „Ich glaub, Wenzel, dir kaufen die Leute dein Zeug nur ab, weil du so schön erzählen kannst, ob 's nu stimmt oder nicht."

Er grinst und niemand sieht mehr sein pockennarbiges Gesicht. Alle blicken in seine Augen, die lustig funkeln. Mochte er in seinen Geschäften auch ein Schlitzohr sein, hier kann er sein gütiges Wesen zeigen, hier fühlt er sich aufgehoben.

Viel zu geschwind verfliegen die Stunden. Änne weiß, sie wird bald aufbrechen müssen, wieder zurück in ihr einsames Leben als Magd. Doch würde sie noch lange von diesem schönen Tag zehren. Der Abschied fällt ihr noch schwerer als sonst immer. Aber Wenzel, das weiß sie, würde noch einmal beim Meierhof vorbeischauen, um das Fleisch, das er eingehandelt hatte, abzuholen und seine Geschäfte dort abzuschließen. Inzwischen wird er im Haus der Großmutter bleiben und von da aus in der Umgebend seinen Handel betreiben. Änne beneide die anderen um die lustigen Abende. Aber es hilft alles nichts, sie muss sich sputen, um rechtzeitig zum Melken zurück zu sein. Die Bäuerin wird heute sowieso nicht gut auf sie zu sprechen sein. Das Besten wird es sein sich so unsichtbar wie möglich zu machen und sich in den Stall zu den Tieren zu retten. Die ganze Strecke vom Dorf bis zum Hof rennt sie, doch ihre Hoffnung erfüllt sich nicht. Die Bäuerin hat nichts anderes zu tun gehabt, als auf sie zu warten und sie mit bösen Worten und beißendem Spott zu empfangen. Wie üblich ist vom Bauer weit und breit keine Spur und so kann die Alte richtig vom Leder ziehen.

„Na du kleines Luder, hast den Bauer wieder mal um den Finger gewickelt? Brauchst gar nicht so scheinheilig zu tun, wirst ihn schon reinlassen eines Tages in deine Kammer. Wird dir wie der alten Martel ergehen! Und der Pockennarbige ist das dein Freund, dein Freier vielleicht? Klar mit so einem heimatlosen Herumtreiber gibt man sich ab, das ist das Richtige! Weil er so schön ist mit seinen Narben und so jung dazu, was?" Sie lacht höhnisch. „Hat dir wohl was von seiner Ware versprochen, ein Tüchlein hier und ein Kettchen da, das kann man brauchen. Nie wird aus dir was Ehrbares!"

Änne grüßt nur und geht stumm an ihr vorbei. Alle Worte, die sie auf der Zunge hat, schluckt sie hinunter. Es hat keinen Zweck. Reden und sich verteidigen macht alles nur noch schlimmer, das hat sie inzwischen gelernt.

„Auch noch verstockt! Na, was will man erwarten. Da glaubt der Alte noch an das Gute in den Leuten, dass ich nicht lache!"

Änne hat die Stalltür erreicht und schlägt sie erleichtert hinter sich zu. Hier drin ist Stille, abgesehen von dem leisen Muhen der Kühe, das in ihren Ohren wie eine freundliche Begrüßung klingt. Sie saugt den Geruch der Tiere tief in sich ein. Hubert hat sie sicher schon vor einer ganzen Weile hereingetrieben. Irgendwo hört sie ihn werkeln. Bald wird das Vieh nicht mehr auf die Weide kommen. Dann muss es im Stall versorgt werden. Änne liebt die Wärme die die Tiere ausstrahlen und holt sich sogleich Melkschemel und Eimer. Wie üblich mit dem Kopf an dem weichen Bauch der Kuh überdenkt sie noch einmal die Eindrücke und Erzählungen dieses Tages. Sie wandert in Gedanken hinein in den Wald, zum Haus von Konrad und setzt sich mitten unter sie. Auch hier ist der Winter schon ganz nahe. Alle sind sie zusammengerückt ins große Haus. Sie sind's zufrieden. Die Vorräte würden, auch dank Wenzel, für den Winter reichen. Konrad hat wieder mal verbotenerweise für Fleisch gesorgt.

Sie hatten es geschafft das Feld noch zu Ende zu roden und das Wintergetreide war ausgesät.

Joseph hat sich nach der Sache mit Barbara aufgerappelt. Es ist ihm klar geworden, dass auch er seinen Anteil am Überleben und der Sorge um die Nahrung beitragen muss. Anfänglich etwas unbeholfen, hat er bald gemerkt, dass das Schaffen an der frischen Luft und die körperliche Arbeit ihm Zufriedenheit verschaffen und seiner ständig kreisenden Gedanken zur Ruhe kommen lassen.

So ist die Hausgemeinschaft recht froh beieinander und Änne die in Gedanken bei ihnen sitzt, hört sie erzählen und Gedichte vortragen, sie hört sie singen und zu Konrads Fiedel sieht sie sie tanzen und sie bemerkt, dass Barbaras Leib sich gewölbt und ihre Wangen sich gerötet haben. Sie wirft einen Blick über Maries Schulter, die in den Büchern ihres Vaters blättert und sorgfältig ihre Kräuter sortiert. Um ihre Beine krabbeln die kleinen Buben, die auf dem Fußboden spielen bis die Gretel mit aufgekrempelten Ärmeln eine große Schüssel auf den

Tisch stellt, in die alle ihre Löffel tauchen. Und Konrad mit der Feder in der Hand, hebt den Kopf und ermahnt sie nur das Schreiben nicht zu verlernen.

Ach Konrad, wo soll es hier einen Platz zum Schreiben geben? Nur der Hans der fehlt. Aber da, das Bild eines rothaarigen Jungen taucht in ihr auf, der mit seinen Kameraden durch die Wälder streift, der einer alten Frau eine Münze gibt und einem Kind ein Stück Brot. Er ist gewachsen in diesem Jahr, seine Schultern sind breiter geworden und sein Flaum am Kinn dichter. Er wendet ihr sein Gesicht zu und lächelt. Etwas in seinen Augen ist anders geworden, wissender, auch ein wenig fremd.

Die Vision verschwimmt, ein Nebel umhüllt sie und so sehr sie sich müht, das Bild bleibt verschwunden. Merkwürdig, wo sie die anderen doch ganz deutlich vor sich sieht. Sogar die Fidel dringt in ihr Ohr. Wie sehr beneidet sie sie alle und wie gern wäre sie nicht nur im Traum bei ihnen, jetzt wo schon erneut der Winter heraufzieht. Änne merkt nicht wie ihr die Tränen herunterrinnen und ins Fell der ruhig dastehenden Kuh tropfen.

Auf einmal ist ihr als stehe jemand hinter ihr und berührte sie ganz sanft und eine Stimme flüstert: „Alles wird noch gut. Das Leben hat doch erst begonnen. Verlier' nicht deinen Mut."

Wessen Stimme ist das? Ist es Marie die da spricht oder Hans? Sie wendet sich um, doch da ist niemand. Nur die stumm vor sich hin kauenden Kühe.

Die nächste Zeit bringt viel Arbeit. Es wird geschlachtet auf dem Hof. Änne weiß kaum wo ihr der Kopf steht. Fleisch muss zerlegt, gepökelt oder zum Räuchern fertiggemacht werden. Sie bereitet Wurstmett aus den Fleisch und Fettresten und füllt es in die Därme. Sie schafft und schafft von morgens noch vor dem Hahnenschrei bis spät abends. Dabei kann sie sich nicht, wie im Sommer vor der Bäuerin nach draußen retten, sondern ist ihren ständigen Angriffen und Verdächtigungen ausgeliefert. Obwohl sich Änne die größte Mühe gibt, ist ihr bald die Wurst nicht richtig gewürzt und nicht straff genug gefüllt, bald das Fleisch nicht gut genug gesalzen. Dabei trägt sie selbst recht wenig zum Gelingen der Arbeit bei.

Es bleibt Änne nicht einmal Zeit zu Nachdenken. Jeden Abend sinkt sie todmüde ins Bett und fällt sofort in einen tiefen, traumlosen Schlaf. Morgens hat sie, nach dem Melken, die Erste in der Küche zu sein. Änne ist flink bei der Arbeit und alles geht ihr gut von der Hand. Sie freut sich an den Käselaibern, die schön aufgereiht daliegen und an der Wurst, dem Schinken und dem Speckseiten, die sie zum Räuchern über den Herd gehängt hatte. Doch immer ist ihr die Bäuerin im Nacken, die ihr unterstellt etwas für die Ihren genommen zu haben.

Draußen wird es nun immer trüber. Und als die Zeit herankommt, da die Bäuerin damals das missgestaltete Kind zur Welt gebracht hatte, wird es immer schlimmer mit ihr. Sie schreit und wütet drüben in der Kammer.

„Sie hat es mir untergeschoben die alte Hexe, dieses Wechselbalg", klagt sie immer und immer wieder.

Keinen scheint es zu scheren, den Bauern nicht und dem Knecht schon gar nicht. Als Änne, der es doch ans Herz geht, ihr etwas heiße Brühe mit ein paar beruhigenden Kräutern bringt, schlägt sie ihr den Becher aus der Hand und nur weil sie geschickt ausweicht, kann sie verhindern, dass sie den heißen Sud ins Gesicht bekommt. Nur eine kleine Verbrühung am Arm trägt sie davon.

„Nun will mich das Hexenkind auch noch vergiften, weil ich allein die Wahrheit weiß über ihre Großmutter. Sie hat dem Kind das Blut ausgesaugt. Hebe dich hinweg von mir du Satansbraut. Gott steh mir bei! Eine Abergläubische ist sie. Hilfe, Hilfe!" Sie schreit wie angestochen und Änne vermeidet es jemals wieder zu ihr hineinzugehen. Sollt sie halt jammern und greinen, wie sie will. Sie bleibt bei ihrer Arbeit und ist froh, dass sie sie erst einmal nicht zu Gesicht bekommt.

Wer dann kommt aber ist der Wenzel. Er will sich sein Fleisch abholen. Da der Bauer aber auf sich warten lässt, stellt Anne ihm einen Teller Blutsuppe hin und ein Stück Brot. Geschwind geht sie dabei hin und her von der Herdstelle zum Tisch und zurück.

„Gehst also über 'n Winter wieder zum Konrad."

„Ja, ja hab noch hie und da ein paar Geschäfte aufm Weg, aber dann werd ich, wie ausgemacht, da vorbeischauen. Es ist gut sein bei ihnen. Besser als in den Wirtshäusern und sicherer auch in der Zeit."

„Kommst wieder vorbei im nächsten Jahr?"

Wenzel wischt mit dem Ärmel die Spuren der Suppe aus seinem Gesicht.

„Ja weißt du Änne", beginnt er zögerlich, wie es so gar nicht seine Art ist, „Ich hoff, ich kann wiederkommen, so Gott will und mir nichts zustößt und ein Wägelchen bring ich mit, ganz bestimmt."

Nun wird er schon wieder lebhafter.

„Ich will wohl im späten Sommer oder auch zum Herbst her kommen und dann bleiben und von hier aus meinen Handel treiben, weißt du. Mit der Mutter hab ich es beredet."

Er lächelt ein bisschen verlegen, aber dann auch schon wieder verschmitzt.

„Es wird dann alles besser, wirst sehen Änne."

Änne denkt plötzlich an die Röte im Gesicht der Mutter und an ihre Ausgelassenheit. Es scheint ihr kein schlechter Gedanke. Sie muss ein bisschen lächeln. Aber ein Rechter ist der Wenzel, wenn es so kommen sollte. Verstohlen füttert sie den Hund mit ein paar Leckerbissen. Der legt seine Schnauze liebevoll in ihre Hand. Wenzel, froh das heikle Thema beenden zu können, tätschelt ebenfalls den Hund.

„Ja, ja Hasso, hast sie schon recht gern die Änne, was? Aber was hilft 's, weiter müssen wir, noch sind wir aufs Umherziehen angewiesen."

Der Bauer kommt und Änne lässt die beiden Mannsleute allein. Nachher sieht sie den Wenzel noch einmal, als er seine Sachen verpackt.

„Ich geh nun, Änne", sagt er zögernd, als wartet er noch auf irgendetwas.

„Ich freu mich auf deine Wiederkehr Wenzel!", und das kommt Änne von ganzem Herzen. „Gott möge dich behüten auf deiner Wanderschaft und dich wieder zu uns führen. Ich werd für dich beten."

„Ich hoff es hilft! Sei du auch gesegnet Kind, auf dass dir die Zeit nicht allzu schwer wird hier."

„Grüß mir besonders die Marie und alle anderen auch, bitte. Ich hab gar kein Briefchen schreiben können. Erzähl ihr halt alles von hier."

„Das mach ich ganz bestimmt."

Nun tut er so als fällt ihm eben erst noch etwas ein, doch man merkt, dass er es sich extra bis zuletzt aufgehoben hat. Aus seiner Tasche zieht er eine Kerze. Ein klein wenig krumm ist sie und sie hat auch ein paar klein Kratzer. Aber sie riecht gut nach dem Wachs aus dem sie gemacht ist.

„Die schenk ich dir, Änne. Der Konrad hat mir aufgetragen dich an das Lesen und Schreiben zu erinnern und da hab ich mir gedacht, jetzt wo der Winter kommt und es beizeiten dunkel wird und auch die Arbeit nicht mehr so viel, da könntest du so etwas gebrauchen, oben in deinem Kämmerchen."

Änne ist so verblüfft, dass sie zunächst gar keine Worte findet. Noch nie in ihrem Leben hat sie eine Kerze besessen, eine richtige Kerze die ihr allein gehört. Sie würde am Abend lesen und vielleicht sogar wieder ein bisschen schreiben können. Sie steht ganz benommen da und streicht immer wieder zärtlich über die Schönste aller Kerzen.

Wenzel nutzt ihre Verwirrung und packt sich sein Gestell auf den Rücken, leise pfeift er nach dem Hund. Erst sein: „Behüte dich Gott, Änne!", löst sie aus ihrer Verzückung und sie kann ihm gerade noch einen Dank hinterher rufen. Er dreht sich um, lächelt und winkt und ist schon bald hinter der nächsten Wegbiegung verschwunden. Nur Hasso kommt noch einmal zu ihr zurück gerannt, springt sie an und versucht ihr das Gesicht abzuschlecken. Spürt nur er ihre nicht geweinten Abschiedstränen?

Auch als sie schon längst nicht mehr zu sehen sind, rührt sich Änne nicht von der Stelle. Am liebsten wäre sie ihnen nachgelaufen. Einfach weg, einfach nicht hier bleiben müssen, wieder wandern und Abenteuer erleben, so wie Hans. Warum gesteht man das bestenfalls den Jungen zu? Ist sie nicht genauso bereit dafür, nicht genauso flink und stark und gescheit?

Sie hat alle Mühe sich loszureißen von dem Pünktchen dahinten, das vielleicht noch Wenzel sein könnt und von dem Gedanken ein Wagnis einzugehen, weg, weg, weg. Aber die Vernunft sagt ihr, die Ihren würden es noch schwerer haben, ohne die Lebensmittel die sie ihnen bringen kann. Vielleicht fehlt ihr auch bloß der Mut.

Langsam dreht sie sich um und geht dem Hof zu, wo die gewohnte Arbeit auf sie wartet, nicht ahnend welche Ereignisse bald auf sie zu kommen würden. Fest umklammert hält sie dabei ihre Kerze. Wenigstens die würde sie mit der Welt da draußen verbinden. Und nun wird sie auch endlich Zeit finden Maries Brief zu lesen. Das ist ihr ein kleiner Trost, den sie sich aufgespart hat.

18. Kapitel Anne

Am nächsten Morgen wacht sie auf als die Oma leise, um sie nicht zu wecken, aus dem Bett schlüpft.

„Schlaf weiter, Anne! Ich stell dir den Rest vom Brot zum Frühstück hin. Mittag oder wahrscheinlich wird es auch erst früher Nachmittag hole ich dich wie ausgemacht ab. Tschüss derweil."

Die Tür fällt ins Schloss und Anne zieht sich, froh noch weiterschlafen zu können, die Decke über den Kopf. Das zweite Mal wird sie von lautem Gehupe, gleich vor ihrem Fenster, geweckt. Es rattert wie der Motor eines Mofas. Sollte Mia etwa wieder …? Sie springt aus dem Bett und nur mit ihrem Schlafshirt bekleidet stürzt sie aus der Tür. Tatsächlich, das Mofa! Das kann doch nicht wahr sein!

„Mia, hast du 'nen Vogel? Hast du schon wieder das Mofa von deinem Bruder geklaut?"

Da nimmt der Fahrer den Helm ab. Rotes Haar quillt darunter hervor.

„Nein, nicht Mia sondern der Bruder höchst selbst."

Ein grinsendes Jungengesicht schaut ihr herausfordernd entgegen. Anne wird rot, sieht an sich herunter und stottert: „Was willst du denn hier? Ähm, ich zieh mir erstmals was über."

„Ich will dir was zeigen!", ruft er ihr nach. Anne ist nach drinnen gerannt und eilig in Jeans, Socken und Schuhe gefahren. Ein bisschen Wasser ins Gesicht tut auch Not, nach der langen Nacht gestern. Ohne selbst genau zu wissen warum, greift sie sich ihr Lieblings-T-Shirt aus ihrem Rucksack. Hannes hat inzwischen sein Moped abgestellt und wartet an der Tür.

„Was machst du denn so lange da drin?"

„Komm rein! Ich muss noch was frühstücken. Was willst du mir denn zeigen?"

„Überraschung!", feixt er.

„Meine Mutter hat aber gesagt, ich soll nicht mit fremden Jungs mitgehen", murmelt sie kauend. „Müsstest du nicht in der Schule sein?"

„Du bist ja auch nicht in der Schule."

„In Bayern sind Pfingstferien."

Er schnappt sich ein Marmeladenbrot, das Anne für sich geschmiert hat, lacht und ruft: „Prüfungsvorbereitung!"

„Du bist schon in der zehnten? Und das nennst du jetzt Prüfungsvorbereitung?"

Hannes verdreht die Augen.

„Komm schon, beeil dich." Er wird etwas unruhig. „Ich muss zurück. Aber es wird dir ganz bestimmt gefallen, glaub mir!"

Anne nimmt ihre Jacke und schließt die Laube ab. Hannes gibt ihr den zweiten Helm und schon sitzt sie hinter ihm auf dem Moped und die Landschaft zieht an ihr vorbei. Oma hat doch recht, das Leben kann einfach schön sein!

„Wohin fahren wir eigentlich?", schreit sie über das Motorengeräusch hinweg in Hannes Ohr.

„Zum Hof!", schreit er zurück.

Es ist nicht weit und Anne wäre gern noch ein Stück gefahren. Toll so ein Moped zu haben. Sie sollte sich vielleicht auch überlegen die Prüfung zu machen.

Was kann es bloß sein, was Mias Bruder ihr so dringend zeigen will? Sie kennen sich doch eigentlich gar nicht, bis auf die zwei kurzen Begegnungen gestern.

Kaum angekommen zieht er sie eilig hinter sich her zu den Tieren. Da stehen sie und nun ist Anne tatsächlich baff, da steht die weiße Ziege und an ihrem Euter saugt ein winziges, ebenso weißes Zicklein.

„Eh, das gibt 's doch gar nicht, ist das süß!"

„Na und wir großen Tierversteher haben nichts davon gemerkt."

Vorsichtig geht Anne näher und streichelt der Ziege übers Fell. Die lässt sich das sogar gefallen, nur an ihr Kleines will sie vorerst noch keinen heranlassen. Anne setzt sich zu Hannes, in die Nähe der Tiere und sie beobachten die beiden, Mutter und Kind.

„Es ist wie ein Wunder. Sie hat es ganz allein geschafft. Mutter würde sagen, das machen Ziegen eben so. Aber ich finde es trotzdem unglaublich toll." Hannes redet begeistert weiter. „Heute Morgen hat Papa mich gebeten die Tiere zu füttern, weil ihm nicht richtig gut sei und er später noch zum Baumarkt wolle. Bin also hergefahren, mache den Stall auf, um sie rauszulassen und da sehe ich das Kleine. Es konnte schon allein stehen. Die Mutter leckte noch ein bisschen an ihm herum und dann ging sie mit ihm hinaus, als sei das das selbstverständlichste von der Welt."

„Ist das denn das erste Zicklein, das hier bei euch geboren wurde?"

„Ja, aber niemand wusste davon. Ich meine dass sie schwanger ist oder wie man das bei Tieren nennt. Ich war so aufgeregt und wusste gar nicht gleich was ich machen sollte. Ich wollte es unbedingt sofort jemandem zeigen. Aber keiner da! Da bist du mir eingefallen. Ich dachte, dir würde das bestimmt gefallen, weil Mia doch erzählt hat, dass dich die Weiße rangelassen hat und dass du sie sogar streicheln konntest. Das habe ich ja nun gesehen."

Er lächelt ihr zu und wendet sich dann ab. Täuscht sie sich oder ist er rot geworden? Schweigend sitzen sie da und Anne wird es fast schon ein bisschen peinlich. Über die Ziegen hatten sie ja nun genug geredet, aber ihr will einfach kein passender Gesprächsstoff einfallen. Sie betrachtet Hannes von der Seite. Er hat die stämmige Figur seiner Mutter, nur ist er viel größer, bestimmt überragte er selbst seinen Vater schon. Schon gestern waren ihr seine großen, kräftigen Hände aufgefallen. Ansonsten ähnelt er sehr seinem Vater auf den Bildern von Herrn Gossner, das gleiche schmale Gesicht, die gleichen hellen Augen und der Flaum auf der Oberlippe könnte sich vielleicht einmal zu einem Bart entwickeln und natürlich hat er das Familienerbe, das rote Haar. Hannes hat ungemein viel davon. Rote Locken wallen förmlich von seinem Schädel.

„Du siehst aus wie dein Vater früher", spricht sie ihren Gedanken laut aus.

Sofort ärgert sie sich über so einen blöden Satz. Welcher Junge will schon wissen, dass er wie sein Vater aussieht?

Wahrscheinlich hat man ihm das schon öfter gesagt und er sieht es bestimmt auch selbst, wenn er in den Spiegel schaut. Entsprechend unbeeindruckt ist Hannes Blick.

„Woher willst du denn das wissen? Kanntest du ihn denn seinerzeit?"

Nun bleibt ihr nicht anderes übrig, als irgendwie weiterzumachen.

„Ich hab da so ein altes Foto."

Sie kramt in ihrer Tasche, in der all ihre Kostbarkeiten verstaut sind und die sie inzwischen ständig mit sich herumschleppt. Sie hält ihm das Bild vor die Nase.

„Ah, da sind sie ja alle vereint, Papa und Mama, das Tantchen und das da ist deine Mutter nicht. Übrigens dir auch recht ähnlich." Er feixt. „Und den kenn ich auch. Ist inzwischen ein bekannter Musiker, Geiger und Dirigent. Als ich noch jünger war und Geige gelernt habe, hat mich Papa mal zu einem Konzert mitgeschleift. Er wollte noch hinterher mit dem quatschen, aber der war ganz schön arrogant und kurz angebunden."

Über das Bild gebeugt berührt Hannes Haarmähne Annes Nacken. Schnell packt sie das Bild wieder ein und rückt dabei etwas zur Seite.

„Warum interessiert dich eigentlich der alte Kram, betreibst du Ahnenforschung?"

Hannes lacht wie über einen guten Witz. Anne geht nicht darauf ein. Vielmehr fragt sie, froh eine anderes Thema gefunden zu haben: „Du spielst Geige?"

„Na ja, hab ich mal. Aber bei den Händen. Meine Mutter meint, die seien das Erbe eines uralten Bauerngeschlechts. Die interessiert sich auch immer für solche uralten Geschichten und ich kann 's manchmal schon gar nicht mehr hören. Inzwischen spiele ich übrigens Schlagzeug. Das passt besser zu mir. Aber die Geige ..." Er vollendet den Satz nicht und Anne kann nur vermuten, dass er vielleicht doch noch manchmal auf ihr spielt.

„Willst du mal Musiker werden?"

„Quatsch!"

Dann vielleicht Journalist, wie dein Vater?

Gerade noch kann sie sich auf die Zunge beißen, um diese Frage zu verhindern und schon ist ihre Unterhaltung wieder ins Stocken gekommen.

Anne blickt über die Wiese hinweg bis zum Wald hinüber über die felsige, gebirgige Landschaft. Auf einmal hat sie so ein Gefühl, als sei sie schon eine Ewigkeit hier zu Hause, als sei alles mit ihr verbunden, als sei sie eins mit allem, Landschaft, Tieren. Menschen. Ein gelber Schmetterling ist auf ihrem Schuh gelandet und sie vertieft sich so in dessen Anblick, dass sie womöglich gar nicht zugehört hätte, als Hannes anfing zu reden, hätte ihr nicht wieder mal die Weiße einen Stupser verpasst.

„Ich will überhaupt nichts werden, weil ich schon bin!", beantwortete er ihre nicht gestellte Frage Das klingt wie ein Manifest, laut in die Welt hinausposaunt. Als sich ihre Blicke jetzt begegnen stellt Anne fest, dass weder Verlegenheit noch Langeweile mehr in seinen Augen zu sehen sind. Vielmehr scheinen sie zu blitzen und zu sprühen.

„Mir geht das alles tierisch auf den Senkel hier. Dieses ganze intellektuelle Gequassel und Karrieredenken. Mach doch noch das Abi, dann kannst du studieren oder lerne ein Handwerk, dann kannst du mal deinen eigenen Betrieb aufmachen. Du bist doch nicht dumm Hannes. Du musst nur wollen! Ich will aber nicht! Der ganze Schulkram kotzt mich an bis zum abwinken. Pauken, pauken und dann schnell wieder alles vergessen, denn schon kommt die nächste Prüfung und ich will auch kein braver Handwerksmeister werden oder ein Student mit Peace-Shirt und Rollkoffer und großen Ideen, die bald im kleinen Alltag zerschmelzen wie die Butter in der Sonne. Ich will nirgendwo ankommen."

Anne merkt immer mehr wie er sich in Rage redet.

„Deshalb sitze ich jetzt auch hier ohne für die blöde Prüfung zu lernen. Ich habe beschlossen, sie einfach auf mich zukommen zu lassen. Was ich weiß wird reichen oder auch nicht. Dann werde ich jobben wo ich kann und ich werd alles verkaufen was ich hab und was man zu Kohle machen kann, das Moped, mein Schlagzeug und so bald ich kann, hau ich ab hier. Ich will so weit wie möglich weg und ich will nirgendwo bleiben. Immer nur so viel arbeiten, dass ich weiterziehen kann. Kann sein, dass ich dann finde was ich suche."

„Und die Geige nimmst du mit?"

Er lächelt ihr zu, jungenhaft und voll Abenteuerlust.

„Vielleicht!"

Sie lächelt zurück.

„Aber der Hof hier, die Tiere, die Landschaft, das ist doch auch schön. Schau dir bloß das kleine Zicklein an."

Kann es sein, dass sie will, dass er hier bleibt? Wozu? Sie würde ja auch wieder weggehen.

„Stimmt, hier ist es ganz gut. Das hier ist aber die Antwort meines Vater. Ich will meine eigenen Antworten finden. Im Sommer geh ich erst mal in ein Camp in Griechenland, um Flüchtende vor dem Ertrinken zu retten und dann werde ich weitersehen."

Er macht eine Pause.

„Du bist eigentlich die Erste, der ich davon erzähle. Du musst nicht unbedingt davon herumlabern. Du weißt schon was ich meine."

„Und warum erzählst du 's mir dann."

„Weil ich glaube, dass du auch eine Antwort suchst."

„Ich, was soll ich den suchen?" Anne fährt herum. „Hat Mia etwa …"

„Mia? Nein, nein! Mia quasselt zwar den ganzen Tag, aber wenn es darauf ankommt, kannst du sie prügeln und sie hält trotzdem die Schnauze. Ich hatte nur so 'ne Ahnung. Du musst mir auch nichts erzählen."

Er legt sich auf den Rücken und blickt in den Himmel. Anne zieht Schuhe und Strümpfe aus und läuft barfüßig über die Wiese. Die Grashalme kitzeln an ihren Zehen und sie spürt jedes Steinchen an ihren Fußsohlen und die Weiße lässt sie jetzt sogar ihr Kleines anfassen.

„Pass bloß auf, dass du nicht in Ziegenkötel latschst!", lacht Hannes, der sich auf den Bauch gedreht hat und ihr zuschaut.

„Soll ich dir welche mitbringen, damit dich meine stinkenden Füße nicht mehr so stören?"

Sie bückt sich und bricht ein großes Blatt ab und wickelt einige Kötel da hinein. Mit dieser Ladung in der Hand macht sie sich auf den Weg zu Hannes, der sofort aufgesprungen ist um sie abzuwehren. Sie rangeln eine Weile miteinander bis Hannes das Blatt zu fassen bekommt und sie damit verfolgt. Da sie das Barfußlaufen nicht gewöhnt ist, hat er sie schnell eingeholt. Im letzten Moment kann sie ihm das Blatt aus der Hand schlagen, das dann in hohen Bogen auf die Wiese zurückfliegt. Einen Augenblick stehen sie sich erhitzt, mit roten Gesichtern gegenüber, bevor sie sich lachend ins Gras fallen lassen. Schweigend betrachten nun beide die Wolken, die am Himmel vorüberziehen und seltsame Figuren bilden. Anne erinnert sich an ein Spiel, das sie früher mit ihrer Oma gespielt hat.

„Schau ein Hahn, er sitzt auf einem Dach."

Hannes weiß sofort was sie meint.

„Das ist kein Hahn! Das ist ein Adler, schau wie er seine Flügel spannt."

Ein wenig begreift Anne in diesem Moment das Glück. Alles was sie in letzter Zeit so belastet hat, tritt ein Stück zurück und lässt sich aus der Entfernung ganz anders betrachten. Ist hier nicht alles beisammen, was man zum Leben bracht. Sonne, Himmel, Wiese, Wald, Tiere und sie selbst und ... vielleicht doch ein bisschen kitschig.

Sie haben längst aufgehört zu reden, liegen nur einfach so da und die Stille ist mit einem Mal überhaupt nicht mehr peinlich.

19. KAPITEL ÄNNE

Schnell kommt der Winter in diesem Jahr und bringt eine Menge Schnee, dazu eisige Kälte und anfänglich auch einige heftige Stürme, die die Menschen ängstigen und denen so mancher Baum zum Opfer fällt. Bald hören sie aber wieder auf, doch Frost und Schnee halten das Land gefangen unter einer hohen, weißen Decke und erstarrten Bächen. Im Winter gibt es nicht ganz so viel zu tun. Doch Änne kann trotzdem nicht über zu wenig Pflichten klagen. Das Vieh muss sowieso versorgt werden und im Haus ersetzt Änne die Hausfrau inzwischen fast komplett. Diese zieht sich immer mehr in ihre Kammer zurück oder kutschiert, sowie es das Wetter erlaubt, zur Pfarrei um zu beten. Dabei wird sie immer wunderlicher.

Die drei verbleibenden Mitglieder des Haushalts sitzen, sobald es dunkel wird, in der Küche am Herd. Bauer und Knecht werkeln herum, reparieren kaputtes Werkzeug oder schnitzen. Der Hubert ist darin ein wahrer Meister, der seinesgleichen sucht. Unter seiner Hand sieht Änne Menschen und Tiere aus weichem Lindenholz entstehen. Sie ist fasziniert von den so lebensechten Gestalten. Da ist das alte Weiblein, das krumm gebeugt eine Kippe mit Zapfen und Reisig auf dem Rücken und einem Korb in jeder Hand daherkommt. Sind Kräuter und Pilze darin? Ein wenig erinnert sie Änne an ihre Großmutter. Auch der lustige Handwerksbursche auf der Walz gefällt Änne. Ob so einmal ihr Vater ausgesehen hat? Gerade arbeitet Hubert an einem kapitalen Hirsch, ein Zehnender soll es werden. Änne hätte ihm immer nur zuschauen mögen, aber auch sie hat ihr Tun. Sie spinnt, stopft, bessert Kleidungsstücke aus oder sie strickt warme Socken oder Handwärmer aus den vom Bauer geschenkten Wollresten. Auch ein kleines Püppchen, Schäfchen und einen Esel aus Wolle macht sie für die beiden Kleinen daheim. Will sie doch um Weihnachten herum als Ruprecht verkleidet bei ihnen auftauchen. Denn hier gibt es keinen Heiligen Sankt Martin wie drüben in Franken. Hier bringt der Ruprisch die Geschenke für die Kinder, wenn sie brav waren. Der ist oft ein recht wilder Geselle und im vorigen Jahr hat Änne selbst noch vor ihm gezittert. Ganz so schlimm will sie es mit den Kleinen nicht treiben. Voller Vorfreude denkt sie bei ihrer Werkelei daran. Doch sie hat ihre liebe Not. Es ist gar nicht so einfach die Figuren so hinzubekommen, dass sie auch wirklich einem Schaf und einem Esel ähneln. Ganz bestimmt hat sie nicht die Begabung darin, die Hubert beim

Schnitzen aufweist. Sowieso sind Handarbeiten noch nie so recht ihr Ding gewesen, so sehr sich die Mutter auch bemühte sie zu unterweisen.

Auch wenn Änne diese stillen gemeinsamen Winterabende irgendwie gern hat, kann sie es trotzdem oft kaum erwarten, dass der Bauer müde vom Tagwerk zur Bäuerin in die Kammer schleicht. Dann gähnt sie auffallend, bis der Knecht nach einer Weile grinsend sagt: „Na Änne, bist müde? Geh halt zu Bett! Ich guck schon noch mal nach dem Feuer."

Das lässt sich Änne nicht zweimal sagen. Schnell nimmt sie sich einen Kienspan und Feuer vom Herd und leise schlüpft sie die Stufen zu ihrer Kammer hinauf.

„Pass mit dem Feuer auf!", hört sie Hubert noch mahnend hinter sich herrufen. Doch sie kann nicht schnell genug hinaufkommen. Oben ist es kalt und der Wind pfeift durch die Ritzen, obwohl sie sie immer wieder mit Stroh abzudichten versucht. Vorsichtig zündet sie ihre Kerze am mitgebrachten Kienspan an, dann holt sie ihr Buch und ihr Heftchen, wickelt sich noch angezogen in ihr Federbett und legt noch eine alte Pferdedecke, die sie in Martels Verschlag gefunden hat darum und dann beginnt sie zu lesen. Sie ist selbst erstaunt, wie sie aus den Buchstaben Wörter formen kann und wie aus den Wörtern die Bilder einer Geschichte erstehen, quasi vor ihrem inneren Auge erwachsen. Ist das nicht ein Wunder? Noch geht das Lesen recht langsam voran. Aber bald merkt sie, dass Übung den Meister macht. Immer schneller entziffert sie den Text. Doch sie muss sich ihre Zeit einteilen, auch wenn die Geschichte noch so spannend ist, denn sie hat auch begonnen, mit noch etwas unbeholfenen Buchstaben, die Geschichte ihres Dorfes und ihre Flucht und Wanderung aufzuschreiben. Hofft sie doch dadurch alles in Erinnerung zu behalten was einmal geschehen ist, damit es immer aufs Neue vor ihr oder denen die nach ihr kommen erstehen kann, ohne dass etwas dem Vergessen anheim fällt. Sie weiß, dass sie sich die Brennzeit der Kerze genau einteilen muss, um lieber kürzer, aber dafür öfter den Genuss ihres heimlichen Lesens und Schreibens zu spüren. Ist es doch ihr Trost im allzu tristen Alltag und der ständigen Plagerei und Streiterei. Treibt es die Bäuerin wieder mal gar zu arg mit ihr, so kann sie sich auf ihr kleines Geheimnis besinnen und auf ihre inneren Gedanken, die sie zu Papier bringen will. Es ist wie in dem Lied, das Konrad so gerne gesungen hat.

„Die Gedanken sind frei.
Wer kann sie erraten?

> Sie fliehen vorbei
> wie nächtliche Schatten
> es bleibet dabei:
> die Gedanken sind frei,
> es bleibet dabei;
> die Gedanken sind frei.

Und manchmal summt sie es dann lächelt vor sich hin und so kann sie nichts anfechten.

Vielleicht ist es gerade diese stille Gleichmut, die die Bäuerin dazu treibt, sie nicht aus den Augen zu lassen. Änne ist sich wohl bewusst, dass sie all ihre Schätze gut versteckt halten muss und dass Vorsicht mit dem Kerzenlicht geboten ist. Sie hofft inständig, das man das Licht von draußen nicht beobachtet. Doch als nichts geschieht, vergisst sie auch schon mal das Fensterchen zu verhängen. Bei Änne hat sich inzwischen eine gewisse Routine bei der täglichen Arbeit eingestellt und alles geht ihr flink von der Hand. Der Bauer ist zufrieden mit ihr und an Weihnachten schickt er sie mit etlichen guten Dingen nach Hause, das Fest zur Geburt Christi zu begehen.

Sie darf sogar über Nacht bleiben. Die Großmutter bringt neunerlei Speisen auf den Tisch, die alle eine Bedeutung für das kommende Jahr haben. Der kleine Findling und Christian halten ihre Wolltierchen fest in der Hand und wollen sie nicht einmal hergeben, als sie am Morgen zur Mette gehen. Als es schon fast an der Zeit ist zum Meierhof zurückzugehen, drückt ihr die Mutter ein winziges Päckchen in die Hand. Eigentlich ist es nicht üblich, dass sie sich an Weihnachten beschenken. Früher hat sie zum Tag des heiligen Nikolaus ein Tellerchen vor die Tür gestellt und am Morgen lagen ein paar Plätzchen oder Nüsse darauf oder ein besonders schöner roter Apfel.

Sie wiegt das Päckchen in ihrer Hand. Sicher ist etwas Nützliches darin, um ihre Fähigkeiten bei Handarbeiten zu verbessern, vielleicht Nadeln? Aber dafür ist das Päckchen zu schwer. Dann vielleicht eine Spule, rätselt sie weiter.

Doch stattdessen wickelt sie ein winziges Tintenfass aus. Fast verlegen meint die Mutter: „Es war noch ein Rest vom Eiergeld da und der Wenzel hat 's mir billiger gegeben. Schreibst du denn überhaupt noch? Der Wenzel meinte, es wär das Richtige."

Ännes Gesicht verfärbt sich. Sie wird ganz rot, aber diesmal vor Freude.
„Als ob du es gewusst hättest", stottert sie aufgeregt. „Meines ist fast verbraucht."
Überglücklich dreht sie das Fässchen hin und her.
„Ja was schreibst du denn in aller Welt, dass du so viel Tinte brauchst?"
„Ich schreib von unserm Dorf und von der Flucht und wie wir hierher gekommen sind."
Nachdenklich wiegt die Mutter den Kopf, sagt aber nichts dazu.

Als Änne auf den Hof und in ihre Kammer zurückkommt, hat sie das Gefühl als sei jemand hier an ihren Sachen gewesen. Sie kann selbst nicht genau sagen, wie sie darauf kommt. Stand nicht der Schemel woanders bevor sie aufbrach und hängt nicht das Bettzeug seltsam herunter? Schnell schaut sie unter ihren Strohsack auf der Bettstatt, wo ihre Schätze verborgen liegen. Gott sei 's gedankt, alles noch da! Sie schiebt ihr Fässchen dazu und begibt sich an ihre Arbeit. Dabei nimmt sie sich vor, vorerst einmal nichts herauszuholen. Doch als eine Weile nichts geschieht, schalt sie sich überängstlich zu sein und beginnt wieder mit ihren abendlichen Ritualen. Zuerst liest sie nur, denn das Büchlein ist schnell versteckt. Später dann nimmt sie auch das Schreiben wieder auf. Das schöne, neue Tintenfass steht glänzend vor ihr und sein Anblick macht ihr immer aufs Neue Freude. So vergehen ruhige Wochen.

Ostern ist schon vorbei. Doch trotz dessen, dass alle auf das Frühjahr hoffen, hat es noch einmal reichlich geschneit. Änne hat viel zu tun gehabt an diesem Tag, denn ihre Lieblingskuh kalbte und die Geburt verlief nicht ganz einfach, denn es war ihr erstes Kälbchen. Ganz wie bei der Geburt eines Menschen, war Änne bei der Kuh geblieben und hatte sie beruhigt und getröstet, bis sie dann gemeinsam mit dem Bauer das Kleine herausziehen mussten. Inzwischen ist alles in Ordnung und das Kälbchen kann schon auf seinen eigenen, noch etwas wackligen Beinen, stehen. Die Mutter leckt es ab und es beginnt zu saugen, als hätte es nie etwas anderes getan. Trotzdem nimmt sich Änne vor, in der Nacht noch einmal nach den Beiden zu sehen. Doch erst einmal ist sie todmüde und will nur noch schlafen.

Doch in der Tür ihrer Kammer bleibt sie erschrocken stehen. Der Schemel ist umgekippt und ihre wenigen Kleidungsstücke sind auf dem Fußboden verstreut, der Strohsack liegt zerfleddert da und mittendrin steht die Bäuerin. Mit bösem, fast irrem Blick funkelt sie Änne an. In der Hand hält sie den Rest der von Änne so gehüteten Kerze

„Hab ich es doch gewusst, eine Diebin und Hexe bist du und so was schafft einem der eigene Mann ins Haus. Lang hab ich gewartet und dich beobachtet und nun haben wir den Beweis."

Sie zerrtÄnnes Buch und das Heftchen hervor und hält ihr beides unter die Nase.

„Hexenformeln hast du gekritzelt und hier ein Zauberbuch. Pfui! Willst uns wohl das Wetter besprechen, damit es kein Frühjahr gibt in diesem Jahr und kein Wachstum und Missernten."

Sie wirft die Bücher auf den Boden, als hätte sie sich daran verbrannt. Dabei kippt das Tintenfässchen um und der kostbare Inhalt ergießt sich auf den Boden. Schrill, fast hysterisch klingt ihre Stimme, als sie nach ihrem Mann schreit. Sie macht einen Satz auf Änne zu, die bis dahin fassungslos und still dastand, zieht sie wie wild an den Haaren und beginnt auf sie einzuschlagen. Änne versucht sich zu ducken, um den Schlägen auszuweichen. Doch das macht sie nur noch wütender. Dann sind die schweren Schritte des Bauern auf der Stiege zu hören und schon steht er in der Kammer. Er fällt seiner Frau in die Arme und hält ihr die Hände fest.

„Was treibst du denn hier? Die Änne war den ganzen Tag mit bei der kalbenden Kuh. Sie hat mir geholfen es noch rechtzeitig herauszuziehen."

„Ja, ja, bei dir tut sie schön und mimt die Fleißige. Aber hier, schau her! Ist das nicht die Kerze, die wir seit Tagen suchen. Es war ein leichtes für sie, sie aus der Lade zu nehmen. Eine Diebin ist sie und eine Hexe dazu. Hier sieh doch! Da hat sie ihre heimlichen Flüche hingekraxelt. Ich werd's verbrennen, eigenhändig und die da muss raus, raus aus dieser Kammer, raus aus meinem Haus. Hab ich dir nicht von Anfang an gesagt, dass sie falsch wie eine Schlange ist? Aber du versorgst noch ihre ganze Hexensippe. Ich wusste es, ich wusste es seit die Alte mein Kind zu einem Wechselbalg gemacht hat. Aber du glaubst deiner eigenen Frau kein Wort, lässt dich von dem Gesocks einwickeln. Sie und ihre Mutter sind Katholiken! Sie hängen einem Irrglauben an!"

Wie ein Wasserfall sprudeln die Worte aus ihrem Mund und man hat das Gefühl, sie würde nie wieder aufhören. Der Bauer steht zwischen seinem keifenden Weib und der nun weinenden Änne. Sie kann es nicht fassen, das Buch und ihr Heft in der Hand dieser Frau und ihre kostbare Tinte, die die Dielen tränkt. Das ist einfach zu viel für sie. Es ist doch ihre Kerze mit der die Bäuerin herumfuchtelt, ihr geliebte Kerze deren kostbares Licht ihr so manche Winternacht versüßt hat. Was kann sie anderes tun als weinen? Irgendwie hat sie das Gefühl, wenn sie sich verteidigt, würde das alles nur noch schlimmer werden. Konnte es überhaupt noch schlimmer werden? Hilflos schaut der Bauer von einer zur anderen. Schließlich fragt er Änne, ohne sie dabei anzusehen:

„Woher hast du die Kerze, Kind?"

„Vom Wenzel, er hat sie mir zum Abschied gegeben. Sie war schon ein bisschen krumm."

Doch davon und das merkt nun auch Änne ist nichts mehr zu sehen.

„Vom Händler, von diesem böhmischen Subjekt? Wieso sollte er dir so etwas Wertvolles schenken und wozu?", zetert die Bäuerin

„Weil er mich mag, weil er ein Freund ist", wäre es beinahe aus Änne herausgeplatzt. Doch die Bäuerin lässt sich nicht unterbrechen und Änne merkt, dass dieser Satz sie wohl eher noch tiefer hineingeritten hätte, denn von Freund sein hat diese Frau keine Ahnung. Sie denkt in ganz anderen Kategorien.

„Da müsstest du ihm ja ganz andere Dienste angeboten haben, um so was zu kriegen. So ein Händler, ein Fremder noch dazu, der will nur seinen Reibach machen, der verschenkt nie und nimmer etwas. Falls du das getan hast und dich verunreinigt hast, wäre das ja eine noch schlimmere Sünde. Dann Gnade dir Gott! Früher hätte man einer Diebin, wie du eine bist, die Hand abgehackt und das wäre gut so gewesen. Dann könntest du betteln gehen. Das wäre rechtens, denn nichts anderes bist du als ein schäbiges kleines Bettelbalg. Nichts werdet ihr da in Franken gehabt haben. Wer weiß schon, mit was sich deine Mutter ihren Unterhalt verdient hat? Da kam euch der Krieg gerade recht um wieder hier aufzutauchen. Von wegen Hof und alles abgebrannt, alles erstunken und erlogen. Ich werd dich schon noch klein kriegen, du wirst noch einmal dankbar sein für jedes Krümel von meinem Tisch."

„Halt eine Frau, du weißt doch gar nicht, ob es wirklich Änne war, die die Kerze genommen hat."

„Nun stell dich aber nicht dümmer an, als du sowieso schon bist. Hier liegt sie doch, hier vor deinen Augen, oder hat sie dich schon so verhext, dass du auch noch blind geworden bist, wenn du schon taub für all meine Worte warst."

Änne schaut in die Augen des Bauern, die sie gepeinigt und furchtbar traurig anblicken. Glaubt er seiner Frau etwa? Kann er überhaupt anders, so wie sich die Sache darstellt. Änne schwant, dass wohl an Weihnachten doch jemand in ihrer Kammer war. Hatte sie die Sache von langer Hand geplant und nur auf einen günstigen Augenblick gewartet? Aber warum dann ausgerechnet jetzt? Kann man ihr Handeln überhaupt mit normalem Menschenverstand messen? Eine unheimliche Wut übermannt Änne.

„Ich habe nicht gestohlen! Ich bin keine Diebin! Ihr könnt den Wenzel danach fragen, wenn er im Herbst wieder hier ist", schreit sie und einem inneren Impuls folgend, will sie die Flucht ergreifen. Einfach fort, egal wohin! Lieber verhungern, als noch einen Augenblick länger hier zu bleiben. Doch die Bäuerin ist schneller, hält sie mit einer ihr niemals zugetrauten Kraft fest.

„Ich werd dir helfen einfach so abzuhauen. Vor ein ordentliches Gericht gehörst du und deine Hexenbücher die bring ich zum Pfarrer. Es ist ja nicht ausgeschlossen, dass man mit dir und deiner ganzen Brut Schluss machen wird. Der Herr Pfarrer wird wissen, was zu tun ist, ehe ihr noch den ganzen Ort vergiftet und wir alle der Sünde verfallen."

„Aber Frau, was redest du da? Dass kann doch nicht dein Ernst sein, wegen einer Kerze."

„Halts Maul, sonst zeig ich dich gleich mit an, da du mit ihr im Bunde bist. Diese Schriften hier werden brennen, wenn nicht noch mehr brennt."

Mit einem irren Lachen wedelt sie mit dem Papier umher. Der Bauer ist fahl geworden. Doch binnen eines Augenblicks weichen Trägheit und Unbeholfenheit von ihm. Blitzschnell windet er seiner Frau die Schriftstücke aus der Hand.

„Weder du noch ich wissen, was hier geschrieben steht. Ich selbst werde sie zum Pfarrer tragen und Anzeige erstatten. Schließlich bin ich der Herr in diesem Haus und du nur ein Weib. Wem werden der Pfarrer und das örtliche Gericht wohl eher glauben schenken?"

Zufrieden nickt die Alte, denkt sie doch ihren Mann nun auf ihrer Seite zu haben.

„Und du kleines Miststück", sie wird von einem hämischen Lachen geschüttelt, „Dich werde ich erst einmal einsperren bis alles geklärt ist. Schließlich ist ja noch der Verschlag von der Martel da. Das war auch so ein unsauberes Weib wie du. Da wirst du auch bald riechen wie sie und alle werden dich meiden."

„Und wer macht die Arbeit inzwischen, du?", fragt der Bauer.

„Pah, arbeiten kann sie schon. Zum Ausmisten ist sie gerade gut genug. Ich werd schon ein Auge darauf haben, dass sie ihren Kopf nicht mehr so hoch hält. Sie soll nach unten schauen, wo der Dreck ist von dem sie kommt, und schuften bis sie umfällt und ihre Schuld bezahlt hat. Ab mit dir!"

Sie packt Änne, stößt sie die Stiege hinunter und bringt sie in den Verschlag im Stall in dem einstmals die alte Martel gehaust hatte. Krachend fällt die Tür zu und Änne hört, wie sie mit einer Kette verschlossen wird. Da liegt sie nun und hat das Gefühl, als sei sie in einen Abgrund gestürzt. Nicht einmal bei ihrem geliebten Vieh kann sie sich Trost holen, nicht nach dem kleinen Kälbchen sehen, dem sie vorhin mit auf die Welt geholfen hat. In dem Verschlag riecht es unangenehm. Hier ist seit Martels Tod nichts mehr gerichtet worden. Das Stroh unter ihr ist faulig und überall liegt Kot von Mäusen oder Ratten umher. Es ist kalt und zugig und sie hat nicht einmal ihr Tuch geschweige denn eine Decke. Sie setzt sich in eine Ecke, zieht die Beine an und legt den Kopf auf die Knie. Hat sie bisher noch versucht sich wenigstens etwas zu beherrschen, so fließen die Tränen jetzt in Strömen. Sie weint und weint alles aus sich heraus. Alles ist so furchtbar ungerecht. Zuerst war ihre ganze Welt an einem Tag verbrannt und sie hatte sich mit aller Anstrengung einen Weg suchen müssen. Doch hier gibt es kein Mitleid. Sie würde ewig die Fremde, die mit dem falschen Glauben und nun auch noch eine Diebin und Hexe sein. Bei dem Wort Hexe wird ihr auf einmal die Tragweite dieses Wortes bewusst. Was kann alles geschehen, wenn man sie der Hexerei beschuldigte. Sie muss an Barbara denken. Die Menschen brauchen immer einen Schuldigen für ihre Sorgen, ihr Leid und eine Fremde, ein Schwacher oder Armer ist schnell gefunden. Änne fühlt sich einsamer denn je und von aller Welt verlassen. Selbst die Mutter und die Großmutter können wenig tun. Wenn so etwas erst einmal ins Rollen gekommen ist und der Mob losgelassen, dann würde es auch für sie kaum ein Entrinnen geben. Wer würde sie dann beschützen? So wie Joseph es getan hat, der auch wenn er nicht ganz unschuldig an Barbaras Misere gewesen war, sie letztendlich doch gerettet hatte.

Dass sie längst einen Beschützer gefunden hat, der verhindert, dass irgendwer überhaupt von der Sache Wind bekommt, ahnt sie zu dem Zeitpunkt noch nicht. Es ist Frieder der Meierbauer. Anfänglich ist er sehr verärgert und noch mehr enttäuscht davon, dass Änne ihn bestohlen hat. Hatte er nicht gut für sie und die

Ihren gesorgt? Konnte es sein, dass dieses fleißige, freundliche Wesen, für das er fast wie für eine eigene Tochter empfand und das ihn zwischen all dem Hader und Streit wieder ein wenig Freude verspüren ließ, sodass er sogar manchen Wirtshausbesuch hatte sausen lassen, um mit ihr am Abend zusammenzusitzen und sie bei ihren Handarbeiten zu beobachten oder ihren leise vor sich hin gesungenen Liedern zu lauschen, ihn so arg hinters Licht geführt hatte? Etwas tief in seinem Inneren sagt ihm, dass er sich doch so sehr nicht geirrt haben kann und dass irgendetwas anders ist, als es den Anschein hat. Sei es wie es sei! Auf keinen Fall will er, dass hier auf seinem Hof irgendein Pfaffe herumschnüffelt, der etwas anstößt, was dann nicht mehr aufzuhalten ist. Er besieht sich die Bücher und beschriebenen Blätter. Doch so oft er sie auch hin und her wendet, er kann sie ja doch nicht lesen. Es ist schon sehr merkwürdig, dass dieses Häuslerkind, ein Mädchen noch dazu, lesen und gar schreiben kann. Einen gescheiten Kopf hat sie, das ist ihm schon so manches mal aufgefallen, wenn sie eine schwierige Arbeit anging. Er legt Ännes Bücher erst einmal in seine Kassette, in der er auch sein Geld verwahrt, wenn er welches besitzt, und wichtige Papiere und Verträge. Er schließt die Kassette sorgfältig ab und verwahrt den Schlüssel in seinem Beutel den er am Gürtel trägt und nimmt sich vor, ihn niemals aus der Hand zu geben. Irgendwann, so hofft er, wird er eine vertrauensvolle Person finden, die lesen kann. Dieser würde er die Schriftstücke zeigen.

Änne indes tut die ganze Nacht kein Auge zu. Nach all der Traurigkeit und Verlassenheit keimt in ihr irgendwann ein Fünkchen. Ist es anfangs nur Trotz, so wird daraus Hoffnung und Stärke.

Nein, sie würde sich nicht klein machen und brechen lassen. Das ist es doch was die Bäuerin möchte, eine willige, billige Sklavin, der sie Befehle und Tritte ohne Widerspruch austeilen kann. So wie sie es hier auf dem Hof schon einmal mit der alten Martel gemacht hatten. Bis zu ihrem Tod hatte sie mehr vegetiert als gelebt, war weniger wert gewesen als das Vieh im Stall. Ohne die geringste Freude war ihr Leben dahingegangen. Nein, so soll es mit mir nicht enden, sagt sie sich immer und immer wieder. Und trotz ihrer großen Angst ist auf einmal ihre Zuversicht wieder da. Irgendwann hört sie es an der Tür rumoren. Ihr Herz beginnt wie wild zu klopfen. Sollen das schon ihre Häscher sein, vielleicht der Büttel vom Auerbacher Gut? Sollten sie in der Nacht noch jemanden losgeschickt haben oder hatte der Bauer selbst den Wagen angespannt? Doch es ist nur Hubert, der in der Tür ihres Verschlages steht, ein Bündel frisches Stroh im Arm. Es ist sehr früh, noch gar nicht richtig hell.

„Hat sie dich gefangen wie die Spinne in ihrem Netz? Lang schon hat sie ihre Fäden gesponnen. Aber ich glaube, du bist stark und klug genug ihrem Würgegriff zu entkommen. Wirst sehen! Ich jedenfalls und bestimmt noch ein paar andere, werden alles Mögliche dafür tun."

„Woher weißt du …?", stammelt Änne, die ganz angerührt ist von seinen Worten.

„Ich habe Augen und Ohren im Kopf und die halte ich immer offen, auch wenn mein Mund meist verschlossen bleibt", grinst er und diesmal empfindet es Änne nicht als einfältig, sondern eher als listig und gerissen, so als sei das Grinsen seine Art des Widerstands und des sich Behauptens.

„Nun müssen wir aber erst einmal diesen Saustall hier beräumen. Du wirst sehen, dann wird alles schon erträglicher. Die alte Martel hat schließlich ihr halbes Leben hier gehaust. Solange wird es bei dir ganz bestimmt nicht dauern, aber ein bisschen frisches Stroh und eine saubere Decke wären für den Anfang wohl trotzdem nicht schlecht."

Änne wundert sich, wie viel der Hubert auf einmal zusammenhängend reden kann, wobei er den Besen schwingt und beginnt den Verschlag auszufegen. Sie hat sich schnell gefasst und hilft ihm dabei. Und nun tun sie etwas, was sie schon immer getan haben, sie arbeiten miteinander, schweigend aber im Gleichklang, jeder von der Fähigkeit des anderen überzeugt. Das gibt Änne Sicherheit, die sie dringend benötigt. So säubern sie gründlich den Verschlag, machen eine Bettstatt aus dem frischen Stroh und legen eine Decke darüber. Dann geht Änne zu dem kleinen, neugeborenen Kälbchen hinüber, streichelt und liebkost es. Sie lehnt ihren Kopf an die Mutterkuh, die freundlich mit dem Kopf herumfährt und Änne mit ihren großen, braunen Kuhaugen ansieht, als wolle sie sagen: „Es wird schon alles wieder gut."

Und so bleibt es auch vorerst. Änne arbeitet im Stall und hilft auf dem Feld beim Pflügen und Säen.

Seinem Weib hat der Bauer gesagt, er sei drüben in Auerbach gewesen und habe die Sache angezeigt. Sie müssten halt jetzt darauf warten, wie die Obrigkeit entscheide und die Amtsmühlen mahlten nun mal langsam, das sei ja bekannt. Fort könne die Änne ja nicht, da würde er schon acht geben. So ändert sich nicht viel, Änne wird nicht mehr eingeschlossen. Nur ins Haus lässt sie die Bäuerin nicht mehr. Ihr Essen, das kümmerlich genug ausfällt, wird ihr in ihren Verschlag gebracht. Doch auch wenn er in diesem Jahr lange auf sich hatte warten lassen, so wird es nun doch Frühling und so sitzt Änne oft draußen hinterm Stall und oft gesellt sich auch Hubert zu ihr. Mit dem Kochen hat es die Bäuerin nicht so und so beschwert er sich über den angebrannten Fraß oder das glitschige Brot.

Eines Tages kommt ein Reiter am Bachlauf entlang zu ihnen herüber geritten. Änne sinkt das Herz und sie beginnt am ganzen Leib zu zittern. Nun kommen sie, um sie zu holen. Nun ist alles aus!

20. Kapitel Anne

Anne kann nicht sagen, wie lange sie so gelegen haben. Plötzlich schreckt Hannes hoch.

„Hast du 'ne Uhr dabei?"

Anne blickte auf ihren Unterarm.

„Nee, habe ich heute Morgen in der Eile vergessen umzumachen."

Hannes rennt zu seinem Moped und sucht in seiner Tasche, die er dort hängen gelassen hat.

„Mensch, es ist schon halb elf. Ich hab 'nem Kumpel versprochen ihn mit der Karre von der Schule abzuholen. Der wird schon warten. So ein Mist! Kannst du mal hier aufpassen, dann brauch ich nicht erst alles dicht machen. In spätestens einer dreiviertel Stunde bin ich wieder hier, dann fahr ich dich zu eurer Laube oder wo du hin willst."

Ohne erst groß eine Antwort abzuwarten, setzt er seinen Helm auf, tritt sein Gefährt an und ist in Windeseile entschwunden. Anne schüttelt den Kopf. Ihr ist ganz wirr. Es kommt ihr so vor als hätte die eben noch empfundene Idylle einen Sprung bekommen. Die halbwüchsigen Ziegenböckchen, wie hießen sie doch gleich, Anne grübelt über ihr seltsamen Namen nach, Wladimir und Donald, sind in einen kleinen Kampf verwickelt. Immer wieder stoßen sie sich mit ihren Köpfen gegenseitig an. Nur ihre Weiße grast friedlich mit ihrem Jungen und lässt sich durch nichts beeindrucken oder gar stören. Sie würde sich einen schönen Namen für sie ausdenken. Vielleicht sollte sie ihren Namen gar nicht groß ändern. Die „Weise", mit s geschrieben vielleicht, denn ist sie nicht ein bisschen weise, wenn sie sie immer im rechten Moment anstupst? Anne gähnt und reckt sich dann. Sie schaut sich um. Mit den Tieren scheint alles in Ordnung zu sein. Sie überprüft als sie hinausgeht genau, ob das Gatter auch richtig verschlossen ist, sodass keines der Tiere entweichen kann. Sie will ein Stück den Wege hinuntergehen, so wie sie vorgestern hergekommen ist, am Haus der alten Frau Meier vorbei, zu ihrem Lieblingsplatz hinüber.

Doch schon aus einiger Entfernung kann sie laute Geräusche, die aus dem Inneren des Hauses kommen, vernehmen. Es klingt als werfe jemand den ganzen Hausstand durcheinander. Ob da jemand eingebrochen ist? Weit und breit ist niemand zu sehen, die Tür ist nur angelehnt. Annes Neugier ist geweckt. Sie schleicht sich näher und hört, dass Schubladen herausgezogen werden. Laut krachend fallen Gegenstände zu Boden. Anne huscht um das Haus herum. Doch eigentlich macht das Schleichen keinen Sinn, bei dem Lärm wird sie sowieso keiner bemerken. Von hinten müsste man doch durch das Fenster sehen können, hofft Anne. Doch da hat sie sich verschätzt. Es ist zu hoch. Sie sieht sich um. Zum Glück liegen da ein paar alte Steinplatten und Ziegel, die häuft sie schnell übereinander und von da aus kann sie gut am Fliederbusch und den untersten Ästen der alten Linde noch ein Stück höher steigen. Schließlich ist sie eine geübte Kletterin. Tatsächlich kann sie so einen Blick in das Wohnzimmer der alten Frau werfen. Was gestern noch wie ein altmodisches, schon etwas abgewohntes, aber dennoch gemütliches Zuhause ausgesehen hatte, ist jetzt ein einziges Chaos. Der Inhalt von Schränken und Schubladen ist überall auf dem Boden verstreut. Inmitten des Ganzen macht sich eine Frau zu schaffen. Wer ist die und was will die hier?

Die Frau ist dünn, fast hager. So jemand der sich jedes Pfund im Fitnessstudio abtrainiert. Sie hat eine merkwürdig kleine, knubbelige Nase, die überhaupt nicht in das schmale Gesicht passt. Die Haare trägt sie kurz geschnitten, kastanienbraun gefärbt mit einigen noch dunkleren, fast schwarzen Strähnchen. Auf der Nase sitzt eine rot geflammte, auffallend moderne Brille, die sie immer wieder mit einem kleinen Schubser des Zeigefingers zurechtrückt. Aus ihrem dunklen, eng anliegenden Kostüm ragt der Kragen einer roten Bluse heraus, der genau mit der Farbe ihrer Brille und ihres Nagellackes übereinstimmt, dazu trägt sie hochhackige Schuhe und an den Fingern reiht sich ein goldener Ring an den Nächsten.

Anne kann das Alter von Erwachsenen immer schlecht schätzen, aber sie vermutet diese da ist um die fünfzig herum. Sie sieht aus als sei sie soeben einer Bank oder einem Autohaus entstiegen und ganz und gar nicht wie jemand, der die Wohnung einer toten alten Frau ausräumen will, aber auch nicht wie eine Diebin.

Noch während Anne darüber nachdenkt, was die Frau wohl hier vor hat und in welchem Zusammenhang sie mit Frau Meier steht, rauscht ein Wagen heran. Ist das nicht derselbe, mit dem gestern der Sohn gekommen ist? Anne duckt sich schnell unter die Blätter des Flieders. Aber er nimmt überhaupt keine Notiz von seiner Umgebung, sondern eilt nur schnellen Schrittes auf das Haus zu und verschwindet darin. Anne von ihrem Posten aus kann ihn nun mitten im Zimmer stehen sehen. Ja, es ist dieser, wie heißt er doch gleich ... Frank, der sie erst vorgestern so unbeholfen begrüßt hat. Genauso unbeholfen steht er jetzt inmitten des Chaos, das einmal das Wohnzimmer seiner Mutter gewesen war. Anne spürt förmlich sein Erschrecken, aber sein Gesicht zeigt kaum eine Regung und Anne muss unwillkürlich an den kleinen, dicken Jungen mit den abstehenden Ohren in Frau Meiers Fotoalbum denken. Er ist einfach nur gewachsen und da steht er nun, ein großes, hilfloses Kind, das mit unsicherer Stimme zu poltern beginnt.

„Was treibst du eigentlich hier?"

Die Frau fährt herum und betrachtet ihn mit giftigem Blick.

„Wo warst du denn so lang? Ich suche etwas, das siehst du doch!"

„Deshalb musst du doch nicht eine derartige Unordnung in Mutters Wohnzimmer anrichten."

„Deine Mutter ist tot, wenn ich dich erinnern darf und der Plunder hier ist sowieso nur noch ein Fall für den Sperrmüll."

„Das sind aber immer noch die Sachen meiner Mutter."

„Dann müsstest du ja auch wissen, wo das Testament ist, mal ganz abgesehen von dem bisschen Schmuck, den deine Mutter besessen hat und den ich übrigens auch nirgends finden kann."

„Das Testament, hör doch endlich damit auf! Wieso hätte meine Mutter ein Testament verfassen sollen? Dazu war sie doch gar nicht in der Lage."

„Du weißt genauso gut wie ich, warum deine Mutter ein Testament gemacht hat und außerdem hat Silvia es genau gesehen, als sie das letzte Mal hier war."

„Ach, deine Busenfreundin Silvia, die war doch nur sauer, weil Mutter keine der Versicherungen abgeschlossen hat, die sie ihr aufschwatzen wollte. Deshalb hat sie dir diesen Floh ins Ohr gesetzt. Außerdem ist das schon über zwei Jahre her."

Selbst aus der Entfernung von ihrem Beobachtungsposten aus kann Anne sehen, wie der Frau rote Flecken ins Gesicht steigen und wie sich ihre Miene verzerrt. Es scheint als wolle sie gleich mit den Fäusten auf ihren Mann losgehen. Das die beiden ein Paar sind und die Frau somit die Schwiegertochter der Frau Meier steht für Anne inzwischen außer Frage.

„Vor zwei Jahren, da hast du ausnahmsweise mal recht", geifert sie auch schon weiter.

„Da war deine Mutter noch einigermaßen klar im Kopf und deshalb wird man es als gültig anerkennen, wenn wir es nicht finden, bevor es in fremde Hände gerät."

„Und was glaubst du, passiert dann?"

„Das alles haben wir doch schon hundert Mal durchexerziert. Begreifst du es nicht oder tust du nur so blöd. Sie wird ihn ganz sicher gut bedacht haben. Wir wissen dann nicht mehr was wir kriegen, das könnte uns einen ganz schönen Strich durch die Rechnung machen."

Wer ist „er", den Frau Meier bedacht haben soll, überlegt Anne, vielleicht der Junge mit den traurigen Augen?

Franks Stimme hört sich jetzt ruhiger an. Vielleicht ist es ein Versuch sie zu begütigen.

„Wäre es denn so schlimm, wenn er auch einen Anteil bekommt? Er ist schließlich mein Bruder."

Er macht einen Schritt auf sie zu, so als wolle er sie umarmen, lässt es dann aber doch bleiben und steht nur mit hängenden Schultern vor ihr.

„Wir haben doch alles was wir brauchen. Wir haben ein schönes großes Haus, jeder einen Wagen, mal ganz abgesehen von der Ferienwohnung auf Mallorca. Was willst du denn mit dem alten Haus und dem bisschen Land? Wir sollten einfach alles verkaufen und dann haben wir unsere Ruhe und falls mein Bruder auftaucht, geben wir ihm seinen Anteil."

Sie betrachtet ihn mit einem vernichtenden Blick, stößt dann mit dem Fuß mit einer solchen Wucht gegen eine Schranktür, dass diese krachend ins Schloss fällt und der Schrank bedenklich zu wackeln beginnt.

„Meine Güte, du wirst es nie begreifen und ohne mich wärst du sowieso nie auf einen grünen Zweig gekommen."

Sie bückt sich und hebt ein Stück Papier auf, wirft es dann aber gleich wieder achtlos beiseite.

„Wie kann man denn in der heutigen Zeit Land verkaufen wollen. Du bist genauso dämlich wie deine Mutter! Verkauft einfach heimlich und noch dazu an so einen „linken Aussteiger", mit einer Hatz Kinder, der hier einen Ökohof errichten will und dabei nicht mal was von Landwirtschaft versteht. Einfach lachhaft. Und dann schleppt er auch noch Kanaken an, die angeblich helfen, dabei ist denen das Arbeiten verboten. Wer weiß was die da aushecken. Geht eigentlich das Weltgeschehen an dir vorbei? Merkst du denn gar nicht, wie diese „Gutmenschen" dabei sind Deutschland und alles was wir uns aufgebaut haben kaputt zu machen?"

„Hör doch auf mit deinen Parteiparolen."

„Nein mein Lieber! Auch du wirst eines Tages an der Wahrheit nicht vorbeikommen. Ich will diese Leute hier weg haben, so oder so. Und vor allem will ich keine Fremden hier. Vielleicht machen die noch so etwas wie ein Asylantenheim draus. Wo zwei sind werden auch bald mehr sein und wir sind dann unseres Lebens nicht mehr sicher, Vergewaltigung, Diebstahl, Terror. Mein Plan ist gut. Heute morgen war ich noch mal beim Anwalt. Wenn wir das mit dem Wegerecht so durchziehen, wie wir es ihnen geschrieben haben, stehen unsere Chancen nicht schlecht, dass wir das Land zu einem Dumpingpreis zurückkaufen können. Ein bisschen Druck mit der Meldung bei der Ausländerbehörde wird das übrige tun. Ich habe rausbekommen, die zwei die hier waren sind aus Afghanistan, das ist ja bekanntlich ein sicheres Herkunftsland, das sagt sogar unser Innenminister. Also wieso sollen sie unsere Steuergelder verfressen? Wenn ich nur wüsste wo die sind. Bestimmt haben sie die irgendwo versteckt. Damit könnten wir sie kriegen. Die Guten wollen doch auf keinen Fall, dass ihren armen Asylanten was passiert."

Sie lacht hämisch.

„Ich habe da gestern schon mal so ein bisschen Nervenkitzel betrieben."

Dabei spielt sie mit der Spitze ihres Schuhs mit einer kleinen Engelsfigur. Ihr Mann bückt sich und kann sie gerade noch vor dem zertreten werden retten.

„Das ist das einzige, außer ein paar Fotos, was Mutter noch aus ihrer alten Heimat mitgebracht hat. Als Kind habe ich manchmal heimlich damit gespielt." Vorsichtig fährt er mit dem Finger über die kleine Figur und lächelt in sich hinein. Hinten hat die Figur einen Sprung. Einmal hat er mit seinem Bruder damit gespielt. Der war damals noch ganz klein gewesen und sie war ihm heruntergefallen und einmal durchgebrochen. Erschrocken hatten beide auf den zweigeteilten Engel gestarrt. Er hatte ihn dann vorsichtig aufgehoben und mit großer Mühe wieder kleben können, sodass man fast nichts sah. Sie hatten ihn an seinen angestammten Platz zurück gestellt und von nun an nicht mehr daran gerührt. Ob Mutter es je bemerkt hat? Er verspürt einen Stich im Herz, als sei ihm erst jetzt so richtig klar geworden, dass seine Mutter gestorben war, ehe er erfahren konnte wer sie wirklich gewesen war.

Er war das Kind seiner Großmutter. Für die Mutter hatte es immer nur den kleinen Bruder gegeben. Wie gerne wäre er der Mutter näher gewesen. So gerne hätte er sie getröstet, als der Vater sie schlug oder als der Bruder weg war. Er fühlt, dass sie diese Chance verpasst hatten. Immer noch umschließen seine Finger die kleine Figur und er kann den Blick nicht von ihr lösen.

Seine Frau macht sich schon am nächsten Kasten zu schaffen.

„Schau mal, hier ist der Ehering. Hat sie denn den nach deines Vaters Tod nicht mehr getragen? Aber wo ist dieser Ring mit der Koralle? Hier jedenfalls nicht! Das ist doch eigenartig, dass sie ihn nicht zusammen mit dem anderen Ring aufbewahrt hat. Könnte es nicht sein, dass sich den jemand unter den Nagel gerissen hat? Ich will ja nichts behaupten, aber ..."

Sie dreht sich zu ihrem Mann um.

„Nun werd nicht auch noch sentimental. Was willst du denn mit diesem blöden Nippes? Also in unserer Wohnung will ich so einen Kram nicht haben. Wirf ihn weg! Aber um noch mal auf den Ring zu kommen. Diese Anneliese, die schlich doch immer hier herum. Könnte es nicht sein, dass sie vielleicht ... na ich mein ja nur."

Frank starrt sie an und schüttelt empört mit dem Kopf. Dabei steckt er den kleinen Engel in seine Jackentasche.

„Sie war Mutter Freundin, deren Mutter hat ihr das Leben gerettet, damals auf der Flucht. Das weißt du doch. Ohne sie gäbe es uns gar nicht."

Angewidert verzieht seine Frau das Gesicht, sagt aber erst mal nichts dazu. Dann aber bricht es aus ihr heraus und ein hinterhältiges Grinsen erscheint auf ihrem Gesicht.

„Die Anneliese, dass ich da nicht gleich drauf gekommen bin. Die hat uns doch den ganzen Schlamassel hier eingebrockt und all die Leute angeschleppt. Die hat doch noch eine Wohnung in Plauen und jetzt hockt sie dieses Jahr schon so zeitig in ihrer ollen Laube. Da fress ich doch 'nen Besen wenn die nicht ..."

Anne ist, als sie den Namen ihrer Oma vernahm, immer näher an das offene Fenster gerückt und hat dabei alle Vorsicht vergessen. Ein falscher Tritt auf eine zu dünne Aststelle, ein lautes Knacksen, der Ast bricht ab und Anne landet unsanft auf dem Hosenboden.

„Au, shit", entfährt es ihr.

Dann bewegt sie vorsichtig Arme und Beine. Alles ist heil geblieben, bis auf ein paar unbedeutende Kratzer am Arm. Hoffentlich hat man drin nichts gehört. Anne hält es für besser sich so schnell wie möglich aus dem Staub zu machen. Doch jäh zuckt sie zusammen. Es ist schon zu spät. Über ihr steht die Frau und stürzt sich auf sie wie ein Habicht auf seine Beute.

21. Kapitel Änne

Wie angewurzelt steht Änne, nicht fähig sich auch nur um eine Spannbreite zu bewegen, geschweige denn ein einziges Wort herauszubringen. Hubert, der mit der vollen Schubkarre zu ihr herauskommt und heute nicht gerade gut gelaunt ist, wettert drauflos: „He Änne, was träumst du denn herum hier draußen? Hurtig, wir haben heute noch mehr zu tun!"

Doch das Mädchen regt sich nicht, hebt nur mit äußerster Anstrengung die Hand und zeigt in die Richtung aus der der Reiter immer näher kommt. Hubert kneift die Augen zusammen, deren Sehkraft in der letzten Zeit arg nachgelassen hat. So braucht er eine Weile bis er erkennt, wer da zu ihnen auf dem Weg ist. Eigentlich ist er schon fast auf dem Hof und Änne sind schon fast die Sinne geschwunden, als er mit hörbar veränderter Stimme ruft: „Keine Angst Änne, das ist nur der Gideon, der Bruder von unserem Bauern."

Änne, vom Schrecken noch ganz bleich mit schlotternden Gliedern, setzt ihr Gehirn in Bewegung. Wo bloß hatte sie diesen Namen schon einmal gehört? Auf die Schnelle fällt es ihr nicht ein.

Hubert aber ist schon hinzu gesprungen, um das Pferd festzuhalten. Geschwind springt der Ankömmling vom Pferd und klopft dem alten Knecht freundlich auf die Schulter.

„Hoi Hubert, bist ja immer noch gut beisammen", schallt seine Stimme laut und fröhlich über den Hof. Dann erblickt er Änne, die noch immer wie versteinert dasteht und etwas dümmlich schaut.

„Habt ihr eine neue Magd? Was ist denn mit dem Martel?"

„Gestorben ist sie halt. Schon im vorletzten Winter. War ja auch recht gebrechlich zuletzt und ein schönes Leben hat sie ja sowieso nicht gehabt. Nur beim Sterben, da hat sich der Bauer noch mal Mühe geben, da hat er sie noch in die Stube vom Altbauern gelegt", gibt Hubert Auskunft.

Änne sieht, wie für einen Moment ein Schatten über das eben noch fröhliche Gesicht des jungen Mannes huscht.

„Schade, ich habe sie gern gehabt die alte Martel, auch wenn sie immer ein bisschen streng gerochen hat und die Mutter es nicht gern gesehen hat wenn ich zu ihr runter bin. Versteckt hat sie mich immer, wenn der Vater mich wieder mal im Suff oder aus Mutwillen verprügeln wollte."

Da weiß Änne plötzlich, wo sie den Namen schon einmal gehört hat. Es war als die Martel auf dem Sterbebett lag. Seltsam, denkt sie noch bei sich, da spricht er sie auch schon an.

„Du bist also die neue Magd von meinem Bruder. Na, noch sehr jung und bisschen mager."

Er lacht übertrieben laut und es ist Änne als wolle er damit alte Erinnerungen abschütteln.

„Ist die Enkeltochter von der alten Anna, du weißt schon, der Wehmutter droben aus dem Dorf", mischt sich nun wieder Hubert ein.

„Ja, ja, ich weiß schon. Hatte die denn eine Enkeltochter? Na ich war ewig nicht hier. Da vergisst man allerhand."

Freundlich, aber mit den Gedanken schon ganz woanders, schüttelt er Änne die Hand. Dabei fragt er Hubert nach dem Hof und dem Vieh aus und es ist als hat er Änne längst vergessen. Als sie sich nach der ganzen Aufregung etwas gefasst hat, betrachtet sie interessiert den jungen Mann, ohne dass der Notiz davon zu nehmen scheint. Er ist viel jünger als der Bauer, bestimmt 10 bis 15 Jahre. In der Gestalt gleichen sie sich sehr. Ebenso groß wie sein Bruder, wirkt er jedoch schmaler und beweglicher. Sein Haar ist viel heller und auch seine Augen leuchten merkwürdig hell. Änne erkennt Klugheit darin, Zuversicht und Lebenslust. Seine Kleidung ist zwar eher bäuerlich, doch er trägt schöne, lederne Reitstiefel und ein ledernes Wams, dazu einen breitkrempigen Hut, fast so wie der von Wenzel. Auch wenn sie es sich nicht recht eingestehen will, er gefällt ihr. Dabei merkt sie gar nicht, dass sie ihn schon eine ganze Weile unverhohlen anstarrt und dass er das trotz seines Gespräches mit Hubert längst spitzgekriegt hat. Plötzlich wendet er sich ihr wieder zu, zieht übertrieben seinen Hut und fragt gespreizt, mit einem spitzbübischen Lächeln im Gesicht: „Nun junge Frau, finden sie gefallen an mir? Dann wäre ich ihnen sehr verbunden, wenn sie dem Bauern dieses Gehöftes bescheiden könnten, dass sein lang vermisster Bruder soeben eingetroffen ist."

Lachend setze er seinen Hut wieder auf. Betreten schlägt Änne die Augen nieder, denn ihr Benehmen ist ihr ziemlich peinlich, so kann sie den Schalk nicht sehen, der noch immer in seinen Augen funkelt.

Doch da kommt auch schon der Bauer, durch den Lärm und die bekannte Stimme angelockt. Die Brüder begrüßen sich herzlich und haben keine Augen und Ohren mehr für etwas anderes. Zeit für Änne nicht mehr herumzustehen und zu gaffen, sondern wieder an ihre Arbeit zu gehen. Vorsichtig versucht sie Hubert nach Gideon auszufragen. Der erweist sich bei dem Thema als ungewöhnlich gesprächig und es kommt Änne so vor, als freue er sich genauso über das Wiedersehen wie der Hofherr.

„Also, der Gideon", beginnt er umständlich, „ist, wie du ja gehört hast, der Bruder von unserem Bauer. Viel jünger ist er. Dazwischen sind der seligen Bäuerin viele Kinder gestorben, meist gleich nach der Geburt und keiner hat mehr geglaubt, dass sie noch ein Kind zur Welt bringt, das leben würde. Ja und dann ist der Gideon gekommen, der war von Anfang an kräftig und voller Leben. Na und die Bäuerin hat ihn gehütet wie ihren Augapfel. Alle haben ihn gut leiden mögen. Weißt du, er hat so eine Art. Ich weiß nicht wie man's nennen soll, fröhlich, freundlich zu jedermann und schnell begriffen hat er auch, schon von klein weg. Nur sein Vater, der hat ihn nicht leiden mögen. Regelrecht zu hassen schien er ihn. Oft hat er ihn wegen Nichtigkeiten verdroschen. Manchmal dachten wir, er schlägt ihn tot. Als er dann alt genug war, hat er sein Bündel gepackt. In die Welt hinaus wollt er. Alle waren wir traurig. Er war so was wie die Freude auf diesem vermaledeiten Hof. Der Frieder hat ihm sogar angeboten den Grund mit ihm zu teilen, aber das wollte er nicht. Die Martel war ganz von Sinnen als er ging. Sie hatte ja keine eigenen Kinder, da ist all ihre Zuneigung auf ihn gefallen. Es stimmt, oft hat sie ihn vor dem Bauern versteckt und manchmal hat sie dann alles abbekommen. So manches blaue Auge oder einen verrenkten Arm hat sie davongetragen, da kannte er nichts, der Alte. Der Gideon ist eine Weile herumgezogen. Doch die Zeiten waren schlecht und so ist es ihm auch ergangen. Wir dachten schon, er hätte sich in ein Heer pressen lassen oder er habe aus Abenteuerlust dort selbst angeheuert. Dann aber hörten wir, dass er Glück hatte mit einer Anstellung bei einem Rittmeister in Zwickau. Nu und jetzt war er seit Ewigkeiten nicht mehr hier gewesen. Als seine Mutter noch lebte, ist er das eine oder andere mal noch gekommen, aber dann, ja nun, dem Alten hat er aus dem Weg gehen wollen und die neue Bäuerin hat ihm auch nicht so gefallen." Wie zu sich selbst meint er: „Was er wohl da will, der Gideon?"

Doch an diesem Tag erfahren sie nicht mehr. Änne bereitet den Brüdern noch ein Mahl auf die Nacht, weil die Bäuerin über Nacht bei einer ihrer Schwestern geblieben ist und geht dann bald schlafen.

Doch die Freude der Brüder über ihr Wiedersehen ist lautstark zu vernehmen und als Änne später am Abend noch einmal den Misthaufen aufsuchen muss, sieht sie noch das Licht einer Kerze und hört die Männer in der Stube reden und wieder einmal kann sie sich nicht unterstehen ein wenig zu lauschen. Eigentlich, so rechtfertigt sie es vor sich selbst, trägt ihr der Wind die Worte, die drinnen gesprochen werden durch die geöffneten Läden förmlich zu, während sie so da kauert. Und beide, der Bauer wie auch sein Bruder, sind ganz schön stimmgewaltig. Zuerst hört Änne nur ihr Lachen und das Klirren der Bierhumpen. Dann beginnt der Bauern in seiner langatmigen und umständlichen Art vom Hof und vom Dorf zu reden, über allerlei Leute und übers Bier. Änne, fertig mit ihrem Geschäft, will schon fast wieder in ihrem Verschlag unter die warme Decke kriechen, da unterbricht er plötzlich sein Gerede und fragt geradeheraus: „Was nun, Bruder, führt dich wirklich her. Es ist doch nicht die Sehnsucht nach mir und dem Hof, wie du vorhin behauptet hast, oder."

„Nun sagen wir", er macht eine Pause, „nicht nur. Ich wollte erst mal allein und ganz in Ruhe mit dir reden, es ist ein heikles Ding, dass ich mit dir besprechen möchte und ich wollt die rechte Zeit wählen."

Nun senkt er etwas seine Stimme und Änne, draußen auf ihrem Lauschposten, hat Mühe ihn zu verstehen.

„Also, du hast vielleicht gehört, dass der Schwed bei uns in Zwickau steht. Es ist ein grausamer marodierender Haufen. So hat der Rittmeister, bei dem ich im Dienst bin, Angst um seine Braut und will sie in Sicherheit wissen. Da hat er sich erinnert, was ich mal von dem Hof daheim erzählt habe. Nun bittet er mich oder sagen wir dich, das Fräulein samt ihrer Zofe hier zu verstecken."

Nach einer Pause und da sein Bruder nichts erwidert, fährt er fort.

„Es soll dein Schaden nicht sein. Ich denke, dass du nicht leer ausgehst dabei. Außerdem ist mir zu Ohren gekommen, dass schwedische Musketiere auch vom Erzgebirge, um Schneeberg herum nach Plauen hereinziehen werden. So könnte es auch euch hier betreffen. In einem solchen Fall würde die Hilfe des Rittmeisters von Nutzen sein."

Stille, man hört nur noch den schweren Atem des Bauern und dann seine Stimme in der man seine Angst förmlich mitschwingt.

„Der Schwed sagst du, so nahe schon. Gott bewahre uns! Man hört ja so allerhand. Vergangenes Jahr ist die Katharina wiedergekommen aus dem Fränkischen.

Die hatte sich nach dort verheiratet. Der Schwed hat ihr Dorf überfallen, alles ausgeraubt und niedergemacht und hernach alles angebrannt. Alle tot, der Mann und die Söhne, das ganz Dorf nur Leichen. Sie war mit der Tochter im Wald nach Heilkräutern, als sie zurückkam, fand sie nur noch den Burschen vom Schmied, der in eine Abfallgrube gefallen war und den sie für tot gehalten hatten. Er konnte ihr sagen wies zugegangen ist und dass es die Schweden gewesen sind."

Änne draußen ist auf die Knie gerutscht. Die Angst schnürt ihr die Kehle zu. Der Schwede, jetzt auch hier?

„Allmächtiger sei uns gnädig, Mutter Gottes erbarme dich", murmelt sie.

Die Worte des Bauern haben die Bilder von ihrem brennenden Dorf wieder heraufbeschworen. Fast hätte sie die Worte Gideons überhört.

„Katharina, war das nicht die, auf die du mal ein Auge geworfen hattest? Ich war damals noch ein Junge. Hat dir nicht der Alte verboten sie zu nehmen und ist sie dann nicht mit einem Handwerksburschen davon?"

„Ja, ja, ja", murmelt der Bauer, „ich weiß, ich war ein Schwächling hab 's wohl tausendfach bereut und bin trotzdem bei meinem jetzigen Weib geblieben. Das ist meine Strafe."

„Nu, dann frag sie jetzt nicht lang, sondern entscheide du, du allein. Wirst du dem jungen Weib ein Versteck hier bei dir geben? Wie gesagt, so oder so soll 's dein Schaden nicht sein."

Noch immer zittert Änne am ganzen Leib und sie verflucht sich ihres Lauschens wegen. Ist ihr das je gut bekommen? Warum nur muss sie es immer und immer wieder tun? Warum kann sie ihre Neugier niemals bezwingen? Könnte sie jetzt nicht in ihrem Verschlag liegen, nahe bei den Tieren und ruhig schlummern, weit ab von Gedanken an die Schweden und an den Krieg? Andererseits früher oder später hätte sie ja doch davon erfahren. Vielleicht kann sie so wenigstens Mutter und Großmutter warnen.

Heftig fährt sie zusammen, denn drinnen hat wohl der Bauer mit voller Wucht mit der Faust auf den Tisch gehauen.

„Recht hast du, Bruder! Ich mach es! Das Fräulein kann kommen. Es scheint ein Fingerzeig Gottes zu sein. So ein Rittmeister hat mehr Mittel als wir einfachen Bauern, wenn es hart auf hart kommt."

„Gut entschieden Bruder. Glaub 's mir!"

Laut stoßen die Bierhumpen aneinander, wohl zur Besiegelung der Sache.

Nun werden sie wohl ins Bett gehen, denkt Änne und will dies noch abwarten, damit nicht ein Geräusch sie als stille Zuhörerin auffliegen lässt. Sie hat schon genug Ärger am Hals. Doch drinnen wird erneut Bier ausgeschenkt und getrunken. Die Stimmung ist jetzt, nachdem alles geklärt ist, gelöster und das Bier tut sein übriges.

„Hör mal!", hebt der Gideon nun erneut an. „Die Kleine die da bei dir auf dem Hof schafft, deine Magd, dass ist doch die Tochter von eben dieser, wie hieß sie doch gleich, Katharina. Die wird mal genauso ansehnlich wie die Mutter. Da hast du dir wohl gedacht, wenn nicht die Mutter …"

Weiter kommt er nicht. Drinnen ist der Bauer wahrscheinlich aufgesprungen und irgendetwas, vielleicht der Schemel, kracht zu Boden. Gleich darauf hört Änne die wutschnaubenden Worte des Bauern.

„So nicht mein Lieber. Ich bin nicht wie der Alte, nie und nimmer und du weißt ganz genau, wie sehr ich das verabscheue. Nie und nimmer, sie ist ja noch fast ein Kind."

Es ist ein Gerangel und Geschiebe zu hören. Hat der Bauer seinen Bruder am Schlafittchen gepackt? Würden sie sich nun schlagen und uneins auseinander gehen? Warum tut ihr, Änne, das leid? Es kann ihr doch egal sein. Doch schon ertönt die beschwichtigende Stimme Gideons.

„Hör auf Frieder!

Zum ersten Mal nennt er ihn bei seinen Namen.

„Hör auf! Es tut mir leid! Ich hätte das nicht sagen dürfen. Ich weiß doch, dass du so nicht bist, nicht wie der Alte. Wirklich, es tut mir leid. Vielleicht hat mir dein starkes Bier den Kopf vernebelt. In Herrgotts Namen, nimm doch meine Entschuldigung an. Lass mich los und lass uns Frieden machen, ein für alle mal, ich bitte dich."

Drinnen wird das umgestoßene Möbel wieder aufgestellt und jemand fegt etwas beiseite. Änne stellt sich den Bauern vor, wie er am Tisch sitzt, groß und klobig, beide Ellenbogen auf den Tisch gestützt und den Kopf darauf gelegt. So sitzt er oft, stumm vor sich hin brütend.

„Ich wollt ihr halt helfen, der Katharina. Sie ist mit fast nichts und schwanger hier angekommen und die Anna, was ihre Mutter ist, die ist nur eine arme Häuslerswitwe, die als Wehmutter gerade mal sich und ihr merkwürdiges Findelkind durchbringen kann, aber doch nicht noch weitere drei Leute. Als dann die Martel gestorben war, da hab ich ja auch dringend jemanden gebraucht auf dem Hof. Du weißt doch, mein Weib ist nicht gerade zur Arbeit geschaffen. Na und ich fand die Änne war so ein gutes und anstelliges Kind, das auch was im Kopf hat, dass hat sie wohl von den Weibern ihrer Familie geerbt."

„Wieso war?", fragt Gideon der anscheinend aufmerksam zugehört hat. Änne noch immer von der Nachricht über die Schweden außer Rand und Band, kann nun kaum noch stillhalten.

„Der Lauscher an der Wand, hört seine eigne Schand'", hört sie die Mutter in ihrem Kopf sagen.

„Ach na ja, eigentlich wollte ich die Sache fürs Erste ruhen lassen, bis ein bisschen Gras darüber gewachsen ist. Ich will der Katharina doch das Leben nicht noch schwerer machen. Aber wenn ich 's mir recht bedenke."

Er machte eine Pause um abzuwägen.

„Kannst du nicht etwas lesen und schreiben? Und als mein Bruder müsstest du wohl mir zu liebe das Maul halten können."

„Schreiben kann ich nicht, wohl aber ein wenig lesen und das Maul halt ich sowieso."

„Dann hör also! Mein Weib wollte von Anfang an nicht, dass die Änne hier auf den Hof kommt. Es ist ihr alles Fremde suspekt. Außerdem ist sie der festen Überzeugung, dass die alte Anna schuld hat, an der Missgeburt unseres einzigen Kindes. Sie meint, sie habe sie und das Kind bei der Geburt verhext, bei der sie ihr als Wehmutter beistand. Ihren ganzen Gram um ihre Kinderlosigkeit ergießt sie als Hass über die alte Frau und somit auch über ihre Enkeltochter. Doch ich habe es beschlossen und sie musste sich drein fügen, was ihr wohl noch eine größere Schmach war. Sie hat ihr das Leben von Anfang an zur Hölle machen und ihr jedwede kleine Freude nehmen wollen. Du kennst sie und weißt, dass sie Haare auf den Zähnen hat. Doch sie ist auch schlau. Sie hat das Mädel nicht aus den Augen gelassen. Eines Tages, eine Weile nachdem wir beim Händler drei größere Kerzen erstanden hatten, fehlte auf einmal eine. Daraufhin hat sie das Zimmer der Magd unterm Dachboden durchsucht und die Kerze dort gefunden, einschließlich dieses Büchleins mit Schriftzeichen von Ännes Hand. Seitdem behauptet sie, das Mädchen sei eine Diebin und Hexe, denn welches Kind ihres Standes, noch dazu ein Mädchen, könne wohl schreiben. Es seien alles Teufelszeichen. Das Mädchen hat zwar zu seiner Rechtfertigung vorgebracht, es hätte die Kerze vom böhmischen

Händler geschenkt bekommen. Aber warum sollte er das tun? Mal ein Spänglein oder eine Schleife das lasse ich mir gefallen, aber eine Kerze? Die ist ja doch recht teuer für so ein Kind, bei aller Freundschaft. Meine Alte hat nun verlangt, ich solle das Buch zum Pfarrer tragen und Änne der ererbten Hexerei anklagen und den Diebstahl auf dem Gut in Auerbach anzeigen."

„Und das hast du nicht."

„Nein, ich habe nur so getan. Hab angespannt, bin ins Wirtshaus und dann wiedergekommen. Ich kann ja nicht lesen, was in dem Buch steht, aber dass es Teufelszeug sein soll, glaube ich nicht. Wer weiß welchen Stein ich damit ins Rollen bringen würde. Der kann allen zum Verhängnis werden. Das mit der Kerze hat mich wohl enttäuscht, weil ich ihr vertraut hab. Aber man kann halt in niemanden reinschauen."

Änne hört ein schlurfen und knarren. Wahrscheinlich öffnete der Bauer den Schrank.

„Hier schau, hier ist das Heft und ein gedrucktes Büchlein war auch dabei."

Dann ist für eine ganze Weile nur noch hin und wieder ein leises Schnaufen oder ein verhaltenes Lachen zu hören. Änne wird es immer ungemütlicher. Würde er sich gleich über ihr Geschreibsel lustig machen? Sollte sie vielleicht gleich jetzt, wo niemand es bemerken würde, nach Hause laufen und alle vor den Schweden warnen? Doch wie mit dem Boden verwurzelt bleibt Änne hocken. Es kommt ihr vor als seien Stunden vergangen, bis sie wieder etwas zu hören bekommt.

„Recht hast du getan, Bruder, dass du weder zum Pfaffe noch sonst wohin gerannt bist. Das Büchlein hier ist eine Geschichte, die sich Reinecke Fuchs nennt und die du sicherlich bei jeden Buchhändler erwerben kannst. Und das was das Mädel selber geschrieben hat, sind weder Zaubersprüche noch sonst irgendwas Teuflisches. Sie hat lediglich versucht, das was sie in ihrem Dorf erlebt hat, den Überfall und die Flucht, in Worte zu fassen. Ich bin kein so geübter Leser aber wenn du sie mir überlässt, könnte ich die Geschichte bis morgen noch zu Ende lesen. So richtig rechtens ist das vielleicht nicht, aber es ist so geschrieben, dass mich der Weitergang brennend interessiert. Hier hinten sind dann noch einige Heilkräuter und deren Wirkung vermerkt, nichts Außergewöhnliches für die Enkelin einer Wehmutter. Woher sie das alles kann? Selbst wenn ihr Vater Handwerker war und einen guten Stand hatte, wird er seine Tochter auf keinen Fall auf eine Schule geschickt haben. Einen ungewöhnlich klugen Kopf hat sie, das muss man ihr lassen und wenn ich dir zu der Sache mit der Kerze raten soll ..."

Doch was er seinem Bruder rät kann Änne nicht mehr erfahren. Gideon ist ans Fenster getreten und schüttet den Rest des schal gewordenen Bieres hinaus. Beinahe bekommt Änne den ganzen Schwapp ab. Im letzten Moment weicht sie aus, sodass sie nur ein paar Tropfen treffen. Über ihr ist nun eine Stimme zu hören und schon glaubt Änne sich entdeckt. Doch Gideon schaut nur in die Nacht hinaus. Da kommt auf einmal Wind auf und eine leichte Böe weht lose Blätter und Dreck herum und zum Fenster hinein.

„Jetzt wird 's aber ungemütlich!", ruft er und schließt die Fensterläden.

Änne kriecht fast auf allen Vieren zurück zu ihrem Verschlag. Ihr Körper ist ganz steif von der langen kauernden Haltung. Sie schmiegt sich an die Kuh und deren Wärme strömt auf sie über, macht ihren Körper wieder biegsam und gibt ihr für den Augenblick ein wenig Geborgenheit. Auf ihrem Strohsack unter der wärmenden Decke liegt sie noch lange wach. Ihre Gedanken drehen sich im Kreis. Sollten die Schweden wirklich hier in die Nähe kommen? Sollte sie alles etwa ein zweites Mal erleben. Ganz starr wird ihr Körper bei dem Gedanken und kein Gebet will über ihre Lippen, so gerne sie auch gebetet hätte.

Es ist ja sowieso alles egal. Der Bauer ist enttäuscht von ihr, auch wenn er sie um ihrer Mutter willen nicht angezeigt hat und sie kann ihre Unschuld nicht beweisen. Nur der Wenzel kann für sie sprechen und der kommt frühestens im Herbst zurück. Bis dahin würde sie eine Diebin bleiben.

Kurz bevor der Schlaf sie dann doch übermannt, denkt sie noch einen Augenblick an Gideons Worte, über das was sie geschrieben hat und einen Anflug von Stolz nimmt sie mit hinüber in den Schlaf.

Der nächste Morgen kommt viel zu schnell. Das erste Mal seit sie hier ist, muss Hubert sie wecken.

„Was ist los mit dir Mädel, bist du krank? Es wird schon hell."

Nur mühsam kann Änne sich von ihrem Lager erheben. Noch schlaftrunken wankt sie in den Stall, um mit dem Melken zu beginnen.

Sonst genießt sie immer diese morgendliche Stille, in der sie ihren Gedanken freien Lauf lassen kann, doch heute ist alles anders. Es ist eine große Unruhe in ihr und immer wieder überlegt sie einfach wegzulaufen, hinüber zur Großmutter. Auch auf dem Hof draußen macht sich Unruhe breit. Für diese Tageszeit ungewöhnliche Geräusche sind zu hören und steigern Ännes Nervosität noch erheblich. Ist der Bauer denn um diese Zeit schon zu Gange? Vom Pferdestall her ist Hufgeklapper zu hören und Hubert, der beruhigend auf das Pferd einredet während er es sattelt, dann ein Stimmengewirr. Sollte der Gideon schon wieder davon reiten? Nun hält sie doch nichts mehr auf ihrem Melkschemel. Sie tritt vorsichtig, um möglichst nicht gesehen zu werden, vor die Stalltür. Dort verabschiedet sich Gideon gerade von seinem Bruder und schlägt Hubert ein paar Mal freundlich auf den Rücken. Dann besteigt er sein Pferd. Kommt es Änne nur so vor, als schaue es sich noch einmal suchend um? Für einen Augenblick begegneten sich ihre Blicke. Änne rieselt es ganz merkwürdig den Rücken hinunter. Sie ist selbst überrascht darüber. Was sind das für Gefühle, die sie diesem Gideon entgegenbringt? Sie kennt ihn doch gar nicht. Ist es ihre Eitelkeit, weil er ihr Geschriebenes gelobt hat oder ist da noch etwas anderes. Sie merkt überhaupt nicht, dass sie wieder mal nach ihrem Band greift. Er zwinkert ihr kurz zu und zieht dann wie gestern leicht übertrieben und lachend seinen Hut. Es ist ein freies, ein unbeschwertes Lachen, das Lachen eines jungen Burschen, der sich aufmacht weiterzuziehen.

„Ich bin bald wieder zurück!", ruft er den umstehenden zu und der Bauer und Hubert heben die Hand zum Gruß, ehe sie wieder ihrem Tagwerk nachgehen. Änne bleibt noch einen Augenblick stehen und sieht dem Davonreitenden nach, nicht ahnend, dass in seinem Reisesack das Heftchen mit ihrer Geschichte steckt.

Noch in der Nacht hatte er den Bauern dazu überredet. Er begründete es damit, dass es besser wäre, wenn es vorerst nicht im Hause bliebe, damit es nicht wieder dem bösen Weib in die Finger fiele. Damit hat er zwar recht, doch in Wirklichkeit will er das Heftchen noch eine Weile bei sich haben und in Ruhe darin lesen.

Auch er hat keine Schule besucht. Das Lesen hat er sich von dem Bruder seines Rittmeisters beibringen lassen, einem blassen Bürschchen, das sich lieber hinter seinen Büchern verkroch, als draußen mit den anderen Jungen unterwegs zu sein. Damit ihn diese nicht gar so sehr piesackten, brachte er ihm dafür ein paar Kniffe im Ringkampf bei.

Gideon hatte schnell gelernt und es hatte ihm auch Freude gemacht. Doch der Junge war schwach und kränklich und irgendwann erlag er seinen Leiden. So war diese Kunst unvollkommen geblieben und die Möglichkeiten der Anwendung waren gering in seinem Alltag. Nun aber wird ihm bewusst, wie nahe ihn das geschriebene Wort einem anderen Menschen und dessen Gedankenwelt bringen kann. Er würde es immer und immer wieder lesen und dabei das Mädchen auf dem Hof seines Bruders immer deutlicher vor Augen haben.

Änne indes verrichtet ihre tägliche Arbeit und da alles wie immer abläuft, beschließt sie erst einmal abzuwarten und den Rest ihrer Familie vorerst nicht in Angst und Schrecken zu versetzen.

Als Hubert ihr das Mittagsbrot bringt, macht er ein ungutes Gesicht.

„Ein feines Fräulein wollen sie aufnehmen", murrt er vor sich hin, was Änne ja durch ihre nächtlichen Umtriebe längst weiß.

„Nun müssen wir während der Frühjahrsarbeit auch noch ein Zimmer herrichten."

Änne kaut an ihrem Brot und nickte nur stumm vor sich hin. Hubert, der wohl mehr Interesse von ihr erwartet hat, schüttelt nur missmutig den Kopf und denkt bei sich, dass Änne heute etwas merkwürdig ist. Sonst ist sie doch immer ganz versessen auf Neuigkeiten. So geht er wieder an die Arbeit.

Tage später spannt die Bäuerin den Wagen an und will unbedingt in die Kirche zur Gebetsstunde, obwohl die Pferde auf dem Hof viel dringender gebraucht werden. Sie lässt sich aber nicht aufhalten, auch wenn es in diesen unsicheren Zeiten nicht ganz ungefährlich ist allein herum zu kutschen, denn sie gedenkt nun endlich in Erfahrung zu bringen wie es um ihre Anzeige steht. Vielleicht kann sie den neuen Pfarrer herzubitten, damit er sich ein Bild von der kleinen Hexe machen kann.

Der Bauer lässt sie schweren Herzens ziehen. Zuerst ist ihm etwas mulmig bei dem Gedanken. Aber früher oder später, beim nächsten sonntäglichen Kirchgang vielleicht schon, würde sein Weib dem Pfarrer ja doch damit in den Ohren liegen und dann würde sie auch herausbekommen, dass es gar keine Anzeige gibt. Noch einmal bedenkt er die Argumente seines Bruders, den er für einen klugen, weltgewandten Kerl hält. Das Heftchen und das Buch sind weit weg. Es gibt keinen Beweis mehr im Haus oder gar in den Händen seines Weibes und jeder weiß schließlich, dass sie seit der Geburt und dem Tod ihrer Kinder etwas schrullig geworden ist. Der Pastor würde zwar sein treues Schäfchen bei Laune halten wollen. Aber es bleibt nichts anderes, er muss erst einmal der Dinge harren, die da kommen. Außerdem ist er froh das Weib aus dem Weg zu haben, denn er will daran gehen das Zimmer des alten Bauern für das Fräulein Braut vom Rittmeister herzurichten. Zwar weiß er nicht, was so ein Fräulein für Ansprüche hat, doch sie würde sich eben mit dem bescheiden müssen, was sein Bauernhaus hergibt. Jedenfalls will er wenigstens die Wände frisch tünchen, auch wenn ihm diese zusätzliche Arbeit zu dieser Jahreszeit wirklich nicht gelegen kommt. Doch die Zeit drängt. Er hat es nun einmal versprochen und er will auch sein Weib vor vollendete Tatsachen stellen. Der Hubert ist schon herbeigerufen, um mit ihm die wenigen Möbelstücke beiseite zu rücken. Lustlos schlurft der heran. Als ob sie nicht schon genug Arbeit hätten, nun auch noch das, ausgerechnet in Frühjahr, denken er. Aber er sagt kein Wort, schließlich ist er nicht der Herr im Haus. Mein Gott, was liegt hier bloß für alter Plunder und Dreck herum. Seit dem Tod der alten Martel scheint die Stube keiner mehr betreten zu haben. Obwohl der Bauer schon vorhin die Läden geöffnet hat, um Licht und Luft hereinzulassen, riecht es noch immer muffig. Nachdem sie die Bettstatt und eine schon ziemlich wackelige Bank beiseite geschoben haben, stehen sie vor der alten Truhe. Damals als sein verhasster Vater gestorben war, hatte der Bauer alles was ihn an den Alten erinnerte da hineingestopft und die Truhe fest verschlossen. Dies hätte er am liebsten auch bis in alle Ewigkeit so gelassen, doch irgendwo muss ein solch feines Weibsbild ja seine Sachen unterbringen. Unschlüssig steht er davor und Hubert trampelt schon von einem auf das andere Bein. So sucht er umständlich an seinem Bund nach dem rechten Schlüssel. Schließlich hat er den passenden gefunden und öffnet damit die Truhe. Er stiert hinein, als seien die Gegenstände darin magisch und kann sich einfach nicht entschließen etwas anzurühren. Hubert, der den Großteil seines Lebens auf dem Hof verbracht hat und so manches ach und weh aus nächster Nähe beobachten konnte, sagt leise: „Lass es uns einfach erst mal auskippen, Bauer, und wenn du willst sortiere ich nachher aus was noch zu brauchen ist und den Rest schmeißt du einfach auf die Kippe."

Erleichtert nickt der Bauer. Gemeinsam kippen sie die Truhe einfach um. Doch was ist das? Zwischen alten Kleidern, Lederzeug und Papieren rollt etwas heraus, kullert, klick, klick, klick über die alten Dielen und wird vom Bein, der in der Mitte des Zimmers abgestellten Bank, aufgehalten. Beide, Bauer und Knecht verfolgen den Gegenstand mit den Augen. Hubert, der am nächsten steht, springt hinzu und bückt sich danach. Verdattert blicken sie darauf. Hubert findet zuerst die Sprache wieder.

„Die Kerze!"

Mit der Hand wischt er den weißen, glatten Leib vom Schmutz des Fußbodens sauber. Dann erst schaut er wieder hinüber zum Bauern. Instinktiv weicht er einen Schritt zurück. Ausdruckslos stiert der Bauer ins Leere. Sein Gesicht ist feuerrot angelaufen und die Halsschlagadern sind hervorgetreten. Mehr denn je gleicht er in diesem Augenblick seinem Vater, dessen Wutausbrüche in der ganzen Gegend berüchtigt gewesen waren. Doch das dauert nur einige wenige Augenblicke, dann hat er sich wieder in der Gewalt.

„So also hat sie ihren gemeinen Plan ausgeführt, dieses unsägliche Weib mit dem Gott mich geschlagen hat."

Seine Stimme klingt gefährlich leise und Hubert ist froh, dass eben dieses Weib gerade nicht zu gegen ist. Nicht etwa weil er sie schonen möchte, sondern weil es nicht auszuhalten wäre, wenn sich sein Bauer noch unglücklicher machte, als er es eh schon ist. Dieser nimmt Hubert die Kerze aus den Händen. Lange dreht er sie hin und her. Es besteht kein Zweifel, es ist eine von jenen Kerzen aus weiß gefärbtem Rindertalg, die er im Herbst von dem böhmischen Händler erworben hat. Sogar das kleine Zeichen des Kerzenziehers ist, genau wie bei den anderen, unten eingeritzt. Ohne auf den am Boden liegenden Krempel zu achten, stapft der Meierbauer zur Stube hinunter und holt die noch verbliebene Kerze aus dem Kasten. Dann holt er den Ständer mit der fast abgebrannten Kerze dazu. Da sind sie, alle drei. Genau die drei die er gekauft hat. Noch einmal öffnet dann der Bauer seine Kassette, in der bis vor kurzem noch das Heftchen und das Büchlein gelegen haben und in der sich jetzt nur noch die halb heruntergebrannte Kerze befindet, die ihm sein Weib als Beweisstück vorgelegt hat. Sie ist den anderen ähnlich, doch wenn man sie ganz genau betrachtet, sieht man, dass sie einen Riss und Kratzer hat und sicher wirklich einmal gekrümmt war. Warum war ihm das nicht gleich aufgefallen?

Ganz geschickt hat sie die Sache also eingefädelt und selbst das Versteck war perfekt ausgewählt, weiß sie doch ganz genau, dass er die alte Truhe mit den Sachen seines Vaters meidet wie der Teufel das Weihwasser. Wäre jetzt nicht der Bruder mit seiner Bitte gekommen, so hätte nie und nimmer jemand die vermaledeite Kerze gefunden. Nachdenklich steht er mit aufgestützten Armen am Tisch und versucht Klarheit in seine Gedanken und Gefühle zu bringen. Doch seiner einfachen Bauernseele bleiben die verwundenen bösartigen Pläne seines Weibes unverständlich, ja sie verursachen ihm Unbehagen, weil er genau weiß, wie schwer es sein wird ihr beizukommen, denn sie ist schlau und gewieft. Aber zugleich ist er froh darüber, sich in Änne nicht so getäuscht zu haben, wie er die ganze letzte Zeit hatte annehmen müssen. Hätte er ihr gleich glauben und die Alte mehr ins Gebet nehmen sollen? Wie sehr wünscht er sich in diesem Moment seinen Bruder zur Seite, um ihn um Rat zu fragen.

Doch viel Zeit zum Nachdenken bleibt ihm nicht, denn schon hört er das Gespann vorfahren. Sie ist also von ihrer scheinheiligen Gebetsstunde zurück. Er räumt die Kerzen erst einmal wieder in den Kasten und setzt sich auf seinen Platz am Kopfende des Tisches. Noch ist es ganz still in der Stube, sodass man den Hubert rumoren hört. Er ist ihm ungemein dankbar, dass er sich dem Inhalt der Truhe annehmen will und auf einmal wird ihm klar, wie sehr er sich ohne viele Worte auf seinen alten Knecht verlassen kann. Von draußen hört er sein Weib nach dem Hubert schreien. Er solle gefälligst die Pferde übernehmen und ausspannen. An ihrer hohen, schrillen Stimme kann er schon erkennen in welch erregtem Zustand sie ist. Als Hubert nicht kommt, lässt sie die Pferde einfach stehen und stapft ins Haus. Dabei knallt und scheppert sie dermaßen laut herum, dass man meint das Haus müsse jeden Moment zusammenstürzen.

„Frieder, Frieder! Wo zum Teufel steckst du bloß?"

Noch im Reisemantel reißt sie die Tür zur Stube auf und bleibt verwundert stehen, als sie ihren Mann hemdsärmlig und völlig regungslos da sitzen und ihr entgegen starren sieht, als habe er hier schon ewig so gesessen und auf sie gewartet. Dabei müsste er um diese Zeit doch bei der Arbeit sein. Es hat sie schon gewundert, das niemand auf dem Hof zu sehen war. Als sie ihn sieht steigt ein triumphierendes Gefühl in ihr auf, weiß er doch sehr wohl, dass der Pfarrer ihr gesagt hat, der Meierbauer sei nie und nimmer bei ihm gewesen. So hat sie dem Herrn Pastor einige Andeutungen wegen der Fremden gemacht, die ihr Mann, einfältig wie er nun mal ist, zur Magd angestellt hat und ihn am gleichen Tag zum Abendessen eingeladen, um in aller Ruhe die Angelegenheit zu besprechen. Will sie doch den Moment auskosten, da ihr Mann nicht mehr umhin kann und das Mädchen selbst denunzieren muss. Das Vorgefühl ihrer Macht über ihn und die Freude darüber, dass ihr schlauer Plan aufgegangen ist, haben sie schon den ganzen Weg zurück zum Hof begleitet. Voller Genugtuung hat sie sich die Hände gerieben und sich vorgestellt, wie das Mädchen vom Hof geführt wird, auf nimmer

Wiedersehen, zusammen mit dem Pack ihrer Sippe. Endlich würde dann ihr Kind gerächt sein. Auge um Auge, Zahn um Zahn, steht es nicht so in der Bibel?

Nach nichts anderem steht ihr jetzt der Sinn, als ihren Alten zur Rede zu stellen, mit all den zurechtgelegten Worten, die sich wie ein Schwall über ihn ergießen werden und ihn vor ihren Augen kleiner und immer kleiner werden lassen sollen.

Aber irgendetwas hat sich verändert, ohne dass sie sagen könnte was es ist. Es lässt sie einen Augenblick zögern.

Als ihr Mann sich plötzlich ganz langsam erhebt, ohne sie dabei aus den Augen zu lassen, da wird ihr auf einmal ganz mulmig zu Mute. Immer noch ganz langsam und ohne auch nur ein einziges Wort zu sprechen, geht er an den Kasten und holt die Kerzen heraus. Er legt sie in ungewöhnlicher Sorgfalt vor sie auf den Tisch, eine genau neben die andere. Zum Schluss stellt er noch den Kerzenständer hinzu. Dann beginnt er, wiederum furchtbar langsam und so als hätte er es mit einer Idiotin ohne Verstand zu tun, zu zählen.

„Eins, zwei, drei, so viele Kerzen haben wir beim böhmischen Händler erworben. War es nicht so? Gudrun, war es nicht so?"

Seine Stimme schwillt an und erfüllt den Raum. Dann legt er Ännes Kerze hinzu.

„Oder wie war es, Gudrun, sag es mir, wie war es? Wie kommt eine der Kerzen in Vaters Truhe?"

Stumm stehen sich die beiden gegenüber wie zwei Kampfhähne. Die Überlegenheit die Gudrun eben noch gegenüber ihrem Mann empfunden hat weicht der Angst, als sie seine geballten Fäuste bemerkt. Würde er es wagen sie anzurühren?

Vorsichtig versucht sie zurückzuweichen. Sie kann sich keinen Reim darauf machen. Wie, um alles in der Welt, hat er die Kerze gefunden? Ist es überhaupt die, die sie in der Truhe verborgen hat? Nie und nimmer hätte sie geglaubt, dass er je wieder da hinein schauen würde. Kennt sie doch seine schwächliche Angst vor dem Alten, die ihn selbst nach dessen Tod noch verfolgt.

Tja der Alte, mit dem hätte sie sich messen können. Der war aus einem ganz anderen Holz geschnitzt, als dieser da, sein Sohn. Der schlägt wohl eher nach der Mutter, fleißig und gut soll die gewesen sein, mit einem großen Herz für die Armen, sagen die Leute. Nein, nein, da war ihr der Alte schon lieber.

Sie selbst ist die jüngste Tochter eines recht wohlhabenden Müllers mit einem Gehöft und Land, unten an der Mulde.

Viel größer, schöner und ertragreicher dünkt sie der Hof zu Hause. Doch das Erbe fiel dem einzigen Buben, ihrem Bruder zu. Dann waren da noch vier ältere Schwestern, die eine Menge Mitgift verschlangen, um sie passabel zu verheiraten. Was blieb dann noch für sie, den Nachkömmling? Die Mutter war bald nach ihrer Geburt gestorben. Der Vater allerdings mochte sie, weil sie schon als Kind schlau und gerissen war, ihre älteren Schwestern zu eigenen Gunsten manipulieren konnte und dem Bruder gar im Rechnen und im Handel weit überlegen war. Mit ihrer Hilfe machte er gute Geschäfte. Trotzdem, es blieben ihr wenig Möglichkeiten. Wäre sie zu Hause auf dem Hof geblieben, sie wäre nie mehr als eine bessere Magd geworden. Doch sich an irgendeinen Bauernlümmel zu verheiraten und Tag ein Tag aus von der vielen Arbeit niedergedrückt zu werden und ihm jederzeit zu Willen sein zu müssen, dazu hatte sie erst recht keine Lust. Der Vater hatte, nachdem die Geschäfte an den Sohn übergeben waren, öfter einmal den Wagen angespannt um auszufahren, keiner wusste recht wohin. Auf so einer Tour hatte er, in irgendeinem Wirtshaus, den alten Bauern kennengelernt. Der suchte eine passende Schwiegertochter, da sein Ältester mit irgendeinem Häuslermädchen herumpoussierte. Der Vater besah sich die Sache. Ganz deutlich vernimmt sie jetzt noch seine Stimme und den Wortlaut seine kurzen Rede damals: „Sehr groß ist der Hof nicht, aber doch respektabel. Eine große Mitgift verlangen sie auch nicht. Mir scheint der Alte will die Sache so schnell wie möglich perfekt machen, damit Ruhe ist. Da ist kein langes zaudern angebracht. Der junge Bauer, also dein zukünftiger Ehegespons, ist ein großer vierschrötiger Kerl, etwas unsicher im Umgang mit anderen Leuten, aber zupacken kann der ohne Ende und was das Wichtigste ist, er ist gutmütig, fast scheint er mir ein bisschen dümmlich und gutgläubig in seiner Art. Das ist es doch, was du willst. Wenn der Alte einmal weg ist, kannst du dir die absolute Macht über deinen Eheherrn und den Hof verschaffen. Ist der Hof auch nicht ganz so riesig, du allein wirst ihn beherrschen, wenn du willst."

Wie genau der Vater die Sache doch durchschaut und vorausgesagt hatte und wie gut er sie kannte. Sie hatte ihm vertraut und alles war wunderbar gelaufen, zu ihren Gunsten. Nur die Sache mit dem Kind, dem Erben, in den sie so viel Hoffnung gesetzt hatte, das sie angerührt hatte, als es sich in ihrem Leib zu bewegen begann, die brannte wie ein Stachel in ihrer Seele. Dafür will sie die Alte samt ihrer Sippe dran kriegen. Die alte Wehmutter, die das Kind noch gewiegt hatte als es längst tot war, diesem missgebildeten Wechselbalg, der nie und nimmer ihr Kind sein konnte, das Kind von dem sie geträumt und das sie nun zum Gespött der Menschen werden ließ. Das kann sie nicht zulassen. Zu einer Hexe wird sie die Alte machen und ihre Kinder und Kindeskinder dazu, bis ins wievielte Glied. Vor allem diese Katharina mit ihren Bälgern, die sich dünkt etwas besseres zu sein, die sogar einem Bauernsohn einst schöne Augen machte. Dabei ist sie doch nur Dreck der die Erde bedeckt und immer noch hat ihr Mann einen Narren an ihr gefressen. Aber sie wird ihn gefügig machen. Wie Wachs in ihrer Hand wird er sein, wenn ihr Plan aufgeht und seine bitteren Früchte trägt. Er würde es nicht wagen, sie wegen ihrer Kinderlosigkeit zu verstoßen, im Gegenteil bitten und betteln sollte er, dass sie bliebe. Dann konnte sie daran gehen Nachwuchs zu beschaffen von ihrem Blut, von den Geschwistern daheim. Wer würde nicht mit der Aussicht auf das Erbe eines Hofes ein Kind herschenken, wenn er zu viel hat, um sie alle anständig unterzubringen, noch dazu in diesen schweren, unsicheren Zeiten. Womöglich konnte sie dann gar das Kind als das Ihre ausgeben, wenn man den Leuten glauben macht, durch den Tod der Alten, sei es wieder gesund erstanden. Dumm und abergläubisch genug sind die meisten sowieso.

Doch nun sieht sie sich ihrem zornentbrannten Ehemann gegenüber, sieht wie er seine Fäuste hebt und weicht schnell wie ein in die Enge getriebenes Tier zurück.

„Hast du mir dazu etwas zu sagen, Weib?"

Von den Wänden der Stube hallen seine Worte wieder. Langsam umkreist sie den Tisch, der ihr etwas Sicherheit zu bieten scheint. Die Gedanken wirbeln in ihrem Kopf herum. Jetzt bloß nicht die Nerven verlieren, sonst ist alles verloren, beschwört sie sich selbst immer wieder. Da kommt ihr ein rettender Einfall.

„Tja", sagt sie, indem sie nun ganz um den Tisch herum gleitet und am anderen Ende stehen bleibt, die Tür im Rücken, die ihr Notfalls eine Fluchtmöglichkeit bietet. Sie hätte ihrer Stimme gerne etwas Einschmeichelndes gegeben, was ihr aber nicht so recht gelingt. So klingt es fast etwas herausfordernd als sie sagt: „Die Kerzen sind das eine. Vielleicht ist mir aus versehen eine heruntergefallen und jemand, vielleicht der Hubert, hat sie in die Truhe gesteckt. Vielleicht dachte er später damit ein Geschäft machen zu können. Erinnere dich nur an die Dreistigkeit im vorigen Herbst mit den Stiefeln. Nun, wie gesagt, die Kerze ist das eine, mag sein, dass irgendwelche mysteriösen Umstände zu ihrem Verschwinden geführt haben oder auch nur ein Versehen, aber das andere, das mit den Hexenbüchern, das ist noch nicht aus der Welt und doch noch viel schwerwiegender als ein simpler Diebstahl."

Der Bauer senkt die Fäuste und lässt sich auf seinem Stuhl nieder, fällt es ihm doch mit einem Mal wie Schuppen von den Augen, dass sein Weib nicht nur böse ist oder Haare auf den Zähnen hat, wie anderer Leute Weiber auch manchmal, oder vom Schicksal enttäuscht ist wegen des Kindes. Nein, sie ist gerissen und ihr ist einfach jedes Mittel recht, um an ihr Ziel zu kommen. Da macht sie auch vor Tod und Verfolgung nicht halt.

Gudrun jedoch deutet diesen Moment dahingehend, dass Weichlichkeit und Schwachheit ihn wieder übermannt haben. Vielleicht spürt er gar, wie überlegen sie ihm ist und wie sehr er ihre Entschlossenheit benötigt. Sie wird bald wieder Oberwasser gewinnen. Gegen ihn anzukommen, ist ein leichtes Spiel. Schließlich, welches dumme Häuslerkind sollte wohl lesen geschweige denn schreiben können? Das kann ja nicht mit rechten Dingen zugehen, da kommt er nicht umhin ihr recht zu geben. Noch dazu wenn heute Abend der Herr Pastor hier sein und ihr beispringen wird. Das wird sie ihm jetzt mit aller Entschiedenheit beibringen müssen, jetzt wo seine Wut verflogen und er wieder Windelweich ist. Soll er sich doch später aus lauter Reue wieder dem Schnaps ergeben. Ihr kann es doch nur recht sein, wenn er sich um den Verstand säuft, viel ist davon sowieso nicht da. Doch jetzt heißt es erst mal, ihn in ihrem Sinne gefügig zu machen.

„Du bist einfach zu schwach sie anzuzeigen, du glaubst ihrem Ränkespiel und meinst sie sei gut und fleißig. Dabei will sie uns durch ihren Zauber um das Unsere bringen. Ich habe dem Herrn Pastor schon einiges berichtet und er hat versprochen heute Abend bei uns nach dem Rechten zu sehen. Er kann sich die Bücher ansehen und wird seine Schlüsse daraus zu ziehen wissen. Wo kämen wir denn da hin, wenn jede dahergelaufene Drecksgöre das kann, was nicht mal wir können, was eigentlich nur gelehrten Leuten zusteht. Du musst doch zugeben, dass dies der einzig mögliche Weg ist."

Ein scheinheiliges Lächeln umspielt ihren Mund, erreicht aber ihre Augen nicht und wird zu einer Grimasse. Der Frieder aber sitzt ganz ruhig da und wendet kein Auge von ihr. Lange, lange Zeit sagt er kein einziges Wort. Erneut keimt das Unbehagen in ihr auf. Was bezweckt er damit? Wenn er wenigstens schreien oder versuchen würde sie zu widerlegen, wenn sie wenigstens seine bäuerliche Demut vor dem Pfaffen spüren würde. Doch dieses stumpfe zu ihr herüber stieren, lässt Wut in ihr hochsteigen.

„Was starrst du so?", fährt sie ihn an. „Das macht einen ja ganz nervös. Du wirst sehen, es wird kommen wie ich es gesagt habe. Dafür hab ich ein Gespür."

Der Bauer wendet seinen Blick nach unten auf den Tisch und streicht mit den Händen fast liebevoll über den glatten Körper einer Kerze. Dann sieht er wieder zu seiner Frau auf und sagt leise, ganz leise, sodass sie ihn kaum verstehen kann: „Was meinst du denn für Bücher, Gudrun. Wir haben doch hier keine Bücher. Es kann doch gar niemand lesen. Zu was sollen wir denn da Bücher brauchen?"

Er setzt ein mitleidiges Lächeln auf und tut so spräche er mit einer Geistesgestörten, leise und langsam, so als müsse er versuchen ganz vorsichtig ihren Wahnvorstellungen zu folgen und sie zu beruhigen. Innerlich ist er bei weitem nicht so ruhig und er dankt seinem Schöpfer und seinem Bruder, dass die Bücher weit weg von hier, irgendwo im fernen Zwickau, im Reisesack seines Bruders gut verwahrt sind. Das ganze Haus kann man umstülpen, man wird nichts finden. Leise spricht er weiter, immer im selben Tonfall.

„Weißt du, Gudrun, es ist ja nun ein Glück, dass ich noch keine Zeit gefunden habe die Magd anzuzeigen. Wie ständen wir denn jetzt da? Da doch alles, wie du selbst sagtest, ein Missverständnis oder sagen wir, das Zusammentreffen von merkwürdigen Umständen war. Ich weiß, dass du sehr unter dem Tod unseres Kindes zu leiden hattest. Du solltest dich ausruhen, etwas schlafen und wenn heute Abend der Herr Pfarrer seinen Besuch bei uns macht, so werden wir ihn gut bewirten. Gleich nachher werde ich die Änne bitten, ein köstliches Mahl zu bereiten, denn man bekommt ja nicht alle Tage so einen Gast. Die Änne ist ja nun unschuldig und kann wieder in die Küche. Wenn du ruhiger geworden bist, können wir alles richtigstellen. Der Herr Pfarrer hat sicher Verständnis für deinen großen Schmerz."

Dem Frieder fallen solche Worte nicht leicht. Dieses ganze gestelzte Gerede ist ihm von je her fremd. Doch es ist ihm, als stände Gideon hinter ihm und flüstert ihm die Worte ein, die zu sagen sind.

„Du weißt ganz genau, welche Bücher ich meine, tu nicht so. Oder sind das schon die Auswirkungen des Zaubers, der dich alles vergessen lässt? Du hast sie in deine Kassette gelegt und abgeschlossen, vor meinen Augen. Dann werden sie wohl noch da drin liegen."

„In meiner Kassette lag nur die Kerze, die du bei Änne gefunden hast. Du hast recht, gemeinsam haben wir diese hineingelegt, sozusagen als Beweisstück. Hier ist der Schlüssel. Sieh selbst nach ob du was finden kannst. Was sollen es denn für Bücher sein?"

Sie reißt ihm den Schlüssel aus der Hand und versucht hastig das Schloss zu öffnen. Als es ihr endlich gelingt, findet sie nichts als gähnende Leere vor.

„Da siehst du es, nichts ist hier. Du hast dich getäuscht, hast dir was vorgemacht, nun komm auf den Boden der Tatsachen zurück. Man kann niemanden nur wegen eines Hirngespinstes anklagen."

Sie gerät außer sich, stülpt die Kassette um und um, reißt Kästen und Truhen auf.

„Wo, wo hast du sie versteckt, du unsäglicher Dummkopf?", schreit sie hysterisch.
„Ich werde sie finden. Sie müssen doch irgendwo hier sein."

„So glaub mir doch, Gudrun, es gibt nirgends irgendwelche Bücher. Aber wenn du denkst, so musst du halt suchen. Besser wäre es freilich, du würdest dich für eine Weile ausruhen. Was soll den sonst der Herr Pastor sagen, wenn du so durcheinander bist?"

„Du hast sie versteckt oder hast du sie gar verbrannt? Du bist ja völlig von ihrem Zauber befallen. Dieses Weib kommt mir keinesfalls in mein Haus, nie und nimmer!"

„Nun gut, so musst du selbst etwas für den Besuch richten. Ich jedenfalls muss wieder an die Arbeit. Ich hab schon viel zu viel Zeit mit deinen Gespinsten vertan. Es ist Frühjahr und die Zeit zur Aussaat drängt. Wir sollten lieber beten, dass wir auch noch ernten können, denn der Schwed steht schon in Zwickau. Mag Gott es verhindern, dass er hier durchkommt. Bete dafür, Frau, wenn du schon nicht mit aufs Feld willst oder kannst."

Damit erhebt er sich etwas schwerfällig, geht an den offenen Kästen und Truhen vorbei, hinaus aus der Stube.

Draußen muss er sich einen Augenblick am Türrahmen festhalten, so aufgewühlt fühlt er sich. Auf dem Hof trifft er auf Hubert, der sich um die noch immer unversorgten Pferde kümmert. Änne hatte sie bereits trocken gerieben. Die Bäuerin musste sie auf der Heimfahrt arg gejagt haben. Hubert spannt die Kutsche aus und hängt den Pferden den Hafersack vor. Einen Augenblick sollen sie noch Ruhe haben, bevor sie hinaus aufs Feld müssen. Er tätschelt ihnen gerade den Rücken, als er den Bauern von der Tür aus rufen hört: „Wir werden das hinterste Feld am Waldrand drüben pflügen und dann bringen wir gleich die Saat in den Boden. Die Änne soll auch mit. Sie kann helfen. Es wird jede Hand gebraucht. Wir haben heute bei dem guten Wetter schon viel zu viel Zeit vertan."

So machen sie sich zu dritt auf zum entlegensten Feld. Wohl weiß der Bauer, dass sein Weib ihnen nachsieht, doch da draußen, fast am Wald würden sie ungestört reden können. Der Bauer hält sich auch nicht lange mit irgendwelchen Vorreden auf. Er kommt schnell zur Sache.

„Es ist so, Änne, der Hubert und ich, wir haben die fehlende Kerze gefunden, oben in der Altenteilstube von meinem Vater. Mein Weib hat sie da versteckt, weil sie weiß, dass ich einen Ekel vor dem Zimmer und den Sachen darin hab und sie ungern anrühre. Nun haben sich aber andere Umstände ergeben. Wir mussten das Zimmer bereit machen für die Braut des Herrn Rittmeisters, bei dem mein Bruder im Dienst ist, weil die Schweden in Zwickau stehen. Aber darüber reden wir später. Du bist also unschuldig und es tut mir leid, dass ich dir misstraut habe."

Er senkt den Blick und sucht nach den rechten Worten.

„Es tut mir wirklich von Herzen leid", wiederholt er.

Änne kann nur stumm nicken. So groß ist die Erleichterung, dass sie eine Weile braucht, um wieder Boden unter den Füßen zu bekommen.

„Ich kann nur hoffen, du verzeihst es mir. Ich habe auch keine Anzeige bei der Gerichtsbarkeit erstattet, sodass kein Makel an dir haften bleibt. Ich danke Gott für diese Vorsehung. Es wissen ja nur wir drei davon und mein Weib, das sich wohlweislich zurückhalten wird."

Er streckt Änne seine Hand entgegen und sieht ihr offen ins Gesicht. Noch immer ist ihm die durchgemachte Aufregung anzusehen. Er wirkt traurig und müde, so als habe er auf sein ganzes verfluchtes Leben keine Lust mehr, als sei ihm sogar der Schwed egal. Änne hätte ihn am liebsten in den Arm genommen, getröstet und gesagt, dass doch alles nicht so schlimm sei. Aber sie konnte nur seine ausgestreckte Hand fest in die ihre nehmen. Er ist ihr gut und er hat sie zu schützen versucht, das weiß sie.

Er beschattet mit der Hand die Augen, weil dieser sonnige Frühjahrstag ihn blendet. Weit blickt er über das Feld hinaus, hinüber zum Wald, der noch zu seinem Hof gehört und aus dem sie den ganzen Winter über viel Holz heraus geschafft hatten. Einen guten Gewinn hatte das gegeben. Schön ist es hier und er fühlt seine über Generationen gewachsene Verbundenheit mit dem Boden, mit der Landschaft und den Tieren. Er liebt es hier auf seiner Scholle zu stehen, zu pflügen, zu säen und zu ernten. Er hat nie etwas anderes gewollt. Ein Bauer ist er und ein Bauer will er sein. Er braucht keinen Krieg, nicht im Kleinen mit seinem Weib und nicht im Großen. Was fechtet es ihn an, wenn sich Lutheraner und Katholiken um den rechten Gott streiten? Er sieht zu den Felsen hinüber, ruhig, majestätisch fast stehen sie da, gestern, heute, morgen und in hundert oder fünfhundert Jahren und in alle Ewigkeit würden sie da stehen. Vielleicht ist darin viel eher das Göttliche verborgen, in den Felsen, in der Erde und in der Luft und im Licht, das sie umgibt. Ist das ein frevlerischer Gedanke? Wie klein ist dagegen so ein Menschenleben, der Wind geht darüber und schon ist es vorbei. Wer würde, mit welchen Sorgen, hier in hunderten von Jahren pflügen und säen?

Dabei weiß er genau, er würde weder dem kleinen Krieg in seinem Hause noch dem großen in der Welt da draußen entgehen können. Für einen winzigen Augenblick sieht er sich mit Katharina über die Wiesen laufen, frei von allen Sorgen und Nöten, fast schwebend. Katharina, die er einst so geliebt und zu der er dann doch nicht gestanden hatte. Er fühlt sich so müde, bleiern schwer sind ihm Arme und Beine, so als müsse er wie die Felsen hier ewig im Wind ausharren. Aber da, was ist da auf einmal für ein fremdes Kind.

„Ich bin 's Vater, die Missgeburt."

„Aber du bist doch gar nicht missgestaltet."

Hatte er das gesagt oder nur gedacht? Schön ist das Kind, aber merkwürdig anzusehen, so durchscheinend als käme es aus einer anderen Zeit.

„Hab keine Angst. Alles wird gut, jetzt und ewig".

Dann ist die Erscheinung verschwunden. War da wirklich jemanden oder war es nur die sanfte Frühlingsluft, die den Busch am Felsrand bewegt hat?

Er hat Mühe in die Wirklichkeit zurückzufinden. Entgeistert starren ihn Änne und Hubert an. Hatte er vielleicht doch laut geredet?

„Ist dir nicht gut Bauer?", fragt Hubert.

„Hab ich was gesagt?"

„Nur so gemurmelt. Wir dachten dir fehlt was."

Der Bauer schüttelte den Kopf. Es ist ihm als komme er von weit her.

„Nein, nein, schon gut, bin wohl ein bisschen durcheinander, na kein Wunder."

Er versucht sich zusammen zu nehmen. Womöglich denken sich die andern sonst noch er werde verrückt.

„Also gut, das mit der Kerze ist die eine Sache."

Er gibt seiner Stimme einen entschlossen Klang.

„Die andere Sache sind deine Bücher, Änne. Es geht mich nichts an woher du sie hast und wer dir das alles beigebracht hat."

Er macht eine Pause, sucht nach Worten.

„Es ist vielleicht nicht ganz rechtens, aber ich habe sie dem Gideon mitgegeben. Er kann etwas lesen und ihm hat es deine Geschichte, glaube ich, angetan und er wollte sie noch zu Ende lesen, denn ein schneller Leser ist er halt nicht, da fehlt ihm die Übung. Außerdem meinte er, und das hat sich inzwischen bewahrheitet, es sei gar nicht schlecht, wenn die Bücher eine Weile fern vom Hof wären. Zwar stehen ja nun keine Zaubersprüche drin, aber man weiß ja nie. Für die meisten Leute ist ein einfaches Mädchen, das schreiben und lesen kann erschreckend genug und schon für viel weniger sind Leute zur Hex verschrien worden und das kann ein schlimmes Ende nehmen. Mein Weib hat beim Pfarrer schon begonnen Ränke zu schmieden und ihn für heute herbeordert. Ihr wisst, ich bin für solche Spiele eigentlich nicht geschaffen, aber es bleibt uns keine andere Wahl. Es gibt keine Bücher in unserem Haus und es hat nie welche gegeben. Das alles hat sich mein Weib, in seinen langjährigen Schmerz, um das verlorene Kind und um ihre Kinderlosigkeit, nur eingebildet. Wir alle müssen ihr beistehen, damit sie den rechten Weg wiederfindet und nicht irr wird und dem Bösen anheim fällt. So müssen wir es dem Pfaffen glaubhaft darstellen. Ich weiß, Änne, dass es keine Sünde ist lesen und schreiben zu können. Im Gegenteil ist es wohl eine wunderbare Gottesgabe und ich hoffe du wirst sie in späterer Zeit zu gebrauchen wissen. Deine Bücher bekommst du wieder. Gideon bringt sie wieder mit, wenn er das Fräulein vom Rittmeister bringt. Jetzt aber weißt du keinen einzigen Buchstaben, bis Gras über die ganze Sache gewachsen ist. Ich muss auf euch zählen können, auch auf dich Hubert, falls jemand dich fragt."

Hubert, der die Pferde am Zaum hielt und sich nun am Pflug zu schaffen machte, grinst wieder mal in sich hinein.

„Es ist mir nur recht Bauer."

Dabei denkt er, dass er es ihm nie zugetraut hätte, sich so ein feines Ränkelchen auszudenken. Anerkennend nickte er vor sich hin.

Der Bauer hingegen holt tief Luft, froh diese Rede hinter sich gebracht zu haben, froh das er verstanden wurde. Nun kann er nur noch hoffen, dass sein Plan aufgeht.

Er blickt zum Himmel hinauf. Die Sonne steht schon hoch.

„So viel Zeit verloren", murmelt er. Seine Stimme nimmt nun wieder den gewohnten Klang an, so wie eben ein Bauer alltäglich mit seinem Gesinde spricht.

„Wohl auf, wir wollen anfangen. Das Pflügen hier mach ich allein. Mit dem neuen Pflug kann ich auf der Stelle umwenden. Werde so gut vorankommen, dass wir heute noch oder spätestens morgen in der Frühe eggen und säen können. Die Wintergerste drüben steht gut, hier bringen wir die Sommergerste fürs Brauen aus. Drüben am Bach sollen Roggen und Hafer stehen, da müssen vor den pflügen noch die Steine abgelesen werden. Das Feld bei dem Eichenwäldchen lassen wir in der Brache dieses Jahr. Ich hoffe, dass wir alles in zwei, drei Tagen schaffen können und mir nicht wieder das Gut mit dem Zugdienst zur Fronzahlung dazwischen kommt. Ihr zwei könnt jetzt noch den Weidezaun in Ordnung bringen. Das Wetter ist gut. Ich will das Vieh so bald wie möglich draußen haben."

Änne und Hubert sind schon ein paar Schritte gegangen, da ruft der Bauer noch: „Und Änne, wenn wir den heutigen Abend überstanden haben und die Aussaat ist gemacht, dann will ich dich wieder in der Küche sehen."

Änne nickt und er nickt freundlich zurück. Ganz recht ist es ihm, dass er nun endlich allein ist mit seinem Pflug und den Pferden, mit der aufbrechenden Erde und den Felsen ringsum, mit den lauen Frühlingswinden und dem Busch da am Feldrand.

Auch die beiden anderen gehen schweigend an ihre Arbeit. Ein jeder nimmt sich eine andere Stelle am Zaun vor und flechtet frische Weidenruten hinein. Die warme Frühjahrssonne wärmt sie und Änne freut sich, vielleicht schon am Nachmittag oder morgen beim säen helfen zu können. Sie liebt es barfüßig über die aufgebrochene Erde zu schreiten und das Saatgut auszubringen. Sie stellt sich vor, dass es auch so war, als Adam, der erste Sämann, über die Felder ging. Oder war es vielleicht Eva die da säte?

Änne fühlt sich frei und leicht. Sie könnte die ganze Welt umarmen, denn eine große Last ist von ihr genommen, wenn da nur die Gefahr, die von den Schweden ausging, nicht wäre. Aber warum schleicht sich neuerdings immer dieser Gideon in ihre Gedanken? Sie kennt ihn doch gar nicht und so ganz wohl ist ihr nicht dabei, dass er jetzt so viel über sie weiß.

Die Zeit bleibt nicht stehen, der Alltag mit seiner stets wiederkehrenden Arbeit kehrt wieder ein. Es ist eigentlich alles gut gekommen für Änne und allmählich beginnt sie sich heimisch zu fühlen auf dem Meierhof. Zwar bewohnt sie noch immer den Verschlag bei den Tieren, weil der Platz im Haus gebraucht wird, denn in ihrer Kammer soll die Zofe des Fräuleins unterkommen, aber das macht ihr nichts weiter aus. Der Bauer hat ihr erlaubt den Verschlag mit den Resten vom Vorrichten im Haus zu tünchen und so ist es heller und wohnlicher und bei den Tieren ist sie sowieso gerne. Lieb sind sie ihr geworden in den schweren Tagen.

Noch am gleichen Abend, damals als der Bauer mit ihnen gesprochen hatte, war wirklich der Pastor vom Kirchspiel unten in Auerbach herausgekommen. Er war ein kleiner, rundlicher Mann, mit ebenso kleinen, nicht unfreundlichen Augen, die aber arg gerötet waren. Er hatte die Angewohnheit auch immer darin zu reiben, was alles noch verschlimmerte und sicher auch das merkwürdige Zucken verursachte. Wenn er jemanden ansah, kniff er sie zusammen, als könne er nur schwer etwas erkennen.

Die Bäuerin war immer noch furchtbar aufgebracht gewesen. Wie eine Furie hatte sie das ganze Haus durchwühlt, bis hinauf zu Ännes früherem Zimmer, selbst vor dem Stall hatte sie nicht haltgemacht. Auf die Idee, dass ihr Schwager Gideon etwas mit dem Verschwinden der Bücher zu tun haben könnte, kam sie nicht, denn als dieser auf dem Hof war, war sie ja gerade bei einer ihren Schwestern, die im Kindbett lag und einen gesunden Knaben zur Welt gebracht hatte, den die Gudrun als Patin aus der Taufe hatte heben sollen. Sie sucht sogar in der Asche nach irgendwelchen Rückständen. So machte sie tatsächlich einen recht wirren Eindruck. Der Bauer behandelt sie auch dementsprechend rücksichtsvoll und Änne, die dann doch das Essen auftrug, hätte niemals gedacht, dass er sich so verstellen kann. Er berichtete seine Version von der Wahrheit, meinte das sich der Pfarrer ja nun so gut wie umsonst auf den Weg hier herauf gemacht habe, aber er könne ja das Mädchen selbst oder auch den Knecht nach dem Hergang der Dinge befragen. Schon wollte sein Weib wieder aufbegehren, doch er tätschelte nur ihre Hand.

„Wir wollen erst einmal dem Herrn Pfarrer das Mahl und das gute Bier schmecken lassen. Hol doch eine Kerze heraus, damit wir ein wenig mehr Licht haben. Eine davon wolltest du doch sowieso der Kirche spenden, meine Liebe. Dafür wird er sicher unser Haus segnen, nicht wahr Herr Pastor?"

Bei dem Wort Kerze war die Bäuerin zusammengezuckt. Sie befürchtete wohl, der Bauer könne etwas von ihren Machenschaften verlauten lassen. Der Herr Pfarrer ließ sich nicht zweimal zum guten Schmaus bitten, denn so was bekam er in diesen Zeiten nicht so oft auf den Teller und auch dem starken Bier sprach er freudig zu.

Mit Änne redete er nur so viel, dass er froh und dankbar sei, dass sie den katholischen Irrglauben abgelegt hätte und er nun hoffe, dass sie eine gute Protestantin werde. Ihr Dienstherr sei ja sehr zufrieden mit ihr.

Änne gab sich redlich Mühe alles richtig zu machen. Artig knickte sie und machte ein dümmliches Gesicht, versprach alles und tat als könne sie kein Wässerchen trüben. Um ehrlich zu sein, sie hätte das Blau vom Himmel herunter versprochen.

Mit der Bäuerin sprach er über die biblische Hanna und Sarah, die ja auch von Kinderlosigkeit geplagt waren und deren Gebete Gott zu guter Letzt doch noch erhört hatte. Sie solle sich an ihnen aufrichten und dem Bösen keinen Raum geben. Er werde sie in seine tägliche Fürbitte an unseren Herrn Jesus einschließen. Dann betete er mit den Eheleuten und segnete sie. Mit der gestifteten Kerze und einem Päckchen Wurst für seine große Familie verließ er das Haus. Gütig blickte er auf alle, die sich von ihm verabschiedeten und teilte nochmals reichlich Segen aus. Doch sowohl der Bauer als auch Hubert waren der Meinung, dass er mehr davon verstand was vorging, als er vorgab.

Hubert der seinen Einspänner bereit machte, wollte sogar gehört haben wie er murmelte: „Ich will kein Feuer entfachen, wo es doch so schon überall lichterloh brennt. Das ist nicht im Sinne unseres Herrn."

Er rieb seine entzündeten Augen, hob seinen schweren Körper in die Kutsche und fuhr davon.

Ein paar Tage später kommt erneut eine Kutsche auf dem Meierhof an. Diesmal sitzt Gideon auf dem Bock, schwingt lachend die Peitsche und kutschiert die Pferde des Rittmeisters. Hinten in der Kutsche sitzt die Braut des Rittmeisters, ein noch sehr junges, fast kindlich wirkendes Mädchen. Sie ist lang aufgeschossen und ihre Arme baumeln an ihr herum als gehören sie nicht zu ihrem Körper. Trotzdem wirkt sie zart, ja fast zerbrechlich. Nichts passt wirklich richtig zusammen. Ihr braunes Haar ist beinahe völlig von einem Hut verborgen und ihre Haut wirkt blass und fahl, als ob sie die Sonne meidet. Die Nase scheint sie ganz schön in die Höhe zu halten, kein Lächeln oder irgendein anderes Minenspiel kann Änne in ihrem Gesicht erkennen. Hochmütig, wie man es eben von solchen Fräuleins erwartet, schreitet sie einher. Im eigentlichen Sinne ist sie nicht einmal hübsch, ihre Augen wirken irgendwie eigenartig, fast stechend trifft ihr Blick aus den dunklen, fast schwarzen Augen, die einen eigenartigen Gegensatz zu der Blässe ihres Gesichtes bilden. Vielleicht sind es diese außergewöhnlichen Augen in die sich der Herr Rittmeister verliebt hat, denkt Änne noch. Doch ihre Aufmerksamkeit wird schnell von etwas anderem in Beschlag genommen. Hinter dem Mädchen walzt sich die Zofe, aber wahrscheinlich ist sie eher das Kindermädchen oder die Köchin, heraus. Sie muss sich redlich mühen, um aus der Kutsche zu kommen, denn sie ist ungeheuer groß und fett. Änne bekommt fast den Mund nicht wieder zu, denn so etwas hat sie noch nie gesehen. Sie kennt Grete, die klein und rundlich ist, aber ebenso flink und zupackend und auch die Großmutter ist ja eine kräftige Frau. Aber dieses phänomenale Weib spottet jeder Beschreibung.

Unter der riesigen Haube lugen graue Haarspitzen hervor. Sie hat kleine, tief in ihrem feisten Gesicht verborgene Augen. Über der Oberlippe wächst ihr ein dunkler Damenbart. Doch sobald sie es geschafft hat, sich der Kutsche zu entwinden, nimmt sie das Zepter in die Hand und es macht den Anschein, als wage kaum jemand ihr zu widersprechen. Ihre Stimme ist tief und gleicht eher der eines Mannes.

„Na Mädel, was stehst du hier und hältst Maulaffen feil? Hilf lieber das Gepäck rein zu tragen!", sind die ersten Worte die sie an Änne richtete. Änne rappelt sich aus ihrer gaffenden Erstarrung auf und macht sich sofort daran die Sachen, die Hubert schon abgeladen hat, hinein zu tragen. Doch die Frau teilt nicht nur Befehle aus. Hurtig macht auch sie sich daran eine Unmenge Gepäck zusammenzuraffen und ins Haus zu tragen. Ihre Bewegungen sind behänder als man es sich bei ihrer Körperfülle vorzustellen vermag und dann hört Änne zum ersten Mal dieses herzhafte, laute, glucksende Lachen, das tief aus ihrem Inneren zu kommen scheint und das von nun an das Haus erfüllen soll. Denn so riesig die Frau ist, so riesig sind auch ihr Herz und ihr Frohsinn. Darin schließt sie alle ein und wie sich bald herausstellt, kann selbst die Bäuerin dieser Art nicht widerstehen. Else, so heißt die Riesin, übernimmt schon am Tag ihres Einzugs das Regiment, aber auch die Fürsorge für die gesamte Hausgemeinschaft, wobei ihr jeder Respekt zollt.

Aus Zwickau sind sie heraufgekommen, hier wollen sie Schutz und Zuflucht finden. Ihr Bericht ist einer mehr aus dem kriegsgebeutelten Land. Für die durch wechselnde Besatzung stark drangsalierte Stadt, scheint das Ende gekommen. Anfang Märzen, noch keine drei Wochen sei es her, da waren die Schweden wiedergekommen und hatten geplündert und gebrandschatzt ohne Gleichen. An die vierzig Häuser und selbst das Hospital waren niedergebrannt. Es rauchte und stank in der Stadt und auch die Pest hatten sie mitgebracht. Hinter den Weiber waren sie her, wie der Teufel hinter der Seel'. Keine war sicher. So war man auf die Idee gekommen, wenigstens die Weiber auf dem Land zu verstecken.

Gideon bleibt zum Schutz auf dem Hof, denn auch vom Erzgebirge herüber häufen sich bedenkliche Nachrichten, dass schwedische Musketiere sich anschicken von dort her nach Plauen zu ziehen. Änne wird in der Küche jetzt nur noch zu Hilfediensten gebraucht und auch auf dem Feld ist, dank Gideons Hilfe, ein Großteil der Arbeit getan.

22. Kapitel Anne

„Na wen haben wir denn da? Der Lauscher an der Wand, hört seine eigene Schand."

Anne versucht noch sich wegzuducken und abzuhauen, doch mit einem für diese hagere, fast zierliche Frau unerwartet kräftigen Griff hält sie Anne im Nacken fest. Schrill kreischt ihre Stimme in Annes Ohr.

„Frank, schau doch mal was ich hier gefunden habe."

Nun taucht auch Frank um die Hausecke herum in Annes Gesichtsfeld auf.

„Was soll das Gritt? Das ist Annelieses Enkeltochter. Lass sie los!"

„Aha, Annelieses Enkeltochter, da ist uns ja ein schönes Vögelchen ins Netz gegangen, gerade zur rechten Zeit."

„Ich habe überhaupt nichts gemacht!", begehrt Anne laut auf und versucht sich loszureißen.

„Ja, ja, überhaupt nichts gemacht hat das hübsche Kindchen", äffte sie, in zuckersüßem Ton, Anne nach. „Und weshalb lungerst du dann hier herum und steigst auf Bäume, die dir nicht gehören und willst an das offene Fenster heran? Ich will dir sagen was du wolltest, einsteigen wolltest du."

„Das ist nicht wahr! Ich habe Lärm gehört und da dachte ich, weil doch die alte Frau Meier tot ist, dass vielleicht jemand eingebrochen ist."

„Woher willst du überhaupt wissen, dass unsere Mutter gestorben ist?"

„Sie war gestern mit Anneliese hier und auch schon vorher, sagte mir die Schwester vom Pflegedienst", antwortet Frank an Annes statt.

„Du drückst dich also schon eine ganze Weile hier herum, du kleines Miststück. Was hast du denn hier zu suchen?"

„Ich habe mich mit der Marianne, äh, mit der Frau Meier unterhalten. Sie hat mir von früher erzählt, von ihrer Flucht und so."

„Du hast dich mit meiner Mutter unterhalten?", fragt nun auch Frank zweifelnd.

„Da hörst du es selbst. Sie lügt wie gedruckt. Die Marianne, also unsere liebe Mutter, hat schon eine lange Zeit kaum noch ein Wort gesprochen, nicht einmal mit uns und da willst du dich mit ihr unterhalten haben. Da lachen ja die Hühner."

„Liebe Mutter", denkt Anne, dass ich nicht lache.

„Aber woher soll sie das mit der Flucht denn sonst wissen?"

„Aber Frank, das wird ihr sicher ihre liebe Oma eingesäuselt haben. Die stecken doch alle unter einer Decke. Aber du willst mir's ja nicht glauben. Du denkst immer noch diese Leute seien ehrlich."

Sie lachte hysterisch auf.

„Und nun zu dir mein Vögelchen. Vom Lügen ist es nicht weit zum Stehlen. Das dürfte doch wohl klar sein. Also gib es am besten gleich zu. Ich kriege es ja sowieso heraus."

„Ich, ich ..."

Für einen Moment zögert Anne, erinnert sich an das Foto in ihrer Tasche.

„Ich wollte nichts stehlen. So was mach ich nicht."

Der Griff in ihrem Nacken wird fester.

„Und warum stotterst du dann so herum?"

„Au, lassen sie mich los. Sie haben nicht das Recht mich festzuhalten."

Anne schluckt die Tränen runter. Auf keinen Fall will sie vor dieser Frau losheulen. Vielmehr versucht sie nach allen Seiten um sich zu schlagen, um von ihr loszukommen. Aber sie hält sie eisern in ihrem Griff.

„Halt still und beschmutze mir nicht noch meine Sachen. Wer hier was darf, werden wir erst noch sehen. Was glaubst du was passiert, wenn ich die Polizei anrufe und erzähle was hier geschehen ist und ihnen den Tatort zeige, die aufeinandergeschichteten Steine etwa? Da wirst du wohl ganz schönen Ärger bekommen und dein Großmütterchen dazu. Du kommst erst mal mit ins Haus. Da reden wir weiter."

Sie schiebt Anne vor sich her der Haustür zu. In dem Moment fallen Anne ausgerechnet die Ziegen ein. Sie hat versprochen auf sie aufzupassen. Hoffentlich passiert dem Kleinen nichts. Aber die Weise würde schon gut auf ihr Junges achtgeben. Wäre sie bloß nicht auf diesen blöden Gedanken gekommen noch einmal hier herunter zu laufen. Sie könnte jetzt noch da oben bei ihnen in der Sonne liegen und auf Hannes warten, um dann ein Stück mit dem Moped dahinzusausen. Hannes! Ob er schon zurück ist? Er muss doch ihr Verschwinden bemerken. Sicher würde er sie dann suchen. Die Frau stößt Anne unsanft zur Haustür hinein und gefolgt von ihrem Mann betritt auch sie das Haus. Dann fällt die Tür ins Schloss und Anne denkt, dass sich so ein Sträfling bei Haftantritt fühlen muss.

Nun steht sie selbst in mitten des Chaos. Als sie zum Sofa hinüber blickt, auf dem jetzt irgendwelche Bücher und Zeitungen verteilt sind, sieht sie die alte Frau vor sich, so friedlich und still in ihrer gemusterten Dederon-Kittelschürze. Da bewegt sich auf einmal das noch immer angelehnte Fenster ganz sacht. Ist es nicht draußen völlig Windstill? Merkwürdig, das sie sich mit einem Mal viel ruhiger fühlt.

„Also nun mal Klartext! Gib einfach zu, dass du mal nachsehen wolltest, ob sich in dem leerstehenden Haus nicht was Schönes zum Mitnehmen findet."

Aus dem hämischen Grinsen das sich auf dem Gesicht der Frau breitmachte, schließt Anne, dass sie zu ihrer Verteidigung sagen kann was sie will, ohne dass man ihr Glauben schenken wird. Deshalb beschließt sie einfach zu schweigen.

„Vielleicht hat dich ja deine Oma hergeschickt oder gar die Sippe da oben."

Sie weist mit dem Finger in Richtung Ziegengatter.

„Solltest du etwa ein bisschen spionieren?"

Anne schweigt.

„Na komm schon, wenn du zugibst wer dahintersteckt, lasse ich dich laufen und wende mich an die Verantwortlichen. Vielleicht weißt du ja sogar, wo man diese Ausländer versteckt hält, die hier die ganze Gegend unsicher machen. Dein Schaden soll es nicht sein, wenn du mir davon erzählst."

Ihr Lächeln ist jetzt honigsüß und wie auf ihrem Gesicht festgefroren und Anne kann dieser Falschheit kam noch ertragen. Sie presst die Lippen noch fester aufeinander, weicht aber ihrem Blick nicht aus, sondern sieht ihr unverhohlen in die, für ihren Geschmack, zu stark geschminkten Augen. Da verschwindet das Lächeln auf dem Gesicht der Frau und machte einer ärgerlichen, ja fast wütenden Miene Platz.

„Auch noch verstockt, das kleine Biest! Na das haben wir ja gerne. Dich werde ich schon noch zum Reden bringen!", und etwas leiser, wie zu sich selbst zischelt sie: „Noch habe ich jeden zum Plappern gebracht. Ich werde mir das ganze Gesindel schon vom Hals schaffen. Das wäre doch gelacht."

Sie stemmt die Hände in die Hüften und baute sich vor Anne auf.

„Also hör zu, mein liebes Fräulein. Du kannst es dir in aller Ruhe überlegen, ob du mit mir reden willst oder nicht. Ich bekomme sowieso alles heraus, bin schon ganz nahe dran."

Ohne Vorwarnung reißt sie Anne am Arm, fasst sie mit der anderen Hand wieder mit ihrem alten Griff im Nacken und wieder schiebt sie sie vor sich her bis zu einer kleinen Tür neben der Küche und stößt Anne dort hinein. Anne hört wie sie den Schlüssel im Schloss umdreht und abzieht. Ihre Stimme schallt unüberhörbar durch die geschlossene Tür.

„Also, entweder du sagst mir was Sache ist oder ich hole die Polizei oder noch besser ich lass dich hier verfaulen."

Dann ist es einen Moment so still, dass man draußen die Vögel zwitschern hört und ein weit entferntes Motorengeräusch. Undeutlich vernimmt Anne nun Franks murmelnde Stimme: „Das kannst du doch nicht machen Gritt. Sie ist noch ein Kind. Das kann uns teuer zu stehen kommen. Wir werden mit Anneliese darüber reden." Etwas lauter dann: „Gib den Schlüssel her!"

„Einen feuchten Kehricht werde ich tun, Liebling."

Wieder erklingt das hysterische, böse Gelächter.

„Du bist und bleibst ein Schlappschwanz, eine kleine Beamtenseele. Es tut ja fast schon weh, wie du so dastehst, als hätte dich einer angepisst."

Plötzlich ein Geräusch, so als würde etwas zu Boden fallen, wahrscheinlich der Schlüssel, denn sie ruft immer noch lachend: „Tja mein Schatz, da musst du schneller sein."

Dann selbstgefällig: „Außerdem, mein Herzallerliebster, wenn deine Mauschelei mit den Grundstücken und dem Wegerecht auffliegt, bist du deinen schönen Posten los."

Eine Tür knallt, die Stimmen, immer noch streitend, werden leiser, entfernen sich. Autotüren schlagen zu und der Motor wird angelassen, Fehlzündung, aber dann kreischt der Wagen davon.

Das ist doch einfach nicht zu fassen. Da haben sie sie doch tatsächlich hier eingesperrt zurückgelassen. Oder ist doch einer zurückgeblieben. Mit beiden Fäusten hämmert sie gegen die Tür, doch alles bleibt still, bedrohlich still. Anne sieht sich um. Wo ist sie überhaupt? Nur langsam gewöhnen sich ihre Augen an das schummrige Licht. Es ist die Speisekammer, in die dieses gemeine Weibsbild sie gesperrt hat. Es gibt sogar ein kleines Fenster hier, das allerdings von außen von irgendeiner Kletterpflanze fast vollständig zugewuchert ist, sodass wenig Licht hereinfällt. Aber da ist ja ein Lichtschalter. Anne knipst ihn an. Na wenigstens verhungern kann sie nicht. Fein säuberlich aufgereiht lagern etliche Gläser mit eingemachtem Obst und Marmelade hier. Aus welchem Jahr mochten die wohl sein? Im nächsten Fach des Regals findet Anne viel Tüten Mehl, Zucker, Nudeln, Puddingpulver, Kaffee und so weiter und so fort, mindestens zehn Tüten von jeder Sorte. Für was in aller Welt braucht eine einzelne alte Frau so viele Nahrungsmittel. Beinahe wäre sie bei ihrer Inspektion über eine große Kiste Eier gefallen. Na, das hätte ja eine schöne Sauerei gegeben. Ihr beginnt der Magen zu knurren, wie immer wenn sie aufgeregt ist. Außerdem hat sie seit heute morgen nichts mehr gegessen. Aber mit den meisten schönen Sachen lässt sich leider nicht viel anfangen. Aber da hinten, unter dem riesigen Zwiebelzopf, liegen noch einige verschrumpelte Äpfel vom letzten Herbst. Anne beißt hinein. Sie liebt Äpfel. Die helfen so gut beim Nachdenken und diese Sorte hier schmeckt trotz ihres schrumpeligen Aussehens vorzüglich. Anne zieht sich einen herumstehenden Hocker heran, der wahrscheinlich dazu dienen soll an die oberen Regelböden heranzukommen. Dabei rutscht ihr eine Packung Pfefferkuchen vom letzten Weihnachten vor die Füße. Na mal sehen ob die noch genießbar sind. Sie öffnet die Folie und nimmt sich zuerst einen mit schon etwas weiß angelaufener Schokolade heraus. Beim Kauen überlegt sie, ob man ihr das wohl auch als Diebstahl auslegen könnte. Doch sie entscheidet sich dafür, dass dieser Mundraub völlig legitim ist. Schließlich ist sie nicht freiwillig hier und selbst im Gefängnis gibt es ja schließlich etwas zu essen. Nach drei Äpfeln, vier Pfefferkuchen und einer halben Flasche selbstgemachtem Saft ist sie endlich satt. Das mulmige Gefühl im Bauch lässt langsam nach und die rote Wut steigt wieder mal in ihr auf. Am liebsten hätte sie alle Gläser aus den Regalen gerissen und auf die Erde geworfen. Aber wem nützte das? Anne denkt an die Oma und an Jamal und Amit, deren Geschichte sie so beeindruckt hat und die sie heute hätte kennenlernen sollen. Wenn nun diese Gritt ihr Vorhaben wahrmacht und alles verrät, nur um sich Vorteile zu verschaffen. Schließlich ist die ja der Wahrheit schon ziemlich nahe gekommen. Würden dann nicht alle glauben, sie, Anne, hätte etwas ausgeplaudert, sei nicht in der Lage den Mund zu halten, wenigstens für einen einzigen Tag. Wie würde sie dann dastehen? Und was noch schlimmer wäre, was würde mit den beiden dann geschehen? Würde man sie wirklich ausweisen und ihrem Schicksal, ihrem gefährlichen Schicksal überlassen? Was soll sie bloß tun? Wie nur kann sie ihnen helfen? Verzweifelt rüttelt sie an der Tür. Doch die bleibt fest verschlossen und auch wenn sie noch so rüttelt, ruft und klopft, wer würde sie hier schon hören? Sie merkt, wie aus ihrer Wut Verzweiflung und Angst wird und die Tränen in ihre Augen schießen.

Ruhig, ruhig, ermahnt sie sich selbst. Mit dem Jackenärmel fährt sie sich über Augen und Nase. In ihrer Tasche muss sie doch eine Packung Taschentücher haben.

Ihre Tasche!

„Ach du Scheiße", entfährt es ihr so laut, dass sie selbst erschrocken zusammenzuckte.

„So ein Quatsch, ist ja eh keiner hier. Aber wo hab ich bloß meine Tasche?", redet sie halblaut vor sich hin. Die muss sie beim hinunterfallen vom Baum verloren haben. Als sie oben an der Wiese bei den Ziegen das Gatter verschloss, hatte sie sie sich noch umgehängt, das weiß sie genau. Panik steigt in ihr auf. All ihre wichtigen Sachen sind da drin, die Abschiedsbriefe ihres Papas, die Fotos von Herrn Gossner, ja selbst das geklaute Foto des traurigen Jungen aus Frau Meiers Album. Deshalb hat sie ja die Tasche immer bei sich getragen. Wenn sie nun in falsche Hände gerät, wenn diese Gritt …

Sie wagt den Gedanken nicht zu Ende zu denken. Das wäre ja der Beweis, dass sie geklaut hat. Und Papas Briefe! Die dürfen auf keinen Fall den Augen dieser Frau ausgesetzt werden. Wie nur, wie kann sie hier bloß herauskommen? Sie sieht zum wiederholten Male zum Fenster hinauf. Wenn es ihr gelänge da hinauf zu klettern, wie sollte sie sich durch dieses schmale Fenster zwängen? Es hilft alles nichts, versuchen muss sie es. Vielleicht kann sie wenigstens ihre Tasche erspähen. Also los! Schließlich hatte sie ja nicht umsonst in den Bergen das Klettern gelernt. Aber hier gibt es leider weder Steigeisen noch Seile, nicht mal eine Leiter, nur den Hocker auf dem sie gesessen hat. Na dann bleibt nichts anderes übrig, sie muss versuchen vom Hocker aus auf das oberste Regalbrett zu gelangen. Weder der Hocker noch das Regal machen einen stabilen Eindruck. Vorsichtig zieht sie sich hinauf. Es gelingt ihr sogar, obwohl alles bedenklich wackelt. Aber wie soll sie sich nun hinüber zum Fensterbrett hangeln? Außerdem wird ihr hier oben vollends klar, dass sie sich niemals durch das schmale Fensterchen würde hindurchzwängen können, zumal die Kletterrose, mit der das Fenster fast vollständig zugewachsen ist, ziemliche Dornen aufzuweisen hat. Zumindest schafft sie es mit einer Hand hinüberzulangen und das Fenster aufzustoßen. Das ist aber auch schon alles. Nicht einmal richtig hinausschauen kann sie. Wie nun weiter? Soll sie um

Hilfe rufen? Ein paarmal versucht sie es. Doch alles bleibt still. Nichts ist zu hören, außer das ferne Krähen eines Hahnes. Was der wohl um diese Zeit zu krähen hat? Da ist es schon wieder zu hören. Ist das überhaupt ein Hahn? Anne erinnert sich an die Sage, die ihr die Oma so oft erzählt und die diesem kleinen Ortsteil seinen Namen gegeben hat, die Hahnenhäuser. Hatte da nicht auch jemand den Ruf eines Hahnes nachgemacht? Wie war das doch gleich? Weiter kommt sie mit ihren Gedanken nicht. Das Krähen kommt immer näher und ist so plötzlich wie es begonnen hat, verstummt

Jetzt muss der Hahn doch ganz in der Nähe sein. Soll sie noch einmal rufen? Anne lauscht, unter dem Fester ein Rascheln und dann ruft jemand ganz leise, dann etwas lauter ihren Namen. Sie erkennt die Stimme sofort.

„Ich bin hier!", macht sich Anne nun so laut sie kann bemerkbar und ist noch nie so froh gewesen eine bekannte Stimme zu vernehmen.

„Wo bist du denn? Ich kann dich nirgends sehen. Hör doch mal auf mit dem Versteckspiel. Das ist gerade nicht lustig. Warum bist du nicht bei den Tieren geblieben? Ich weiß ja, es hat länger gedauert, aber ich bin mit dem Moped ..."

„Hier drin bin ich!", ruft Anne ungeduldig.

„Wo drin denn?"

„Na hier, im Haus."

Anne versucht mit der Hand aus dem Fenster zu winken und wäre beinahe abgestürzt.

„Was machst du denn da drin? Die Frau Meier ist doch tot. Du kannst doch nicht einfach in ihrem Haus herumschnüffeln. Wie bist du denn überhaupt da hineingekommen?"

„Hör auf so viel Müll zu quatschen. Glaubst du vielleicht ich bin freiwillig hier drin, um mich vor dir zu verstecken oder was?"

„Hä, ich verstehe überhaupt nichts mehr. Kannst du mal wieder aufhören die beleidigte Leberwurst zu spielen."

„Och Mensch, Hannes, was ist den n mit dir los? Bist du auf den Kopf gefallen?"

„Ja bin ich. Stell dir vor, über den Weg hierher hat irgend so ein Blödian ein Seil gespannt. Es war überhaupt nicht zu erkennen und ich bin mit dem Moped da rein und hast du nicht gesehen, war ich über den Lenker. Ich kann froh sein, dass mir außer ein paar blauen Flecken nichts weiter passiert ist. Aber die Karre sieht aus, sag ich dir. Wer solche Späße lustig findet, muss einen komischen Humor haben. Aber nun komm endlich raus, sonst komm ich rein. Du weißt ja nun warum ich so spät bin. Es tut mir leid, dass du so lange warten musstest."

„Ich kann nicht raus." Annes Stimme klingt jetzt ungeduldig. „Man hat mich hier eingeschlossen."

„Eingeschlossen? Das gibst 's doch gar nicht. Wer soll denn das gewesen sein?"

„Das erzähl ich dir später. Aber nun mach doch mal hin. Sieh nach ob die Haustür offen ist. Ach nein, warte mal!"

Aber Hannes ist schon um die Ecke gebogen und gleich darauf hört sie es an der Haustür rütteln.

„Zu!", brüllt er schon von weitem. „Du kannst höchstens versuchen durchs Küchenfenster zu steigen, das ist nur angelehnt."

„Glaubst du, darauf wäre ich nicht schon von selbst gekommen, du Schlaumeier, wenn ich bis zum Fenster kommen könnte. Aber ich bin in der Speisekammer eingesperrt. Über dir, das kleine Fensterchen."

Sie kann ihn nicht sehen, aber ihre Phantasie reicht aus, um sich vorzustellen wie er jetzt ratlos da unten steht und zu ihr hochschaut. Für einen Moment ist es wieder still.

„Nicht mal der Hahn kräht", denkt Anne und wundert sich, dass sie darüber lachen muss.

„Hannes? Bist du noch da? Kannst du mal gucken ob unter dem Fenster meine …"

Was sind das nun schon wieder für Geräusche? Auf einmal ist Hannes Stimme ganz nahe.

„Deine Tasche habe ich gefunden. Sie lag in mitten von Brennnesseln unterm Fenster. Hast du die Steine da aufgeschichtet?"

„Puh, na wenigstens ist die Tasche da."

Anne fällt ein Stein vom Herzen.

„Wo bist du denn?", fragt sie

„Na vor der Tür von der Kammer. Ich bin zum Fenster rein."

Schon hört sie, dass die Klinke heruntergedrückt wird. Dass die nicht aufgeht, ist ja nun mal klar.

„Mensch, hier sieht es ja wüst aus. Wer macht denn so was? Waren etwa Einbrecher hier."

„Das habe ich ja auch gedacht, als ich vorbeigelaufen bin. Aber es waren die jetzigen Hausbesitzer. Der Sohn von der Frau Meier und noch schlimmer, dessen Frau. Die hat hier gewütet, um irgendein blödes Testament zu finden."

„Woher weißt du denn das?"

Einen Moment zögert Anne mit der Antwort.

„Na, ich habe sie belauscht. Was glaubst du denn, warum ich die Steine da gestapelt habe? Zuerst wollte ich nur nachsehen, wer diesen fürchterlichen Krach veranstaltet." Hastig, um keine kostbare Zeit zu verlieren, erzählte sie Hannes alles was vorgefallen ist. Am Ende stellt sie fest: „Wir müssen was unternehmen Hannes. Sie hat gesagt, dass sie sich denken könne, dass die Ausländer in Omas Wohnung versteckt seien. Wenn sie uns nun verpfeift, dann sind Amit und Jamal nicht mehr sicher."

„Du weißt davon?"

„Ja, Oma und Babette haben es mir gestern Abend erzählt und heute sollte ich sie kennenlernen. Ich war gespannt darauf und stolz, dass sie mich eingeweiht haben und mir zutrauten, dass ich dicht halte. Und nun das!"

„Jamal hab ich manchmal beim Deutsch lernen geholfen. Dabei haben wir viel geredet. Ich weiß nicht, ob ich das alles, was er durchgemacht hat, ertragen könnte. Ihm habe ich meine Geige gegeben und er spielt darauf viel besser als ich es je gekonnt hätte. Wir müssen sie so schnell wie möglich warnen."

„Alle werden jetzt denken, ich hätte etwas verraten. Sieht ja auch so aus. Aber ich schwöre dir, ich habe keinen einzigen Ton gesagt. Glaubst du mir das?"

„Ja!", sagt er sehr ernsthaft. „Aber zuerst müssen wir dich hier raus bringen. Ich lauf schnell rüber zu uns und hole eine Säge oder was ähnliches und dann schneiden wir ein Stück aus der Tür raus. Wenn ich mich nicht irre hat mein Vater da was Elektrisches."

Schon entfernen sich seine Schritte.

„Nein, warte, warte!", ruft sie ihm nach.

„Auf was soll ich denn noch warten? Die paar Minuten wirst du es wohl noch aushalten können. Ich bin doch gleich wieder da."

Das klingt jetzt aber sehr von oben herab, als wäre sie ein kleines Kind. Anne schluckt ihren Ärger darüber hinunter.

„Nein, wir dürfen keine Zeit verlieren. Mein Handy ist in meiner Tasche. Damit kannst du meine Oma anrufen."

Sie hört ihn kramen und vor sich hin murmeln, etwas fällt zu Boden.

„Was schleppst du bloß alles mit dir 'rum."

„Das sind alles ganz wichtige Sachen. Pass bloß auf, dass nichts rausfällt."

„Ist ja schon gut, ich hab das Handy."

Schon wieder dieser gönnerhafte Ton. Ob es ihm gefällt, dass sie hier eingesperrt ist und er den großen Helden spielen kann? Aber so kam er ihr heute Vormittag gar nicht vor. Na egal.

„Nun ruf schon an. Die Nummer ist eingespeichert."

Wieder hört sie ihn hantieren, dann: „Fehlanzeige! Kein Empfang! Das kommt hier öfters mal vor. Ich geh dann jetzt das Werkzeug suchen."

„Das dauert doch ewig und bei dem Zustand der Gerätschaften von deinem Vater …"

Anne erinnert sich an die Bohrmaschine.

„Na was schlägst du denn sonst vor? Sollen wir hier Däumchen drehen und warten bis uns jemand abholt?"

„Du musst allein los, Hannes."

„Ich kann dich doch nicht einfach so hier sitzen lassen. Was willst du machen, wenn die Alte wiederkommt?"

„Die kommt bestimmt erst heute Abend zurück. Die will mich doch sicher noch ein bisschen schmoren lassen, um aus mir so viel wie möglich herauszuquetschen. Womöglich denkt sie, ich wüsste was von ihrem blöden Testament. Bis dahin hast du längst allen Bescheid gesagt und Oma wird mich holen. Außerdem, was soll sie mir denn tun? Sie wird mich schon nicht gleich umbringen. Kannst du denn mit deiner Karre noch fahren? Dann wärst du ja schnell bei Oma in der Laube. Wie spät ist es eigentlich? Wir waren für Mittag verabredet."

„Mittag ist längst vorbei und meine Karre ist hinüber, jedenfalls im Moment. Da werde ich eine Weile dran zu bauen haben. Vollidioten die!"

Er hat jetzt längst nicht mehr diesen siegessicheren, gönnerhaften Ton.

„Da hilft alles nichts, dann musst du eben laufen und zwar schnell und gleich. Wir haben eh schon eine Menge Zeit verloren durch unser Geschwätz."

„Und es macht dir wirklich nichts aus hier allein zurückzubleiben. Vielleicht finde ich ja was, um das Schloss aufzubrechen, wenn du willst."

„Nein, nein, ich werd das schon überstehen und du mach jetzt, dass du fortkommst. Ach und Hannes, verteil mal schnell noch die Steine unterm Fenster. So gibt es keinerlei Beweise mehr. Nur falls sie doch die Polizei holt. Und meine Tasche, pass gut auf sie auf. Gib sie niemandem, versprich mir das, bitte. Und nun beeil dich!"

Sie lauscht angespannt wie er hinausklettert und unten die Steine verteilt. Dann ist er weg. Sie atmet auf. Wenn er einmal auf dem Weg ist, ist wenigstens ein Ende ihrer Gefangenschaft in Sicht. Doch schon hört sie wieder seine Stimme.

„Anne!"

„Ja, was ist denn nun noch?", antwortet sie ein bisschen genervt.

„Ich habe hier einen alten Drahtesel gefunden. Ist schon ganz schön verrostet und sieht auch ziemlich antiquiert aus. Muss noch der alten Frau Meier gehört haben, aber er fährt noch. Ich wollt 's dir nur noch schnell sagen. Damit bin ich viel schneller und du brauchst nicht so lange auszuhalten. Also bis gleich!"

Und nun ist er wirklich davon und Anne kann weiter nicht tun, als zu warten. Wie lange noch? Hatte sie sich eben noch, als Hannes da war, sehr mutig gefühlt, so rutscht ihr jetzt doch das Herz in die Hose. Was wenn Hannes nun nicht schnell genug ist und sie Jamal und Amit schon der Ausländerbehörde übergeben haben? Was wenn sie noch bevor ihr jemand zu Hilfe kommen kann wiederkommen, vielleicht mit der Polizei und sie des Einbruchs beschuldigen? Oder noch schlimmer, wenn sie sie vielleicht einfach irgendwo verschwinden lassen, einfach so, weil sie zu viel erlauscht hat. Hat man ja schon in Filmen gesehen. Ihre Hände fühlen sich ganz verschwitzt an und es grummelt so komisch in der Magengegend. Da hilft nur etwas essen. Noch ein paar Pfefferkuchen warten auf sie in ihrer Schachtel, nur die Äpfel sind leider alle. Sie setzt sich also wieder auf ihren Hocker, mümmelt das trockene Gebäck in sich hinein und spült alles mit dem Rest des Saftes nach. Nun heißt es geduldig sein. Doch das ist gar nicht ihre starke Seite. Bald springt sie auf und läuft aufgewühlt hin und her. Die kleine Kammer ist eigentlich eher ein Schlauch, etwa drei Schritte hin und drei zurück. Dann hockt sie sich wieder hin, döst und obwohl sie die Augen geschlossen hat, kann sie nicht schlafen. Schon ist sie wieder am hin- und herwandern. Ob sie doch noch einmal versuchen sollte aus dem Fensterchen zu blicken? Vielleicht tut sich ja irgendwas. Wie lange sitzt sie eigentlich hier schon fest? Sie hat ja nicht mal eine Uhr. Und wenn es dunkel wird, wenn Hannes irgendwas verpatzt hat? Sie lauscht hinaus, aber alles bleib still. Nur ein paar Vögel lassen ihr Gezwitscher hören, unberührt von den Querelen der Menschen, bauen sie ihre Nester. Endlos langsam schleicht die Zeit dahin. Könnte sie doch wenigstens was lesen, um sich abzulenken. Sogar ihr verhasstes Mathebuch würde ihr jetzt als eine Abwechslung erscheinen. Aus reiner Langeweile beginnt sie die Lebensmittel, die um sie herum stehen oder liegen zu ordnen, in der Hoffnung vielleicht eine Tafel Schokolade oder irgendeinen anderen Süßkram zu finden. Sie durchforscht alle Regale. Dabei stellt sie fest, dass viele Lebensmittel lange über das Verfallsdatum hinaus gelagert sind, manche schon Jahre abgelaufen und etliches auch verdorben. So findet sie Kaffee von 1995, noch in D-Mark ausgepreist und noch ältere Tütensuppen. Wahrscheinlich hätte man sich jahrelang notdürftig von diesen „Schätzen" ernähren können. Warum macht jemand so etwas? War es die Angst noch einmal hungern zu müssen? Ganz hinten im Regal, versteckt zwischen Eingemachten aus vielen Jahren, findet Anne ein kleines, fest verschnürtes Päckchen. Sie wendet es hin und her, riecht daran. Was da wohl drin ist? Na, nach Schokolade riecht es jedenfalls nicht. Früher hätte sie es wahrscheinlich achtlos beiseite geschoben, aber seit sie als Detektivin unterwegs ist, hat sie mehr Gefühl für solche Dinge bekommen. Was verbirgt jemand hinter alten Lebensmitteln und Einweckgläsern? Es hat einen leicht muffigen Geruch und das Papier ist etwas feucht und wellig, vielleicht weil es an der kühlen Außenwand gelegen hatte. Wie lange wohl schon?

„Es gehört dir nicht!", sagt etwas in ihrem Kopf. „Nur mal nachschauen. Ich will nur mal gucken", meldet sich eine andere Stimme.

Auf einmal kracht es. Anne schreckt herum. Was war das? Das Fenster, wieder einmal hat es sich von selbst bewegt und wieder hat Anne dieses sonderbare Gefühl, als sei jemand hereingekommen.

„So ein Blödsinn!", murmelt sie und doch packt sie auf einmal ganz selbstverständlich das Päckchen aus, als hätte ihr jemand die Erlaubnis dafür erteilt.

23. Kapitel Änne

An diesem Morgen ist Änne schon früh auf den Beinen. Sie hat gemolken und treibt nun das Vieh auf die Weide. Alles ist mit der Ankunft der Gäste anders geworden auf dem Hof und Änne hat jetzt mehr Zeit. Deshalb schickt man sie des Öfteren hinüber ins Dorf, um die neusten Nachrichten in Erfahrung zu bringen. Auch der Bauer, wenn der zum Zugfron in das Gut nach Auerbach bestellt wird, hört sich um. Die Angst geht um hierzulande. Wird der Schwed durch ihr Dorf kommen oder bleiben sie verschont? Werden ihre Gebete erhört?

Trotz alledem genießt Änne diese frühe Stunde, wenn der Nebel noch von den Wiesen aufsteigt und alles verzaubert. Recht ist ihr auch zu Hause anzukommen, wenn die Mutter, die sich noch immer als Tagelöhnerin verdingt, schon aufgebrochen ist und die Kleinen noch schlafen. Da hat sie die Großmutter ein paar kostbare Minuten für sich allein.

Es ist noch kühl an diesem frühen Maimorgen und Änne ist noch nicht weit vom Hof entfernt. Sie hält einen Augenblick inne, schaut zurück und wärmt ihre nackten, kalten Füße in einem frischen, warmen Kuhfladen. Doch was ist das? Um Himmels willen, eine Erscheinung! Ist es eine Fee oder gar die jungfräuliche Gestalt der Holle aus Mutters Märchen, die da im Morgennebel in einem weißen Kleid und mit einem Kranz aus Maiglöckchen auf dem fast bis zu den Kniekehlen reichenden Haar, tanzt? Sie schwebt förmlich über die Wiese, nach ihrer eigenen, wohl nur für sie hörbaren Melodie. Änne steht lange still, nur in die Betrachtung vertieft, vergisst die Welt um sich, ja sogar die geliebte Großmutter. Sie weiß nicht, wie lange sie gebannt war. Waren es nur einige wenige Augenblicke oder Stunden gar Tage? Als sie jedoch aus dem stummen Zauber erwacht, steigt noch immer der Nebel über dem Bach und der Wiese auf.

Behutsam, auf Zehenspitzen schleicht sich Änne näher. Heißt es nicht, wenn ein Mensch einer Fee begegnet oder gar einer Gestalt der Holle, so kann ihm ein Wunsch erfüllt werden? Wünsche, ja was sollte sie sich eigentlich wünschen? Das will wohl bedacht sein. So dumm und unüberlegt kamen ihr manchmal die Wünsche der Gestalten in den alten Geschichten und Legenden der Mutter vor. Vielleicht sollte ihr Wunsch lauten: „Alles soll wieder wie früher sein." Sie würden zu Hause sein, beim Vater und bei den Brüdern. Sie zögert. Aber dann hätte sie Hans und Marie, Konrad, Grete und Barbara nicht kennengelernt, hätte nicht

Barbara gefunden und besäße jetzt nicht den geschnitzten kleinen Anhänger, auch lesen und schreiben könnte sie nicht, noch nicht einmal die Großmutter hätte sie zu Gesicht bekommen. Auf der anderen Seite würde der Vater noch leben und Hanna und der Schmied, alle die sie früher gekannt und geliebt hatte. Sie zögert. Sollte sie sich einfach wünschen, dass der Krieg aus wäre und keine Soldaten mehr kommen würden. Aber konnte eine so kleine Fee soviel ausrichten? Wo das doch nicht mal der liebe Gott zu Stande zu bringen scheint? Obwohl es doch dabei um ihn geht und wie man richtig betet und glaubt.

Oder ganz einfach, sie wünschte sich, Hans käme zu ihr, jetzt sofort. Aber vielleicht will er das gar nicht. Vielleicht ist das viel zu selbstsüchtig, wo doch gerade so viel Leid ist auf der Welt. So in ihre Gedanken vertieft, setzt sie einen Fuß vor den anderen ohne recht zu merken, dass sie der tanzenden Gestalt immer näher kommt. Ein seltsames Gefühl beschleicht sie und ein leichter Schauer läuft ihr über den Rücken. Hat man nicht schon von Irrlichtern oder Untoten gehört, die diejenigen denen sie begegnen ins Verderben stürzen können. Unwillkürlich schlägt sie ihr katholisches Kreuz vor ihrer Brust, für alle Fälle. Jetzt ist sie schon ganz nahe dran, fast hätte sie die Hand nach dem Wesen ausstrecken können, das ihr den Rücken zukehrt. Doch in ihrem Eifer achtet sie nicht auf den Boden, tritt auf ein dürren Ast, der zerbricht und ein lautes knacken hallt über die Wiese. Vor Schreck wäre sie beinahe in den Bach gefallen. Nur mit Mühe hält sie sich noch an den Zweigen eines Hagebuttenstrauches fest und macht bestimmt eine ziemlich komische Figur dabei. Sie wagt nicht aufzusehen. Sicher hat sie die Fee erschreckt und man weiß ja wie scheu die sind. Sie ist sicher längst über alle Berge. Vorbei ist es nun mit dem Wünschen. Falls es aber die Holle selbst ist, wird sie streng mit ihr ins Gericht gehen, weil sie sie gestört hat. Schlimmer noch wenn es ein Geist ist, nicht auszudenken was dann mit ihr …

Doch auf einmal ein lautes Lachen. So klingt doch keine Fee, nicht mal eine kleine Elfe. Änne wagt es vorsichtig aufzusehen. Vor ihr steht das gnädige Fräulein Braut. Nichts mehr ist von ihrer Unnahbarkeit zu spüren. Sie steht einfach da und hält sich den Bauch vor Lachen, wie ein Kind. Ist sie den überhaupt kein bisschen erschrocken? Änne weiß nicht, was diese Begegnung für sie bedeutet. Würde es Ärger geben, weil sie sie heimlich beobachtet hat? Doch die andere hört einfach nicht auf zu lachen und ihre dunklen Augen funkeln dabei.

„Was ist denn so lustig an mir", denkt Änne und fühlt Ärger in sich aufsteigen. Auch wenn sie ein Fräulein ist, muss sie sie doch nicht so auslachen. Dann sieht sie an sich herab. An den Füßen klebt getrockneter Kuhfladen, der Rock ist ins Wasser getaucht und hängt nass und schlaff an ihr herunter, das Mieder darüber ist verrutscht und als sie nach ihrer Haube fassen will, findet sie sie nicht mehr auf ihrem Kopf, nur zwei lange, im Auflösen begriffene Zöpfe baumeln da herum. Einige blutige Kratzer zieren ihre Arme. Das kommt sicher von den Dornen der Hagebutte. Auch die Bluse hat einen kleinen Riss, oje. Sie befühlt ihr Gesicht. Dort scheint alles heil, aber sicher ist es dreckverschmiert und wie immer in solchen Situationen puterrot. Es bleibt ihr einfach nichts anderes, als sich wieder hochzurappeln und gute Miene zu diesem merkwürdigen Spiel zu machen, wenn auch mit gemischten Gefühlen.

Als das Fräulein sich beruhigt hat und sich erhitzt vom Tanzen und Lachen in das noch feuchte Gras fallen lässt, sieht Änne den Augenblick gekommen sich zu entschuldigen und sich dann schnell davon zu machen. Sie stottert etwas von, es täte ihr leid, sie beobachtet zu haben. Dabei kommt ihr kein einziger zusammenhängender Satz über die Lippen und dafür könnte sie sich ohrfeigen. Wie blöd will sie denn noch dastehen vor diesem eingebildeten Fräulein.

Dieses wird plötzlich ernst. Sie nimmt Ännes Hand und zieht sie zu sich ins Gras.

„Hast du dich verletzt?", fragt sie jetzt mitfühlend, holt ihr fein besticktes Tüchlein hervor und betupft Ännes Wunde.

„Tut 's weh?"

Anne winkt ab. „Nicht der Rede wert."

Viel ärgerlicher ist der Riss in der Bluse. Ungeschickt fingert sie daran herum. Sie würde sich Mutters Vorwürfe gefallen lassen müssen, wenn sie sie reparierte, denn ihr eigenes handarbeitliches Talent hält sich in Grenzen und so feine Stiche wie hier von Nöten sein werden, bringt sie ganz sicher nicht zu Stande.

„Soll ich das in Ordnung bringen?"

Ungläubig blickt Änne sie an. Sie kann nicht fassen, dass diese Worte von dieser hochnäsigen, unnahbaren Dame kommen.

„Ach weißt du, ich muss doch immer herumsticken, feine kleine Stiche am Rahmen und auch wenn man es hasst, man bekommt Routine. Wir müssen es ja niemandem erzählen. Ich sticke dir eine kleine Blüte darauf, dann ist es wieder hübsch."

Änne hat es nun vollends die Sprache verschlagen. Dieses feine Fräulein, Braut eines Rittmeisters will ihre Bluse besticken, die Bluse einer Bauernmagd? Ist das nicht eine verkehrte Welt?

Doch sie braucht auch nichts zu erwidern, denn die andere redet gleich weiter und die Worte sprudeln nur so aus ihr heraus. So als habe sie schon lange darauf gewartet jemanden zu finden der ihr zuhört.

„Hat dir mein Tanz gefallen?"

Auch diesmal scheint sie keine Antwort zu erwarten.

„Ach, ich finde es so schön über die Wiesen zu gleiten. So zu tanzen wie es mir gefällt und dabei wundervolle Klänge in mir zu hören. Am liebsten würde ich das bis in alle Ewigkeit tun. Immer nur tanzen, tanzen, immer nur bewegen. Frei sein wie der Wind, wie die Vögel. Manchmal möchte ich einfach mit ihnen davonfliegen oder wie ein Schmetterling von Blüte zu Blüte flattern. Wenigstens einen Sommer lang so frei sein, ungebunden, mir selbst gehörend. Dann könnte meinetwegen alles vorbei sein."

Ihr sonst so blasses Gesicht hat sich gerötet und erscheint ganz jung, ganz ungestüm, ja beinahe wieder wie das einer Elfe oder Fee. Änne wird klar, dass dieses Fräulein kaum älter als sie selbst ist, als sie noch einmal aufspringt und sich anmutig zu drehen beginnt. Dann plötzlich wirft sie den Kopf weit zurück, sodass ihr Haar fast den Boden berührt und springt davon wie ein Fohlen, das man zu lange am Halfter gehalten hatte und das nun endlich wieder galoppieren kann, frei, unbändig und wild. Schwer atmend, aber mit einem unendlich glücklichen Gesicht, kommt sie zu Änne zurück und lässt sich wieder neben ihr ins Gras fallen.

„Es ist wunderschön!", sagte Änne voll inbrünstiger Bewunderung. „Vorhin dachte ich du wärst eine Fee aus Mutters Geschichten."

Die andere lächelt, kein bisschen überheblich mehr, nur so, wie wenn sich jemand über ein Lob freut. Dabei nimmt sie ihren Blumenkranz ab und beginnt ihr Haar zusammenzunehmen und wieder zu der strengen Frisur zu flechten und aufzustecken, die sie sonst immer trägt. Ganz unerwartet bricht sie auf einmal in Tränen aus. Änne hat keine Ahnung, wie sie diesen plötzlichen Stimmungswandel deuten soll. Doch so schnell wie dieser Anflug von Traurigkeit gekommen ist, so schnell geht er auch wieder vorbei. Änne kann förmlich sehen, wie sie sich innerlich stählt, die Schultern strafft und sich mit ihrem Tüchlein energisch die Tränen abwischt.

„Weißt du, ich komme immer nur ganz früh hierher, wenn ich sicher sein kann, dass die Tante noch schläft. Sie würde sich sonst sorgen. Zum Glück ist sie keine Frühaufsteherin."

„Tante?", fragt Änne.

Da war doch nur diese riesenhafte Zofe. Das kann doch unmöglich eine Verwandte dieses grazilen Wesens sein.

„Ich weiß was du jetzt denkst. Aber Else, also eigentlich Elisabeth von Schönberg, ist tatsächlich meine Tante. Sie ist eine unverheiratete Schwester meines Vaters. Ihr verdanke ich mein Leben. Als anno '34 unser Schloss von den kaiserlichen geplündert und niedergebrannt wurde und meine Eltern starben, hat sie mich mit viel Mut und List herausgeschafft und ist mit mir zum Rittmeister nach Zwickau, einem Freund meines Vaters geflohen."

„Wieder eine Geschichte vom Krieg", denkt Änne und so unterschiedlich die Menschen auch sein mögen, denen sie widerfahren sind, so gleich sind doch ihre Leiden.

Ihre Gedanken gehen ihre eigenen Wege und beinahe hätte sie nicht zugehört, als das Fräulein weiterspricht.

„Die Tante ist der Meinung, es lohne nicht zu träumen, denn die Wirklichkeit hole einen viel zu schnell ein. Für Frauen gäbe es nur eins, sich zu fügen und das solle ich so früh wie möglich lernen. Ich würde ja an ihrem Leben sehen, wo man endet, wenn man es anders will.

Als Mann muss man da geboren sein und nichts hatte sich Elisabeth von Schönberg sehnlicher gewünscht als das. Beneidet habe sie die Brüder, die reiten, fechten und kämpfen durften. Nicht von einem Freier habe sie geträumt, sonder davon zu sein wie die Jungfrau von Orleans. Heimlich war sie natürlich ausgeritten, aber nicht im tugendhaften Damensitz, sondern wilder und ungezügelter wie ihre Brüder, die sie bei jedem Wettrennen mühelos schlug. Keiner hätte vermutet, dass ein Mädchen im Sattel saß. Doch eines Tages kam ihr Vater hinter ihr Treiben. Wohl hatten die eifersüchtigen Brüder sie verpetzt. Wer wollte sich denn immer wieder von einem Mädchen schlagen lassen? Nun wurden ihre Grenzen sehr eng gesteckt, so wie es sich für ein adliges Fräulein eben gehört. Sie durfte nicht mehr allein hinaus, geschweige denn auf den Rücken ihrer geliebten Stute. Ein Freier fand sich trotzdem nicht. Die Mitgift war nicht überragend und die Gerüchte die sie umrankten, schreckten ab. So machte das Schicksal sie nicht zur Heeresführerin, sondern zur geduldeten Verwandten und besseren Bediensteten auf dem Besitz ihres Bruders. Ihren Freiheitshunger konnte sie nicht stillen, so begann sie zu essen und zu essen und wurde immer fetter und fetter. Das sollte mir nie und nimmer passieren und so meinte sie, sie müsse mir von Anfang an die Grenzen des Machbaren aufzeigen und mich streng herannehmen. Unter all ihrem Fett hat sie ein gutes Herz, das weiß ich wohl."

„Aber ihr habt doch den Rittmeister. Vielleicht gefällt ihm ja euer Tanz, wenn er verliebt ist", versucht Änne ungeschickt zu trösten.

Constanze hat nun ihr Haar wieder fein säuberlich aufgesteckt und ist dabei ihr Obergewand über ihr feenhaftes weißes Unterkleid zu ziehen. Änne hilft ihr die vielen Häkchen zu schließen und streicht selbstvergessen über den schönen seidigen Stoff und über die Spitzen und Stickereien am Halsausschnitt. Constanze bemerkt es wohl und mit der Kleidung scheint auch die Distanz, die sie ihren Ständen zufolge trennen, wieder zu erstehen. Für eine Weile wird es ganz still, so still, dass man die morgendlichen Geräusche des erwachenden Hofes hören kann. Die Pumpe wird bedient, ein Pferd wiehert und jemand macht sich an den Fensterläden zu schaffen. Viel Zeit wird ihnen nicht mehr bleiben. Constanze ist nun mit Ännes Hilfe wieder ordentlich gekleidet. Änne will schon einen Knicks machen und davon laufen. Nie und nimmer hätte sie so etwas sagen dürfen. Doch als sie unter all der selbstauferlegten Unnahbarkeit in die traurigen Augen des Fräuleins blickt, kann sie nicht umhin und streichelt verlegen über die kleine, zarte Hand, die zur Faust geballt ist. Da ist es noch einmal, als öffne sich durch diese verstohlene, sanfte Berührung, die dieser Constanze von Schönberg völlig fremd zu sein scheint, eine Schleuse.

„Ach Änne, Liebe, die gibt es doch nur in traurigen Liedern. Im wahren Leben ist es doch irgendwie anders. Der Rittmeister, nun vielleicht ist er nicht der Schlechteste, aber er ist schon alt, älter als mein Vater. Bis jetzt ist er unverheiratet geblieben. War mit seiner Pferdezucht beschäftigt und meint, es habe ihn bisher nicht nach einem Eheweib verlangt, denn der Weiber niederen Standes zum wärmen, gäbe es ja genug. Doch nun braucht er einen Erben und den soll ich, jung und von gutem Geblüt, ihm gebären. Ich muss ihm gefügig sein. Ich habe ja niemanden mehr und keine Heimstatt, nur meine Jugend und meine gute Geburt. Nichts anderes ist es für ihn, als erwerbe er eine gute Zuchtstute zu günstigem Preis, zwar ohne Mitgift, aber wer weiß, wenn die Zeiten wieder besser werden, hat er ein Anrecht auf meinem Besitz, dazu noch eine billige Hausangestellte, meine Tante. Doch wir sind nun mal Frauen und wir brauchen seinen Schutz, sonst sind wir verloren, Freiwild für jedermann."

Müde lächelnd greift sie nun ihrerseits nach Ännes Hand, die rau ist, voll Hornhaut von der Arbeit, mit abgebrochenen Nägeln.

„Aber du Änne, du hast doch vielleicht einen Liebsten."

„Ach ich weiß nicht, einen hab ich schon, an den ich denk. Doch er ist fortgezogen in die Welt und will den Armen und Entrechteten, die von der Last des Krieges am meisten gedrückt werden beistehen. Wer weiß ob ich ihn je wiedersehe. Manchmal scheint es, als sei er mir ganz nah, doch je mehr Zeit vergeht, umso mehr verblasst mir sein Bild und ich weiß gar nicht mehr, ob wir uns je richtig kannten oder ob alles nur eine Kinderei war. Er hat mich wohl längst vergessen."

Still gehen sie auseinander wohl wissend, dass sie sich so offen und frei nie wieder begegnen werden.

24. Kapitel Anne

Sorgsam entfernt sie den Strick der mehrmals um das Päckchen gewickelt und verknotet ist. Sie will nichts zerreißen, um nachher wieder alles sorgsam verpacken zu können, damit ihre Neugierde unbemerkt bleibt. So löst sie Knoten für Knoten mit Engelsgeduld.

„Und dann ist ein Stück altes Brot drin", kichert sie.

Nein, kein Brot! Es ist ein kleines, uraltes Büchlein. Anne kennt es. Sie meint es schon hundert Mal in den Händen gehabt zu haben. Ganz leicht kann sie die alte, verschnörkelte, schon verblassende Schrift lesen, so als hätte sie alles selbst vor langer Zeit geschrieben. „Erinnerungen einer Magd", steht auf dem Einband. Dabei liegen noch zwei Hahnenfedern und ein Kerzenstummel. Zeile für Zeile vertieft sie sich in die alte Erzählung. Sie merkt nicht, wie es draußen zu dämmern beginnt und die Vögel aufgehört haben zu singen. Alles verschwimmt um sie her und bald weiß sie nicht mehr, ist sie Änne oder Anne oder ist sie beide zugleich? Als sie das Ende der Geschichte erreicht hat, steht da in merkwürdig exakten, geraden Druckbuchstaben, fast so wie die Oma ihre Zettel beschriftet. GEH DEINEN WEG, WIE NUR DU ALLEIN IHN GEHEN KANNST, DANN FINDEST DU AM ENDE, WAS DU SUCHST UND VIELLEICHT AUCH WAS DU GAR NICHT GESUCHT HAST!

Es klirrt und etwas fällt zu Boden, etwas kleines, das Anne vorher überhaupt noch nicht bemerkt hat. Sie hört es davonrollen und dann leise scheppernd liegenbleiben. Es klingt metallisch wie eine Münze oder ... Anne muss eine ganze Weile auf Knien herumrutschen, ehe er ihr entgegenblinkt, ein Ring, es ist ein kleiner Ring mit einem rötlichen Stein, einer Koralle. Wie lange hat sie den schon vermisst. Aber sie hat doch noch nie einen solchen Ring besessen. Kann man etwas vermissen, von dessen Existenz man keine Ahnung hatte. Wer hatte denn gleich nach solch einem Ring gesucht? Und warum passt er ihr wie angegossen, so als gehöre er schon immer an ihre Hand? Sie hat jedes Gefühl für Zeit und Raum verloren. Es ist als umgebe sie ein weicher, undurchdringlicher Nebel, der alles einhüllt, sanft doch ohne die Möglichkeit des Entrinnens. Nur ganz allmählich gelingt es Anne in die Wirklichkeit der kleinen Speisekammer zurück zu finden. Noch immer auf Knien kriecht sie zum Hocker zurück und legt all die Dinge, die in dem Päckchen waren sorgfältig zusammen.

„Ich werde es wieder ordentlich verschnüren", murmelt sie halblaut vor sich hin. Sie ist so mit binden und knoten beschäftigt, dass sie erst als das Auto vor der Tür bremste und der Motor ausgeht, erschrocken innehält. Kommen sie zurück? Sie springt hoch, schiebt das Päckchen in die hinterste Ecke zurück und langt nach einem großen Einweckglas, um es dahinter zu verbergen. Eine Hoffnung keimt in ihr auf. Vielleicht ist es Oma, die sie hier herausholen will. Hannes müsste doch inzwischen längst bei ihr gewesen sein. Wie viel Zeit ist eigentlich vergangen? Draußen knallt schon die Autotür, ein Schlüssel wird ins Schloss geschoben und Schritte sind zu hören, eher zögerlich und schlurfend, so als sei der da draußen unschlüssig, wie er jetzt weitermachen soll.

Das ist nicht Oma!

Der Ring! Schnell, sie muss ihn abmachen! Sie zieht an ihm, ihre Hände beginnen zu schwitzen, sie wird immer aufgeregter und zerrt bis es weh tut und der Finger rot anläuft, aber der Ring lässt sich einfach nicht abziehen. Was soll sie nur tun? Gleich wird jemand hereinkommen und wie soll sie dann noch beweisen, dass sie keine Diebin ist. Als die Tür dann tatsächlich aufgeht, bleibt ihr nichts anderes übrig, als die Hand ihn ihrer Hosentasche verschwinden zu lassen. Zuerst nimmt sie nur die Umrisse eines Mannes wahr. Frank, oder Herr Meier? Sie wird ihn sowieso nicht ansprechen. Mit einem Pizzakarton auf dem eine Tafel Schokolade thront, macht er eine unbeholfene Bewegung auf sie zu, entscheidet sich aber dann dafür im Türrahmen stehenzubleiben. Im Gegenlicht sieht sein spärlicher Haarwuchs wie ein Heiligenschein aus und Anne hätte beinahe aufgelacht. Die Situation ist so grotesk, dass sie schon wieder lächerlich wirkt. Will er ihr etwa etwas zu Essen in ihr Verlies bringen und dann wieder verschwinden? Sollte sie ihm nicht mit voller Wucht gegen das Schienbein treten und dann an ihm vorbei raus rennen und das Weite suchen? Sie will schon losstürmen, da sagt er mit einer monotonen Stimme: „Es tut mir furchtbar leid, Mädchen. Meine Frau ist etwas, etwas …", er kommt ins Stottern, „… etwas schwierig und sie geht manchmal einfach zu weit. Sie ist halt sehr ängstlich."

Sollte sie jetzt auch noch Mitleid haben. Einen ängstlichen Eindruck hatte sie auf Anne auf gar keinen Fall gemacht, eher einen bösartigen. „Ich bring dich jetzt erst einmal nach Hause. Ich, äh, hier, ich hab dir etwas zu Essen mitgebracht." Anne vergräbt nun auch die andere Hand in der Hosentasche und schaut ihm herausfordernd ins Gesicht, sagt aber keinen Ton und wartet auf einen günstigen Augenblick. Er will ihr den Pizzakarton in die Hand drücken, doch Anne schüttelt nur den Kopf.

„Magst du keine Pizza? Du musst doch hungrig sein."

„Zu Essen war da!", entfährt es Anne etwas zu schrill.

„Das ist doch nur altes Zeug."

„Na, für eine Diebin reicht es doch!"

Die Wut, die rote Wut, Anne fühlt sie wieder deutlich in sich aufsteigen. Nein, denkt sie, ruhig bleiben! Erst einmal abwarten, was der in Wirklichkeit für Absichten hat und ob nicht gleich seine Dame um die Ecke biegt.

Aber er ist tatsächlich allein gekommen. Zögernd verlässt sie mit ihm das Haus, nicht ohne sich noch einmal umzusehen. Er hält ihr die Beifahrertür auf, große Limousine, helle Ledersitze. Doch Anne beeindruckt das wenig. Kann sie ihm trauen oder wird er sie sonst wohin chauffieren, vielleicht zur Polizei? Guter Plan, Pizza und ein bisschen schön tun und dann …

Jetzt faselt er ohne Pause, sie solle doch wenigsten die Schokolade …

Doch Anne hört gar nicht mehr hin. Unschlüssig und beide Hände fest in den Hosentaschen vergraben, steht sie schweigend vor der geöffneten Autotür. Mit dem Daumen befühlt sie immer wieder den Ring und versucht ihn abzustreifen. Sie ist schon drauf und dran einzusteigen. Was will sie sonst tun? Auf dem Weg wird er sie mit dem Wagen schnell einholen und einfach in den Wald zu laufen in der Dämmerung dafür fehlt ihr die Traute. Mit der Spitze ihres Turnschuhs stochert sie in einem Stück weicher Erde zu ihren Füßen herum, als könne sie dadurch Zeit gewinnen. Aber wozu? Sie befördert einen Regenwurm ans Tageslicht und denkt an die Hühner von gestern. Ist da nicht ein Motorengeräusch? Noch ehe dieser Gedanke voll in ihr Bewusstsein dringt, quietschen auch schon Bremsen. Quer vor Franks Wagen hat sich ein Auto geschoben, um ihn so am wegfahren zu hindern. Anne atmet auf. Oma! Es ist Omas alter Polo.

So hat Anne ihre Oma noch nie erlebt. Sie ist außer sich vor Wut, vor Sorge und Angst. Hoch rot im Gesicht ist sie auch schon auf Frank zugestürzt. Anne denkt schon, sie würde ausholen und ihm einen Schlag verpassen. Doch sie zieht in nur an seiner Krawatte zu sich heran. Vor Schreck lässt der den Pizzakarton fallen und die Pizza verteilt sich auf dem Boden.

„Hühnerfutter", entfährt es Anne schadenfroh, doch niemand scheint es zu hören. Annelieses Gesicht ist jetzt ganz dicht vor dem von Frank und sie starrt ihn eine ganze Weile nur unverhohlen an. Anne spürt wie gerne er ihrem Blick entkommen wäre, doch sie hält ihn wie in einem Bann.

„Was tust du eigentlich hier Frank? Bist du von allen guten Geistern verlassen? Deine Mutter ist noch nicht mal unter der Erde und du entführst meine Enkeltochter, sperrst sie in eine Speisekammer und willst Sachen aus ihr herauspressen, die dich gar nichts angehen!?"

Ihre Stimme klingt dabei bedrohlich leise und Anne hat immer noch das Gefühl als würde sie ihm gleich ins Gesicht springen.

„Woher weist du …? Äh, na Entführung würde ich es ja mal nicht gleich nennen Anneliese."

„Sondern?"

„Meine Frau dachte nur, sie dachte das Mädchen hätte etwas gestohlen, etwas was sie gesucht hat. Sie hat vielleicht etwas überreagiert. Sie ist ein wenig durcheinander. Der Tod von Mutter …"

„Das ich nicht lache! Der Tod deiner Mutter geht deiner Frau doch glatt am Hintern vorbei. Das weißt du doch genauso gut wie ich. Wach endlich auf Frank, bevor es zu spät ist. Die Schmiererei auf Babettes Auto gestern Abend, das Seil über dem Weg, das den Jungen zum Sturz mit seinem Moped gebracht hat, in Kauf nehmend, dass er oder jemand anderes sich ernstlich verletzt und nun auch noch das Einsperren meiner Enkeltochter, was wollt ihr damit bezwecken?"

Frank zögert ehe er zum Weitersprechen ansetzt. Hatte ihn nicht heute Morgen auch seine Frau aufgefordert endlich aufzuwachen? Aber er will gar nicht aufwachen. Er will einzig und allein seine Ruhe haben. Er hat einen Job, nicht unbedingt sein Traumjob, aber gut bezahlt und inzwischen mit so viel Routine, dass er auf diesem Sessel bis zur Rente hinkommt, ohne sich groß Gedanken machen zu müssen. Er hat sein Haus, wo er nach Lust und Laune im Garten werkeln kann, was seiner Bauernseele entgegenkommt und ab und an kann er in die Sonne reisen, in sein kleines Ferienparadies auf Mallorca. Da trifft er Jahr für Jahr die gleichen Leute, da kennt er sich aus. Mehr braucht er doch gar nicht. Aber er weiß, seine Frau wird ihm keine Ruhe lassen. Erst als sie zu ihrem Fitnessstudio aufgebrochen ist, hat er es gewagt Anne aus dem Haus seiner Mutter zu befreien, obwohl das bestimmt wieder Ärger geben wird. Er will einfach keinen Streit, davon hat er in der Kindheit genug gehabt. Aber diesmal ist sie zu weit gegangen. Schließlich, diese Anne ist noch ein Kind! Ein solches Mädchen hätte er gerne gehabt. Doch sie hatten nie den rechten Zeitpunkt gefunden, da war die Karriere, der Hausbau und dies und jenes. Nun ist es zu spät. Vielleicht wäre dann alles ganz anders, auch mit Gritt.

Er muss jetzt etwas antworten. Anneliese mustert ihn immer noch, ohne ihn auch nur einen Augenblick aus den Augen zu lassen. Schon als Kind hatte er immer das Gefühl gehabt, die nur um ein paar Jahre ältere Anneliese könne ihn nur durch ihre Blicke durchschauen. Jetzt ist er plötzlich wieder der kleine Junge von einst und er beginnt herumzustottern:

„Diese Leute, weißt du, die sind schon, wie soll man sagen, äh ..."

„Welche Leute meinst du?", fragt Anneliese herausfordernd. Frank strafft sich, versucht wieder Fassung zu gewinnen.

„Na du musst doch zugeben, dass dieser Konrad schon ein bisschen eigenartig ist. Von Landwirtschaft versteht er eher wenig und dann bringt er immer diese Fremden mit, na du weißt schon. Gritt fürchtet sich da halt, man hat ja auch schon einiges gehört."

„Was hat man denn gehört? Du willst mir also allen Ernstes erzählen, du oder deine Frau hätten vor einem Jungen und dessen Vater Angst, die hier vielleicht mal ein wenig Ruhe gesucht haben, vor dem was sie durchgemacht haben? Soll ich dir sagen, was du oder besser gesagt deine Frau will? Ihr wollt das verkaufte Land zurück, weil deine Frau Morgenluft gewittert hat. Sie glaubt, dass man hieraus etwas machen könnte, touristisch oder was weiß ich. Sie will sich eine goldene Nase verdienen. Immer mehr und mehr braucht sie für ihr leeres Leben und überall schürt sie die Angst vor Überfremdung, streut irgendwelche Gerüchte aus, die Menschen das Leben kosten können, weil die Gier sie fest im Griff hat und weil sie der Meinung ist, Marianne hätte nicht das Recht mit ihren Land zu machen was sie will. Und du bist ihr willfähriger Handlanger geworden. Wann, mein Lieber, ist dir das Mitgefühl für andere Menschen abhanden gekommen? Denk mal darüber nach! Übrigens, über das was ihr euch heute geleistet habt, werden wir uns woanders widersprechen. Da ist 'ne Anzeige fällig!"

Damit entlässt sie ihn aus ihrem Griff und dem Bannkreis ihrer Augen.

„Steig ein Anne!", ruft sie indem sie in ihr Auto springt und anfährt kaum dass Anne zum sitzen gekommen ist. In einem Affentempo und ohne sich noch einmal nach dem bedeppert in den Resten seiner Pizza stehenden Frank umzusehen. Und wie durch ein Wunder löste sich plötzlich der Ring von Annes Finger. Sie lässt ihn in der Hosentasche, während sie ihre Hand herauszieht, um ihren Finger zu betrachten. Nicht einmal eine rote Stelle ist dort zu sehen, wo der Ring gesessen hat. Rasant biegt die Oma rechts ab und Anne wird unsanft gegen die Tür und dann, nach einem abrupten Bremsen, fast gegen die Windschutzscheibe geschleudert. „Oooma", brüllt sie erschrocken auf und reibt sich die Schulter.

„Entschuldige Anne, ich habe nur so eine fruchtbare Wut im Bauch", stöhnt die Oma und lehnt sich erschöpft in ihrem Sitz zurück, um etwas weniger gewagt zu fahren.

Also kennt die Oma diese Wut, die urplötzlich in einem aufsteigen kann, auch.

„War ‚s sehr schlimm, da eingesperrt zu sein?", fragt sie. „Wie um alles in der Welt kann man bloß so was machen? Das darf doch einfach nicht wahr sein!"

„Was ist mit Jamal und Amit?", fragt Anne zurück. „Ich habe nichts verraten, wirklich nicht. Das musst du mir glauben."

„Ich glaube dir doch. Die ganze Sache kam mir schon gestern Abend, als Babettes Auto beschmiert wurde, so komisch vor. Vor allen als sich das so leicht wieder abwaschen ließ. Das waren keine Sprayer, keine Glatzköpfe mit Springerstiefel. Das waren ganz normale Leute von nebenan, die uns erpressen wollen, um das zu bekommen, was sie für ihr gutes Recht halten und dafür ist jedes Feindbild recht. Da lacht man über die Gutmenschen und ihr Engagement, fühlt sich ihnen haushoch überlegen, mit ihrem Sinn für das Reale. Andererseits streut man Ängste aus, für die Unsicheren, Angst vor Überfremdung, vor Verbrechen, Vergewaltigung. Aus derselben Quelle kommt auch die Angstmache vor Homosexuellen, Freidenkern, Künstlern, Behinderten und so weiter und so fort, eben vor allen die anders sind. Gier, Dummheit und Angst, das ist eine schlimme Sache."

Tief, sehr tief holt die Oma Atem. Es klingt wie ein Seufzer, der schon lange, lange in ihr ist.

„Entschuldige meinen Ausbruch, aber das musste einfach mal raus."

Anne nickt. Müde sieht die Oma aus, müde und traurig, so als würde sie am liebsten alles hinschmeißen. „Komm, lass uns einfach weiterfahren. Immer geradeaus, ohne Ziel", würde Anne an liebsten rufen „Nur wir zwei!"

„Jamal und Amit sind in Sicherheit", sagt Anneliese, nun schon wieder lächelnd. Da weiß Anne, das der Moment das zu sagen und zu tun, verstrichen ist.

„Babette ist schon gegen Mittag mit ihnen zu Freunden gefahren. Sicher ist sicher, haben wir uns gedacht. Obwohl wir auch darüber diskutiert haben, die Sache öffentlich zu machen"

„Ich hätte sie so gerne kennengelernt."

„Das wirst du auch noch, aber nicht mehr heute."

Inzwischen ist es ganz dunkel und leichter Nieselregen hat eingesetzt.

„Die Ziege! Wir haben die Ziegen vergessen!", schreit Anne plötzlich so laut, dass die Oma erneut auf die Bremse tritt.

„Mensch Mädel, du kannst einem ja einen Schreck einjagen. Hoffentlich kommen wir bei meinem Fahrstil heute noch gesund zu Hause an. Gleich als er dich nicht finden konnte, hat Hannes die Tiere in den Stall getan."

„Weißt du, das Kleine von der Weißen ist ja heute erst zur Welt gekommen."

„Ich weiß!", lächelt die Oma und hält den Wagen, diesmal sind sie am Ziel. Drin in der Laube ist alles ruhig und gemütlich wie immer.

Anne fühlt sich müde, aber zugleich irgendwie aufgedreht. Die Sache mit dem Ring geht ihr einfach nicht aus dem Kopf, wie heiße Ware in ihrer Hosentasche fühlt er sich an, doch zugleich auch glatt und vertraut. Soll sie der Oma davon erzählen? Schließlich hatte die ja auch das Fotoalbum mitgehen lassen. Aber wer würde ihr schon glauben, dass der Ring nicht von ihrem Finger abgegangen war und dass sie das Büchlein von der Geschichte der Hahnenhäuser gefunden hatte? Vorhin, gleich nachdem sie ankamen sind, musste Anne alles haarklein erzählen, was dort im Haus von Frau Meier vorgefallen war. Nur die Sache mit dem Ring hatte sie ausgelassen.

Die Oma steht am Herd, mit dem Rücken zu Anne und schwenkt eine große Pfanne Bratkartoffeln. Der Duft ist verführerisch, aber Anne hat wenig Appetit. Nur mit Mühe kann sie ihre Übelkeit unterdrücken, denn sie muss unbedingt noch ein paar Dinge in Erfahrung bringen. Ihr ist es ganz recht, dass sie Anneliese bei ihren Fragen nicht ansehen muss.

„Oma", beginnt sie vorsichtig, „warum hast du eigentlich heimlich das Fotoalbum aus Mariannes Haus mitgenommen?"

„Das Fotoalbum? Tja weißt du, Marianne hat mich darum gebeten. So oft ich zu ihr kam, auch als sie schon sehr krank war, hat sie mir zu verstehen gegeben, dass ich es nach ihren Tod bekommen und unter allen Umständen an mich nehmen soll. Ich glaube ihr lag sehr viel an den Fotos und sie wollte einfach nicht, dass sie weggeworfen werden und da du Frank und seine Frau ja nun kennengelernt hast, war das kein abwegiger Gedanke."

„Kann ich es mir noch einmal ansehen?"

„Na klar! Es liegt ganz oben im Regal. Aber wir essen dann auch gleich."

Anne holt sich das Album herunter, setzt sich in den Schaukelstuhl und blättert Seite für Seite um und betrachtet noch einmal die alten Bilder. Immer mal wieder gibt sie kleine Kommentare ab.

„Na, du warst ja auch ein ganz schönes Pummelchen, Oma."

„Bin ich doch heute auch wieder. Nur zwischendrin war ich mal schlanker. Aber in meinem Alter kommt es ja nicht mehr so drauf an. Da ist man ja sowieso schon jenseits von gut und böse. Das meintest du doch gestern Abend auch, nicht wahr Anne?", kichert die Oma, fast so wie das kleine Mädchen auf den Fotos gekichert haben muss, als die Aufnahme gemacht wurde.

„Aber mit großen Schritten bist du schon immer auf die Welt zu."

„Ja, ja, manchmal waren sie viel zu groß, vielleicht auch manchmal zu klein."

„Aber der Frank, der hatte ja enorm abstehende Ohren, wie ein Segelflieger. Die hat er jetzt gar nicht mehr."

„Stimmt, muss er sich anlegen lassen haben, der eitle Kerl."

Beide lachen und es hat etwas befreiendes, lässt die Erlebnisse der letzten Stunden wie eine alte Gruselgeschichte zurück.

„Vielleicht wollte er dir ja gefallen Oma und du hast es nicht mal bemerkt. War er dir zu jung?" Anne blättert und blättert, aber sie findet auch heute bei noch so akribischer Suche, kein weiteres Foto von dem Jungen mit den traurigen Augen. Anne schlägt die letzte Seite auf, die ist leer und sie will das Album mit einem heftigen Schlag zuknallen. Doch was ist denn das? Die letzten beiden Seiten sind zusammengeklebt. Neugierig fingert Anne daran herum. Ob die alte Frau hier noch ein paar geheime Fotos untergebracht hat, vielleicht die die sie sucht?

25. Kapitel Änne

Änne eilt dem Dorf entgegen, denn sie hat schon viel Zeit verloren. Sie weiß nicht, dass dies der letzte friedlich Vormittag ist.

Die Schweden kommen auf ihrem Weg immer näher. Das jedenfalls berichtete ein durchreisender Tuchhändler und er sprach von der Spur der Verwüstung, die sie hinter sich her ziehen. Mit dieser Nachricht läuft Änne, ohne sich lange aufzuhalten, zurück zum Meierhof. Es müssen Vorkehrungen getroffen werden und Änne hat alle Hände voll zu tun. Schon hört man, dass in Schönheide das Hammerwerk brennt. Die Leute aus Wernesgrün kommen mit Sack und Pack und hoffen hier, auf dem in dichtem Fichtenwald versteckten Hof, Schutz zu finden. Änne hilft den Flüchtenden im Haus und in der Scheune unterzukommen. Bald platzt alles aus den Nähten. Zwischendurch läuft sie noch einmal ins Dorf hinüber zur Mutter und Großmutter, um sie zu überreden ins Versteck zu kommen und ihnen beim Packen der wenigen Habseligkeiten zu helfen. Alles muss sehr schnell gehen.

„Nicht schon wieder, nicht schon wieder. Herrgott, was hab ich getan, dass du mich verfolgst, dass du mich strafst? Lass doch wenigstens die Kinder leben."

Die Mutter ringt die Hände und die beiden kleinen Kinder klammern sich erschrocken an ihren Rockzipfel. Das wiederum bewegt sie dazu, sich zusammenzureißen und zu tun was getan werden muss. Die Großmutter indes holt die Ziege aus dem Stall. Auf dem Weg zum Meierhof können sie die vielleicht im Wald verstecken. Sie ist ihr einziger, kärglicher Milchproduzent, die kann sie nicht hier lassen. Was sollten sie sonst hernach den Kindern geben. Dann packt sie die Hühner zusammen mit dem Hahn in einen großen Korb.

„Was tust du da Mutter?", fragt Katharina. „Doch nur das größere Vieh soll mit, wir wissen doch noch nicht mal, ob wir die Ziege unterkriegen."

„Die Hühner, Katharina, sind unser größter Besitz. Was sollen wir ohne sie anfangen? In der Zeit seit du hier bist, hat sich dein Händchen für das Federvieh einmal mehr bewehrt. Von was wollen wir leben, wenn wir die Eier nicht mehr verkaufen können und womit willst du Pacht und Fron zahlen? Die Hühner nehme ich mit, wie auch die wichtigsten Kräuter und die paar Utensilien zur Geburtshilfe. Sie sind unser Überleben."

Katharina schüttelt den Kopf, widerspricht aber nicht. Dann machen sie sich auf den Weg. Überall sind Menschen unterwegs. Die Bauern, Häusler und Handwerker mit ihren Familien, sie alle sind zu Flüchtlingen geworden, voller Angst, dass ihnen das wenige was sie zum Leben brauchen auch noch genommen wird. Viele treiben ihr Vieh tiefer noch hinein in den Wald. Dort, unter überhängenden Felsen wie dem Estenloch, soll es sicher ausharren, bis hoffentlich alles vorbei ist und man es wieder ins Dorf holen kann. Auch Leute aus Schnarrtanne haben sich hierher gerettet, denn dort sind schon die Plünderer angekommen. Verängstigt sitzen nun alle beisammen im Meierhof und beten oder fluchen und harren der Dinge die da kommen werden.

Doch dann steht einer auf, der das nicht hinnehmen will. Es ist Gideon, der junge Bruder des Meierbauern.

„Wehren müssen wir uns, Leute! Wir können uns doch nicht einfach abschlachten lassen!"

Die Bauern murren unwillig.

„Was schlägst du denn vor? Es sind ihrer viele und sie sind gut bewaffnet und im Kampf bewandert. Was sollen wir da ausrichten? Wir haben doch überhaupt keine Waffen."

„Nein, richtige Waffen haben wir nicht. Doch wir haben unsere Heugabeln, Sensen, Dreschflegel und Beile. Aber was das wichtigste ist: Wir kennen uns hier aus. Jeder Stein, jeder Baum, jeder Weg ist uns von Kindesbeinen an bekannt. Das ist unser großer Vorteil. Wir sind hier zu Hause und haben alles zu verlieren. Wir machen es so: Die Frauen und Kinder lassen wir hier auf dem Hof meines Bruders. Hier sind sie am sichersten. Wer noch kann, also die Wernesgrüner bei denen der Schwed bisweilen noch nicht steht, holt sich von den Höfen und Häusern das, was ihm als Waffe am besten dünkt. Und dann legen wir uns auf die Lauer. Am Taubenberg oben ist ein Hohlweg und auf ihrem Weitermarsch müssen sie da hindurch. Da können wir sie schnappen, da gibt's kein zurück für sie. Also Männer, seid ihr bereit, wollen wir es wagen?"

Für einen Augenblick herrscht Stille. Doch während die Älteren noch bedenklich die Köpfe wiegen, sind einige Jüngere schon begeistert aufgesprungen. Der Plan ist gut und man wird sich recht schnell einig, es geht schließlich ums nackte Überleben.

Else bringt einen großen Kübel Suppe herein.

„Na ihr Angsthasen, wird 's denn nun was mit dem Kampf?", ruft sie. „Ich tät was drum geben dabei zu sein."

„Genau, da reißen die Schweden von ganz alleine aus, wenn wir ihnen sagen, sie bekommen dich zum Weib", scherzt der vorlaute Gläser Karl und glaubt das Lachen auf seiner Seite. Doch wie der Blitz trifft ihn die Suppenkelle. Nein, ein feines Fräulein ist sie nicht, diese Elisabeth von Schönberg, doch lachen tut man nicht über sie sondern mit ihr.

„Es wäre gut wenn ihr hier auf dem Hof das Regiment führt", meint Gideon. „Auch mit der Suppenkelle kann man einen Schwed erschlagen."

Nach dem Essen brechen die Männer schleunigst auf, denn bald wird die Dunkelheit hereinbrechen. Die Frauen und Kinder bleiben allein zurück und campieren wegen Platzmangel zum Teil auf dem Boden. Doch sie wollen auch nicht hinübergehen in die Scheune. Sie wollen zusammenbleiben. Diese altbekannte Gemeinschaft bietet, trotz aller früheren Unterschiede, Schutz und Trost. Jeder der Frauen ist bestrebt ihre aufgeregte und verängstigte Kinderschar im Zaum zu halten oder sich um die Alten und Schwachen zu kümmern. Es werden Säuglinge gestillt, es wird gebetet, geweint und manchmal, unter der großen Anspannung, auch gestritten. Eine Hochschwangere hat Angst, dass gerade jetzt die Geburt einsetzen könnte und ein kleiner Junge übergibt sich über das gesamte Gepäck. Einige der Frauen versuchen es mit Scherzen und Galgenhumor.

„Lasst sie nur kommen, die Schweden, die nehmen wir uns schon vor, zwei von uns und sie verlieren ihre Manneskraft." Oder sie fragen Änne und Katharina, die herumgehen und alle bedürftigen mit Kräutern und Tee versorgen: „Habt ihr nicht ein Mittelchen für sie?"

Doch mit dem hereinbrechen der Nacht wird die Angst immer stärker. Außer den kleinen Kindern findet niemand rechten Schlaf. Irgendwo da draußen sind sie. Sie haben in der Ferne den Rauch von ihrem Lager aufsteigen sehen. Was wird geschehen, wenn sie sie hier finden? In der Stille hört man leises Weinen, hört man Gebete, hört man, wie sich leise Worte zugeraunt werden und immer wieder schreit zwischendurch ein Kind oder stöhnt ein Alter. Änne liegt bei der Mutter, zwischen ihnen der kleinen Christian und der Findling.

„Komm, lass uns hinausgehen. Die Luft ist so stickig hier", flüstert die Mutter. Draußen empfängt sie eine laue Maiennacht, der Mond steht fast voll am Himmel und die großen Fichten ringsum sind in ein unwirkliches Licht getaucht. Alles ist wie immer und doch ganz anders.

„Was wird morgen wohl sein? Wird uns das Schicksal diesmal verschonen?", fragt Katharina in die Dunkelheit hinein und Änne spürt mehr als das sie es sieht, dass die Mutter am ganzen Körper zittert. Eine Weile schweigen sie und hängen jede ihren unguten Erinnerungen nach. Dann legt die Mutter beide Hände auf Ännes Schultern und jetzt klingt jedes ihrer Worte wie eine Beschwörung.

„Hör zu Änne, du bist mir das Liebste auf der Welt, auch wenn es in letzter Zeit nicht so aussah. Ich wollte, dass du noch stärker und gefestigter wirst und ich weiß, du bist die Klügste von uns allen und du kannst aus der Kraft deiner Jugend schöpfen. Was auch immer morgen geschieht, du musst es schaffen! Wenn du kannst, finde einen Weg zu den Männern, rette dich, nimm nicht so viel Rücksicht auf uns."

Sie legt ihr die Hände auf den Kopf und murmelt einen Segen und wieder hat Änne das Gefühl, als übertrage sich eine besondere Kraft auf sie, wie damals als sie krank lag. Noch ehe Änne etwas antworten kann, noch ehe sie sagen kann, dass sie nicht ohne ihre Familie leben will, tritt eine Gestalt aus dem dunklen Schatten der Hauswand. Beinahe hätte Änne laut aufgeschrien, doch gerade noch rechtzeitig erkennt sie die überdimensionalen Ausmaße von Else.

Augenscheinlich hat sie die Worte der Mutter mit angehört.

„Es tut mit leid, dass ich euch unfreiwillig belauscht habe. Ich wollte nur einen Moment fort aus der Stube, wo man die Angst förmlich greifen kann. Deine Mutter hat recht Änne. Ich habe dich schon lange beobachtet. Du hast einen bemerkenswert klugen Kopf, zuerst denkst und dann handelst du und du hast Phantasie und flink bist du außerdem. Du könntest es schaffen mit den Männern in Verbindung zu treten und ihnen zu berichten."

Was soll Änne dazu sagen? Sie starrt auf ihre schmutzigen, nackten Füße. Sie will nicht, dass die anderen so viel Hoffnung in sie setzen. Sie ist nichts anderes als jedes beliebige Bauernmädchen. Aber was bleibt ihr übrig, sie muss der zitternden Mutter versprechen ihr Möglichstes zu tun. Das Ansinnen von Else ist etwas ganz anderes. Warum soll ausgerechnet sie das tun?

Leise schleichen sie sich wieder hinein. Änne stiert in die Finsternis. Längst ist jeder Kienspan, jede Kerze erloschen. Hans, wie viel Mut hatte er bewiesen, als er ganz allein auszog. Oder war es Übermut? Seine Bewährungsprobe hat er sicher schon bestehen müssen. Ob er noch an sie denkt und an ihre gemeinsamen Erlebnisse damals im Wald und an den Kuss, den er ihr heimlich zum Abschied gegeben hat? Doch da schieben sich plötzlich zwei helle Augen, die ihr freundlich zuzwinkern, vor die Bilder ihrer Erinnerungen. Gideon, der jetzt da draußen in der Nacht bei den Männern liegt, als ihr Anführer, Gideon mit seinem klugen Plan. Wie hat er sich bloß in ihren Sinn geschlichen?

Änne lauscht in die Nacht, langsam graut der Morgen. Bald werden sich die ersten Strahlen der aufgehenden Sonne zeigen. Allmählich ist im Haus kaum noch ein Laut zu hören, nur eintöniges Schnarchen. Die meisten haben in einen unruhigen Schlaf gefunden.

Auch die Männer da draußen beim Hohlweg schlafen unter Fellen und Decken dem alles entscheidenden Morgen entgegen. Noch am Abend haben sie die Bäume ausgemacht und angesägt, die sie über den Weg fallen lassen wollen, um den Schweden weder das Vorrücken noch den Rückzug zu ermöglichen. Auch hier kann einer nicht schlafen. Einer der weiß, dass sein Plan gelingen kann, doch der auch Angst hat. Er ist nicht der Typ, der sich Hals über Kopf in ein waghalsiges Unternehmen stürzt. Noch einmal geht er alle Eventualitäten durch. Hat er richtig gehandelt, indem er die Bauern angestachelt hatte? War es falsch die Frauen fast ohne Schutz zurückzulassen? Und auch er denkt an ein Mädchen, das er eigentlich nur aus ihren geschriebenen Zeilen kennt, die ihm mehr bedeutenden als er sich selbst eingesteht. Seine Hand greift unter sein Hemd und fühlt nach dem kleinen Heft.

Noch ein dritter Mensch findet in dieser Nacht keinen Schlaf. Birger, ein junger schwedischer Soldat, wälzt sich in seinem Zelt, zwischen seinen schnarchenden Kumpanen hin und her. Irgendetwas ist ihm auf den Magen geschlagen und rumort in seinem Bauch. Darum hat er heute weniger gesoffen als an anderen Tagen und der Geist des Vergessens, der im Schnaps steckt und der sich sonst über jeden Tag und über jeden reuigen Gedanken legt, ist heute ausgeblieben. Er kriecht zwischen den schlafenden Leibern hindurch an die Zeltöffnung. Draußen am Feuer geht die Wache auf und ab und oben am Himmelszelt steht der Vollmond. Das letzte Fässchen Branntwein haben die anderen leer im Gras liegen lassen. Da ist es wieder, dieses verdammte Heimweh. Das Bild der Mutter am Spinnrad, wenn draußen die eisigen Stürme toben und das Holz im Kamin prasselt, taucht vor ihm auf. Die endlosen Wälder, in denen die Trolle und Werwölfe zu Hause sind, in denen es Bären, Wölfe und Elche gibt und in denen die Mädchen Blaubeeren sammeln. besonders die eine mit den längsten Zöpfen überhaupt. Der hat er versprochen zurückzukommen, als sie ihn und die anderen jungen Männer holten, vom Feld weg, während der Aussaat. Es gab kein Pardon, der König brauchte Soldaten und auch das Weinen der Mütter konnte sein Herz nicht erweichen. Das Gesicht der Mutter, grau war es beim Abschied. Er war nicht der erste Sohn, den sie hatte hergeben müssen, an diesen nicht enden wollenden Krieg. Aber er würde zurückkommen und ihr die Münzen vor die Füße legen, die er zusammengerafft hat. Manchmal aber legt sich die Last der Toten schwer auf sein Herz, dann hilft nur der Suff. Auch jetzt schleicht er ans Feuer. Die Wache hat vielleicht noch einen Trunk für ihn.

Er sieht den Mond verblassen und das Licht des neuen Tages hinter den Wäldern auftauchen. Wälder gibt es hier, fast wie zu Hause. Nur sind es zu Hause Kiefern und hier stehen Fichten dicht an dicht. Über Gebirgskämme und durch Täler waren sie in den letzten Tagen marschiert, die das vorankommen erschwerten. Die Dörfer waren zum größten Teil menschenleer gewesen. Der Ruf ihres Anmarsches musste ihnen vorausgeeilt sein. Der Hauptmann hatte plündern befohlen. Alles was essbar oder anderweitig verwertbar war schafften sie heraus. Nachher brannten die Häuser. Doch die Menschen und ihr Vieh, wo halten die sich versteckt in diesen undurchdringlichen Wäldern?

Langsam beginnt sich das Lager zu beleben, als der Bauernjunge aus Småland in Schweden hinter die Zelte schleicht, um seine Notdurft zu verrichten. Wie er es so oft zu Hause getan hatte, wenn er im Morgengrauen schon unterwegs war, ahmt er den Schrei eines Hahnes nach.

Der Großvater hatte es ihm einst, als er noch ein kleiner Junge war, beigebracht und er hatte es zu einer erstaunlichen Perfektion gebracht. Alle Hähne des Dorfes hatten ihm geantwortet und es war immer ein besonderer Spaß für ihn gewesen. Ist es dieses entsetzliche Heimweh, das er heute einfach nicht betäuben kann, was ihn dazu bewogen hat, ohne groß darüber nachzudenken, sein Schrei in den stillen Wald hineinzusenden? Nichts als das Spiel eines Jungen ist es. Aber da! Er horcht auf! Im ersten Moment hat Birger Mühe vergangene Kindertag und Gegenwart zu unterscheiden. Für den Bruchteil eines Augenblicks befindet er sich im Dorf seiner Heimat und voller Glück schlägt sein Herz ganz laut. Dann erst erkennt er, dass er immer noch in der Fremde ist und dass dort drüben irgendwo ein Hahn auf seinen Schrei antwortet. Das kann nichts anderes bedeuten, als dass Menschen dort hausen oder sich verstecken. Noch einmal lässt er seinen Schrei ertönen und lauscht, nun hellwach, nach der Richtung aus der die Antwort gekommen ist. Da wieder, ein lautes Krähen antwortet ihm, und nicht nur ihm inzwischen sind auch einige seiner Kameraden aufmerksam geworden.

„Da müssen welche sein!", ruft er ihnen zu „Die haben sich versteckt und ihr Vieh mitgenommen. Haben wir doch in den Dörfern fast nichts gefunden."

Schnell spricht es sich herum und die Männer jubeln und in ihre Augen kommt dieser ganz eigene Glanz, den die Aussicht auf Beute ihnen macht. Schnaps würden sie saufen können und fressen bis zum Umfallen von dem Vieh der Dörfler, und Weiber, schöne Weiber, die sich zierten und schrien und die man sich trotzdem nehmen könnte, wie es einem beliebt. Schnell ist das Lager zusammengerafft. Nur Birger verflucht einen Augenblick lang sein Spiel mit dem Hahnenschrei. Eine eigenartige Wehmut befällt sein Herz. Mit den Händen in den Taschen sieht er dem Treiben der anderen zu.

„Was sind wir doch für ein verrohter Haufen!"

Hat er es laut gesagt? Lars tritt zu ihm. Er ist in diesem Krieg sein bester Kamerad geworden. Er stammt aus einem Dorf nicht weit von dem seinen und sie waren all die lange Zeit in der Fremde zusammengeblieben, fast wie zwei Brüder. Er hat auch jetzt seinen Ranzen mit gepackt und bringt ihm diesen nun. Er stellt sich neben ihm hin und verfolgt seinen Blick auf das Gewusel im nun schon fast abgebrochenen Lager. Sie hören die Schrei und das Fluchen der anderen. Lars gibt seinem Freund einen leichten Schlag auf den Rücken und reicht ihm eine übriggebliebene Pulle Branntwein. Weiß Gott wo er die noch versteckt hatte.

„Trink, Bruder, und nimm es nicht so schwer. Jeder von uns für sich genommen, mag ein ganz annehmbarer Bursche sein. Aber alle zusammen sind wir das, was du hier siehst: eine ganz gemeiner Truppe. Wir morden und brandschatzen und gleich werden wir es ohne Mitleid wieder tun. Aber was wollen wir machen? Es ist der Krieg, der das aus uns macht. Wir wollen doch bloß überleben."

„Wir müssen nach Hause zurückkommen, wir müssen", sagt Birger leise und nimmt einige kräftige Schlucke aus der Pulle. Der Branntwein benebelt seinen Schmerz auf die altbekannte Weise. Er hört auf zu grübeln und geht mit seinen Kameraden und lässt seine Empfindsamkeit und sein Heimweh zurück.

26. Kapitel Anne

Vorsichtig, immer mit dem Blick zur Oma hin, löst sie die beiden Seiten voneinander. Nein, keine Fotos, da ist nur ein eng beschriebenes Blatt Papier. „TESTAMENT", steht in großen Druckbuchstaben ganz oben auf dem Blatt. Ganz genau wie die Zeilen auf dem Zettel in dem Büchlein heute in der Speisekammer.

„Oma schau doch mal, hier ist ein Testament. Vielleicht ist es das, was die Frau, diese Gritt, heute Morgen gesucht hat. Es war hier zwischen zwei verklebten Seiten versteckt."

Die Oma wischt sich die fettigen Hände an einem Wischtuch ab und kommt zu Anne herüber. Die hält ihr das Blatt entgegen ohne es gelesen zu haben. Die Oma wendet es hin und her, überfliegt es und liest es dann in einem Ton herunter, als habe sie vergessen, dass Anne neben ihr steht.

„Ich, Marianne Meier, geb. 03. April 1932, vermache mein gesamtes Vermögen, einschließlich des Erlöses aus dem Verkauf meiner Grundstücke, meinem Sohn Frank Meier, geb. 16. Februar 1957. Mein kleines, mir verbliebenes Haus mit Grundstück und Wegerechten sowie meinen goldenen Ring mit der Koralle vermache ich meinem Sohn Gideon, geb. 24. Juni 1975."

„Hat sie denn noch einen Sohn?"

Doch ohne aufzublicken setzt die Oma ihren monotonen Singsang fort.

„Meine einzige Freundin Anneliese Dressel bitte ich darum, dafür zu sorgen, dass meine Söhne davon in Kenntnis gesetzt werden, um das Testament zu vollstrecken. Anneliese erhält dafür mein Fotoalbum, das einzige was von meinem Leben Zeugnis geben kann, für die die nach mir kommen, meine goldene Halskette, die mir ihre Mutter zur Konfirmation geschenkt hat sowie meinen kleinen Porzellanengel, den ich aus der alten Heimat retten konnte.

Marianne Meier, geschrieben am 01. November 2014, im Vollbesitz meiner geistigen Kräfte."

Stille, völlige Stille! Die Oma sieht immer noch auf das Blatt in ihrer leicht zitternden Hand, als müsse da noch mehr zu lesen sein.

Plötzlich dringt Anne ein penetranter Geruch von Verbranntem in die Nase.

„Oma, was riecht hier so?"

Doch noch ehe sie es vollends ausgesprochen hat, ist es ihr klar. Gleichzeitig rufen sie: „Die Bratkartoffeln!"

Oma stürzt zum Herd um noch zu retten was zu retten ist. Aber da ist nichts mehr zu retten. Es bleibt nur noch, die verkohlte Masse mitsamt der Pfanne aus der Laube zu entfernen. Oma bringt sie hinaus in den Garten und Anne reißt sämtliche Fenster auf, damit der Rauch abziehen kann.

„Schöne Bescherung, was sollen wir nun essen?", fragt die Oma, sich ratlos in Küche und Kühlschrank umsehend.

„Vielleicht sollten wir noch mal hinüber in Mariannes Speisekammer fahren. Da gibt es jede Menge Schätze."

Oma runzelt die Stirn und es ist nicht zu erkennen, ob sie gleich losprusten oder ihr die Ohren langziehen will.

„War nur ein Scherz!"

Anne versucht es mit einem schiefen Lächeln, so als hätte sie einen Witz gemacht, über den keiner lachen muss. „Jetzt oder nie", raunt ihr Gewissen und blitzschnell fasst sie in die Hosentasche.

„Oder nein, vielleicht lieber doch nicht."

Sie legt den Ring neben das Testament auf den Tisch. Sie fühlt sich auf einmal leicht, so als wäre der kleine Ring kiloschwer gewesen. Oma bleibt der Mund weit offen stehen, sodass Anne ihre gleichmäßig aneinandergereihten Zähne betrachten kann. Ob da auch schon ein falscher dabei ist? Na wenigstens sieht es nicht nach einem Gebiss aus und erst recht nach keinem das klappert. Anneliese braucht eine Weile, ehe sie sich gefasst hat, nachdem plötzlich so vieles auf einmal auf sie einströmt und leise fragt sie: „Wo hast du den denn her?"

„Ich sage es doch, gefunden in der Speiseschatzkammer."

Die Oma sieht sie durchdringend an. Fast so wie sie vorhin Frank angesehen hatte und es hätte nicht viel gefehlt und sie hätte Anne auch am T-Shirt zu sich heran gezogen.

„Du hast also den Ring in Mariannes Speisekammer gefunden?"

Soll das jetzt ein Verhör werden?

„Er ist mir wahrscheinlich aus einer Schachtel herausgefallen, die dort lag."

„Und da hast du ihn mitgenommen, einfach so?"

„Nein, nicht einfach so. Er ließ sich nicht mehr von meinem Finger abziehen. Ich hatte ihn doch nur so zum Spaß einmal angesteckt, weil er mir so gut gefiel. Er ging erst wieder ab, als ich in deinem Auto saß und wir losgefahren sind. Du glaubst mir nicht, ich weiß. Es klingt ja auch sehr merkwürdig, aber ich schwöre dir, so war es! Ich will ihn ja auch gar nicht. Dieser Gideon kann ihn haben. Er ist ja unbeschädigt."

„War denn nur der Ring in der Schachtel?"

„Nein, da waren noch ein Kerzenstummel und zwei Hahnenfedern und mein, ich meine natürlich ein Büchlein mit der Geschichte von den Hahnenhäuser. Ja und ein Zettel war auch dabei."

Plötzlich verändert sich das Gesicht ihrer Oma.

„Da stand drauf ... warte mal ... also: Geh deinen ..."

„Es ist schon gut, Anne. Ich glaub dir schon."

Dabei sieht sie aus, als wüsste sie etwas oder als sei ihr etwas eingefallen. Sie greift sich an den Kopf, als könne sie etwas damit bewirken, vielleicht eine Erinnerung herausholen.

„Wir wollen vorerst nicht mehr darüber reden. Es wird das Testament gewesen sein, was mich ganz durcheinander gebracht hat. Warum hat sie bloß nie darüber gesprochen? Stell dir vor, du hättest es nicht gefunden."

„Tja, ich bin halt eine Sachenfinderin. Ich finde Fotos und einen Ring und nun auch noch ein Testament", flötet Anne erleichtert, dass die Oma ihr nicht mehr böse zu sein scheint.

„Das ist schon merkwürdig. Es ist, als hätte da jemand seine Hand im Spiel"

„Vielleicht ein Geist?" Anne will laut loslachen, aber ihr ist auf einmal ganz komisch, so als wolle sich ihr der Magen umdrehen. „Ich glaub mir wird schlecht!"

„Du wirst nach all der Aufregung einfach hungrig sein. Wann hast du überhaupt das letzte Mal was gehabt?"

„Pfefferkuchen."

„Pfefferkuchen?"

„Die hab ich auch bei Marianne in der Speisekammer gefunden."

Anneliese verzieht das Gesicht: „Lecker, von welchem Weihnachten waren die denn?"

„Immerhin waren sie schon in Euro ausgepreist. Bisschen trocken vielleicht, aber gingen schon noch, war ja auch Saft da."

„Saft? Aber du meinst schon Saft und nicht den Himbeerwein, den Marianne vor Jahren mal angesetzt hat"

„Aber Oma, ich werde doch wohl Saft von Wein unterscheiden können. Obwohl etwas merkwürdig hat er schon geschmeckt."

„Wie dem auch sei, wir müssen jetzt etwas essen. Meine schönen Bratkartoffeln sind ja nun hinüber und Brot ist auch alle. Aber in der aller größten Not, isst man die Wurst auch ohne Brot."

Sie macht Würstchen warm und brät zwei Eier für jede. Dazu gibt es Äpfel.

„Zum Nachtisch hätte ich noch etwas Eis im Tiefkühlfach", frohlockt die Oma.

Aber Anne will kein Eis. Mit großer Mühe würgt sie die beiden für sie bestimmten Würste hinunter. Dann schiebt die den Teller weit von sich.

„Und dieser Gideon, ist also auch ein Sohn von der Mari… Frau Meier? Warum kommt er denn nicht, wenn seine Mutter gestorben ist? Mag er sie nicht? Es gibt ja auch keine Bilder im Album", versucht Anne das Gespräch wieder aufzunehmen.

„Er wird noch gar nicht davon wissen."

„Und warum sagt oder schreibt es ihm keiner, du zum Beispiel, wenn es schon sein Bruder nicht tut?"

„Ich weiß nicht wo er ist und ich glaube Frank weiß es auch nicht."

„Er weiß nicht, wo sein eigener Bruder ist? Was ist das denn für eine merkwürdige Familie? Na die sind ja auch …", Anne nimmt sich das Testament her und rechnet „… 17 Jahre auseinander! Hast du nicht mal erzählt, dass die Marianne einen Mann kennengelernt hat."

Die Oma schweigt lange.

„Na ja, da du ja nun schon in die Geschichte verwickelt bist, muss ich sie dir wohl oder übel zu Ende erzählen. Ich versuch es kurz zu machen, du bist immer noch ganz blass. Es wäre gut, du kämst mal etwas früher ins Bett. Ist es dir auch wirklich nicht zu viel? Morgen ist auch noch ein Tag.

Bett, ja da wäre Anne jetzt wirklich am liebsten. Aber vorher will sie unbedingt noch die Geschichte hören. Koste es was es wolle. Wer weiß, was morgen wieder los ist? Sie setzt sich aufrecht hin und versucht ein munteres Gesicht zu machen.

„Also, sie hatte sich verliebt!"

Annes kleine Schauspielerei wirkt nicht nur auf die Oma. Sie selbst hat das Gefühl die Müdigkeit und das flaue Gefühl in Kopf und Bauch wären verflogen. Sie denkt an die unzähligen Serien und Film, die sie mit Hanima früher geschaut hat. Es kommt ihr vor, als sei das unendlich lange her, in einem ganz anderen Leben. Sollte es solch romantische Liebe in Wirklichkeit geben oder gegeben haben?

„Er war einer der letzten Tbc-Patienten in Bad Reiboldsgrün. Nachher wurde es zum Fachkrankenhaus für behinderte Kinder und Marianne hat dann dort weitergearbeitet. Aber ich wollte mich ja kurz fassen. Was Tbc oder Tuberkulose ist weißt du?"

„Na, irgendwas mit der Lunge oder so."

„Es ist eine Infektionskrankheit, die sich meist auf die Lunge legt und früher oft tödlich endete. Nach dem Krieg versuchte man diese Krankheit recht erfolgreich zu bekämpfen und es gab viele solcher Heilanstalten in Gegenden mit guter Luft, wo die Erkrankten über Monate behandelt wurden. Tja, und da war genügend Zeit, dass eine Liebesbeziehung zwischen der Krankenschwester und dem Patienten wachsen konnte. Viel weiß ich nicht darüber. Marianne hielt sich da ziemlich bedeckt und ich hatte in dieser Zeit schon meine eigenen Sorgen, war im Internat zur Ausbildung und nur noch an den Wochenenden zu Hause. Sicher ist jedenfalls, dass Marianne auch nach seiner Entlassung die Beziehung zu dem Mann aufrecht erhielt. Irgendwie muss sie es geschafft haben, sich wenigsten einmal im Monat mit ihm zu treffen. Er war Opernsänger und ich glaube ein nicht mal so unbekannter. Er eröffnete ihr eine völlig andere Welt, die da hieß Konzerte, Opernaufführungen, Theaterabende, ein schönes Abendessen in einem guten Restaurant und so hat sie es mir Jahre später einmal gestanden, er wollte, dass sie ganz zu ihm nach Dresden oder war es Leipzig, jedenfalls in die Stadt kommt. Aber die Leute mit denen er verkehrte und sein ganzes Umfeld, das war ihr alles so fremd. Vielleicht fühlte sie sich dem einfach nicht gewachsen. Sie hatte nicht den Mut für einen Neubeginn. Vielleicht hat sie es später bereut, aber da war es wohl schon zu spät. Als sie dann schwanger wurde, dachten Mutter und ich, nun sei der Zeitpunkt gekommen und sie würde endlich weggehen von ihrem Mann. Aber das Gegenteil geschah. Sie brach ihre Beziehung ab und behauptete das Kind sei von ihrem Mann. Ich sehe noch den entgeisterten Blick meiner Mutter und höre Mariannes Verteidigung, sie habe doch auch noch Frank. Er würde nicht mit ihr gehen und zurücklassen könne sie ihn doch auch nicht.

'Er ist 17 Jahre, Marianne! Er geht bald seine eigenen Wege', entgegnete meine Mutter, doch sie blieb dabei.

Der Junge wurde geboren und sie nannte in Gideon. Wie sie auf diesen außergewöhnlichen Namen gekommen ist, kann ich dir nicht sagen, vielleicht hieß sein Vater so.

Schon von der Statur her war der Junge ein ganz anderer als sein Bruder. Er war eher feingliedrig, hatte einen schmalen Kopf und weiches, lockig blondes Haar. Er war ein ruhiges, eher in sich verwobenes Kind und er war sehr gescheit, konnte früh sprechen und war eher mit seinen Bilderbüchern beschäftigt, als dass er draußen tobte. Das muss auch dem Meierbauern merkwürdig vorgekommen sein, denn er lehnte dieses Kind ab, meinte es sei eine Schande in diesem Alter noch ein Kind zu haben, man sehe ja was dabei für eine Memme herauskomme. Er trieze den Jungen, wo immer er konnte, drangsalierte ihn mit viel zu schweren Arbeiten und schlug ihn wenn er etwas nicht schaffte und auch manchmal einfach so. Wenn Marianne ihn schützen wollte, verprügelte er sie gleich mit. Der Einzige der sich immer wieder gegen seinen Vater und vor den kleinen Gideon stellte war Frank. Und dies, mit zunehmender körperlicher Kraft, auch mit Erfolg, denn die beiden so ungleichen Brüder hatten sich trotz allem sehr gern. Doch auch Frank war nicht immer in Reichweite, wenn der Alte es wieder mal auf den kleinen Jungen abgesehen hatte. Die Schule muss ihm wie eine Erlösung vorgekommen sein. Er lernte sehr gut, war auf vielen Gebieten begabt und fleißig.

Der Musiklehrer, der das überdurchschnittliche musikalische Talent des Jungen früh erkannte, der ihm sehr zugetan war und den dessen Blessuren nicht ungerührt ließen, bestellte Marianne eines Tages in die Schule und machte ihr einen Vorschlag."

„Und warum habt ihr nicht geholfen?", unterbricht Anne.

„Wir haben sie immer wieder aufgenommen, wenn es gar zu schlimm wurde. Aber als meine Mutter die Polizei informieren wollt, flehte Marianne sie an es nicht zu tun. Sie hatte Angst, dass dann alles nur noch schlimmer würde und die Leute noch mehr über sie herzögen, als sie es eh schon taten. Vielleicht war es nicht richtig. Vielleicht hätten wir uns mehr für sie und den Jungen einsetzen sollen. Aber wie das halt manchmal so ist ..."

„Und wie hat es dann der Musiklehrer angestellt?"

„Er hat Marianne vorgeschlagen, den Jungen in Leipzig beim Thomanerchor anzumelden. Er war der Meinung, dass er mit seiner Stimme und seiner musikalischen Begabung eine gute Chance hätte. Dort könne er auch endlich, wie er es sich schon lange gewünscht hat, seine Geige viel intensiver spielen lernen. Bis dahin hat ihm der Musiklehrer nur heimlich in der Schule etwas beibringen können. Aber seine Möglichkeiten seien bald erschöpft, der Junge über ihn hinausgewachsen. Außerdem sei er erst einmal aus dem unmittelbaren Einfluss des Vaters heraus, weit weg in Leipzig im Internat. Es sei gerade die Zeit der

Aufnahmeprüfungen und er habe sich schon mal erkundigt und den Gideon angemeldet. Die Entscheidung läge natürlich bei ihr, der Mutter, beziehungsweise bei den Eltern.

Marianne muss sehr mit sich gerungen haben, denn sie liebte ihren Jungen über alles. Doch noch in der gleichen Woche und ohne jemandem auch nur ein Sterbenswörtchen gesagt zu haben, fuhr sie mit Gideon nach Leipzig und der bestand die Aufnahmeprüfung mit Bravour. Gleich nach den Ferien ging er nach Leipzig. Auch wenn der Meierbauer herumpolterte, von brotloser Kunst und dass es zu nichts nütze sei, setzte diesmal Marianne ihren Willen durch, obwohl sie furchtbar darunter litt ihren Jungen hergeben zu müssen. Anfangs kam Gideon noch öfter an den Wochenenden nach Hause. Doch als auch da die Gängeleien und Schläge nicht nachließen, zog es Marianne vor ihn jedes zweite Wochenende in Leipzig zu besuchen. Litt er anfangs noch unter der Trennung von seiner Mutter und von zu Hause, so lebte er in der neuen Umgebung rasch auf, lernte neue Menschen kennen und gewann neue Freunde. Sein Leben und das seiner Mutter hatten bald nicht mehr viel miteinander zu tun. Und so wurden die Besuche seltener. Jetzt ist er schon 12 und regelt sein Leben schon fast ganz allein! sagte mir Marianne eines Tages. Es sollte stolz klingen. Keinen von uns ließ sie an sich heran. Den Schmerz machte sie nur mit sich ab.

Später dann begann er ein Studium und wieder war Marianne stolz, obwohl sie kaum noch an seinem Leben Teil hatte.

Dann eines Tages bekam sie eine Postkarte aus Indien. Er lerne jetzt Sitar und Sarangi spielen. Marianne wusste nicht so recht, was das für Instrumente sind, doch sie machte sich kundig und versorgte sich Schallplatten und einen Plattenspieler. Sie, die einst die Opernbesuche und Konzerte so geliebt hatte, hörte jetzt die Musik aus den Ländern, in denen ihr Junge gerade war und ihr Postkarten schickte. Denn sporadisch schrieb er ihr, aus aller Herren Länder und sie versuchte über die Musik an seinem Leben teil zu nehmen, ihm nahe zu sein."

„Und ihr Mann, der hatte da nichts dagegen?"

„Tja, der alte Meierbauer, der muffelte noch immer vor sich hin. Aber längst war er auf Mariannes Hilfe angewiesen. Er hatte es mit der Leber, kam wohl von der Sauferei. Außerdem hatte er den grünen Star, ein Augenleiden das ihn fast blind machte. Marianne pflegte ihn bis zum Schluss. Er starb sehr schwer und unter großen Schmerzen und sie blieb immer an seiner Seite, war immer da, wenn er im

Schmerz jammernd nach ihr rief. Nun ist er schon lange tot. Marianne wollte den Hof loswerden und nur noch das kleine Häuschen behalten.

Gideon schrieb zu dieser Zeit, dass er jetzt für eine Weile in die USA gegangen sei. Er habe noch einmal studiert und sei jetzt hier Geiger und Dirigent. Daraufhin machte Marianne große Pläne und wollte ihn in Amerika besuchen, mit dem Geld aus dem Erlös des Hofs. Doch es blieb bei den Plänen. Immer gab es einen Grund, die Reise aufzuschieben. Dann riss die Verbindung fast vollständig ab. Manchmal fand Marianne etwas über Gastspiele und Auftritte von ihm. In seinem Metier war er ein bekannter und gefeierter Mann. Seine Mutter schnitt alles aus was sie fand und sammelte es akribisch. Irgendwann hörten wir, dass er ein Konzert in Deutschland geben würde. Sofort besorgten wir Karten und Frank wollte mit Marianne hinfahren. Schon Wochen vorher war sie furchtbar aufgeregt. Über einen Katalogversand bestellte sie sich etliche Kleider und Schuhe und konnte sich nicht entschließen, was sie tragen sollte. Sie machte Friseurtermine und tagelang klangen seine Geigenkonzerte von der CD rund um die Uhr aus ihrem Haus. Als es endlich soweit war, wurde Marianne plötzlich krank. Vielleicht war die ganze Aufregung zu viel. Vielleicht fürchtete sie sich davor, dass das was ihr begegnen würde nicht mit ihren Erwartungen übereinstimme könnte. Ihre Karten verschenkte sie einfach an Konny, was Frank ihr so übel nahm, dass er lange nicht mehr mit ihr sprach. Zu dieser Zeit muss sie auch das Testament verfasst haben.

Von der Erkrankung erholte sie sich nicht mehr ganz und bald wurden die Zeichen von Demenz immer deutlicher sichtbar. Doch immer noch hoffte und wartete sie, dass er noch einmal zu ihr kommen würde, dass sie ihn noch einmal in die Arme nehmen und ihm alles erklären könnte.

Ich glaube sie hoffte bis ganz zuletzt. Doch selbst als Frank und ich mit ihm Verbindung aufnahmen, kam es trotz Versprechungen seinerseits zu keiner Begegnung mehr."

„Ist ja wie in meinen Serien, nur ohne Happy End."

„Tja, manchmal schreibt das Leben Geschichten, die man sich gar nicht ausdenken könnte."

Anne kann nur noch nicken. Sie braucht nun nicht mehr die Muntere zu mimen und die Spannung ist auch verflogen, sie kennt ja jetzt die ganze Geschichte. Hatte sie sich vorhin etwas unwohl gefühlt, so ist ihr jetzt richtig wabbelig im Kopf, als ob nur noch Pudding darin vorhanden wäre. Sie will nur noch ins Bett.

„Oma, ich glaub ich geh jetzt schlafen. In meinem Kopf dreht sich alles und in meinem Bauch auch."

Erschrocken kommt die Oma um den Tisch herum zu ihr herüber.

„Du schwitzt ja Kind und bist weiß wie eine Kalkwand. Was bin ich bloß für eine schlechte Großmutter? Nach der Aufregung heute und an den Tagen zuvor hättest du gleich ins Bett gemusst. Doch ich füttere dich Abend für Abend mit irgendwelchen Geschichten. Dabei hast du mit dir schon genug zu tun und ich sollte dir eigentlich bei deinen Sorgen helfen."

Sie nimmt Anne bei der Hand und bringt sie zum Bett. Deren Beine scheinen aus Gummi zu sein und sie muss sich Mühe geben, dass sie ihr nicht wegknicken. Waschen und Zähne putzen fallen heute aus. Die Oma hilft Anne aus ihren Sachen zu kommen. Bleiern sinkt sie auf ihre Matratze. Schon das Zudecken wird zur Schwerstarbeit. Doch das übernimmt zum Glück die Oma. Schon mit geschlossenen Augen flüstert Anne ihr zu: „Weißt du nicht, dass Geschichten erzählen eine der allerwichtigsten Aufgaben von Großmüttern ist. Früher wurden die allermeisten Geschichten mündlich überliefert und zwar von den Alten, also Großeltern, auf die Enkel, das sagt unser Deutsch ..."

„Scht, Schluss jetzt mit Geschichten!", unterbricht die Oma. „Jetzt wird erst einmal geschlafen und morgen Früh hole ich frische Brötchen vom Bäcker und dann Frühstücken wir genüsslich und dann werden wir weitersehen."

Noch kurz denkt sie darüber nach, warum sich die Oma überhaupt nicht gewundert hat, als sie ihr von dem Büchlein, dem Kerzenstummel und den Hahnenfedern erzählt hatte. Nicht einmal was auf dem Zettel geschrieben stand, wollte sie wissen. Weiß sie mehr darüber als Anne sich vorstellen kann? Ist sie vielleicht doch eine Hexe, wie die ganz Alten im Dorf es von ihr und ihrer Mutter behauptet hatten? Hatte sie ihr das nicht selbst einmal lachend erzählt? Aber Annes Kopf kann einfach nicht mehr klar denken und so fällt sie in einen unruhigen Schlaf. Sie wälzt sich von einer Seite zur anderen, hört auch nicht mehr, dass die Oma leise telefoniert. Wieder einmal taucht sie in die Welt der Träume ein. Aber diesmal kommt es ganz schlimm.

Sie wandert durch einen langen Gang.

„Gideon!", ruft sie. „Du musst nach Hause kommen."

„Nein, noch nicht, erst müssen wir die Schweden besiegen und du, Mädchen, wirst mir helfen."

Jemand ist hinter ihnen her. Er will etwas von ihnen wissen, einen Namen, ein Versteck. Sie rennt und rennt, kann aber nicht entkommen. Plötzlich ist Krieg! Da, das ist doch ihr Papa. Er hält einen kleinen Jungen und einen Mann an der Hand. Sie will zu ihm hin, doch überall liegen tote Menschen, ein Kind mit weit aufgerissenen Augen. Ein ganzes Dorf ist ausgemerzt. Am Rand kauert ein Mädchen. Aber das ist sie ja selbst. Sie geht zu sich und kauert sich neben sich.

„Mein Vater ist tot wie deiner auch", flüstert sie.

Ein Hof brennt lichterloh, auf einmal ist daraus das Haus der alten Marianne geworden, eine Frau steht davor und ihr teuflisches Lachen erschallt weit. Dann ist Anne auf einmal in einem dunklen Verlies, einem Stall.

„Ich bin keine Diebin", wimmert sie.

Vor ihr liegt eine Kerze und eine Hand mit dem goldenen Korallenring.

„Wenn er nicht abgeht, müssen wir der kleinen Hexe eben die Hand abhacken." kreischt die Frau.

„Der Finger reicht doch auch", bittet Frank und jemand erhebt das Beil.

Anne schreit auf und erwacht schweißgebadet. Im ersten Moment kann sie sich überhaupt nicht zurechtfinden. Sie weiß nicht wo und wer sie ist. Laut hört sie ihr Herz schlagen.

„Anne, hörst du mich, du hast geträumt Mädchen. Komm zu dir!"

Neben ihrem Bett steht die Oma im Nachthemd. Sie kann sie nur durch einen Schleier sehen. Was macht sie nur für komische Zeichen? Sind das Hexenbeschwörungen?

„Mein Gott, Kind, du bist ja ganz heiß. Du fieberst."

Was ist das für ein Gegenstand, mit dem die Oma ihr ins Ohr will?

„Nein, nein!", wehrt Anne ab.

„Aber Anne, das ist doch nur das Fieberthermometer. Du hast ja über vierzig Fieber, meine Güte!" Sie hat große Mühe Anne ein fiebersenkendes Mittel mit etwas Tee einzuflößen. Dann ruft sie den Bereitschaftsarzt. Der diagnostiziert Pfeiffersches Drüsenfieber und verordnet ihr Ruhe und fiebersenkende Mittel.

27. Kapitel Änne

Auch im Meierhof sind die Menschen von dem Krähen des Hahnes aufgeschreckt. Inständig hoffen sie, dass er nicht gehört wurde. Nur die Großmutter, die draußen ihre Notdurft verrichtet, hört, dass vorher noch ein anderer Hahn gekräht hat. Ein Hahnenschrei mitten aus dem Wald? Und wenn es nun ein menschlicher Hahn war? Auch sie kennt das Spiel mit den Tierstimmen aus ihren Kindertagen. Die Angst trifft sie wie ein schwerer Schlag in die Magengrube. Sie hat den Hahn und die Hühner mit hierher gebracht. Wenn er nun …? Sie wagt den Gedanken nicht zu Ende zu denken und spricht auch vorerst mit niemandem darüber. Nur eine Mattigkeit überkommt sie, die sie vorher kaum gekannt hat. Sie schleicht nach drinnen, wo inzwischen die dicke Frau Elsa einen heißen Morgenbrei, den sie aus den Vorräten des Hofes gekocht hat, austeilt. Die Hausherrin, an der der Geiz nagt, wagt nicht zu widersprechen. Wer widerspricht schon einen solch korpulenten und couragierten Weibsbild, noch dazu einem von Adel. So macht sie aus er Not eine Tugend und hilft beim Austeilen der Speisen, wobei ihr immer wieder der kleine Findling, der gerne überall mittun möchte, unter die Füße kommt. Beim ersten Mal schiebt sie ihn grob beiseite, doch irgendwann drückt sie ihm Brot in die Hand, das der sonst so schüchterne Junge stolz verteilt. Allmählich wird es wieder laut in der Stube des Meierhofs, die mit so vielen ängstlichen Menschen gefüllt ist, Schüsseln klirren, mitgebrachter Proviant wird verteilt, ein dralles Bauernmädchen versetzt ihrem Bruder eine heftige Ohrfeige, worauf der zu zetern beginnt und bei seiner Mutter Schutz sucht. Eine junge Mutter versucht ihren an Bauchkrämpfen leidenden Säugling zu beruhigen. Nur die Großmutter liegt abwesend auf ihrem Lager. Sie hat nicht einmal ein Kraut für das schreiende Kind parat. Das fällt auch Katharina auf, die dem Kleinen zu Hilfe eilt.

„Was ist Mutter? Geht es dir nicht gut?"

Zuerst winkt sie nur ab. Doch dann zieht sie die Tochter zu sich heran.

„Der Hahnenschrei, es kam ein Hahnenschrei aus dem Wald drüben", flüstert sie.

Katharina, die selbst nur unter äußerster Anstrengung die Ruhe bewahren kann, blickt ungläubig auf ihre Mutter. Waren die Aufregungen der letzten Tage zu viel für die alte Frau? Mit einem Mal wird sie gewahr, wie sehr ihre Mutter gealtert ist in der letzten Zeit. Sie hat stark an Gewicht verloren und wenn sie so recht darüber nachdenkt, nimmt sie auch nicht mehr viel zu sich. Oft hatte sie ihre Schüssel von sich geschoben und den Inhalt den Kindern zugesteckt. Diese Frau die immer so gerne gegessen hat, meint nun im Alter brauche man wenig. Tief haben sich dadurch die Falten in ihr Gesicht gegraben. Sie sieht wie ein runzliger Apfel aus, den man lange auf der Truhe gelagert hat. Warum ist ihr das nicht eher aufgefallen?

„Aber Mutter, wie kommst du denn auf so was?", versucht sie die alte Frau zu beruhigen. „Wieso soll denn ein Hahnenschrei aus dem Wald kommen? Du hast dich sicher verhört. Wer weiß was da geschrien hat, irgendein Vogel oder ein Vieh. Und wenn da ein Hahn wäre, was kann er uns schaden?"

Da sieht Anna ihrer Tochter fest in die Augen. Dann legte sie ihre Hände zusammen und macht ganz leise, an Katharinas Ohr einen Hahnenschrei nach.

„Hast du mich jetzt verstanden?"

„Du meinst jemand hat ihn nachgemacht um ... um uns zu finden?"

„Ich spür 's Katharina, irgendwas passiert da draußen. Schick die Änne weg, schick sie zum alten Hubert, der beim Vieh ist oder zu den Männern am Hohlweg, bitte, vertrau mir."

Sie winkt Änne zu sich, die mit den Kindern spielt, um sie abzulenken.

„Änne, du musst gehen, ich glaube die Schweden sind ganz in der Nähe. Sie werden den Hof angreifen. Du kennst den Weg durch das Geäst. Wir sind ihn oft gegangen, wenn wir zu den Kranken sind. Bei den Felsen hütet der Hubert das Vieh. Besprich dich mit ihm und versuch zu den Männern durchzukommen."

„Nein Mutter, nein, allein kann sie nicht gehen, das ist viel zu gefährlich."

Katharinas Augen füllen sich mit Tränen und ihre Stimme klingt schrill.

„Glaubst du, ich habe sie hierher gebracht, damit ich sie jetzt verliere, damit ich sie ohne meinen Schutz dem Schwed entgegen schick. Ich weiß, was der Schwed zu bedeuten hat. Ich hab 's erlebt. Nein, nie und nimmer lass ich sie los."

Alle Gesichtszüge sind Katharina entgleist und sie beginnt zu zittern und ihr Kind zu umklammern. Schon werden die anderen auf sie aufmerksam.

Doch dann überschlagen sich die Ereignisse und kein weiteres Wort ist möglich. Die Tür fliegt auf und der Findling, der mit nichten dazu zu bewegen gewesen war, je ein Wort zu sprechen, schreit mit kratziger, dem Reden entwöhnter Stimme: „Da, da kommen sie."

Sein Gesicht ist blass und verstört und eine jede kann daran ablesen, dass er weiß was er herausbrüllt. Etliche der Frauen springen entsetzt auf. Eine Panik hat alle erfasst und macht sich in einem riesigen Tumult Luft. Neben Änne ist auf einmal weder die Mutter noch die Großmutter, sondern die dicke Frau Elisabeth. Sie erscheint Änne wie ein Fels im Gewimmel rings um sie. Ruhig und aufrecht steht sie da und Änne bemerkt die Waffe, die sie unter ihrem Gewand verbirgt.

„Ich werde verhandeln und sie mit Schnaps abfüllen. Wenn wir wissen wie 's ausgeht, machst du dich auf den Weg zu den Männern. Dir trau ich 's zu, du allein kannst es schaffen, um unser aller willen", flüstert sie.

Schon sind die ersten der Schweden ins Gehöft eingedrungen. Mit einem aufmunternden Klaps wendet sie sich von Änne ab, geht durch die Frauen hindurch, die mit einem Mal ruhiger werden und ihr Platz machen. So schreitet sie erhobenen Hauptes durch die Tür, den Schweden entgegen. Und wie sie es wohl gehofft hatte, weichen die erst einmal erstaunt zurück vor dieser mächtigen, großen und fetten Frauengestalt. Hat man je so etwas gesehen? Ist das überhaupt ein Mensch oder ist es eine riesige Trollin aus den alten Sagen und Märchen? Da stehen sie nun wie am Erdboden festgenagelt, der ganze Haufen waffenklirrender Männer, starrt sie an und fährt zusammen, als sie ihre mächtige Stimme erhebt.

„Euren Hauptmann will ich sprechen!", donnert sie ihnen entgegen.

Ein Mann hoch zu Ross, mit feinen Gesichtszügen, schon etwas ergraut an Bart und Haar unter seinem breitkrempigen Hut auf dem eine lange, gefärbte Feder wippt und mit einem ehemals weißen feinen Spitzenkragen, bahnt sich seinerseits den Weg durch seine Mannen. Begleitet wird er von einem kleinen Männlein, das als Übersetzer dienen soll.

„Was wollt ihr, Weib!", ruft er mit einer solch laut tönenden Stimme, die man dem feingliedrigen Kerl gar nicht zugetraut hätte. Und diese Worte, energisch und ihrer Macht bewusst ausgesprochen, lösen auch die Erstarrung seiner Männer und lassen sie in ein lautes Gejohle und Gelächter ausbrechen. Mit erhobener Hand gebietet er den Männern erst einmal Ruhe und teils belustigt, teils aber wohl auch mit einem gewissen Respekt geht er bis auf fünf Schritte an die Frau heran. Die hat sich keinen Zoll bewegt, weder nach vorn noch nach hinten. Das was sie beabsichtigt hat, ist erst einmal gelungen. Die Männer sind nicht ungestüm und wild über den Hof und über die Menschen hergefallen, haben nicht zügellos vergewaltigt und geplündert. Die Gefahr ist zwar dadurch noch lange nicht gebannt, aber sie hat kostbare Zeit gewonnen.

„Ich will verhandeln!", lässt sie sich nun in ruhigerem und eigentlich nur für den Hauptmann hörbarem Ton vernehmen.

„Ich bin Elisabeth von Schönberg. Ich und meine Nichte befinden uns hier unter den Frauen. Wenn ihr keine von uns und den anderen Weibern anrührt, könnt ihr ein schönes Lösegeld vom Bräutigam meiner Nichte bekommen und die Bauern werden ihre Weiber auch auslösen wollen."

Getreulich schien das kleine Männlein mit näselnder Stimme alles zu übersetzen. Der Hauptmann fasst sich in seinen Bart. Er scheint zu überschlagen, wie er den größten Nutzen aus der Sache ziehen kann. Schon beginnen die ersten seiner Männer in Haus und Hof einzudringen.

„Ihr könnt nehmen was ihr finden könnt, nur die Weiber lasst mit in Ruhe, vorerst!", ruft er ihnen zu. „Da lässt sich noch einiges erpressen, was zu eurem Schaden nicht sein wird. Verstanden Kerle? Das ist ein Befehl!"

Nun gibt es kein halten mehr. Vorbei an der Frau Elisabeth, die so mancher noch mit ängstlicher Scheu betrachtet und so schnell wie möglich vorbei zu kommen sucht, rennen die Männer in den Hof, reißen Kästen und Truhen auf und nehmen alles an sich, was ihnen auch nur halbwegs brauchbar dünkt. Eine zurückgebliebene Sau wird sogleich geschlachtet und alles Federvieh, was sich nicht rechtzeitig in Sicherheit bringen kann. Ein Hahn ist nicht dabei. Mühevoll steigt der Hauptmann von seinem Pferd.

„Habt ihr ein Weib, das was vom Heilen versteht?", lässt er durch seinen Dolmetscher fragen. „Mein Rheumatismus plagt mich. Ich bin zu lange schon im Feld."

Der Hauptmann folgt Elisabeth ins Wohnhaus. Die Frauen haben sich in die äußersten Winkel verkrochen oder sind hinauf in die Kammern geflüchtet. Schon fasst einer der erst besten unter den Rock und zieht ihr am Mieder. Sie stößt gellende Schreie aus. Das wiederum lässt die Kinder angstvoll aufheulen. Der Hauptmann gebietet ihnen Einhalt.

„Wenn wir das Lösegeld gepresst haben, könnt ihr sie haben. Schaut sie euch schon mal an und sucht euch ein Vögelchen aus. Das Fräulein aber gehört mir, dass das klar ist!"

Ein lautes Johlen folgt seinen Worten, die die Frauen nicht verstehen. Sie schauen verängstigt drein, was die Männer noch mehr zu Zoten und Witzeleien veranlasst. Nun gut, wenn schon keine Weiber dann Schnaps, Branntwein und Bier, dann kommt man in die schönste Stimmung für später. Der Keller ist alsbald geplündert und das Schwein dreht sich schon am Spieß. Der Hauptmann lässt sich von den Frauen ein Bad herrichten und Anna und Katharina sollen ihm etwas für sein Reißen geben.

Die Großmutter, vorhin noch so hinfällig und ängstlich, ist mit einem Mal wieder auf dem Posten.

In all diesem gefährlichen Durcheinander schaffen es Elisabeth und Anna die Übersicht zu bewahren. Die beiden haben, wie Änne und Constanze, trotz ihres Standesunterschiedes einen Draht zueinander gefunden, der weit über alles Trennende hinausragt. Sie sind Frauen die, vielleicht gerade wegen der vielen Einschränkungen, die ihnen ihr Frauenleben auferlegt, ihren eigenen Weg gesucht haben. Die eine versorgt den Hauptmann, macht ihm Heublumensud für sein Badewasser und einen Tee aus Löwenzahnwurz und Goldrutenkraut. Den völlig aufgelösten Frauen und Kindern flößt sie einen Tee aus Baldrian ein.

Elisabeth hingegen steht ein zweites Mal neben Änne. Wie aus dem Nichts ist sie plötzlich wieder aufgetaucht. Änne kann sich das bei einer so schweren Frau nicht erklären. Auch das Flüstern ist aus ihrem Mund ganz ungewohnt

„Es ist an der Zeit. Ich bin mir mit deiner Großmutter einig. Sie sind alle beschäftigt, dass sich uns noch mal eine bessere Gelegenheit bietet, glaub ich nicht. Es kann gut sein sie sperren uns irgendwann ein. Versuch zu den Männern durchzukommen. Du bist eine Hiesige, du kennst die Schleichwege. Wenn sie hier sind ist die Wahrscheinlichkeit gering, dass du sie auf dem Weg triffst. Pass trotzdem auf, vielleicht haben sie irgendwo Wachen aufgestellt. Das Wichtigste: Sag ihnen es sind an die zwei Dutzend Männer und sie werden uns als Geiseln mitführen. Wir werden mitgehen und achtgeben. Dort oben am Hohlweg ist die Chance am größten uns zu befreien. Ich habe ihnen gesagt, dass der Rittmeister und die Männer uns auslösen werden. Nun verlieren wir keine Zeit. Du weißt ja auch wie hier die Dinge stehen. Wir versuchen sie so trunken wie möglich zu machen. Los, geh Mädel! Gott schütze dich und die Männer im Wald."

Änne hat keine Zeit sich zu besinnen. Nur ganz kurz trifft ihr Blick den der Großmutter. Schon ist sie unbemerkt durch den Stall hinten hinaus verschwunden. Sie schlüpft unter der nur ihr bekannten lädierten Stelle im Weidenzaun hindurch und kann sich so, sehr schnell von dem einsehbaren Gelände in den

Wald retten. Dort verschnauft sie einen Moment und schaut auf den Hof zurück. Was würde geschehen? All die Menschen die zu ihr gehören sind dort. Noch geht ihr Atem schnell von der überstandenen Anspannung. War sie soeben noch von lauten, zum Teil grölenden, zum Teil angsterfüllten Schreien umgeben, so ist es hier mit einem Mal still und friedlich. Die Vögel um sie herum zwitschern ausgelassen in den Frühling hinein. Leise raschelt und wuselt es von kleinen Tieren, die überall unterwegs sind. Die Sonne schickt ihre wärmenden Strahlen durch die Bäume hindurch und verleiht allem einen besonderen Glanz. Was kümmert es sie alle, was der Mensch so treibt, welchen Mord und Totschlag, welches Grauen der einem dem anderen antut. Auf den Frühling wird ein Sommer folgen und nach dem Sommer wird der Herbst die Fülle der Früchte bereithalten, ob da ein Mensch ist der sie einholt oder nicht und nach dem Herbst würde der Winter kommen, der alles ruhen lässt, um dann im Frühjahr wieder alles zu erwecken und neu erblühen zu lassen, auch wenn hier kein Mensch mehr lebt und sich daran freute. Ein Vers fällt ihr ein: „Und der Wind geht darüber hin, auch wenn ich nicht mehr hiero bin." Die eben noch ausgestandene Angst macht einer Wehmut platz, die sie so noch nie erlebt hat. Ihr ist gar nicht bewusst, dass sie sich hingehockt hat, die Arme um den Körper geschlungen. Sie fühlt sich gleich einer uralten Frau. Vielleicht wäre sie so sitzengeblieben, wenn sie nicht etwas an der Schulter berührt hätte. Was war das? Wie das Streifen eines zarten Flügels, hat es sich angefühlt. War es ein Vogel, der sie in ihrer Reglosigkeit berührt hat oder war es ein Engel aus einer anderen Welt? Jedenfalls findet sie die Kraft aufzustehen und loszumarschieren. Schnell, schnell, immer schneller läuft sie durch den Wald, durch Gestrüpp und Unterholz. Sie hält nicht einen Augenblick mehr inne, dreht sich nicht mehr um, aus Angst die Mutlosigkeit könne sie noch einmal befallen.

So kommt sie nach einer guten Stunde, völlig zerkratzt und dreckig, denn sie war ein paarmal in ihrer Eile gestrauchelt und gestürzt, in der Nähe des Taubenbergs an. Nun ist Vorsicht geboten, denn die Männer wissen ja nicht, wer sich da im Unterholz bewegt und sich ihnen nähert. Da endlich erspäht sie sie, im Dickicht liegend. Verhalten ruft sie die Namen derer, die sie kennt. Gideon ist es, der sie zuerst bemerkte und erkennt. Er springt auf und beruhigt die anderen die ebenfalls aufmerksam geworden sind und in ihrer Anspannung vielleicht auch auf das Mädchen losgegangen wären. Doch nun haben alle sie erkannt. Schnell ist sie umringt und wird von den Männern bedrängt, zu erzählen was sich ereignet hatte, dort unten am Meierhof, wo ihre Frauen und Kinder versteckt sind. Änne ist vom schnellen Lauf noch ganz außer Atem und bringt kaum ein Wort hervor. Jemand reicht ihr eine Wasserflasche. Hastig trinkt sie.

„Macht langsam Leute", mahnt Gideon, „lasst sie doch erst mal einen kleinen Moment verschnaufen." Änne ist ihm dankbar, stürzt noch ein paar Schluck Wasser hinunter, holt dann tief Luft und berichtet vom Geschehen auf dem Hof. Die Männer sind entsetzt und manche auch mutlos. Andere wieder drohen und fluchen. Wieder andere wollen gleich losstürzen, um ihre Weiber zu befreien. Da ist es erneut an Gideon sie zu beruhigen und zum überlegten Handeln zu gemahnen, aber auch den einen oder anderen wieder aufzurichten und Mut zuzusprechen.

„Wir haben einen guten Plan, das wisst ihr, Männer. Unsere Sache ist gerecht."

„Er hat recht, an unserem Plan gibt es nichts zu deuteln. Es wird Zeit, dass wir uns nicht mehr wie Vieh abschlachten lassen."

„Wir Bauern sind doch kein Freiwild."

„Wir werden uns und die unseren zu retten versuchen, das steht fest."

Es werden mehr und mehr Stimmen laut und viele scharen sich um Gideon. Änne erinnert sie noch einmal an die listigen und klug eingefädelten Vorkehrungen der Elisabeth von Schönberg. So wird allmählich auch dem Letzten klar, gemeinsam haben sie eine Chance. Auch die, die aus anderen Orten zu ihnen gestoßen sind und keine Verwandten in der Gefangenschaft wissen, versprechen festen Beistand.

„Wenn wir schlau sind und unbemerkt bleiben und die Frau Elisabeth sie recht mit Schnaps abfüllt, werden sie, wie ich es euch gestern gesagt habe, im Hohlweg steckenbleiben. Dann gibt es kein entrinnen. Nur auf die Gefangenen müssen wir achtgeben, damit sie nicht ins Gemetzel geraten."

Noch einmal wird über alle Eventualitäten beraten, dann verteilen sich die Männer auf die ihnen zugewiesenen Plätze. Langsam verstreicht die Zeit des Wartens. Minuten können einem wie endlose Stunden erscheinen.

Vom Rufen eines Mannes, den sie zum spähen ausgeschickt hatten, wird Änne aus dem Dösen aufgeschreckt.

„Es brennt, der Meierhof brennt!"

Alles erstarrt, doch nur für einen kurzen Moment, denn schon hören sie aus der Ferne, immer näher kommend, das Siegesgeheule und Gejohle der Schweden.

„An die Waffen Männer!", befiehlt Gideon. „Alles nach Plan! Wenn sie durch sind, macht die angehackten Bäume um, damit sie keine Rückzugsmöglichkeit haben und auch oben macht die Bäume um, so sind sie uns sicher in der Falle. Gott steh uns bei!"

Mit einem Blick auf Änne sagt er: „Geh ein Stück zu, Änne, und versteck dich bis alles vorbei ist. Sei vorsichtig!" Und nach einem winzigen Augenblick, ganz leise, als spräche er zu sich selbst: „Bitte, auch um meinetwillen!"

Änne, obwohl sie ja hätte wissen müssen was passieren wird, steht wie vom Donner gerührt, nickt aber und geht wie in Trance ein paar Schritte rückwärts. Doch da ist Gideon schon unter den Bauern und stürzt sich ins Kampfgetümmel. Änne ist nicht weit genug zurückgewichen und so muss sie alles mit ansehen. Eigentlich hätte sie ja weglaufen oder die Augen schließen können und hätte das auch gerne getan, doch wie ein Pfahl den man fest in den Boden gerammt hat, so kann auch sie weder vor noch zurück. So muss sie mit ansehen wie die Männer miteinander fechten und ringen und wie den betrunkenen, völlig überraschten Schweden der Gar ausgemacht wird. Einen um den anderen schlagen sie nieder. Wie froh hätte Änne sein müssen, voller Genugtuung. Welches Leid hatten diese Schweden über sie gebracht. Doch in ihrem Herzen will keine Freude aufkommen. Nur als sie sieht, dass man die mit Stricken aneinander gebundenen Gefangenen befreit, spürt sie selbst einen Augenblick der Befreiung. Die Menschen die sie liebt, werden am Leben bleiben.

28. Kapitel Anne

Als sie das nächste Mal am späten Vormittag kurz aufwacht, sitzt die Mutter an ihrem Bett. Irgendwo im Raum muss auch die Oma sein, denn Anne hört jemanden hantieren und dann wie aus weiter Ferne ihre Stimme: „Sie hat zu viel durchgemacht in letzter Zeit. Ihre Seele oder nenn du es Psyche ist angegriffen, da hatte die Krankheit ein leichtes Spiel."

Anne schließt schnell die Augen wieder, denn sie erwartet nun Mutters Ausführungen über die Entstehung von Krankheiten und ihre Belehrungen, sie sei ja schließlich die Ärztin. Aber die Mutter antwortet nicht, jedenfalls nicht sofort und Anne dämmert wieder in den Schlaf hinüber.

Als Anne ein weiteres Mal erwacht, sitzt die Mutter, mit einem Buch in der Hand, immer noch an ihrem Bett. Sie ist eingenickt und ihr Haar hat sich gelöst und fällt weich über ihre Schultern. Sie merkt nicht, dass Anne wach ist und sie betrachtet. Erst ihr leises: „Mama!", lässt sie zusammenzucken.

„Oh, ich bin wohl eingeschlafen."

„Wieso bist du hier? Muss ich jetzt mit nach Hause?"

„Ich habe Urlaub und ich habe Zeit, sehr viel Zeit für uns. Die werden wir brauchen, nach allem was los war. Oma hat mich noch in der Nacht angerufen und ich bin gleich losgefahren."

„Wie konntest du denn so schnell deinen Dienst tauschen und dann auch noch Urlaub bekommen?", fragt Anne spitz.

„Ach Anne!", die Mutter macht eine lange Pause, ehe sie weiterspricht. „Ich weiß, ich hab dich zu viel allein gelassen. Aber jetzt bleibe ich da, das verspreche ich dir."

„Für wie lange?"

Anne weiß nicht genau, ob sie sich darüber freuen soll.

„Du musst dich erst einmal erholen, gesund werden. Dann sehen wir weiter."

Sie bleibt wirklich. Anne schläft viel, nimmt brav ihre Medikamente und lässt sich untersuchen. Wie ein Hintergrundgeräusch hört sie die Mutter mit der Oma leise reden und diskutieren. Bei den beiden geht es aber auch manchmal ganz schön zur Sache, dann vergessen sie, dass Anne krank ist und Ruhe braucht. Aber

Anne hat wenig Interesse am Inhalt ihrer Streitgespräche. Nur ganz allmählich erwachen ihre Lebensgeister wieder.

Mia ist die Erste die sie besucht. Sie rauscht herein wie immer, hat sich die Haare abgeschnitten und blau gefärbt.

„Keine Pippi Langstrumpf mehr aber immer noch das stärkste Mädchen, na sagen wir von hier." kichert sie. Sie trägt jetzt eine knallgelbe Brille, die Anne irgendwie schauerlich findet. Mia bemerkt ihren Blick.

„Musste mal sein. Das auf und absetzen war mir einfach zu lästig und dieses Modell hat was, finde ich."

Die Latzhose hat sie gegen einen kurzen Rock ausgetauscht, zu dem sie bunte Strümpfe bis übers Knie mit vielen Löchern trägt.

„Na wie gefällt dir mein neues Outfit?", sie dreht sich einmal um die eigene Achse und lässt sich dann lachend auf Annes Bett plumpsen. Anne deutet auf die Strümpfe.

„Doch noch ein bisschen Pippi, was?"

„Ach du Spaßbremse, kein Feeling für meinen neuen Stil. Und selbst, man empfängt im Bett mit neckischem Nachthemd?

Anne schaut auf ihr langweiliges geblümtes Hemd.

„Seit wann interessierst du dich überhaupt für Mode?"

„Sag bloß, dass ist dir noch nie aufgefallen." Dann winkt sie lachend ab, „Wollt dich nur ein bisschen aufheitern. Mensch, du siehst aus als sei dir alles schnurzpiepegal. Hat dir das Kidnapping so zugesetzt?"

Anne zuckt gleichgültig die Schultern. Das alles scheint ihr eine Ewigkeit her zu sein.

„Schau mal, ich habe einen Artikel über Herrn Gossner geschrieben. Den wollen sie jetzt sogar in einer Jugendzeitschrift abdrucken."

Mia hält ihr ein paar bedruckte Seiten ihrer Schülerzeitung hin. Anne blättert, liest den einen und den anderen Absatz.

„Cool", sagt sie und gibt ihn Mia zurück.

„Cool", äfft diese sie nach. „Bist du überhaupt noch an menschlichem Kontakt interessiert oder soll ich wieder gehen und wiederkommen, wenn eure Hoheit zu einem Gespräch bereit ist und nicht nur ein paar lapidare Silben ausstößt? Ja, ich weiß du warst krank, aber nun komm mal zurück. Die Welt dreht sich weiter. Hier in der privilegierten Mitte Europas stirbt ganz selten jemand an Fieber und du mit deiner Ärztin-Mama schon gar nicht. In anderen Teilen der Welt dürfte das schon anders aussehen."

Anne starrt auf ihre Hände. Eine Weile dauerte es, ehe sie sich zu der Frage aufraffen kann: „Was ist mit Jamal und Amit? Du glaubst, ich habe sie verraten, oder?"

„Nein, natürlich nicht. Wäre ich sonst hier? Es gibt da einige Neuigkeiten, aber …"

„Aber du sollt mir nichts davon erzählen, stimmt 's. Es ist wie immer."

Anne lässt sich seufzend in ihr Kissen zurücksinken.

„Na, nun tu dir nicht schon wieder selber leid."

„Gut, wenn du mir nichts darüber sagen willst, dann reden wir von etwas anderem. Was macht das Zicklein?"

„Lebt, wächst und gedeiht und gibt bald einen guten Braten." Mia merkt sofort, dass sie zu weit gegangen ist. „Tut mir leid, war ein blöder Scherz. Außerdem, vielleicht wollte ich ja mit dir über Jamal reden und über die Meiers und das alles, doch dir fährt ja schon das kleinste „aber" in den falschen Hals."

„Na, vielleicht habe ich meine Gründe dafür."

„Mag sein, aber du solltest mal versuchen aus deinen Kinderschuhen rauszuwachsen. Das Trotzalter ist vorbei."

„Aber ich bin in der Pubertät."

„Gut gekontert, der Punkt geht an dich."

Beide müssen lachen und können so bald nicht mehr aufhören. Die Oma, die im Garten beschäftigt war kommt angerannt und sieht sie fragend an.

„Das ist die Pubertät, da kichert man und kichert, einfach so ohne Grund", prustet Mia.

Kopfschüttelnd geht die Oma wieder zu ihren Pflanzen.

„Ist deine Mutter weg?", fragt Mia, als sie sich wieder beruhigt haben.

„Hmm, macht irgend 'ne Besorgung oder so. Die ist jetzt öfter wieder auf Achse und überlässt mich sogar der Obhut von Oma. Aber das ist ja nichts Neues. Vielleicht hat sie eine alte Liebe wiedergetroffen, jetzt wo Danny tot ist."

„Schmoll! Schmoll! Weißt du eigentlich was deine Mutter in der letzten Zeit gemacht hat?"

„Mich gepflegt, mit Oma gestritten, na und was sie jetzt gerade macht weiß ich nicht. Was interessiert dich auf einmal meine Mutter?"

„Na du wolltest doch Neuigkeiten wissen. Deine Mutter ist in die Kaserne nach Hof gefahren und hat sich dort ganz schön den Arsch aufgerissen, soll heißen die ist denen tierisch auf die Ketten gegangen, bis sie die Telefonnummer von so einem Offizier rausrückten, der einen Verein gegründet hat, um afghanischen Zivilangestellten der Bundeswehr zu helfen. Sie hat dort angerufen und der hat ihr versprochen im Fall von Amit zu recherchieren und stell dir vor der hat tatsächlich Unterlagen gefunden."

„Du sprichst von meiner Mutter?"

„Klar tu ich das. Es muss ihr ganz schön hart angekommen sein. Viele der lieben Kameraden wollten nichts wissen von einem, der seinen Wagen an einen Brückenpfeiler gesetzt hat, weil er den Kriegseinsatz nicht verkraftete. Noch immer gibt es keine Anerkennung, das seine posttraumatische Belastungsstörung, so nennt man das, durch seinen Einsatz in Afghanistan ausgelöst wurde."

„Woher weißt du das alles?"

„Ich war dabei als deine Mutter es meiner Mutter und Babette erzählt hat. Also eigentlich war ich nicht offiziell dabei. Ich habe sozusagen in geheimer Mission recherchiert."

„Und ich, mit meinem simplen Verstand, dachte immer, dass ich lausche."

Mia geht nicht weiter auf Annes Einwurf ein, sondern rückt noch ein bisschen näher.

„Willst du dich mit reinlegen?"

„Was? Ach so, nee ... es gibt da noch was ..."

Anne fährt hoch und stößt mit Mia am Kopf zusammen.

„Hast du was von meinem Vater rausgekriegt?"

Mia reibt sich ihren Kopf und es hat den Anschein, als müsse sie sich erst erinnern.

„Vater, ach so nein, nein das nicht. Aber dadurch, dass du das Testament gefunden hast, haben wir unseren ärgsten Gegner außer Gefecht gesetzt. Die Meiers, also der Ältere und seine Frau die braune ... na ja, die haben jetzt nicht mehr das Wegerecht und so haben wir einstweilen freie Zufahrt zu unserem Hof, bis das mit diesem äh, der hat so einen komischen Namen."

„Gideon", ergänzt Anne ein bisschen enttäuscht.

„Richtig, Gideon geklärt ist."

„Und warum erfahre ich das alles immer zuletzt?"

„Vielleicht weil du krank warst und wir dich erst mal zur Ruhe kommen lassen wollten?"

„ Ach Oma, bist du schon lange wieder hier drin?"

Anneliese wäscht sich ihre von der Gartenarbeit erdigen Hände ab.

„Nein, natürlich nicht. Ich hab nur ein bisschen heimlich recherchiert, was ihr so treibt. Ich geh auch gleich wieder. Ich muss noch was einkaufen. Der Kühlschrank ist schon wieder leer. Also treibt es nicht zu toll. Ich bin bald wieder da."

„Wann kommt eigentlich Mama zurück?"

„Das kann dauern, die hat heute einen wichtigen Termin."

„Die ist mit Amit und Babette zu dem Offizier", flüstert Mia.

„Also Tschüss ihr beiden!"

Die Tür fällt ins Schloss. Annelies gibt beim Anfahren ihres Autos wieder mal viel zu viel Gas. Mit lautem Aufheulen brecht sie davon.

„Wie lange hat deine Oma eigentlich den Führerschein?"

„Weiß nicht, schon immer."

„Du, ich muss dann auch mal los."

Mia stopft ihre Zeitung in die Tasche und sieht Anne dabei nicht an.

„Ich treff mich noch mit Jamal, der ist heute mit Papa bei uns aufm Hof. Er hat angeblich 'ne tolle Idee für Hannes Abschiedsparty."

„Abschiedsparty?"

„Ach Sorry, das weißt du ja auch noch nicht. Hannes will weg, gleich nächsten Monat."

„Doch, er hat mir davon erzählt. Wollte er nicht nach Griechenland und dann nach Australien?"

Anne schluckt, erinnert sie sich doch, dass sie nicht darüber reden sollte.

Mia grinst und Anne wird wieder mal puterrot, wofür sie sich wieder mal ohrfeigen könnte.

„Was gibt 's da zu grinsen?"

„Stehst wohl auf mein Brüderchen, he?"

„Wie kommst du denn darauf?"

Anne weicht Mias Blick aus, versucht so unbeteiligt wie möglich aus dem Fenster zu schauen.

„Na, ich mein ja nur mal so. Der liebe Hannes jedenfalls konnte deine „clevere Klarsicht", wie er es nannte, bei der „Meierschen Einsperraktion" nicht genug loben. Ich glaube er hätte dich auch gern besucht, aber so cool wie er immer tut, ist er dann doch wieder nicht."

Mia wartet auf eine Reaktion von Anne, doch die starrt weiterhin aus dem Fenster, als wäre da draußen, etwas so fesselndes, wie die Erschaffung neuer Welten zu entdecken.

„Also allein nach Australien ist vorerst out. Auch wenn er es selbst nicht glaubt, ist er ja immer noch minderjährig und da kommt das nicht so gut. Aber in Griechenland hat er so ein Multikulti-Projekt gefunden. Nähere Informationen musst du bei ihm selbst einholen, wäre 'ne Gelegenheit, um ... Aber wie gesagt, er will seine Karre versteigern und dabei bisschen Feten. Vielleicht erhältst du ja 'ne extra Einladung, sozusagen als Ehrengast der cleveren ..."

„Mia!"

„Is ja schon gut! Will nur sagen, dass Jamal dazu eine Idee hat, was mit Drachen und das soll ich mir ansehen, obwohl ich keine Ahnung davon habe. Muss in Afghanistan so 'ne Tradition sein. Ich glaube er will ihn Hannes als Glücksbringer schenken."

„Drachen? Is ja cool, dass man die dort, ich meine in Afghanistan, auch steigen lässt. Das Danny mir davon nie was erzählt hat, wo wir doch das echt ultimative Drachenteam waren."

Annes Augen bekommen einen seltsamen Glanz und sie merkt gar nicht, dass sie lächelt, während sie längst vergessene Erinnerungen hervorkramt.

„Jedes Jahr habe ich mit Papa einen Drachen gebaut. Das muss schon angefangen haben, als ich noch ganz klein war. Da hab ich nur noch verschwommene Bilder, wie er mit mir an der Hand loslief aufs Fels und dass ich zusah wie er den Drachen zum fliegen brachte und ich mich schon ganz groß fühlte, wenn ich ihn einmal halten durfte. Später als ich größer war, waren wir oft Tage, ja manchmal Wochen damit beschäftigt den besten Drachen aller Zeiten zu bauen. Wir brachten Mama damit schier zur Verzweiflung, weil überall Holz, Papier und Schnüre herumlagen, weil wir bauten und verwarfen und neu anfingen und es kaum noch ein anderes Thema gab. Endlich kam dann der Tag der Nagelprobe. Dann ging 's hinaus auf unser Drachenfeld und nun sollte es sich endlich erweisen. Würde er fliegen und wie hoch und vor allem, wer würde der beste Drachenlenker sein? Irgendwann haben wir sogar beide einen Drachen gebaut und dann haben wir regelrechte Wettkämpfe veranstaltet. Papa war anfangs natürlich der Könner und ich habe ihn bewundert. Irgendwann aber hab ich ihn dann doch einmal besiegt. Er hatte ganz schön damit zu tun, seine schlechte Laune im Zaum zu halten."

Anne hat sich im Bett hoch aufgerichtet und beginnt mit Händen und Füssen zu erklären, wie sie es hinbekommen hatte den „Siegerdrachen" zu erbauen.

Mia hört ihr eine Weile ohne großes Interesse, aber belustigt über Annes Eifer, zu.

„Ich verstehe herzlich wenig davon. Aber warum kommst du nicht mit und schaust dir Jamals Drachen an."

Anne hält in der Bewegung inne und sieht Mia verdutzt an, als käme sie gerade von einem anderen Stern zurück. Sie lässt sich ins Kissen zurückfallen.

„Ich bin doch noch nicht aufgestanden seit ich krank war."

„Aha, und deshalb bleibst du jetzt dein ganzes weiteres Leben im Bett?"

Ohne eine ersichtliche Reaktion betrachtet Anne ihr geblümtes Nachthemd. Sie wollte ja Jamal schon lange mal kennenlernen und das wäre doch eine günstige Gelegenheit. Da wüsste sie wenigstens gleich, was sie mit ihn reden soll. Mia wippt bereits ungeduldig mit den Füssen.

„Und du glaubst ich könnte im ganz normalen Outfit, also Jeans und T-Shirt mit dir kommen?", fragt Anne mit todernster Mine und beginnt sich anzuziehen.

„Witzig! Solltest du nicht deiner Sippe eine Nachricht hinterlassen?"

„KOMME GLEICH WIEDER!", schreibt Anne mit großen Buchstaben auf ein herumliegendes Stück Papier und will zur Tür hinaus.

Mia der nun doch nicht mehr so ganz wohl bei der Sache ist, hat zu tun ihr zu folgen.

„Du musst doch nicht gleich rennen. Es ist nicht weit und wenn dir übel wird dann ..."

„Und du musst nicht gleich die Krankenschwester spielen."

Es ist wirklich nicht weit und Jamal wartet schon am Treffpunkt.

„Jamal das ist Anne, Anne Jamal", stellt Mia die beiden einander vor.

„Ah Anne. Ich habe viel gehört von dir. Du warst eingesperrt im kleinen Haus und deine Mama ist Kathrin."

Anne ist verwundert, dass er schon so gut deutsch spricht, wo er doch angeblich eine ganze Weile gar nicht gesprochen hat. Jamal ist ein schmaler, etwas schüchtern wirkender Jungen mit den riesigen dunklen Augen, die selbst beim Lachen noch ein bisschen traurig schauen. Erst jetzt sieht Anne einen wunderschönen Drachen neben Jamal in der Wiese liegen. sie bückt sich und betrachtet ihn genau.

„Bei uns dürfen Mädchen nicht …"

„Na, deshalb haben Anne und ich auch unsere Kopftücher nicht auf, damit wir als Jungen durchgehen", schnappt Mia bissig.

Jamal versteht ihren Witz nicht so recht, merkt aber, dass er irgendwie ins Fettnäpfchen getreten ist.

„Entschuldigung, hier ist es anders. Bei uns in Afghanistan wurde verboten das Drachensteigen von den Taliban."

Anne bewundert seinen Drachen und sie merkt, dass ihn das freut. Sie erzählt von den Drachen die sie schon gebaut hat und bald sind sie so in Fachsimpeln vertieft, über gemeinsame und unterschiedliche Details beim Bau, beim Material, bei der Flugtechnik und so weiter, dass sie alles um sich vergessen und wo Worte fehlen, wird das mit Gesten und Zeichen wettgemacht. Mia hat sich in der Nähe ins Gras fallen lassen und hört ihnen halb gelangweilt, halb amüsiert zu. Irgendwann wird es ihr zu bunt, der Part der schweigenden Zuschauerin liegt ihr dann doch nicht so recht.

„Na und wann lasst ihr ihn endlich fliegen?"

„Kein Wetter!", rufen die zwei wie aus einem Mund und müssen lachen.

„Aber du könntest darüber ja mal einen Artikel verfassen."

„Übers Drachensteigen?"

„Na unter anderem über die Tradition in Afghanistan und über das Neujahrsfest dort und …

Mias Interesse ist geweckt: „Klar Mensch, das ist die zündende Idee. Man müsste noch andere dafür begeistern und vielleicht könnte man im Herbst ein großes Drachenfest manchen."

Und und und, aus Mias Mund blubbern die Einfälle wie riesige Seifenblasen. Sie ist voll in ihren Element.

Anne und Jamal schauen sich an wie zwei Verschwörer.

„Du musst es dann aber auch lernen", unterbricht Anne Mias Redeschwall.

„Was?"

„Na, das Drachen bauen und steigen lassen."

Ein Auto hupt von der Straße her. Anne erkennt Konnys Jeep.

„Oh, das ist Papa, er will mich und Jamal wieder mit nach Plauen nehmen."

Mia winkt und bleibt so die Antwort schuldig.

„Schaffst du es allein bis nach Hause?"

„Nein, du musst mir erst meinen Rollator holen", sagt's, zieht ihre Schuhe aus, winkt zurück und läuft barfüßig durch die Wiese nach Hause, in der Hand einen Zettel mit einer Liste von Dingen, die sie besorgen will, um mit Jamal Drachen zu bauen.

Anne ist heilfroh, dass noch niemand da ist, der ihren kurzen Ausflug bemerkt hat. Doch schon wenige Minuten später, hört sie ihre Mutter aus dem Auto steigen. Sie hat gerade noch Zeit sich ihrer Sachen zu entledigen, das geblümte Hemd überzustreifen und mit einem Buch in der Hand ins Bett zu schlüpfen.

„Hallo Anne, was liest du denn schönes?"

Die Mutter kommt in scheinbar bester Laune herein. Zu spät bemerkt Anne, dass ihr vom barfüßig laufen völlig verdreckter Fuß unter der Bettdecke hervorschaut. Schon ist es zu spät ihn verschwinden zu lassen.

„Sag mal Anne, was hast du denn mit deinen Füßen gemacht, die sind ja ganz schmutzig."

„Ich bin damit gelaufen, draußen."

„Wo draußen? Du willst mir doch nicht etwa sagen, dass du unterwegs warst? Du warst krank Anne und zwar ganz schön krank. Wo um alles in der Welt bist du denn gewesen?"

„Mia und ich haben uns mit Jamal auf einer Wiese, drüben bei der Straße nach Schnarrtanne, getroffen."

„Mit Mia also?"

„Was passt dir nicht an Mia? Ist sie dir zu aufsässig, wie Hanima dir zu türkisch war?"

„Das hat doch damit nichts zu tun. Wenn du nun einen Rückfall bekommst. Man kann doch nicht einfach, nachdem man so lange gelegen hat, aufspringen und barfüßig über Wiesen rennen."

„Nein Mama, das geht natürlich nicht. Pack mich einfach weiter in weiche Watte, lass mich ein paar Serien gucken und mit meinem Handy spielen, vielleicht auch mal ein Buch, was lustiges natürlich, auf keinen Fall etwas, was mit der wahren Welt da draußen zu tun hat. Dafür bin ich zu klein und zu dumm."

Anne dreht sich um, spürt, dass sie doch ganz schön geschafft ist von diesem Nachmittag draußen auf der Wiese. Erschöpft schläft sie blitzartig ein.

„Wir müssen reden!", sind die ersten Worte, die Anne beim Aufwachen vernimmt. Sie rappelt sich hoch und sieht die Mutter an Omas Schreibtisch sitzen und in irgendwelchen Papieren lesen.

„Um was soll es denn gehen Mama, um meine Krankheit und um meinen Ausbruchsversuch heute Nachmittag oder um eines unserer zahlreichen Familiengeheimnisse?" Anne ist selbst erschrocken, wie schrill ihre Stimme klingt.

„Ich werde uns erst einmal einen Tee kochen."

Die Mutter ist hinter dem Schreibtisch hervorgekommen und Anne hört sie jetzt mit dem Geschirr klappern. Sie steht auf, zieht sich an und setzt sich auf Omas Platz.

Die Mutter stellt Teeschalen und die Kanne auf den Tisch.

„Ich glaube, ein wenig Eis kannst du auch schon vertragen. Ich habe es im Tiefkühlfach gefunden."

Anne muss an den letzten Abend vor ihrer Krankheit denken, da hat ihr die Oma dieses Eis, das nun hübsch angerichtet auf kleinen Tellern vor ihnen auf dem Tisch steht, auch schon einmal angeboten. Schlagartig sind die Bilder vom Eingesperrt sein in der Speisekammer und von der Geschichte, die ihr die Oma an diesem Abend erzählt hat, wieder ganz deutlich. Sie hat das Gefühl, sie sei ganz nahe an etwas dran, als fehle nur noch ein winziges Detail. Was nur hat sie übersehen?

Die Mutter, die inzwischen ihr gegenüber Platz genommen und Tee eingegossen hat, unterbricht ihre Grübeleien.

„Weißt du, Anne", beginnt sie leise zu sprechen, „du warst einfach weg ohne ein Wort, abgehauen, ausgerissen. Zuerst hatte ich furchtbare Angst und war vor Sorge ganz außer mir. Als ich dann endlich herausgefunden hatte, wo du steckst, schlug alles in Wut und Ärger um. Ich hätte dich am liebsten windelweich geschlagen oder in irgendein Internat gesteckt. Wie konntest du mir das bloß antun, einfach zu verschwinden? Du, für die ich alles getan habe, um dir ein schönes, unbeschwertes Leben zu ermöglichen. Du hast dich genauso still und heimlich davongemacht, wie, wie ..."

Die Mutter kommt ins Stottern, unterbricht sich selbst und fährt dann fort: „Und warum bist du ausgerechnet zu meiner Mutter gegangen? Was hat sie, was ich dir nicht geben kann? Es blieb mir dann letztendlich keine andere Wahl, ich musste über uns nachdenken, besonders nach unserem letzten Telefongespräch."

„Und was ist dabei herausgekommen?", kann sich Anne nicht verkneifen zu fragen. Ohne die Mutter dabei anzusehen, macht sie sich über ihr Eis her. Doch es schmeckt ihr nicht. Auch den Tee findet sie viel zu bitter. Sehr langsam, als könnte sie gleich zerbrechen, stellte die Mutter ihre Teeschale ab.

„Ich habe dir einen langen Brief geschrieben und den werde ich dir später auch noch geben. Aber nun wo wir hier zusammen sind, werde ich versuchen, doch lieber mit dir über alles zu reden. Ich habe tagelang dagesessen und mir den Kopf zerbrochen, was ich hätte anders machen können. Hätte ich verhindern können, dass Danny in den Auslandseinsatz geht? Hätte ich noch mehr für ihn tun können, als er so krank zurückkam? Warum kann ich nicht richtig traurig sein und empfinde nichts als Wut auf ihn? Wut darüber, dass er sich einfach davon gemacht hat. Er war doch immer so verlässlich gewesen. Als ich ihn kennenlernt damals, als …" Sie hat die Augen fest auf die Teeschale gerichtet, als suche sie darin die nächsten Worte.

„Ich weiß, was du jetzt fragen willst."

„Ja Mama, ich will wissen, warum ihr mir nicht die Wahrheit gesagt habt, dass Danny nicht mein richtiger Papa ist."

„Aber er war doch dein richtiger Papa, mehr als es dein leiblicher Vater je war."

„Und du hast mir nicht zugetraut, dass ich das selbst herausfinde. Wie du mir auch nicht zugetraut hast, dass ich erfahre, dass er sich selbst an den Brückenpfeiler gefahren hat? Du hast sogar meine beste Freundin dazu missbraucht mich zu hintergehen. Warum? Hattest du keine Angst, dass irgendwann die Blase, in die du mich hineingestellt hast, platzt? Und Oma, hattest du Angst, dass sie mir etwas erzählen könnte und hast du uns deshalb voneinander zu trennen versucht? Weißt du eigentlich, dass ich Pazifist lange Zeit für ein Schimpfwort gehalten habe?"

„Du kannst dich an den Streit damals noch erinnern?"

„Klar, ziemlich genau sogar und ich habe immer gedacht, ich sei an allem Schuld, weil ich das mit dem Haus und dem Umzug verraten habe."

Annes Gedanken gehen zurück zu diesem folgenschweren Streit zwischen ihrer Mutter und ihrer Oma. Heute erst versteht sie die ganze Tragweite, die Unvereinbarkeit ihrer Ansichten und Denkweisen.

Mutters Stimme klingt ein bisschen abgehackt und nervös.

„Weißt du, schon mit der Muttermilch hatte ich eingesogen wie man zu sein hat. Nicht nur Mutter, auch meine Großmutter waren Menschen, die sich immer um andere bemühten, sich einsetzten und kämpften, die andere achteten und nicht immer den bequemen Weg gingen. Sie glaubten einfach an das Gute in jedem Menschen. Ich habe das verinnerlicht, unbewusst waren sie meine Vorbilder geworden. So wollte ich schon von klein auf Ärztin werden. Dazu kam, dass meine Mutter mir viele Freiheiten ließ. Ich durfte immer mehr als andere Mädchen in meinem Alter. Sie schien einfach zu wissen oder darauf zu vertrauen, dass ich sie nicht enttäuschen würde. Ich ging zum Studium, raus aus dem Dorf, endlich eine große Stadt. Ich lernte so viele interessante Leute kennen, spielte in einer Band. Alles war ein bisschen schräg, lustig und voller Pläne. Ich war dauernd verliebt, mal in diesen mal in jenen. Ich habe ausprobiert, was sich mir bot. Dann lernte ich Dr. Gossner kennen und wollte mein Studium für einen Auslandseinsatz unterbrechen. Endlich an vorderster Front etwas tun, beweisen, dass ich genauso gut bin wie Großmutter und Mutter."

„Ist ein toller Typ, nicht?"

„Wer?" Die Mutter zuckte unmerklich zusammen und sieht Anne entgeistert an.

„Na, Dr. Gossner."

„Du kennst Dr. Gossner?"

Anne sieht am Gesichtsausdruck der Mutter, dass sie ihr nicht so recht glaubt.

„Ja, ich habe ihn besucht. Solltest du vielleicht auch wieder einmal tun."

„Du warst bei Dr. Gossner? Wo?"

„Na in Leipzig. Ich habe herausgefunden, dass du mit ihm zu einem Auslandseinsatz wolltest und da habe ich halt gedacht er sei …"

„… dein Vater?"

Für einen Moment verschlägt es der Mutter die Sprache.

„Er ist ein lieber Mensch. Hat mir viel von dir erzählt und auch einige Fotos geschenkt. Ich glaube er hat dich sehr gemocht und er hat sich gefreut als wir ihn besucht haben. Er scheint sehr einsam zu sein seit seine Frau gestorben ist. Mia behauptet sogar …" Anne bricht ab.

„Was behauptet Mia?"

„Ach nichts weiter."

„Na sag schon!"

„Sie meint halt der wäre ein Typ für Oma."

Die Mutter schmunzelt, fragt aber nur: „Wie habt ihr denn das alles rausgekriegt, die Adresse und so?"

„Mia ist schließlich die Tochter eines Journalisten. Die hat das echt drauf, die Leute auszuquetschen, ohne dass die es merken."

Immer noch schüttelt die Mutter den Kopf.

„Dass du so etwas machst."

„Hättest du mir nicht zugetraut, stimmt 's. Was denkst du eigentlich? Dass ich ein bisschen doof bin und nichts auf die Reihe kriege."

„Nein, natürlich nicht. Aber vielleicht habe ich wirklich nicht bemerkt, dass du groß geworden bist. Ich sehe dich noch immer mit Hanima spielen. Vielleicht ist mir in den letzten Jahren einiges entgangen. Immer habe ich geglaubt, die Zeit sei noch nicht reif für ein entscheidendes Gespräch. Zuletzt war mir nicht einmal mehr der Gedanke daran gekommen, so sehr war ich mit andrem beschäftigt. Erst bei unserem gemeinsamen Wochenende im Herbst, beim Tanzfest, da ist mir aufgefallen, dass du dich verändert hast und dass wir uns ein bisschen fremd geworden waren. Ich hatte mit vorgenommen, auf der Rückfahrt zu versuchen ein Gespräch mit dir zu beginnen. Aber dann kam der Streit mit Babette, den du glaube ich gar nicht mitbekommen hast und dann hatte ich auf einmal diese merkwürdige Vorahnung, Angst, die mein Herz wie wild klopfen ließ, dass mir fast keine Luft mehr zum Atmen blieb und die mich nach Hause rasen ließ, um dann doch zu spät zu kommen. Ich habe versagt, dachte ich. Ich hätte es wissen müssen. Ich hätte doch spüren müssen, was in ihm vorging. Aber ich habe nichts gespürt und nichts gewusst. Ich war ratlos, all die Monate hindurch, seit Danny aus Afghanistan zurückgekommen war und er wollte und konnte mir nichts sagen. Ich dachte ich könnte dich schützen und dir das Bild von dem Menschen bewahren, der er vorher war.

Als ich Danny kennenlernte warst du noch ganz klein und ich gerade voll in der Krise. Nichts von meinen Plänen und Träumen, nicht mal meine Freunde schienen mir übrig geblieben zu sein. Ich pendelte hin und her, zwischen Studium und Kind und glaubte nichts wirklich richtig zu machen. Ich war froh meine Mutter zu haben, die mir half und fühlte mich gleichzeitig von ihr abhängig.

Zu diesem Zeitpunkt wurden in dem Haus, in dem ich in einer WG wohnte, gerade die Außenfassade und das Treppenhaus saniert, was mich ziemlich nervte, da es laut dabei zuging und ich zu lernen hatte. Einmal bin ich völlig ausgetickt, weil das Radio in voller Lautstärke dudelte, um den Baustellenlärm noch zu übertönen. Ich schrie über all den Radau hinweg, man solle doch wenigsten das

Gedudel ausmachen und als ich schon selbst Hand anlegen wollte, stand plötzlich einer vor mir, lächelte, drehte den Schalter herum und lud mich zu seiner Mittagspause auf eine Tasse Kaffee ein. Ich winkte ab, doch er ließ nicht locker und klingelte mittags Sturm bei mir. Das war Danny und er sollte auch zukünftig nicht mehr locker lassen.

Er war so ganz anders, als alle die ich bisher kannte. Er arbeitete damals für eine Hofer Firma in Leipzig. Er lud mich zum Essen aber auch zu Sportveranstaltungen, wie zum Beispiel zum Fußball, ein, wofür ich vorher nur eine abwertende Handbewegung übrig gehabt hätte und er forderte mich heraus, Radtouren und Kletterpartien. Ja, er war ein Abenteurer, wollte seine Grenzen austesten und er scheute kein Risiko. Auf der anderen Seite war er geradlinig und verlässlich, gerade das was mir damals gefehlt hat. Studium? Das schaffst du, überzeugt er mich. Kind? Kein Problem, er würde da sein. Vom ersten Augenblick an ging er mit dir um, als habe er immer schon ein Kind gehabt, als wäre er immer schon bei uns gewesen, als hätte es da nie einen anderen Erzeuger gegeben. Dann wurde er zum Grundwehrdienst einberufen. Ich hatte bis dahin noch keinen gekannt der zum Bund gegangen war und so bin ich davon ausgegangen, dass auch er Zivildienst machen würde. Doch für ihn schien es selbstverständlich zu sein, Soldat zu werden. Das wäre er seinem Vater schuldig. Bald aber merkte ich, dass das seine Welt war, dass diese ständigen körperlichen Herausforderungen ihn reizten immer noch eins drauf zu setzen, immer höher, immer weiter, schon nicht mehr können und dennoch über sich hinausgehen. Es faszinierte ihn, gab ihm ein gutes Gefühl. Er ließ keine Grenzen gelten. Als ich dabei war mein Studium zu beenden, kam er mit der Idee sich länger zu verpflichten. Er malte mir alles in den buntesten Farben. Wir könnten in der Nähe seiner Eltern ein Grundstück erwerben und ein schönes, geräumiges Haus bauen. Er würde ja dann gut Geld verdienen, sodass es ein Kinderspiel wäre den Kredit abzuzahlen. Zumal ich als Ärztin, auch wenn ich noch am Anfang stünde, nicht schlecht verdienen würde. Er habe sich schon mal bei den umliegenden Krankenhäusern erkundigt, und da gebe es einige lukrative Stellen. Das Haus könne man so bauen, dass später einmal eine Praxis für mich angebaut werden könnte. Auch dafür hatte er schon genaue Pläne. Und schließlich und endlich sei es für dich wunderbar, ein eigenes, großes Zimmer und ein schöner Garten zum toben und spielen und, da du ja bald eingeschult werden würdest, die Schule gleich um die Ecke. Vielleicht sei es ja für dich sowieso besser, wenn du nicht so viel bei der Oma aufwachsen würdest, sondern mehr mit Gleichaltrigen zusammen wärst. Er könne eine Fallschirmjäger-Ausbildung machen, das sei schon immer sein großer Traum gewesen. Ich war verblüfft, dass ich so wenig von seinen Träumen gewusst hatte. Konnte ich mir einen Soldaten an meiner Seite vorstellen? Ich dachte an meine Mutter, an ihren Wunsch von einer besseren Welt ohne Gewalt und Krieg. Ich sah sie vor mir, wie sie schon damals entsetzt den Kopf geschüttelt hatte, als Danny zum Bund ging. Er war wohl kaum der Partner, den sie sich für mich gewünscht hat. Sie gab sich zwar große Mühe, das weder ihn noch mich merken zu lassen, aber ich spürte es trotzdem und sie wäre nicht meine Mutter gewesen, wenn sie es nicht immer wieder mal auf Diskussionen angelegt hätte. Aber irgendwo hatte ich all das Gerede satt. Ich wollte einfach mein Eigenes machen. Ich wollte leben, mit dir und Danny. Ich wollte ein gutes Leben für uns und es fühlte sich gut an für mich, mit Danny. Ein schönes Haus, eine eigene Praxis das reizte mich, nachdem all meine anderen Pläne, wie eine Seifenblase zerplatzt waren. Ich wollte auf eigenen Füßen stehen und es allen zeigen. Ich redete mir ein Soldat sei schließlich ein Beruf wie jeder andere, damals war ja noch keine Rede von Auslandseinsätzen und vielleicht sei es ja auch gar nicht so verkehrt unsere Werte zu schützen.

Der Streit dann mit Oma, der kam Anfangs aus einer Wut heraus, dass sie immer alles besser wissen wollte, vielleicht auch weil ich selbst unsicher war und ich war eifersüchtig. Durch das Studium hatte ich nie genügend Zeit für dich gehabt. Nun glaubte ich, dass du sie mehr liebtest als mich.

Ich krempelte mein Leben völlig um, neuer Wohnort, neue, erste Arbeitsstelle, neuer Freundeskreis, alles anders. Ich glaubte endlich meins gefunden zu haben und ich wollte einen klaren Schnitt zum vorherigen machen, auch zu meine Mutter und ihren Ansichten. Dass das nicht funktionierte und dass ich mir selbst keinen Gefallen damit tat, ahnte ich recht bald. Aber ich wusste nicht, wie ich zurückrudern sollte, stattdessen verhärtete ich mich, machte einfach so weiter und dachte, nur so könne ich mein Ziel erreichen."

„Und, hast du es erreicht?", fragt Anne provokativ.

Doch die Mutter geht nicht weiter darauf ein. Sie spricht einfach weiter.

„Als Danny dann nach Afghanistan ging, war es für mich schon fast Normalität. Er erklärte mir, wie wichtig er es fände, dabei zu sein, um das Land zu befrieden und dass er seine Kameraden dabei auf keinen Fall im Stich lassen könne. Ich weiß bis heute nicht, ob er selbst daran glaubte oder ob er das Abenteuer, den Kick suchte oder ob es ein Mix aus beidem war. Und natürlich, wir hatten das große Haus gebaut. Der Kredit lastete auf uns. Da kam uns der Mehrverdienst durch den Einsatz schon auch gelegen. Danny rechnete mir vor, wie viel schneller wir schuldenfrei sein könnten."

„Hattest du denn gar keine Angst?"

Die Mutter lehnt sich zurück.

„Ich weiß nicht, nein ich glaube nicht so sehr. Ich hab es einfach verdrängt. Als er dann zurückkam war nichts mehr wie vorher. Ich bin Ärztin, ich erkannte die Symptome, aber ich kam nicht an ihn heran, an meinen eigenen Mann. Ich habe ihn verloren."

Plötzlich schießen ihr die Tränen in die Augen und sie heult und heult. Annes erster Impuls ist zu ihr zu gehen und sie zu trösten. Doch sie bleibt wie versteinert sitzen, kann sich einfach nicht bewegen.

„Wir haben ihn verloren", schluchzt die Mutter und nun kommt sie um den Tisch herum, um Anne zu umarmen. Doch Anne will jetzt nicht umarmt werden. Sie ist aufgebracht und selbst den Tränen nahe.

„Aber warum hast du mir nie die Wahrheit gesagt, nicht mal warum er starb und wie."

„Ich wollte dich doch nur beschützen?"

„Du hast mich nicht beschützt. Du hast einfach nur so weiter gemacht, als sei nichts gewesen, hast gearbeitet ohne Ende. Du hast nur heimlich geheult. Mit mir traurig warst du nie. Jetzt kann ich auch nicht auf Kommando mit dir trauern. Ich verstehe euch nicht. Gut, das Haus habt ihr vielleicht abzahlen können, aber hat er mit seinen Waffen Afghanistan friedlicher gemacht? Es ist doch immer noch Krieg da. Muss man Frieden mit Waffen erringen oder geht es irgendwie anders? Früher habe ich nie darüber nachgedacht. Es hat mich überhaupt nicht interessiert. Aber jetzt weiß ich bei so vielen Dingen nicht, was richtig und falsch ist."

Die Mutter hat aufgehört zu weinen und sich neben Annes Stuhl gehockt. Sie zuckt mit den Schultern.

„Ich weiß es auch nicht Anne. Niemand kann dir darauf eine komplett richtige Antwort geben. Jeder für sich muss darüber nachdenken."

Sie macht eine lange Pause und Anne wundert sich, dass die Mutter, die immer eine perfekte Antwort parat gehabt hat, mit einem Mal keine weiß. Sie fröstelt.

„Bist du müde?", fragt die Mutter. „Willst du dich wieder hinlegen? Wir können ja auch morgen weiterreden." Anne schüttelt unwillig den Kopf. Nein, sie ist nicht müde und sie will sich auch jetzt nicht hinlegen.

„Mama, selbst wenn ich müde wäre, will ich jetzt nicht aufhören, so mittendrin. Ich will wissen, wie es weitergeht und …"

Die Mutter hatte sich wieder auf ihren Stuhl gesetzt.

„Ich weiß auch nicht wie es weitergeht. Als du krank warst habe ich viel mit Oma geredet."

Sie blickt auf ihre schmalen, sehr gepflegten Hände und kratz an etwas herum, das eigentlich gar nicht da ist.

„Ich habe etwas versucht, Anne, um dem sinnlosen Tod von Danny doch noch irgendetwas Sinnvolles abzugewinnen. Klingt blöd, ich weiß, aber ich weiß nicht, wie ich es anders ausdrücken soll. Ich bin in die Kaserne gegangen, obwohl ich geglaubt hatte, keine zehn Pferde würden mich mehr dahin bringen."

„Ich weiß Mama. Mia hat mir davon erzählt."

Doch die Mutter redet unbeirrt weiter, so als hätte sie Annes Worte überhaupt nicht gehört.

„Schon im Herbst, beim Festival, hat mich Babette gebeten ihr bei der Sache mit Amit und Jamal zu helfen. Doch ich dachte, sie verlange zu viel von mir. Hatte ich nicht mit uns genug zu tun? Alles war doch schon schlimm genug. Was hatten wir nicht alles unternommen, damit seine Krankheit als Folge des Kriegseinsatzes anerkannt wurde und wie oft sind wir gegen Mauern eisigen Schweigens gelaufen. Heute denke ich manchmal, vielleicht hätte es Danny geholfen oder mir, wenn wir für andere etwas hätten tun können."

Jetzt erst scheint ihr klar zu werden das Anne etwas gesagt hatte. Ein wenig enttäuscht fährt sie fort: „Mia hat dir also schon davon erzählt. Na dann brauche ich ja nicht weiter ausholen. Aber heute war ich bei dem Offizier, der sich um die zivilen afghanischen Angestellten bemüht und das kann deine Mia noch nicht wissen: Er hat Dokumente und Fotos gefunden, die beweisen das Amit ein solcher Angestellter war und dadurch in Gefahr ist. Jetzt brauchen wir nur noch mit einem guten Anwalt an der Seite den Weg durch die Instanzen anzutreten. Den Anwalt hat mir der Offizier auch vermittelt. Er meinte, es sei so gut wie sicher, dass es klappt."

„Wow, das ist ja echt unglaublich, Mama. Das hätte ich dir gar nicht zugetraut."

Die Mutter sitzt ein bisschen zusammengesunken da, mit ausgelaufener Wimperntusche vom weinen und einem rosa Eisfleck an der Bluse und versucht es mit einem schiefen Lächeln und Anne kommt der Gedanke, dass auch Mütter nur Menschen sind, manchmal stark und manchmal schwach und manchmal unsicher und ängstlich.

„Weißt du, dass wir vielleicht ein Drachenfest machen wollen. Jamal ist ein Drachenfan wie ich, dass ist bei in Afghanistan eine uralte Tradition. Kannst du dich noch erinnern, wie ich mit Papa immer Drachen gebaut habe und du bald verrückt geworden bist, weil wir alles herumliegen ließen oder die Möbel mit Leim beschmierten und später dann, im neuen Haus, waren wir tagelang nicht aus dem Keller herauszukriegen?"

Die Mutter nickt.

„Meine Güte, Anne, wie lange ist das her. Wenn doch Danny noch mit ansehen könnte, wie hier alles weiter geht und sich doch zum Guten wenden kann und… wie du groß wirst."

„Na, vielleicht sieht er uns von da oben zu und hat auch ein bisschen dran gedreht."

„Glaubst du an so etwas?"

„Weiß nicht, ich habe in der letzten Zeit so viele merkwürdige Dinge erlebt, weißt du. Da war zum Beispiel die alte Frau Meier, die hat mir, kurz vor ihrem Tod ihre Lebensgeschichte ganz klar erzählt, obwohl alle sagen die wäre Alzi, äh sie hätte Alzheimer gehabt und hätte mit niemandem mehr richtig gesprochen. Na gut, am Ende hat sie mich dann mit ihrem verschollenen Sohn verwechselt, aber…

„Die alte Frau Meier?"

Die Worte der Mutter sind eher ein leiser Hauch. Die Farbe ist ihr aus dem Gesicht gewichen und sie hat die Arme vor der Brust verschränkt. Ihre Fingernägel graben sich in das Fleisch ihrer Unterarme.

29. Kapitel Änne

„Inga, min älsking."

Änne kann all die Worte, die er ihr lächelnd zuflüstert nicht verstehen, da ihr seine Sprache fremd ist. Nur so viel versteht sie, dass ein sanfter Engel die Schmerzen lindert und er sich in seiner schwedischen Heimat wähnt. Er hält sie für das Mädchen, das er liebt oder von dem er träumt, für Inga. Seine Hand nestelt an seinen Hemd und darunter bringt er eine Brusttasche hervor. Mit steifen Fingern versucht er sie zu öffnen. Hervor kommt ein kleines Pferdchen. Bestimmt hat er es selbst im Soldatenlager für sie geschnitzt und womöglich hat es ja irgendeine Bedeutung. Außerdem ist in der Tasche eine mit glänzenden Steinchen besetzte Schleife aus Spitze für das Haar eines Mädchens, vielleicht gar für den Kopfputz einer Braut, denn sie ist wunderschön. Er drückt ihr das Pferdchen in die Hand und schließt sie darum. Ob das irgendein Symbol der Liebe ist, dort oben in Schweden? Änne weiß es nicht. Dann versucht er ungeschickt ihre Zöpfe zu fassen. Seine Augen sind groß und so voll Sehnsucht, dass Änne es nicht über sich bringt ihn zurückzuweisen. Ganz vorsichtig damit er nicht wieder Schmerzen erleiden muss, legt sie seinen Kopf in ihren Schoss und lässt sich den Schmuck anlegen. Es kostet ihn unsagbare Kraft und er wird immer schwächer dabei, da unentwegt Blut aus seiner Wunde sickert.

Immer fahler wird sein Gesicht, doch er strahlt voll Stolz und Freude, ihr einen solchen schönen Schmuck schenken zu können. Er streichelt ihr mit blutverschmierten Fingern zärtlich über Wange und Gesicht. Änne wagt sich kaum zu bewegen.

„Inga, min älsking", flüstert er immer und immer wieder und seine Augen füllen sich mit Tränen. Auch Änne berührt nun sein Gesicht und seine Hände, worauf er ihr mit einem seligen Lächeln antwortet. Völlig erschöpft sinkt er in einen tiefen Schlaf den Änne bewacht. Gibt es vielleicht doch noch Hoffnung, dass er seine Inga wiedersieht? Da spürt sie auf einmal, wie etwas sie leicht an der Schulter berührt, ganz so wie heute Morgen. Da seufzt er noch einmal schwer auf: „Mor"

Da weiß Änne, dass der milde Engel, der ihm vorhin die Schmerzen genommen und seinen Sinn verzaubert hat, ihn nun ganz mit sich genommen hat, dass er gestorben ist in einem fremden Land, viele viele Meilen von daheim entfernt und dass er doch noch einmal kurz dort gewesen ist. Sie wagt nicht sich zu rühren, sitzt einfach nur da, das kleine Pferdchen fest in der Faust und den Schmuck im Haar und die Zeit streicht an ihr vorbei, ohne dass sie sie wahrnimmt. Die Sonne beginnt sich bereits nach Westen zu senken. Doch Änne hört und sieht nichts. Ist sie ein Stück mit dem Toten gegangen, über die Wiesen und Kiefernwälder seiner småländischen Heimat? Sie hat später keine Erinnerungen mehr an diese Stunden im Wald mit dem schwedischen Bauernjungen auf dem Schoss, den irgendein Herr zum Soldaten gemacht hat. Sie hört jemanden ihren Namen rufen, doch noch immer wagt sie es nicht sich zu bewegen. Bis, ja bis plötzlich Gideon vor ihr auftaucht.

„Was tust du da Änne? Das ist doch ein Schwed!"

Sehr langsam, als müsse sie einen weiten, weiten Weg gehen, kommt sie zurück in die Wirklichkeit. Sie schaut zu Gideon auf, mit Augen die er nicht beschreiben kann.

„Er ist ein Mensch, Gideon."

In diesem Augenblick wünscht er sich, immer in der Nähe dieses sonderbaren Mädchens zu sein und er fasst einen Entschluss, von dem Änne nicht das geringst ahnt.

„Wir müssen ihn begraben", flüstert sie.

Gideon der ihr dabei hilft, den Toten vorsichtig beiseite zu schieben und sich zu erheben, schüttelt den Kopf.

„Nicht jetzt, Änne! Ich verspreche dir, dass wir hierher zurückkommen und ihn wie einen Menschen begraben, aber wir müssen erst einmal zurück. Es wird nach dir gesucht. Man glaubt, dir sei etwas zugestoßen. Deine Mutter ist völlig aufgelöst und deine Großmutter, ist auf dem Weg, als sie gefangen aneinander gebunden waren, gestürzt, da hat man sie einfach liegenlassen. Ein altes Weib hatte keinen Wert für sie. Sie hat sich zurück geschleppt zum brennenden Meierhof und hat im Backhaus, das ja abseits steht und kein Feuer gefangen hatte, die Hühner gefunden. Angeblich hat ihr das ein Bübchen in Soldatenkleidern, wie sie sich ausdrückte, zu verstehen gegeben, als sie ihm einen Tee für seinen arg schmerzenden Bauch gab. Nun aber hat sie sich ins Bett gelegt. Die linke Seite schmerze ihr, das Herz, es sei alt und es sei auch genug. Was immer sie damit meint."

Änne steht versteinert da. Warum hatte sie überhaupt nicht an ihre Familie gedacht? Sie hätte doch wissen müssen, wie sehr sich die Mutter erregen würde.

Und die Großmutter? Noch nie seit sie sie kannte, hatte sie sich bei Tag zu Bett gelegt.

Gideon hat inzwischen den toten Soldaten zu einer kleinen Kuhle geschleift, ihn dort hineingelegt und mir Laub vom Vorjahr, Moos und Zweigen bedeckt, sodass man nicht bemerken kann, dass dort ein Toter liegt. Er hofft, auch kein Tier möge ihn aufstöbern. Es ist schon fast ein Grab und sie würden es nur noch etwas tiefer graben und ordentlich zuschütten müssen. Änne hört ihn reden, sieht wie sich sein Mund auf und zu bewegt, doch sie vermag seinen Worten keinen Sinn zu geben, geschweige den sie in der Lage, ihm behilflich zu sein. Erst als er sie bei der Hand nimmt und mit sich zieht, lässt sie es willenlos geschehen und trottet hinter ihm her. Doch umso weiter sie vorankommen, umso schneller wird ihr Schritt und irgendwann lässt sie seine Hand los und läuft voraus.

Die Hütte steht noch, wie sie sie gestern verlassen hatten. Zu klein und dürftig ist diese, am Rande des Dorfes stehende Kate, den Plünderern erschienen. Sie reißt die Tür auf und steht mitten in der Stube. Die Mutter schreit auf, als sei sie eine Erscheinung.

„Änne, Kind wo warst du bloß?" Sie nimmt Änne bei der Schulter und streicht ihr durchs Haar, wie um zu erkunden, ob sie wirklich ein Mensch aus Fleisch und Blut ist. Dann holt sie tief Luft und umarmt sie, wie schon lange nicht mehr. Gleich darauf beginnt sie in sie zu dringen, um zu erfahren, wo sie die ganze Zeit gesteckt hatte.

Doch Änne steht nur steif im Raum, wie zur Salzsäule erstarrt, ohne zu sprechen. Jede Bewegung scheint ihr unendlich mühevoll. Die Kinder wuseln um sie herum und suchen sie zu fassen. Einzelne Wortfetzen dringen an ihr Ohr: „Angst, Sorge, Tee ...", bis die Großmutter vom Bett herüber ruft: „Nun lasst sie doch erst einmal. Sie wird uns schon bei Gelegenheit erzählen was ihr passiert ist."

Die Stimme der Großmutter löst Ännes Starre und ihre Zunge. Hat sie etwa befürchtet sie nicht mehr lebend anzutreffen?

„Großmutter, was fehlt dir, was haben sie dir getan?"

Schon steht Änne neben ihrem Bett. Fahl sieht die Großmutter aus und müde, die Haare nur zu einem dünnen Zopf geflochten, aus dem sich einige Strähnen lösen, im Gesicht und an den Händen noch Wunden vom Sturz. Doch ihre Augen sind lebendig wie eh und je und wirken in dem runzligen Gesicht ganz jung. Die

Großmutter nimmt Ännes Hand und bedeutet ihr sich neben sie auf das Bett zu setzen.

„Es ist nicht schlimm, nur das Herz, das Herz will nicht mehr. Ich bin alt, Änne, und irgendwann wird es für jeden Zeit zu gehen. Ich bin lange genug auf der Welt gewesen." Änne will etwas erwidern, will schreien und sie ins Leben zurückschütteln, will sagen, dass sie doch noch so viel von ihr zu lernen hat.

Aber die Großmutter winkt ab. Leise lächelnd sagt sie: „Aber ich habe noch ein paar Dinge zu erledigen auf dieser Welt." Inzwischen ist auch Gideon in die Stube getreten. Als er Änne am Bett der Großmutter sitzen sieht, meint er, er könne hinüber zu seinen Leuten gehen, die irgendwo im Dorf eine Bleibe gefunden hatten. Dem alten Hubert habe er schon Bescheid gegeben, das Änne wieder da sei und keiner mehr nach ihr zu suchen brauche. Morgen wolle er sich den Schaden am Hof besehen, um zu überlegen, wie es weitergehen soll.

„Ich schau bei Gelegenheit vorbei, wenn es recht ist." Dabei nickt er Änne zu, um ihr zu verstehen zu geben, dass er durchaus daran denkt, sein Versprechen einzulösen. Er hebt die Hand zum Gruß und ist schon fast zur Tür hinaus. Da hebt Großmutter Anna den Kopf von ihrem Lager und winkt Gideon zu sich heran.

„Ich werde gleich damit anfangen, das zu tun was mir noch zu tun bleibt auf dieser Welt."

Gideon schaut unsicher in die Runde. Er weiß nicht so recht, was sie von ihm will, kommt aber, um der alten Frau einen Gefallen zu tun, wieder näher.

„Brauchst du etwas, Mutter Anna? Kann ich dir helfen?"

Die Großmutter schüttelt den Kopf.

„Nein, ich brauche nichts mehr. Doch ich muss, da es nun bei mir selbst bald soweit ist, noch ein Versprechen einlösen, das ich einer Sterbenden gegeben habe. Der Zeitpunkt dafür ist vielleicht jetzt nicht so günstig, wo doch alles noch in einem furchtbaren Durcheinander ist. Aber ich glaube nicht, dass sich uns noch einmal eine solche Gelegenheit bietet."

Noch immer ahnt Gideon nicht, was das mit ihm zu tun haben soll.

„Hol einen Schemel heran Änne, damit sich der Junge setzen kann und geh hinüber zu deiner Mutter und brau uns einen Tee."

Änne, immer noch in schrecklicher Angst um ihre geliebte Großmutter, gehorcht und schiebt den Hocker für Gideon vors Bett. Wollte die Großmutter mit ihm allein sein? Am Herd erwärmt sie Großmutters Gebräu und bringt es den beiden.

Als sie nicht darum gebeten wird zu bleiben, setzt sie sich an den Tisch zur Mutter. Dabei spitzt sie jedoch die Ohren, um zu hören, was drüben am Bett der Großmutter gesprochen wird. Sie scheint es selbst kaum zu bemerken, aber sie ist vollauf damit beschäftigt kein Wort zu verpassen.

Da ist Gideons breiter Rücken und seine merkwürdig gespreizten Beine, um auf den für ihn viel zu kleinen Schemel Platz zu finden. Die Großmutter bittet ihn, ihr das Kissen in den Rücken zu stopfen, damit sie aufrechter sitzen kann. Die Stimme der Großmutter ist immer noch recht klar, so kann Änne alles verstehen. Ob das gar ihre Absicht ist?

„Es war ein eiskalter Winter, damals anno 1618 als die Bäuerin vom Meierhof ihr zweites Kind zur Welt bringen sollte. Der Bauer hatte sich aus dem Staub gemacht und war zu einem Viehhandel irgendwo außerhalb. Ich war schon etwas früher gekommen, weil ich wusste, dass sie es nicht so leicht hatte mit dem Kinderkriegen. Das scheint sich aus irgendeinem Grund auf eurem Hof zu wiederholen, aber das ist eine andere Sache. Jedenfalls, so war es dann auch. Sie quälte sich entsetzlich auf ihrem Lager, doch das Kind wollte und wollte nicht kommen, es senkte sich einfach nicht ins Becken. Ich tat was ich konnte, versuchte alles mögliche, doch die Zeit verstrich. Es wurde Tag und wieder Nacht und als der dritte Morgen anbrach, hatte sie es endlich, mit allerletzter Kraft und mit meinem Druck auf ihrem Leib, geschafft. Nur das Kind, es hat nicht mehr gelebt. Es war schlimm für die Bäuerin, hatte sie doch gerade in dieses Kind noch einmal ihr ganzes Hoffen und Sehnen gelegt. Jetzt, wo ihr einziger am Leben gebliebener Sohn schon fast erwachsen war. Aber was sollte sie tun? Sie musste sich in ihr Schicksal fügen. Ich begrub das Kind am Waldrand in der Nähe des Hofes, weil sie es sich inständig so wünschte. Ich brauchte meine ganze Kraft dafür, das kleine Grab auszuheben, denn der Boden war arg durchgefroren. Hielt sich die Bäuerin schon immer gern für sich, viel hatte ihr ja auch das Leben nicht beschert außer einen brutalen Mann, der jedem Weiberrock nachstieg und viel Arbeit auf dem einsamen Hof, so ging sie jetzt gar nicht mehr aus. Nur zum Grab ihres Kindes schlich sie fast täglich."

„Mutter Anna, du meinst doch nicht etwa meine Mutter, da musst du was verwechseln, ich bin '18 geboren und wie du siehst, ich bin am Leben", unterbricht sie Gideon.

Er will noch mehr sagen, glaubt, sie sei ob ihrer Schmerzen und den Geschehnissen der letzten Tage, vielleicht auch weil sie sich schuldig fühle, schließlich war sie es ja die den Hahn mitgenommen hatte, durcheinander gekommen und rede jetzt etwas wirr daher. Doch sie bedeutet ihm mit einer Handbewegung zu schweigen und sie ausreden zu lassen.

So bleibt ihm nichts anderes übrig als auszuharren und sie vielleicht damit zu erleichtern, so denkt er es sich jedenfalls.

Anna braucht einen Moment, um sich zu sammeln und den Faden wieder zu finden. So lange ist es ganz still im Raum. Als sie weiterspricht klingt das nicht nach einer wirren alten Frau, sondern so, als hätte sie sich die Worte schon lange vorher zurecht gelegt.

„Ein paar Tage später, es war noch immer eiskalt und an diesem Tag auch noch stürmisch dazu, da wurde ich erneut zum Meierhof gerufen. Es war schwer voranzukommen, durch Schnee, Eis und Sturm. Als ich am Meierhof ankam, hatte es die Martel schon fast allein geschafft ihr Kind zur Welt zu bringen. Ich musste nur noch die Nabelschnur durchtrennen und das laut schreiende Kind trocken reiben und seiner Mutter an die Brust legen. Es war ein außergewöhnlich schöner und kräftiger Junge, der da neben seiner Mutter auf dem Strohsack des schmutzigen Verschlages, den die Martel als arme Magd bewohnte, lag. Fast schon drängte sich der Vergleich mit den Bildern vom Jesuskind im Stall auf. Doch es gab dort weder einen gütigen Josef, noch eine Schar von Engeln, die zu Hilfe geeilt wären. Lediglich eine Kuh spendete etwas Wärme. Sonst gab es dort nur dieses arme Mädchen, über das der Bauer in regelmäßigen Abständen herfiel wie ein Tier, oder schlimmer noch und sie ansonsten wie eine Sklavin schuften ließ. Sie konnte sich nicht wehren. Wie auch? Sie hatte niemanden der ihr beigestanden hätte. Mich konnte man nicht zählen. Ich war ja selbst nur eine arme Häuslerin, an einen versoffenen Mann gebunden, oft genug als Hexe verschrien. Schon einmal hatte ich ihr geholfen, eine ungewollte Leibesfrucht loszuwerden, doch diesmal war es zu spät gewesen. Da lagen sie nun die Martel, gleich der Jungfrau Maria und doch um so vieles ärmer. Noch hielt sie stolz und glücklich ihr Kindchen im Arm, streichelte liebevoll den nun schlafenden Säugling. Noch wollte sie einfach nicht daran denken, was werden sollte. Ganz sicher würde der Bauer nicht zulassen, dass es hier auf dem Hof aufwuchs. Aber weggehen und das Kind bei sich behalten, als ledige Mutter, wäre einem Todesurteil gleichgekommen, zumindest für das

Kind. Wohin hätte sie gehen sollen? Sie würde es der Kirche übergeben müssen und es würde in irgendeinem Waisenhaus verdreckt und verroht aufwachsen. Als ich hinauf zur Bäuerin kam, um sie um ein paar wärmende Decken, vielleicht ein Federbett und ein paar Windeln zu bitten und in ihr müdes Gesicht sah, als sie mir die Sachen heraussuchte, da kam mir so ein Gedanke.

Wieder unten im Stall bei der Martel hüllte ich sie und das Kind in die wärmenden Decken und holte die Kuh noch näher heran. So hoffte ich, dass die beiden in ihrer ersten Nacht nicht froren und dass sie ungestört ihre Zweisamkeit genießen konnten, ehe die Wirklichkeit über sie hereinbrechen würde. Inzwischen hatte der Sturm etwas nachgelassen und die um diese Jahreszeit frühe Dämmerung setzte bereits ein. Ich versprach am folgenden Tag wiederzukommen und machte mich auf den Heimweg.

Als ich so eilends über den Schnee dahin lief, um noch vor dem Einbruch der Dunkelheit daheim zu sein, war wieder dieser Gedanke da. Wie ungerecht war doch die Welt! Die eine bekam ganz mühelos ein gesundes Kind, würde aber schon bald nicht wissen, wie es weitergehen sollte, denn sie konnte es nicht bei sich behalten. Die andere hatte alles, um noch einmal ein Kind aufzuziehen, doch sie weinte sich die Augen aus, am Grab ihres toten Kindes. Könnte man nicht …? Ich wagte kaum zu Ende zu denken. So verbrachte ich eine Nacht, in der mich die Gedanken noch bis in den Schlaf verfolgten und mich unruhig auf meinem Lager hin und her wälzen ließen. Sogar mein Mann wurde wach und raunzte mich an: 'Gib doch mal Ruhe, Alte!'

Gegen Morgen schlief ich dann endlich richtig fest ein und zum ersten Mal in meinem Leben hatte ich eine Vision die so bildhaft und ausdrucksstark war, wie ich es noch nie erlebt hatte. Inzwischen weiß ich, dass ich acht geben muss auf diese Träume. Damals war es mir neu. Ich träumte von einem jungen kräftigen Mann, der stolz und froh über eine blühende Wiese seines Weges geht. An seiner Seite waren zwei alte Weiber und eine jede hielt die Hand über ihn. Am Morgen als ich erwachte stand immer noch jede Einzelheit vor meinen Augen und verband sich mit meinen Gedanken vom gestrigen Tag. So trat ich meinen Weg an, um nach der Wöchnerin zu sehen.

Als ich ankam umklammerte sie ihr Kind und weinte wie wild. Das Leben würde sie sich nehmen, wenn man ihr das Kind wegnähme, schrie sie. Ich hatte große Schwierigkeiten sie zu beruhigen und bekam aus ihr heraus, dass der Bauer vor nicht allzu langer Zeit hier herein gestapft sei und sie angebrüllt habe, sie solle den Balg wegschaffen und wenn sie es nicht täte, würde er es in die Hand nehmen. Da stand ich nun vor dem herzzerreißend schluchzenden Mädchen und dem durch Geschrei und Aufregung plärrenden Kind. Eigentlich hatte ich noch ein paar Tage warten wollen, doch nun musste ich schon jetzt mit meinem Plan heraus.

'Hör mal Martel, du weißt, dass du so wie die Sache nun mal liegt, dem Kind kein gutes Leben bieten kannst. Es wird genauso im Dreck leben wie du selbst. Willst du das?'

Mit großen leeren Augen starrte sie mich an, krampfhaft ihr Kind festhaltend. Sie erwiderte nichts, musste sie doch annehmen, dass nun auch ich nicht mehr auf ihrer Seite stand.

'Ich hab mir da etwas ausgedacht, von dem ich nicht weiß, ob es möglich sein wird, doch wir sollten es, wenn du damit einverstanden bist, versuchen', sagte ich mit der ruhigsten Stimme zu der ich unter diesen Umständen fähig war. Ich sah die Hoffnung in ihr aufkeimen und hatte schon Angst, dass das was ich ihr sagen wollte, nicht nach ihrem Sinn sein könnte und die Traurigkeit sie dann vollends einholen würde und sie vielleicht dazu treiben könnte sich und dem Kind etwas anzutun. Dennoch ich setzte nun alles auf eine Karte und sagte gerade heraus, was ich vor hatte.

'Die Bäuerin da oben weint sich die Augen aus, weil sie ihr Kind verloren hat. Sie wäre in der Lage, diesem Kind hier eine Zukunft zu geben. Noch weis keiner, dass ihr eigenes Kind tot zur Welt kam und du hast deine Schwangerschaft ja auch geflissentlich bis zu letzt verborgen. Vorausgesetzt sie wäre einverstanden, könntest du ihr dein Kind übergeben, als das ihre. Du wärst aber trotzdem in seiner Nähe, könntest es heranwachsen sehen und wenn nötig deine Hand darüber halten. Ich weiß natürlich, dass dein Schmerz unendlich groß sein wird, aber tu es um deines Sohnes willen. Er hätte so die Aussicht auf ein gutes Leben.'

Lange, lange lag sie stumm da, ihr Gesicht von mir abgewandt, zur Wand gedreht. So kämpfte sie ihren einsamen Kampf. Ich saß dabei, lehnte meinen Kopf an die ruhig vor sich hin kauende Kuh und weinte still vor mich hin. Dann auf einmal wendete sie sich mir abrupt zu und sagte ganz leise aber mit einer Festigkeit, die ich ihr nicht zugetraut hätte: 'Ja, frag die Bäuerin.' Ich wollte etwas erwidern, sie streicheln, wollte ihr die Tränen wegwischen, aber da hatte sie sich schon wieder abgewandt. So schlich ich hinaus, wehen Herzens, denn noch wusste ich ja nicht, wie die Bäuerin dazu stand. Doch die zögerte nicht lange. Vielleicht war ihr der Gedanke selbst schon gekommen. Als ich ihr noch zu bedenken gab, wie sie es denn wohl dem Bauer beibringen wolle, meinte sie, dass sie schon ihre Mittel und Wege habe. Dabei blieb es. Keiner erfuhr wie sie es angestellt hatte, seine Zustimmung zu bekommen. So beschwor sie auch uns, dass nie ein Wort darüber fallen dürfe, was sich in diesen Wintertagen anno 1618 auf dem Meierhof abgespielt hatte. Die Martel konnte ihrem Kind noch über ein Jahr die Brust geben und die Bäuerin erlaubte sogar, dass das Kind den von seiner wahren Mutter gewählten Namen erhielt. Ansonsten durfte sie sich aber nie mehr, vor allem nicht vor dem Kind, als seine Mutter zu erkennen geben. Wir alle haben uns an diese Abmachung gehalten, bis auf den Tod. Und so kam es, dass eigentlich immer zwei Mütter die Hand über dich hielten und dass beide ihr bestes für dich gegeben haben. Als die Martel starb, war es für sie die Erlösung aus einem armseligen irdischen Dasein, doch eins lag ihr noch auf der Seele und so bat sie mich, dir die Wahrheit zu sagen. Du solltest wissen, dass sie dich immer geliebt hat. So konnte sie in Frieden gehen und ich denke auch die alte Meierbäuerin, von wo auch immer sie jetzt auf uns herabschaut, wäre damit einverstanden. Du, Gideon, bist beider Sohn und ich habe gesehen, dass du ihrer würdig bist. Nun weißt du alles."

Anna lässt sich erschöpft in ihr Kissen zurückfallen und schließt die Augen. Es ist wieder vollkommen still in der kleinen Stube, nicht einmal die Kinder geben einen Laut von sich. Eine ganze Weile sitzt Gideon regungslos da und starrt auf die alten Hände von Großmutter Anna, die sie über der Bettdecke gefaltet hält. Es ist, als erwarte er noch weitere Worte.

Als er aber glaubt, sie sei eingeschlafen, springt er auf, durchmisst mit großen Schritten den Raum und schlägt ohne ein Wort die Tür hinter sich zu. Änne will ihm folgen, aber die Großmutter öffnet die Augen und hebt die Hand.

„Lass ihn gehen, Änne. Er muss jetzt allein sein. Er wird es verkraften. Die Liebe seiner Mütter hat ihn stark genug gemacht, glaub mir."

Dann fällt sie wirklich in einen tiefen Schlaf, den ihre Familie bewacht.

Die Großmutter sollte recht behalten. Schon nach zwei Tagen steht Gideon wieder im kleinen Häuschen von Großmutter Anna. Er will sich verabschieden, denn schon morgen, in aller Herrgottsfrühe, wird er aufbrechen, um die Braut seines Dienstherrn und deren Tante wieder zurück nach Zwickau zu kutschieren. Doch vorher möchte er sein Versprechen bei Änne einlösen und den toten Schweden begraben. Schweigend gehen sie in den Wald und finden recht schnell die besagte Stelle, wo sie ihn zurückgelassen haben. Sie hatten keinem gesagt, wohin sie gingen. Die Leute im Dorf sind froh und glücklich über ihren Sieg und darüber, dass alle mit dem Leben davon gekommen sind. Sie richten ihre geplünderten Häuser wieder her und kümmern sich um ihr gerettetes Vieh. Die Aussaat war bereits vor dem Überfall getätigt worden, sie würden also weiterleben. Dankbar sind sie ihm, dem Gideon. Aber wer hätte schon einen Feind begraben wollen? Das hätten sie wahrscheinlich nicht einmal ihm zugestanden.

Sie vertiefen die Grube und lege dem Jungen ein mit Stroh gefülltes Kissen unter. Das Holzpferdchen gibt Änne ihm in die Hand, zusammen mit einem bunten Strauß aus Wiesenblumen. Nachdem sie ein Gebet gesprochen haben, schließen sie das Grab mit Erde. Kein Kreuz mit seinem Namen würde den Hügel zieren, nur ein schöner Stein in den Gideon, was man erst beim genauen betrachten wahrnimmt, ein kleines Kreuz geritzt hat. Änne beginnt zu weinen und sie kann einfach nicht wieder aufhören. Gideon, der hilflos neben ihr steht, sagt betroffen: „Aber du kanntest ihn doch gar nicht!" Kaum dass Gideon es verstehen kann schluchzt Änne: „Ich weine nicht nur um ihn. Ich weine auch um meinen Vater, um meinen Brüder und um all die Leute in unserem Dorf, die ich mit meiner Mutter begraben habe und ich weine um das Kind von Barbara und über das, was dem kleinen Findling widerfahren sein mag und ich weine auch um Hans, von dem ich nicht weiß, wo er jetzt ist und ob er überhaupt noch lebt. Ich weine um all die, die dieser schreckliche Krieg verschlungen hat und um all die Frauen, denen keine Gerechtigkeit widerfährt." Sie sieht zu Gideon auf.

„Meinst du, dass es einmal eine Welt ohne all das geben wird?"

Sie erwartet keine Antwort. Wer könnte die schon geben?

Langsam machen sie sich auf den Heimweg. Plötzlich nimmt Gideon Ännes Hand. Als sie ihn fragend anschaut, bleibt er abrupt stehen und zwingt auch sie dazu innezuhalten. Vorsichtig, als könne seine Berührung ihr weh tun, dreht er Änne zu sich herum. Mit einem Mal sieht er gar nicht mehr so männlich, so wie der Anführer der siegreichen Dorfleute aus. Seine freimütige, selbstgewisse Art ist einem ernsten, fast schüchternen Gesichtsausdruck gewichen, so als fürchte er etwas, von dem er weiß, dass er keinen Einfluss darauf hat. Er sieht Änne nicht an, sondern blickt über sie hinweg in die Landschaft, als suche er im nächsten Baum oder Fels die Antwort. Seine sonst so hellen Augen wirken dadurch eine Spur dunkler. Änne wagt nichts zu fragen und so zieht sich der Augenblick in die Länge. Sie kommt zu dem Schluss, dass das vielleicht seine Art ist sich zu verabschieden. Doch da hebt er mit beinahe feierlicher Stimme zu sprechen an, kommt aber schnell ins Stocken und spricht mit einem Mal so schnell, dass Änne dem Sinn seiner Worte kaum folgen kann und eine Weile braucht, ehe sie versteht, dass es bei dem, was er sagt, um sie geht.

„Das Fräulein Constanze lässt fragen, ob du nicht mit ihr kommen willst, nach Zwickau, um für sie als Magd zu arbeiten. In den nächsten Wochen wird die Hochzeit sein und du hättest dann dein gutes Auskommen dort. Außerdem wärst du nicht allein. Ich wäre in deiner Nähe und könnte dich bei Gefahr schützen. Ich ..., du ..., du bist recht, Änne. Besonders, aber recht ... Komm mit!"

Er schweigt so plötzlich wie er zu reden begonnen hat. Jetzt lässt er ihre Schulter los und sieht sie einfach nur an. Etwas Warmes liegt in diesem Blick.

'Aber meine Familie', will Änne einwenden, doch er kommt ihr zuvor. Seine Stimme klingt auf einmal wieder sicher.

„Sag jetzt nichts, denk darüber nach. Ich bringe das Fräulein und ihre Tante zurück nach Zwickau und hoffe dann noch einmal zurückkommen zu können, um Frieder beim Aufbau des Hofs zu helfen. Einige andere wollen auch mit anpacken. Am Ende des Sommers könnte ich dich mitnehmen." Still gehen sie nebeneinander her. Es ist ein, für diese Jahreszeit außergewöhnlich warmer Abend, doch die Sonne macht sich bereits auf den Weg und hüllt alles in ein rosiges Licht. Vorbei am verwüsteten Meierhof, über schon bestellte Felder, am Bach entlang, gehen sie durch den Wald dem Dorf zu. Das Land hier ist felsig und karg, der Boden gibt nicht so viel her wie andernorts und doch wünscht Änne sich insgeheim, dass es ihr Land wäre. Nur scheinbar zufällig berühren sich ihrer beide Hände. Bis sie vor Großmutter Annas Hütte ankommen, fällt kein einziges Wort mehr. Es ist alles gesagt.

Gideon setzt sich noch einmal an das Lager der alten Frau.

„Danke", sagt er, „danke für alles, auch dass du es mir gesagt hast. Es war, nein, es ist gut so."

Mehr sagte er nicht. Nur die alte, abgearbeiteten Hand der alten Frau hält er lange in seine jungen kräftigen Händen und sie lächeln einander an.

„Du willst sie mitnehmen, nicht wahr?", flüstert sie plötzlich.

„Woher weißt du …"

„Ich hab doch Augen im Kopf", Großmutters Stimme klingt nun schon wieder fast so herausfordernd wie früher.

Er senkt den Kopf.

„Wann?", fragt Anna

„Sie hat noch nicht zugesagt. Aber wenn, wird es am Ende des Sommers werden. Das Fräulein Constanze will sie gern zu ihrer Magd machen."

„Es ist recht so, Junge. Du wirst auf sie aufpassen. Versprich mir das."

Er nickt ihr zu und sie lächelt.

„Alles hat seine Zeit, glaub mir."

Am nächsten Tag quetscht sich die dicke Frau Elisabeth in der Kutsche neben ihre Nichte. Änne die dabei steht, glaubt eine Träne auf der Wange der dicken Frau zu sehen oder ist es nur eine Schweißperle? Sie kutschieren los. Gideon mit der Hoffnung bald zurückzukommen und auch das Fräulein Constanze hofft vielleicht doch bald eine junge Frau an ihrer Seite zu haben, auch wenn sie „nur" ein Magd ist.

Die Großmutter steht nur noch selten auf und wenn, dann nur um ein wenig vorm Haus auf der Bank in der Sonne zu sitzen und die Kinder zu hüten und ihnen, aus dem nie enden wollenden Schatz in ihrem Kopf, Geschichten zu erzählen. Manchmal seufzt sie, wenn das Herz wieder schmerzt. Dann versorgt die Mutter sie mit einem Tee, doch beide wissen sie, dass er nicht heilen wird, sondern nur die Schmerzen lindert. Ein ums andere Mal kommt der Frieder vorbei, um bei ihnen zu hocken, zu schwatzen und von den Frauen eine warme Mahlzeit zu bekommen. Er und der Hubert haben für sich und das Vieh einen Verschlag gebaut, in dem sie einstweilen hausen können. Die Gudrun ertrug es nicht, nun keinen Hof mehr zu besitzen und er hat sie vorläufig zu ihren Verwandten gebracht.

Auch Änne ist nicht mehr die Alte. Jeden Abend sitzt sie bis zur Nacht untätig am Bett der Großmutter und hält ihre Hand. Wenn sie weg geht, wird es dann ein Abschied für immer sein? Wird sie zurechtkommen in dieser fremden Stadt? Warum nur schaut sie des Nachts im Traum immer wieder in zwei helle Augen und warum sieht sie eine Fee am Waldrand tanzen?

Ist die Entscheidung nicht längst gefallen.

Eines Abends, Änne glaubt die Großmutter schläft schon fest, öffnet diese die Augen
„Änne, Kind, wir müssen bald Abschied nehmen."
„Was meinst du, Großmutter?"
„Du weißt genau, was ich meine. Du willst fort, dein eigenes Leben beginnen.
„Ich weiß noch so wenig, wie soll ich da so weit fort ziehen?"
„Du weißt genug, in vielen Dingen schon mehr als ich je wusste. Aber hör mir jetzt gut zu und bewahre das, was ich dir sage in deinem Herzen. Dieser Krieg hier wird noch fast zehn Jahre andauern und es ist möglich, dass er auch unsere Gegend noch einmal berührt. Trotz allem wird das Leben die Oberhand gewinnen. Es wird weitergehen. Du wirst einen finden, der deine Klugheit und deine besondere Begabung respektiert. Dein Leben wird sich erfüllen und du wirst die Kette des Lebens weitergeben und noch viele Generationen nach uns werden das versuchen, was wir versucht haben, zu heilen und zu lieben. Bei allem was dir auch immer widerfahren mag: Denk mit dem Herzen! Für mich wird es Zeit den Stab weiterzugeben, doch ich werde in deiner Nähe sein, wann immer du mich brauchst."
„Du wirst doch noch nicht sterben, Großmutter?"
„Noch nicht, aber eines Tages werde ich sterben, wie jeder andere auch."
„Hast du keine Angst davor, vor dem jüngsten Gericht und all dem?"
„Ach Kind, nur wir selbst sind unsere Richter und ich war lange genug eine Hebamme, um zu wissen, dass da drüben auch eine solch gute Helferin sein wird, die mir den Weg weisen wird, wie ich es hier getan habe."
Damit schließt sie die Augen.

Änne geht ein letztes Mal den Weg hinüber zum Meierhof. Sie setzt sich an die Stelle am Bach, an der sie vor noch gar nicht allzu langer Zeit dem Fräulein Constanze beim tanzen zugesehen hat. So viel ist seither geschehen, aber sie ist noch am Leben, immerhin. Sie schließt die Augen und lauscht der Stille. Da ist sie wieder, diese seltsame Berührung eines Flügelschlags.

KAPITEL 30 ANNE

„Mama!"

Anne schreit so laut, dass draußen vor dem Fenster einige Vögel erschrocken auffliegen. Wie Schuppen fällt es ihr plötzlich von den Augen und wie bei einem Puzzle fügen sich die Teile zusammen. Blitzschnell springt sie auf und holt das Foto aus ihrer Tasche, das Foto auf dem der Junge mit den traurigen Augen abgelichtet ist. Und hier, auf den Foto der Band, der Mann mit der Geige, das ist die selbe Person. Wem, wenn nicht ihr selbst sieht er ähnlich? Warum hatte sie das früher übersehen? Hat die alte Frau Meier sie erkannt? Hatte sie gewusst, dass sie ihre …

„Sie war meine Oma!"

Anne heult in einer ohrenbetäubenden Lautstärke auf und schlägt mit den Fäusten auf die Tischplatte.

„Sie war meine Oma und ich hatte nicht den blassesten Schimmer!", ruft sie immer und immer wieder und kann sich kaum beruhigen.

„Sie wird es auch nicht gewusst haben", sagt die Mutter leise, erschrocken dass Anne wegen der alten Frau so außer sich geraten ist. Der Gedanke, dass es da ja auch eine Oma gibt, ist ihr überhaupt nie gekommen.

„Aber gefühlt hat sie es, gefühlt, aber das verstehst du ja nicht. Es gibt Leute die fühlen eben nicht."

Die Mutter zuckt zusammen wie unter einem Schlag. Noch immer trommelt Anne auf die Tischplatte ein und am liebsten hätte sie auch auf die Mutter so eingeschlagen. Hatte sie noch vor Minuten geglaubt, der Mutter vielleicht doch wieder näher zu kommen, sie wenigstens ein bisschen zu verstehen, so empfindet sie jetzt nichts als grenzenlose Wut. Wut darüber, dass Marianne, die so ein trauriges Leben gehabt hat und nun tot ist und sie keine Chance bekommen hatten, sich wirklich kennenzulernen. Wäre sie nicht neulich zufällig da vorbeigekommen, so hätten sie nicht einmal etwas voneinander geahnt. Und die Schuld daran gibt sie der Mutter. Wie konnte sie ihr das nur antun?

„Du hast mir nicht nur meinen Vater vorenthalten sondern auch gleich noch meine Oma. Was bist du denn für eine Mutter?"

„Du hast doch eine Oma und einen Opa in Marktredwitz. Denk bloß an die schönen Reisen, die du mit ihnen gemacht hast. Da warst du doch immer ganz begeistert", wirft die Mutter leise ein.

„Na und, das eine hätte doch dem anderen nichts ausgemacht. Aber wo ich herkomme, das hätte ich nie erfahren."

„Ist das denn so wichtig, sind nicht die Menschen viel wichtiger, die sich im Alltag um einen kümmern?"

„Mag schon sein, aber wenn man gar keine Chance bekommt."

„Dein Vater hatte seine Chance."

„Aber Oma und Marianne nicht."

Auf einmal ist Anne ganz ruhig. Und Worte über die sie noch gar nicht nachgedacht hat, purzeln über ihre Lippen.

„Ich werde nicht mit dir zurückkommen! Ich werde nicht mehr in dem großen Haus leben und große Reisen machen. Die Einzige, die ich vermissen werde, wird Hanima sein. Ich werde hier bei Oma wohnen. Ich kann genauso gut hier zur Schule gehen. Hier habe ich auch Mia und Jamal."

Und Hannes, hat sie sagen wollen, doch der würde ja weg sein. Das gab ihr einen kleinen Stich und sie schiebt den Gedanken schnell weg.

„Vielleicht kann ich ja auch bei meinem Vater leben. Vielleicht freut er sich ja."

„Mag sein, nach all den Jahren, dass er sich freut, aber ich glaube nicht das du bei ihm leben kannst. Ich weiß schon, was ich dir jetzt erzähle, wirst du mir nicht glauben wollen, weil es sich so anhört wie eine billige Ausrede. Aber wenigsten solltest du es trotzdem meine Version kennen.

Wir kannten uns ja schon als Kinder, Gideon und ich. Für mich umgab ihm immer etwas geheimnisvolles, das ich die kleine Göre, die ich war, nicht recht deuten konnte und er tat mir leid, wenn er wieder mal verprügelt worden war. Aber ansonsten hatten wir wenig miteinander zu schaffen. Für kleine Kinder sind ja vier, fünf Jahre Altersunterschied eine ganze Menge. Dann war er weg. Tante Marianne kam nun nur noch selten und wenn dann allein. Es hieß, er sei bei den Thomanern. Darunter konnte ich mir wenig vorstellen. Erst als ich dann in Leipzig studierte, begegneten wir uns wieder. Ich war zum Tanzen mit Babette in den Studentenkeller gegangen, dort machte er nebenher Musik, um sich sein Studium zu finanzieren. Er erkannte mich zuerst, kam zu uns.

'Das gibt 's doch nicht die kleine Kathi aus Wernesgrün!', rief er so laut, dass alle umstehenden mich anstarrten. Ich brauchte eine Weile, doch dann erkannte ich ihn auch. Es waren seine Augen, die mich an den geheimnisvollen, traurigen Jungen von damals erinnerten. Und diese Augen waren es auch, in die ich mich recht schnell verliebt habe. Sie waren von einer unergründlichen Tiefe.

Gideon war ein seltsamer Mensch. Nach außen hin eher schroff und unnahbar, manchmal ein bisschen abgedreht und schräg, habe ich mit ihm Augenblicke der Schönheit und Nähe erlebt, die über das normale Maß hinaus gingen und die mich das erste Mal wirklich lieben ließen. Doch nach solchen Zeiten der Nähe suchte er regelrecht den Abstand und Menschen, die ihm zu sehr auf die Pelle rückten, stieß er zurück. Manchmal hatte ich das Gefühl, dass er niemanden wirklich brauchte. Er war ein Freak. Nichts ging ihm über die Musik. Er schien in seinen Tönen und Harmonien regelrecht zu leben und nur manchmal zu uns Normalsterblichen aufzutauchen. Vielleicht konnte er nur dort er selbst sein.

Gemeinsam haben wir die Band gegründet, vor allem weil Gideon die Folkmusik und alte Instrumente ausprobieren wollte. Babette war ebenfalls Feuer und Flamme, weil sie gerade begann sich für Musiktherapie zu interessieren und Gideon kannte auch noch einige gute Leute, die dazu passten. Trotz allem war es eine tolle Zeit mit tollen Erfahrungen und ich war ja auch kurz davor meinen Traum von einem Auslandseinsatz zu realisieren. Wir machten also gemeinsam Musik, diskutierten, tranken bis spät in die Nacht und strebten doch alle auf unser eigenes Ziel zu.

Ja, bis ich bemerkte, dass ich schwanger war. Ich hatte mich endlich aufgerafft zum Arzt zu gehen, nachdem ich es wochenlang verdrängt und mit niemanden darüber gesprochen hatte. Nun war es endgültig und ich war völlig außer mir. Ich lief heulend in Babettes Zimmer. Wir wohnten zu der Zeit in der gleichen WG. Da saßen sie. Gideon hatte Babette den Arm um die Schulter gelegt, nichts weiter, aber ich sah sofort rot.

'Ich krieg ein Kind', schrie ich, 'und ihr macht hier rum!'

Ich sehe das Bild noch wie heute vor mir. Langsam nahm er den Arm von Babettes Schulter und starrte mich an.

'Du musst es wegmachen lassen', sagte er leise.

'Ich glaube, es ist schon über der Zeit.'

'Aber du bist doch Medizinstudentin. Wie konnte dir das denn passieren? Ich habe dir doch von Anfang an gesagt, dass ich keine Kinder will, nicht jetzt und nicht später, niemals, niemals hörst du. Ich würde niemals ein guter Vater sein. Ich hatte keinen der mir gezeigt hat, wie das geht und auf Experimente lasse ich mich dabei nicht ein.'
Seine Stimme klang kühl, so als ob er mit jemandem fremden sprach.
In der Folgezeit ging er mir aus dem Weg, ließ es zu keiner Begegnung, geschweige dem zu einer Aussprache kommen. Nach einer Woche war er verschwunden. Niemand wusste wo er war, weder jemand aus der Band, noch andere Leute mit denen er befreundet war, noch seine Kommilitonen. Niemand! Er hatte sich ohne ein Sterbenswörtchen aus dem Staub gemacht, hatte alle Brücken hinter sich abgebrochen, auch später keine Nachricht, nichts. Erst nach etwa einem halben Jahr bekam Babette eine Karte aus Indien mit ein paar nichtssagenden Sätzen und das er sich jetzt im Spiel der Sitar versuche. Er fragte auch nicht nach mir oder ob das Kind inzwischen geboren sei. So hat er nie erfahren, dass er eine Tochter hat und dass sie heranwächst. Das war's!"
Die Mutter steht auf und geht hinaus. Draußen, zwischen all dem Blühen des späten Frühjahrs kann Anne ihren schmalen Rücken sehen und ihr dichtes, offenes Haar, das der Wind ab und zu ein wenig kräuselt und das sie dann mit einer energischen Handbewegung zurück streicht. Ob sie weint oder ob sie einfach nur in die Ferne starrt und die Bilder der Vergangenheit, der lange gehüteten, an ihr vorbeiziehen. Anne weiß es nicht und sie weiß auch nicht, wie es nun weitergehen wird. Und die Mutter dreht sich nicht zu ihr um.

All das liegt nun schon einige Wochen zurück. Anne ist dann doch mit nach Marktredwitz zurückgegangen, um das Schuljahr zu beenden, aber mit dem Versprechen immer zu ihrer Oma fahren zu können, wenn sie will.
Heute soll die Urnenbeisetzung von Marianne stattfinden, nachdem sie schon einmal verschoben werden musste, weil Gideon, ihr Vater, aus terminlichen Gründen, nicht hatte anreisen können. Ein kleines Fest soll es werden, bei dem alle sich an Marianne erinnern wollen, deren Leben sie berührt und beeinflusst, ja auch miteinander verknüpft hatte. Sie werden zusammen essen und reden und vielleicht daran glauben, dass Marianne ihnen zuhörte und sich freut. Und sie, Anne, würde heute endlich ihrem Vater zum ersten Mal begegnen. Erst ganz kurz

vor der offiziellen Feier auf dem Friedhof würde er hier sein. Eigentlich hatte Anne der Mutter und der Oma bei den Vorbereitungen helfen wollen, doch da sie in ihrer Aufregung alles fallen ließ und jedem im Weg stand, hatte man sie entlassen. So ist sie hierher, an ihren Lieblingsplatz gekommen, froh noch eine Weile allein sein zu können. Ein bisschen träumen, ein bisschen nachdenken über all die Veränderungen in ihrem Leben. Sie breitet ihre Decke aus und stellt den Korb mit ein bisschen Proviant zurecht. Es ist wirklich vieles gut oder wenigsten besser geworden, so wie die Oma es vorausgesagt hatte. Aus dem: „Nie wieder will ich etwas mit dir zu tun haben!", ihrer Mutter gegenüber, war, auch durch das vorsichtige Vermitteln der Oma, ein langsames aufeinander zugehen geworden, aus dem allmählich verstehen erwuchs. Sie gehen viel besonnener miteinander um, manchmal aber auch noch, als wäre die andere ein rohes Ei. Beide wollen sie nicht kaputtmachen, was da zwischen ihnen neu zu wachsen beginnt.

Natürlich hatte ganz entscheiden auch das, was sie alle inzwischen den Sieg nannten, dazu beigetragen. Tatsächlich hatte sie, gemeinsam mit einem Anwalt, den Weg durch die Instanzen angetreten und das dauerhafte Bleiberecht für Jamal und Amit erwirkt.

Im Herbst und im Frühling würden der erste große Drachenflug Wettbewerb stattfinden. Mia und Anne hatten ganz viele Kinder und Jugendliche angesteckt. Und so mancher bastelt schon im geheimen Kämmerlein oder mit anderen zusammen an seinem einmaligen Modell. Obwohl es für Anne noch immer keinen Zweifel gab, dass das Team

Anne – Jamal gewinnen würde. Inzwischen fand er es cool, dass auch viele Mädchen, im Besonderen aber Anne, mitmachten.

„Sie ist ein Drachenmädchen!", hat er erst kürzlich begeistert gerufen und nicht verstanden, warum die anderen darüber lachten.

„Mehr Drache als Mädchen!", foppte Mia.

Anne will schon heute einen Drachen fliegen lassen, über Mariannes Grab. Sie wird ihn von seinem Strick befreien und er wird hoch in den Lüften seinen eigenen Weg finden, so wie sie.

Durch das Testament sind die Sorgen um das Wegerecht vom Tisch. Und was das allerbeste ist, Mariannes kleines Haus gehört nun ihr, Anne.

Ihr Vater hat es ihr vermacht. Zur Mutter hatte er am Telefon gesagt, dass er sowieso nie wieder zurückkommen würde und wem wenn nicht Anne, seinem einzigen Kind und Annelieses und Mariannes Enkelkind, stünde das Haus zu und der Ring, der als einziges Zeugnis von der Existenz seines Vaters erhalten geblieben sei. Denn er war ein Geschenk an Marianne gewesen. Auch das hatte im Testament gestanden. Und Anne hatte schon überlegt, ob sie nicht mit Mia herausfinden konnte ... na ja vielleicht im nächsten Jahr.

Aber jetzt konnte sie erst einmal mit der Oma hier leben und dass kommende Schuljahr mit Mia in der gleichen Klasse beginnen. Die Mutter hatte dem zugestimmt. Ganz ist es noch nicht entschieden, aber vielleicht kommt die Mutter auch hier her. Man hat ihr angeboten die Praxis des alten Hausarztes, der demnächst in Ruhestand gehen will, zu übernehmen.

Sie freut sich auf den Sommer, mit all ihren neuen Freunden und sie steckt voll von Plänen. Es könnte viel Schönes hier in ihrem kleine Haus mit der Nähe zum Hof entstehen. Vielleicht könnte es Menschen verbinden. Aber das sind alles erst mal Träume. Aber mit irgendetwas muss man ja anfangen und das sind nun mal die Träume, ihre Annes ganz eigenen Träume und Wünsche. Ein bisschen ist sie schon stolz auf sich. Wäre sie nicht einfach in den Zug gestiegen und hätte sie sich nicht auf die Suche begeben, wie viel anders wäre alles geworden.

Hannes würde trotzdem bald weggehen. Er hatte ihr eine Kette mit einem Anhänger geschenkt, aus Speckstein selbst gemacht und wenn man ganz genau hinsah, konnte man die kleine Ziege erkennen. Gegrinst hatte er und gemeint, dass wenn er einmal in ferner Zukunft Schafherdenbesitzer in Australien oder Neuseeland geworden sei, würde er sie holen, als Tierflüsterin sozusagen. Und dann hatte er sie plötzlich geküsst. Ziemlich unbeholfen fühlte sich das an, und dennoch, es war ihr erster Kuss. Davon konnte sie später vielleicht mal ihren Enkeln erzählen, so wie Oma ihr immer Geschichten erzählt.

Sie kichert in sich hinein, genauso wie sie nach dem Kuss gekichert hatte. Heimlich ist sie aber doch traurig. Aber Abschiede gehören nun mal dazu, das hatte sie inzwischen gelernt. Auch von Hanima hatte sie sich verabschieden müssen. Allerdings würde auch Hanima nach dem Sommer nicht mehr an ihre alte Schule zurückkehren. Sie hatte ein Stipendium für ein Auslandsjahr in Frankreich, dem Land ihrer geliebten Mary Curie erhalten, Schwerpunktfächer Physik und Chemie. Ihr Vater hatte es ihr, dem Mädchen, zuerst verbieten wollen, doch dann hatte sich auf einmal Hanimas Mama, die immer nur zu Hause und für Haushalt und Kinder zuständig war, auf ihre Seite gestellt. Niemand erfuhr, was sie ihm geflüstert hatte.

Jedenfalls tut er jetzt mächtig Stolz und so, als sei das ganz seine Idee gewesen. Auch sie würde nun ihren Vater kennenlernen, heute noch, und ein bisschen merkwürdig ist ihr schon, so kribbelig im Bauch. Wie würde es sein, wenn er so ganz leibhaftig vor ihr steht. Telefoniert hatte sie schon einmal mit ihm. Es hatte alles ein bisschen weit weg geklungen, weil er aus Japan anrief, wo er gerade ein Gastspiel gab. So richtig hatten sie beide nicht gewusst, was sie sagen sollten.

„Du solltest nicht zu viel von mir erwarten, Anne. Ich glaube, ich kann kein guter Vater sein, das ist nicht mein Ding. Außerdem bin ich ständig unterwegs. Ich kann dich vielleicht mal zu einem Konzert mitnehmen, wenn dich so was, also klassische Musik oder Musik überhaupt, interessiert." Es hatte ein bisschen hilflos geklungen.

„Na, du könntest mir vielleicht helfen, ein Instrument für mich auszusuchen, das zu mir passen würde. Als ich letzten Herbst mit Mama auf dem Festival war, da hat es mir sehr gefallen und ab da habe ich mir gewünscht, ein Instrument spielen zu können. Die haben auch gesagt, ich hätte Talent, ein bisschen."

„Ja, das kann ich tun", hatte er geantwortet und sie hatte gemeint ein Lächeln in seiner Stimme wahrzunehmen. Vielleicht war es aber auch nur Erleichterung. Schon längst setzt sie nicht mehr alle Hoffnung in das Kennenlernen ihres Vaters.

Heute Morgen, ganz früh, war auch Frank in Mariannes Haus gekommen, allein. Er hatte Kuchen gebracht, für die Feier.

„Hast du nun endlich dein böses Weib zum Teufel geschickt?", hatte Oma ihm mit spitzer Zunge zugerufen. Aber er hatte nur müde mit den Schultern gezuckt. Dann war er zu ihr Anne herübergekommen. Sie war instinktiv einen Schritt zurückgewichen.

„Es tut mir furchtbar leid, Anne, was passiert ist. Frieden?" Er hob die Hand. Anne hatte genickt.

„Ja Frieden", sagte sie leise.

Da legte er ihr etwas in die Hand. Es fühlte sich kühl an. Es war der kleine Engel, den er sich damals ins Jackett geschoben hatte.

„Es ist außer den Fotos, das Einzige was meine Mutter auf der Flucht hatte retten können."

Auch das hatte Anne ihn schon einmal sagen hören.

„Er ist schon ein wenig beschädigt. Gideon und ich haben ihn einmal heruntergefallen lassen."

„Aber wenn er dich so an deine Mutter erinnert, willst du ihn dann nicht behalten?"

„Es ist schon gut Anne, ich weiß, dass du ihn gut behüten wirst. Und er dich."

Ja, der Engel, wo hat sie ihn bloß hin gesteckt? Sie kramt in ihrer Tasche. Hier, hier ist er. Lange hält sie ihn ins Licht und betrachte ihn versunken. Lacht da nicht Marianne mit den Augen des Engels und klappt da nicht auch irgendwo ein Gebiss? Mit dem Engel fest in der Hand schläft Anne ein.

EPILOG

Eine leichte Windböe geht übers Land und das Gras auf der Wiese nahe den Hahnenhäusern bewegt sich sanft. Es ist eine eigenartige Stimmung, die selbst die Tiere auf dem Hof verharren lässt.

Da stehen sie sich wieder gegenüber, zwei Mädchen, die einander gleichen, wie ein Ei dem anderen.

Beide starren sie auf ihre Füße. Die eine ist nun wieder barfüßig und die der anderen stecken in bequemen Turnschuhen.

„Es hat geklappt Änne! Es hat wirklich und wahrhaftig geklappt. In meinen kühnsten Träumen hätte ich mir eine solche Reise nie und nimmer vorstellen können."

Sie ergreift Ännes Hände, aus Angst sie könne plötzlich verschwinden, so wie sie gekommen ist.

„Es war kein leichtes Leben, das Essen war meist karg, die Kleidung schwer und kratzig und es hat mich oft so furchtbar gefroren. Das schlimmste aber war der Krieg, so viele Tote, so viel Verwüstung und oft hatte ich solche Angst."

„Ja, der Krieg, Anne! Ich habe so gehofft, dass er in deiner Zeit nicht mehr existieren würde. Aber er ist nur ein bisschen ferner gerückt. Das Leid der Menschen ist das gleiche. Noch immer steht das menschliche Leben nicht über Reichtum, Macht und Gier."

Anne hat das Gefühl, dass die Umrisse von Änne schwächer werden.

„Geh noch nicht, Änne. Es gab doch auch so viel Gutes. Es gab Freundschaft, Hilfe, Anteilnahme und Heilung und es gab... Ist er eigentlich zu dir gekommen, dein Hannes, nein Hans meine ich? Und die Marie und Barbara und Wenzel und alle anderen, was wurde aus ihnen?"

„Ach Anne, du weißt es doch schon in deinem Herzen. Hans habe ich nicht wiedergesehen. Vielleicht wurde er hingerichtet, vielleicht ist er auch immer weiter gezogen, in die Welt hinaus. Marie ist die Frau eines Medikus geworden. Mit ihm teilte sie auch unser Wissen um die Kräuter. So weit wie sie es sich gewünscht hat, ist sie nicht in die Welt hinaus gekommen. Aber immerhin begleitet sie ihn auf seinen Reisen.

Ich bin nach Zwickau gegangen, als Zofe des Fräulein Constanze, die bald kein Fräulein mehr war, sondern die Frau des alten Rittmeisters. Getanzt hat sie nie wieder, aber ich hatte eine recht gute Zeit bei ihr und Gideon war in meiner Nähe. Später dann, nach dem Krieg, sind wir, als Frau und Mann, zum Meierhof zurückgekehrt. Frieder war gebrechlich geworden und seine Frau nie zu ihm zurückgekommen. Er schaffte es nicht mehr allein. Es war hart und wir mussten viel schaffen, so vieles war zerstört ringsum und so viele Menschen waren tot, doch es war auch ein gutes Leben, denn wir haben einander vertraut. Drei meiner Kinder sind am Leben geblieben. Eines davon habe ich Anna genannt, nach meiner Großmutter."

„Hast du ihr lesen und schreiben beigebracht?", will Anne fragen, doch Ännes Bild ist nur noch ein blasser Schein.

„Nein, nein, nein, Änne, du darfst noch nicht gehen. Ich muss doch auch noch wissen, was du erlebt hast. Wie geht mein Leben weiter? Werde ich finden, was ich suche? Komm schon, es ist gemein, wenn du jetzt verschwindest."

„Aber Anne, deine Zukunft hat doch bereits begonnen. Du wirst doch bald alles selbst erleben. Aber denke immer daran", und noch einmal tritt Ännes Gestalt ganz deutlich vor Annes Augen, „es ist dein einzigartiges Leben und du kannst ihm die Richtung geben."

Dann ist Änne nicht mehr zu sehen.

„Änne, Änne, wo bist du?", ruft Anne verzweifelt. „Werden wir uns wiedersehen?"

Plötzlich ist das wispern und lachen vieler Stimmen ums sie. Es klingt fast wie eine Melodie.

„Vielleicht!", hört sie noch einmal ganz deutlich Ännes Stimme heraus und „Schreibe alles auf! Phantasie ist Realität und Realität ist Phantasie!"

Dann ist es auf einmal ganz still. Anne fühlt sich allein gelassen. Doch noch ehe sie sich richtig traurig fühlen kann, sieht sie von weitem jemanden auf sich zu kommen. Zuerst meint sie, Änne käme zurück. Doch dann sieht sie, es ist eine Frau, ein bisschen füllig, in weitem Oberteil und weiten Hosen. Der Gang ist beschwingt. Das kann nur ..., das ist ihre Oma.

Später

Anne hat tatsächlich alles aufgeschrieben, sowohl Ännes Geschichte als auch ihre eigene. Nun ist sie endlich fertig. Sie drückt auf speichern und schließt den Deckel ihres Laptops. Es ist spät geworden. Im Nebenzimmer hört sie die unregelmäßigen Schnarchtöne der Oma. Sie klagt jetzt manchmal über ihr Herz und Mutter meint, irgendwann könnte eine OP anstehen. Sollte sie sich Sorgen machen? Sie tritt ans Fenster. Draußen ist es schon dunkel. Sie weiß natürlich, dass gleich da drüben die Scheune mit dem Hahn auf dem Dach steht, aber sehen kann sie in der Fensterscheibe nur ihr eigenes Spiegelbild. Hat sie sich verändert im letzten Jahr? Gut, die Haare hat sie sich kürzer schneiden lassen, doch da sind noch die gleichen blauen Augen, der gleiche Knick in der Nase, die gleichen fleischigen Ohrläppchen. Nur in ihr drin hat sich einiges verändert. Sie schneidet dem Bild eine Grimasse und will sich schon abwenden. Da beginnt es sich zu verändern. Ist das immer noch ihr Spiegelbild? Niemals hat sie so eine eigenartig glänzende Kappe auf und was ist das für ein Tattoo über dem rechten Auge? Anne dreht sich um. Doch niemand steht hinter ihr. Plötzlich hört sie eine Stimme. Wo hat sie die schon einmal gehört? Noch ehe sie etwas fragen kann, dringen ganz deutlich die Worte an ihr Ohr.

„Ich bin Anuk und ich komme aus der Zukunft. Ich bin sozusagen deine Urururrenkelin. Hilf mir Anne!"

E N D E

Nachwort

Als ich ein kleines Mädchen war, vielleicht so vier oder fünf Jahre, bin ich mit meiner Oma an den Hahnenhäusern vorbeigekommen, auf deren Scheune noch heute ein Hahn prangt, und sie erzählte mir diese uralte Geschichte aus dem Dreißigjährigen Krieg. Obwohl ich damals natürlich die geschichtlichen Zusammenhänge überhaupt noch nicht verstehen konnte, hat mich die Erzählung sehr stark beeindruckt und meine Phantasie angeregt. Warum haben denn die Menschen den Hahn mitgenommen ins Versteck, war eine Frage die mich beschäftigte.

Da ich in dem Dorf des Geschehens geboren bin, meine frühen Kinderjahre dort verbracht habe und auch heute noch im Vogtland lebe, ist mir diese alte Sage immer mal wieder begegnet und hat sich mit der Faszination erster Kindheitserinnerungen vermischt.

So beschloss ich eines Tages der Sache auf den Grund zu gehen und mir auszudenken wie es gewesen sein könnte.

Die Geschichte spielt während eines Krieges, den wir heute den 30-jährigen Krieg nennen. Dieser Krieg hat wirklich 30 Jahre gedauert, nämlich von 1618-1648. In dieser Zeit wurden große Teile des „Heiligen römischen Reiches deutscher Nation" verwüstet. Die Menschen litten unter Plünderungen, Hunger und Seuchen wie zum Beispiel der Pest. Es starben mehrere Millionen Menschen an den Folgen des Krieges und ganze Landstriche waren verwaist. Um was ging es in diesem Krieg? Es war ein sogenannter Glaubenskrieg, in dem sich Katholiken und Protestanten um den „rechten" Glauben stritten. Doch es ging auch, wie in den meisten Kriegen, die die Menschheit geführt hat und noch führt, um Macht und Reichtum, in diesem Fall die Vormachtstellung in Europa. Die Bevölkerung musste beide Seiten fürchten, egal ob sie katholischen oder protestantischen Glaubens waren. Die Heere musste sich selbst versorgen und so nahmen sie, wo sie es kriegen konnten.

Die Geschichte um Änne ist von mir frei erfunden, doch ich wollte sie so schreiben, wie sie sich ereignet haben könnte. Also habe ich viel nachgelesen z. B in den Chroniken von Wernesgrün, Marktredwitz und Plauen, in den verschiedenen Varianten der Sage von den Hahnenhäusern, in Zeitzeugenberichten oder Erzählungen aus dieser Zeit. So hat es den Überfall der Schweden auf den Meierhof, wo sich Frauen und Kinder aus den umliegenden Dörfern, wie Schnarrtanne und

Wernesgrün versteckt hatten, wirklich gegeben. Auch vom Verrat des Versteckes durch einen Hahn und von der mutigen Befreiung der Geiseln wird berichtet. Es gibt natürlich mehrere Varianten der Geschichte. So wird im einem Buch von S. Walther: „Sagen aus dem Vogtland", auch über Gideon, den Sohn des Meierbauern, erzählt, der in Zwickau lebte und von einem dortigen Rittmeister gebeten wurde, seine Braut vor den Schweden zu verstecken. Daraus sind in meinem Buch das Fräulein Konstanze und Gideon der Bruder des Bauers geworden.

Was Änne in der Nacht erlauscht als Konrad vom schlimmsten Ereignis seines Lebens erzählt, geht ebenfalls auf eine wahre Begebenheit zurück, die man heute das „Frankenburger Würfelspiel" nennt, das im Jahre 1625, also ebenfalls in der Zeit des 30-jährigen Krieges, als Auftakt des „Oberösterreichischen Bauernkrieges", stattgefunden hat.

Eine weitere Person, die im Buch nicht namentlich genannt wird, ist Georg Kresse (1604-1641), auch der Bauerngeneral genannt. Dieser scharte im thüringischen Vogtland eine Gruppe junger Männer um sich und leistete Widerstand, indem er seine Mitstreiter, die Bauern, vor Plünderungen schützte oder das geplünderte Gut den Soldaten und Marodeuren wieder abnahm und es zurückgab. Um ihn ranken sich viele Legenden und Geschichten. Im Buch zieht es den Jungen Hans fort, um sich ihm anzuschließen.

Bei den Ereignissen die Barbara schildert, habe ich mich weitgehend an die Chronik der Stadt Plauen gehalten. Reich geworden ist die Familie von Barbara und Konrad durch die sogenannte Schleierordnung von 1600.

Die Schleierherren wurden als Innung anerkannt, um dadurch den Handwerkszweig der Baumwollwirkerei zu stärken. Schleier oder Schöre sind feine Baumwollgewebe, die als Kopf oder Halstücher, Halskrausen oder Turbane verwendet wurden.

Im 30-jährigen Krieg wurde Plauen mehrfach geplündert und gebrandschatzt. Es wütete die Pest, bei der die Hälfte der Einwohner ums Leben kam und eine weitere Feuersbrunst, die die gesamte obere Stadt einschließlich der Kirche, der Pfarrei und dem Schulgebäude verbrannte.

Es soll auch zu Hexenverfolgungen in der Stadt gekommen sein.

Die kaiserlichen Generäle Holk, Gallas und Wallenstein, die in Plauen einfielen sind historische Personen.

Als besonders grausam galt General Holk, ein dänischer Feldherr, der zuerst auf der protestantischen Seite kämpfte, dann aber 1630 in den kaiserlichen Dienst trat. Im Vogtland hat er überall große Verwüstungen angerichtet. Er starb auch hier, in Troschenreuth, einem heute durch die einstmalige innerdeutsche Grenze nicht mehr existierenden Dorf im oberen Vogtland, an der Pest.

Wenzel, der böhmische Händler, den Änne und ihre Mutter auf ihr Wegen zu Großmutter kennenlernten, erzählt seine Geschichte als Soldat im Heer des Feldherren Graf Tilly. Der war neben Wallenstein der bekannteste Feldherr und er befehligte die katholische Liga. 1631 eroberte er nach langer Belagerung Magdeburg. Die Stadt wurde geplündert und völlig niedergebrannt, dabei starben 20.000 Einwohner auf grausamste Weise. Heute nennt man das die „Bluthochzeit von Magdeburg". Der Wenzel in meiner Geschichte erlebte diese Grausamkeiten auf der Seite der Eroberer mit und desertierte daraufhin aus dem Heer.

Durch seinen Bericht wird erfahrbar, wie es damals in einem solchen Landsknechtheer zugegangen ist. Neben den Soldaten gab es noch den Tross, in dem all diejenigen die zur Versorgung des Heeres gebraucht wurden mitreisten: Ärzte, Handwerker, Geistliche und Marketenderinnen, die die Soldaten mit Waren und Dienstleistungen versorgten. Vor allem aber die Frauen und Kinder der Soldaten zogen im Tross dem Heer nach.

Ich habe also zuerst die Geschichte von Änne verfasst. Es ist eine Geschichte von Menschen die durch einen lang anhaltenden Krieg sehr viel Leid erleben müssen. Sie verlieren ihre Liebsten, ihr zu Hause, ihr Dorf. Sie gehen einer ungewissen Zukunft entgegen, begeben sich also auf die Flucht und erleben Angst vor Plünderungen, Seuchen und dem Tod. Schnell wird da ein Schwacher in der Gesellschaft zum Sündenbock abgestempelt, weil man die wirklichen Kriegstreiber nicht kennt oder ihrer nicht habhaft werden kann. Aber es gibt auch Menschen die sich zur Wehr setzen, wie der Bauerngeneral oder Gideon. Und es gibt Menschen wie Konrad und seine Familie, die sich eine andere Art des Zusammenlebens erträumen und auch versuchen das, zum Beispiel durch Bildung aber auch durch Güte in die Tat umzusetzen.

Auch Ännes Großmutter und Mutter sind solche starke Menschen, die das Leben lieben und es weitertragen wollen, unter anderem durch ihr Wissen um das Heilen. Änne hofft, dass es irgendwann in späteren Generationen keinen Krieg mehr geben wird und dass die Welt ein friedlicher und gerechter Ort sein wird und wir hoffen mit ihr.

Beim Schreiben dieser Geschichte kam mir der Gedanke, was hat das alles mit uns heute zu tun. Das 17. Jahrhundert ist doch schon so lange her. So habe ich Anne erfunden, denn die Träume von Änne sind noch längst nicht in Erfüllung gegangen. Zwar ist der Krieg von unserem Land weit weg- gerückt und doch gehört er noch immer zum Leben der Menschen auf unserem Planeten. Seit dem Ende des 2.Weltkrieges, welcher einer der schlimmsten der Menschheitsgeschichte war, gabt es keinen einzigen Tag an dem nicht irgendwo auf der Welt Konflikte mit Waffengewalt ausgetragen wurden.

Menschen leiden und sterben durch Krieg und Terror oder werden aus ihrem zu Hause vertrieben bzw. müssen die Flucht ergreifen und versuchen, mit dem wenigen was sie noch haben, ein neues Leben zu beginnen. Oft sitzen sie jahrelang in Flüchtlingslagern in ihren Nachbarländern fest ohne eine Perspektive. Wenige schaffen den langen und gefährlichen Weg nach Europa. Doch auch hier kann es passieren, dass sie keinen freundlichen und mitfühlenden Empfang erleben.

Wie schon erwähnt, habe ich mir alles das, was Anne erlebt und die Menschen denen sie begegnet ist, ausgedacht. Und doch hat die Geschichte viele Bezüge zu unserer heutigen Wirklichkeit.

Anne, das Mädchen aus meiner Geschichte erlebt eine behütete Kindheit in einer gut gestellten Familie.

Sie besitzt ein eigenes Zimmer, das neuste Handy und auch ansonsten alle möglichen materiellen Annehmlichkeiten. Sie erlebt Reisen und interessante Ausflüge. Außerdem kann sie neben der Schule über viel freie Zeit verfügen. Sie kann sich mit ihrer Freundin treffen, kann mit ihr Serien und Filme schauen und Spaß haben. Gedanken um die Welt und ihre Zukunft macht sich Anne eigentlich nicht. Selbst als ihr Vater in den Krieg zieht, macht sie sich wenig Sorgen oder spricht mit ihren Eltern darüber. Erst als ihr Vater mit auffälligen Verhaltensweisen aus einem Einsatz in Afghanistan zurückkehrt, ändert sich etwas in ihrem unbeschwerten Leben.

Das was ihr Vater im Krieg erlebt hat, kann er nicht verarbeiten und hat Alpträume, beginnt zu trinken und die kleinsten alltäglichen Handlungen werden für ihn zur Hürde. Etwas ein Viertel aller aus Auslandseinsätzen der Bundeswehr zurückkehrenden Soldatinnen und Soldaten leiden unter psychischen Störungen. Bei Annes Vater bzw. Stiefvater führt es soweit, dass er nicht mehr leben will oder kann.

Indem sich Anne auf die Suche nach ihrem leiblichen Vater begibt, muss sie beginnen, auch durch die Menschen denen sie auf ihrem Weg begegnet, Fragen zu stellen. Fragen die uns alle beschäftigen und die in keiner Weise einfach zu beantworten sind. Was ist Krieg und was passiert mit den Menschen, die ihn auf die eine oder andere Weise erleben? Sollten Armeen aus Europa in solche Konflikte überhaupt eingreifen? Erzeugt Gewalt nicht immer wieder neue Gewalt?

Verdient nicht nur die Rüstungsindustrie an solchen bewaffneten Auseinandersetzungen? Was kann der einzelne Mensch überhaupt gegen den Krieg tun? Und wie behandle ich Menschen, die nicht das Privileg haben im friedlichen reichen Europa geboren zu sein, sondern vor Not und Krieg flüchten müssen?

Wie war das mit der Flucht der Menschen nach dem 2. Weltkrieg? Wie hängt das immer noch mit dem heutigen Leben in unseren Familien zusammen?

Auch als sie hinter das Geheimnis ihrer Oma und deren Freunde kommt, die zwei Menschen aus Afghanistan, die von der Abschiebung bedroht sind, in ihrer Wohnung versteckt, muss sie sich dem stellen.

Für die Geschichte von Jamal und Amit habe ich viel über den Krieg in Afghanistan und den Einsatz der Bundeswehr gelesen. Dabei bin ich darauf gestoßen, dass die Bundeswehr, im Gegensatz zu anderen europäischen Armeen und der US-Armee, ihren zivilen, afghanischen Angestellten nicht angeboten hat mit ihnen zu gehen, als sie das Land verließen. Dadurch gerieten diese Menschen in große Gefahr durch die Taliban und das was ich im Buch darüber geschrieben habe, könnte sich durchaus ähnlich abgespielt haben. Außerdem werden immer noch Geflüchtete aus Afghanistan von der deutschen Regierung abgeschoben, weil es sich angeblich um ein sogenanntes sicheres Herkunftsland handelt. Dabei braucht man nur einmal etwas aufmerksamer die Nachrichten zu verfolgen, um zu wissen, dass dort noch immer ein erbitterter Krieg tobt, in dem vor allem Zivilisten durch Sprengstoffattentate und Terror ums Leben kommen.

Trotzdem lieben diese Menschen ihr zu Hause und ihre Bräuche, wie zum Beispiel das afghanische Drachenfest. Könnte es nicht für uns alle eine Bereicherung sein, uns auch auf das uns Fremde einzulassen?

Doch in unserem reichen Land gibt es Leute, denen Fremdes irgendwie Angst macht oder die Sorge haben, dass sie etwas von ihrem Reichtum abgeben müssen. Sie urteilen ohne Mitgefühl, zum Teil sogar mit Hass.

Dabei braucht man doch nur einmal kurz innezuhalten und sich zu überlegen, wie es wäre wenn man selbst seine zu Hause, sein vertraute Umgebung und Menschen die man liebt, verlassen müsste, weil durch Krieg, Terror oder bittere Armut und Hunger das Leben bedroht wäre. Wohin soll man gehen?

Welche Gefahren birgt der Weg und wer hilft einem unterwegs? Wo wird man ankommen? Wird es dort gut sein? Plötzlich ist man dann da, doch alles ist fremd, man versteht weder die Sprache noch kennt man die Gebräuche und Umgangsformen der Einheimischen. Wie fühlt man sich dann?

Denk doch mal darüber nach, dann fällt dir vielleicht jemand ein, dem du die Hand geben könntest.

Es wird wahrscheinlich noch lange dauern bis sich die Hoffnung von Änne erfüllt und es ein friedliches Miteinander ohne Kriege und Hunger geben wird. Trotzdem sollten wir diese Vision niemals aufgeben, auch wenn noch viele Schritte, auch unsere eigenen, bis dahin nötig sein werden.

DANKSAGUNG

Danke sagen möchte ich allen, die mich bei meinem Buchprojekt unterstützt und ermutigt haben.

Das sind zu allererste mein Mann und meine Kinder für ihr Verständnis und ihre Mitdenken, insbesondere meine Tochter Lea, die das Buch lektoriert hat.

Auch meiner langjährigen Freundin Helga Werner danke ich dafür, dass sie mir immer wieder Mut machte weiterzuschreiben und das Buch dann auch zu veröffentlichen.

Ich danke Lothar Stauch für die sehr gelungene Umschlaggestaltung.